SARAH BENEDICT

Das Haus der blauen Schmetterlinge

Buch

1932, Port Rabaul in der Südsee. Auf einer Hochzeit kreuzen sich die Wege der Prinzessin Elsa Fa'alua Jensen, die den deutschen Handelsmann Henning Matthes heiratet, der französischen Prostituierten Paulette, die dem reichen, für seine Extravaganz berühmten Engländer Titus Warwick Gesellschaft leistet, und der polynesischen Kellnerin Iolana. Elsas Ehe steht unter keinem guten Stern, und als sie bereits kurz nach der Trauung auf sich allein gestellt ist, findet sie Unterschlupf bei Titus Warwick. In dem traumhaften Haus über der Hafenstadt, durch dessen paradiesischen Garten blaue Schmetterlinge flattern, trifft Elsa Paulette und Iolana wieder. Schon bald schweißt ein düsteres Geheimnis die Frauen aneinander…

Autorin

Sarah Benedict lebt und arbeitet in Deutschland und auf Gran Canaria. Sie hat bereits einige sehr erfolgreiche historische Romane und einen Kriminalroman unter anderem Namen veröffentlicht.

Bei Blanvalet außerdem von Sarah Benedict lieferbar:

Der Duft der grünen Papaya (38056)

Sarah Benedict

Das Haus der blauen Schmetterlinge

Roman

blanvalet

MIX
Papier aus verantwortungsvollen Quellen
FSC® C014496
FSC
www.fsc.org

Verlagsgruppe Random House FSC® N001967
Das FSC®-zertifizierte Papier *Holmen Book Cream*
für dieses Buch liefert Holmen Paper, Hallstavik, Schweden.

1. Auflage
Originalausgabe Februar 2014 bei Blanvalet, einem Unternehmen
der Verlagsgruppe Random House GmbH, München.

Umschlagillustration und -motiv:
© Johannes Wiebel | punchdesign,
unter Verwendung von Motiven von Shutterstock.com
Redaktion: Angela Troni
ES · Herstellung: sam
Satz: Buch-Werkstatt GmbH, Bad Aibling
Druck und Einband: GGP Media GmbH, Pößneck
Printed in Germany
ISBN: 978-3-442-38187-6

www.blanvalet.de

Erster Teil

»Prinzessin«

Vergiftete Hochzeit

9. Mai 1932

Mit erfrischender Kühle und wunderbarer Gleichmäßigkeit strömte der Passatwind in die Matupi Bay hinein, und Elsa hielt ihm das Gesicht wie einem Liebhaber entgegen. Einen Gin Pahit in Händen, blickte sie von der Hotelterrasse auf Port Rabaul, das einst deutsche Kolonie gewesen und nach dem Ersten Weltkrieg an Australien gegangen war. Papua-Neuguinea war ein ihr unbekanntes und doch vertrautes Land. Die Bucht war anders als alle Buchten, die Elsa von ihrer Heimat Samoa kannte, was an den gewaltigen Höhen lag, die Port Rabaul flankierten. Ein Gebirge von gutmütigen Wolken ragte über dem Gebirge von schwarzen, unberechenbaren Vulkanen auf, vier, fünf, sechs oder mehr an der Zahl, böse alte Männer, der Tavurvur, der Sulphur, der Matupit, Gesandte des Feuergottes.

Trotzdem fühlte Elsa sich irgendwie zu Hause, war ihr vieles vertraut, etwa die auf den Riffen hockenden Kinder mit ihren Angelschnüren, die in der Mitte der Bay sacht schwankenden Boote, die Gesänge am Strand, die Schreie der Tiere aus dem nahen Wald, das geisterhafte Leuchten kurz vor Sonnenuntergang … Der Sand färbte sich orange, ebenso wie die Stämme der Kokospalmen und die Häuser der Weißen, Elsas Hochzeitskleid und die schneeweißen Uniformen der polynesischen Hotelkellner drinnen im Festsaal. Das Licht umschloss die ganze Welt, als wolle es sagen: Ihr da unten gehört alle zusammen.

Die da unten sahen das jedoch anders. Es gab eine Welt der Weißen und eine Welt der Einheimischen, die beide das Kunststück zuwege brachten, am selben Ort zu existieren, ohne sich zu berühren. Auf der Straße ging man grußlos aneinander vorüber, am Strand fischten und wuschen die einen, während die anderen Federball spielten, in den mit Palmstroh gedeckten Hütten am Stadtrand wurde allabendlich gesungen, in den steinernen Häusern auf den Hügeln stellte man die Grammophone an. Eine jahrtausendealte Musik traf auf Verdi und Wagner, gelegentlich auch auf Swing, sie kollidierten unter den Laternen, lösten sich wieder voneinander und entschwebten ihrer Wege. Als seit früher Kindheit verwaiste Tochter des deutschen Handelskapitäns Uwe Jensen und der samoanischen Prinzessin Letii verstand Elsa diese Trennung besser als jeder andere. Bereits in ihrem Taufnamen spiegelte sich der Konflikt oder, freundlicher ausgedrückt, der Kontrast der Kulturen, der sich durch alle Bereiche ihres jungen Lebens zog. Vermutlich war sie die einzige Person auf der Welt, die mit Vornamen Elsa Fa'alua hieß.

Der Name war nur das deutlichste Anzeichen dafür, dass sie eine ungewöhnliche und einsame Kindheit gehabt hatte. Zwar war die königliche Residenz ihr Zuhause gewesen, allerdings hatte sie dort gelebt wie Aschenputtel, eine lästige familiäre Verpflichtung, hervorgegangen aus einer Mischehe. Niemandem hatte sie es recht machen können, so sehr sie sich auch anstrengte. Alle hatten wegen der kleinsten Kleinigkeiten an ihr herumgenörgelt. Sie kam sich vor wie eine Vertriebene im eigenen Land. Die anderen Kinder, sowohl die der Weißen als auch die der weitläufigen Königsfamilie, mieden sie auf Weisung ihrer Eltern, weil sie von einem Angehörigen der ehemaligen Kolonialmacht abstammte. Die Betonung lag auf ehemalig. Die Machtverhältnisse hatten sich geändert, und einen Deutschen zum Vater zu haben galt als peinlich. Elsa – ihr Name war zu einem Schimpfwort geworden, so als hieße sie »Stinker«, und auch später, als Erwachsene, hatte man ihr keine Zuneigung entgegengebracht. Der Plan der Familie war gewesen, sie mit irgendeinem anderen Mischling aus Samoa zu verheiraten oder mit jemandem, der in dem Bund mit ihr mehr Vorteile als Nachteile sah, einem kleinen Beamten vielleicht, dessen Karriere eine Ehefrau mit königlichem Blut förderlich sein konnte.

Elsas Plan war jedoch ein ganz anderer. Schon mit elf Jahren hatte sie erkannt, dass Samoa nicht ihre Heimat bleiben konnte. Während die anderen Kinder miteinander spielten, war sie zu einer kleinen, einsamen Bucht gegangen, wo Hunderte blauer Schmetterlinge flatterten, und hatte Bücher gelesen – europäische Bücher, Biografien wie die über Rembrandt, Mozart und den Sonnenkönig, die Stücke von Shakespeare, Schiller und Molière, Werke von Tolstoi, Stoker, den Brontë-Schwestern, Stefan Zweig … Sie verschlang alles, von den Klassikern bis zu Arthur Conan Doyles Detektivgeschichten – und nebenbei lernte sie auch noch mehrere europäische Sprachen. Mit achtzehn kamen die Liebesromane von Hedwig Courths-Mahler dazu. Der »rettende Prinz«, auf dessen Erscheinen man sich in diesen Büchern verlassen konnte, hatte es Elsa angetan. Sie fieberte umso stärker mit den Protagonistinnen, je mehr sie selbst auf den Prinzen wartete, der sie erlöste.

Ein paar Arme umschlossen Elsas Taille von hinten.

»Hier sind Sie also, Frau Matthes«, flüsterte Henning ihr ins Ohr. »Ich dachte schon, du wärst mir weggelaufen.«

Sie lehnte ihre Wange gegen seine. »Da wäre ich schön dumm. Ich hörte, wie dich manche hier als den schönsten Junggesellen der Südsee bezeichnet haben.«

»Der heute die schönste Jungfrau der Südsee geheiratet hat. Habe ich dir schon gesagt, dass du in diesem Hochzeitskleid umwerfend aussiehst?«

»Dreimal.«

Sie trug eine Kreation aus weißer Pariser Chiffonseide mit einem Brokatschleier, ihr erstes europäisches Kleid. In Samoa hatte sie traditionelle Kleidung tragen müssen – nicht etwa Baströckchen, die gehörten der Folklore an, sondern luftige, leichte, knielange Gewänder in bunten Farben. Viele Jahre lang hatte Elsa sich gewünscht, einmal wie eine Weiße angezogen zu sein. Daher war ihre Wahl auf ein besonders festliches, ja, pompöses Hochzeitskleid gefallen. Als sie es zum ersten Mal anprobiert hatte, war ihr der Schreck wie ein Stromstoß durch die Glieder gefahren. Das Kleid war wunderschön, und genau deswegen, so fand sie, passte es nicht zu ihr.

Immer wenn Henning sie lobte und bewunderte, war ihr danach, sich umzudrehen, um sich zu vergewissern, dass da keine andere Frau stand. Elsa hatte keine hohe Meinung von ihrem Aussehen. Hatte ein Junge oder Mann sie angestarrt, so hatte sie das immer auf ihre Andersartigkeit zurückgeführt, denn sie war einen halben

Kopf größer als ihre zahlreichen Kusinen. Diese hatten, im Gegensatz zu ihr, große Brüste und kleine Stupsnasen und entsprachen somit dem gängigen Schönheitsideal Ozeaniens. Auch war Elsas Haut heller als die typisch samoanische, nämlich karamellfarben, und ihre schwarzen Haare fielen nicht so schön weich, weshalb sie sie stets hochsteckte und nie, wie die Sitte es vorsah, lang und offen trug. Somit war Elsa auch in dieser Hinsicht eine Außenseiterin.

Henning war der Erste, der sie als »schön« bezeichnet hatte. Er war der Sohn eines Reeders und designierter Erbe eines Handelshauses, das Kontakte in die Südsee zu knüpfen versuchte. Sie waren sich zufällig in der Residenz über den Weg gelaufen, und er war Elsa zu ihrer Lieblingsbucht gefolgt. Sie fragte ihn über Deutschland aus. Er erzählte ihr alles, was sie wissen wollte, und staunte, wie viel sie bereits wusste. Jeden Tag, pünktlich um drei Uhr nachmittags, war er von da an zur Bucht gekommen. Mit seinen achtundzwanzig Jahren war er noch jung, er sah gut aus, war freundlich, zärtlich und liebevoll, kam von weit her ... Nicht von irgendwo, sondern aus Bremen, der Heimat von Elsas Vater, den sie als kleines Kind verloren hatte. Der Heimat, die sie noch nie, außer auf Fotos, zu Gesicht bekommen hatte.

Die Stunden mit Henning in der Bucht waren die schönsten, die Elsa je erlebt hatte. Sie gierte nach seinen Komplimenten, putzte sich heraus, so gut sie konnte, vergaß sogar die Bücher und dachte die ganze Zeit über nur an ihn. Als er ihr drei Tage vor seiner Abreise einen Heiratsantrag machte, war es für Elsa, als überreiche er ihr die Schlüssel für den Käfig, in dem sie seit ihrer Kindheit festsaß. Es war, als hebe er sie auf seinen Schimmel und ritte mit ihr direkt ins Paradies.

»Was hat es eigentlich mit dem kleinen Etui auf sich, das du mir vorhin gegeben hast, meine Prinzessin?«

Sie lächelte. »Du bist verwundert, nicht wahr?«

»Na ja, ich habe eine Muskatnuss darin gefunden.«

Ihr war das alles ein wenig peinlich, und sie war froh, dass Henning immer noch hinter ihr stand und sie ihm daher nicht in die Augen sehen musste. »Nenne mich meinetwegen eine alberne Gans, aber … Ich habe in einem Buch von Hedwig Courths-Mahler gelesen, dass …«

»Du meinst diese Kitschromanautorin?«

»Genau die. In einem ihrer Romane überreicht eine sterbende Großmutter ihrer geliebten Enkelin eine Kastanie und sagt, sie solle sie dem Mann schenken, von dem sie sicher sei, ihn für immer zu lieben. Zehn Jahre später ist es dann so weit. Mich hat leider keine Großmutter geliebt. Die Mutter meiner Mutter hat nie auch nur ein nettes Wort zu mir gesagt, vermutlich weil ich sie zeit ihres Lebens an die ›Verfehlung‹ ihrer Tochter erinnert habe. Also habe ich mir vor Jahren selbst auferlegt, dem Mann, den ich für immer lieben werde …«

»… eine Muskatnuss zu schenken.«

»In Ermangelung einer Kastanie.«

Er umfing sie noch fester, was sie sehr genoss. Am meisten hatten ihr immer die Umarmungen gefehlt. Seit ihre Eltern gestorben waren, war sie nicht mehr liebkost worden. Das war am schwersten gewesen. Die Bücher und die Schmetterlinge konnten einiges ersetzen – Freundschaften, Geschenke, Aufmerksamkeit –, nicht aber die Liebe.

»Ich halte dich ganz sicher nicht für eine alberne Gans«,

sagte Henning, »und auch ich werde dich für immer lieben, Prinzessin. Ich freue mich schon auf nachher, wenn wir ins Bett gehen. Sag mal, wirkt Muskat nicht aphrodisierend?«

»Um Himmels willen, du darfst die Nuss doch nicht zerreiben!«

Er lachte. »Es war nur ein Spaß. Das mit der Nuss, meine ich. Das davor nicht.«

Elsa wurde nervös, wenn sie an die Hochzeitsnacht dachte. Henning hatte sie noch nie nackt gesehen. Würde sie ihm gefallen? Zugleich vertraute sie ihm, er würde sie führen, lieben … Sie sehnte sich nach seinen Blicken, Berührungen und zärtlichen Worten.

Er sagte: »Vorher haben wir leider noch einige Pflichten zu erfüllen. Die ersten Hochzeitsgäste treffen bald ein. Kommst du?«

»Gleich. Geh schon mal vor.«

Sie blickte ihm nach und konnte ihr Glück kaum fassen. Elsas Kusinen hatten es zu verbergen versucht, aber sie waren allesamt neidisch auf sie gewesen, weil sie einen solch attraktiven Mann abbekommen hatte. Henning hatte blonde Haare, tiefblaue Augen, eine sportliche Figur, wenngleich er von leicht unterdurchschnittlicher Größe war. Er war elegant gekleidet, konnte sich ausdrücken und lachte gerne – seine Witze hatten sogar den König amüsiert. Auch in wirtschaftlicher Hinsicht war er eine gute Partie. Aber was das Wichtigste war: Er trug Elsa auf Händen.

In den Tagen der Überfahrt von Samoa nach Port Rabaul war Elsa jeden Morgen mit der Frage aufgewacht, ob das alles nur ein Traum gewesen war – oder ein Roman von Hedwig Courths-Mahler. Sie hatte nämlich nicht nur den Mann fürs Leben gefunden. Es schloss sich auch ein Kreis, denn die Heirat mit Henning bedeutete die Anerkennung und natürliche Fortführung ihrer deutschen Wurzeln. Ihr Vater wäre gewiss stolz auf sie.

Noch einmal wandte sie das Gesicht dem Strand zu, der vom Hotel nur durch eine Uferstraße und eine akkurate Reihe von Palmen getrennt war. Die Gesänge, die von dort kamen, konnte sie nicht in ihrem Wortlaut verstehen, wohl aber in ihrem Ausdruck. In der Südsee gab es Hunderte von Idiomen, jede Insel hatte praktisch ihre eigene Sprache. Aber das tiefere Verständnis, aus dem die Lieder wuchsen, war dasselbe. Die Weite des Stillen Ozeans trennte ihre einheimischen Bewohner nur räumlich, und so war Port Rabaul, wenngleich Tausende Meilen von Samoa entfernt, ihr fast so nahe wie die Heimat ihrer Jugend. Letztere war nun vorbei. Ein paar Wochen würde sie mit Henning noch hierbleiben, bis er seine Geschäfte erledigt hatte, doch in Gedanken wandte sich Elsa längst der zweiten Heimat zu, die seit Kindertagen in ihrem Herzen lebte.

»Endlich!«, seufzte sie.

Rund einhundert Personen kamen zur Feier ins Hotel »Kronprinz«: Deutsche, Briten, Australier, Holländer, Amerikaner – alles, was Rang und Namen hatte. Die meisten waren wie Henning Geschäftsleute, die an den natürlichen Ressourcen der Insel verdienten, den zwei großen K: Kokos und Kautschuk.

»Wo werden Sie leben?«, fragte eine ältere Dame Elsa.

Es war das erste Mal, dass sie dem ausgesetzt war, was

man allgemein Konversation nannte. In Samoa gab es so etwas nicht, zumindest nicht unter den Einheimischen, und zu den Weißen hatte Elsa ohnehin kaum Kontakt gehabt. Um sich zu üben, las sie seit einiger Zeit englische Romane, die in der Oberschicht der viktorianischen Ära spielten.

»Zunächst hier. Henning muss für seinen Vater noch einige Geschäfte abwickeln, bevor wir zu seiner Familie nach Bremen heimkehren. Wie schade, dass wir so wenig Gelegenheit haben werden, Sie und die anderen Mitglieder der Gesellschaft von Rabaul kennenzulernen. Sie sind alle ganz reizend«, erklärte sie artig.

»Wir werden uns ebenfalls Ihrer erinnern, meine Liebe. Sagen Sie, hatten Sie Mühe, in Ihren Schuhen zu laufen? Ich hatte den Eindruck, als wären Sie mehrmals umgeknickt.«

Man hatte es also bemerkt. Dabei hatte sie tagelang geübt. »In der Residenz sind wir immer barfuß gelaufen«, gab sie zu.

Die alte Dame zog die Augenbrauen hoch. »Ach … Ähm, nun ja, das ist sicherlich sehr viel … bequemer.«

»Ich werde üben.«

»Gewiss, gewiss. Sagen Sie, hat die Familie Ihres Gatten Sie mit offenen Armen empfangen?«

»Oh, ich habe sie noch nicht kennengelernt.«

»Sie meinen, seine Eltern wissen noch nichts von der Heirat?«

Elsa stutzte. »Doch … Natürlich … Ich nehme es zumindest an … Sicher … Wieso auch nicht?«

Die alte Dame lächelte breit. »Natürlich, Sie haben Recht. Wieso sollte er es vor seinen Eltern verheimlichen?«

Sobald Elsa sich von einer Gruppe Frauen abwandte, setzte hinter ihr gedämpftes Geschnatter ein, das sie an jenes von Zwergpapageien erinnerte, und sobald sie sich einer anderen Gruppe zuwandte, verstummte diese für einen Moment, bevor jemand zum Beispiel sagte:

»Was für ein zauberhaftes Hochzeitskleid Sie tragen, meine Teuerste.«

»Danke. Es ist erst vor zwei Tagen mit dem Postschiff gekommen. Die Anprobe war gestern, es musste noch geändert werden. Die Schneiderin hat die Nacht durchgearbeitet, wofür ich ihr sehr dankbar bin. Ich weiß nicht, was ich sonst gemacht hätte.«

»Nun ja, im Baströckchen und mit Blumengirlande vor den Altar getreten, nehme ich an.«

Elsa lachte aus voller Brust über den Witz. Die anderen Frauen fielen mit einigen Sekunden Verzögerung und sehr verhalten ein.

Die Braut fühlte sich wohl auf ihrer Hochzeitsfeier. Sie ging in dem prächtigen Festsaal von einer Menschentraube zur anderen, sah sich um, blieb kurz stehen, wechselte hier und da ein paar Worte auf Deutsch oder Englisch. Dann schritt sie in ihrem prächtigen Pariser Hochzeitskleid als die Königin des Tages weiter, umgeben vom weißen Establishment der Südsee, von Millionären und Magistraten, von Zigarrenduft, Walzermelodien und eleganten Hüten. Sie war dort angekommen, wo sie immer hingewollt hatte: in der Gesellschaft Europas.

»Unfassbar, sehen Sie mal da«, empörte sich Myrtle Maloy, eine australische Dame, und deutete auf den Mann, der soeben den Festsaal betrat. »Dass er es wagt, hier aufzutauchen, auf einer Hochzeit!«

Der Herr war ungefähr fünfzig Jahre alt, eine monumentale Gestalt mit kräftiger Figur und enormer Wirkung. Augen wie Suchscheinwerfer, eisblau, konzentriert, sehr direkt. An fast jedem Finger ein Ring, protzig wie der eines Bischofs, das ganze Abc der Edelsteine an zwei Händen. Etwas Anstößiges spielte um seine lächelnden Lippen.

»Wer ist das?«, fragte Elsa.

»Warwick.« Sie sprach den Namen aus, als spreche sie über eine Amphibie, die die meiste Zeit im Schlamm lebte. »Titus Warwick.«

Eigentlich Titus Cornelius Warwick, ein Engländer, der seit dreißig Jahren in der Südsee weilte. Tadellos gekleidet, war er dennoch ohne Vornehmheit. Das Verruchte drang ihm aus allen Poren, und die Verachtung der Gesellschaft klebte deshalb an ihm wie Sand an einem schweißnassen Körper. Sie ging allerdings nicht so weit, dass man es sich geleistet hätte, ihn nicht einzuladen. Dafür war er einfach zu reich – und sorgte für zu guten Gesprächsstoff auf der an Ereignissen armen Insel. Trotzdem regte man sich jedes Mal über sein Erscheinen auf, immer aus einem anderen Grund. An diesem Tag wegen seiner Begleitung. Er stellte sie als Mademoiselle Paulette vor, und das mit einem solchen Schmelz auf der Zunge, dass selbst dem Letzten klar wurde, welchem Gewerbe das schätzungsweise dreißigjährige Fräulein nachging.

Titus Warwick drückte Elsas Hand einen unanständig langen Kuss auf. »Meinen Glückwunsch, Hoheit.«

Dass er die förmliche Anrede verwendete – die wenigsten Europäer hielten diese Etikette gegenüber einer Südseearistokratin ein –, machte in Elsas Augen seine anzüglichen Gesten teilweise wieder wett. Sie mochte Exzentriker – aber nur, solange sie ihr nicht den Hochzeitstag ruinierten. Da ihre Gäste empört waren, empörte auch sie sich ein wenig.

»Ab heute einfach nur Frau Matthes«, erwiderte sie kühl und entzog ihm ihre Hand.

»Prinzessin bleibt man ein Leben lang«, schmeichelte er. »Darf ich vorstellen: Paulette. Ich entdeckte sie kürzlich in einem hübschen Gässchen in Kimbe, der Hauptstadt Neubritanniens. Wir sind uns buchstäblich in die Arme gelaufen.«

Ein Raunen ging durch die umstehende Gästeschar wie ein Windstoß durch Blattwerk. Nicht nur dass Titus Warwick eine Prostituierte zu einer Hochzeitsfeier mitbrachte, er benannte sie auch noch öffentlich als das, was sie war.

»Von mir ebenfalls die besten Wünsche«, sagte Paulette in nahezu akzentfreiem Deutsch. Sie war eine schlanke, fast hagere, hochgewachsene Frau, gut einen Kopf größer als Elsa, mit dem Teint einer Bettlägerigen und dem entschlossenen Ausdruck einer Amazone. Zu Letzterem trug unter anderem das glatte, kurze, streng gescheitelte hellblonde Haar bei. Ihre Stimme war ein bisschen kalt, metallisch, hochmütig, so als wolle sie dem skandalgefütterten Raunen der Menschen um sie herum ihren Stolz entgegensetzen. »Ich hoffe, Titus und ich kommen nicht zu spät.«

»Keineswegs«, erwiderte Elsa. »Wir sind noch beim Aperitif.« Sie wusste nicht, wie sie sich der Fremden gegenüber verhalten sollte, war unsicher, ob sie sich einfach nur irritiert oder auch verärgert geben durfte. Von ihrem

Hochzeitstag hatte sie immer gehofft, er möge perfekt ablaufen, ohne Prostituierte.

Bis dahin war alles so gut gegangen: das rechtzeitig aus Paris eingetroffene Kleid, kaum Absagen der geladenen Gäste, die feierliche Zeremonie in der kleinen protestantischen Kapelle von Port Rabaul, die segnenden Worte des Pastors, das üppige Kuchenbüfett … Mit dieser Hochzeit konnte Elsa vor die Welt treten und sagen: Ich habe alles richtig gemacht, ich bin kein naives, Hula tanzendes Mädchen, keine Kannibalentochter, nicht die Geliebte des Ersten Offiziers der »Bounty«, kein barbusiges, von Paul Gauguin porträtiertes Paradiesvögelchen – ich bin eine Deutsche, meines Vaters Kind.

Eine Hure bei Tisch störte dieses Bild. Es könnte heißen: Was kann man anderes erwarten, wenn eine Hula-Prinzessin heiratet, als dass auf dem Fest Huren tanzen? Sie kam nicht umhin, Paulette insgeheim fortzuwünschen, zurück in das hübsche Gässchen in Kimbe. Sie wollte sie nie wiedersehen.

Die Herren gingen bereits vor dem Dessert dazu über, ihr Blut mit Anisschnaps anzureichern, und die schon leicht angegrauten Damen rührten abseits davon mit Silberlöffeln in ihren ständig gefüllten Teetassen. Elsa war fest entschlossen, sich allen europäischen Gepflogenheiten zu unterwerfen, rührte ebenfalls fleißig, saß steif da und lauschte einer Konversation, die sich hauptsächlich um die Karrieren der Kinder der jeweiligen Damen drehte. Eine Stunde lang hörte sie mit angestrengtem Interesse zu, aber darüber wurde sie müde, ohne dass sie etwas dagegen tun konnte. Bei diesem Thema konnte sie nicht mitreden. Ihr einziger Beitrag bestand darin zu schmunzeln, wenn die anderen Damen schmunzelten. Einmal sagte sie sogar etwas, nämlich dass sie hoffe, ihre Kinder würden dereinst in Heidelberg studieren, sie habe gehört, das sei eine hervorragende Adresse. Daraufhin kehrte betretenes Schweigen ein, was ihr klarmachte, dass sie wieder einmal etwas Falsches gesagt hatte.

Nach einer Stunde Konversation sehnte sie sich nach einem Moment des Alleinseins, nach Wind und Meeresrauschen. Eine weitere halbe Stunde lang konnte sie diese Sehnsucht unterdrücken, dann entschuldigte sie sich, ging erneut auf die Hotelterrasse und atmete tief durch.

Es war längst finster. Vereinzelt schlängelten sich elektrische Lichter die umliegenden Hügel empor, und der Himmel war von einem glitzernden Gespinst bedeckt. Aus dem Dunkel heraus dröhnte der Ozean. In der Luft lag ein salziger Algengeruch, und je nachdem, woher die Brise wehte, wurde er von tropischen Düften abgelöst. Elsa schaute in die Nacht der Matupi Bay. Sie war ein riesiger geschützter Naturhafen, ein mit Wasser gefüllter Krater am äußersten Ende der Halbinsel Matupi auf der Insel Neubritannien, umgeben von Bergen und Wäldern – der Inbegriff vom Ende der Welt. Von schwankenden Katamaranen aus warfen die Fischer am Abend ihre Netze in die sanft wogenden Fluten aus.

Als sich Elsas Augen an die Nacht gewöhnt hatten, schälten sich die phantomhaften Umrisse der Vulkane langsam aus dem blauschwarzen Hintergrund heraus.

»Wunderschön und furchteinflößend zugleich, nicht wahr?«

Titus Warwick war auf die Terrasse getreten, ohne dass sie ihn bemerkt hatte. Nun wandte sie sich ihm zu. Sein großes, nicht besonders schönes Gesicht war kaum zu sehen.

»Ab und zu«, fuhr er fort, »stößt der Tavurvur eine Rauchwolke aus, so als hätte er mal eben an einer Pfeife gezogen und lehne sich gemütlich zurück. Ein prächtiger Täuscher, dieser Berg. Man muss sich bewusst machen, dass unter der Halbinsel die Lava strömt, geräuschlos wie Blut durch einen Körper.«

Warwicks Stimme war rau, dunkel und erotisch, sie verführte zum Zuhören und Nachdenken.

»Wenn es Ihnen so gefährlich erscheint«, fragte Elsa, »wieso leben Sie dann ausgerechnet hier?«

»Ich liebe diesen gepflegten Ort, an dem jederzeit das Urzeitliche in das eindringen kann, was wir Zivilisation nennen.«

»Und wenn das Urzeitliche die Drohung eines Tages wahrmacht?«

»Mich würde es als einen der Ersten erwischen. Darauf lege ich großen Wert, müssen Sie wissen. Ich lebe in der prächtigsten Villa der Insel, wenn nicht des gesamten Archipels, hoch über dem Meer, mir werden die Lavabrocken nur so um die Ohren fliegen.« Er lachte. »Wenn es so weit kommt, werde ich eine Flasche meines teuersten Bordeaux entkorken und dem Untergang zuprosten.«

»Oh, Sie sind entweder verrückt oder ein Angeber.«

»Beides, selbstverständlich.«

Elsa lächelte. Sie mochte die Unterhaltung, die sich komplett von der Konversation der Damen unterschied.

»Vermutlich können Sie sich beides leisten«, sagte sie.

»Und ob!«, rief er. »Die anderen, die da drinnen im

Saal, leben hier, um möglichst viel Geld zu machen. Ich habe jetzt schon mehr Geld, als ich in diesem Leben ausgeben kann.«

Allmählich wurde er ihr ein bisschen zu selbstgefällig, daher warf sie einen kurzen Blick auf seine beringten Hände.

»Unübersehbar«, sagte sie.

Warwick verstand, was sie meinte. »Gefallen Ihnen die Ringe etwa nicht? Sie waren sehr teuer.«

»Das war die Titanic auch«, entgegnete sie.

Er lachte. »Sie gefallen mir. Gnadenlose Ehrlichkeit ist ein guter Anfang, um ein aufregendes Leben zu führen. Sie sind anders als die Menschen hier, diese Gesellschaftsdarwinisten, die glauben, Anpassung sei der beste Weg, um zu überleben. Ja, wenn es nur ums Überleben ginge … Ich habe diesem Irrglauben abgeschworen. Ich tue, was ich will, und wenn mir acht Klunker an meinen Fingern gefallen, dann trage ich sie, egal was die anderen darüber denken. Im Grunde sind Sie mir sehr ähnlich, Prinzessin Elsa Fa'alua Jensen-Matthes, Sie trauen sich nur noch nicht, Ihre Natur auszuleben.«

»Sieh einer an. Und das meinen Sie nach ein paar Minuten zu wissen, ja?«

»Gewöhnlich habe ich einen ausgezeichneten Instinkt, was Menschen angeht, besonders bei Frauen. Keine der Damen im Saal wird Sie je als eine der Ihren akzeptieren, und seien Sie froh darüber.«

»Sie irren sich.«

»Selbst wenn. Wollen Sie wirklich so sein wie die? Wie Frau Mohnhaupt, die so unterhaltsam ist wie eine Straßenlaterne? Wie Mrs. Odswin-Taylor, die die Ursache für das Magengeschwür ihres Mannes ist? Wie die Jungfer Bleulich, die wunderschöne Zähne hat, aber Augen, wie man sie sonst nur vom Karneval kennt? Oder gar wie jene marmorgesichtige Moralwächterin, die uns gerade vom Saal aus beobachtet?«

Gemeint war Myrtle Maloy, die vierzigjährige Witwe eines australischen Missionars, deren Blick sich an Elsa und Warwick festgesaugt hatte. An Sonntagen sah sie aus wie die wiederauferstandene Maria Magdalena, ein fleischgewordener Seufzer mit einem Hauch von Heiligenschein. An den übrigen Tagen war sie emsig wie ein Handelsvertreter, angetrieben von dem nie endenden Wunsch, die Menschen von ihrer Ware zu überzeugen. Gottes Botschaft gab es bei ihr im Abonnement, das sie regelmäßig und mündlich in den Häusern auslieferte, immer zur Teezeit. Jeden Nachmittag war sie woanders, bewaffnet mit Bibel und Sonnenschirm, und plauderte bei einem Cookie über das Alte Testament, von dem sie fasziniert war. Noch nicht einmal der Pastor vermochte mit ihrem Wissen Schritt zu halten. Bei Elsa war sie zwei Tage vor der Hochzeit vorstellig geworden und hatte sie auf ihre Glaubensfestigkeit abgeklopft. Elsa, protestantisch erzogen, hatte mit Ach und Krach bestanden.

»Ich finde, wir sollten uns wieder in den Saal begeben«, sagte Elsa.

»Wegen der Maloy? Sie wollen sich dem Terror dieser Person unterordnen, obwohl Sie ihn genauso abstoßend finden wie ich?«

»Ich wünschte, Sie würden mir nicht immerzu sagen, was ich angeblich denke. Und was unser Zusammensein angeht: Es schickt sich nicht, wenn eine Frau und ein

Mann, die nicht Mann und Frau sind, in der Nacht so lange miteinander allein sind.«

»Wie so viele Regeln, ist auch diese idiotisch.«

»Dennoch halten sich alle in Port Rabaul daran.«

»Mit der in Port Rabaul versammelten Dummheit könnte man den ganzen pazifischen Graben füllen. Im Prinzip habe ich nichts gegen Dummheit. Der Jugend beispielsweise sehe ich gerne in ihrer Banalität zu. Schlimm sind nur jene, die so bleiben. Bereits dreißigjährige Dumme sind eine furchtbare Sache, noch ältere sind unerträglich. Deswegen sind Sie und ich ja auch aus dem Saal der Dummen geflohen.«

»Vorsicht, Sie sprechen auch von meinem Mann.«

»Glauben Sie? Nein, ich halte sehr viel von ihm. Seine Fähigkeit, Martinis zu mixen, ist enorm. Vor allem wenn man bedenkt, dass er Deutscher und mit Martinis so wenig aufgewachsen ist wie Briten mit Kuckucksuhren. Glauben Sie mir, vor Kuckucksuhren hisse ich die weiße Fahne. Ihr intelligenter Gatte hingegen stürzt sich mit Verve auf jeden Martini, den er mixen darf.«

Wieder glaubte Elsa, sich empören zu müssen, obwohl sie im tiefsten Innern keine Lust dazu verspürte. Titus Warwick war anders als alle Männer, die sie bisher kennengelernt hatte. So hatte noch niemand in ihrer Gegenwart gesprochen.

»Ich werde mir das nicht länger anhören«, sagte sie.

Just in diesem Moment kam eine der polynesischen Kellnerinnen auf die Terrasse. Sie war in Elsas Alter, hatte eine Haut wie schimmernde Bronze und mit Blumen verflochtenes schwarzes Haar. Elsa konnte sich an ihren Namen erinnern, Iolana, denn als der Hotelier sie vorgestellt hatte, war ihr der traurige Zug in Iolanas wunderschönen Augen aufgefallen. Sie hatte die Frau gefragt, woher sie komme, und Iolana hatte geantwortet, sie sei Tahitianerin.

»Verzeihen Sie die Störung, Ma'am, Sir, das Dessert wird in wenigen Minuten serviert.«

»Danke. Ich komme gleich.«

Die Art, wie Titus Warwick die Polynesierin anblickte, war unmissverständlich. Elsas Herz schlug heftig. Sie war nicht nur wütend auf den ungenierten Engländer, sondern seltsamerweise – und ungerechterweise – auch auf Iolana. Sie verglich deren Schönheit mit ihrer eigenen. Elsa hatte von ihrem Vater den herben Zug der Seemannsahnen abbekommen, der einzige deutsche Erbteil, auf den sie gerne verzichtet hätte. Trotzdem war Elsa nicht neidisch, zumindest glaubte sie das, denn sie war es noch nie gewesen und kannte sich damit nicht aus. Ihre Wut auf Iolana rührte von einem anderen Gefühl her, und das irritierte sie.

»Kein Wunder, dass die Gesellschaft Sie verachtet, Mister Warwick«, empörte sie sich.

Ihr plötzlicher Ausbruch ließ ihn ungerührt. »Die Gesellschaft verachtet mich, weil ich jene Sünden begehe, von denen sie sehnsuchtsvoll träumt. Ich liebe nun einmal Frauen, die keinen Hutkoffer besitzen, einfache Frauen, Weiber ...«

Sie unterbrach ihn. »So langsam verstehe ich Ihre Vorliebe für Vulkane, das Urzeitliche scheint Ihnen allzu sehr im Blut zu liegen, Mister Warwick. Vielleicht ist es besser, wenn Sie nicht zum Dessert bleiben. Bitte respektieren Sie meinen Wunsch und gehen Sie, und vergessen Sie Ihre ... Paulette nicht.«

Sie verweigerte ihm jeden weiteren Blickkontakt und

starrte zum Strand, wo im Lichte von Fackeln ein paar Mädchen Fangen spielten. Ihr Gelächter klang für Elsa wie die Melodie der eigenen Kindheit, die sie ebenfalls nur als Zuschauerin, nicht als Beteiligte verbracht hatte.

Als sie sich umwandte, war Titus Warwick fort, und den Platz, auf dem er gestanden hatte, hatte Myrtle Maloy eingenommen. Das mit Mondlicht gemischte Dunkel zeichnete schnittartige Konturen auf ihr glattes Gesicht.

»Sie haben ihn weggeschickt, Mrs. Matthes? Das war eine gute Tat. Dieser Unhold passt nicht auf ein Fest, das einen göttlichen Bund feiert. Ich bin sehr stolz auf Sie.«

Aus irgendeinem Grund, den Elsa nicht näher erforschen wollte, machte Myrtle Maloys Stolz sie traurig.

Etwas später waren alle weiblichen Gäste gegangen, ebenso die älteren Herren, die zu Bismarcks und Queen Victorias besten Zeiten geboren worden waren und daher viel Wert auf Form legten. Übrig geblieben waren Hennings Freunde, Söhne von Beruf, Partylöwen aus Passion, Junggesellen im Geiste. Sie saßen mit aufgebundenen Schlipsen und geöffneten Kragen um einen runden Spieltisch, und jedes Mal, wenn sie eine Karte ausgespielt hatten, tranken sie einen Schnaps oder zündeten sich eine Zigarette an. Iolana versorgte sie mit neuen Flaschen und Zigarillos, wofür sich die Herren mit zärtlichen Berührungen bedankten, die Iolana kommentarlos hinnahm.

Henning ließ sich von seinen Freunden verführen. Nach jedem Spiel sagte er: »Jetzt muss ich aber los, Jungs. Ihr wisst schon, Hochzeitsnacht, die Pflicht ruft.« Es wurde gelacht, jemand sagte etwas, teilte die Karten aus, und eine neue Runde begann: »Na gut, letztes Spielchen.«

Um Mitternacht ging Henning das Bargeld aus, und er unterschrieb einen Schuldschein.

Elsa trat zu ihm. Sie rang sich ein zärtliches Lächeln ab, legte ihm von hinten die Hände auf die Schultern und sagte: »Kommst du, Henning?«

Er liebkoste ihre Hände, und eine Sekunde lang fühlte Elsa sich belebt, optimistisch, voller Dankbarkeit. »Gleich, Prinzessin«, sagte er. Kurz darauf unterschrieb er den zweiten Schuldschein.

Sie überlegte, ein wenig fordernder zu werden, denn spielen konnte Henning jeden Abend, wohingegen eine Hochzeitsnacht etwas Einmaliges war. Doch sie traute sich nicht. Zu fordern, zu widersprechen und zu maßregeln wollte gelernt sein, und wann hatte sie je Gelegenheit dazu gehabt? Man hatte stets *von ihr* verlangt, man hatte *sie* zurechtgewiesen. Sie wusste noch nicht einmal, welche Worte sie wählen sollte, geschweige denn dass sie den Mut aufgebracht hätte.

Sie unternahm einen weiteren, sehr sanften Versuch: »Ich bin sooo müde.«

»Nur noch ein Spiel.«

Kurz darauf ging Elsa in den Festsaal zurück, die Luft im Spielzimmer war ihr zu stickig. Dort saß sie allein, unterhalten nur von einem unermüdlichen Grammophon, auf dem sich Walzerplatten drehten, die zwar die Stille, nicht aber das Alleinsein vertrieben. Ihre ganze Sehnsucht galt dem Bett und Hennings Körper. Die Geigen von Johann Strauß sangen sie schließlich in den Schlaf. Quer über drei Stühle lag sie da, mit ihrem Hochzeitskleid als einziger Bedeckung, und träumte von irgendetwas Schönem, das sie jedoch unmittelbar nach dem Erwachen vergaß.

Sie hörte laute Rufe, irgendein Durcheinander, und eilte ins Nebenzimmer. Hinter dem Tisch lag Henning auf dem Boden, bewusstlos, umringt von seinen angetrunkenen Freunden. Der nüchternste von ihnen kippte ihm Wasser ins Gesicht, Glas auf Glas. Die anderen wirkten hilflos und gaben mit ihren wankenden Körpern, glasigen Blicken und zitternden Zigarillos in den Mundwinkeln eine schlechte Figur ab. Einer zählte sogar sein Geld.

»Holen Sie einen Arzt, schnell!«, rief Elsa.

»Der Hotelboy ist schon zum Doktor unterwegs«, sagte Iolana, die ein wenig abseits stand.

Elsa beugte sich über ihren Mann. Sein Atem war flach, aber beständig. Sie streichelte Hennings Stirn, küsste sie … Mehr wusste auch sie nicht zu tun, außer ihn vor der Unfähigkeit seiner Freunde zu beschützen.

»Hören Sie auf, ihm Wasser ins Gesicht zu schütten. Sie werden ihn noch ertränken.«

»Henning kann was ab, er braucht keinen Arzt«, lallte der Angesprochene mit jener Art von Stimme, die vergeblich versucht, nicht zu lallen.

»Das entscheide immer noch ich.«

»Wie Sie meinen, Gnädigste.«

Hennings Freunde tröpfelten einer nach dem anderen hinaus. Nun waren nur noch Elsa, ihr bewusstloser Gatte und Iolana im Raum. Die Luft war schwer vom Schnapsgeruch, und die kleinen Jugendstillampen tauchten das Zimmer in ein gelbliches, dubioses Licht. Elsa verzog den Mund, sie verstand nicht mehr, wieso sie ausgerechnet in diesem Hotel Hochzeit gefeiert hatte. Gut, es galt als das beste Haus am Platz. Aber mit einem Mal fielen ihr Dinge auf, die sie vorher nicht wahrgenommen hatte: die angekratzte Täfelung, das schwere, massive Interieur, die wenig liebevolle Dekoration. Zusammen mit den Flaschen und Spielkarten auf dem Tisch, dem starken Geruch und dem schwachen Licht hatte dieses Hotel etwas Muffiges an sich, etwas Stilloses, und die plötzliche Erkenntnis betraf auch Hennings Freunde – sie streifte sogar ihn selbst, den frischvermählten, betrunkenen Gatten. Konnte es sein, dass sie sich in Henning getäuscht hatte? Dass es eine Seite an ihm gab, die ihr bisher verborgen geblieben war?

Nein, sagte sie sich. Sein Gesicht war so rein und hell, man erkannte ja noch den Buben darin. Wie konnte sich jemand mit diesem Aussehen an solche Freunde verschwenden, die ihn ausnahmen und abfüllten? Er selbst war unschuldig, naiv, beeinflussbar, und Elsa nahm sich in diesem Augenblick vor, stärker auf ihn einzuwirken, als sie es vorgehabt hatte. Sie sah sich bereits in einem intimen Gespräch mit seiner Mutter, die sie genau darum bat. Dieses Fantasiebild erfüllte sie, inmitten der Sorge um ihren Mann, mit großer Befriedigung.

»Alkoholvergiftung.«

Der Doktor sprach es mit einem Gleichmut aus, als diagnostizierte er eine Blähung. Er war ein junger Mann, ungefähr in Hennings Alter, großgewachsen, schlank, markantes Kinn, braune Augen. Seine Haut war von der Südseesonne bronziert, und sein brünettes Haar war länger und voller, als man es von Akademikern im Allgemeinen und Ärzten im Besonderen kannte. Die oberen drei Knöpfe seines Hemdes standen offen, die Brusthaare waren zu sehen. Der zerknitterte Leinenanzug, den er trug, war wohl einmal weiß gewesen, mit der Zeit aber ungleichmäßig eingedunkelt, was seinen Träger in Elsas Augen ein bisschen schäbig wirken ließ. Dennoch strahlte er Kraft und Entschlossenheit aus, zugleich eine große Ruhe.

Er schloss die Arzttasche.

»Und nun?«, fragte Elsa.

»Knöpfen Sie ihm das Hemd auf, legen Sie ihm ein Kissen unter den Kopf, machen Sie es ihm hier, wo er liegt, so bequem wie möglich, und wenn er aufwacht, geben Sie ihm viel Wasser zu trinken. Ich lasse Ihnen ein Schmerzmittel da, aber verabreichen Sie es ihm frühestens drei Stunden, nachdem er aufgewacht ist.«

»Das ist alles?«

»Das ist alles.«

Elsa schnaufte. »Doktor … Doktor …«

»Richter. Max Richter.«

»Doktor Richter. Ich warte seit zwei Stunden auf Ihr Kommen, und Sie tun nichts, außer ihm Wasser zu verschreiben.«

»Ich konnte nicht schneller kommen. Bei einer Eingeborenen hatten die Wehen eingesetzt, sie waren schon überfällig.«

»Man muss doch irgendetwas gegen eine Alkoholvergiftung tun können!«

»Ja, man kann weniger Alkohol trinken.«

Diese Spitze nahm Elsa endgültig gegen den Arzt ein. Natürlich wusste sie, dass er recht hatte, doch sie spürte seine Abneigung gegen Henning, und das ließ sie nicht gelten.

»Verzeihen Sie, aber für einen Arzt ist das eine idiotische Bemerkung. Gegen einen verstauchten Fußknöchel empfiehlt es sich, im Vorfeld einen Fehltritt zu vermeiden. Lassen Sie den Knöchel deswegen auch unbehandelt?«

Er sah sie gelassen an. »Ich könnte ihm eine Infusion legen, wie ich es bei Ihrem Mann schon vier- oder fünfmal gemacht habe.«

Erneut eine Spitze, die diesmal sogar noch tiefer drang. Die Verachtung des Arztes für seinen Patienten verletzte Elsa ebenso wie das Entsetzen darüber, dass Hennings Verhalten nicht einmalig war.

»So tun Sie es doch endlich! Legen Sie die Infusion!«

»Ich habe keine Infusionsflaschen mehr. Der Nachschub aus Australien kommt unregelmäßig.«

»Das kann überhaupt nicht sein!«, widersprach Elsa erregt. »Mein Hochzeitskleid ist pünktlich mit dem Postschiff aus Darwin eingetroffen.«

Der Arzt nickte. »Bedauerlicherweise gibt es eine Reihe von australischen Zollbeamten, die Hochzeitskleidern eine höhere Priorität einräumen als medizinischen Gütern. Es tut mir leid, aber ich kann im Moment nichts für Ihren Mann tun. Zu Ihrer Beruhigung will ich Ihnen sagen, dass er bisher noch jede Alkoholvergiftung überstanden hat. Ich sehe ihn nicht in akuter Gefahr.«

In diesem Moment meinte Elsa einen geradezu mitleidigen Blick Max Richters auf sich zu spüren, so als wolle er sagen: Arme Frau, du hast etwas Besseres verdient. Oder auch: Arme, dumme Frau. Und das von einem Mann in einem alten, zerknitterten Anzug und abgetragenen Schuhen!

Als er sich zum Gehen wandte, rief sie ihm nach: »Ich glaube Ihnen kein Wort.« Sie konnte nicht mehr an sich halten. Gekränkter Stolz, Verwirrung und ein verkorkster Abend lasteten auf ihr und brachten Gefühle hervor, von denen sie gar nicht gewusst hatte, dass sie sie besaß. Wann war sie je derart zornig gewesen? Wann hatte sie je einen anderen Menschen beleidigt?

»Wie bitte?«, fragte der Arzt.

»Ich sagte, ich glaube Ihnen kein Wort«, wiederholte sie mit zitternder Stimme. »Sie haben etwas gegen Henning, geben Sie es ruhig zu.«

Er zögerte, fragte: »Bestehen Sie auf einer Antwort?«

»Oh ja, nur zu, ich will es wissen. Nehmen Sie keine Rücksicht.«

»Also bitte. Es stimmt, ich halte nicht viel von ihm. Er ist eitel und arrogant, ein Spieler und Säufer, und wenn ich überhaupt etwas Gutes über ihn zu sagen wüsste, dann dass er sich selbst mehr schadet als anderen. Im Großen und Ganzen ist er mir jedoch ziemlich egal, so wie die meisten Weißen, die hier leben.«

»Sind Sie fertig?«

»Ja.«

»Jetzt bin ich dran. Sie sind ein Lügner. Sie haben durchaus Infusionen, aber Sie halten sie zurück, und Sie sind nie im Leben zwei Stunden lang von einer Geburt aufgehalten worden, sondern haben in dieser Zeit Däumchen gedreht. Südseefrauen rufen keine Doktoren, sie bringen ihre Kinder seit Jahrtausenden ohne europäische und amerikanische Hilfe zur Welt.« Elsa deutete auf Iolana, die sich außerhalb der Lichtkegel in einer Ecke aufhielt. »Sagen Sie es ihm! Sagen Sie ihm, was er für ein Narr ist, uns eine solche Lüge aufzutischen.«

Iolana trat einen Schritt aus dem Dunkel, wechselte einen Blick mit dem Arzt und senkte den Kopf. In dieser Haltung verharrte sie schweigend, was Elsa ein weiteres Mal gegen sie aufbrachte.

Max Richter stellte die Tasche ab und rieb sich die Augen. Für ein paar Sekunden war er nicht mehr der Arzt, der Henning verachtete, sondern ein überarbeiteter, kraftloser Mensch, dem sie einen Schlag versetzt hatte. Sobald er jedoch die Arzttasche wieder ergriffen hatte, kehrte seine Souveränität zurück.

Mit beinahe provokativer Milde sagte er: »Es war eine Steißgeburt, das Kind lag falsch. Ich konnte es retten, aber die Mutter habe ich verloren. Guten Abend, Frau Matthes. Ach, übrigens, herzlichen Glückwunsch.«

Frau im Herrenclub

Elsa und Henning bewohnten die oberste Etage eines Handelskontors in Simpson Harbour, dem Hafenviertel von Port Rabaul. Henning hatte nur drei Tage für seine Wiederauferstehung benötigt, er hatte sich bei Elsa für den misslungenen Abend entschuldigt und Besserung gelobt. Damit war das Thema für Elsa erledigt. Es lag ihr nicht, sich an Dingen abzuarbeiten, die unabänderlich waren, und was war unabänderlicher als die Vergangenheit? Als Waise und Mischling hatte sie früh gelernt, mit besiegelten Fakten umzugehen. Außerdem war ihr die Erinnerung an ihren Hochzeitsabend auch aus ganz persönlichen Gründen unangenehm, daher fiel es ihr nicht schwer, so zu tun, als hätte es ihn nie gegeben.

Elsa richtete den Blick nach vorn. Sie gestaltete das provisorische Zuhause, in dem sie lebten, so behaglich wie möglich. Die meisten Möbel waren schon da, denn Henning hatte das Kontor bereits vor ihrer Hochzeit bewohnt, aber Elsa ergänzte dies und das an der einen oder anderen Stelle, tauschte Geschmackloses aus, sorgte für mehr Farben und Licht … Henning bemerkte ihre kleinen Erfolge durchaus.

»Sieh an, hat meine Prinzessin wieder Geld ausgegeben?«, sagte er oft lächelnd, wenn er nach Hause kam. »Was ist es heute? Eine Schale?«

»Ich fülle sie mit Wasser und lasse Blüten darin schwimmen.«

Er küsste sie. »Eine hübsche Idee.«

Auch ihre europäische Garderobe erwähnte er lobend, mehr noch, er ermutigte sie sogar, weitere Kleider zu kaufen. Sie konnte sich glücklich schätzen, welcher Mann animierte seine Frau schon zum Einkaufen!

»Müssen wir nicht ein bisschen vorsichtig mit dem Geld sein?«, fragte sie.

»Wie kommst du denn darauf?«

»Ich dachte nur so.«

»Darüber brauchst du dir keine Gedanken zu machen, Prinzessin.«

Das zu hören bereitete Elsa großes Vergnügen – wie es den meisten Frauen ergangen wäre. Viel wusste sie jedoch mit diesem Freibrief nicht anzufangen. Schmuck beispielsweise hielt sie für absolut überflüssig, denn sie fand, dass ein Blütenzweig im Haar ein Diadem bei Weitem an Schönheit übertraf und dass die Wirkung einer duftenden Holzperlenkette größer war als die eines Colliers aus Smaragden. Wenn überhaupt, trug sie ein wenig Silber, weil ihr gefiel, wie das Mondlicht es zum Leuchten brachte. Henning lächelte über so manche ihrer Ansichten, aber er tat es stets auf eine gerührte, gütige Weise, so wie ein Vater über die harmlosen Eskapaden seiner Lieblingstochter lächeln würde. Das gefiel Elsa.

Die Ehe mit Henning war frei von Streit und angefüllt mit Zärtlichkeit. Elsa fühlte sich umso wohler, je näher er ihr war. Sie konnte nicht genug von diesem wunderbar glatten und straffen Körper bekommen, der sich fast jede Nacht an sie schmiegte. Er dagegen fand tausend

Möglichkeiten, ihr zu zeigen, wie viel er für sie empfand: die kleinen Bisse in ihren Hals, die sie so mochte, das Blütenöl, mit dem er sie massierte, die Geschenke, die er fast täglich mitbrachte ... Manche erfreuten Elsa besonders, etwa der Fotoband über Deutschland. Andere fand sie weniger gelungen, zum Beispiel den Singvogel, der in einem Käfig saß und trällerte. Wozu ein eingesperrter Vogel, wenn die tropischen Wälder ringsherum überquollen von Gezwitscher? Doch sie ließ sich nichts anmerken und verliebte sich in die Geste mehr als in das jeweilige Geschenk.

Elsa liebte die Matupi Bay, ja, die ganze Halbinsel Matupi, mit Port Rabaul dagegen konnte sie wenig anfangen. Sie langweilte sich, da die Einladungen ausblieben, auf die sie gehofft hatte. Zwar fand sie das, was die Weißen Konversation nannten, außerordentlich anstrengend, aber sie schob es darauf, dass sie darin ungeübt war. Die Stadt selbst bot leider kaum Abwechslung. Es gab ein paar Läden für Stoffe, Lebensmittel und Porzellan, einen Herrenclub, die Kirchengemeinde, zwei Schulen und das Hotel »Kronprinz« nebst Gastronomie, alles hübsch aufgereiht an der geteerten Hauptstraße gelegen. Dahinter die saubere Siedlung der Europäer und Australier und am Stadtrand die Hütten der Chinesen, Filipinos und der einheimischen Tolai. Unmittelbar danach kam schon der Buschwald, der zu meiden war. Die Plantagen der Europäer, auf denen Vanille, Muskat, Kakao und tropische Früchte wuchsen, befanden sich außerhalb von Elsas Reichweite. Nach einer halben Stunde war ihr Rundgang jedes Mal zu Ende. Elsa wurde selten angesprochen, und sie wagte noch seltener, das Wort an andere Leute zu richten. Die Auslagen in den Schaufenstern änderten sich nur monatlich.

Meistens verlängerte Elsa ihren Spaziergang, indem sie den braunen Kindern am Strand zusah. Von den Klippen aus warfen sie ihre Angelschnüre ins Meer, oder sie halfen ihren Vätern beim Flicken der Netze, tauchten nach Seegurken, Seeigeln und Muscheln, pflegten die Austernbänke und rangen und schwammen miteinander. Die Mischlingskinder in ihren blau-weißen Schuluniformen gingen mit neidischen Blicken und arrogant erhobenen Häuptern an ihnen vorüber, und die Kinder der Weißen machten ihre Witze über die einen wie auch die anderen.

Am liebsten blieb Elsa in Simpson Harbour, dem Hafenviertel, in dem sie wohnte.

Im dritten Ehemonat, nachdem sie sich in der Nacht geliebt hatten und sich in den Armen lagen, teilte ihr Henning jedoch mit, dass sie bald ins Umland von Port Rabaul ziehen würden.

»Wir werden bei Paul Vandervalt wohnen. Du kennst ihn von der Hochzeit.«

Oh ja, sie kannte ihn. Er hatte damals sein Geld gezählt, während Henning bewusstlos auf dem Boden lag.

»Bei deinem Freund Paul? Zur Untermiete?«

»Er hat eine Villa, meinetwegen auch Hazienda, Manor, Gutshof oder Ranch, und er wohnt dort ganz allein ... abgesehen vom Personal, versteht sich. Ein herrschaftliches Anwesen wie dieses ist für uns genau das Richtige. Wir werden dort viel mehr Platz haben als hier.«

Diese Nachricht trübte ihre Stimmung. Sie mochte die kleine Wohnung am Hafen. Denn, so seltsam es klang, Elsa hatte sie nicht trotz, sondern wegen ihrer offenkundigen Mängel liebgewonnen. Es war nicht viel Platz darin. Ruhig lag sie auch nicht, denn die Quais von Simpson Harbour waren nur einen Steinwurf entfernt. Gerade die Fülle an Stimmen und Bewegungen jedoch belebte Elsa. Oft ging sie, wenn Henning geschäftlich unterwegs war, zum Hafen, wo sie lange dem Ein- und Ausschiffen der Güter und Passagiere zusah, ohne von der Vielzahl der Eindrücke zu ermüden. Wer in diesen Stunden nicht alles an ihr vorbeizog: Amerikaner in gut geschnittenen schwarzen Anzügen und mit weißen Melonen in Begleitung ihrer Sekretärinnen, naserümpfende britische Dandys in pastellfarbenen Jacketts auf der Durchreise, Pastoren der verschiedenen amerikanischen Freikirchen, die um die Herrschaft über die Seelen der Kanaken konkurrierten. Außerdem japanische Auswandererfamilien, die Kinder huckepack in großen Körben auf dem Rücken, unter riesigen Strohhüten gebeugt vorübertrippelnde Chinesen, die noch im Kaiserreich geboren worden waren. Und natürlich die vielen billigen Arbeitskräfte mit freiem Oberkörper, Filipinos, Kaledonier, Polynesier, Melanesier, Mikronesier und die einheimischen Tolai, die die angelieferten Güter schleppten, Getreidesäcke, Hühnerkäfige, Wein- und Bierfässer … Gelegentlich wurden auch Pferde entladen, ebenso Rinder, Esel und Automobile. Nirgendwo sichtbarer als am Hafen von Port Rabaul, dem Tor zum Pazifik, trafen die Kulturen der Südsee, des fernen Europas und des nahen Asiens aufeinander. Nur ein paar Meter weiter, in den Wohngebieten von Port Rabaul, liefen sie auch schon wieder auseinander und verstreuten sich.

In diesem Gewimmel drückten sich – darüber war Elsa

sich durchaus im Klaren – die enormen Umwälzungen aus, die sich in der Südsee vollzogen. Noch vor einem Lebensalter hatten die Polynesier ausschließlich ihre Götter angebetet, ihre eigenen Rituale begangen, nur sich selbst gedient. Sie hatten keinen Im- und Export betrieben, kein Kreuz und keine Sünde gekannt, spärliche Kleidung getragen, ihre Häuptlinge gewählt, ihre Gesetze und Moral selbst bestimmt … Aber dann waren die Kanonenboote der Briten, Franzosen, Spanier, Holländer, Deutschen und Amerikaner gekommen und mit ihnen die Soldaten, und dann die Missionare, die Siedler und Kaufleute. Anfangs widerstanden die Polynesier den kulturellen Einflüssen der neuen Herren. Aber so wie die mythische Welt der Artussage, von der Elsa gelesen hatte, war auch die mythische Welt der Polynesier dem Untergang geweiht. Anfangs widerwillig, dann lustlos und schließlich artig hatte man sich der neuen Kultur ergeben. Die Umerziehung war noch im Gange, der Umbruch noch nicht abgeschlossen. In den letzten Winkeln der polynesischen Herzen lebten die alten Götter und Traditionen zwar noch, doch sie wurden von Tag zu Tag schwächer. Elsa war nicht nur ein Kind zweier Kulturen, sondern auch zweier Epochen, und sie blickte mit einer gewissen Wehmut auf das, was im Sterben begriffen war.

Schließlich regten auch die Dampfer Elsas Fantasie an. Sie kamen von überall her, blieben eine Weile und fuhren zurück in die Weite der Welt. Auf einem von ihnen würde sie in nicht allzu ferner Zeit die vertraute Heimat des Pazifiks verlassen und zu einem neuen Ufer aufbrechen, und sie versuchte oft, sich diesen Moment vorzustellen. Melancholie mischte sich dann mit freudiger Erwartung. Ja, sie würde vieles zurücklassen und vermissen, es vielleicht nie wieder mit ihren Sinnen erleben: die im Glanz der Sonne glitzernden Schwärme fliegender Fische, den smaragdgrünen, im Passat rauschenden Blätterwald, das azurne Meer, wie es weiß über die vorgelagerten Riffe brandet, den Duft brennender Kokosnussschalen, die Fahrt in einem pfeilschnellen Einbaum, eine im Schatten der Feigenbäume verbrachte Stunde mit Freunden … Sogar das Sternenzelt, zu dem sie seit ihrer frühesten Kindheit aufgeblickt hatte, würde in Europa ein anderes sein.

Trotz alledem strebte sie dem Anblick der neuen Heimat, die sich tief in ihr bereits mit der Langsamkeit einer Blüte öffnete, ungeduldig entgegen. Sie hatte Fotos gesehen, Bücher gelesen. Vor ihrem inneren Auge imaginierte sie einen Gang durch das Watt, den Blick vom Brocken, eine Rheinfahrt und vieles mehr, allerdings blieben diese Bilder ihr enttäuschend fremd. Wie sollte sie sich den Duft der Heide vorstellen, wie den Erdgeruch eines Weinbergs? Dennoch wurde sie nicht müde, es immer wieder zu versuchen. An den Quais von Simpson Harbour gelang ihr dies am besten. Selbst wenn sie nicht dort war, konnte sie vom Balkon der Kontorwohnung aus das eine oder andere bekannte Geräusch aufschnappen und zu träumen anfangen.

Was den beengten Platz in der Kontorwohnung anging: Elsa war von Samoa nichts anderes gewöhnt. Sie hatte zwar in der von den Kolonialmächten für den König erbauten Residenz gewohnt, aber in einem der kleineren Zimmer, zusammen mit einer Tante. Dort, wo sie herkam, war das Haus nur eine Schlafstatt, das eigentliche Leben spielte sich im Freien ab. In einer großen Wohnung ohne muntere Gesellschaft drumherum, so fürchtete sie, würde sie sich verloren vorkommen.

Der Umzug stimmte Elsa traurig. Sie verstand und akzeptierte jedoch, dass Henning all das nicht so sah wie sie. Er war nun mal anderes gewöhnt als sie.

In räumlicher Hinsicht war Vandervalts im Kolonialstil erbaute Villa eine Verbesserung. Sie lag im Herzen einer bedeutenden Kokosplantage, und wer in dem Rondell auf dem Dachfirst stand und auf das rauschende grüne Meer des Palmenhains sowie auf die schnurgeraden, sternförmig ausstrahlenden Wege niederblickte, hätte meinen können, er befände sich im Herzen eines Königreichs. Tatsächlich waren es über zwei Stunden Fußmarsch bis Simpson Harbour, womit Elsas tägliche Besuche des Hafens ein Ende hatten. Anfangs nahm sie den Einspänner, bis Henning ihr klarmachte, dass es in Port Rabaul nicht gern gesehen wurde, wenn eine Frau ohne männliche Begleitung ausfuhr.

»Aber wenn ich allein spazieren gehe, stört sich doch auch niemand daran.«

»Das ist nicht dasselbe, Prinzessin.«

Warum es nicht dasselbe war, konnte er ihr nicht erklären. Allein spazieren gehen ja, allein ausfahren nein. Es handelte sich demnach um eine jener europäischen Regeln, von denen sie schon lange vor der Heirat gewusst hatte, dass sie sich daran anzupassen hatte. Elsa war dazu bereit und gab sich große Mühe. Von dem Tag an, an dem sie als Kind beschlossen hatte, Europäerin zu werden, hatte sie in Kauf genommen, dass ihre samoanischen Wurzeln nach und nach gestutzt und die deutschen gestärkt würden. Jeden Tag lernte sie etwas dazu, und wenn ihr manche Strecke auch schwerfiel, zweifelte sie nie daran, dass der Weg richtig war. Also verzichtete sie auf den Einspänner und stieg auf einen Zweispänner mit Kutschbock um, den einer von Vandervalts Dienern lenkte.

Nach einer Weile wandte Henning ein: »Prinzessin, Liebes, es geht nicht, dass du neben einem Filipino auf dem Kutschbock sitzt. Bedenke bitte, wer du bist.«

Sie verstand nicht, zuckte mit den Schultern. »Deine Frau.«

»Mehr als das. Du bist eine Aristokratin.«

Zum ersten Mal fiel Elsa auf, dass Henning ihre vornehme Herkunft stärker betonte als ihre Rolle als Ehefrau. Zunächst dachte sie sich nichts dabei. Doch so, wie ein überraschend entdeckter Fleck die Aufmerksamkeit für weitere Flecken schult, durchforstete sie ihre Erinnerung nach zusätzlichen Beispielen und musste nicht lange suchen.

Henning nannte sie eigentlich immer »Prinzessin«. Im Privaten war das ein Kosename, an den sie sich schnell gewöhnt hatte, wie sie sich auch an »Blütenköpfchen« oder »Paradiesvögelchen« gewöhnt hätte. Bei jenen Gelegenheiten jedoch, wenn Henning Elsa – auch bei formlosen Zusammenkünften – vorstellte, bekam die Verwendung ihres Titels etwas Gezwungenes: »Meine Frau, Ihre Hoheit Prinzessin Elsa Fa'alua.« Noch deutlicher wurde die Überbetonung ihrer noblen Abkunft, wenn Henning mit anderen über sie sprach. Viele Male hörte sie zufällig, wie er beispielsweise sagte, die Prinzessin werde nie seekrank, die Prinzessin möge kein Rindfleisch, die Prinzessin spreche vier Sprachen … Er sagte fast nie »Elsa« oder »meine Frau«.

Elsa hatte durchaus nichts gegen ihren Titel, sie selbst wies gelegentlich auf ihre königlichen Verwandten hin, wenngleich sie sich in deren Gesellschaft nie königlich gefühlt hatte. Aber Prinzessin zu sein war lediglich ein Attribut unter anderen, so wie sie auch Samoanerin, Deutsche, Tochter und Ehefrau war – und eines Tages wohl Mutter. Ihr Verhältnis zu ihrem Titel war spielerisch, und es verletzte sie keineswegs, wenn jemand nicht mitspielen wollte, wohingegen Hennings andauernde Verwendung – bis ins Private hinein – verkrampft wirkte.

Seltsam, dass sie das nicht früher bemerkt hatte. Nun fing es an, sie zu stören. Henning hatte sie in erster Linie als Frau geheiratet, Elsa Fa'alua, und nicht als die Großnichte eines Königs. Das jedenfalls hatte sie bisher geglaubt.

Doch trat dieses Problem in den Hintergrund, denn mit dem Umzug auf Vandervalts Gut kam sie ohnehin wenig in Gesellschaft und konnte sich demzufolge auch nicht über Hennings verkrampfte Hinweise auf ihren Status ärgern. Ihr Ehemann war viel unterwegs, meist ging er vormittags aus dem Haus und kam manchmal erst um Mitternacht zurück, gelegentlich auch erst gegen Mittag des nächsten Tages. Da für Elsa die Ein- und Zweispänner ausfielen, Henning das Coupé für sich benötigte und der Ritt auf einem Inselpony wohl ebenfalls nicht als standesgemäß angesehen worden wäre, hing sie auf der Plantage fest.

»Ich würde gerne Cocktailpartys geben«, schlug sie Henning vor.

»Nichts dagegen. Aber wen willst du einladen? Die drögen Damen von Port Rabaul? Die halten sich ja schon für verwegen, wenn sie ein Löffelchen Rum in ihren Tee rühren.«

Dem musste Elsa zustimmen. Die Weißen in den Kolonien waren leider extrem konservativ, vor allem die älteren, und es gab fast nur ältere, denn die jüngeren zog es zumeist in ihre Ursprungsländer. Die Alten hielten nichts von »Neuerungen« wie Cocktailpartys, Barbecues und Spaß. In Samoa saßen die Familien jeden Abend im großen Kreis zusammen, um zu essen und anschließend ein bisschen zu feiern. Barbecue und Party waren selbstverständliche Bestandteile der pazifischen Kulturen – lange vor der Eroberung durch die Weißen. Leider hatte Elsa, das ungeliebte Aschenputtel, nur wenig von diesem Beisammensein gehabt, daher brannte sie geradezu auf Gesellschaft. Liebend gerne hätte sie ein paar Polynesier eingeladen, aber wenn sie noch nicht einmal neben einem Filipino auf dem Kutschbock sitzen durfte, brauchte sie erst gar nicht zu fragen, wie es wohl ankommen würde, wenn sie mit seinesgleichen einen Gin Pahit schlürfte.

So blieb Elsa weiterhin allein – fast allein. Paul Vandervalt war da. Er begegnete ihr auf Schritt und Tritt, denn sein Haus war so gebaut, dass die Wohnräume türlos ineinander übergingen. Außer im Schlafzimmer konnte Elsa nie für längere Zeit für sich sein. Morgens, mittags und abends war sie gezwungen, die Mahlzeiten mit ihm einzunehmen. Das wäre durchaus angegangen, hätte sie ihn leiden mögen. Dummerweise war dem nicht so.

Er war ein junger Mann mit einem kleinen Gesicht, das von einer großen römischen Nase dominiert wurde. Seine eng zusammenstehenden Augen sahen alles, was nicht zu seiner Zufriedenheit verlief, und er behandelte seine

Diener und Arbeiter schlecht. Elsa war nicht glücklich, das mit ansehen zu müssen, doch sie war nur Gast in seinem Haus und wagte nicht, mit Worten zu protestieren, sondern nur durch mimische und gestische Andeutungen ihres Missfallens. Er bemerkte es zwar, scherte sich aber nicht darum.

Elsa wollte unbedingt von der Plantage weg. Daher fragte sie Henning: »Wann fahren wir nach Deutschland?«

»Das dauert noch eine Weile. Der Handel floriert zurzeit nicht, meine Mission in der Südsee verlängert sich auf Wunsch meines Vaters.«

»Findest du es nicht ein wenig seltsam und auch ungebührlich, wenn wir, ein junges Ehepaar, so lange Zeit bei einem Junggesellen wohnen? Oft, wenn du nicht da bist, bin ich mit ihm allein.«

Henning lachte. »Paul wird dich nicht anrühren, weil er weiß, dass ich ihm alle Knochen breche, wenn er es tut.«

In dieser Hinsicht sollte Henning recht behalten. Ansonsten wurde alles immer schlimmer. Manchmal hatte Elsa den Eindruck, dass Paul seine Tolai-Arbeiter nur schlug, damit sie es mitbekam. Trotzdem bat Henning sie, sich nicht in Pauls Angelegenheiten einzumischen. Er hatte gut reden, er war immer häufiger unterwegs. Zu allem Übel stellte Elsa fest, dass Hennings Kleidung, wenn er über Nacht wegblieb, am nächsten Tag stark nach Schnaps roch.

In den einsamen Stunden, von denen es zu viele gab, hatte Elsa das Gefühl, die Kontrolle zu verlieren, was vorher noch nie der Fall gewesen war. In Samoa gab es so etwas wie »Kontrolle über das Leben« noch nicht einmal als Begriff, es war eine europäische Erfindung. Mit der

Heirat in der Sphäre Europas angekommen, wurde der Begriff für Elsa zur Tatsache, deren Fehlen sie belastete.

Sobald Henning da war, sobald sich Elsa mit ihm zusammen im Schlafzimmer befand, war alles innerhalb von Minuten wieder gut. Er war so lieb zu ihr wie vom ersten Tag des Kennenlernens an, und auch seine Zärtlichkeit ließ nicht nach. Die Geschenke wurden zwar weniger, aber Elsa hatte nie etwas anderes erwartet. Sie entledigte sich sogar einiger seiner früheren Präsente, wie des Vogels, dessen Gefangenschaft sie nicht länger ertrug. Sie ließ das Tier frei, gestand Henning ihre Tat – und er nahm sie dafür in den Arm und küsste sie. Am nächsten Tag brachte er ihr einen neuen Vogel mit.

»Schenk so vielen davon die Freiheit, wie du willst«, sagte er. Genau das tat sie. Zwei, drei Tage nachdem sie wieder einen Vogel geschenkt bekommen hatte, ging sie mit dem Käfig in der Hand zu einem kleinen Hügel inmitten der Kokosplantage, öffnete ihn und blickte dem fliehenden Vogel mit einem wehmütigen Lächeln hinterher. Sie tat es sogar mehrmals im Monat, denn Henning hielt sein Versprechen und wurde nicht müde, ihr Vögel zu schenken.

Wie hätte sie ihn nicht lieben können, diesen großen Jungen! Elsa wollte nur das Beste, als sie sich entschloss, die Kontrolle über ihr gemeinsames Leben als Mann und Frau zurückzugewinnen.

Als Henning kurze Zeit später schon mittags wieder einmal ankündigte, über Nacht in Port Rabaul zu bleiben, um bei einem Drink einen potentiellen Geschäftspartner für die Reederei zu gewinnen, war Elsas Stunde gekommen. Kaum war ihr Gemahl mit dem Coupé abgefahren, folgte sie ihm zu Fuß. Längere Märsche machten ihr im Grunde nichts aus, sie war als Kind sehr oft auf Wanderschaft über die Heimatinsel gegangen. Die europäischen Kleider jedoch, die sie sich früher auf den Leib gesehnt hatte, machten die Strecke zur Tortur. Die vielen Schichten aus Mieder, Obermieder, Unterröcken und Oberröcken, Bluse und Kostümjacke, dazu Hut und Sonnenschirm, ließen Elsa immer wieder erschöpft innehalten. Nach einer Stunde hatte sie noch nicht ein Viertel des Weges geschafft. Einunddreißig Grad, totale Windstille und hohe Luftfeuchtigkeit zwangen sie zu langen Pausen. Der Wald dampfte, und sein Duft war der von schwerem Parfüm. Vor allem die weiß blühenden Rosenholzbäume verströmten einen ebenso betörenden wie benebelnden Geruch.

Ein schmaler Waldweg bot sich als Abkürzung an. Die Vernunft riet ihr davon ab, ihn einzuschlagen. Im Gegensatz zu Samoa gab es auf der Halbinsel Matupi wilde Tiere, die einem Menschen durchaus gefährlich werden konnten: Pythons und Warane, Wildhunde und -schweine. Aber es kam nur sehr selten zu unerfreulichen Begegnungen, und Elsa wusste, wie man sich in einem Wald bewegt, ohne die Tiere zu provozieren. Außerdem wollte sie unbedingt die Kleider loswerden, und auf der Straße wäre das ein zu großes Risiko gewesen.

Kaum im dichten Wald, zog sie sich bis auf das Mieder aus, legte die Kleider über den Arm und ging barfuß weiter. Die Flora war reicher als in Samoa, und endlich konnte sie sie genießen, die Bäume der Vogelkirschen, Mandeln, Mangos, Kastanien und Feigen. Trompetenbäume mit ihren Fluten von Blüten und den urigen hängenden Früchten, die wie riesige Haarnadeln aussahen. Schraubenbäume, deren Luftwurzeln sich wie gewaltige Tentakel nach allen Seiten erstreckten. Auf kleinen Lichtungen wuchsen Rhododendren und Malven.

Das Vogelkonzert unter dem Blätterdach war beeindruckend. Neben bekannten Gesängen waren auch fremde darunter, von tiefen Rufen – ou-ou-ou – bis zu hohen Pfeiftönen war alles dabei, dazu kamen die Schreie der Affen.

Von einigen Moskito-Attacken abgesehen, blieb Elsa unbehelligt. Ab und zu kreuzte eine Schildkröte ihren Weg, der sie gutmütig auf den Panzer klopfte, ehe sie weiterlief.

Kurz bevor sie bewohntes Gebiet erreichte, suchte sie sich ein geeignetes Plätzchen und zog sich wieder an. Als sie gerade dabei war, den Hut zu richten, der die Größe eines Wagenrades hatte, nahm sie aus den Augenwinkeln eine Bewegung wahr. Sie dachte schon an einen Waran oder eine Baumschlange. Aber es kam viel schlimmer.

»Wie lange stehen Sie da schon?«

»Von Anfang an«, sagte Max Richter. Er trug denselben knittrigen Leinenanzug, der schon am Abend von Elsas Hochzeit an ihm geschlottert hatte, nur dass ein paar Flecken hinzugekommen waren. Das vollständig aufgeknöpfte Hemd hing ihm über die Hose.

»Unverschämtheit!«, sagte sie, womit sie sowohl seinen Aufzug als auch seinen Voyeurismus meinte.

Er lächelte fast unmerklich. »Das ist ein Wort der Weißen, es passt nicht zu Ihnen.«

Darauf fiel Elsa, die dieses Wort tatsächlich noch nie zuvor verwendet hatte, keine schlagfertige Widerrede ein.

Der Arzt sagte: »Ich war lange vor Ihnen hier, um zu rasten.«

»Sie hätten sich bemerkbar machen können.«

»Wozu? Was ist denn schon dabei? Als sie kamen, trugen sie ungefähr so viel am Leib wie die meisten Menschen der Südsee. Sehr klug von Ihnen, sich für den Fußmarsch auszuziehen, und sehr raffiniert, sich hier wieder anzuziehen.«

Die ertappte Elsa ließ ihren Sonnenschirm aufschnappen, sodass er dem Arzt beinahe ins Gesicht sprang.

Er lachte. Elsa hörte sein Lachen zum ersten Mal und war überrascht, wie leichtherzig es klang, untypisch für einen Weißen und unerwartet von einem ansonsten eher nachdenklich wirkenden Mann.

Er sagte: »Keine Sorge, ich werde Ihr kleines Geheimnis bewahren. Kommen Sie von Vandervalts Plantage und sind auf dem Weg nach Rabaul?«

»Ja. Warum?«, fragte sie in kurzen, abgehackten Silben.

»Ich hätte Sie begleitet, aber ich gehe in die andere Richtung.«

»Haben Sie keinen Wagen?«

»Nein.«

»Nicht mal ein Pferd?«

»Auch kein Pferd. Ich könnte mir den Unterhalt nicht leisten.«

»Für einen Arzt sind Sie nicht eben erfolgreich«, sagte Elsa. Es sollte weniger überheblich klingen, als es tatsächlich der Fall war. Im Gespräch mit Max Richter entdeckte sie an sich selbst ein Verhalten, das ihr leidtat, auch wenn sie es nicht abzustellen vermochte.

»Ich halte mich sogar für überaus erfolgreich«, sagte

er ohne das geringste Anzeichen einer Kränkung. »Zumindest die meiste Zeit.« Max Richter setzte seinen Hut ab und wischte sich mit dem Arm den Schweiß von der Stirn. »Vielleicht können Sie mir sagen, ob es stimmt, dass sich auf Vandervalts Plantage einige Arbeiter verletzt haben. Ich hörte entsprechende Gerüchte und wollte mal nachsehen.«

Elsa nickte spontan. Eingedenk der Mahnung Hennings, sich nicht einzumischen, blieb sie aber im Ungefähren. »Ich kann mir vorstellen, dass Sie dort gebraucht werden.« Sie hoffte, er würde in ihren Augen lesen und die ganze Botschaft verstehen, und sie hatte den Eindruck, es gelang.

»Danke, Ma'am«, sagte er. »Einen schönen Tag noch.«

Sie sah ihm hinterher. Sollte sie oder sollte sie nicht? Er war bereits ein Stück entfernt, als sie rief: »Vielleicht können Sie …« Sie hielt inne.

»Ja?«, fragte er.

»Vielleicht können Sie mir sagen, wo ich meinen Mann in Port Rabaul finde.«

Er kam eigens zurück, um ihr zu antworten. Wieder nahm er den Hut ab und fuhr sich mit dem Arm über die Stirn. Seine braunen Haare standen in alle Richtungen ab. »Ja, Ma'am. Ich schätze, er ist im Club. Aber Sie sollten nicht dorthin gehen.«

»Warum?«

»Es ist besser so, glauben Sie mir.«

Seine Antwort stachelte sie geradezu auf. Und wieder dieser betreuende Blick aus seinen braunen Augen! Sie war kein Kind mehr, sie war kein einfältiges Hula-Mädchen, das man dumm halten konnte. Die Attitüde der weißen Männer, den braunen Frauen vorzuschreiben, was sie alles nicht zu wissen hatten, war Elsa immer schon aufgestoßen. Sie war Samoanerin genug, um sich davon getroffen zu fühlen, und zugleich weiß genug, um auf derartige Belehrungen nicht mit Sanftmut zu reagieren.

»Verbindlichen Dank, Herr Doktor. Ich treffe meine eigenen Entscheidungen. Wo befindet sich der Club?«

Er erklärte es ihr.

»Nochmals danke. Und jetzt entschuldigen Sie mich bitte. Ich habe meinen Gatten aufzusuchen.«

Mit ebenjener Haltung, die sie bei weißen Frauen so manches Mal beobachtet hatte, rauschte sie in ihren Gewändern davon. Nach etwa zwanzig Schritten holte Max Richter sie ein.

»Was ist? Wollen Sie sich entschuldigen?«, fuhr sie ihn an.

»Keineswegs. Ich meine noch immer, Sie sollten umkehren.«

»Sie sind ziemlich penetrant.«

»Aber wenn Sie unbedingt nach Rabaul gehen wollen …«

»Dann was?«

»Sie haben etwas vergessen.«

Er deutete mit der linken Hand zu Boden, während er mit der rechten ihre Stiefel hinter seinem Rücken hervorholte.

Elsa wäre beinahe barfuß nach Rabaul gelaufen, ohne es zu bemerken.

Max Richter lachte, und sie konnte nicht anders, als es ihm gleichzutun. In diesem gemeinsamen Gelächter lag zum ersten Mal so etwas wie Einverständnis.

Der Club war ein freistehendes Gebäude, das mitten auf einem riesigen, kurz geschorenen englischen Rasen stand, auf dem bisweilen Cricket gespielt wurde. Frauen hatten keinen Zutritt, weil das, womit man sich dort die Zeit vertrieb, nach Ansicht der Männer nichts für Frauen war. Es gab eine Bar, die überwiegend mit Whisky-, Gin- und Obstbrandflaschen bestückt war, ergänzt durch einige australische Biere. Die zwei philippinischen Boys, die für den Ausschank zuständig waren, hätten noch nicht einmal die einfachsten Cocktails mixen können, wobei sich nie ganz klären ließ, ob sie es verlernt hatten, weil nie jemand danach verlangte, oder ob die Clubbesucher davon abgekommen waren, weil die Cocktails nicht schmeckten. Tatsache war, es wurden nur harte oder profane Getränke ausgeschenkt, was den Besuch von Frauen unmöglich machte. In Europa waren Frauen, die rauchten, Bier und Spirituosen tranken, seit Jahren keine Seltenheit mehr, doch die Herren im Club, die das sehr wohl wussten, waren einhellig der Meinung, dass die gute alte Zeit im pazifischen Raum andauern sollte.

Außer der Bar gab es noch ein Billardzimmer und neben diesem einen Raum mit einem runden Spieltisch, den die Clubbesucher teils spöttisch und teils augenzwinkernd »die Tafelrunde« nannten. Tatsächlich hatte dort so mancher schon ein kleines Königreich gewonnen und natürlich auch verloren. Es wurde vor allem gepokert. Bridge war doch eher etwas für gepflegte Dinnerpartys mit Damen und Doppelkopf ein Spiel der deutschen Provinz.

Mehr gab es im Club nicht zu erleben, aber weil es für die Herren außerhalb noch weit weniger zu erleben gab, flüchteten sie sich so oft wie möglich in diesen Tempel des unvollkommenen Zeitvertreibs. Trinken und weitertrinken, die immer gleichen Unterhaltungen mit denselben Leuten führen und ab und zu ein Spielchen – das war eine erträglichere Langeweile als jene zu Hause. Für die Geschäfte brauchten die meisten nicht mehr als eine Stunde am Tag, und fast alle Angelegenheiten ließen sich im Club abwickeln, was ein wunderbarer Vorwand war, diesen aufzusuchen.

Elsa ging die Uferstraße entlang, die zur frühen Nachmittagsstunde unbelebt war. Weil kein Wind wehte, war der Tag noch heißer als sonst. Das ungewöhnliche Ausbleiben des Passats stülpte der kleinen Hafenstadt zudem eine Glocke der Geräuschlosigkeit über. Das nahe Meer wie auch der Feuchtigkeit ausatmende Wald verharrten still. Ein altersschwacher Bus deutschen Fabrikats kroch vorbei, ächzend wie ein Todgeweihter, und hinterließ nach einer Minute dieselbe Stille, die er unterbrochen hatte. Die Seevögel trieben faul auf dem glatten Meer, die Kinder schliefen in den Hütten. Ein Fregattvogel versuchte Lärm zu machen, aber sein Schrei hatte etwas Verzweifeltes und betonte die Grabesruhe der Natur, anstatt sie zu unterbrechen.

Zielstrebig schritt Elsa auf den Club zu, der in der Mitte von Rabaul lag. Sie sah, dass Hennings Coupé vor dem Eingang stand. Beim Betreten des Gebäudes gab sie sich keine Mühe, sich einzuschleichen – dass Frauen ausgeschlossen waren, war ein ungeschriebenes Gesetz, das eingehalten wurde, ohne dass spezielle Maßnahmen notwendig gewesen wären. Der deutsche Pförtner war weit häufiger abwesend als an seinem Platz. An diesem Tag war er zufällig da, hielt jedoch ein geräuschvolles Nickerchen und saß dabei in einer Haltung auf dem Stuhl, die Elsa an die alten und schweren, vom Passat gekrümmten Mangrovenbäume Samoas erinnerte.

Sie ging einfach in die Bar hinein. Aus sieben kleinen Schornsteinen – Zigarren genannt – stieg warmer gelblicher Rauch auf, der sich mit dem kalten gelblichen Rauch im Raum vermischte. Zwei Männer, die sich durch den Brodem unmöglich gut sehen konnten, unterhielten sich in gedämpftem Tonfall auf Englisch. Von Henning keine Spur. Sie suchte nach einer zweiten Tür, entdeckte jedoch keine.

Elsa wandte sich an einen Zeitungsleser, der in ein dreiundzwanzig Tage altes Blatt aus Deutschland vertieft war, das als Schlagzeile die Ergebnisse der Reichstagswahl von 1932 brachte.

Sie hustete – zum einen, weil der Zigarrenqualm in ihrer Kehle brannte, zum anderen, um auf sich aufmerksam zu machen. Vergeblich. Lautes Husten war in diesem Clubraum so normal, dass keiner darauf achtete.

»Verzeihung«, sagte sie und erzielte prompt Wirkung.

Augenblicklich verebbte das Gespräch der beiden Diskutanten, eine ganze Reihe von aufgeschlagenen Zeitungen senkte sich und gab den Blick auf fassungslose Gesichter zumeist betagter Herren frei. Auch der von Elsa Angesprochene starrte sie mit offenem Mund an.

»Guten Tag. Ich bin Elsa Matthes. Könnten Sie mir bitte sagen, wo ich meinen Mann finde?«

Man starrte sie an, als hätte sie Chinesisch gesprochen. Sie wiederholte die Frage, an alle im Raum gerichtet und auf Englisch, ohne einen anderen Effekt zu erzielen.

Schließlich sagte der vor ihr sitzende Mann: »Gnädige Frau, Sie dürfen nicht hier sein. Gehen Sie, bevor Sie sich lächerlich machen.«

»Ich bitte um Entschuldigung, falls ich Sie belästige. Ich benötige nur …«

»Sollten Sie Ihrem Gatten etwas mitzuteilen haben, wird der Pförtner das gerne für Sie erledigen.«

Damit wäre Elsa nicht geholfen gewesen. Sie wollte herausfinden, in welchen und wie großen Schwierigkeiten Henning steckte, denn dass etwas nicht stimmte, sagte ihr die Intuition.

»Mrs. Matthes would like to leave us«, wandte sich der Mann an die Filipinos hinter dem Tresen, in einem Tonfall, der sich nach »Werfen Sie die aufdringliche Frauensperson endlich raus« anhörte. Als die Barkeeper sich dumm stellten, fügte er ungehalten hinzu: »Wird's bald, geleitet sie gefälligst nach draußen, ihr Schwachköpfe.«

Elsa blieb nichts anderes übrig, als sich abführen zu lassen. Die beiden schmächtigen Bediensteten in ihren engen weißen Jacketts folgten jedoch nur zum Schein dem Befehl. Sei es, um sich für jahrelange Gängelei zu rächen, sei es, weil sie etwas zu lachen haben wollten, jedenfalls führten sie Elsa einen engen, dunklen Korridor entlang und wiesen mit breitem Grinsen auf eine Tür.

»Werfen Blick hinein, finden Mann.«

Elsa zögerte, öffnete dann die Tür langsam und nur einen Spaltbreit. Halbdunkel, vereinzelt leise Stimmen. Beißender blauer Rauch sowie der scharfe Geruch von hochprozentigem Alkohol, den sie schon von ihrer Hochzeitsnacht kannte, schlugen ihr entgegen und ließen sie zurückweichen. Sie schüttelte sich vor Ekel. Es war ihr unverständlich, wieso die Europäer freiwillig den ganzen Tag in düsteren, schlecht gelüfteten Clubräumen zubrachten, obwohl sie draußen die Sonne genießen konnten, die Erfrischungen des Passatwindes, das Geräusch des Ozeans, den Duft des Waldes …

Nach einer kurzen Weile überwand sie sich und steckte den Kopf durch den Türspalt. Henning war einer von acht Spielern, alle zwischen fünfundzwanzig und dreißig Jahre alt, darunter auch Vandervalt. Die Unterhaltung bestand aus einzelnen Wörtern und Zahlen, die ebenso knapp und präzise ausgegeben wurden wie die Spielkarten: »Zwei«, »Passe«, »Erhöhe«, »Kill him«, »Gehe mit«, »Nicht mit mir«, »Shit«, »Gib mir eine«, »Halleluja«, »Bockmist«.

Minutenlang fielen keine anderen Wörter als immer wieder diese, bis einer lachte und die anderen Mitspieler eines von sieben Zeichen der Enttäuschung zeigten: Sie schüttelten den Kopf, rauften sich die Haare, stützten das Gesicht in die Hände, schleuderten die Spielkarten quer über den Tisch, hämmerten die Fäuste gegen die Stirn, tranken zwei Gin in Folge oder ließen sich – wie Henning – apathisch zurückfallen. Sobald einer sagte: »Nächstes Spiel«, zuckte ein Impuls durch ihre Körper, sie gierten den Karten entgegen, und alles war wie zuvor: »Zwei«, »Passe«, »Erhöhe«, »Verflucht« …

Elsa sah – sie erlebte es geradezu körperlich mit –, wie Henning litt. Er war blass, verschwitzt, angetrunken, müde. Und er verlor. Trotzdem spielte er weiter. Ihr Herz wurde bei seinem Anblick so schwer, dass sie es sich am liebsten herausgerissen hätte. Da das nicht möglich war, musste sie etwas unternehmen. Schon einmal hatte sie Henning vom Trinken und Spielen abgebracht.

Sie öffnete die Tür vollständig und trat in den Raum.

Vandervalt bemerkte sie als Erster. Er grinste, zündete sich eine Zigarette an und sagte: »Henning, du hast Besuch.«

Henning benötigte einige Sekunden, bis er die Konzentration auf das Spiel durchbrochen, Elsa erkannt und die Situation erfasst hatte. Als es endlich so weit war, sprang er auf und eilte auf sie zu.

»Elsa! Ist etwas passiert?«

»Nein. Alles in Ordnung … mit mir.«

Die Freunde ihres Gatten feixten und machten alberne Bemerkungen, die ihn veranlassten, mit Elsa das Spielzimmer zu verlassen. Auf dem Korridor standen noch immer die zwei belustigten Filipinos. Es wäre für Henning ein Leichtes gewesen, sie mit einem einzigen strengen Wort zurechtzuweisen, aber das war nicht seine Art, denn wäre es anders gewesen, hätte Elsa sich nicht in ihn verliebt. In Samoa war er immer freundlich und verbindlich aufgetreten, und Elsa hatte gespürt, dass er ihr und ihrer Familie nichts vorspielte. Nicht ein einziges Mal während ihrer inzwischen drei Monate währenden Ehe war er laut oder auch nur nachdrücklich geworden, und sogar der verderbliche Einfluss seiner Freunde würde daran nichts ändern, dessen war Elsa sich gewiss. Henning war von so milder Natur, dass er ihr noch nicht einmal vorwarf, in den Herrenclub eingedrungen zu sein.

»Prinzessin, warum bist du mir gefolgt? Ich wollte das alles von dir fernhalten.«

»Aber ich will gar nicht ferngehalten werden. Ich will, dass du mit mir sprichst, wenn es dir schlecht geht.«

»Wer sagt denn, dass es mir schlecht geht?«

»Dafür brauche ich dich nur anzusehen. Noch nicht mal

das. Ein paar kleine Zeichen haben mir genügt. Ich konnte einfach nicht mehr auf der Plantage herumsitzen und die Dinge weiterlaufen lassen. Sag mir, Henning, was ist los?«

»Gar nichts ist los. Ich mache nur, was meine Freunde machen.«

»Was sind das für Freunde, die darauf aus sind, ihre Kameraden zu ruinieren?«

»Ach, Prinzesschen.« Er nahm ihr Gesicht in beide Hände und bedeckte es mit kleinen Küssen. »Du bist lieb. Aber du sollst dich nicht sorgen. Wir haben ein Limit von fünfzig australischen Pfund pro Runde vereinbart. Die Reederei Matthes nimmt jeden Tag zigtausend Pfund ein.«

Das entkräftete ihre Bedenken. »Du trinkst zu viel«, sagte sie und spielte damit ihren letzten Trumpf aus.

»Alle trinken zu viel«, antwortete er. »Was soll man denn sonst machen in diesem Nest am Ende der Welt? Gönn mir doch den Spaß. Du musst zugeben, dass ich mich nach unserem Hochzeitstag sehr zurückgehalten habe.« Widerwillig gab sie ihm recht. Auch wenn ihr Gefühl etwas anderes sagte, ließ sie sich gern überzeugen, ein allzu mütterliches Eheweib zu sein.

»Ich habe dich vernachlässigt, das war nicht richtig von mir«, gestand er ein. »Bald machen wir einen Ausflug mit dem Coupé.«

Nach einem letzten Kuss entschwand er wieder ins Spielzimmer.

Elsa war in einem seltsamen Zustand. Im einen Moment war sie beruhigt, im nächsten von Zweifeln erfüllt, woraufhin sie sich just deswegen Vorwürfe machte, weshalb alles wieder von vorne losging.

Die beiden Filipinos beschlossen, den Befehl des Mitglieds mit einiger Zeitverzögerung auszuführen und Elsa zum Ausgang zu geleiten. Sie war bereits die drei Stufen vor dem Clubhaus hinuntergestiegen, als sie dem inneren Drängen nachgab und sich noch einmal den Philipinos zuwandte.

»Wie viel hat …« Sie schluckte. Die Frage, die ihr durch den Kopf spukte, war glatter Verrat. Im Stillen an Henning zu zweifeln war die eine Sache – schon oft hatte sie sich gefragt, ob er ein eher schlechter Geschäftsmann war und ob er angesichts der Auswahl seiner Freunde überhaupt Menschenkenntnis besaß. Aber sie hatte nie Hennings Aufrichtigkeit ihr gegenüber infrage gestellt. Und nun war sie drauf und dran, genau das zu tun, mehr noch, es öffentlich zu tun.

»Wie hoch sind die Schulden meines Mannes? Wisst ihr das? Ihr bekommt sicherlich viel mit, nicht wahr? Wie … wie ist es um ihn bestellt?«

Sie holte ein paar Münzen hervor, das wenige Bargeld, über das sie verfügte, und überreichte sie einem der Kellner, der sie mit einer geübten Bewegung in die Tasche seines blütenweißen Jacketts gleiten ließ. Dann lächelte er sie sehr freundlich an, und sein Kollege zwinkerte ihr ermutigend zu.

»Oder … vielleicht hat er gar keine Schulden?«, rief Elsa in dem Augenblick aus, als eine Böe sie erfasste. Der Wind blähte das Kleid, umspielte ihren Körper und trug die bösen Ahnungen mit sich fort. Es war der erste Windstoß des Tages, ein Segen bei dieser Hitze, der auch die quälende Geräuschlosigkeit beendete. Ein paar Sekunden lang belebte sich die kleine Stadt, die Baumkronen wogten, die Palmwipfel wisperten, eine Welle brach sich an dem nahen Strand, und ein paar Seevögel stiegen auf, schickten ihre Laute über Port Rabaul. Elsa durchströmte ein angenehmer Schauer, so als würde der Wind auch über die Saiten ihres Inneren streichen und dabei einen zarten Klang hervorbringen, der ihr so vertraut war, dass er sie beruhigte. Alles gut, dachte sie.

In die aufgekeimte Hoffnung hinein sagte der lächelnde Filipino: »Es heißt, seine Schulden belaufen sich auf über vierzigtausend Pfund.«

Eine Villa der Lüste

Paulette starrte unschlüssig auf die Pforte, auf der die vergoldeten Initialen des Hausherrn prangten, ein T, ein C und ein W, die ineinander verschlungen waren wie sich paarende Schlangen. Es machte einen himmelweiten, mehr noch, einen schicksalhaften Unterschied, ob sie in die Villa zurückkehren oder sich umdrehen und fortgehen würde. In der Regel traf sie ihre Entscheidungen schnell, sie hatte einen genauen Kompass, und da sie wusste, wohin sie wollte, gab es im Grunde nichts zu überlegen. Auch die Auswirkungen der Angst kannte sie nicht. Vor Jahren hatte sie die Feigheit aus ihrem Herzen verbannt, so wie andere Frauen eine treulose Freundin verbannen. Trotzdem zögerte Paulette, den Türklopfer zu benutzen.

Denn diesmal war alles anders. Sie wäre feige, wenn sie Titus verlassen, und sie wäre feige, wenn sie ihn nicht verlassen würde. Es kam auf die Sichtweise an.

Einen Tag und eine Nacht und noch einmal einen halben Tag hatte sie in einem klapprigen Bus zwischen der Inselhauptstadt Kimbe und Port Rabaul gesessen und die Zeit damit verbracht, ihren Stolz zu zertreten. Und jetzt, da sie nur noch eine einzige Bewegung zu machen brauchte, um ihre Entscheidung zu vollenden, da sie nur noch den Türklopfer ergreifen musste, rebellierte erneut ein Gefühl in ihr. Es war nicht mehr der Stolz, er hatte dasselbe Schicksal erlitten wie einst die Angst. Aber sie erinnerte sich an die Frau, die sie einmal gewesen war, und sah, wohin ihre Entscheidung sie führen würde. Das ließ sie traurig werden und ein letztes Mal innehalten, bevor sie klopfte.

Während sie wartete, blickte sie zur Auffahrt zurück: eine Allee von Tamarinden, strahlend weißer Kies, ein Rondell samt Springbrunnen, in dessen Mitte eine Statue der nackten griechischen Quellnymphe Egeria ein obszönes, immerwährendes Bad nahm. Alles atmete Reichtum, vom Garten über das Säulenportal bis zum Fuhrpark, und da wusste Paulette wieder, warum sie zurückgekehrt war. Eines Tages musste das alles ihr gehören.

»Madame Paulette«, sagte Gung, der junge chinesische Diener. »Wir haben Sie nicht so bald zurückerwartet. Darf ich Ihnen den Koffer abnehmen?«

»Danke, Gung, nicht nötig.«

Sie betrat das Atrium, einen ovalen Raum mit eingelassenem Goldfischbecken und einigen Wandnischen, in denen weitere Marmornymphen der hellenischen Antike standen. Paulette staunte jedes Mal über den Irrsinn, eine im dorischen Stil erbaute Villa am Rande des Pazifischen Ozeans vorzufinden, aber das minderte ihr Interesse an diesem Prunkstück in keiner Weise. Geschmack, so fand Paulette, wurde bei Weitem überschätzt.

»Wo ist Mister Warwick?«, fragte sie.

»Oben, im Atelier.«

»Und *sie?*«

»Auf der Terrasse.«

Paulettes Blick stach durch die gesamte Sichtachse von

drei geöffneten Flügeltüren bis zur Rückseite der Villa durch. Dort saß in einem Korbsessel – beinahe aufgelöst vom Sonnenlicht – eine schlanke weibliche Gestalt.

»Haben Sie noch einen Wunsch, Madame?«

Dass Gung sie Madame nannte, war reine Höflichkeit, vielleicht auch Schläue. Paulette war so wenig Madame wie die Frau auf der Terrasse, und würden noch fünf weitere Mademoiselles als Gefährtinnen von Titus Cornelius Warwick in diesem Haus leben, so würde der smarte Gung sie alle mit Madame anreden, als wäre jede Einzelne die Hausherrin.

»Ich bin ein wenig hungrig. Würden Sie mir bitte ein Gurkensandwich machen?«

Kaum war der Diener entschwunden, holte Paulette die kleine, kostbare Bronzestatue einer indischen Göttin aus dem Koffer und stellte sie an ihren Platz zurück. Ob ihr Fehlen wohl bemerkt worden war? In den großzügigen Räumen standen so viele Preziosen herum, dass eine Statuette mehr oder weniger kaum auffiel. Für Paulette aber wäre sie der Fahrschein nach Frankreich gewesen, sofern sie die Figur dem zahnlosen malaiischen Händler verkauft hätte, so wie sie es ursprünglich vorgehabt hatte.

Sie ging ins Obergeschoss. Titus Warwicks riesiges Atelier sah aus, als hätten Rembrandt und Rodin sich gemeinsam eine Werkstatt eingerichtet. Alle Attribute der Malerei und der Bildhauerei standen oder lagen kreuz und quer, weshalb auch nur in die Mitte des Raumes zu gelangen dem Gang durch ein Minenfeld gleichkam. Ein kleines Vermögen steckte in diesem Laboratorium der Künste, was jedoch nichts mit den fabrizierten Kunstwerken zu tun hatte, sondern mit den Unsummen, die es kostete, Marmorblöcke und Leinwände ans andere Ende der Welt liefern zu lassen.

»Titus?«

Paulette hatte Mühe, ihn in dem Gewirr von angefangenen und vollendeten, mehr oder weniger gelungenen Meisterstücken ausfindig zu machen. In der Luft lag nicht nur jener beißende Gestank nach Farb- und Lösungsmitteln, den einzig die Atelierbesitzer selbst mögen, sondern auch feinster Steinstaub, der bei der geringsten Bewegung aufwirbelte.

»Ich bin hier.«

Sie entdeckte ihn am Fenster, in einem schwefeligen Licht, das auf eine große Leinwand fiel. Nachdenklich betrachtete er sein Werk. Noch bevor Paulette nähertrat und irgendetwas erkennen konnte, wusste sie, was auf dem Bild dargestellt war.

Eine Regung glitt über ihr Gesicht, die von zornig über bittersüß und verächtlich zu melancholisch changierte. Alle Gefühle, die sie für Titus hegte, waren darin enthalten.

Sie trat neben ihn und betrachtete schweigend das Bild.

»Du siehst müde aus«, sagte er, nachdem er ihr seinen Blick für eine ganze Sekunde geschenkt hatte.

»Die Fahrt war eine Tortur.«

»Ich habe angeboten, dich zu begleiten, aber du wolltest ja nicht.« Da sie nicht darauf einging, fragte er: »Wie findest du es?«

Paulettes Augen wanderten zu der Ottomane, dem einzigen sauberen Platz im Atelier, und wieder zu dem Bild zurück, auf dem sich eine Polynesierin im Halbschatten eines Strandes rekelte. »Sie ist eine schöne Frau.«

»Pah, Schönheit«, winkte er ab. »Schönheit nimmt immer ein böses Ende. Iolana habe ich wegen der Traurigkeit in ihren Augen zu mir geholt, Augen, die wunderbar unergründlich und rätselhaft sind.«

»Und mich? Warum hast du mich zu dir geholt?«

»Weil du ein Eisblock bist, Paulette, auch das hat etwas Rätselhaftes an sich. Und weil du verdammt noch mal wie die dunkle Seite des Mondes bist. Einmal im Monat fährst du für ein paar Tage nach Kimbe. Es wäre mir ein Leichtes herauszufinden, was du dort treibst, aber das will ich nicht. Ich liebe Geheimnisse. Ich liebe dunkle Seiten.«

Er stellte Iolanas Aktporträt neben das von Paulette. Unterschiedlicher konnten die beiden Darstellungen nicht sein: die Polynesierin in einer Pose von spielerisch leichter Unverschämtheit mit einer Miene der Unschuld, die Frau als Jungbrunnen für den Mann; die Französin hingegen im Widerspruch zwischen Verlockung und Abweisung, mit einladender Körperhaltung und einer Warnung in den Augen, eine Femme fatale.

Warwick zog seinen Malerkittel aus. »Hattest du vor, mich zu verlassen?«, fragte er, sah sie unvermittelt an und fügte hinzu: »Du bist dieses Mal nicht aus Routine nach Kimbe gefahren, habe ich Recht? Du bist gefahren, weil ich dir gesagt habe, dass ich eine zweite Frau ins Haus hole.«

Paulette wollte etwas entgegnen, aber er kam ihr zuvor. »Nein, lass nur, du musst mir nichts erklären. Ich hätte an deiner Stelle dasselbe gemacht. Und ich wäre, genau wie du, irgendwann zurückgekommen. Reden wir nicht mehr darüber.«

Begeistert blickte er auf die von ihm geschaffenen Porträts. »Lassen wir sie eine Weile nebeneinanderstehen, damit sie Freundschaft schließen.«

Paulette lächelte sarkastisch. »Ich glaube kaum.«

»Ich will aber, dass ihr euch versteht.«

»Redest du jetzt über deine Machwerke oder über mich und das Hula-Mädchen?«

»Ihr Name ist Iolana.«

»Das ist doch nicht meine Schuld.«

»Komm mit, du Giftpilz.«

Paulette folgte Warwick durch das ganze Haus auf die Terrasse.

Sobald man diesen Ort betrat, floss unwillkürlich eine Woge des Glücks durch den ganzen Körper. Es sollte schon Besucher gegeben haben, die sprachlos gewesen waren, und manche hatten sich verschämt eine Träne aus den Augenwinkeln gewischt. Gleich jenseits der Balustrade fielen die bewaldeten Hänge ab, an deren Ende die Gebäude von Port Rabaul und Simpson Harbour die Größe von Puppenhäusern hatten. In einiger Entfernung schimmerten die Asche- und Lavafelder, die die Vulkane wie Kränze umgaben. Doch der schönste Blick von der Terrasse war nicht hinunter zur Stadt oder hinüber zu den Vulkanen, sondern hinweg über die azurne Matupi Bay auf das mit zunehmender Entfernung verblassende Feld des Pazifiks, ein unendliches Gewebe aus Licht. Alle Perlmuttfarbtöne flossen ineinander, alles Gegenständliche war auf einmal seltsam substanzlos. Begleitet wurde diese Aussicht von wunderbarer Stille und einer ewigen Brise.

Vielleicht war Paulette die Einzige, die nie eine Regung angesichts dieser Herrlichkeit an den Tag gelegt hatte, auch nicht beim ersten Mal. Man hätte sich vorstellen können, dass sie beim Betreten einer Bahnhofsvorhalle genauso reagiert hätte. »Nett«, hatte sie damals gesagt und sich niemals mehr zusammennehmen müssen als in jener Stunde.

Warwick, der zwischen seinen beiden Frauen stand, sagte: »Paulette, das ist Iolana, sie kommt von Tahiti. Iolana, Paulette aus Paris. Gebt euch die Hände wie zivilisierte Menschen.«

Iolana streckte die Hand aus, aber Paulette dachte überhaupt nicht daran. »Zivilisiert, sagst du? Und wie nennt man jemanden, der mit zwei Frauen zusammenlebt?«

»Einen Idioten«, erwiderte er. »Schon mit nur einer Frau hat ein Mann genug Ärger am Hals.«

»Warum machst du es dann?«

»Weil jede von euch mich auf eine spezielle Weise inspiriert ... mich vervollständigt ... etwas in mir anspricht ...« Er fand selbst, dass er unglaubwürdig klang, daher rief er: »Ach, zum Teufel, ich habe die verdammte Bibel nicht geschrieben, also muss ich mich auch nicht daran halten. Wenn ihr euch nicht vertragen wollt, ist das eure Sache, ich mische mich da nicht ein. Und jetzt mache ich uns einen Drink, aber keinen für Novizen, sondern einen richtigen. Alkohol hat schließlich schon so manche Knoten zum Platzen gebracht.« Damit verschwand er ins Innere der Villa, und Paulette warf einen ausgiebigen Blick auf die Frau im Korbsessel. Titus ist ein schlechter Maler, dachte sie, denn Iolana war bedeutend schöner, als er sie porträtiert hatte. Sollte sie überhaupt einen Makel haben, wurde dieser durch ihre ungeheure Jugend – sie konnte kaum über zwanzig sein – verdeckt.

Paulette zuckte mit den Schultern. »Er hat so viel Geld, dass er sich die Welt nach seiner Fantasie gestalten kann. Dummerweise hat er eine schmutzige Fantasie.«

»Das finde ich nicht«, entgegnete Iolana. Sie hatte eine sehr weiche Stimme, so als spreche sie durch ein Tuch aus Musselin. »Er ist sehr gut zu mir.«

»Er ist auch gut zu seinem Garten, und trotzdem habe ich ihn schon in einen Busch pinkeln sehen. Was glaubst du wohl, warum er will, dass wir uns vertragen? Na, dämmert es dir langsam?«

Iolana überlegte. »Ich glaube, deine Fantasie ist viel schmutziger als seine.«

»Nein, Chérie, nicht meine Fantasie ist schmutzig, sondern meine Erfahrung. Ich kenne die Männer, die armen wie die reichen, und ich kann dir sagen, dass die reichen zweimal so schlimm sind. Und was Titus angeht, der ist dreimal so schlimm wie andere Reiche. Jetzt hast du was zum Rechnen.«

»Wenn er dir nicht mehr gefällt, kannst du ja gehen.«

»Das könnte dir so passen. Ich lasse mir doch von keiner kleinen, braunhäutigen, polynesischen …«

»Wie kommt ihr voran?«, fragte Titus, der mit einem Silbertablett zurückkehrte, das mit drei rosaroten Drinks und einem von Gungs Gurkensandwiches bestückt war. »Habt ihr euch angenähert?«

Paulette nahm den Sandwichteller und sagte: »Oh ja, und wie. Stell dir zwei verfeindete Boxer im Ring vor, kurz nachdem die Glocke ertönt ist, dann hast du einen Eindruck von der Geschwindigkeit unserer Annäherung.«

»Das läuft ja besser, als ich dachte«, erwiderte Warwick und verteilte den Gin Pahit. »Trinken wir auf das Regelwerk des Internationalen Boxverbandes.«

Während Paulette das Sandwich mit dem kühlen, bitteren Drink hinunterspülte, dachte sie darüber nach, was den über fünfzigjährigen Titus Warwick eigentlich so anziehend für junge Frauen machte. Sein Aussehen gewiss nicht. Er hatte wenige, dafür tiefe Furchen im Gesicht, und seine Figur ähnelte der einer Quitte. In den merkwürdigen luftigen Gewändern, die er in der Villa trug, wirkte er fast lächerlich, wie eine Mischung aus Großmogul und Gospelsänger. Aber er zeigte nie auch nur die geringsten Anzeichen von Überdruss oder Lebensmüdigkeit, im Gegenteil, er strotzte vor Energie. Seine Stimme war dunkel und kraftvoll, und sein Blick ging – wenn er wollte – durch Mark und Bein. Eine Frau, die ihm zum ersten Mal begegnete und ihm gefiel, wusste nach fünf Minuten, dass er sich nur wenigen gesellschaftlichen Regeln unterwarf, nach fünf Stunden, dass er keine Scham kannte, und nach fünf Tagen, dass er mit dem Teufel verwandt sein musste. Gerade das, was anstößig, ausschweifend, ungeniert, penetrant potent und teuflisch an ihm war, zog einen bestimmten Typ Frau an. Paulette wollte gar nicht wissen, welcher Typus das war, denn sie hätte sich dazuzählen müssen, und das hätte ihr Selbstbild möglicherweise beschädigt.

Ja, sie genoss die Gespräche mit ihm, bewunderte seine libertäre Lebensart und ergab sich seiner barocken Großzügigkeit. Nur wurde all das von einem anderen, viel gewichtigeren Gefühl überlagert. Paulette hasste Titus. Sie hasste ihn für seinen egoistischen Charakter, den er in

Wahrheit hatte, ebenso hasste sie den Kokon aus Nichtstun, den er seit Monaten um sie spann und mit dem er sie von allen ernsthaften Beschäftigungen fernhielt. Sie hatte etwas über die Geschäfte erfahren wollen, die er tätigte – er war ihr ausgewichen. Sie hatte von ihm mehr über Vermögensbildung und Spekulation lernen wollen, da sie sich sehr dafür interessierte – er hielt sie hin. Sie hatte wenigstens die Haushaltsführung übernehmen wollen – er hatte unter Gelächter abgelehnt.

Paulettes Dasein in der Villa war ganz auf Titus Warwick zugeschnitten. Wollte er sich unterhalten, setzte er sich ungefragt neben sie, wollte er einen Ausflug machen, schleppte er sie überallhin, wollte er Sex, bekam er ihn, wollte er seine Ruhe haben, musste sie selbst sehen, wie sie sich beschäftigte. Daher wusste sie morgens nicht, was sie um zwölf erwartete, um zwölf nicht, was sie um drei erwartete, und so weiter.

Es war ein müßiges Leben in ständiger Verfügbarkeit – die wenigen Tage in Kimbe ausgenommen –, und es kam einem Wunder gleich, dass sie unter diesen Umständen noch nicht zur Alkoholikerin geworden war. Doch das war nur eine Frage der Zeit.

Trotz Paulettes Verachtung für Titus war sie eifersüchtig auf Iolana, und zwar nicht nur auf die Konkurrentin um die Anwartschaft auf den Titel als Mrs. Warwick, was verständlich gewesen wäre. Nein, sie missgönnte der polynesischen Schönheit jetzt schon jede Minute, die sie mit ihm verbringen würde, und das war nun wirklich verrückt. Aber irgendwie schaffte Titus den Spagat, dass man ihn gleichzeitig hasste und begehrte.

Während sie gedankenversunken an der Balustrade

stand und durch die letzten Tröpfchen Gin Pahit und den Glasboden in die Welt blickte, bemerkte sie eine Bewegung auf dem Hügel. Ein Fahrzeug näherte sich auf den Serpentinen, die zur Villa führten. Das kam nicht oft vor. Besucher waren selten: Postboten, Handwerker, Lieferanten, ab und zu ein Anwalt, gelegentlich Spendensammler. An diesem Tag war es jemand, der zum ersten Mal den Hügel hinauffuhr.

»Ich weiß, wer das ist«, sagte Titus, der das Coupé ebenfalls bemerkt hatte. »Wartet mal ab, das wird amüsant.«

Keine zwei Minuten später klopfte jemand an der Tür, und kurz darauf führte Gung den Gast auf die Terrasse.

»Henning«, sagte Titus und hieb dem jungen Mann auf die Schulter. Gegen ihn wirkte der deutsche Apollo wie ein hübsch anzusehender Student vor dem Professor. Henning Matthes hatte die Schultern leicht hoch- und den Kopf leicht eingezogen. Glasige Augen und der Schweiß auf seiner Stirn vervollständigten das Bild von hoffnungsloser Unterlegenheit.

»Mister Warwick, danke, dass Sie mich empfangen.«

»Oh, für Sie Titus, das wissen Sie doch. Rührend, dass Sie mich besuchen.«

»Ja …«, sagte Henning. »Das war ganz spontan. Und ich will Sie auch gar nicht lange aufhalten.«

»Darf ich vorstellen: Paulette kennen Sie ja schon, und das ist Iolana. Sie war Kellnerin im Hotel ›Kronprinz‹, erinnern Sie sich? Ihrer Frau Gemahlin geht es gut, hoffe ich?«

»Ja, sie … es geht ihr sehr gut, vielen Dank. Weshalb ich zu Ihnen komme, Mister … ich meine Titus … Ich bräuchte noch einmal Ihre Hilfe.«

»Oh, ich verstehe. Um wie viel geht es denn diesmal?«

»Fünftausend Pfund.«

»Seien Sie doch so nett, mein lieber Henning, und machen uns vier Martinis, ja? Ich weiß nicht, warum, aber Ihre sind einfach die besten. Erstaunlich. Ich dachte immer, die Deutschen können nur Autos und Kuckucksuhren bauen und, na ja, Bier trinken natürlich. Doch sie verstehen auch etwas von Cocktails. Sie wissen noch, wo die Flaschen stehen, Henning? Inzwischen lasse ich mir die Sache durch den Kopf gehen.«

Während Henning Matthes die Martinis mixte, wurde auf der Terrasse nicht mit Worten, sondern nur mit Mienen gesprochen. Einerseits hatte die bereitwillige Unterwerfung des jungen Deutschen etwas Tragisches – der Gast ließ sich zum Diener degradieren, das war nun wirklich ein hündisches Schauspiel, das andererseits jedoch auch groteske und komische Züge hatte. Titus führte eine sehr treffende Pantomime auf, die jeden belustigt hätte, der bloß einen Hauch Gehässigkeit im entferntesten Winkel seines Wesens in sich trug. Paulette jedenfalls musste an sich halten, um nicht laut loszulachen, und sogar die sanfte Iolana schmunzelte dann und wann.

»Danke, mein Bester«, sagte Titus, der sein Gebärdenspiel gerade rechtzeitig eingestellt hatte, bevor Henning auf die Terrasse zurückkehrte. »Auf Sie und Ihre werte Gattin.« Er nippte. »Hm, köstlich wie immer. Ich bin übrigens der Meinung, dass man denjenigen, der den Martini erfunden hat, unter die Götter erheben sollte. Leider reicht die Fantasie der Christen nur für einen einzigen Gott, immerhin einen dreigeteilten, so als wäre er ein Weihnachtsbraten. Und die Südseebewohner, die so viele Götter haben, dass einer mehr nicht auffiele, machen sich nichts aus Martini. Eine echte Tragödie.«

Henning lachte gezwungen. Er trat von einem Fuß auf den anderen, so als friere er.

»Es ist nämlich so«, sagte er, »dass man im Club auf mich wartet. Heute läuft's gut, das hab ich im Gefühl.«

Titus erlöste ihn und stellte – als Gegenleistung für eine Unterschrift – einen Scheck aus.

Nachdem Henning Matthes gegangen war, sagte Paulette: »Das war der teuerste Martini, den du je getrunken hast, Titus. Fraglich, ob du das Geld jemals wiedersiehst. Wie hoch sind seine Schulden bei dir inzwischen?«

»An die fünfzigtausend Pfund, aber das macht nichts. Immerhin hat uns dieser Bursche fünf Minuten lang amüsiert. Außerdem ...«

Paulette kannte dieses spezielle Zögern, das mit einem speziellen Blick einherging. Titus führte etwas im Schilde, und ihr wacher Geist benötigte nur wenige Sekunden, um seine Absicht zu durchschauen.

»Titus, du bist ein Schwein«, sagte sie.

»Eins unter vielen«, entgegnete er. »Aber wenigstens kein gewöhnliches.«

Iolana, die nichts von alledem verstand, fragte: »Was ist los? Wovon spricht sie, Titus?«

Er zog es vor, das Martiniglas zu leeren, anstatt dem tropischen Vögelchen zu antworten. »Kommt, Kinder, wir machen eine Ausfahrt. Nehmen wir dafür den Bentley, den Horch oder den Bugatti? Ich kenne eine hübsche kleine Bucht, deren Wasser eine Farbe hat, für die es keinen Namen gibt. Iolana soll sie taufen.«

Sie zogen sich um und quetschten sich in den Bugatti,

Paulette saß vorne, Iolana auf dem Notsitz. Gung brachte gerade zur rechten Zeit den Picknickkorb samt drei Flaschen eisgekühlten Champagners, von denen er eine bereits geöffnet hatte und sie Paulette in die Hand gab. Paulette wollte eben etwas zu Titus sagen, als er den Motor zündete, der so laut knatterte, dass Iolana von der folgenden Unterhaltung nichts mitbekam.

»Du willst tatsächlich die Frau dieses albernen Laffen zu deiner Nummer drei machen, ja?«, fragte Paulette, indem sie Titus ins Ohr schrie.

Er fuhr gleich die erste Kurve so knapp, dass Paulette gegen ihn prallte.

»Wenn er am Boden liegt«, schrie sie, »wirst du ihn mit aller Macht erledigen. Das ist zutiefst verabscheuungswürdig.«

»Findest du es logisch, an deinen Zuhälter hohe moralische Ansprüche zu stellen?«, fragte er.

»Du wirst ihn ausziehen, Titus, du wirst ihm mit seiner Vernichtung drohen, und alles, was ihm dann noch bleibt, ist seine Frau. Dann hat er die Wahl … also keine Wahl.«

Warwick lächelte, während er den Wagen durch die Tropen steuerte. »Wie üblich, liebste Paulette, hast du mit größtem Scharfblick die Situation ins Visier genommen, um dann mit größter Präzision danebenzuschießen. Was du da beschreibst, würde ein einfallsloser Bonze tun. Du vergisst, dass ich von Geburt an reich und nicht nur deswegen ein Künstler bin. Ich lasse Raum für das Walten des Schicksals, Raum für Inspiration.«

Er suchte Iolanas Blick im Rückspiegel, und als er ihn fand, sagte er zu Paulette: »Ich will mir keine Frau erpressen. Ich will, dass sie freiwillig oder von der Fügung geschickt zu mir kommt, so wie du und Iolana.«

Paulette warf die Champagnerflasche aus dem Wagen, wo sie vom sattgrünen Fell des Regenwalds aufgesaugt wurde.

»Arme Prinzessin«, flüsterte sie.

Teatime mit Gott

Gegen vier Uhr nachmittags belebte sich Port Rabaul. Die Farbigen setzten ihre Arbeit fort, die Weißen besuchten einander zum Tee. Ein australisches Kanonenboot, das routinemäßig in der Matupi Bay vor Anker gegangen war, fesselte das Interesse der Kinder am Strand, bis ein auf der Uferstraße umgestürzter Pferdekarren ihre Aufmerksamkeit auf sich zog. Es kamen ein paar Tarowurzeln abhanden, und es gab Geschrei, aber Elsa verfolgte das Spektakel ohne Anteilnahme.

Über vierzigtausend Pfund! Wie viele Spiele musste man bei einem maximalen Einsatz von fünfzig Pfund verlieren, um auf diese Summe zu kommen? Mehr als achthundertmal hatte Henning draufgezahlt, rechnete Elsa aus, und er spielte noch immer. Vielleicht kamen, während sie die Uferstraße auf und ab ging, weitere zweihundert Pfund dazu. Er musste ein miserabler Spieler sein. Und obendrein, wenn Elsa das Grienen und Zwinkern der Filipinos richtig deutete, ein wenig dumm, da er seine Unfähigkeit nicht zu bemerken schien.

Sie liebte Henning darum nicht weniger. Sicherlich, das Bild von ihm wandelte sich. In Samoa war er ihr wie ein Ritter ohne Fehl und Tadel vorgekommen, ja, so als habe ihr vor langer Zeit verstorbener Vater Uwe Jensen ihn persönlich ausgesucht und ihr geschickt. Mit seinem Charme, seiner Freundlichkeit und Höflichkeit hatte Henning Elsas ganze Familie begeistert. Irgendwann hatte Elsa dann feststellen müssen, dass er mehr trank, als er vertrug. Und jetzt kam die Erkenntnis hinzu, dass er glücklos spielte. Aber waren solche Fehler nicht etwas ganz Normales, vor allem bei einem Mann? Männer hatten weit öfter als Frauen die Gelegenheit, übermäßig zu trinken und zu spielen, also kam es auch öfter vor. Wirklich irritierend und verletzend fand Elsa vielmehr, dass Henning sie anlog. Allerdings fand sie auch dafür eine beschwichtigende Erklärung: Er wollte vor ihr nicht als Versager dastehen. Was war menschlicher als Stolz? Das nahm sie letztlich nur noch mehr für ihn ein, und als sie sich ausmalte, wie sehr er in den letzten Monaten gelitten haben musste, suchte sie den Fehler auch bei sich.

Die Frage war: Wie konnte sie ihm helfen? Wie, wie, wie?

Just in diesem Moment lief Elsa dem Fräulein Bleulich über den Weg, einer redseligen Jungfer mittleren Alters, das man ihr jedoch nicht ansah – sie wirkte bedeutend älter. Auf dem Hochzeitsfest hatte sich Titus Warwick über ihre großen Augen lustig gemacht. In Begleitung ihres Bruders war sie noch zu deutschen Kolonialzeiten des Klimas wegen auf die Halbinsel Matupi gekommen, um ihre Tuberkulose zu kurieren. Das war ihr auch gelungen, was sie dank der Einflussnahme der Missionarswitwe Myrtle Maloy dem Wunderwerk des allmächtigen Gottes zuschrieb und nicht müde wurde es einem jeden zu erzählen.

Elsa hatte sich nach der Hochzeit aus vielerlei Gründen von dem Damenkreis von Port Rabaul ferngehalten. Die meisten Frauen waren bedeutend älter als sie, sprachen abwechselnd über die Bibel, das Wetter sowie ihre unübertrefflichen Familien und klöppelten Tischtücher. Nichts von alledem stieß auf Elsas Gegenliebe.

»Frau Matthes, wie schön, Sie zu sehen. Wir haben uns bereits Sorgen gemacht. Erst gestern haben wir über Sie … ich meine, von Ihnen gesprochen. Wie geht es Ihnen? Oh, wissen Sie, wen ich vorhin gesehen habe? Titus Warwick. Stellen Sie sich nur mal vor: Er war mit zwei Weibsbildern zusammen. Eine genügt ihm schon nicht mehr, jetzt legt er sich einen Harem zu, und das mitten unter uns. Eine Schande! Man erzählt sich die übelsten Sachen, was in seinem Haus vor sich geht, und nun finde ich es bestätigt. Er ist in einem Automobil an mir vorbeigefahren. Haben Sie ihn vielleicht auch bemerkt? Das Weibsbild, das er auf Ihre Hochzeit mitgebracht hat, saß neben ihm. Die andere konnte ich nicht richtig erkennen, aber sie schien mir eine Eingeborene zu sein. Sie saß auf dem Notsitz, eingequetscht zwischen Warwick und der Hure mit dem französischen Namen. Es war ein Bugatti. Er wagt es, mit zwei Frauen in einem Bugatti über unsere Uferstraße zu fahren, mitten durch die Schlagader unserer schönen Stadt. Widerlich!«

Dass Titus Warwick einen italienischen Sportwagen fuhr, löste bei Fräulein Bleulich eine ebenso große Empörung aus wie die Tatsache, dass er mit zwei Frauen unterwegs war. Es schien beinahe, als betrachte sie den Bugatti wie eine dritte, besonders verderbte Hure – oder wie ein überdimensioniertes männliches Geschlechtsorgan.

Inmitten ihrer Suada bemerkte sie jedoch, dass Elsa nicht ganz bei der Sache war.

»Fühlen Sie sich nicht wohl, Frau Matthes?«

»Es geht schon.«

»Sie haben doch etwas, das sehe ich Ihnen an. Ich lasse Sie in diesem Zustand nicht allein.«

»Vielen Dank. Ich komme zurecht.«

»Nein, das ist nicht wahr, Frau Matthes.«

Mit großen Augen fixierte die Bleulich sie, und prompt wurde Elsa schwach. Mit wem sonst hätte sie reden können? Ihre Familie war Tausende von Kilometern entfernt, außerdem waren mit der Heirat die Bande gelöst. Zum ersten Mal begriff Elsa, dass sie – bis zur Ankunft in Deutschland – fast völlig auf sich gestellt war, sie hatte nur noch Henning. Demnach war sie mit diesem Problem allein, und die Einsamkeit machte ihr Angst.

Aus Mangel an Alternativen schüttete sie Fräulein Bleulich auf offener Straße ihr Herz aus.

Die Jungfer seufzte und sagte: »Wir wissen es eine ganze Weile und haben uns schon gefragt, wann Sie wohl damit zu uns kommen. Ich bin gerade auf dem Weg zu Mrs. Maloy. Ich denke, sie wird nichts dagegen haben, wenn ich Sie zum Tee mitbringe. Nein, sie wird sogar höchst erfreut sein.«

»Ich weiß nicht … Eigentlich …«

»Keine Widerrede, Frau Matthes. Ihre Sorgen dulden keinen Aufschub.«

Elsa begriff selbst nicht recht, wie sie in diese Lage geraten war. Eben noch war sie über die Uferstraße promeniert, nun saß sie, von fremden Damen umringt, in Myrtle Maloys Wohnzimmer, einem Musterbild an Reinlichkeit und Ordnung. Jemand hatte Elsa eine Teetasse in die Hand gedrückt, einen Teller mit Gebäck vor ihr auf den Tisch gestellt, das Gesangbuch der Kirchengemeinde danebengelegt und schien zu meinen, dass sich das Problem damit bereits halb erledigt habe.

»Den ersten und wichtigsten Schritt haben Sie getan«, sagte Myrtle Maloy. »Ihre Anwesenheit beweist, dass Sie die Wurzel des Übels erkannt haben. Der Rest ist ein Klacks, Mrs. Matthes.«

»So?«

»Aber ja. Fragen Sie Miss Bleulich.«

Die erwähnte Dame nickte, kam aber nicht zu Wort, weil Myrtle Maloy es vorzog, selbst zu referieren.

»Miss Bleulichs Bruder steckte vor einigen Jahren in denselben Fängen wie Ihr Ehemann. Er trank und spielte, er war nicht mehr er selbst, er vergaß sich und … tja, leider muss ich es aussprechen … er hat seine Schwester geschlagen.«

»Oh, das hat Henning nie getan, und er würde es ganz sicher auch niemals tun.«

»Auf Details kommt es hier nicht an, Mrs. Matthes«, entgegnete die Maloy ungeduldig. »Ihr Mann ist dem Alkohol und dem Glücksspiel verfallen, er hat sich die falschen Freunde gesucht, er ist schwach und manipulierbar … Letzteres werden wir uns zunutze machen.«

»Wir?«

»Wer sich vom Schlechten locken lässt, kann sich auch vom Guten verführen lassen. Alles eine Frage des Angebots. Wir werden Ihrem Mann ein Angebot machen, das er nicht ausschlagen kann.«

»Wir?«

»Es ist ein Kampf, verstehen Sie? Aber er ist in dem

Moment gewonnen, in dem wir fest entschlossen sind, ihn zu führen.«

»Wir?«

Myrtle Maloy blinzelte gelassen und goss sich Tee nach. »Sie mit unserer Hilfe, Mrs. Matthes. Wir gemeinsam mit der Hilfe Gottes. Er ist hier, müssen Sie wissen, in diesem Raum, in diesem Augenblick. Von nun an steht er Ihnen zur Seite. Dem Laster Ihres Gatten werden nach und nach die Federn gerupft, bis nur noch der nackte, blutige Leib übrig ist, der nach Hilfe schreit. Noch Tee, Mrs. Matthes?«

Elsa war ein bisschen durcheinander von der Anwesenheit Gottes, den Federn und blutigen Leibern, den Kämpfen und Angeboten. Sie war ganz und gar nicht überzeugt, sich am richtigen Ort zu befinden, doch sie wusste auch nicht, an welchem Ort sie besseren Rat bekommen hätte.

»Ihre bildhafte Sprache in allen Ehren, Mrs. Maloy«, sagte Elsa höflich. »Aber ich verstehe nicht, was Sie mir konkret empfehlen.«

»Letztendlich läuft es darauf hinaus, dass wir Ihren Mann in Gottes Arme führen. Er wird zu einem gläubigen Christen gemacht, einem Methodisten selbstverständlich. Wir verstehen uns nämlich bestens auf das Ausrotten von Sünden.«

Das wiederum hielt Elsa für ein groteskes Unterfangen. Wenngleich protestantisch getauft, hatte Henning zur Religion dasselbe Verhältnis wie zum Rudern: Er setzte sich gerne mal in ein Boot, allerdings nur, um dabei zuzusehen, wie sich andere abmühten. Auch Elsa selbst, als Kind von protestantischen Missionaren unterwiesen, fremdelte ein wenig mit dem christlichen Gottesbegriff. Viel stärker verbunden war sie mit dem Meer, mit Wind und Wald und den Tieren, also mit Mutter Natur. Die immerzu gepredigte, aber fast unerreichbare Nächstenliebe fand sie in der seit Jahrhunderten gepflegten samoanischen Gastfreundschaft längst verwirklicht, und statt sich vor Sünde und Laster in Acht zu nehmen – beides Begriffe der Missionare –, zog sie schlicht das Maßhalten vor.

»Ich fürchte, Mrs. Maloy, Ihr Vorhaben ist zum Scheitern verurteilt.«

»Nur, wenn wir es nicht energisch genug verfolgen. Ich kann Ihnen in diesem Zusammenhang einen Vorwurf nicht ersparen, Mrs. Matthes. Sie haben durch Ihre religiöse Passivität Ihren Teil dazu beigetragen, dass es mit Ihrem Mann so weit kommen konnte. Sie sind nicht zu den Gottesdiensten erschienen, und Sie haben sich von uns zurückgezogen. Bei uns hätten Sie weit früher Anleitung finden können. Doch lassen wir die Vergangenheit ruhen und wenden uns der Zukunft zu. Als Allererstes müssen Sie Ihre Schwiegereltern in Kenntnis setzen.«

Elsa erschrak. »Wozu denn das?«

»Ohne die finanzielle Unterstützung seines Vaters werden Ihrem Mann bald die Geldmittel ausgehen, und ich zweifle nicht daran, dass Ihr Schwiegervater sich ganz in unserem Sinne verhalten wird. Handelsmagnaten alten Schlages haben für Verschwendung nichts übrig, sie orientieren sich ausschließlich an Geld. Somit wäre dieses Problem gelöst. Wenn Ihr Mann keinen Kredit mehr bekommt, kann er allenfalls noch mit den Eingeborenenkindern um Muscheln spielen. Und was den Alkohol angeht: Auch der muss bezahlt werden. Ich verspreche Ihnen, sobald Ihrem Mann der finanzielle Rückhalt entzogen ist, werden ihn seine sogenannten Freunde fallenlassen. An dem Punkt kommt der zweite Teil unseres Plans ins Spiel. Das sind Sie, Mrs. Matthes.«

»Inwiefern?«

»Sie werden Ihrem Mann, bildlich gesprochen, den Spiegel vorhalten und ihm schlimme Vorwürfe machen. Was das angeht, müssen Sie streng sein, Mrs. Matthes. Sie bieten ihm Ihre Liebe an, zu Ihren Bedingungen. Gewiss, er wird sich winden. Aber in der Zange zwischen der Unmöglichkeit, seine Laster weiter auszuleben, und dem Angebot Ihrer Liebe wird er sich Ihnen in die Arme werfen. Sie führen ihn dann, und das wäre Teil drei des Plans, einen Schritt weiter. Sie führen ihn zur Kirche und damit zu Gott. So hat es Fräulein Bleulich gemacht, deren Bruder heute ein geachtetes Mitglied unserer Gemeinde ist.«

»Ja«, sagte die Bleulich.

Das war alles, was sie und die anderen Damen zur Diskussion beizutragen hatten.

Elsa hätte gerne Gegenargumente vorgebracht. Sie wäre liebend gerne in der Lage gewesen, Myrtle Maloy einen Strauß von Alternativen zu präsentieren. Dummerweise hatte sie weder das eine noch das andere zur Hand. Vielleicht konnte man Henning tatsächlich nicht mit Rücksichtnahme und bedingungsloser Liebe vor sich selbst schützen, vielleicht war ein Spieler und Trinker tatsächlich nur mit Härte zu kurieren. Es würde die Hölle für Elsa werden, ihrem Mann wehzutun. Aber tat sie es nicht, würde es eines Tages hundertmal schlimmer für ihn kommen.

Was allerdings den letzten Teil des Planes betraf, die

Religion, so sagte Elsa sich: abwarten. Henning konnte aus so vielen Dingen Kraft schöpfen – aus ihrer Liebe, aus der Anerkennung seiner Eltern, aus geschäftlichen Erfolgen, aus einem gemeinsamen Kind. Ob es da überhaupt noch Myrtle Maloys Bibelstunde brauchte?

Elsa überlegte, ob sie nach Deutschland telegrafieren sollte, etwa: »Liebe Schwiegereltern – stopp – Henning hoch verschuldet – stopp – dem Alkohol verfallen – stopp – empfehle sofort Geldmittel sperren – stopp – kümmere mich um alles weitere – stopp – Elsa F. Matthes.«

Ein solches Telegramm, sagte sie sich, käme einem Mordversuch gleich. Ihr jedenfalls würde bei einem solchen Text das Herz stehenbleiben. Daher entschied sie sich gegen ein Telegramm und für einen Brief an ihre Schwiegereltern. Zwar brauchte ein Brief ungefähr sechs Wochen, um nach Deutschland zu gelangen, dafür konnte sie die Sachlage viel ausführlicher schildern. Sie füllte ein halbes Dutzend Seiten, die sie mehrmals im Hinblick auf Stil und Behutsamkeit überarbeitete und mittels eines Wörterbuchs auf Rechtschreibfehler absuchte. Sie kaufte wunderschönes fliederfarbenes Briefpapier und bemühte sich um ihre beste Schönschrift. Nach viertägiger Arbeit, als auch das letzte Komma richtig gesetzt war, ging sie zur australischen Poststation in Port Rabaul – nicht ohne ein letztes Mal zu zögern. Einerseits kam sie sich wie eine Intrigantin vor. Andererseits war da noch ein anderes ungutes, weit abstrakteres Gefühl … Letztendlich gab sie den Brief dennoch auf.

Kurz darauf löste Henning sein Versprechen ein und machte mit ihr den versprochenen Ausflug im offenen

Coupé. Zum ersten Mal bekam sie das Inselinnere zu Gesicht, das aus dichten Wäldern, kleinen Hüttendörfern der Tolai und anderen Stammesgruppen sowie riesigen Plantagen bestand, auf denen Kokos, Kautschuk, Baumwolle, Kakao und Vanille angebaut wurden. Die beiden verbrachten ein paar gelöste Stunden voller neuer Eindrücke, in denen Elsa sogar die Schulden und den Brief vergaß. Auf dem Rückweg, schon fast wieder in Rabaul angekommen, nahm Henning eine Abzweigung und fuhr eine Serpentine hoch, bis sie auf halber Höhe des Berges waren. Dort parkte er im Schatten eines freistehenden Rosenholzbaumes, und sie picknickten im Wagen. Die Sonne stand hoch am Himmel. Zwischen den sich im Wind hin und her neigenden Ästen spielten ihre Strahlen wie Funken auf den Champagnergläsern und Porzellantellern.

»Wem gehört die Villa dort oben?«, fragte sie.

»Warwick. Die Straße dorthin hat er nur für sich bauen lassen.«

»Er muss einen atemberaubenden Blick haben.«

»Den hat er.«

»Warst du schon mal dort?«

»Ein- oder zweimal, geschäftlich. Gefällt dir der Blick von hier etwa nicht?«

»Doch, natürlich.«

Die hohen Bäume verdeckten einen Teil der Sicht, aber der Ozean leuchtete durch einzelne Lücken, ein Paradiesvogel lugte scheu aus dem Dickicht, und die Schmetterlinge tanzten.

»Ich freue mich, dass du dich freust, Prinzessin. Was mich angeht … offen gesagt ermüdet mich die Schönheit der Südsee, sie ist einfach zu offensichtlich. All diese prächtigen Farben und Stimmungen auf dem Serviertablett. Wie auf den Gemälden von Caspar David Friedrich.«

Elsa lächelte. Ohne auf Hennings Überdruss an Schönheit einzugehen, sagte sie: »Seltsam, dass die Weißen bei der Beschreibung von etwas Natürlichem so oft Bezug auf etwas Künstliches nehmen. Sieh mal, Henning, nicht die Landschaft ist so schön wie ein Gemälde, sondern allenfalls das Gemälde so schön wie die Landschaft. Auf Samoa gab es mal einen Amerikaner, der meinte, eine unserer kulinarischen Spezialitäten schmecke wie ein bestimmter Cocktail in seiner Lieblingsbar in New Orleans. Auf die Idee, dass vermutlich eher der Cocktail nach Samoa schmeckt als umgekehrt, kam er nicht.«

Hennings Miene trübte sich leicht. »Ich mag es, wenn du klug daherredest«, sagte er. »Aber du solltest aufpassen, dass die Weißen nicht zu schlecht dabei wegkommen. Du hast uns gegenüber manchmal etwas Belehrendes, Prinzessin.«

Elsa konnte sich nicht erinnern, dass Henning sie jemals kritisiert hatte. Es war wohl nur eine Frage der Zeit gewesen und das Normalste von der Welt. Trotzdem spürte sie zwei Stiche, einen schwachen von dem Ausdruck »Belehrendes« und einen starken, weitaus schmerzhafteren von »uns gegenüber«.

»Ich werde darauf achten«, willigte sie ein, was Henning sogleich putzmunter machte.

»Übrigens, ich habe hier etwas für dich«, sagte er und zog unter einer Decke einen Vogelkäfig samt Piepmatz hervor. »Zum Freilassen. Es ist süß, dich dabei zu beobachten. Deine Augen funkeln dann so entzückend naiv.«

»Entzückend naiv?«

»Aber wenn wir in Deutschland sind, musst du damit aufhören, Vögel freizulassen, Prinzessin. Versprichst du mir das? Du bekommst dann einen Papagei, in meiner Familie haben alle Frauen einen Papagei, doch der bleibt in der Voliere, verstehst du?«

»Sicher verstehe ich das.«

»Du bist wirklich süß, Prinzessin.«

Elsa ließ das bunte, zerbrechliche Vögelchen frei, aber mit ihren Gedanken war sie währenddessen ausnahmsweise woanders. Henning behandelte sie an diesem Tag ein bisschen von oben herab, und das ärgerte sie – nicht sehr, aber genug, um ihn ihrerseits um etwas zu bitten, das sie sich insgeheim schon seit einiger Zeit wünschte.

»Auch ich möchte, dass du mir etwas versprichst, Henning. Würdest du bitte aufhören, mich Prinzessin zu nennen, sobald wir in Deutschland sind?«

Er stutzte. »Also, wenn du … wenn du das wirklich willst, dann … Wie soll ich dich denn sonst nennen?«

»Elsa. Oder Fa'alua. Oder Elsa Fa'alua, das ist mir gleich.«

»Nur Fa'alua, nein, das ist unmöglich. Und Elsa?« Er lachte. »Nein, das ist wirklich zu albern. Prinzessin ist ein Kosename, den ändert man nicht einfach so.«

»Vielleicht nicht einfach so. Aber mit ein wenig Anstrengung. Und wenn wir schon mal dabei sind: Ich möchte bei offiziellen Anlässen als Frau Matthes vorgestellt werden und nicht als Ihre Hoheit, Prinzessin Elsa Fa'alua. Soweit mir bekannt ist, wurde die Monarchie in Deutschland abgeschafft, da sind solche Anreden eher peinlich als ehrenvoll.«

»Du bist schon wieder belehrend«, entgegnete er. »Ich

werde ja wohl besser als du beurteilen können, was peinlich ist und was nicht.«

Sie dachte an sein Betragen in der Hochzeitsnacht und daran, dass er seine Tage in einem stickigen, alkoholtriefenden Clubraum verbrachte, wo er mit verschwitzten Farmern und faulen Handelsvertretern, die trotz allem cleverer waren als er, Poker spielte. Würde sie Henning von dem aristokratischen Sockel aus beurteilen, auf den er sie stellte, müsste sie sich seiner im höchsten Maße schämen.

Natürlich sagte sie ihm das nicht, dafür liebte sie ihn viel zu sehr. Aber die Dynamik des kleinen Streitgesprächs hatte zur Folge, dass sie ihm etwas anderes gestand.

»Ich weiß von deinen Schulden, Henning«, bekannte sie sanft. »Mehr als vierzigtausend Pfund. Die ganze Stadt ist im Bilde, ich könnte fragen, wen ich will. Doch ich frage dich.«

Hennings Blick suchte erst Zuflucht am Boden, dann in der Weite der Südsee. Da war er wieder, der große Junge, der Elsas Liebe für ihn noch etwas anderes hinzufügte: Rührung. Zweimal setzte er zu einer Erklärung an, zweimal brach er ab, ohne ein einziges Wort gefunden zu haben. Schließlich startete er den Motor.

»Henning, bitte.«

Er fuhr los, und er fuhr schnell.

»Henning, du hast den Champagner fast allein getrunken. Vielleicht sollte ich fahren. Mein Onkel hat es mir in Samoa beigebracht.«

»So weit kommt es noch, dass ich mich von meiner Frau chauffieren lasse!«

Der Wagen rollte in hohem Tempo den Hügel hinab.

Henning legte ihn derart stark in die Kurven, dass Elsa fürchtete, aus dem Sitz geschleudert zu werden. Ihr Hut flog davon, und auf dem Rücksitz polterte das Picknickgeschirr. Hennings Fingerknöchel waren weiß, so fest umklammerte er das Lenkrad.

»Ich bitte dich, fahr langsamer!«, rief Elsa. »Du baust noch einen Unfall.«

Kaum hatten sie die Verbindungsstraße von Rabaul zu Vandervalts Plantage erreicht, erhöhte Henning das Tempo sogar noch. Die staubige Erde wirbelte auf und bildete einen hundert Meter langen Braunschleier.

Elsa gab ihren Protest auf, sie war vollauf damit beschäftigt, sich und die Accessoires ihres Kleides im Coupé zu halten. Als Vandervalts Gut in Sicht kam, war sie zum ersten Mal froh, dorthin zurückzukehren.

Henning stoppte abrupt und sprang aus dem Fahrzeug.

»Siehst du, ich habe keinen Unfall gebaut, anders als du es vorhergesagt hast. Ich bin nämlich besser, als du denkst. Deshalb werde ich auch meine Schulden zurückzahlen, trotz deiner ewigen Bedenken. Wenn du dich nur endlich aus meinen Angelegenheiten heraushalten könntest.«

Mit diesen Worten ging er ins Haus, kippte zwei Whisky, legte sich schlafen und wachte erst am frühen Morgen des nächsten Tages auf.

Das Telegramm

Henning erwähnte den Vorfall nie wieder, und er behandelte Elsa fortan mit einer Freundlichkeit, die ihr ein schlechtes Gewissen bereitete. Immer mal wieder dachte sie an den Brief, der nach Deutschland unterwegs war, und stellte sich vor, wo er gerade sein mochte – vor Indien, im Roten Meer, bei Kreta, im Golf von Biskaya, im Ärmelkanal … An manchen Tagen wünschte sie, sie hätte ihn nie abgeschickt, an anderen war sie froh, es getan zu haben. Denn Hennings Probleme nahmen zu – und damit auch ihre.

Ihr Gemahl gab sich keine Mühe mehr, die Pokerspiele vor Elsa zu verbergen, sie fanden immer öfter bei Paul Vandervalt statt und damit direkt vor ihren Augen. Die halbe und manchmal auch die ganze Nacht brachte das halbe Dutzend Freunde im Salon zu, kaum zwanzig Schritte vom ehelichen Schlafzimmer entfernt. Dort lag Elsa im Bett, starrte durch die Dunkelheit zur Decke, hörte das Lachen, das Grölen und die Flüche. Wenn es Hennings Flüche waren, drehte sie sich zur Seite und hielt sich die Ohren zu. Weil sie es nicht mehr aushielt, ging Elsa bald dazu über, ein starkes Schlafmittel zu nehmen.

Myrtle Maloy, mit der sie – ließ man Gott einmal beiseite – ein Vieraugengespräch beim Vieruhrtee führte, sagte: »Bleiben Sie ruhig. Sobald der Geldhahn versiegt, ist Ihre Stunde gekommen.«

Ungefähr sechs Wochen nachdem Elsa den Brief aufgegeben hatte, stieg ihre Nervosität ins Grenzenlose. Sie dachte fast nur noch an das Schreiben. Jeden Tag konnte es in Bremen ankommen. Wie würde Hennings Vater reagieren? Würde er ein Telegramm schicken? Sofort oder erst später? An wen, an Elsa oder Henning? Und was würde darin stehen? Elsa durchlebte den Moment, in dem der alte Herr den Brief öffnete und las, ungefähr hundertmal am Tag, er verdarb ihr den Appetit, raubte ihr den Schlaf und machte jeden Gang schwer. Kein Kuss für Henning mehr, ohne dass sie dachte: Hoffentlich habe ich das Richtige getan.

Es *musste* das Richtige sein. Henning, der im Club zwar reichlich, aber nach der Hochzeitsnacht nie wieder bis zum Rausch getrunken hatte, knüpfte an Junggesellenzeiten an und hielt sich auch beim Alkohol nicht länger zurück. Vier-, fünfmal pro Woche fiel er nachts ins Bett, ohne noch Herr seiner Sinne zu sein. Er arbeitete so gut wie gar nicht mehr. Auch die anderen Männer tranken, nur nicht ganz so viel, oder sie schienen es besser zu vertragen. Vandervalt jedenfalls stand jeden Morgen auf seiner Plantage und kommandierte die Arbeiter herum, während Henning bis zum frühen Nachmittag im Bett lag. Sobald Elsa mit ihm darüber sprechen wollte, wich er aus, wobei er keineswegs unwirsch wurde, sondern sie im Gegenteil mit spontanen Einfällen überraschte, etwa einer Mondscheinfahrt durch die Plantage, einem Dinner im einzigen Restaurant von Port Rabaul oder einem Kaffeekränzchen, zu dem er ein paar Leute einlud.

Es fiel ihr ungeheuer schwer, ihm böse zu sein. Nüchtern war er der liebevollste Mann, den sie sich denken konnte, und im betrunkenen Zustand war er so schutzbedürftig, dass ihre Fürsorge den Ärger schnell besiegte.

Doch der Brief, der verfluchte, mit Hoffnungen erfüllte lavendelfarbene Brief, schwebte allzeit über allem.

Als Henning und Elsa eines frühen Abends in Richtung Rabaul fuhren, sah Elsa den Moment gekommen, den sie seit Wochen gleichermaßen herbeisehnte wie fürchtete: die Ankunft des Telegramms. Auf der Straße kam ihnen auf einem Fahrrad ein Mann entgegen, der heftig winkte. Erst als Henning den Wagen anhielt, sah Elsa, dass der Mann einen Umschlag in der Hand hielt – und dass der Mann Max Richter war.

Wie immer trug er den fleckigen, verstaubten Leinenanzug, ein Hemd, an dem ein Knopf fehlte, sowie einen Strohhut, der dabei war, in seine Bestandteile zu zerfallen. Henning hingegen hatte für den Ausflug einen hellblauen Anzug mit blütenweißem Hemd, Einstecktuch und eine sportliche Kappe gewählt. Der Unterschied in der Kleidung machte sich auch im Tonfall der Unterhaltung bemerkbar.

»Guten Tag, Herr Matthes. Guten Tag, Frau Matthes.«

»Ich sehe, Sie haben jetzt ein Fahrrad, Richter«, sagte Henning.

»Ja, ich dachte, ich gönne mir mal was.«

»So, so. Ziemlich alt, das Ding.«

»Es bringt mich dorthin, wohin ich will, Herr Matthes.«

»Und wohin wollen Sie gerade?«

»Zur Plantage.«

»Hat mein Freund Vandervalt Sie gerufen?«

»Nein, hat er nicht. Ich muss nicht eigens auf seine

Plantage gerufen werden, um zu wissen, dass ich dort gebraucht werde.«

Die beiden Männer wechselten einen Blick.

Leicht genervt fragte Henning: »Gut, Richter, was gibt's? Warum haben Sie mich angehalten?«

»Die Leute von der Post haben mich gefragt, ob ich Ihnen ein Telegramm rausbringen kann, wo ich doch sowieso zur Plantage fahre. Hier, bitte.«

Henning warf nur einen kurzen Blick auf den Umschlag, auf dem nichts weiter stand als: »mr. henning matthes, cable«. Er steckte ihn ein, sagte: »Danke, Richter«, und fuhr weiter.

Eine Minute lang brachte Elsa kein Wort hervor. Sie saß auf dem Beifahrersitz und blickte starr geradeaus. Die grüne Wand aus Dschungel links und rechts, die pudrigen Wolken, die vor dem Automobil aufsteigenden Wildtauben – das alles entging ihr völlig. Sie dachte, es wäre viel mehr Zeit vergangen, als sie endlich fragte: »Willst du es nicht aufmachen?«

»Was?«

»Das Telegramm.«

»Ach, das ist bestimmt von meinem Vater. Wer weiß, was er jetzt wieder will. Er kommandiert mich herum, seit ich in der Schule war.«

Elsa lächelte gezwungen. »Es könnte wichtig sein. Vielleicht ist jemand krank geworden … oder etwas anderes Schlimmes.«

»Also gut.« Henning seufzte und griff in die Innentasche seines Jacketts, ohne die Straße aus den Augen zu lassen.

Elsas Nerven waren bis zum Äußersten gespannt. Sie

streckte Henning ihre eiskalten Hände entgegen, um das Telegramm in Empfang zu nehmen, aber es steckte in der Innentasche fest, und sie befürchtete, jeden Augenblick ohnmächtig zu werden. Hennings Zukunft hing von diesem Telegramm ab – und damit auch die ihre.

Da schoss aus einem Seitenweg ein anderer Wagen hervor, kreuzte die größere Straße unmittelbar vor der Kühlerhaube von Hennings Coupé, wirbelte eine Menge Staub auf und bog ohne abzubremsen in einen anderen Seitenweg ein.

Henning trat voll auf die Bremse. Das Coupé stoppte abrupt und drehte sich um neunzig Grad, sodass es quer auf der Straße stehen blieb. Durch eine Lücke im Staubwirbel erkannte Elsa, wer in dem Wagen saß, bevor Henning rief: »Der wäre uns fast in die Seite gefahren! Diese Bugatti-Fahrer glauben doch alle, ihnen gehöre die Welt. Hast du gesehen, wer das war? Eigentlich kann es nur Warwick gewesen sein. Na, dem werde ich was erzählen, wenn ich ihn das nächste Mal ... Ach, was soll's! Ist ja nichts passiert.«

Elsa hatte Henning kaum zugehört. Im Vorbeifahren hatte sie die Blicke zweier Frauen aufgefangen, die auf dem Beifahrersitz und dem Notsitz des Bugatti saßen. Die eine war die Prostituierte Paulette, die Warwick in Kimbe aufgelesen hatte, die andere war Iolana, die schöne polynesische Kellnerin aus dem Hotel »Kronprinz«. Sie hatten Elsa im Vorbeifahren auf eine eigentümliche Weise angesehen, so als hätten sie kurz vorher noch über sie gesprochen, vielleicht sogar über sie gelästert. Was hatte das zu bedeuten? Sie kannte die beiden Frauen doch kaum.

Nach ein paar Minuten dachte Elsa schon nicht mehr

daran, stattdessen drehte sich erneut alles um das Telegramm. Da waren sie jedoch schon vor dem Restaurant im Hotel »Kronprinz« angekommen, wo Henning zufällig einem Geschäftspartner begegnete. In der nächsten halben Stunde ergab sich daher keine Gelegenheit, ihn noch einmal auf das Fernschreiben seines Vaters anzusprechen.

»Wonach ist dir, Prinzessin?«, fragte Henning, als sie endlich zu zweit am Tisch saßen.

Nach einem Telegramm, hätte sie am liebsten geantwortet, sagte jedoch: »Wähle du für mich.«

Es gab ohnehin nur eine Handvoll, noch dazu immer dieselben Gerichte: deutscher Rinderbraten mit dunkler Soße, englisches Roastbeef mit grüner Soße oder Steaks in Teichen aus Ketchup, von denen man nicht wusste, ob sie die australische oder die amerikanische Küche repräsentierten … Mit Südseegerichten gab man sich im »Kronprinz« nicht ab.

»Das Telegramm, Henning«, erinnerte sie ihn.

»Ich will nicht, dass mir mein Vater den Abend verdirbt«, sagte er.

Dann bestellte er eine Flasche Rotwein.

Es hätte ein angenehmer Abend werden können. Henning war guter Dinge, er erzählte Anekdoten aus seiner Jugend, und zum ersten Mal erfuhr Elsa mehr über den Mann, den sie vor sieben Monaten kennengelernt und vor vier Monaten geheiratet hatte. Sie glaubte daran, dass jeder Mensch vier Seiten habe, die ihn prägen: was gegenwärtig ist, was vergangen ist und was künftig sein soll. Außerdem eine geheime Seite, die er sogar – zu Recht – vor seinen Liebsten verbirgt. Von Henning kannte Elsa nur die ge-

genwärtige Seite. Was er mit sich herumtrug und welchen Weg er einzuschlagen gedachte, war ihr schleierhaft geblieben, aber an jenem Abend gewährte er ihr immerhin einen kleinen Einblick.

Vor ihrem inneren Auge entstand das Bild eines Jungen, der geliebt werden wollte, der diese Liebe jedoch nur im Tausch gegen Leistungen erhalten konnte, die außerhalb der ihm von der Natur mitgegebenen Möglichkeiten lagen. Henning war nun einmal kein begnadeter Kaufmann, er hasste Mathematik, und er war nicht in der Lage, sich länger als einige Minuten auf eine Sache zu konzentrieren. Seinem erfolgreichen, disziplinierten Vater war er daher nie gut genug gewesen. Im Grunde genommen teilte Henning mit Elsa dasselbe Schicksal, denn ihr als Mischling hatten ihre samoanische Familie und ihr Umfeld nie das Gefühl gegeben, hundertprozentig zugehörig zu sein. Ein paar Prozent hatten immer gefehlt, was sich unter anderem darin ausdrückte, dass man sie nicht auf Feste mitgenommen oder als Letzte über Familienangelegenheiten informiert hatte. Sie war eine Ausgesetzte im eigenen Land gewesen.

Nun war sie beinahe froh, dass sie etwas mit ihrem Gatten gemeinsam hatte. Seine Offenheit hätte sie sogar euphorisch gemacht, wenn nicht – ja, wenn das Telegramm in seinem Jackett nicht gewesen wäre. Wie ein Druck lastete das Papier, das über Hennings Herz ruhte, auf ihrem Herzen.

Sie wagte es nicht, noch einmal danach zu fragen. Am liebsten hätte sie das Ding zerrissen – auch wenn das natürlich gar nichts gebracht hätte. Dann wieder wollte sie von sich aus auf die Angelegenheit zu sprechen kommen, nur um sie endlich hinter sich zu haben. Während des

Essens und auf der Rückfahrt war sie mehrfach kurz davor, Henning zu beichten, was sie getan hatte, aber sie hielt den Moment immer für unpassend. Kurz vor dem Schlafengehen, so malte sie sich aus, wäre es am besten. Im Ehebett, bevor sie das Licht löschten.

Doch als sie in Vandervalts Villa ankamen, hatte sich dort bereits die Meute von Pokerfreunden versammelt, die ihr den Ehemann sofort entriss.

Elsa verstand Henning sogar – jedenfalls ein bisschen. Diese Leute verlangten nichts von ihm, sie waren einfach da, und er war ihnen willkommen. In ihrer Mitte war das Leben für ein paar Stunden frei von jedwedem Ballast. Um zu ihnen zu gehören, musste man nichts anderes tun, als mitzuspielen.

»Ich gehe schlafen«, sagte sie.

»Ist gut, Prinzessin.«

Bevor Elsa die Tür hinter sich schloss, hörte sie noch, wie einige der Pokerfreunde ihre Witzchen darüber machten, dass er sie Prinzessin nannte. Ihr Ärger darüber verlor sich in dem Gewirr von dunklen Sorgen und Bedrohungen, die in ihr aufzogen und mit dem Fernschreiben aus Deutschland zusammenhingen.

Zu ihrer eigenen Überraschung schlief sie jedoch schnell ein.

Elsa erwachte von einem Riesengepolter, weshalb sie einige Sekunden lang nicht begriff, wo sie war und was gerade passierte. Sie machte das Licht an. Vier von Hennings Pokerfreunden waren betrunken in ihr Schlafzimmer geplatzt, standen direkt vor ihrem Bett und lachten und grölten lautstark.

Einer von ihnen rief: »Oops, the lady's bedroom. And the lady is inside.« Ein anderer: »Die Lady? Soll wohl ein Witz sein. Ich sehe nur ein Flittchen.« Der Dritte: »Ja, ein Hula-Flittchen. Aber wisst ihr, was? Man kann schlechter heiraten.« Der Vierte lachte nur und fiel auf Elsas Füße.

Sie zog die Beine an. »Raus hier! Was fällt euch ein! Raus, habe ich gesagt.«

»Raus?«, rief einer. »Sonst schreien die immer: ›Rein, schneller, los, steck ihn rein, ich hab nicht die ganze Nacht Zeit.‹«

»Ihr seid ekelhaft!«, rief Elsa, woraufhin der Mann, der auf das Bett gefallen war, den Arm ausstreckte und ihr eine Whiskyflasche anbot.

»Hier, Schätzchen, das macht dich lockerer.«

Elsa sprang aus dem Bett. »Henning!«, rief sie panisch. Sie stürzte an den Männern vorbei, ohne dass diese sie berührten, und eilte in den Salon. »Henning, sag deinen Freunden …«

Der Oberkörper ihres Ehemanns war auf den Spieltisch gesunken, die Arme hingen reglos herunter, und der Mund stand halb offen. Ein leises Schnarchen war zu hören.

Neben Henning saß Vandervalt, umwölkt von Zigarettenrauch, und zählte sein Geld. Seine Augen waren glasig vom Alkohol, aber er hatte sich im Griff.

»Ihren Mann könnte nicht mal ein Pistolenknall aufwecken«, sagte er. »Regen Sie sich also wieder ab, Teuerste, und heben Sie sich Ihre Standpauke bis morgen früh auf.«

»Sorgen Sie dafür, dass die Trunkenbolde aus meinem Schlafzimmer verschwinden.«

Er zog an der Zigarette und sagte, während er den

Rauch ausblies: »Erstens ist es mein Zimmer und nicht Ihres, Teuerste. Und zweitens bin ich nicht Ihr Wachhund.«

Elsa kniff die Lippen zusammen und versuchte sich zu beherrschen, aber dann platzte es aus ihr heraus. »Sie sind ein Widerling. Wie Sie Ihre Arbeiter behandeln, wie Sie Henning ausnehmen, welche Blicke Sie mir zuwerfen ... das alles zeugt von Ihrem schlechten Charakter.«

»Wenigstens habe ich einen«, sagte er und blickte dabei auf Hennings schlaffen Körper. Mehr hatte er zu ihrem Vorwurf nicht zu sagen. Er fuhr damit fort, seinen Gewinn zu zählen, und hörte auch nicht auf, als die Pokerfreunde zurückkehrten und einen Kreis um Elsa bildeten. Sie fassten sich an den Händen und veranstalteten einen Ringelreigen, wobei sie albern mit dem Hintern wackelten.

»Huldigt der hochwohlgeborenen Hurenfürstin«, sangen sie.

Elsa versuchte ihnen zu entkommen, doch jedes Mal stießen die Männer sie zurück.

»Lasst mich«, schrie sie. »Henning! Henning, hilf mir! So hilf mir doch!«

Doch Henning schlief weiter, ohne sich zu rühren. Zum ersten Mal war Elsa nicht voller Fürsorge und Mitleid für ihren ohnmächtigen, vom Rausch niedergezwungenen Mann. Sie war zutiefst enttäuscht von ihm. Auf einmal war da noch ein anderes, viel schwärzeres Gefühl, das sie inmitten des Tumults um sie herum wie ein Lufthauch streifte: Verachtung. Wie konnte er als ihr Ehemann es zulassen, dass sie dem besoffenen Pöbel ausgeliefert war?

Plötzlich wurde die Kette dieses Pöbels von außen gesprengt. Jemand fasste sie am Arm und zog sie aus dem Kreis heraus. Es war Max Richter.

»Die Party ist vorbei«, sagte er. »Ihr lasst Frau Matthes von jetzt an in Ruhe.«

»Verschwinden Sie aus meinem Haus, Richter«, keifte Vandervalt ihn an. »Mischen Sie sich da gefälligst nicht ein. Ich habe Ihnen erlaubt, ein paar Arbeiter auf meiner Plantage zu verarzten, aber wenn Sie dafür Geld haben wollen, rate ich Ihnen, sich schleunigst in die Hütte zurückzuscheren, die ich Ihnen zugewiesen habe. Habe ich mich klar ausgedrückt?«

»Sehr klar, Sir. Nun bin ich dran. Nur ein einziges falsches Wort, eine einzige falsche Bewegung, und ich nehme euch auseinander.«

Das war eine verwegene Drohung. Max Richter war Arzt, kein Raufbold. Unter seiner schludrigen Kleidung schien er zwar gut in Form zu sein, aber mit fünf Gegnern konnte er es nicht aufnehmen. Sein einziger Vorteil war, dass sie betrunken waren und er nicht.

Vandervalt hatte bei diesem Spiel nichts zu gewinnen. Er entschied sich gegen eine direkte Konfrontation und rief: »Schluss für heute, Männer. Es ist spät geworden.«

Sie murrten ein bisschen, waren aber insgeheim froh, um eine Schlägerei herumgekommen zu sein, und innerhalb von zwei Minuten hatten sie sich in die Gästezimmer verdrückt.

»Bitte gehen Sie schon mal vor, Frau Matthes«, sagte Max Richter. »Ich bringe Ihren Mann dann gleich nach.«

Mühsam schleppte er Henning in das Ehebett, wo er ihm das Hemd aufknöpfte und die Schuhe auszog.

»Ab jetzt komme ich zurecht«, sagte Elsa mild. »Ich … ich danke Ihnen, Herr Doktor. Auch in Hennings Namen. Ohne Sie … wer weiß, was noch passiert wäre.«

»Gern geschehen. Mein dringender Rat an Sie lautet dennoch, hier so schnell wie möglich auszuziehen. Schon morgen bin ich nicht mehr da.«

Sie nickte. »Nochmals, ich bin Ihnen sehr verbunden.«

Diesmal fiel es ihr leicht, sich für seinen Rat zu bedanken, zum einen, weil er sich mit ihren eigenen Vorstellungen deckte, zum anderen, weil sie an diesem Abend erkannte, dass Max Richters Warnungen und Fingerzeige, jedenfalls im Hinblick auf Henning, immer zugetroffen hatten.

»Wenn Sie gestatten«, sagte er. »Momentan ist vielleicht nicht der richtige Ort oder Zeitpunkt dafür … Als ich Ihnen vor einigen Wochen geraten habe, nicht in den Club zu gehen, tat ich das, weil ich ahnte, wie Ihr Mann darauf reagieren würde. Bis dahin hatte er heimlich gespielt und getrunken, und mir war klar, dass es für ihn nach Ihrer Entdeckung …«

»… keine Notwendigkeit mehr für Heimlichtuerei geben und sein Zustand sich verschlimmern würde. Ich habe damals Ihre gute Absicht verkannt. Das tut mir leid.«

Elsa sagte es mit der größtmöglichen Würde, die eine Frau haben kann, wenn sie mitten in der Nacht verstört, leicht zerrupft und in einem Negligé neben ihrem sturzbetrunkenen Ehemann steht.

Max Richter schien zu spüren, dass er dringend gehen sollte.

»Gute Nacht«, sagte er bedrückt, als ahne er, was gleich geschehen würde.

Kaum war Elsa allein, brach sie in Tränen aus.

Arme Prinzessin

Elsa erwachte erst am frühen Nachmittag um kurz vor zwei Uhr. Nach den grauenhaften Erlebnissen der Nacht hatte sie die Dosis des Schlafmittels erhöht, das sie seit einiger Zeit nahm, und nun war sie leicht benommen. Sie trank ein Glas Wasser, das neben dem Bett bereitstand. Erst da bemerkte sie, dass Henning nicht mehr neben ihr lag.

Eigentlich war ihr das ganz recht. Sie musste überlegen, wie sie ihrem Mann beibringen sollte, was geschehen war. Wäre ein energischer oder ein verletzlicher Tonfall angebrachter? Da Elsa sowohl den unbedingten Willen als auch die Verletzlichkeit in sich spürte, fiel ihr die Entscheidung schwer. Erst nach der Morgenwäsche, die an diesem Tag etwas kürzer ausfiel, und nachdem sie sich halb angekleidet hatte, kam Elsa das Telegramm wieder in den Sinn. Sie hatte es fast vergessen.

So oder so, der heutige Tag würde alles auf den Kopf stellen, was bisher war. Einerseits hatte sie ihn sehnsüchtig erwartet, andererseits fühlte sie sich ausgerechnet jetzt ein bisschen wackelig auf den Beinen. Aber es half nichts. Da musste sie durch. Sie stellte sich auf alles ein: einen Tobsuchtsanfall Hennings, Vorwürfe, Beschimpfungen, Schreie und Tränen, seinen nächsten, aus Vandervalts Spirituosenvorräten gespeisten Rausch … Schlimmstenfalls würde alles zusammenkommen.

Auf das, was stattdessen geschah, war sie jedoch nicht gefasst.

Sie betrat den Salon, den Vandervalts Hauspersonal längst wieder hergerichtet hatte. Nichts erinnerte mehr an die »Party« der vergangenen Nacht.

»Frühstück, Ma'am?«, fragte einer der jungen, weiß livrierten Boys.

»Im Moment nicht. Haben Sie meinen Mann gesehen?«

Die Frage schien ihn zu ängstigen. »Bitte, Ma'am, fragen Sie den Master.« Er deutete nach draußen.

Durch die geöffnete Verandatür trat Elsa ins Freie. Es war ein äußerst windiger Tag, der Himmel war bewölkt, Regen lag in der Luft. Die Kokospalmen schwankten schwer unter den Erschütterungen der Windstöße.

Paul Vandervalt stand breitbeinig auf seiner Plantage und bellte Befehle, die Pistolenschüssen glichen. In der rechten Hand hielt er einen Gummiknüppel, der als verlängerter Arm fungierte und die Dringlichkeit jeder Anweisung unterstrich. Gummi, so hatte Vandervalt Elsa einmal beim Essen erklärt, sei ein hervorragendes Züchtigungsmittel, weil es schmerze, ohne die Knochen zu brechen.

Elsas Verhältnis zu Vandervalt war derart zerrüttet, dass sich keiner der beiden mit Höflichkeiten aufhielt.

»Ich suche Henning«, sagte Elsa.

»Packen Sie Ihre Sachen«, erwiderte er.

»Oh, nichts lieber als das.«

»Sie haben genau eine Stunde, um mein Haus zu verlassen, und noch einmal zwei Stunden, um von meinem Land zu verschwinden.«

»Ich werde geradezu fliegen. Und jetzt sagen Sie mir, wo ich Henning finde.«

»Sehr gern.« Er holte seine Taschenuhr hervor, die halb drei anzeigte. »Sie finden ihn in der Matupi Bay.«

Elsa stutzte. »In der Matupi Bay? Ich verstehe nicht.«

»Auf der ›Dean‹, einem australischen Schoner. Das Schiff ist vor ein paar Minuten ausgelaufen, und zwar in Richtung Darwin.«

»Aber … was macht Henning denn in Darwin? Hat er geschäftlich dort zu tun? Hat er gesagt, wann er zurückkommt?«

Vandervalt wandte sich ihr zu. »Ich bin nicht deine Auskunftei, Schätzchen.«

Er hatte Elsa zuvor noch nie geduzt, und er hatte sie auch noch nie derart vertraulich angesprochen. Die Distanz, die sie Paul Vandervalt gegenüber immer hatte wahren können, war auf Henning gegründet gewesen, und Henning war auf hoher See. Im Grunde genommen begriff Elsa schon in diesem Moment, was geschehen war, ja, die Wahrheit lag vor ihr ausgebreitet wie ein Abschiedsbrief. Doch sie ließ sie bloß bruchstückhaft an sich heran und gestand sich jeweils nur das ein, was unübersehbar war.

Hennings Kleiderschrank war leer, alle seine persönlichen Sachen waren fort. Auch ihre spärlich gefüllte Schmuckkassette war verschwunden, ebenso der Ehering, den sie wie üblich vor dem Schlafengehen auf das Nachtschränkchen gelegt hatte. Sie besaß nur noch ihre Kleider – und zehntausend Pfund auf der Bank, ihre Mitgift.

Elsa zögerte keine Minute. Sie musste Henning nachreisen. Mit ein bisschen Glück könnte sie ihn in Darwin einholen. Nicht alle Tage stachen von dort Dampfer nach Europa in See, er würde sicherlich eine Woche oder noch länger auf eine Passage warten müssen.

Sie ließ alle Habseligkeiten zurück und machte sich zu Fuß auf den Weg nach Port Rabaul. Sie hatte noch nicht ein Zehntel der Strecke zurückgelegt, als es in Strömen zu regnen anfing.

Das Rauschen des Waldes klang wie das des Ozeans. Elsas schwerer Atem und ihre eilenden Schritte auf dem durchweichten Boden gingen auf in der Melodie des Monsuns, die ihr seit Kindertagen lieb und vertraut war. Sie störte sich nicht an dem Wolkenbruch, auch wenn ihr Musselinkleid nass und bleiern wurde. Sonnenschirm und Hut schleuderte sie irgendwann von sich.

»Henning«, flüsterte sie, aber der Monsun verschluckte seinen Namen. Wie verzweifelt musste er gewesen sein, wie einsam musste er sich gefühlt haben, um diesen Schritt zu tun? Und sie hatte nichts bemerkt. Er rannte vor seinen Schulden davon. Vielleicht, wenn sie mehr Verständnis gehabt hätte, wenn sie geduldiger gewesen wäre, wenn sie das Telegramm doch bloß nie abgeschickt hätte …

Ihre Frisur löste sich auf, die Tropfen rannen über Haare und Gesicht.

»Das Telegramm … Was ist passiert? … Armer Henning.«

Aus dem Dschungel mit seinen Tamarinden und Benzoebäumen stieg wieder ein süßer, fast erstickend schwerer Parfümduft auf. Rastlos und benebelt von Erschöpfung und wirren Gedanken setzte Elsa ihren Weg bis Simpson Harbour fort.

Wie Vandervalt gesagt hatte, war die »Dean« bereits ausgelaufen – allerdings mit Verspätung. Der Schiffskörper war trotz des Regens noch zu sehen, wenn auch nur phantomhaft und in einiger Entfernung, dort, wo die Bucht, flankiert von Vulkanen, in den offenen Pazifik überging.

Elsa betrat den Strand und blickte dem Schoner nach, auf dem sich Henning Meter um Meter von ihr entfernte.

»Nimm mich mit«, sagte sie.

Kurz danach war das Schiff verschwunden.

Die gute Nachricht war, dass bereits am nächsten Tag ein weiterer Schoner nach Darwin ablegen würde. Zwar handelte es sich nur um ein Postschiff, aber es nahm auch einige Passagiere auf, und es waren sogar noch Plätze frei. Elsa reservierte sofort einen Fahrschein. Der Verkäufer staunte nicht schlecht, da Elsas Kleid durch den Marsch ziemlich in Mitleidenschaft gezogen war und sie zudem geistig nicht ganz auf der Höhe zu sein schien. Er stellte keine Fragen, hielt es jedoch für nötig, Elsa dreimal darauf hinzuweisen, dass sie das Ticket bis zum Abend bezahlt haben müsse.

Die schlechte Nachricht erfuhr sie von einem jungen, freundlichen Clerk in der Bank, der ihr ein Taschentuch lieh, mit dem sie sich wenigstens das Gesicht abtrocknen konnte.

»Es tut mir leid, Ma'am, aber ich kann Ihnen die gewünschten hundert Pfund nicht auszahlen.«

»Wieso? Es müssen über zehntausend Pfund auf dem Konto sein.«

»Genau zehntausendzweihundertfünfzehn Pfund und dreiundneunzig Pence.«

»Meine Mitgift plus Zinsen. Ich bin berechtigt, davon Geld abzuheben.«

Die Stimme des Clerks zitterte. »Der Betrag wurde vor drei Stunden abgehoben … von Mister Matthes.«

Elsa glaubte, der Boden werde ihr unter den Füßen weggezogen. Sie hielt sich am Bankschalter fest.

»Alles?«

Er geriet heftig ins Schwitzen »Nun ja … Mister Matthes hat sich die gesamte Summe auszahlen lassen, bis auf die dreiundneunzig Pence. Wü… wünschen Sie, dass ich sie Ihnen aushändige?«

Der junge Mann wollte nicht, dass sich sein Angebot wie ein Witz anhörte, daher fügte er hinzu: »Selbstverständlich wäre unser Haus bereit, Ihnen gegen Hinterlegung von Wertgegenständen, beispielsweise Schmuck, einen gewissen Betrag zur Verfügung zu stellen, bis Sie … bis Sie wieder solvent sind.«

Elsa brauchte eine Weile, um seine Worte zu erfassen. »Ich habe nichts«, sagte sie. »Hören Sie, ich muss morgen unbedingt das Postschiff nach Darwin besteigen. Daher brauche ich einen kleinen Kredit, zehn Pfund würden mir genügen.«

Der Clerk räusperte sich. Er warf einen Blick zu dem Schreibtisch, an dem sein Vorgesetzter das Gespräch mitgehört hatte. Dieser schüttelte kaum wahrnehmbar den Kopf.

»Mir tut das alles aufrichtig leid, glauben Sie mir«, sagte der Clerk. »Aber ohne Unterschrift des Ehegatten werden Kredite an Frauen nicht gewährt. Politik des Hauses,

Ma'am. Ich kann da nichts tun.« Hinter Elsa drängelte bereits der nächste Kunde, daher bot der junge Mann nochmals an: »Die dreiundneunzig Pence, Ma'am … Möchten Sie den Betrag ausgezahlt haben?«

Elsa erinnerte sich später nicht mehr daran, dass sie genickt und die paar Münzen in Empfang genommen hatte. Sie fand sie in der einzigen Tasche ihres Kleides, als sie in der Telegrafenstation zwei Telegramme zu bezahlen hatte, das eine an ihre Familie in Samoa, in dem sie um Hilfe bat, das andere an Hennings Eltern. »Henning überstürzt abgereist – stopp – hat mich mittellos zurückgelassen – stopp – bitte um telegrafische Anweisung eines angemessenen Betrages.«

Was sie mit dem »angemessenen Betrag« meinte, wusste Elsa selbst nicht. Einen Betrag wofür? Eine Schiffspassage? Logis in einem Hotel? Für wie lange? Sie erwartete Instruktionen von ihren Schwiegereltern, irgendeine Anleitung, wie sie sich zu verhalten habe.

Als sie die Telegrafenstation verließ, besaß sie noch genau zwölf Pence.

Die Lage, in die sie buchstäblich über Nacht geraten war, war ein Alptraum. Sie glaubte an ein Missverständnis. In Wahrheit befand sich Henning auf dem Weg zu einem Geschäftstermin in Darwin, von seinem Vater dorthin gesandt, und das Geld hatte er nur abgehoben, um seine finanzielle Misere zu vertuschen. Oder er brauchte es, um einen Teil seiner Schulden zurückzuzahlen. Seinen Brief, in dem er ihr alles erklärte, hatte Vandervalt ihr vorenthalten. Die beiden hatten sich wegen Vandervalts Benehmen zerstritten. Und dass Henning ihr kein Geld zurückgelassen hatte – nun, er hatte gedankenlos gehandelt, wie so oft. Vielleicht kehrte er ja schon mit dem nächsten Schiff nach Port Rabaul zurück. Somit war es besser, ihm nicht nachzureisen.

Elsa strengte sich an, ihre Gedanken zu ordnen. Sie hatte ihre Schwiegereltern verständigt sowie um Hilfe in der Heimat ersucht. Mehr konnte sie im Moment nicht tun.

Als Nächstes brauchte sie eine Bleibe. Zu Vandervalt konnte und wollte sie nicht zurück. Ein Hotel schied angesichts ihres Geldmangels aus. Ihr fiel die kleine Kontorwohnung am Hafen ein, von der sie annahm, dass sie der Reederei Matthes gehörte – und damit gewissermaßen auch ihr. Dort angekommen, erfuhr sie allerdings, dass Henning die Wohnung schon vor Monaten verkauft hatte.

Elsa kannte niemanden in Port Rabaul gut genug, um bei ihm anklopfen und um vorübergehende Aufnahme bitten zu können. Freunde hatte sie keine, die nächsten Verwandten waren tausende Meilen entfernt. Ihr Leben war monatelang ganz auf Henning zugeschnitten gewesen. Nach einigem Überlegen fielen ihr zwei Menschen ein, die ihr in der Vergangenheit schon einmal geholfen hatten: Max Richter und Myrtle Maloy.

Elsa wagte kaum sich zu setzen, weil sie fürchtete, mit ihrem feuchten, schmutzigen Kleid die hellen Sesselbezüge zu ruinieren. Daher saß sie, ähnlich einer Schülerin vor der Direktorin, nur auf der Kante, als Myrtle Maloy sich in einem knöchellangen pastellblauen Kleid vor einem geblümten Teegeschirr niederließ und ihr eine Tasse reichte. Fräulein Bleulich, die zufällig anwesend war, achtete darauf, dass Elsa drei Löffel Zucker hineintat, weil das angeblich gut für die Nerven war.

»Nun denn«, seufzte die Missionarswitwe und fügte hinzu, als würde es die ganze Lage beschreiben: »Da wären wir also.«

Myrtle Maloy wurde nicht gerne aufgehalten, und für diesen Nachmittag war eine Sitzung ihres »Komitees zur Hebung des sittlichen Anstands« angesetzt, wie Fräulein Bleulichs demonstrativer Blick auf die Uhr ihr immer wieder in Erinnerung rief. Trotzdem nahmen die beiden Damen sich für Elsa Zeit. Ja, es schien sogar, als seien sie, verborgen zwischen etlichen Beileidsbekundungen, überaus erfreut, Elsa zu sehen, obwohl sie in einem erbärmlichen Zustand in ihr Haus kam.

»Ich verstehe immer noch nicht, was passiert ist«, klagte Elsa, und das war die Wahrheit, denn sie ahnte, dass es ihren Erklärungsversuchen vorne und hinten an Vernunft fehlte.

»Oh, da besteht kein Zweifel«, sagte Myrtle Maloy. »Mister Matthes wurde von seinem Vater telegrafisch zurückbeordert, der ihm sicher mit Enterbung gedroht hat. Ihr Gatte sah keine andere Wahl, als dem nachzugeben. Diese Handelsleute kennen nur eine Richtschnur in ihrem Leben, nämlich das Geld.«

»Aber ich habe doch Verständnis für Hennings Lage. Wieso hat er nicht mit mir darüber gesprochen?«

»Liebes Kind, es gehört sehr viel Mut dazu, einem Menschen ins Gesicht zu sagen, dass man ihn im Stich lässt.«

Elsa ließ beinahe ihre Tasse fallen, sie stellte sie zittrig auf den Tisch.

»Im Stich lässt?«, rief sie.

Myrtle Maloy trank einen Schluck Tee. »Es hat den Anschein, als hätte Mister Matthes seinen Eltern ein paar Informationen verschwiegen, die Ihre Person betreffen. Durch Ihren Brief sind diese ans Licht gekommen. Sie glauben ja nicht, wie oft so etwas passiert.«

»Aber … aber er muss sich meiner doch nicht schämen. Ich bin … ich bin von vornehmer Geburt. Ich wurde ehelich geboren. Mein Vater war … ein höchst honorabler Mann, ein Kapitän, ein Deutscher. Und meine Mutter war von königlichem Blut. Meine Mitgift ist ansehnlich. Ich bin … ich bin …«

»Samoanerin, mein Kind. Mischblut. Gottlose Leute sehen nur das in Ihnen. Sie glauben ja gar nicht, wie niederträchtig die Menschen sein können, ich erlebe es jeden Tag.«

Fräulein Bleulich nickte heftig, wohingegen Elsas Kopf sich drehte.

»Wie furchtbar!«, entfuhr es ihr. »Mit dem Brief wollten wir seine Eltern doch auf meine Seite ziehen.«

»Wir?«, fragte die Maloy.

»Nun haben wir das genaue Gegenteil erreicht.«

»Wir?«

»Wenn ich mich recht erinnere, war es Ihr Vorschlag, den ich in die Tat umgesetzt habe.«

Die Ratgeberin zuckte mit den Schultern. »Ich bin damals davon ausgegangen, dass Ihr Mann Sie über alles liebt und Sie niemals derart schäbig behandeln würde. Der Irrtum lag auf Ihrer Seite.«

»Henning liebt mich!«, protestierte Elsa. »So hören Sie doch: Er liebt mich. Sehen Sie, ich habe ihm an unserem

Hochzeitstag eine Muskatnuss geschenkt, und er, als Zeichen, wissen Sie, unserer Liebe, er hat diese Nuss … Ich habe sie nirgends gefunden, also hat er sie mitgenommen, und deswegen … deswegen liebt er mich noch.«

Myrtle Maloy spitzte die Lippen und wechselte einen Blick mit Fräulein Bleulich.

»Eine Muskatnuss?«

»Ja, eine Muskatnuss.«

»Tja«, sagte Myrtle Maloy mit so viel Schmelz, dass ihr das Wort im Mund zerlief und alles bedeuten konnte. Für die Dauer einer Minute, während sie ihre Tasse austrank und nachfüllte, wurde sie still und gestand Elsa schließlich zu: »Ja, so war es wohl, er hat sie vermutlich geliebt, sonst hätte er sie kaum geheiratet. Leider ist er von der Realität eingeholt worden, Muskatnuss hin oder her. Und auch Sie, mein liebes Kind, haben sich von der Liebe blenden lassen und dabei übersehen, dass Sie zu hoch hinauswollten. Noch etwas Tee?«

Elsa schwirrte derart der Kopf, dass sie erst mit einigen Sekunden Verzögerung verstand, was Myrtle Maloy da soeben gesagt hatte.

»Hoch hinaus? Wie meinen Sie das? Gerade eben sagten Sie doch noch, dass nur gottlose Menschen …«

»Oh, liebes Kind«, unterbrach Mrs. Maloy sie, »es ist nun einmal eine Tatsache, dass Ihre Urgroßväter Menschenfresser waren.«

Eine tiefe Furche bildete sich auf Elsas Stirn. Erstens war diese These höchst umstritten, und zweitens konnte es gut sein, dass Mrs. Maloys Urgroßväter als Vergewaltiger und Bauchaufschlitzer in die australischen Strafkolonien geschickt worden waren.

»Wahrscheinlich wurden in Samoa niemals Menschen gefressen«, entgegnete sie. »Das war anderswo in der Südsee der Fall, auf den Marquesas zum Beispiel oder hier.«

»Bitte, bitte, wir müssen solche geografischen Finessen hier nicht erörtern. Ich bin ja völlig auf Ihrer Seite. Gemeinhin werden Mischlinge nicht als gleichwertige Mitglieder innerhalb einer weißen Gesellschaft angesehen, was selbstverständlich eine unchristliche, nichtsdestoweniger eine weit verbreitete Einstellung ist. Mit Ihrer Heirat sind Sie ein Risiko eingegangen, nicht mehr und nicht weniger wollte ich sagen.«

Elsa hatte das Gefühl, vom eigentlichen Thema abzukommen. Sie war sich – ganz egal, was die Maloy sagte – Hennings Liebe gewiss, daran war nicht zu rütteln. In einem Anfall von Panik und Schwäche hatte er sich zu einer überstürzten Handlung entschlossen, die er vermutlich schon auf dem Dampfer nach Europa bitter bereuen würde. Ein einziges Gespräch mit ihm, und er wäre wieder ganz der Alte. Wenn ihre Schwiegereltern sie erst einmal kennenlernten, würden sie ihre Meinung gewiss ändern – welche auch immer das sein mochte.

»Die Frage ist doch, wie ich die Dinge wieder geraderücken kann«, sagte sie verzweifelt. »Wie komme ich nach Europa?«

Noch einmal ließ die Missionarswitwe ihr bewährtes »Tja« fallen, das so weit von einer konkreten Hilfeleistung entfernt war wie der Jupiter von der Erde. Wenn Myrtle Maloy nicht gleich eine Maßnahme für ein beliebiges Problem zur Hand hatte oder nicht haben wollte, reichte sie die Angelegenheit an den himmlischen Herrn weiter.

»Mein Komitee wird für Sie beten«, sagte sie, ergänzt

durch ein entschiedenes »Ja« von Fräulein Bleulich, was deren einziger Beitrag zu dieser Unterhaltung bleiben sollte.

»Wir werden versuchen, Spenden für Sie zu sammeln. Bisweilen bringen wir Sie schon irgendwo unter, liebes Kind.«

Der tiefe Fall

Irgendwo, das bedeutete am Stadtrand von Port Rabaul, fast schon im Wald, in einer kleinen Kolonie, die von der methodistischen Kirche errichtet worden war. Siebzehn Hütten verteilten sich idyllisch unter Feigen- und Pandanusbäumen. Es gab einen Brunnen und eine Schule, einen akkuraten sattgrünen Rasen und kreisrunde Tulpenbeete sowie eine winzige Kapelle mit einem Glöckchen, das vermutlich einst als Ladenschelle gedient hatte. Die Wege waren gekehrt, die Gebäude weiß gestrichen, das Areal war symbolisch eingezäunt. Männer waren nur zugelassen, um handwerkliche Arbeiten zu verrichten, und die zweiundzwanzig Frauen und vierzehn Mädchen trugen allesamt adrette weiße Hemdblusen sowie Röcke, die auf dem Boden schleiften. Es gab auch acht Knaben in der Kolonie, keiner von ihnen war jedoch über zwölf Jahre alt.

»Mit ihrem dreizehnten Geburtstag verlassen die Jungen ihre Mütter, um bei einem Methodistenprediger irgendwo in der Südsee in die Lehre zu gehen«, erklärte die Vorsteherin, die Elsa herumführte. Sie war eine Amazone Mitte dreißig, von mannhafter Körpergröße und mit ausgeprägten Wangenknochen. Wie bei den anderen Bewohnerinnen der Kolonie, zeigten auch ihre Gesichtszüge einen europäischen Einschlag.

»Wir alle sind gefallene Frauen«, erklärte sie mit einer

weiträumigen Armbewegung. »Wir haben Fehler begangen, die schon in unserer Geburt begründet sind. Wir wollten etwas sein, das wir nicht sein können, also haben wir uns der Gemeinheit in die Arme geworfen. Wir wurden von Männern verraten, aber ohne unser Zutun wäre das nicht möglich gewesen. Hier, in der Arbeit für die Kirche, finden wir unser inneres Gleichgewicht wieder.«

Der Vortrag heimelte Elsa ungefähr so an, wie es eine Garage mit einem winzigen Fenster getan hätte, das gerade groß genug war, damit ein Kopf hindurchpasste. Dennoch schwieg sie zunächst dazu. Sie hatte nichts gegen Sauberkeit, Arbeit und inneres Gleichgewicht. Aber als die Vorsteherin ihr eine weiße Hemdbluse samt bodenlangem Rock zuteilen wollte, strömten die Worte ganz von selbst aus Elsa hervor.

»Ich halte mich nicht für gefallen. Ich sehe meine Herkunft nicht als fehlerhaft an, sondern als Herausforderung und Bereicherung gleichermaßen. Ich habe mich weder der Gemeinheit in die Arme geworfen, noch halte ich meine Ansprüche für überzogen.«

Die Vorsteherin zog die Augenbrauen hoch und sagte mit ihrer tiefen Stimme: »Wir stehen hier mit der Sonne auf. Die gemeinsame Andacht mit anschließendem Frühstück findet in der Schule statt.«

»Danke. Allerdings … ich bin Presbyterianerin, keine Methodistin.«

»Das ist kein Problem. Wir gestehen jedem Neuzugang eine gewisse Übergangszeit zu.«

Wie jeden Morgen ging Elsa gleich nach dem Frühstück von der Kolonie zur Telegrafenstation, und endlich, nach zehn Tagen vergeblichen Nachfragens, war ein Fernschreiben für sie angekommen. Ungeduldig fieberte sie der Aushändigung entgegen, die für sie einer Erlösung gleichkam. Seit mehr als einer Woche warf die Ungewissheit sie wie einen Spielball von einer Laune in die nächste, und das Leben in der Kolonie schlug ihr zusätzlich aufs Gemüt.

Elsa wohnte mit einer sehr stillen, sehr frommen Frau zusammen, die sich vermutlich auch dann noch beim Herrgott bedankt hätte, wenn der Himmel auf sie herabgestürzt wäre. Es gab nicht viel zwischen ihnen zu bereden, und so gingen sie tagsüber ihre eigenen Wege und begegneten sich erst zur Abenddämmerung wieder in der Hütte. Wie zuvor schon unter der weißen Damenschaft von Port Rabaul, fand Elsa auch unter den Mischlingen der Methodistenkolonie keine Freundinnen. Hier verhinderte das religiöse Gebaren, dass sie Vertrauen zu einer der Frauen fasste, auch wenn diese sich unentwegt darum bemühten. Alle paar Stunden erzählte ihr ein anderes Mitglied der Kolonie von seinen bitteren Erfahrungen und versuchte, eine Parallele zu Elsas Schicksal herzustellen. Viele von ihnen waren von ihren Männern verlassen worden, mit denen sie entweder verheiratet gewesen waren oder in einer Art Dauerverlobung gelebt hatten, und bei manch einer der Verlassenen war es mit einer Plötzlichkeit geschehen, die auch Elsa kannte.

Die Wahrheit über Henning und das, was geschehen war, tauchte so langsam und schemenhaft vor Elsa auf wie Land inmitten eines dunstigen Ozeans. Aber jedes Mal, wenn sie der Wahrheit näher zu kommen schien, wechselte diese abrupt den Kurs.

»Bei mir liegt die Sache anders«, sagte und wiederholte sie standhaft.

Gewiss, Henning hatte sich falsch verhalten. Dennoch rückte sie von einigen Überzeugungen nicht ab, die da lauteten: Erstens liebte Henning sie, zweitens war er zu seinem Verhalten gezwungen worden, und drittens würde er seinen Fehler schon sehr bald erkennen und korrigieren. Nur unter diesen Prämissen war sie überhaupt bereit, über ihren »Fall« zu sprechen, jedwede andere Andeutung führte dazu, dass sie die Unterhaltung höflich, aber entschieden abbrach. Auch ihr übriges Verhalten deutete unmissverständlich darauf hin, dass sie den Aufenthalt in der Kolonie nur als kurze Episode verstand.

Sie tat alles, um das schmutzige Kleid wieder sauber zu bekommen, da sie es zu tragen gezwungen war. Paul Vandervalt hatte nämlich ihre übrige Garderobe inzwischen einigen einheimischen Hausdienerinnen geschenkt, mit denen er sich von Zeit zu Zeit amüsierte. Zwar bemühte Elsa sich vergeblich und musste am Ende doch auf die von der Kolonie zur Verfügung gestellte weiße Hemdbluse und den bodenlangen Rock zurückgreifen, aber das verstärkte nur ihren Trotz und das Bestreben, sich von den anderen abzugrenzen.

Die Telegrafenstation, nicht die Kapelle, war ihre eigentliche Trostspenderin, und auch nach einer Woche fiel es ihr nicht im Traum ein, sich an der Hauptbeschäftigung der Frauen zu beteiligen. Natürlich fegte sie die Hütte und kochte für die Kinder, doch sie weigerte sich, in die Dörfer der Insel zu gehen, um den »sittlichen Anstand« der Einheimischen zu fördern und zu überwachen, der unter anderem im Tragen langer Hosen und Röcke und im Verbot gewisser Tänze bestand. Aus reiner Dankbarkeit für die Aufnahme und nicht etwa aus Überzeugung wohnte sie den Andachten bei. Sie fühlte sich dort so deplatziert wie die Singvögel im Käfig, die ihr Henning geschenkt hatte. Einundzwanzig Vögeln hatte sie im Laufe der letzten Monate die Gefängnistür geöffnet, und sie waren alle mit einem hellen Schrei in den Wald davongeflogen. Jedes Mal, wenn Elsa die Telegrafenstation betrat, dachte sie daran zurück.

An jenem elften Tag, als man ihr das Fernschreiben aushändigte, stieg dieser helle Schrei der Vögel auch aus Elsas Brust auf, wenn auch nur für sie hörbar. Sie riss den Umschlag so hektisch auf, dass er in Fetzen zu Boden fiel. Wenige Sekunden später brach sie zusammen.

In Elsas Traum zogen Bilder in schnellem Wechsel auf – Karawanen glühender Passatwolken, Wälder aus Riesenfarnkraut, ein Telegramm, in ein Vlies aus Dunst eingehüllte Berge, eine zarte Frauenhand, die eine Mango schälte, ein Ringelreigen von betrunkenen Männern, Körper von jugendlicher Schlankheit, die kopfüber in eine Lagune sprangen, Myrtle Maloy, eine in allen Farben schimmernde Muschel mitten im Spiel von Licht und Wasser, Paul Vandervalt, ein Hochzeitskleid, ein rauchumwölkter Spieltisch, blaue Augen, die ihr ganz nahe kamen, eine rasante Autofahrt, ein sich entfernender Dampfer, ein Dach aus Palmwedeln …

Das war das Erste, was Elsa sah, als sie zu sich kam. Es war lange her, dass sie zum letzten Mal unter einem ursprünglichen, im pazifischen Stil errichteten Dach geschlafen hatte. Damals war sie ein kleines Mädchen gewesen, und ihre Eltern hatten noch gelebt. Ihr Vater hatte das Haus in Elsas Geburtsjahr 1909 für seine Familie erbauen lassen. Es war ein typisch samoanisches *fale,* rundherum offen, mit Strohmatten, die man in der Nacht herunterließ. Aber Uwe Jensen war kurz nach Ausbruch des Ersten Weltkrieges mit seinem Handelsschiff untergegangen, und auf den Tag, an dem Elsas Mutter Letii die Nachricht von seinem Tod erhielt, folgte Elsas letzte Nacht im *fale.* Danach zog sie in die königliche, von den deutschen Kolonialherren erbaute Residenz. Drei Jahre später starb Letii an einer von den neuen Machthabern, den Neuseeländern, eingeschleppten Seuche. Elsa war damals acht Jahre alt.

Sie hatte nur wenige, dafür sehr intensive Erinnerungen an diese Hüttenjahre, die ihr stets ein Lächeln auf die Lippen zauberten.

Dann fiel ihr alles wieder ein: das Telegramm, der Zusammenbruch und die Traumbilder.

Sie lag auf einer Strohmatte, die mit Palmblättern unterfüttert war, darunter kam gleich der Holzboden. Der Raum war groß, kaum möbliert und sauber gefegt, aber unordentlich. Überall stapelten sich Kisten und Pakete. Die Wände bestanden aus Strohmatten, wie Elsa sie aus dem *fale* ihrer Kindheit kannte, die den Wind und das Licht filterten. Das Meer musste sehr nahe sein, es rauschte leise in jenem Rhythmus von hell und dunkel, von grollendem Wellenaufbau und sanftem Wellenauslauf, der für Elsa von Geburt an wie ein zweiter Herzschlag war.

Ihr Blick fiel auf das zusammengefaltete Telegramm, das auf einem Korbstuhl lag und von kleinen, kaum spürbaren Luftwirbeln bewegt wurde. Elsa schien es, als winkte es ihr zu.

Langsam richtete sie sich auf, nahm das Papier in die Hand und entfaltete es.

»Lage wird bedauert – stopp – weisen noch heute zehn Pfund an – stopp – wünschen das Beste – stopp – Akoni, im Namen der Familie Maetese.«

Der kurze Text war in samoanischer Sprache verfasst und voller Hinweise, von denen jeder Einzelne eine Zurechtweisung, wenn nicht gar eine Ohrfeige darstellte. Zehn Pfund, das war weniger, als eine Schiffspassage von Rabaul nach Samoa kostete. »Wünschen das Beste« hieß, sie erwarteten nicht, bald wieder von Elsa zu hören, und Akoni war der jüngste ihrer fünf Onkel, was bedeutete, dass man der Sache keine Wichtigkeit beimaß. Akoni hatte ihr »im Namen der Familie« geschrieben. Sie hatten also im Familienrat darüber gesprochen und ihr zehn Pfund bewilligt, was eindeutig als Aufforderung an sie zu verstehen war, nicht zurückzukehren. Den Grund für diese Entscheidung hatten sie ebenfalls mitgeliefert: Der eigens genannte Familienname war eine Anspielung darauf, dass sie aufgrund ihrer Heirat und der Auswanderung nicht mehr zur Familie gehörte. Für die samoanische Sippe war sie eine Matthes.

Für die Europäer dagegen eine Samoanerin. Schon beim letzten Gespräch mit Myrtle Maloy war Elsa aufgefallen, dass die Missionarswitwe sie nicht mehr mit »Mrs. Matthes«, sondern mit »liebes Kind« angeredet hatte, von Henning dagegen hatte sie stets als »Mister Matthes« und nicht als »Ihr Mann« oder »Ihr Gatte« gesprochen. Die spärliche Teilhabe am gesellschaftlichen Leben der Europäer, die man ihr aufgrund ihrer Ehe zugebilligt hatte, war mit Hennings unverhoffter Abreise offenbar verfallen. In den Augen der Damen von Port Rabaul war die Ehe beendet – und das Verhältnis zu Elsa damit auf eine andere Grundlage gestellt. Nicht einmal der Prinzessinnenstatus war ihr geblieben. Das Schlimmste jedoch war: Immer war jemand für sie da gewesen, zuerst ihre Eltern, dann die übrige Familie und schließlich Henning. Nun war keiner mehr da. Zum ersten Mal in ihrem Leben war Elsa allein. Sie war dreiundzwanzig Jahre alt und in einem Land, das nicht ihre Heimat war, ganz auf sich gestellt, ohne Freunde, mit keinem anderen Besitz als einem schmutzigen Kleid und zehn Pfund. Als ihr das bewusst wurde, schlich sich ein weiteres Gefühl in ihr Selbstmitleid: Wut.

»Mir wäre es lieber, Sie würden noch ein Weilchen liegen bleiben.«

Elsa folgte dem Rat. Sie war derart damit beschäftigt, ihre Lebenssituation zu begreifen, dass sie sich über gar nichts mehr wunderte, auch nicht über die Anwesenheit von Max Richter. Wie üblich lief der Arzt mit aufgeknöpftem Hemd und in dem nicht ganz sauberen Leinenanzug herum.

»Ich dachte, ich wäre wieder in Mrs. Maloys Kolonie«, sagte Elsa mit einer Zerbrechlichkeit in der Stimme, die ihr missfiel. Sie nahm sich vor, etwas mehr Festigkeit hineinzulegen. »Man hat mich also zu Ihnen gebracht, Doktor. Das ist doch Ihr Haus, oder?«

»Halb Zuhause, halb Praxis. Hier behandele ich die Patienten, die zu mir kommen. Ich schlafe und wohne nebenan. Das Bett, in dem Sie liegen, ist für Notfälle reserviert.«

»Wie lange war ich … Ich meine …«

»Ein paar Jungen haben Sie vor ungefähr drei Stunden hergebracht. Ich habe Ihnen nichts gegeben. Schlaf ist die beste Medizin für die Nerven.«

Bei dem letzten Wort zuckte sie leicht zusammen. Natürlich, er hatte das Telegramm gelesen. Er wusste *alles.* Bald würden *alle alles* wissen.

Elsas erster Instinkt war, den Schein, also das Gesicht zu wahren, wie in den Aschenputteljahren ihrer Jugend, als sie ihr Leiden verborgen hatte. Diese Haltung hatte genauso viel mit einem stolzen samoanischen Herzen zu tun wie mit einem ererbten hanseatischen Rückgrat – und letztlich auch mit der Unfähigkeit, sich anderen Menschen gegenüber verwundet zu zeigen, sich jemandem anzuvertrauen. Sie hatte gelernt, sich keine Blöße zu geben, da ihre Kusinen jede Schwäche für weitere Sticheleien ausgenutzt hatten. Henning hatte sie aus diesem Gefängnis namens Familie befreit, ganz wie die Retter in den romantischen Romanen. Ihm gegenüber hatte sie sich geöffnet, in ihn hatte sie all ihre Hoffnungen gesetzt, auf ihn hatte sie sich verlassen.

Elsa schlug die Decke zur Seite, unter der sie lag. So wie sie mit einer Hand deren Zipfel umklammerte, so klammerte sich ihr Herz an den Wunsch, wieder mit Henning vereint zu sein.

»Ich danke Ihnen, Doktor Richter. Doch nun ist es Zeit für mich zu gehen.«

»Zu den Methodisten?«

»Ich bin dort untergekommen, bis ... bis mein Mann zurückkehrt.«

Er schlug die Augen nieder, verlor jedoch kein Wort über diesen Aspekt ihrer Misere.

»Myrtle Maloy wird Sie so lange beherbergen, wie Sie duckmäusern. Das steht Ihnen nicht. Das sollten Sie ein für alle Mal hinter sich lassen.«

Er warf einen Blick auf das Telegramm, und Elsa verstand, dass er wirklich alles wusste, zumindest erriet.

»Ich kann jetzt nicht darüber diskutieren. Ich bin müde …«

»Dann bleiben Sie hier. Denken Sie nach. Gönnen Sie sich Abstand und Ruhe. Ich werde Sie nicht bedrängen. Versprochen.«

Sie zögerte. Noch immer hielt sie den Zipfel der Bettdecke umklammert.

»Nein, ich … Nein, das geht nicht. Es wäre … Ich kann doch nicht … Es ziemt sich nicht, verstehen Sie? Ich bin eine verheiratete Frau … Und nun lassen Sie mich bitte gehen.«

Max Richter sah sie einen Moment lang an, dann trat er einen Schritt zur Seite. Elsa ging an ihm vorbei in Richtung des Ausgangs.

»Eines noch«, sagte er und deutete auf den Boden. »Es scheint, als müsste ich Sie regelmäßig an Ihr Schuhwerk erinnern.«

Er schmunzelte, traute sich tatsächlich, sie in dieser an Ernst kaum zu überbietenden Situation anzulächeln, und für einen Augenblick wollte sie sich an seine Schulter werfen und weinen, alles herauslassen, ihre Enttäuschung, die Wut, die Angst. Sie spürte diese Gefühle in sich aufsteigen, sie steckten bereits im Hals, da hörte sie Stimmen.

Eine Sekunde später trat Myrtle Maloy ein, gefolgt von Fräulein Bleulich.

»Armes Kind, wir haben von Ihrer Malaise gehört«, sagte die Missionarswitwe, ohne zu erklären, welche Malaise sie meinte – den Zusammenbruch oder dessen Ursache. »Wie geht es Ihnen? Sie sehen blass aus … für Ihre Verhältnisse, meine ich natürlich.«

»Es geht mir schon wieder …«

»Guten Tag, Doktor«, unterbrach Mrs. Maloy sie. »Ob Sie uns wohl kurz entschuldigen, wir möchten gerne allein mit unserem Schützling sprechen.«

Max verließ die Hütte, und Elsa sah ihm nach wie der am Horizont versinkenden Sonne.

»Ziehen Sie Ihre Schuhe an, liebes Kind. Wir sollten wirklich keine Minute zu viel in einer dubiosen Umgebung wie dieser verweilen. Doktor Richter ist kein Umgang für uns, schon gar nicht für Sie, da Sie, nun ja, noch ungefestigt sind. Bitte trödeln Sie nicht.«

Elsa schlüpfte in ihre Schuhe, wurde nachdenklich, zögerte, gab sich dann jedoch einen Ruck, um eine Frage zu stellen. »Warum halten Sie Doktor Richter für dubios? Nach allem, was ich weiß, behandelt er die Tolai und die Einwanderer aus den anderen Südseeregionen unentgeltlich. Das ist doch lobenswert, oder?«

»Ja, das ist schon richtig«, gab Myrtle Maloy widerwillig zu. »Leider hält er diese Leute aber dazu an, zu ihrer ursprünglichen unsittlichen Kleidung zurückzukehren und einige heidnische Riten wiederaufzunehmen. Damit macht er die Bemühungen unserer Kirche vielfach zunichte. Und was sein eigenes Erscheinungsbild angeht, so gleicht er eher einem Urwaldmenschen als einem Mitglied unserer Zivilisation. Überdies: Wussten Sie, dass er sich den Doktortitel nur anmaßt? Er hat sein Studium in Deutschland nach wenigen Semestern abgebrochen. Die

Weißen gehen nur deshalb zu ihm, weil es uns noch nicht gelungen ist, einen richtigen Arzt in unsere Stadt zu holen, und die Fahrt nach Kimbe so beschwerlich ist.«

»Dann sollten die Weißen froh sein, dass es ihn gibt. Ich finde übrigens nichts dabei, die Einheimischen an ihre Herkunft und Kultur zu erinnern.«

»Kultur? Mein liebes Kind. Was ist das denn für eine Kultur, die sich darin erschöpft auszulosen, wen man morgen verspeist und womit man ihn garniert?«

Elsa atmete tief durch. »Ich finde es seltsam«, antwortete sie in höflichem Tonfall, »dass so viele Weiße derart viel über ein Gebiet wissen, in das Europa zehnmal hineinpassen würde, und dass sie als Basis für dieses Wissen nichts anderes benötigen als Daniel Defoes ›Robinson Crusoe‹. Die eine oder andere zusätzliche Lektüre könnte nicht schaden. Ich empfehle Ihnen Robert Louis Stevensons Reisebericht mit dem Titel …«

»Meinen Sie, dies sei der richtige Zeitpunkt für Literaturempfehlungen, mein Kind? Sie sind überreizt. Nun denn, das ist nicht weiter verwunderlich. Wir alle stünden unter Schock, wenn unsere Familie uns verstoßen hätte. Natürlich würde uns so etwas nicht passieren, dennoch haben wir Verständnis. Nicht wahr, Miss Bleulich?«

Die Angesprochene reagierte nicht schnell genug und kam daher nicht zu Wort.

»Kommen Sie, liebes Kind, eine schöne Tasse Tee wird die Welt für Sie wieder geraderücken«, sagte Myrtle Maloy, ließ allerdings offen, wie die Tasse Tee dies bewerkstelligen wollte.

Elsa senkte den Kopf. Sie war an die missliche Lage erinnert worden, in der sie sich befand – ein unsensibler

Hinweis, der seine Wirkung nicht verfehlte. Vom Wohlwollen der Methodistinnen abhängig, musste sie sich zwangsläufig in Myrtle Maloys krakenhafte Umarmung begeben und verließ mit ihr die Hütte.

Als sie an Max Richter vorüberging, kam es ihr vor, als passiere sie eine Schranke, und sie blickte mehrmals zurück, während sie vorwärtsschritt. Erst als sie sich an der nächsten Biegung orientierte, fiel ihr auf, wo sich die Behausung des Arztes befand: außerhalb der Stadt an einer ruhigen Stelle nahe am Wasser.

Beinahe willenlos ließ sie sich führen. Elsas lose Haare dienten dem nie ruhenden Passat als Windfang, einige Schmetterlinge flogen vom Weg auf, im Gebüsch zirpten Zikaden, niedrige Wellen überspülten die glatten Riffe, die wie Walrücken aus dem Wasser ragten, ein Schwarm Delphine tummelte sich in Sichtweite. Die beiden Damen schienen all das nicht wahrzunehmen, sie sahen, hörten und rochen nichts, zumindest nicht auf dieselbe Weise wie Elsa. Zielstrebig steuerten sie auf die Kolonie zu, die bald in Sichtweite kam. Schon von Weitem leuchteten ihnen die kreisrunden roten Tulpeninseln in dem perfekt gemähten grünen Rasen entgegen.

»Ich hoffe«, sagte Elsa, »dass ich schon bald die Unterstützung erhalten werde, die Sie mir freundlicherweise in Aussicht gestellt haben, um nach Europa reisen zu können. Ich muss unbedingt …«

»Wir werden sehen, mein Kind. Bisher waren wir mit dem Spendensammeln nicht sehr erfolgreich. Die Mitglieder unserer Gemeinde zweifeln am Erfolg Ihrer Reise.«

»Aber …«

»Dass Sie unserer Kirche nicht angehören, ist ein weiteres Manko. Außerdem zeigen Sie sich in mancherlei Hinsicht als uneinsichtig gegenüber gut gemeinten Belehrungen.«

»Ich würde Ihnen die gespendete Summe selbstverständlich zurückzahlen, mit Zinsen, die nicht zu knapp …«

»Sie verwechseln unsere Kirche mit einem Bankhaus. Wir investieren in Seelen, nicht in Obligationen und übrigens auch nicht in wilde Träume. Buchstäblich wilde Träume, liebes Kind.«

»Ja«, sagte Fräulein Bleulich, so als hätte sie einen unerhört wichtigen Beitrag zur Diskussion zu leisten.

Elsa blieb abrupt stehen und sah erst die Bleulich an, dann Myrtle Maloy, die ihr plötzlich vorkam wie die auf Ikonen abgebildeten Frauen: nichtssagend, ungerührt und trotz ihres Heiligenscheins irgendwie leer, ohne Botschaft.

»Mein Name ist nicht ›liebes Kind‹. Ich wäre Ihnen sehr verbunden, wenn Sie mich mit ›Frau Matthes‹ anreden würden.«

»Wie bitte?«, rief Myrtle Maloy. »Also wirklich, ich …«

»Alternativ heiße ich auch Prinzessin Elsa Fa'alua.«

»Bitte unterbrechen Sie mich nicht andauernd«, empörte sich Mrs. Maloy. »Sie benehmen sich ganz und gar unmöglich. Und jetzt kommen Sie weiter, Ihr Tee wartet.«

»Falls sich keine hundert Pfund auf dem Tassenboden befinden, lasse ich den Tee ausfallen, wenn Sie gestatten.«

Die völlig vor den Kopf gestoßene Myrtle Maloy wusste darauf nichts anderes zu erwidern als: »Nein.«

Elsa, die seit Tagen mit Stimmungsschwankungen zu kämpfen hatte, kam sich plötzlich sehr undankbar vor. Trotzdem spürte sie, dass der Weg der Missionarswitwe und ihres Anhangs nicht der ihre war. In ihrem Bemühen, höflich und zugleich direkt zu sein, was sie Mutter und Vater gleichermaßen verdankte, sagte sie: »Ich spüre, dass ich nicht zur Frommen geboren bin, nicht zur Dienerin, egal für wen. Gott ist mit Ihnen besser dran.«

Damit gab sie Myrtle Maloy und Fräulein Bleulich, die ausnahmsweise beide gleichermaßen dümmlich aussahen, die Hand und ging den Weg zurück.

Blutiges Zwischenspiel

Iolana lag mit geschlossenen Augen im Garten und lauschte dem Wind, der über die Hügel rauschte wie ein schwerer Regenschauer. So oft es ging, bevorzugte sie den freien Himmel über ihrem Kopf und den Kontakt zur blanken Erde. Die geschlossenen Räume der Villa mied sie, wann immer möglich. Zwar waren die Räume luftig und angenehm kühl, aber die Einrichtung war völlig überladen. Wo es eine chinesische Vase getan hätte, standen vier. Die Wände waren über und über mit Gemälden bedeckt. Titus kannte kein Maß, in keiner Beziehung. Er musste von allem zu viel haben: Autos, Bilder, Ringe, spontane Ideen, Selbstliebe, Originalität – und Frauen.

Mit der letztgenannten von Titus' Maßlosigkeiten ging Iolana nicht anders um als mit den anderen – sie machte möglichst einen Bogen darum, ansonsten fand sie sich damit ab. Wer Iolanas Geschichte kannte, hätte verstehen können, warum sie das Angebot angenommen hatte, in Titus Warwicks Haus zu ziehen, in dem bereits eine andere Frau lebte. Wer ihre Geschichte nicht kannte, musste Iolana entweder für extrem ergeben halten oder für extrem abgebrüht. Sie war sich darüber im Klaren, dass ihr Paulette genau diese Abgebrühtheit unterstellte, allein deshalb, weil Europäer ihre Mitmenschen immer aus dem Gedankengebäude heraus beurteilen, in dem sie selbst leben.

Für Paulette war Iolana eine polynesische Schlange, und für Iolana war Paulette eine typische Weiße, gierig nach Geld und deswegen zutiefst bemitleidenswert.

Iolana bemerkte Paulette erst, als die Französin sie mit dem Fuß antippte. Wie ein Koloss ragte sie hinter Iolanas Kopf auf und blickte auf ihren Scheitel hinab.

»Möchtest du einen Kaffee?«, fragte Paulette. »Ich habe frischen gekocht, der von Gung ist ungenießbar. Chinesen behandeln Kaffee wie grünen Tee, veranstalten ein Riesenbrimborium, und am Ende kommt doch bloß ein hellbraunes Süppchen heraus. Der hier ist so stark, dass der Löffel senkrecht darin steckenbleibt, wenn …«

»Nein, danke, ich will keinen Kaffee«, sagte Iolana und schloss die Augen wieder.

Eine friedliche Minute verstrich, bevor Paulette fragte: »Warum nicht?« Sie saß inzwischen an eine Palme gelehnt da und drehte eine Tasse in ihren Händen. »Zufällig weiß ich nämlich, dass du starken Kaffee magst.«

Obwohl in ihrer Ruhe gestört, blieb Iolana weiterhin in schlafgleicher Position liegen. »Ja, aber ich mag ihn nicht, wenn er mir mit Hintergedanken serviert wird.«

»Was weißt du schon von meinen Hintergedanken?«

»Dass du bei allem, was du tust, welche hast.«

»Ts«, zischte Paulette. »Da will ich mal nett sein … Titus ist noch eine ganze lange Woche in Singapur, um seine obszönen Machwerke zu veräußern, da dachte ich, wir könnten uns ein bisschen gegenseitig die Zeit vertreiben. Da gibt es mehrere Möglichkeiten. Ich könnte dich zum Beispiel mit einer Machete durch den Garten verfolgen, was ich mir abwechslungsreich für uns beide vorstelle, die Zeit würde im Nu verfliegen. Wir können aber auch einfach Kaffee trinken und uns unterhalten.«

Noch immer hielt Iolana die Augen geschlossen. »Warum legst du nicht eine deiner scheußlichen Josephine-Baker-Platten auf und lässt mich in Ruhe?«

»Siehst du, wir sind beinahe schon Freundinnen. Wundere dich nicht, dass man Freundschaften eher erträgt als genießt, kommt in Europa häufiger vor, als man denkt. Bevor man sich langweilt, quält man sich lieber. Niemand kann in Frankreich einen guten Freund von einem guten Feind unterscheiden.«

Iolana stieg nicht darauf ein. Sie ließ sich den Wind über das Gesicht wehen, während die Schatten der Palmblätter über ihren Körper tanzten. Von hoch oben drangen die Schreie der Seevögel zu ihnen herab. Dann hörte sie ein Klicken und Zischen, und wenig später stieg ihr ein unpassender Geruch in die Nase. Das brachte sie dazu, die Augen zu öffnen und sich ein wenig aufzurichten.

Paulette rauchte eine von Titus' Zigarren, der dicke braune Fremdkörper qualmte in ihrem Mundwinkel. Zu ihrer schlanken Gestalt, der vornehmen Blässe und den kurzen blonden Haaren hätte eine Art-déco-Zigarettenspitze weitaus besser gepasst, aber das schien sie nicht zu stören.

»Du wirst niemals Erfolg bei Titus haben«, sagte Iolana. »Wenn du ihn ansiehst, dann hast du Geldscheine vor Augen, eine Villa, Autos, Ländereien, Porzellan, lukrative Geschäfte … Das merkt er. Sicherlich lässt er sich das gerne gefallen, er kokettiert mit deiner Gier, und er benutzt deinen Körper.«

»Deinen etwa nicht?«

»Zu mir kommt er nur, wenn er Zärtlichkeit sucht, also selten. Er betrachtet mich gerne, aber das ist auch schon alles. Fast alles, um genau zu sein. Wir haben erst zwei- oder dreimal miteinander geschlafen, mehr würde ich auch nicht zulassen. Er respektiert mich.«

Paulette lachte hell auf, doch Iolana ließ sich davon nicht beirren. »Ob du es glaubst oder nicht: Wenn ich Titus ansehe, erblicke ich einen guten Menschen. Er gibt mir Geborgenheit, redet mit mir von Gleich zu Gleich und heitert mich auf, während du die Menschen mit deinem Zynismus überschüttest und in jedem immer nur das Schlechte weckst. Aber mich steckst du nicht an mit deinem Gift. Und jetzt entschuldige mich bitte.«

Damit stand sie auf und ging mit schnellen Schritten durch den leicht abschüssigen Garten, vorbei an riesigen Kaskaden kardinalroter Bougainvilleen. Der Streit hatte sie aufgewühlt, und erst der Anblick des Stillen Ozeans beruhigte sie wieder. Leider dauerte die Ruhe nur eine Minute.

Die Französin war ihr gefolgt und stellte sie neuerlich zur Rede. »Wenn du im Ernst darauf hoffst, dass Titus dich respektiert, bist du noch viel dümmer, als ich dachte, und außerdem schlimmer dran als ich. Wenn Titus mich eines Tages fallen lässt, verliere ich die Hoffnung auf ein Vermögen. Lässt er dich fallen, verlierst du eine Illusion. Das ist hart, Chérie, wirklich hart. Ich will nicht, dass dein süßes kleines Herz in tausend Stücke geschnitten wird.«

»Ich werde dieses Gespräch nicht fortsetzen. Deine passive Aggression ist unerträglich.«

»Oh, das tut mir leid, warum hast du mir das nicht

schon früher gesagt? Ab jetzt werde ich mich extra für dich in aktiver Aggression üben.«

»Bitte, geh mir aus dem Weg.«

»Du willst es direkter? Du kannst es direkter haben. Du bist nichts weiter als seine Nutte Nummer zwei.«

Die Ohrfeige traf Paulette völlig unvorbereitet, und Iolana hatte sie völlig unvorbereitet ausgeteilt. Die Polynesierin war von jeher sanftmütig und nachgiebig, sie hatte noch nie ein anderes Wesen geschlagen. Erschrocken von sich selbst, lief sie davon, diesmal hügelan. Aber Paulette war schneller und riss die Flüchtende zu Boden.

Die beiden Frauen wälzten sich zwischen den Gardenien. Iolana hatte so gut wie keine Aggressionen mehr in sich, denn ihre Wut hatte sich zuvor in der Ohrfeige entladen. Ihr ganzes Dasein war auf Rückzug ausgerichtet, die Flucht lag ihr im Blut. Paulette gewann daher rasch die Oberhand, und in der Hitze des Gefechts teilte sie einen Schlag aus, der Iolana in den Oberbauch traf.

Sie krümmte sich.

Paulette ließ von ihr ab. »Niemand schlägt mich ungestraft, hörst du? Niemand!«

Der Schmerz im Bauch war dumpf und kurz, aber er klang seltsam nach, so wie man ein stechendes Licht auch bei geschlossenen Augen noch zu sehen meint. Aus diesem abflauenden Schmerz heraus stieg eine Erinnerung in Iolana empor und mit ihr die Übelkeit.

Sie würgte und hustete, so als müsste sie sich erbrechen, ohne dass es geschah.

»Iolana, was hast du?«, fragte Paulette erschrocken. »Ich fahre dich zum Arzt.«

Sie wies Paulettes Hilfe ab.

»He, sei nicht albern. Es … es tut mir ja leid. Ich wollte nicht … Na, das jedenfalls wollte ich nicht. Steh auf, komm jetzt, ich werde …«

»Nein, es ist schon gut, Paulette. Ich mache dir keinen Vorwurf. Es geht gleich wieder.«

»Ich werde Gung nach dem Arzt schicken.«

»Nein. Lass mich einfach in Ruhe.«

Iolana stand auf schwachen Beinen, die jedoch mit jedem Schritt ein wenig kräftiger wurden. Sie ging in ihr Zimmer, schrieb eine kurze Liste, steckte den Zettel und etwas Geld ein und verließ das Haus.

»Wohin willst du?«, fragte Paulette. »Ich kann dich hinbringen. Steig in den Bentley.«

Die Polynesierin wehrte das Angebot mit einer Handbewegung ab, ging die Auffahrt entlang und verließ das Grundstück. Paulette folgte ihr noch eine Weile, rief immer wieder ihren Namen, und erst als Iolana unbeirrt ihren Weg auf der Serpentine in Richtung Rabaul fortsetzte, gab sie auf.

Angst überkam Iolana, aber das hielt sie nicht von ihrem Entschluss ab. Sie glich jener Angst, mit der die Polynesier vor Jahrhunderten in Boote gestiegen waren und den Pazifik erkundet hatten, unsicher, ob sie die Fahrt überleben würden, und dennoch dem inneren Zwang gehorchend. Auch Iolana begab sich auf eine ungewisse Reise, bei welcher der Tod im Spiel war.

Sie blickte stur geradeaus. Ab und zu stolperte sie über Geröll, zumeist Bimssteine, eine Mahnung der Götter, der Vulkane und der zerstörerischen Macht, zu der sie fähig waren. Immer wieder stand Iolana auf und ging weiter, wobei sie die Schürfwunden ignorierte.

Nach einer halben Stunde Fußmarsch erreichte sie die Küste. Mit jedem weiteren Schritt umfing der entsetzliche Gestank sie ein wenig mehr, gegen den die Frische der Meeresbrise und die Düfte des Waldes vergeblich ankämpften. Sie glaubte schon, sie bilde sich den Fäulnisgeruch nur ein, da stieß sie auf einen gestrandeten Wal. Der angefressene Körper diente zahlreichen gefiederten Aasfressern als Futterplatz und Millionen von Fliegen als Brutstätte. Das Tier lebte noch. Mit dem einen Auge, das ihm geblieben war, schien es Iolana anzusehen.

Ekel überkam sie. Dabei war es gar nicht der Kadaver, der diese Übelkeit verursachte, sie in die Knie zwang und erbrechen ließ. Der sterbende Wal war nur das Vorzeichen für das, was sie zu tun beabsichtigte, daher galt ihr Ekel vielmehr der eigenen Absicht.

Auf allen vieren schleppte sie sich weiter.

Endlich gelangte sie zu der auf Stelzen gebauten Hütte des Arztes. Fast alle Matten waren heraufgezogen, das Nachmittagslicht fiel schräg ins Innere. Iolanas Blick folgte ihrem eigenen langen Schatten, der langsam die drei Stufen hinaufkroch und erst ein paar Bodenbretter bedeckte, dann vier Stuhlbeine, Füße, einen Rock, eine Frau …

»Ich will zum Doktor«, hörte Iolana sich sagen.

»Guten Tag. Ich bin Elsa. Und Sie sind Iolana, nicht wahr? Erinnern Sie sich an mich? Ich … ich helfe dem Doktor vorübergehend aus, nur für eine Weile, bis … Aber wollen Sie sich nicht setzen?«

»Nein. Wo ist der Doktor?«

»Tja, er ist gerade … Oh, da kommt er ja.«

Iolana hielt sich nicht mit einer Begrüßung auf. Sie

holte einen Geldschein und den Zettel hervor, den sie geschrieben hatte, und drückte beides Max Richter in die Hand.

»Ich brauche diese Zutaten hier«, sagte sie.

Er studierte die Liste, sah ihr in die Augen und erwiderte: »Das kann ich nicht machen.«

»Ich tue es so oder so, auch ohne Sie. Nur mit Ihnen wäre es leichter.«

»Lassen Sie uns darüber reden. Falls Sie eine weibliche Gesprächspartnerin bevorzugen, könnte Mrs. Matthes …«

»Nein. Geben Sie mir die Zutaten, sonst gehe ich wieder.« Als er nicht reagierte, schickte sie sich an, die Hütte zu verlassen.

»Warten Sie!«, rief er. »Wenn es Ihnen so ernst damit ist …« Er seufzte. »Ich benötige ein paar Minuten.«

Erschöpft setzte sich Iolana in den Sand vor der Hütte. Vor ihren Augen brüllte der Pazifik, die Wogen hoben und senkten sich in gewaltiger Dünung, und ihr Weiß schäumte über die Klippen. Der Passat toste. Alle Götter schrien Iolana an.

Elsa setzte sich neben sie. Sie war so klug zu schweigen, aber als sie nach Iolanas Hand griff, schüttelte diese sie ab.

Die Polynesierin ließ sich zurückfallen, schloss die Augen und wartete, bis Max Richter ihr ein winziges Baumwollsäckchen überreichte.

»Zerstampfen Sie die Zutaten in einem Stößel«, erklärte er. »Übergießen Sie sie dann …«

»Ich weiß«, sagte sie nur und nickte ihm dankbar zu.

Mit dem Tod in der Tasche ging sie den beschwerlichen Serpentinenweg zurück und kam nach einer Stunde in der Villa an. In der Küche vermischte sie die Zutaten mit heißem Wasser und zerrieb sie zu einem Brei, den sie verflüssigte und langsam, Schluck für Schluck aus einer großen Tasse trank. Anschließend nahm sie sich eine Flasche Wermut und zog sich auf ihr Zimmer zurück. Dort breitete sie mehrere Decken und Laken auf dem Bett aus und legte sich nieder. Es gelang ihr sogar einzuschlafen.

Sie erwachte von der klebrigen Wärme zwischen ihren Schenkeln. Die Schmerzen kamen kurze Zeit später, sie waren ebenso heftig wie bei einer Geburt, und dennoch waren sie nicht eins, so wie sich die Qualen der Liebe von denen des Verlassenwerdens unterscheiden.

Iolana drückte sich ein Kissen auf das Gesicht. Von Krämpfen geschüttelt, krümmte sich ihr Körper nach allen Seiten. Als sie die Marter nicht mehr aushielt, schleuderte sie das Kissen von sich und griff nach der Flasche. Sie zwang sich, den Wermut zu trinken, erstickte die Schreie mit Bitterkeit.

Der Alkohol explodierte in ihrer Brust und erzeugte Bilder des Kindes, das sie geboren, und Bilder der beiden Kinder, die sie nicht geboren, sondern ausgeschieden hatte. Sogleich ersetzte er die schmerzlichen, von ihm selbst freigesetzten Erinnerungen durch eine Wolke aus Dunst und Vergessen.

Dann endlich entspannte sich Iolanas Leib.

Sie wusste nicht, wie viel Zeit vergangen war, als sie die Nachttischlampe anknipste. Im nächsten Augenblick stieß sie einen hellen Klagelaut aus. Sie zog die Beine näher an den Oberkörper heran, umklammerte sie und weinte in die blutüberströmten Laken.

Von weit her, dann immer näher hörte sie eine Stimme ihren Namen rufen: »Iolana? Iolana, mach die Tür auf. Was ist passiert? Iolana!«

Es gab einen dumpfen Knall, Holz splitterte. Die Polynesierin reagierte kaum darauf, so tief hatte sie den Kopf in der Bettdecke vergraben, war weit fort, plötzlich da und wieder weit fort.

»Oh mein Gott!«, entfuhr es Paulette. Einige Sekunden später sagte sie: »Nein, Gung, keinen Arzt … Bringen Sie mir alle Tücher, die Sie auftreiben können, außerdem Seife und warmes Wasser … Lassen Sie mir sämtliche Schlüssel da, auch die für den Geräteschuppen im Garten … Danach gehen Sie in Ihr Zimmer und bleiben dort bis morgen früh … Lüften Sie gut durch … Und Gung, wenn Mister Warwick in einigen Tagen zurückkehrt … Bitte sagen Sie ihm nichts von dem, was Sie hier gesehen haben.«

Das Telegramm

Elsa und Max beobachteten einen Schwarm von Delphinen, die sich wie so oft am Abend in der Bucht tummelten. Der Wind legte sich kurz vor Sonnenuntergang, der Himmel loderte in Safran- und Rosenfarben, dann blich er aus und ging in jenes seltsame sterbende Blau über, das von innen heraus leuchtete, bevor es sich verdüsterte. Die Nacht in der Südsee kam schnell, und selbst Max, der schon lange in den Tropen lebte, war davon immer wieder verwundert, wie er Elsa gestand. Jeden Tag freute er sich aufs Neue über das Ereignis, das so spektakulär und kurz sein musste, damit man es jeden Tag aufs Neue bewundern konnte.

Das Zusammensein mit Max war für Elsa eine grundlegend neue Erfahrung. Seine Verwunderung über die Alltäglichkeiten und Phänomene der Südsee unterschied sich erheblich von jener, die Henning an den Tag gelegt hatte. Sie war kindlich, hingebungsvoll und bejahend, während Elsas Ehemann die Schönheiten des Stillen Ozeans entweder wie etwas Selbstverständliches übersehen oder dort, wo sie unübersehbar waren, als oberflächlich diskreditiert hatte. Eine noch größere Anerkennung für Max rang Elsa jedoch die Tatsache ab, dass er seinen Aufenthalt in der Südsee weder mit deren Schönheit begründete noch mit erfolgreichen Geschäften, sondern mit seiner Liebe zu den Einheimischen. Dieser Arzt stellte sich in den Dienst der pazifischen Völker. Er hatte Elsa erzählt, dass er schon auf verschiedenen Atollen Polynesiens und Mikronesiens gearbeitet hatte, bevor er nach Port Rabaul gekommen war.

Max hatte viel zu tun, und er gönnte sich nur wenig Ruhe, denn die Patienten kamen zu jeder Tageszeit zu ihm. Sie merkte, dass er gerne ausgiebiger mit ihr geredet hätte als immer nur über das Notwendigste, aber angesichts der wenigen Gelegenheiten für ein privates Gespräch war Elsa davor zurückgeschreckt. Sie erklärte sich ihre Scheu damit, dass die Bekanntschaft mit ihm schlecht begonnen hatte, so etwas ließ sich nur langsam korrigieren. Außerdem hielt sie es aufgrund des europäischen Teils ihrer Erziehung für unangebracht, mit einem im Grunde fremden Mann vertraulich zu werden, unter dessen Dach sie vorübergehend schlief.

An jenem Abend verschworen sich jedoch eine Stunde der Ruhe, ein ergreifender Sonnenuntergang und die darauf folgende Dunkelheit, um ihre Blockade zu lösen.

»Ich weiß nicht, wie es Ihnen geht, Ma'am«, begann er das Gespräch. »In der Nacht kann ich besser über persönliche Dinge sprechen. Das spärliche Licht verhindert, dass man sich in die Augen sehen muss, und die einsetzende Müdigkeit vermittelt einem die Illusion, man könne am nächsten Tag so tun, als habe das Gespräch nie stattgefunden.«

Zunächst schwieg Elsa. Aber dann beschloss sie, sich ihm zu öffnen. »Ich möchte mich bei Ihnen bedanken, Herr Doktor.«

»Weil ich Ihnen einen Platz zum Schlafen angeboten habe? War mir eine Freude, Ma'am. Falls Sie es noch nicht gemerkt haben, in meinem Zweitberuf befreie ich Seelen aus Myrtle Maloys alttestamentarischen Klauen.«

Elsa lachte leise. »Ich möchte mich darüber hinaus für die Einblicke in Ihre Arbeit bedanken. Es ist eine Freude, Ihnen dabei zuzusehen und mitzuerleben, wie sehr die Einheimischen Sie schätzen. Ich glaube, sie achten keinen Weißen mehr als Sie.«

Er sagte nichts dazu, was Elsa nicht überraschte. Sie hatte bemerkt, dass ihn die Verehrung seiner Patienten verlegen machte und er sie nur deswegen unwidersprochen hinnahm, um die Leute nicht vor den Kopf zu stoßen.

»Im Gegenzug bedanke ich mich für Ihre Hilfe«, sagte er.

»Ich bitte Sie, das bisschen Putzen.«

»Und Aufräumen, und die wartenden Patienten betreuen, und sich um das Essen kümmern …«

»Das ist nun wirklich nichts Besonderes.«

»In Europa würde eine Prinzessin noch nicht mal einen Staubwedel in die Hand nehmen, geschweige denn benutzen. Und in der Südsee führen sich alle weißen Frauen wie Prinzessinnen auf. Die Französinnen schminken sich morgens jung, mittags kaufen sie sich jung und nachmittags trinken sie sich alt bis in die Nacht. Die Engländerinnen erschöpfen sich bei unendlichen Bridgespielen und einer sich zyklisch wiederholenden Konversation. Und die deutschen Frauen beschäftigen sich mit dem immerwährenden Wettbewerb, ihre Wohnungen und ihre Kleidung weitgehend einzudeutschen. Sie alle zusammen reden sogar betagte, würdevolle einheimische Diener mit ›Boy‹ an.«

»Ich glaube, Sie schämen sich für die Weißen.«

»Das würde ich, hätte ich mich gedanklich nicht längst von ihnen gelöst.«

»Trotzdem behandeln Sie diese Leute.«

»Ich behandle jeden, der meine Hilfe braucht. Von irgendwas muss auch ich leben. Die Einheimischen bringen mir zwar Eier, Taro, Fische und manchmal Fleisch, und der Wald liefert Früchte, bloß kann ich davon weder Medikamente noch Verbandszeug kaufen. Mit den hundert Pfund, die mir die Frau von den Marquesas-Inseln gezahlt hat, kann ich dagegen drei Fieberkranke vor dem sicheren Tod retten.«

»Sie meinen Iolana? Nein, die kommt von Tahiti. Das hat sie mir vor einigen Monaten selbst gesagt.«

»Dann hat sie gelogen. Auf ihrer Liste stand ein Begriff, der ausschließlich auf den Marquesas verwendet wird. Ich muss es wissen, ich war sowohl auf Tahiti als auch auf Nuku Hiva, außerdem spreche ich etwas Marquesanisch.«

Warum, fragte sich Elsa, hat Iolana gelogen? Es war offensichtlich, dass sie Max Richter um ein Mittel für einen Abort gebeten hatte, aber dafür hätte sie nicht ihre Herkunft verschleiern müssen.

»Missbilligen Sie die Entscheidung gegen das Kind, Ma'am?«

»Ich bin mir nicht sicher. Ich frage mich, was diese Frau dazu veranlasst hat, so etwas zu tun.«

»Wenn ich etwas auf meinen Reisen gelernt habe, dann dass es ebenso viele Geschichten wie Menschen auf der Welt gibt. Aus der Distanz besehen mögen es atomisch kleine und deswegen unsichtbare Schicksale sein. Für diejenigen, die darin leben, sind sie jedoch riesengroß. Ich bin nicht der Meinung, dass eine einzige Moral als Maßstab für alle diese Geschichten und Menschen herhalten sollte.«

Elsa ließ sich seine Worte durch den Kopf gehen. Sie dachte an Iolana – und an sich selbst. Max schien ihre Gedanken lesen zu können, ja, vielleicht zielte seine Bemerkung sogar auf Elsa ab.

Er sagte: »Ihre Kindheit in Samoa, Ma'am, war sicherlich nicht einfach.«

Obwohl die Dunkelheit sie beide fast verschluckt hatte und nur ein wenig Mondlicht in ihren Augen glitzerte, sah sie ihn an. »Bitte sagen Sie doch Elsa zu mir.« Bevor er das Angebot erwidern konnte, fuhr sie fort: »Ich hatte die typischen Mischlingsprobleme, ich war wie eine Aussätzige im eigenen Land. Mein Vater war fast immer auf See, ich habe ihn kaum zu Gesicht bekommen, und er ist schon früh gestorben. Andererseits, ohne die Handelsschifffahrt würde es mich überhaupt nicht geben. Ich verdanke meine Existenz dem Welthandel … und der Reederei Matthes.«

»Matthes? Aber das ist doch die Reederei …«

»… meines Schwiegervaters, ja. Ein seltsamer Zufall, nicht wahr?«

»Allerdings«, antwortete er in einem Unterton, der ihr nicht gefiel. Daher wechselte sie rasch das Thema.

»Wie leicht oder schwer hatten Sie es, Max?«

Er zündete sich eine Pfeife an. Das sah sie zum ersten Mal bei ihm, und es überraschte sie, weil die mit Tabak gestopfte Holzpfeife ein typisch europäisches Attribut war. Es schien, als würden mit der Erinnerung an seine Jugend auch alte Gewohnheiten geweckt.

»Mein Vater legte großen Wert auf Gründlichkeit und Genauigkeit, meine Mutter auf Fleiß und Frömmigkeit. Ich habe Rechtswissenschaften studiert, mit dem Ziel, Steueranwalt zu werden. Kurz, ich war der Inbegriff eines Deutschen.«

Elsa schmunzelte. »Was hat Sie abtrünnig werden lassen?«

»Eine Postkarte von meinem Vetter, der als Handelsvertreter die Südsee bereiste. Ich sehe dieses Schiff in der Lagune noch heute vor mir, dazu Palmen, Sand, verstreute Hütten, Eingeborene ... Obwohl die Postkarte schwarz-weiß war, spürte ich die Farben, die Sonne und den Wind, die wunderbare Einfachheit des Lebens. Ich studierte zwei Semester Medizin in Frankfurt, dann packte ich meine Sachen und beendete mein Studium in Papeete auf Tahiti. Nicht gerade eine renommierte Universität, aber immerhin.«

»Man nimmt an, Sie seien ein Scharlatan.«

»Myrtle Maloy nimmt alles an, was ihr in den Kram passt. Sie hat zu Hause einen brennenden Dornbusch, mit dem sie kommuniziert und der ihr genau das erzählt, was sie hören will.«

Elsa lachte, und Max lächelte darüber.

»Waren Sie nie ...« Elsa zögerte, die Frage zu stellen, die ihr auf der Zunge lag. »Waren Sie je ... gebunden? An eine Frau, meine ich. Sie wissen schon, verlobt, verheiratet oder ... nun ja ...«

»Ob ich je verliebt war? Zielt Ihre Frage darauf ab?«

Sie hätte erröten sollen und wollte es auch, doch es

ging nicht. Vielleicht weil es in der Dunkelheit gar keinen Sinn ergab.

»Verliebt zu sein ist wunderschön«, antwortete er. »Zugleich ist es das Anstrengendste, was man sich vorstellen kann. Die Liebe verändert die Menschen. Sie kann Helden aus uns machen oder Trottel, wilde Tiger oder dressierte Pudel.«

»Was hat sie aus Ihnen gemacht?«

»Einen Angsthasen«, gestand er lachend, wurde jedoch sogleich wieder ernst. »Sehen Sie sich um. Ich bin glücklich in meiner Hüttenpraxis, aber welche Frau würde dieses Leben mit mir teilen wollen? Früher oder später würde sie versuchen, mich zu ändern, und davor habe ich Angst. Ich möchte derjenige bleiben, der ich bin. Ich interessiere mich nicht für Geld und ein gemauertes Zuhause. Kaum eine Europäerin lässt sich dauerhaft auf einen solchen Mann ein. Und was die Südseefrauen angeht … Elsa, Sie wissen, dass ich dieses Land und seine Menschen liebe, aber der Kontakt zu den Weißen hat eine Menge zum Schlechten verändert. Viele Einheimische sind berechnend geworden, und ehe man sichs versieht, steckt man in irgendeinem Schlamassel drin und wird zum Geldbeschaffer der Familie der Braut. Das ist einer der Gründe, weshalb so viele weiße Männer bei Nacht und Nebel verschwinden.«

Max korrigierte sich sofort. »Entschuldigen Sie, so habe ich das nicht gemeint. Ihr Fall liegt völlig anders. Bitte vergessen Sie, was ich gerade gesagt habe, es war dummes Zeug. Sie tragen keine Schuld an dem, was Ihnen widerfahren ist.«

»Schon gut, ich weiß, wie Sie es gemeint haben. Ich

gehe nicht taub und blind durchs Leben und weiß daher, dass viele polynesische und melanesische Familien es in jüngster Zeit darauf anlegen, dass die Töchter sich um jeden Preis einen weißen Mann angeln.«

»Fahren Sie ihm nicht nach«, bat Max unvermittelt. »Ihre Heimat ist hier, Elsa, nirgendwo sonst.«

Elsa stand auf und machte ein paar Schritte auf das Meer zu, das im schwachen Restlicht wie schwarze Tinte schimmerte. Bevor die ersten kleinen Wellen ihre Füße berührten, zog sie die Sandalen aus. Der Stille Ozean umspülte den Saum ihres Kleides.

Manchmal konnte sie selbst nicht glauben, dass all das, was sie von Kindheit an kannte, aus ihrem Leben verschwinden sollte: der Rhythmus der Trommeln, die Fahrt im Einbaum, der Gleitflug der Fregattvögel, der Anblick der freien, glänzenden Männerkörper mit ihren Muskeln und Adern, das Rauschen des Monsuns, das Sternbild des Großen Hundes …

Zugleich vernahm sie auch diese andere Stimme in sich, die sie dazu brachte, die Opern von Wagner und Weber aufs Grammophon zu legen, sich einen Spaziergang durch eine Heide voller Schafe vorzustellen, Rilkes Gedichte aufzusagen, rheinischen Wein zu probieren … Schon vor Henning hatte sie ein Verlangen nach dieser fernen Welt verspürt, die ihr seltsamerweise nie fremd vorgekommen war. Henning hatte die Sehnsucht nur verstärkt, und seine Abwesenheit verstärkte sie noch einmal.

Elsa spürte Max hinter sich, drehte sich jedoch nicht zu ihm um.

»Das Deutschland, an das Sie glauben, ist längst untergegangen, Elsa«, sagte er mit trauriger Stimme. »Wenn es im Jahr dreiunddreißig überhaupt noch einen Glanz ausstrahlt, dann den eines implodierenden Sterns. Und was Henning betrifft, er ist Ihrer nicht würdig. Sie sind ihm zehnmal überlegen an Reife, Güte und Selbstlosigkeit. In Ihnen steckt eine famose Frau, das spüre ich. Dagegen ist Ihr Ehemann ein naiver, gedankenloser kleiner Junge. In einigen Jahren würde er Ihnen auf die Nerven gehen.«

»Hören Sie auf«, befahl sie und fuhr herum. »Sie haben kein Recht, so etwas zu sagen.«

In seiner linken Hand leuchtete ein weißes Papier im Mondlicht.

»Ein … Telegramm?«, fragte sie.

»Man hat es mir vorhin für Sie mitgegeben.«

»Max!«, rief sie voller Hoffnung, und wie schon vor einer Woche nahm sie das Fernschreiben mit zitternden Händen entgegen. »Aus Deutschland?«

»Nein, aus Indien, genauer aus Madras.«

»Indien? Wahrscheinlich passiert Hennings Schiff die Stadt. Drei Wochen ist er nun weg, das kommt zeitlich hin. Haben Sie es gelesen?«

»Natürlich nicht.«

»Licht. Haben Sie Licht?«

Er entzündete ein Streichholz, ließ sich dabei aber so viel Zeit, dass sie es kaum aushielt. In diesem Schreiben würde Henning ihr alles erklären. Endlich erführe sie, warum er überstürzt abgefahren war und das Geld abgehoben hatte. Er würde bereuen, berichten. Er würde ihr eine ausreichend hohe Summe anweisen, damit sie ihm folgen konnte.

Max entzündete das Streichholz.

Das Telegramm bestand aus einem einzigen Satz: »Warte nicht auf mich, das kann ich nicht verlangen.«

Elsa las ihn sieben- oder achtmal.

»Warte nicht auf mich, das kann ich nicht verlangen.«

Für einige Minuten war sie ganz in diesen Satz versunken, und als sie wieder aus ihm emportauchte, war sie ein gutes Stück am Strand entlanggelaufen. Das Fernschreiben war ihr entglitten. Max, ein paar Schritte hinter ihr, hielt es in Händen.

»Warte nicht auf mich.« Was bedeutete das? Elsa blickte in die Sterne, so wie Millionen Menschen vor ihr, als stünde dort die Antwort geschrieben, eine Zukunft, gegossen in den Nachthimmel.

Manche Sätze verlangten nach einer Auslegung. Doch jeder Auslegung ging immer ein Bild voraus. Dieses Bild entsprang dem menschlichen Geist, der sich wiederum die für ihn günstigste Variante aussuchte. So kam es, dass am Strand der Matupi Bay zwei völlig unterschiedliche Auffassungen kollidierten.

»Es tut mir leid, dass Sie es aus einem Telegramm erfahren müssen«, sagte Max. »Ihr Mann hätte wenigstens so viel Anstand besitzen können, Ihnen dabei in die Augen zu blicken.«

»Wovon sprechen Sie? Henning ist völlig verzweifelt, und das ist seine Art, mir zu sagen, dass er mich braucht.«

Elsa sah einen selbstquälerischen jungen Mann vor sich, hin- und hergerissen, ob er zu seiner Frau stehen oder sie von seinem großen Versagen erlösen sollte. Sie betrachtete seine Flucht als einen zwar törichten, aber großartigen Liebesbeweis. Max hingegen sah einen arroganten, rückgratlosen Drückeberger und Opportunisten vor sich, der die Samoanerin bloß ausgenutzt hatte.

»Elsa! Die Ehe ist für ihn beendet. Er hat eine Prinzessin geehelicht, nicht Sie. Überall hat er damit angegeben, in eine Königsfamilie eingeheiratet zu haben. Nur in Deutschland, vor allem in Norddeutschland, hätte das nicht gewirkt. Seine hanseatischen Eltern haben ihm den Kopf gewaschen, die Schulden taten ein Übriges, er ist abgehauen und gibt Sie nun mit diesem Fetzen Papier frei.«

»Entscheidend an dem Telegramm ist doch der zweite Halbsatz. ›Das kann ich nicht verlangen.‹ Was sollte das anderes sein als ein Hilfeschrei?«

»Ein feiges Hintertürchen.«

»Sie haben von solchen Dingen keine Ahnung, Sie sind ein Mann.«

»Henning, der den Satz geschrieben hat, ist auch einer.«

»Ich verstehe Sie nicht. Ich verstehe Sie einfach nicht.« Kaum hatte sie die Worte ausgesprochen, begriff sie eben doch. Sie entdeckte die Antwort, das Verständnis in Max' Augen, und für mehr als nur einen Augenblick ließ sie den Gedanken zu, dass jemand, der nicht ihr Ehemann war, sie liebte. Dass es jemanden, dass es etwas jenseits von Henning Matthes und seiner Liebe zu ihr geben könnte.

Warte nicht auf mich, das kann ich nicht verlangen.

Tausend Gedanken wirbelten in ihrem Kopf umher, sodass sie keinen klaren Gedanken mehr fassen konnte. Sie wollte sich in die Arme des Arztes stürzen, es wäre ihr wie ein ganz natürlicher Vorgang vorgekommen. Aber irgendetwas hielt sie zurück. Ihre Erziehung? Der Trauschein? Hennings Schatten? Max selbst? Hatte er ihr nicht eben noch gesagt, wie sehr er sich vor einer Beziehung fürchtete? Fürchtete sie sich nicht ebenso davor, eine Ehefrau ohne Ehemann zu sein?

»Also gut«, flüsterte sie. »Ich bleibe.«

Einerseits war Elsa erleichtert. Andererseits fühlte sie sich wie eine Hure.

Zweiter Teil

»Hure«

Verführungen

Nach der Entscheidung, Henning nicht nachzureisen, sah Elsa die Matupi Bay und Port Rabaul mit anderen, viel aufmerksameren Augen. Sie wusste auch nicht genau, was sich verändert hatte. Die Bucht sah eigentlich aus wie immer, und das Tagwerk blieb ebenfalls gleich. Elsa half Max in der Praxis, sie lernte von ihm, Verbände anzulegen und Wunden zu säubern, aber die meiste Zeit war sie mit Aufräumen, Putzen und Waschen beschäftigt, und in der übrigen Zeit ging sie spazieren. Manchmal blieb sie grundlos stehen, einer inneren Stimme folgend, und sah sich aufmerksam um. Dann beobachtete sie die Palmweinzapfer, die mit einem Messer im Mund und einer Kokosschale um den Hals die Bäume erklommen. Tausendmal hatte sie dergleichen schon gesehen, doch diesmal ließ sie sich Zeit. Sie lauschte den Alarmschreien der Flughunde, verfolgte die Landemanöver der riesigen Mynahvögel oder nahm ganz bewusst die Stille wahr, die in der Praxis herrschte, sobald Max unterwegs war. Langsam strich sie mit der Hand über das Bord mit den Medizinbüchern, den Wasserkessel, das Verandageländer, ehe sie sich auf eine Matte setzte und eine Weile gar nichts tat. Kehrte sie von einem Spaziergang zurück, blieb sie in einigem Abstand vor den kleinen Hütten stehen, die wie Vogelnester in den Hügel gebaut waren, und musste unwillkürlich lächeln. Sie schlief nach wie vor in dem Bett von Max, das in einem kleinen Anbau stand, während er auf dem Patientenbett nächtigte.

Die Beziehung zu ihm blieb ihr genauso rätselhaft wie die gefühlte Veränderung in der Matupi Bay. War diese Hütte, diese Bucht nun ihr Zuhause oder nicht? Sie wusste es nicht, und Max zwang ihr die Entscheidung darüber nicht auf. Wollte er, dass sie sich erst ganz sicher war, bevor er den nächsten Schritt machte?

Elsa lebte in einem Familienstand, den es eigentlich nicht gab. Sie war ein bisschen verheiratet, ein bisschen geschieden, ein bisschen ledig und irgendwie auch ein bisschen verwitwet. Noch zögerte sie, sich endgültig auf eines davon festzulegen.

Zweifellos spürte Max, was in ihr vorging. Oder hatte sie in seinen Augen nur das gesehen, was sie sehen wollte? Machte sie sich etwas vor?

Dann traf das nächste Telegramm für Elsa ein. Max brachte es von der Telegrafenstation mit. Es war in Alexandria aufgegeben worden, und man brauchte nicht viel Fantasie, um sich vorzustellen, von wem es kam. Hennings Schiff hatte den Indischen Ozean verlassen, hatte das Rote Meer und den Suezkanal passiert und nahm in Ägypten Proviant und Kohlen an Bord.

»Machen Sie es nicht auf«, bat Max. »Verbrennen Sie es.«

Zwei Tage lang lag das Fernschreiben auf der Anrichte neben dem Obst, und alles in dem Verhalten von Elsa und Max verriet, dass es sich um ein höchst gefährliches Objekt handelte. Es war, als hätte sich eine Schlange ins Haus geschlichen, die zusammengerollt im Obstkorb lag und nur darauf wartete hochzuschnellen. Elsa machte einen Bogen um die Anrichte, und Max vergewisserte sich regelmäßig mit Blicken aus sicherer Entfernung, dass das Telegramm noch dort lag.

Am dritten Tag war es verschwunden. Es lag, noch immer ungeöffnet, auf dem wackligen Tisch vor der Hütte, so als wolle Elsa den Wind darüber entscheiden lassen, ob es hierbleiben oder im Wald verschwinden sollte. Der Passat wehte es zurück in die Hütte.

Am Morgen des vierten Tages entdeckte Max es geöffnet auf dem Esstisch. Elsa saß davor und nestelte an ihrer Unterlippe.

Max las: »Wie soll ich ohne dich leben? Ich brauche dich. Verzeih mir.«

Er legte es auf den Tisch zurück und wechselte mit Elsa einen langen Blick. Vielleicht hoffte er, dass sie den Anfang machte, aber sie tat es nicht.

Nach einer Weile des Schweigens sagte er: »Er wird ja regelrecht beredt. Drei Sätze, immerhin.«

Elsa schloss die Augen wie unter einem stechenden Kopfschmerz. »Bitte, Max«, sagte sie müde. »Keinen Sarkasmus.«

»Entschuldigung. Wie soll ich mich Ihrer Meinung nach verhalten?«

Sie machte eine hilflose Geste. »Irgendwie. Nur nicht sarkastisch.«

»Also gut. Zerknüllen Sie das Papier, geben Sie es mir, und ich brate uns ein Ei auf dem Feuerchen. Ich meine es ernst, Elsa. Vergessen Sie diesen Kerl.«

»Er ist mein Mann«, brach es laut aus ihr heraus, und sie schlug mit der flachen Hand auf den Tisch. »Wir sind verheiratet. Unser Bund ist fürs Leben.«

»Meine Güte, Elsa, er ist der Erbe der Reederei, bei der Ihr Vater angestellt war, und er kommt aus derselben Stadt. Im Grunde haben Sie nicht ihn geheiratet, sondern …«

Mit offenem Mund starrte Elsa ihn an. Schließlich stammelte sie: »Man hat noch nie … man hat noch nie etwas Niederträchtigeres zu mir gesagt als das.«

»Dieser Mann«, erwiderte Max, »hat Sie vor seinen Eltern verleugnet, er hat einen Berg Schulden angehäuft, er hat durch seinen Suff zugelassen, dass seine Freunde Sie beleidigen konnten, er hat Ihre Mitgift abgeräumt, Sie einfach sitzen lassen … und ich bin niederträchtig?«

Darauf wusste Elsa keine Antwort, daher brach sie das Gespräch ab und legte sich vollends verwirrt ins Bett. Verständlicherweise verlangte Max, dass sie Hennings nach Hilfe ausgestreckte Hand ausschlug. Aber musste sie nicht alles, wirklich alles versuchen, um ihre Ehe zu retten und doch noch das Leben zu führen, nach dem sie sich jahrelang gesehnt hatte? War sie sich das nicht selbst schuldig? Ihren Träumen und Hoffnungen? Gewiss, Henning hatte sich falsch verhalten. Doch er war dabei, seinen Fehler einzusehen. Sollte sie allen Ernstes alles, woran sie glaubte – die eine große Liebe, die Treue, die Ehe, die Zukunft als Deutsche in Deutschland –, einer einzigen Kränkung und des Stolzes wegen über Bord werfen? Dann wäre sie nur neuerlich eine Ausgestoßene, oder etwa nicht? Wenn sie bei Max blieb, und es gab eine laute Stimme in ihrem Herzen, die dafür plädierte, wäre sie für die Welt im Grunde eine Kurtisane, eine Hure.

Dann wurde Max zu einem Notfall gerufen, und bevor er zurückkehrte, verließ Elsa sein Zuhause.

»Lassen Sie nur, Gung, ich mache schon auf.«

Paulette hatte Elsa den Serpentinenweg hochkommen sehen und ließ es sich nicht nehmen, ihr persönlich die Tür zu öffnen. Natürlich hatte sie von Elsas Missgeschick gehört, und sie bedauerte es durchaus, wenn auch nur, weil Titus nun seinem Ziel, eine dritte Frau ins Haus zu holen, einen Schritt näher gekommen war. Im Übrigen gönnte sie Elsa den Tiefschlag. Die Französin hatte nicht vergessen, dass Ihre Hoheit sie bei der Hochzeitsfeier gewissermaßen hinausgeworfen hatte. Sie war nicht gut genug gewesen für eine so erlauchte Gesellschaft, daher sammelte Paulette auf dem Weg zur Tür das böse Gift der Ironie auf der Zunge, um es der Prinzessin ebenso höflich wie genüsslich ins Gesicht zu spritzen.

Nachdem sie die Tür geöffnet hatte, schluckte sie jedoch alle Bösartigkeit hinunter. Vor ihr stand das Wrack einer Frau. Nie zuvor hatte Paulette ein solch abgekämpftes Wesen gesehen, müde, staubig von oben bis unten, wacklig auf den Beinen ... Elsa Matthes erweckte den Anschein, als wäre sie im letzten Moment einer Hundemeute entkommen. Von Prinzessin keine Spur mehr, abgesehen von dem lächerlichen Versuch, souverän zu wirken.

»Bitte, ich möchte zu Mister Warwick. Wäre das wohl möglich?«

»Kommen Sie herein.« Paulette blieb in Habachtstellung, für den Fall, dass Elsa zusammenbrach. »Sind Sie etwa den ganzen Weg hierher gelaufen? Bei dieser Hitze und in diesem Kleid? Gung, holen Sie eine Karaffe Wasser.«

Sie führte Elsa in ein Badezimmer. »Möchten Sie sich frischmachen?«

»Ich habe nicht viel Zeit … Wie spät ist es?«

»Gerade elf geworden.«

»Bitte, ich muss Mister Warwick sprechen.«

»Erfrischen Sie sich, ich bin gleich wieder da.«

Kurzentschlossen schickte Paulette Gung zu Titus und kümmerte sich selbst um das Wasser. Auf einem Teller richtete sie Ananas- und Papayastücke an, wegen der Vitamine, sowie einige gesalzene Nüsse, um Elsas Salzverlust auszugleichen. Sie war gerade damit fertig, als Elsa aus dem Badezimmer kam. Sie sah schon etwas besser aus, aber ihr Zustand war weniger dem Fußmarsch geschuldet, sondern eher der Überwindung, die es sie gekostet haben musste, hier vorstellig zu werden. Paulette hatte einen Blick dafür: Elsa Fa'alua Matthes war fast ganz unten angekommen, und das wusste sie auch.

»Setzen wir uns dort drüben hin«, sagte Paulette.

»Mister Warwick …«

»Er wird gleich kommen.«

Die Französin sah zu, wie Elsa aß und trank, und fühlte sich sogar solidarisch mit ihr, obwohl sie die Samoanerin nach wie vor nicht leiden mochte. So lange war es noch gar nicht her, dass Paulette an Elsas Stelle gewesen war, und wenn man es genau bedachte, konnte sie schon morgen wieder dort sein. Titus musste nur aus einer Laune heraus ihrer überdrüssig werden – oder aus einer Laune heraus sterben –, und schon stünde sie vor dem Nichts. So unwahrscheinlich war das gar nicht. Der Engländer fühlte sich gerne als Gott, der Liebe empfing und Liebe spendete, wie es ihm gefiel, worüber er allerdings vergaß, dass er ein Mensch in den späten Fünfzigern und keineswegs in grandioser körperlicher Verfassung war. Jedes

Mal, wenn Paulette mit ihm schlief, hoffte und fürchtete sie gleichermaßen, dem Mistkerl könnte mitten im Ritt das Herz stehenbleiben.

»Mister Warwick erwartet Ihre Hoheit im Atelier«, sagte Gung.

Paulette wusste sofort, was das zu bedeuten hatte. Der eitle Gockel wollte sich Elsa als Künstler präsentieren.

Sie seufzte. »Kommen Sie, ich bringe Sie zu ihm.«

Es verhielt sich fast genau so, wie Paulette erwartet hatte. Titus Warwick hatte sich umgezogen, sein Aufzug glich einer Melange aus Kaiser Nero und van Gogh, und er hielt einen Meißel in der Hand. Iolana war bei ihm. Sie hatte sich ein leichtes Musselintuch um den Oberkörper geschlungen und stand neben ihrem Ebenbild, der halb fertigen Statue einer polynesischen Fruchtbarkeitsgöttin, die Titus natürlich in ruhender, aufreizender Position darstellte. Paulette war überrascht, dass Titus seine orientalische silberne Opiumpfeife angezündet hatte, was er äußerst selten tat und nie, wenn Gäste kamen. Der ganze Raum war mit dem süßlich-schweren Dampf geschwängert.

Genüsslich sog er an dem Schlauch und lächelte. Während er Elsa begrüßte, floss ihm der dichte weiße Qualm aus Nase und Mund.

»Willkommen in meinem Haus, Prinzessin. Was für eine überraschende Freude und Ehre. Bitte, treten Sie näher. Aber, was muss ich denn da sehen! Paulette, hast du etwa keine Manieren?«

Die Französin hob die Augenbrauen. »Natürlich nicht, von uns hat keiner Manieren. Du hast behauptet, dass nur Heuchler welche hätten, und sie uns ausgetrieben.«

»Sie müssen Paulette vergeben, Prinzessin, die Feindseligkeit ist ihre Natur. Ich spreche davon, dass man Ihnen keinen Champagner angeboten hat. Gung, bringen Sie uns eine, nein, zwei Flaschen vom besten, ja?«

Er sog erneut an der Pfeife. »Das Opium stört Sie doch hoffentlich nicht, Prinzessin? Richtig dosiert ist es ein Segen. Ich schätze es als zutiefst beruhigende Substanz, die den Kopf für das Wesentliche freimacht. Wie gefallen Ihnen meine Werke?«

»Sehr hübsch und … ungewöhnlich«, brachte Elsa mit Mühe hervor.

Paulette schüttelte kaum merklich den Kopf. Man brauchte keine Expertin für Körpersprache zu sein, um zu erkennen, dass Elsa anderes im Sinn hatte, als Skulpturen zu beschreiben. Aber Titus ließ sich seinen großen Auftritt nicht nehmen.

»Ungewöhnlich, so ist es. Darum geht es mir«, sagte er. »Betrachten Sie nur mal die Augen der Fruchtbarkeitsgöttin hier. Ihre Augen gieren. Ich kann das nicht ertragen, diesen tristen Blick von Frauen, die nach nichts mehr verlangen, selbst dann, wenn der Körper ruht. Sehen Sie sich um. Hier werden Sie keine einzige gleichgültige Frau finden, weder lebendig noch aus Stein oder auf Leinwand gebannt. Paulette, Iolana, die Göttinnen und Nymphen … sie sind hungrig. Und Sie, Prinzessin? Ich würde Sie gerne porträtieren, gleich ob in Farbe oder Marmor. Überhaupt, Sie würden gut in dieses Haus passen, in Ihnen steckt eine Frau von Welt, nur wissen Sie das noch nicht.«

»Momentan habe ich ganz andere Sorgen. Ich …«

Titus Warwick gebot ihr mit einer Geste Einhalt. »Ah,

da kommt ja endlich der Champagner. Das Schöne daran ist, dass man ihn eigentlich immer trinken kann, am frühen Morgen, am späten Abend und des Nachts ebenso wie in bester Laune, tiefster Verzweiflung und schönster Verzückung.«

Sie stießen an. Elsas Hand zitterte leicht, was Paulette nicht entging – und wenn sie es merkte, dann fiel es Titus erst recht auf. Ohne dass sich auch nur die kleinste freudige Regung in seinem Gesicht zeigte, spürte Paulette, dass die Situation ihm gefiel. Sie erkannte es an seinen Gesten, den winzigen Bewegungen seines Körpers, der Beschwingtheit, mit der er das Glas zum Mund führte, der Leichtigkeit, mit der er durch das Atelier schritt, während Elsa ihm ihr Anliegen vortrug.

Die Prinzessin erzählte von den Telegrammen ihres Mannes und dass sie fest entschlossen sei, ihm zu folgen. Dafür brauchte sie jedoch Geld.

»Bereits um drei Uhr heute Nachmittag legt ein Dampfer nach Singapur ab, und von dort komme ich schnell weiter. Ich bitte Sie, Mister Warwick, mir die nötige Summe zu leihen, und ich verspreche Ihnen …«

»Kein Wort mehr«, unterbrach er Elsa, stellte das Glas beiseite und ließ von der Opiumpfeife ab. Er wirkte wie ausgewechselt, sehr ernsthaft und mitfühlend. Paulette hatte allerdings schon zu viele seiner Inszenierungen miterlebt, um das, was er sagte oder tat, nicht als Theater abzutun.

»Selbstredend erhalten Sie von mir eine mehr als ausreichende Summe, Prinzessin. Ich fühle mich Ihnen in gewisser Weise verpflichtet, denn Sie müssen wissen, dass ich Ihren Mann maßgeblich finanziert habe. Offen gestanden habe ich ihm das Geld hauptsächlich deshalb geliehen, weil Sie seine Frau geworden sind. Geldmangel ist ein schlechter Einstand für eine Ehe, und jemand wie Sie sollte mehr als gut versorgt sein. Ich konnte ja nicht ahnen, dass er das Geld verspielen würde. Möglicherweise habe ich mit meiner Gutgläubigkeit sogar zu seiner überstürzten Abreise beigetragen.«

Titus Warwick schrieb einen Scheck über eintausend Pfund aus.

»Das ist zu viel«, wandte Elsa ein.

»Bitte nehmen Sie das Geld als Wiedergutmachung an. Ruhen Sie sich vor Ihrer Abfahrt aus, vertrauen Sie sich Gung an, er wird Ihnen etwas Garderobe einpacken und Sie beizeiten zum Hafen fahren. Schreiben Sie mir aus Deutschland? Das wäre fein. Ich wünsche Ihnen alles Gute, Prinzessin.«

»Ich weiß nicht, wie ich Ihnen danken soll.«

»Kein Wort mehr darüber, tun Sie mir den Gefallen.«

Paulette verstand, dass Elsa viel zu erschöpft war, um in Titus' Handlungsweise etwas anderes als Großzügigkeit zu erkennen. Wer am Verdursten ist, kann an einer Schale Wasser nichts Tückisches finden. Ihr dagegen war klar, dass der Teufel etwas im Schilde führte.

Nachdem Gung Elsa aus dem Atelier geführt hatte, klatschte Titus in die Hände. »So, meine entzückenden Nymphen, ich brauche jetzt ein Stündchen Ruhe. Überlegt euch inzwischen, ob ihr danach lieber zu Mittag essen oder zu Mittag trinken wollt … oder beides. Und nun raus mit euch.«

Als Paulette und Iolana auf die Terrasse gingen, waren sie zum ersten Mal allein, seit Iolana den Embryo verloren und Paulette ihn im Garten vergraben hatte. Sie hatte Malven auf das unsichtbare Grab gepflanzt, weil sie wusste, dass es Iolanas Lieblingsblumen waren. Eine Woche war vergangen, ohne dass die beiden Frauen auch nur ein Wort darüber verloren oder einen vielsagenden Blick gewechselt hätten – eigentlich wechselten sie überhaupt keine Blicke. Gerade dadurch, dass sie das Geheimnis mit aller Kraft leugneten, erhielt es ein ungeheures Gewicht.

»Erkennst du nun, wie sehr du dich in Titus irrst?«, begann Iolana, ohne Paulette anzusehen. »Er hat seine Fehler, wie wir alle, aber er ist ein großherziger Mensch.«

Auch Paulette blickte an ihrer Gesprächspartnerin vorbei. »Wer würde schon einen Spieler, der einen Jeton auf eine bestimmte Zahl setzt, für großherzig halten? Auf eine solche Idee kommst nur du kleine Närrin.«

»Ich will nicht mit dir streiten«, sagte Iolana. »Ich habe nichts gegen dich. Jedenfalls … nun ja.«

»Jedenfalls nicht mehr … wolltest du das sagen?«

Noch immer vermieden sie jeden Blickkontakt. Iolana betrachtete den Ozean, Paulette die im Champagnerglas aufsteigenden Perlen.

Dann fragte die Polynesierin: »Was hat dich eigentlich dazu bewogen, dich als Käpt'n Ahab zu tarnen, wo doch eigentlich eine Desdemona in dir steckt? Die europäische Zivilisation?«

»Sieh mal an, du beschäftigst dich neuerdings mit Literatur?«

»Ich habe nichts zu tun. Ich kann mir entweder wie du mit Champagner und Gin das Blut verdünnen oder …«

»Ich tue einiges mehr, nur damit du's weißt. Unter anderem beobachte ich unseren Meister, verfolge so gut es geht seine Händel, öffne heimlich seine Post, studiere die Verträge, die er abschließt, durchwühle sämtliche Unterlagen und lerne nebenbei, wie man erfolgreich wird. Was willst du tun, es ihm sagen? Nur zu, er weiß es längst. So dumm ist er nicht. Er lässt mich gewähren, weil er mich dadurch an sich bindet. Auf diese Weise bin auch ich nur eines seiner vielen Geschäfte, aber es gibt Schlimmeres, als ein Geschäft zu sein, nämlich eine Ware. Bemerkst du den feinen Unterschied?«

»Du hast meine Frage nicht beantwortet, Käpt'n Ahab.«

»Ich stelle dir keine Fragen und du mir gefälligst auch nicht.«

»Das war lediglich meine Art, dir dafür zu danken, dass du Titus nichts verraten hast. Etwas anderes hättest du nicht akzeptiert. Allerdings wusste ich nicht, dass du keinerlei Dank akzeptierst.«

Paulette trank ihr halb volles Champagnerglas aus und wandte sich anschließend Iolana zu.

»Ich will nur eines wissen. War es meine Schuld?«

Entgeistert sah die Polynesierin sie an. »Deine Schuld? Du meinst …«

»Kompliziere es nicht. Ich meine den Schlag in den Bauch.«

Iolana erschrak. »Nein, um Himmels willen, nein!«, rief sie. »Du hast damit gar nichts … Der Schlag hat lediglich mit letzter Sicherheit bestätigt, was ich vorher schon gespürt habe. Für alles andere bin ich selbst verantwortlich.«

Paulette zog die Augenbrauen zusammen. »Sicher?«

»Ganz sicher, Paulette. Sonst hätte ich mich wohl kaum bei dir bedankt, oder?«

Die Französin atmete auf. »Gut, du warst ehrlich zu mir, deswegen will ich auch ehrlich zu dir sein. Ich kann dich noch immer nicht leiden. Du bist mir im Weg. Rechne nicht damit, dass ich Titus nichts verrate, ich warte nur auf den richtigen Augenblick. Somit hat sich auch deine Frage erübrigt. Die Desdemona in diesem Haus bist du.«

Flucht nach Europa

Elsa erwachte zur vorgesehenen Zeit. Im Ankleidezimmer lag ein neues Kleid neben einem gepackten Koffer voller weiterer neuer Kleider und Mieder. Der chinesische Diener brachte ihr noch eine Tasse Tee, dann begleitete er sie durch die – sehr stille – Villa ins Freie und hielt ihr die Wagentür eines Bentleys auf. Auf der Fahrt zum Hafen war Elsa ganz ruhig. Sie erinnerte sich nicht, wann sie das letzte Mal so empfunden hatte. Erstaunlich, vor der schwierigsten und weitesten Reise ihres Lebens empfand sie nicht die geringste Anspannung, was ihr überdies so natürlich erschien, dass sie erst kurz vor Simpson Harbour darüber nachdachte, woher diese Ruhe rühren mochte.

Es musste an dem Opium liegen, das Gung ihr vor dem Einschlafen aufs Zimmer gebracht und entzündet hatte.

Als sie aus dem Wagen stieg, erblickte sie Max. Er war unrasiert, müde und sah dennoch blendend aus. Seine Augen suchten unruhig den Hafen nach ihr ab. Ein Impuls ging durch Elsas Körper, ihre Wange an seine zu schmiegen, das Kratzen der kleinen braunen Barthaare zu spüren, die raue Haut seiner Hände …

Der Arzt bemerkte sie erst, als sie neben ihm stand. Die

Art, wie er sie ansah, stieß ihr wie eine Nadel ins Fleisch, doch seltsamerweise spürte sie den Schmerz nach der ersten Sekunde nur noch schwach, so als würde er durch ein dickes Fell abgemildert. Auch die Schwermut der Situation konnte sie nur stark gefiltert empfinden, als ein dumpfes, fernes Gefühl.

»Ich dachte mir, dass ich Sie hier finde«, sagte er. »Gehofft habe ich es nicht.«

Eine ganze Weile standen sie bloß da und sahen sich an, während die letzten Passagiere an Bord gingen und die Mannschaft das Ablegemanöver vorbereitete.

»Ich muss ihm nachfahren, verstehen Sie das denn nicht? Was wäre ich für eine Frau, wenn ich nicht alles dafür hergeben würde, um den Mann zu lieben, den ich geheiratet habe?«

»Eine freie Frau.«

Vielleicht hatte er recht. Vielleicht war eine Frau, die liebte, niemals frei.

»Sie sehen jemanden in mir, der ich nicht bin«, sagte sie. »Ich erwarte weitaus weniger vom Leben, als Sie glauben. Ich möchte einfach nur ankommen, meine Bestimmung finden, und meine Bestimmung ist ein Leben in meinem Vaterland an der Seite von …«

»Ausgerechnet Henning Matthes.«

»Sie vergessen immer wieder, dass ich diesen Namen ebenfalls trage. Ich bin Frau Henning Matthes.«

»Sie sind Elsa Fa'alua Jensen-Matthes. Ich weiß, Sie haben sich Ihre ganze Jugend hindurch danach gesehnt, endlich geliebt zu werden und lieben zu dürfen. Nur leider haben Sie sich den falschen Mann dafür ausgesucht.«

»Sie haben Ihren Standpunkt deutlich gemacht. Trotzdem haben Sie kein Recht, sich in mein Leben einzumischen.«

Gung störte sie, als er sagte: »Ihr Gepäck ist bereits an Bord, Hoheit. Kabine zwölf, erste Klasse. Hier ist Ihr Schlüssel. Gute Fahrt.«

Max sah ihm nach.

»Gegen Warwicks Einmischung scheinen Sie nichts zu haben.«

»Er ist mir behilflich.«

»Das bin ich auch. Außerdem sage ich Ihnen die Wahrheit. Henning will Sie nicht haben, und Sie werden die Erfahrung machen, dass auch Deutschland Sie nicht haben will.«

Sie wandte sich abrupt ab und betrat den Steg. Max ergriff ihre Hand. »Elsa, es tut mir leid. Ich … ich kann dich nicht gehen lassen, ohne dir zu …«

»Bitte nicht«, flehte sie. Sie wusste, was er sagen wollte, jene drei magischen Worte, die in unzähligen Büchern stehen und zu jedem Leben dazugehören wie Geburt und Tod. Jene Worte, die auch in ihr für ihn bereitstanden, nur unvollkommen zugedeckt von ihrer protestantischen Erziehung, der Verleugnung … Aber es konnte nicht sein, was nicht sein durfte. Und *das* durfte definitiv nicht sein, aus vielerlei Gründen. Der jüngste Grund war vielleicht der entscheidende: Elsa war schwanger.

Wochenlang war sie so sehr mit ihren Ängsten und Hoffnungen beschäftigt gewesen, dass sie die Signale ihres Körpers nicht beachtet hatte, doch inzwischen war sie sich sicher.

Wenn Henning erst erfuhr, dass sie ein Kind erwartete, würde er sich ihr wieder zuwenden, und alles nähme ein gutes Ende. Und für Max war es auch besser so. Welche Liebe war hoffnungsloser als die zu einer verheirateten Frau, die ein Kind von ihrem Mann erwartete?

»Bitte lassen Sie mich gehen«, flehte sie und versuchte, durch das Sie die Distanz wiederherzustellen, die für wenige Augenblicke zusammengebrochen war.

Sie entzog ihm ihre Hand. »Leben Sie wohl. Ich wünsche Ihnen nur das Allerbeste. Vergessen Sie mich.«

»Elsa!«

Damit eilte sie den Steg hinauf und verschwand in der Menge der Schiffspassagiere. Erst als sich die Schiffsschrauben zu drehen begannen, ging sie an die Reling und hielt nach Max Ausschau. Er stand unten am Quai. Die Sirene gab einen hellen, ein wenig lächerlichen Pfeifton von sich, und das Land entfernte sich allmählich, zunächst nur wenige Zentimeter, dann Meter. Für einen kurzen Moment wünschte Elsa, die ganze Tragweite des Abschieds spüren zu können, aber es gelang ihr nicht, diesen Wunsch aufrechtzuerhalten. Sie war überzeugt, das Richtige zu tun.

Dann, nach einem Moment der Ablenkung, war Max plötzlich fort, und sie verspürte einen Stich.

Die Halbinsel Matupi verschwand langsam im nachmittäglichen Dunst, der die festen Formen auflöste. Die über ihnen kreisenden Seevögel wurden weniger, und als das Schiff allein auf dem Meer war, ohne einen Streifen Land am Horizont, an dem sich die Augen festhalten konnten, verließ Elsa das Deck und ging in ihre Kabine. Eine Chambersmaid hatte bereits alles in die Schränke geräumt, bis auf den Inhalt eines großen, verschlossenen Kästchens. Gung hatte Elsa den Schlüssel dazu gegeben.

Sie öffnete das Kästchen. Darin befand sich eine edle Opiumpfeife mit Holzschäftung samt Jademundstück sowie alles, was nötig war, um sie zu benutzen.

Elsa verschloss das Kästchen und verstaute es unter dem Bett, fest entschlossen, es nie wieder hervorzuholen.

Die Fahrt verbrachte sie wie in einem geistigen Halbschlaf. Das Schiff durchquerte mehrere Ozeane – den Indischen, das Rote Meer, das Mittelmeer, den Ostatlantik –, ohne dass Elsa viel davon mitbekam. Als sie den Ärmelkanal erreichten, kamen ihr die acht Wochen auf dem Dampfer vor wie eine einzige Woche, was unter anderem an der Eintönigkeit der Tage an Bord lag. Elsa verließ ihre Kabine so gut wie nie, außer für die Mahlzeiten. Sie aß an einem kleinen runden Tisch für vier Personen, der eigens für Dunkelhäutige reserviert war. Die drei anderen waren Mexikaner, die sich untereinander auf Spanisch verständigten und an Elsa nur dann das Wort richteten, wenn sie sie begrüßten oder sich von ihr verabschiedeten. Außer mit dem Schiffspersonal sprach Elsa nur mit sich selbst. Landgänge, die in Kalkutta, Alexandria, Algier und Gibraltar möglich gewesen wären, unternahm sie nicht. Damit war sie zweiundzwanzig Stunden des Tages für sich.

In dieser Zeit – und eigentlich auch während der übrigen zwei Stunden – unterdrückte sie jeden Gedanken an Max und versuchte, sich ganz auf Henning zu konzentrieren. Was erwartete sie wohl? Hatte er ihr noch weitere Telegramme geschickt, die nun ungelesen in der Obstschale in Max' Hütte herumlagen?

Abwechselnd fürchtete sie, er könnte sich seine Reue wieder anders überlegt oder sich vor Verzweiflung das Leben genommen haben, dann wieder hoffte sie, er habe sie inzwischen zum Nachkommen aufgefordert oder ein Schiff in Richtung Port Rabaul bestiegen, um sie nachzuholen. Wann immer ihnen ein entgegenkommender Dampfer begegnete, überlegte sie, ob Henning sich darauf befand, ob er vielleicht gerade in diesem Moment zu ihrem Schiff herübersah und ähnliche Gedanken hegte. Das waren die einzigen Gelegenheiten während der Reise, bei denen sie lächelte. Wenn sie spürte, wie sich ihre Lippen in die Breite zogen, berührte sie ihren Mund wie etwas, das sie im Gedächtnis behalten wollte. Alles andere verging. Küsten zogen vorüber, ohne dass Elsa am nächsten Morgen noch hätte sagen können, wie sie ausgesehen hatten. An die Bordgäste, denen sie am Vortag höflich zugenickt hatte, konnte sie sich tags darauf schon nicht mehr erinnern. Welches Kleid sie trug, was sie aß, wo das Schiff sich gerade befand, wie das Wetter war, das alles war ihr gleichgültig.

Oft wurde ihr schlecht, allerdings nicht wegen der Seereise. Sie war mit dem Meer aufgewachsen, es war etwas Gutes, Vertrautes und zudem Teil ihres väterlichen Erbes. Die Schwangerschaft schickte vielmehr die ersten wenig wohlmeinenden Vorboten. Wenige Tage später, nach einer Untersuchung beim Schiffsarzt, bestand kein Zweifel mehr: Sie erwartete ein Kind.

In Portsmouth angekommen, stieg Elsa auf einen Dampfer nach Bremerhaven um. Im Spiegel erblickte sie das Antlitz einer den Drogen verfallenen, todgeweihten Frau, obwohl sie weder Alkohol trank noch schwer erkrankt war. Sie aß jedoch fast nichts mehr, und sowohl die Enge der Kabine als auch die Menschen an Deck waren ihr zunehmend unerträglich. Egal wo sie sich befand, ständig vermischten sich die von der Schwangerschaft und die vom Kopf verursachte Übelkeit.

Je mehr sie sich der deutschen Küste näherten, desto größer war Elsas Nervosität. Als Bremerhaven in Sicht kam, steigerte sie sich bis an den Rand einer Panik, bei der Vorstellung, ihren Schwiegereltern zu begegnen. Diese Leute hatten ihren Sohn dazu gebracht, seine Frau zu verlassen – wie würden sie ihr wohl entgegentreten? Elsa tat alles, was sie für erforderlich hielt, um ja einen positiven Eindruck zu machen. Sie wählte das dezenteste Kleid aus, gab sich viel Mühe mit ihrer Frisur, verzichtete auf alle Attribute, die sich mit der Südsee in Verbindung bringen ließen, und suchte in Bremen zunächst ein Hutgeschäft auf. Hüte waren das Einzige, was Titus Warwick ihr nicht eingepackt hatte.

Warwick, Max, Samoa – das alles war mit einem Mal weit weg. Mehr noch, es wurde geradezu unwirklich, als Elsa vor dem imposanten Stadthaus der Familie Matthes stand. Es war ein nebliger Tag Ende Februar, und die oberste Spitze des Treppengiebels war nicht zu sehen.

Dies also war Hennings Heimat und zugleich die Heimat von Elsas Vater. Rote Backsteinfassaden, kahle Bäume, ein paar schwarze Vögel. Elsa hatte gelernt, dass es Raben waren, und wusste auch, dass es sich bei den kleinen Blumen, die im Vorgarten den winterharten Boden durchbrachen, um Schneeglöckchen und Krokusse handelte. Ebenso dass das Stadtbild Bremens stark von Reihenhäusern englischen Vorbilds geprägt war. Dass es den Begriff der Weserrenaissance gab, die an die Blüte der Hansestadt erinnerte.

Tief atmete sie die kalte Luft ein, die nach gar nichts roch, und sie fror. Vom Frieren hatte sie bisher nur gelesen. Diese Kälte hatte einst ihr Vater gespürt, ebenso hatte er diese Luft gerochen, diese Stadt durchschritten.

Elsa kam langsam zur Ruhe. Einige Passanten grüßten sie im Vorbeigehen höflich, wenngleich sie sie neugierig betrachteten. Zwei Mädchen malten Quadrate auf das Pflaster und sprangen abwechselnd mit einem und mit zwei Beinen darauf herum. Ein Junge fragte Elsa vom Nachbarzaun aus: »Warum bist du so braun? Warst du zu lange in der Sonne?« Sie redete ein paar Sätze mit ihm und bekam ein Bonbon geschenkt. Ein älterer Herr sprach sie an und wollte wissen, ob sie von den ehemaligen Kolonien komme? Er war zur See gefahren, kannte Samoa und bestätigte ihr die Schönheit ihrer Heimat und der dort lebenden Menschen, bevor er wieder seines Weges ging.

Die Leute waren friedlich und ihr wohlgesonnen, daher hatte sie nichts zu befürchten. Elsa sprach ihre Sprache, wusste alles über ihre Kultur und konnte sie für sich einnehmen. Während sie sich dies wie einen Zauberspruch einbläute, drückte sie auf die elektrische Türklingel, die ein so ungewohntes Geräusch machte, dass Elsa auflachte.

Wie konnte Max glauben, dass sie hier nicht willkommen sein würde? Beinahe hätte er sie noch überzeugt!

Ein betagter Hausdiener öffnete ihr, und endlich konnte Elsa sagen, worauf sie sich seit ihrer Hochzeit freute.

»Guten Tag, Sie müssen Nolte sein. Henning hat mir schon viel von Ihnen erzählt. Er verehrt Sie als Institution dieses Hauses. Ich bin Elsa Matthes, Hennings Frau.«

Schwiegertochter auf Probe

Bente Matthes war eine kleine, füllige Frau von sechzig Jahren, die ein viel zu enges Kleid trug, welches längst aus der Mode gekommen war. Sie schnaufte bei der kleinsten Bewegung, und was auch immer sie sagte, man hätte es ihr am liebsten erspart, denn es hörte sich gequält an. Elsa traute sich kaum, ihr Fragen zu stellen. Beim Tee berichtete sie ihrer schweratmigen Schwiegermutter stattdessen von der Reise, wobei sie die Überfahrt beschönigte, sie lobte das herrliche Bremen und hörte selbst dann nicht auf zu reden, als sie das Gefühl hatte, ein Selbstgespräch zu führen.

»Sie dürften bald zurück sein«, murmelte die Hausherrin, sobald Elsa ihre Suada unterbrach, um einen Schluck Tee zu trinken. Bente Matthes hatte mit ihrem Mann im Handelskontor telefoniert und hielt sich seither an diesem einen Satz wie an einem Evangelium fest, das ihr in der Überforderung Trost spendete.

»Henning und sein Vater, sie müssen jeden Moment hier sein.«

Elsa konnte sich über der Behandlung durch ihre Schwiegermutter nicht beklagen. Sie wurde im schönsten Salon mit Tee und Gebäck bewirtet und mit ihrem Vornamen angesprochen, wenngleich gesiezt, was gute hanseatische Tradition war. Jede Schwiegertochter wäre von den Eltern ihres Mannes beim ersten Kennenlernen so empfangen worden. Elsa wiederum gab sich größte Mühe, jene Schwiegertochter zu sein, von der sie glaubte, dass Bente Matthes sie sich für ihren Sohn wünschte. Geschickt hantierte sie mit dem Teegeschirr, als sie mit Billigung der leicht zittrigen Hausherrin das Eingießen übernahm, sie flocht einige bremische Ausdrücke in die Unterhaltung ein und erkannte sogar den Klaben, ein für die Hansestadt typisches Gebäck, was bei der Bremerin sichtlich Erstaunen auslöste.

»Ich habe Henning sehr vermisst«, sagte Elsa, um ein wenig persönlicher zu werden, weshalb sie es auch ganz bewusst unterließ, auf die Umstände der plötzlichen Trennung einzugehen. »Und ich weiß, dass es ihm genauso ergangen ist. Er ist ein so guter Mann.«

Welche Mutter hörte so etwas nicht gerne? Bente Matthes lächelte zum ersten Mal, seit sie ihre Schwiegertochter begrüßt hatte. Ihr Lächeln wurde jedoch auf eine harte Probe gestellt, als Elsa hinzufügte: »Ich liebe ihn wirklich sehr, und ich bin überglücklich, Ihnen mitteilen zu können, dass ich guter Hoffnung bin.«

Bente Matthes schien sich nicht sicher zu sein, ob die Nachricht von ihrem ersten Enkelkind sie in helle Begeisterung oder erneute Verwirrung stürzen sollte, jedenfalls schwankte ihr Gesichtsausdruck stark zwischen diesen beiden Möglichkeiten. Als sie die Türglocke hörte, rief sie erlöst: »Da sind sie. Ich wusste es doch.«

Mühevoll erhob sie sich und eilte zur Eingangshalle, vielmehr versuchte sie es, denn mit ihren Trippelschritten kam sie nicht weit. Bevor sie ihrem Mann die Neuigkeit von Elsas Schwangerschaft überbringen konnte, war er bereits in den Salon eingetreten.

Bei seinem Anblick, dem breiten Mund, der Zunge, die auf den Lippen spielte, und den großen Knopfaugen, mit denen er Elsa fixierte, musste sie unwillkürlich an einen Waran denken. Alfons Matthes war genauso massig wie seine Frau, was ihn jedoch nicht von ausschweifenden Bewegungen abhielt. Im Gegenteil, der große Mann schritt kräftig aus, während seine kleine Gattin hinterhertrippelte.

»So«, sagte er, wobei er die Arme in die Hüften stemmte, »Sie sind also Elsa Fa'alua Jensen?«

Elsa nickte, korrigierte ihn jedoch sanft: »Prinzessin Elsa Fa'alua Matthes. Ich trage jeden einzelnen dieser Namen voller Stolz und Würde.«

Es war schwer, einen Mann wie Alfons Matthes zu beeindrucken, der ein traditionsreiches Unternehmen sein Eigen nannte. Und eine Frau hatte es erst recht schwer bei ihm. Dennoch gelang es Elsa, indem sie die Augen demütig niederschlug, während sie aufrecht stehen blieb und ihrer Stimme einen festen Klang verlieh.

»So, so, Sie wissen offenbar, was Stolz und Würde sind. Das ist ja schon mal nicht schlecht. Deswegen haben wir Deutschen uns auch immer so gut mit den Samoanern verstanden. Habe gehört, wir waren dort zu Kolonialzeiten recht beliebt, das können wir ja nicht von allen unseren Kolonien behaupten.«

»Das ist wahr, die Samoaner haben …«

»Hören Sie, Elsa, ich bin kein Mann vieler Worte, daher will ich frei heraus mit Ihnen reden. Erstens: Henning hat mir gesagt, dass Sie mit seinen Schulden nichts zu tun hatten, sondern vielmehr versucht haben, ihn zur Vernunft zu bringen. Das rechne ich Ihnen hoch an.«

»Danke, ich …«

»Zweitens: Henning ist vor einigen Wochen völlig durcheinander hier angekommen, und Ihr Eintreffen hat ihn erneut verstört. Ich habe ihn soeben nach England geschickt, er sitzt bereits im Zug nach Calais.«

»Wohin nach England?«, fragte sie enttäuscht.

»Einfach nach England. Ich will nicht, dass er und Sie sich wiedersehen … jedenfalls nicht im Moment.«

»Aber …«

»Drittens: Sie werden eine gewisse Zeit in diesem Haus leben, sagen wir zwei, drei Wochen, bis wir uns ein Bild von Ihnen gemacht haben. Meine Frau erklärt Ihnen die Hausregeln, an die Sie sich bitte halten werden. Ich gebe zu, dass mein erster Eindruck von Ihnen positiv ist, außerdem zolle ich Ihnen Anerkennung für Ihren Mut, die weite Reise auf sich genommen zu haben. Sie sind hübsch und kleiden sich passabel, nicht zu protzig und nicht zu schlicht. Trotzdem bleibe ich vorerst auf dem Standpunkt, dass diese überstürzt geschlossene Ehe eine Mesalliance ist, und zwar aus vielerlei Gründen, die ich Ihnen im Einzelnen ersparen möchte.«

»Sie ist schwanger«, warf seine Frau ein.

»Schwanger? Ist das wahr?« Er seufzte, wie er es wohl auch bei einem neuen Problem an seinem Schreibtisch getan hätte. »Gut, wir werden das bei unseren Überlegungen berücksichtigen. Und nun entschuldigen Sie mich bitte, Elsa, meine Geschäfte warten.«

Damit wandte der Waran sich ab, drehte sich an der Tür aber noch einmal um. Er deutete doch tatsächlich eine Verbeugung und ein Lächeln an, als er sagte: »Willkommen im Hause Matthes.«

Elsa war zwar traurig, weiterhin von Henning getrennt zu sein, aber wenn sie es recht bedachte, hätte es weit schlechter für sie laufen können. Sie musste lediglich drei Wochen überstehen, in denen sie sich von ihrer besten Seite zeigen würde, und der Alptraum hätte ein Ende.

Ihre Schwiegereltern waren vernünftige Leute, und so jemanden nahm man am besten für sich ein, indem man ihm die Argumente stahl. Die Ehe war ohne das Einverständnis der beiden geschlossen worden, was sie gekränkt hatte, und Elsa ließ bei mehreren Gelegenheiten durchblicken, dass sie dafür großes Verständnis hatte.

Fieberhaft überlegte Elsa, was darüber hinaus gegen sie als Schwiegertochter sprach. Sie war nicht vermögend, die zehntausend Pfund Mitgift waren lächerlich, wenn man bedachte, dass eine Bremerin aus gutem Hause mühelos das Zehnfache mit in die Ehe gebracht hätte. Dafür besaß sie ein anderes Vermögen, das jeden Kaufmann beeindruckte: Beziehungen.

Alfons Matthes hatte vor dem Krieg viel Geld mit der Südsee verdient und danach auf andere, weit weniger lukrative Märkte ausweichen müssen. Er hatte Henning in den Pazifik geschickt, um neue Handelsbeziehungen zu knüpfen, und damit kam sie ins Spiel. Richtig eingesetzt, war eine königliche Samoanerin als Schwiegertochter ein entscheidender Vorteil, sozusagen der Fuß in der Tür. Der Reeder Matthes zeigte so, dass er Polynesier, Melanesier und Mikronesier als gleichwertig betrachtete, eine starke Aussage in einer Zeit, in der die Europäer, Amerikaner, Australier und Neuseeländer den pazifischen Völkern immer noch Vorschriften machten. Mehr noch, er konnte sogar sagen: Seht her, einer meiner Kapitäne hat einst mit einer Samoanerin ein Mädchen in die Welt gesetzt, und ich habe mich ihrer angenommen, buchstäblich wie ein Vater. Es machte Elsa nichts aus, instrumentalisiert zu werden, sie war jetzt eine Matthes und somit der Familie verpflichtet. Also ließ sie dann und wann geschickt durchblicken, wie sie ihrem Schwiegervater von Nutzen sein konnte.

Am schwersten fiel Elsa die Unterwerfung unter das, was Bente Matthes »die Prozedur« nannte. Besagte Prozedur begann bereits mit der Morgentoilette. Die Schwiegermutter riet Elsa dringend an, Gesicht und Hände hell zu pudern, aber bitte nicht so, dass es künstlich wirke. Dunkelroter Lippenstift war selbstverständlich verpönt.

»Nur gewisse Frauen legen eine solche Farbe auf«, hieß es.

Unter die Prozedur fielen unter anderem auch die Mahlzeiten. Einmal, als Elsa Mühe hatte, dass der Puder auf der Stirn hielt und daher etwas spät dran war, hörte sie durch die geöffnete Tür, wie ihre Schwiegereltern am unteren Ende der Treppe miteinander sprachen.

»Elsa ist noch nicht da«, sagte Bente.

Die Taschenuhr des Hausherrn klimperte. »Muss sie auch nicht. Sie hat noch genau fünfzehn Sekunden bis acht. Sonst …«

Elsa stürmte aus ihrem Zimmer und nahm mit dem achten Glockenschlag am Frühstückstisch Platz, der ihr beinahe zum Verhängnis geworden wäre.

Gesprochen wurde während der Mahlzeiten nur wenig. Alfons Matthes mochte in Ruhe essen, und erst wenn er das Wort an seine Frau richtete, kam es zu so etwas Ähnlichem wie einer Unterhaltung. Man hätte allerdings im Sitzen einschlafen können bei dem, was das Ehepaar miteinander redete. Ausführliche Gespräche führte Bente eigentlich nur mit ihrem Papagei, der immerzu in seinem Käfig hockte. Zwar war sie, da Alfons ihr eine Anleitung zum richtigen Umgang mit dem Gast gegeben hatte, nicht mehr so nervös wie bei der ersten Begegnung, trotzdem spürte Elsa, dass sie eher so etwas wie ein zweiter Papagei war, mit dem die Hausherrin jedoch fremdelte.

Um vierzehn Uhr ging Bente üblicherweise spazieren, allerdings nur, wenn weder Niederschlag drohte noch Nebel die Sicht trübte, was in den zwanzig Tagen ihrer Anwesenheit genau viermal vorkam. Elsa begleitete sie nur zu gern, denn das Haus zu verlassen war ihre einzige Ablenkung. Die schweratmige Bente hielt es jedoch schon für einen Höhepunkt, durch drei, vier Straßen zu flanieren, um sich »mal sehen zu lassen«, und schon saß sie wieder auf dem Sessel vor dem Radio. Abgesehen von dem Papagei waren Wunschkonzerte ihr ganzes Glück.

An den anderen Tagen war Elsa allein unterwegs, was ihr im Grunde viel lieber war. Endlich begann sie, jene Welt, die für sie vorgesehen war, zu erforschen und zu erfassen.

Als Erstes bemerkte sie die Stille, die es so auf den pazifischen Inseln nicht gab. Dort rauschte wenigstens der Passat, meistens erfüllte Gezwitscher die Luft, auch nachts sangen manche Tiere, und alles zeugte von Leben. Die Stille des vornehmen Stadtviertels hatte etwas Melancholisches an sich, ebenso wie die seltsam dumpfe Helligkeit, dieses austernfarbene Licht, das es in der Südsee nicht gab. Die Weser spiegelte das Grau des Himmels wider, wie geschmolzener und dennoch kalter Stahl strömte sie durch die Stadt, auch sie geräuschlos.

Die älteren Bremer waren Elsa durchaus zugetan, sie bemerkten ihre Andersartigkeit, ohne sich daran zu stören. Allerdings waren die Hanseaten nicht gerade für ihre Überschwänglichkeit berühmt, weshalb es nie zu einem fröhlichen Beisammensein kam, nicht mal in dem Kaffeehaus, das Elsa fast täglich aufsuchte. Von dort aus beobachtete sie eines Tags eine Parade junger Männer in braunen Hemden, die eine merkwürdige Fahne vor sich hertrugen. Einige der Vorbeimarschierenden bedachten Elsa mit finsteren Blicken. Nur wenige Tage später teilte ihr der Wirt mit, sie sei ihm jederzeit willkommen, aber er meine es nur gut, wenn er ihr empfehle, sich bei ihm nicht mehr blicken zu lassen. Seit zwei Monaten sei eben nichts mehr wie früher, auch im weltoffenen Bremen nicht.

Elsa ging auch weiterhin spazieren und besuchte trotz der Warnung das Kaffeehaus. Wenn sie nur beharrlich genug bliebe, so glaubte sie, dann würden sich schon ein paar fröhliche Freunde finden, durch die die Luft wärmer und das Licht heller würden. Sie ertappte sich dabei, nach der Farbe Blau zu suchen. Beinahe beschwörend blickte sie abwechselnd in den Fluss und in den Himmel. Sie kaufte entsprechende Kleider und Schals, strich über den Stoff, schloss die Augen und stellte sich den Pazifik vor. Bereits ein aus dem Winterschlaf erwachtes Eichhörnchen oder ein Schwarm einfliegender Stare bereiteten ihr Vergnügen, das jedoch keiner mit ihr teilte. Um Gelächter zu hören, musste sie schon auf einen Spielplatz oder Schulhof gehen. Dabei musste sie immer an das Kind denken, das sie in sich trug. Dass es in einigen Jahren dieselben Orte aufsuchen, eine anständige Ausbildung machen, eine feste Heimat haben würde. Es sollte eine bessere Kindheit und Jugend genießen als sie und ohne die innere Zerrissenheit aufwachsen, unter der sie noch immer litt. Mit ganzer Kraft versuchte sie sich zu Hause zu fühlen, für das Kind, für Henning, für ihre Schwiegereltern – und für ihren Vater.

Während Elsa am achtzehnten Tag gedankenversunken im Kaffeehaus saß, ging ein leichter Regenschauer nieder. Ausgerechnet darin entdeckte sie endlich eine Gemeinsamkeit mit der Südsee, die Erinnerung an das Prasseln des Monsuns, jenes friedliche, sonore Rauschen, das einen in Träumen und durch den Tag begleitete. Einer Schlafwandlerin gleich, trat Elsa ins Freie. Die Kälte des Regens nahm sie kaum wahr, auch nicht die Nässe, sondern einzig die Melodie. Sie war zugleich unerklärlich schwer und unsagbar leicht, ein Requiem, und sie war wie die Brandung, die weiße Gischt, die die Atolle überspülte.

Als der Schauer nach einigen Minuten nachließ, war Elsa völlig durchnässt. Die Leute hinter der Fensterscheibe des Kaffeehauses starrten sie an, ebenso zwei Halbwüchsige im braunen Hemd, die sich auf der anderen Straßenseite in einem Hauseingang untergestellt hatten.

Der Wirt murmelte ihr gutmütig zu: »Bremen ist nichts für Sie. Kehren Sie zurück.«

Ähnliches, wenngleich mit anderem Zungenschlag, riefen ihr die beiden Jungen nach, als sie sich auf den Nachhauseweg machte. »Geh dahin zurück, wo du hergekommen bist.«

Der große Irrtum

Am Morgen des zweiundzwanzigsten Tages, einem Sonntag, ließen die Schwiegereltern Elsa noch vor dem Frühstück zu sich in den Salon rufen. Sie waren für den Kirchgang fein gekleidet, und Elsa hoffte auf die Aufforderung, sie zu begleiten. Es wäre das erste Mal, dass sie mit ihnen zusammen einem öffentlichen Ereignis beiwohnen durfte, was einer Einführung in die Gesellschaft gleichkam. Die freundlichen Gesichter der beiden, als Elsa eintrat, nahmen ihr jegliche Nervosität.

Bente verteilte Kaffee, und als sie damit fertig war, sagte Alfons: »Bitte, Elsa, setz dich.«

Er lächelte gütig, als sie seiner Aufforderung nachkam, und hob umgehend an: »Ich habe gute Neuigkeiten, mein Kind. Es ist alles geregelt. Zunächst einmal will ich Ihnen aber meinen Dank aussprechen. Sie haben sich hier wirklich sehr gut eingefügt. Von dem einen ungewöhnlichen Vorfall vor dem Kaffeehaus, der uns zu Ohren gekommen ist, einmal abgesehen, könnte man meinen, Sie lebten seit Jahr und Tag in Bremen.«

»Vielen Dank, Vater«, sagte sie.

Er räusperte sich. »Für Hennings Kind, so es denn glücklich zur Welt kommt, wovon wir alle ausgehen, habe ich eine Leibrente von einhundert Pfund monatlich verfügt, die sich in mehreren Abständen auf bis zu zweihundert erhöhen wird. Und für Sie ist noch einmal dieselbe Summe festgesetzt. Sie sehen, Sie werden gut versorgt. Mit dem Geld können Sie dem Knaben, so es denn einer wird, wovon wir alle ausgehen, eine anständige, wenn auch nicht übertrieben teure Ausbildung ermöglichen. In der Südsee wird diese mit Sicherheit kostengünstiger zu haben sein als bei uns. Falls es doch ein Mädchen wird … umso besser, dann senken sich die Ausbildungskosten um …«

»In der Südsee? Sie wollen, dass ich …«

»Sie können unmöglich hierbleiben, mein Kind, beim besten Willen nicht.«

Bente ergriff ihre Hand. »Wir meinen es doch nur gut mit Ihnen, sehen Sie das denn nicht?«

»Nein!«, rief Elsa.

»Ich bin kein Freund langer Debatten«, sagte Alfons. »Kurz und knapp: Deutschland ist nicht Ihr Heimatland, Bremen nicht Ihre Stadt. Sie gehören nicht hierher, Sie würden sich hier nicht wohlfühlen und weder sich noch uns noch Henning einen Gefallen tun. So einfach ist das.«

»Sie haben doch eben selbst gesagt, ich hätte mich hervorragend eingelebt.«

»Das stimmt, allerdings …« Er zögerte, griff nach dem weißen Taschentuch, das ihm aus dem Anzug quoll, und tupfte sich damit über die Stirn.

»Sag ihr das mit den Affen«, drängte Bente.

»Ach, lass das doch jetzt«, maulte Alfons.

»Nun sag es ihr schon.« Sie wandte sich Elsa zu. »Mein Mann hat mir alles erklärt. Das mit Ihnen ist wie mit einem dressierten Affen, mein Kind. Der bleibt trotzdem ein Affe, auch wenn er noch so tolle Kunststücke beherrscht.«

Elsa versagte die Stimme, und Alfons nutzte ihre Fassungslosigkeit, um einschränkend hinzuzufügen: »Wir denken nicht schlecht über Sie, mein Kind. Wir folgen auch keineswegs der vorübergehenden Mode des aufkommenden Nationalsozialismus. Mit diesem Menschenbild machen wir uns nicht gemein. In keiner Weise. Allerdings … der Reichstag hat gebrannt, überall kommt es zu Verhaftungen, es sind sogar ganz normale Leute darunter, Professoren, Gewerkschaftler, Kaufleute. In einem solchen Umfeld können Sie Henning keine Ehe mit einer braunen Frau zumuten.«

»Aber … ich bin nun mal Hennings Frau. Wir könnten woanders leben, bis die Mode dieses National… Wie haben Sie das genannt?«

»Lesen Sie das hier!« Alfons Matthes drückte Elsa ein Dokument in die Hand.

»Ich … verstehe das nicht. Was ist das?«

»Ihre Ehe mit Henning wurde annulliert. Nach deutschem Recht ist sie nichtig, da es zahlreiche Formfehler gab. Deutsche Gerichte sehen bei so etwas in letzter Zeit ganz genau hin, vor allem wenn es um Ehen mit …«

»Mit Affen geht, meinen Sie das?«

Eine bedrückende Stille kehrte ein, in der Elsas Stolz aufkeimte. Dann ging alles sehr schnell. Binnen Sekunden sah sie die Welt mit anderen Augen. Bemüht hatte sie sich, sogar angebiedert und bis zur Verleugnung gedemütigt. Und wie wurde es ihr vergolten? Mit Verachtung. Denjenigen, die so dachten, schleuderte sie nun dieselbe Verachtung vor die Füße.

»Ob es Ihnen und den anderen Deutschen passt oder nicht: Ich bin und bleibe Hennings Frau, wenn nicht nach

Ihrem Recht, so doch nach dem der übrigen Welt, die immerhin nicht ganz unbeträchtlich ist. Unsere Ehe wurde im australischen Mandatsgebiet geschlossen.«

Alfons Matthes holte ein zweites Dokument hervor. »Sie irren sich. Die Ehe hätte vom australischen Gouverneur in Neubritannien genehmigt werden müssen. Dies und eine gewisse Gebühr reichten aus, um Ihre Eheschließung mit Henning für ungültig erklären zu lassen. Schade, mein Kind, dass es im Unfrieden geschehen musste, aber … Sie sind seit zwei Tagen eine ledige Frau.«

Plötzlich erwachte eine andere Frau in Elsa, eine Frau, die sie bisher nicht kannte, mit dunklen, harten Gedanken. Alfons und Bente, diese beiden vernünftigen, braven, ehrenwerten Menschen hatten Elsa hinterrücks abserviert, während sie sich auf alle ihre Bedingungen eingelassen hatte. Sie hatte ihre Lippen zartrosa geschminkt, Bentes Unterhaltungen mit dem Papagei sowie Wunschkonzerten gelauscht und sterbenslangweilige Abendessen in einer erdrückend biederen Portweinatmosphäre ertragen. Und wie vergolten es ihr diese Leute? Kurz vor dem Kirchgang entledigten sie sich schnell noch des Äffchens.

Eine letzte Frage blieb offen. Eigentlich kannte Elsa die Antwort längst, sie wollte sie dennoch hören, damit sie sich ihr ins Gedächtnis einbrannte.

»Was sagt Henning zu all dem?«

Alfons wandte sich ab. »Das ist dein Part, Bente.«

Die Angesprochene übergab Elsa einen Brief, in dem stand: »Ich war verliebt in dich, aber ich habe dich nie geliebt. Es war alles ein großer Irrtum. Lebe wohl.«

Dem Schreiben lag die Muskatnuss bei, die sie ihm bei

ihrer Hochzeit geschenkt hatte. Die ewige Liebe hatte keine zwei Jahre gedauert.

Elsa seufzte. »Seine Briefe sind nicht länger als seine Telegramme.«

Nichtsdestotrotz: Sein feiger Brief enthielt eine Wahrheit, die er gar nicht begriff und die erst zum Vorschein kam, wenn Elsa sie auf sich selbst anwandte: Es war alles ein großer Irrtum. Seit sie denken konnte, hatte sie sich nach Deutschland gesehnt, nach Europa, nach Zugehörigkeit und Anerkennung, nach Liebe. Als sie nach Jahren des Anhimmelns endlich nach dem Stern gegriffen hatte, da hatte er ihr ein Stigma eingebrannt.

Elsa rieb ihre Handfläche. Sie hatte geliebt. Es war ein Irrtum. Es war vorbei. Wie schnell sie diese Tatsache begriff! Vermutlich, weil sie es die ganze Zeit schon geahnt hatte.

Sie erhob sich. »Erstens: Ich reise noch in dieser Stunde ab. Sie werden mich und das Kind nie wieder zu Gesicht bekommen. Zweitens: Sollten Sie oder Henning es wagen, mir zu schreiben, werde ich die Briefe ungelesen verbrennen. Drittens: Mit Ihrem Geld würde dasselbe passieren. Ich will es nicht. Von jetzt an haben wir nichts mehr miteinander zu tun.«

Entschlossen schritt sie zur Tür. Ihre Augen flackerten, als sie sich noch einmal umwandte und Bente etwas zuwarf.

»Reiben Sie die Muskatnuss in den nächsten Kartoffeleintopf, wenn Sie wollen.«

Die Fähre nach Portsmouth ächzte wie Sisyphos. Ihr schwermütiges Dahinkriechen über das Meer, der schaukelnde Rumpf, der trotzig rumpelnde Schornstein und die launische Maschine, die mal polterte und mal lethargisch aussetzte, fanden eine Entsprechung in Elsas schnell wechselnden Stimmungen. Den Augenblick, als die deutsche Küste entschwand, verpasste sie wegen einer ölverschmierten und offensichtlich flugunfähigen Möwe, die sich auf der Reling am Heck festkrallte. Fast eine Stunde lang redete Elsa mit dem Vogel, warf ihm Brotkrumen zu und versuchte, ihn sanft zu ergreifen, um ihn vom Personal reinigen zu lassen. In der Abenddämmerung dann, ganz plötzlich und ohne dass Elsa eine Bewegung gemacht hatte, ließ sich die Möwe fallen, einfach so, ohne einen Ruf oder ein letztes Schreien. Sie versuchte noch, ihre verklumpten Flügel auszubreiten und stürzte ins Meer, wo sie in den Strudeln versank.

Elsa konnte die Tränen nicht zurückhalten. Zuerst dachte sie, sie würde um den Vogel weinen, aber dann merkte sie, dass sie um ihr Leben weinte. Der Panzer aus Stolz, der sie bislang vor den ärgsten Gefühlen geschützt hatte, hielt den Tiefschlägen nicht länger stand.

Die von den Schiffsschrauben aufgewirbelte Gischt leuchtete hellweiß im Mondlicht. Es wäre so leicht …

Mach es wie die Möwe, sagte Elsa sich. Lass dich einfach fallen, jetzt, ohne einen Laut. Dann hast du es hinter dir, und alles ist weg, der Schmerz, die Schande, die Demütigung, die Heimatlosigkeit. Was hält dich noch auf dieser Welt?

Das Kind gewiss nicht. Noch spürte sie keine echte Beziehung zu dem Leben, das in ihr heranwuchs, sie nahm es ihm sogar ein wenig übel, dass es ihr die Entscheidung erschwerte. Was konnte sie ihm schon bieten? Wo würden sie leben? Eine ledige, schwangere Frau, ein Mischling mit einem Mischlingskind, eine ewig Verstoßene seit der Kindheit und bis in alle Zukunft. Verstoßen als Samoanerin, als Ehefrau, als Deutsche.

Es war wie ein Herantasten an den Tod, als sie einen Fuß auf die unterste Stange des Geländers stellte. Ein Zittern ging durch ihren Körper wie durch ein Blatt, das sich, vom Wind erfasst, loslöst von dem, was es gehalten hat.

Vielleicht hätte sie das Geld doch annehmen sollen, die tägliche Banane für das Äffchen. Sie hatte es nicht getan, und nun war es zu spät. Bei Alfons und Henning betteln, das kam nicht infrage. Es war besser, in Würde zu sterben, als von der Fütterung zu leben.

Sie hob den Fuß auf die nächste Stange. Seltsamerweise ängstigte sie die Kälte des Wassers mehr als das Ertrinken.

Vor einem Jahr hatte das ganze Leben noch vor ihr gelegen, jetzt war es vorüber. Ein Jahr. So lange, wie Schmetterlinge leben. Die blauen Schmetterlinge ihrer Heimat.

Sie beugte sich über die Reling. Das schwarze Wasser sprudelte wild auf.

»Das habe ich auch schon versucht«, sagte jemand.

Elsa fuhr herum.

Vor ihr stand ein junger Mann mit einer Zigarette – weißer Smoking, dunkelhaarig, Seitenscheitel, nett anzusehen, ohne besondere Merkmale.

»Die Schiffsschrauben«, sagte er auf Englisch mit einem leichten amerikanischen Akzent. »Ich habe sie mit Blicken fixiert, um sie anzutreiben. Aber es funktioniert nicht. Wir werden morgen viel zu spät in Portsmouth ankommen.«

»So«, sagte Elsa geistesabwesend.

»Ja …« Er war sichtlich bemüht, ein Gespräch zu beginnen. »Sie sollten vorsichtig sein. Man kippt schnell mal über die Reling.«

Elsa nahm sich zusammen. Dabei war ihr so elend zumute, dass sie am liebsten losgeschrien hätte.

»Sie verstehen mich, oder?«, fragte er. »Englisch, meine ich. Sie verstehen doch Englisch, nicht wahr? Ihrem Aussehen nach … Natürlich könnten Sie auch aus Französisch-Polynesien stammen. Mein Französisch ist leider nicht das beste. Aber Sie könnten mir helfen, es zu perfektionieren. Ich nehme an, wir steigen beide in Portsmouth um und müssen dann erst mal in dieselbe Richtung. Ich will nämlich nach Ägypten, wo ich …«

Elsa ging ohne ein Wort, ohne einen Blick an ihm vorbei.

»Darf ich mich vorstellen«, rief er ihr nach. »Ich heiße …«

Die Samoanerin verschwand im Bauch des Schiffes. Im Nachhinein wusste sie nicht mehr, wie sie ihre Kabine gefunden hatte, denn zunächst verlief sie sich und irrte umher. Das Erste, woran sie sich nach der Begegnung mit dem Amerikaner erinnerte, war der Moment, als sie das Kästchen aufschloss, das ihr Titus Warwick mitgegeben hatte. Die ganze Zeit über hatten sich die Chambermaids, Diener und Gepäckträger darum gekümmert, und so war es mit ihr gereist, ohne dass sie es noch einmal angefasst hatte. Es war ihr quasi gefolgt.

Obenauf lag ein Briefbogen. »Für alle Fälle. Man kann schließlich nie wissen« stand darauf, darunter die Initialen TCW. Es folgte eine Gebrauchsanleitung für die Opiumpfeife.

Eine halbe Stunde später ließen Elsas Leiden nach. Es

war, als lösten sie sich auf wie Tabletten im Wasser – sie waren zwar noch vorhanden, mit den Sinnen jedoch nicht mehr zu erfassen. An diesem Abend schloss sich Elsa in der Kabine ein, bis sie gegen Mittag des nächsten Tages in Portsmouth ankamen. Sie ließ niemanden zu sich.

Aus dem Leben der Schmetterlinge

In den drei Tagen, bis die »Pitcairn«, ein Passagierdampfer mittlerer Größe, in See stechen würde, wohnte Elsa in einem Hotel in Portsmouth. Als sie am Morgen des zweiten Tages erwachte, überfiel sie erneut plötzlich die Angst, das Leben künftig ohne Henning verbringen zu müssen. Ihr fiel ein, dass sein Vater ihn in dieses Land geschickt hatte, und allen Ernstes spielte sie mit dem Gedanken, nach ihm zu suchen. Gewiss, er konnte überall sein. Aber wahrscheinlich hielt er sich eher im Süden auf, in der Nähe der Fährhäfen. Oder in London, wo es einen Flughafen gab. Sie könnte einen Privatdetektiv beauftragen …

Elsa ertrug die Vorstellung nicht, Henning nie wiederzusehen, nicht einmal ein letztes Mal. Er war für sie so etwas wie ein Geist geworden. Vor vielen Monaten war sie morgens aufgewacht, und der Platz neben ihr war leer gewesen. Henning hatte ihr damals etwas genommen, worauf sie einen Anspruch zu haben glaubte. Was es war? Sie konnte es sich selbst nur unzureichend erklären: Henning hatte ihr den Abschied genommen, den Schlussstrich. Ihr Mann war einfach verschwunden, so als hätte sie ihn nur geträumt.

Rückblickend war für Elsa die Reise nach Deutschland, ohne dass sie es sich damals eingestanden hätte, das Gleiche gewesen: die Suche nach einem Ende. Einem richtigen Ende. Einem Schnitt, der wehtat, aber wenigstens zu spüren war, anders als das geisterhafte gleichzeitige Dasein und Fortsein jenes Mannes, auf den sie ihre Zukunft gebaut hatte.

Selbst das hatte man ihr genommen, das Allergeringste. Henning blieb der Geist, zu dem er in Vandervalts Haus geworden war. Anfangs trennte ihn ein ganzer Globus von Elsa, nun wohnte er vielleicht nur einen Steinwurf weit entfernt von ihrem Hotel in Portsmouth.

Sie unternahm einen Spaziergang, bei dem sie nach jungen, blonden Männern Ausschau hielt. Als sie zurückkam, rauchte sie Opium, gab den Gedanken an die Suche auf und stellte beruhigt fest, dass Warwicks Sorgentöter mindestens noch bis Singapur reichte.

Der Ozeandampfer kam ihr vor wie eine Stadt, die erfüllt war von Lichtern und Gerüchen, von Essen und Bars, von Menschen aus fernen Ländern und vielfältigen Zerstreuungen. Wie hatte sie das auf der Hinfahrt nur übersehen können! Die »Pitcairn« war viel zu schade, um sich in der Kabine wie in einer Klosterzelle einzuschließen, daher unternahm Elsa gleich am ersten Abend eine ausgedehnte Tour durch das »Vergnügungsviertel« der schwimmenden Metropole.

Im Kasino entdeckte sie ein Gesicht, das ihr entfernt bekannt vorkam. Sie brauchte mehr als eine Minute, um sich zu erinnern, wo sie den jungen Mann schon mal gesehen hatte.

»Guten Abend«, sagte sie.

»Guten Abend. Ich habe Sie gleich erkannt, mich aber nicht getraut, Sie anzusprechen.«

»Wegen neulich auf der Fähre? Bitte entschuldigen Sie mein Benehmen. Ich war an dem Tag nicht ich selbst. Heute geht es mir viel besser. Habe ich Sie beim Roulette unterbrochen?«

»Höchstens beim Verlieren.«

»Sie sehen überhaupt nicht unglücklich aus. Ist es für Sie gut oder schlecht?«

»Weder noch. Es ist eigentlich egal.«

Knapp die Hälfte von Warwicks Geld war noch übrig. Bis Singapur würde es allemal reichen. Nur was käme dann?

»Ich habe in Romanen schon öfter über Roulette gelesen, es aber noch nie gespielt«, sagte sie. »Die Literatur ist der einzige Weg, Gefahren zu erkunden, ohne sich ihnen auszusetzen, finden Sie nicht auch?«

Er strahlte sie unsicher an, ohne etwas zu sagen.

Elsa ergänzte: »Man leidet mit den Figuren, ohne selbst zu leiden. Das ist dramatisch und komfortabel zugleich. Sobald man den Buchdeckel zuklappt, befindet man sich wieder in seinem Polstersessel.«

Da er es weiterhin vorzog, nur hübsch auszusehen, ergriff sie die Initiative und setzte hundert Pfund auf Farbe.

Er riet ihr ab.

Eine Viertelstunde später hatte sie aus den hundert Pfund zweihundertdreißig gemacht. Eine weitere halbe Stunde später ließ sie sich mit dem Amerikaner vor einem Champagnerkübel nieder. Sie erfuhr, dass er seinen kranken Onkel beerben sollte, einen Reifenhersteller, und bevor es so weit war vorher noch die Welt sehen wollte. In Alexandria wollte er aussteigen.

Am nächsten Tag aßen sie miteinander, und noch vor

Alexandria schliefen sie miteinander, ohne dass Elsa sich viel dabei gedacht hätte. Manchmal, wenn die Wirkung des Opiums nachließ, erschrak sie über sich selbst, aber eine weitere Pfeife lenkte ihre Gefühle sogleich wieder in ruhiges Fahrwasser.

Kurz vor der Einfahrt in den Indischen Ozean entdeckte Elsa endlich jenes Blau am Himmel, das sie in Europa vergeblich gesucht hatte und das sich im wie Satin schimmernden Meer widerspiegelte. Bald kamen all die anderen Farben hinzu, die Rosentöne am morgendlichen Horizont, das schweflige Abendlicht und, in weiter Ferne, die safrangelben Küsten Arabiens und Ceylons. Als endlich die ersten Delphine das Schiff eskortierten, begann Elsa ihre Kleiderkoffer auszumisten. Sie beschenkte eine vor Entzücken juchzende Chambermaid und verbrachte die meiste Zeit des Tages in leichten Musselinkleidern an Deck.

Dort lernte sie Thierry kennen, einen bezaubernden französischen Biologiestudenten, der alles über Schmetterlinge wusste.

»Thierry, Sie müssen mir helfen. Es gibt einen ganz bestimmten blauen Falter, den ich schon als Kind geliebt habe, aber keiner konnte mir je sagen, wie er heißt.«

Kein Problem, Thierry hatte ein dickes Buch dabei. Im Schatten eines weißen Schirmes neigten sie sich auf dem Sonnendeck einander zu und gingen gemeinsam die Abbildungen durch. Zwischendurch, mehr oder minder heimlich, musterte Elsa sein Profil. Irgendwann in ferner Zukunft würde sie sich an ihn zurückerinnern und jemandem von ihm erzählen: Es war im Indischen Ozean, wir saßen unter einem weißen Schirm, vom Wind umschmeichelt, als Thierry mir den Namen des blauen Schmetterlings enthüllte: *Papilio ulysses*, der Odysseusfalter. Eine Stunde später haben wir uns in seiner Kabine geliebt.

Vielleicht würde sie auch alles durcheinanderbringen. Bereits jetzt, nur eine Woche nach Alexandria, verblasste das Gesicht des Amerikaners immer mehr, und es konnte gut sein, dass sie in einem Monat Mühe hätte, sich zu erinnern, ob er Herman, Herbert oder Harold geheißen hatte.

Sie wusste sehr gut, warum sie mit ihm geschlafen hatte – nicht trotz, sondern wegen ihrer Schwangerschaft. Während sie sich liebten, war es ihr vorgekommen, als würde das Kind in ihr ein zweites Mal gezeugt, so als erhielte es eine neue Identität allein dadurch, dass ein anderer Mann in Elsas Körper eindrang. Jemand, den sie kaum kannte und nicht liebte. Ihr war es lieber, irgendein Herbert oder Thierry wäre der Vater als Henning.

Natürlich dachte sie auch an Max, an eine Rückkehr in seine Hütte. Wenn sie ihn in Samoa kennengelernt hätte, vor Henning … Ein Leben mit Max – das wären Jahre an einem pazifischen Gestade gewesen, das wäre eine Bucht, irgendwo, das Herumreisen mit einem kleinen Seesack, barfuß laufen, Tausende Menschen treffen, tausendfache Dankbarkeit bekommen, die vorüberziehenden Wale beobachten, die Füße ins Wasser halten, Liebemachen in der Strohhütte …

Doch Elsa hatte Henning kennengelernt, hatte von ihm geliebt werden wollen, hatte ihn geliebt und ihm die Muskatnuss gegeben. Es war gewesen, als hätte sich die Sehnsucht eines ganzen jungen Lebens voll auf ihn konzentriert, und nun war er verloren. Von vorne anzufangen und Max zu lieben – hatte sie dafür noch die Kraft? Nein. Sie fühlte sich aufgebraucht und leer. Sie wollte nicht mehr lieben, nicht auf diese intensive Weise.

Immer wieder gingen ihr Max' Worte beim Abschied durch den Kopf: eine freie Frau. Ja, das wollte sie von jetzt an sein. Frei. Ohne aufopfernde Liebe. Ohne die bigotten, heuchlerischen Konventionen der Gesellschaft. Ohne die weiblichen Tugenden, die ihr stets eingebläut worden waren: Hingebung, Bescheidenheit, Gehorsam, Disziplin, Rücksicht ... An all das hatte sie sich gehalten, und wie war es vergolten worden?

Elsa genoss es, mit diesen fremden Männern intim zu werden, die sie begehrten, anhimmelten. Sie war ohnehin so gut wie vogelfrei, warum sollte sie dann nicht auch die Vorteile eines solchen Daseins genießen! Eine Sünde mehr oder weniger, wer kam da noch mit ...

Die meiste Zeit war Elsa gelöst und glücklich, Warwick sei Dank. In seltenen Momenten schimmerte unter dieser Seligkeit jedoch eine grauenhafte Fratze durch. Es war die Angst vor dem, was sie erwartete, wenn die »Pitcairn« erst einmal in Singapur angelegt hatte. Am liebsten wäre Elsa für immer auf dem Schiff mit seinen unerschöpflichen Champagnervorräten um die Welt gefahren, unentwegt für den Rest des Lebens. Allerdings hatte sie wenige Tage vor dem Ziel bereits fünf Sechstel ihres Geldvorrates ausgegeben, außerdem ging das Opium zu Neige, und ihr Bauch wuchs und wuchs. Entgegen Elsas Wunsch stand die Zeit nicht still.

Ménage à quatre

»Ein Prachtweib!«, rief Titus Warwick und schüttelte sich vor Lachen über das Telegramm, das er an Paulette und Iolana weiterreichte. »Höchst frech, findet ihr nicht auch?«

»Bin in Singapur – stopp – ankomme Dienstagmittag in Simpson Harbour – stopp – Ehe annulliert – stopp – fühle mich blendend – stopp – Gung soll mich abholen – stopp – werde bleiben. Elsa Fa'alua.«

»Das ist allerdings frech«, bestätigte Paulette widerwillig beeindruckt. Sich mit einer solchen Selbstverständlichkeit einzuladen! Und zwar nicht nur zu einem Dinner mit anschließender Übernachtung, sondern zu einer Dauerlösung! Dieses Prinzesschen stellte sich einfach mit seinen Koffern vor eine Haustür, klopfte an und sagte: Hallo, ich heiße Elsa, ich werde bei Ihnen für längere Zeit wohnen.

Das klang nicht mehr nach der schlotternden Bittstellerin, die Paulette vor einigen Monaten noch mit Wasser und Obst versorgt hatte.

»Wie hast du das bloß wieder hinbekommen?«, entschlüpfte es ihr.

Wie immer, wenn er rundherum glücklich war, zündete sich Titus eine Zigarre an.

»Du hast es noch immer nicht begriffen, Paulette. Ich habe gar nichts hinbekommen. Wenn ihr Mann sie wieder aufgenommen hätte, dann hätte ich nichts dagegen unternommen, obwohl ich ihn finanziell in der Hand habe. Und wenn sie sich aus Verzweiflung über die Zurückweisung ihres Gatten in einen deutschen Fluss gestürzt hätte, dann hätte ich auch nichts dagegen tun können. Ich kann dem Schicksal genauso wenig wie du vorschreiben, in welche Richtung es den Ball zu werfen hat. Aber wenn es ihn in meine Richtung befördert, nutze ich meine langen Arme und einen Köcher, um ihn zu fangen.«

»Tatsächlich? Hat der Köcher denn auch einen Namen?«, fragte sie.

»Ich habe jetzt zu arbeiten, meine Damen. Iolana, sei ein Schatz und bereite für Dienstag einen fürstlichen Empfang vor. Paulette kann ich nicht darum bitten, sie ist vollauf damit beschäftigt, Giftspinnen im Wald zu sammeln und sie in Elsas Bett unterzubringen.«

Die Französin schnitt eine Grimasse und verließ das Zimmer zusammen mit Iolana. Sie überlegte, womit Titus das Prinzesschen geködert hatte. Keine Frau mit Verstand zog mir nichts, dir nichts in einen Harem ein. Geldmangel allein konnte unmöglich der Grund sein, jedenfalls nicht bei einer Frau wie Elsa, die wochenlang bei einem mittellosen Arzt unter einem Strohdach geschlafen hatte. Paulettes Meinung nach gab es nur drei Dinge, die eine Frau mit Stil und Herkunft dazu bringen konnten, sich auf eine verrückte »Ménage« wie diese einzulassen, sich zu unterwerfen, zu demütigen, allen Stolz fahren zu lassen … Die Gier gehörte nicht dazu, sie allein wäre zu schwach. Sogar Paulette, die sich im Hinblick auf Stil und Herkunft für geringer erachtete, hatte sich nicht ausschließlich – noch nicht einmal hauptsächlich – aus Habgier mit Titus eingelassen.

Nein, sie tat es aus Liebe, wenn auch ganz gewiss nicht aus Liebe zu Titus. Vor elf Jahren, mit siebzehn, war Paulette einmal mit einem Mann in die Südsee durchgebrannt, der sie dann prompt zugunsten der nächstbesten Schönheit fallen ließ – nicht ohne ihr vorher noch zwei Kinder zu machen. Die Zwillinge waren das Beste in ihrem Leben. Lucas und Lucille wuchsen in einem guten und teuren Internat in Kimbe auf, einmal im Monat besuchte sie die beiden, und das waren die schönsten Stunden, für die sie alle anderen ertrug. Die Kinder durften und würden nie erfahren, welchem Erwerb ihre Mutter nachging. Für sie würde Paulette die dunkelsten Orte der Seele betreten und noch etwas ganz anderes werden als eine Nutte.

Ob auch Elsas innerster Beweggrund die Liebe war? Immerhin waren da noch die beiden anderen starken Antriebskräfte, die einen Menschen zu allem verleiten konnten, zu jedem Opfer, jedem Verbrechen: der Hass und die Angst.

Iolana nahm Elsa in Simpson Harbour in Empfang und hieß sie noch am Anlegesteg willkommen. Die Reisende wirkte ein bisschen nervös auf sie, ein wenig – sie suchte nach dem richtigen Wort – flattrig. Das wunderte Iolana, hatte Titus doch nach Singapur zurücktelegrafiert, dass er sich freue, Elsa bei sich aufzunehmen. Etwas anderes schien die junge Samoanerin zu beunruhigen, daher versuchte sie, ihr die Nervosität zu nehmen.

»Wollen wir uns duzen? Bei uns zu Hause duzen wir uns alle, und jetzt ist es ja auch dein Zuhause. Es wird schon alles gutgehen. Zugegeben, unser Zusammenleben ist nicht ganz … üblich. Trotzdem, wir bekommen es ganz gut hin. Inzwischen verstehe ich mich sogar mit Paulette. Sie gibt sich ziemlich stachelig, dabei ist sie gar nicht so. Allerdings darf man ihr das nicht sagen, weil sie sonst ihr Gesicht verliert. Entschuldigung, ich rede wohl zu viel?«

Elsa lächelte mild. »Mir ist nur ein bisschen flau im Magen. Gestern war schwere See … Danke für die warmherzige Begrüßung.«

Iolana wies auf den Daimler. »Ich fürchte, sie wird gleich ein wenig kälter werden. Paulette sitzt im Wagen, sie wollte unbedingt mitkommen.«

»Ist doch nett von ihr.«

»Sie wollte hauptsächlich deshalb mit, weil sie mal wieder eine von Titus' Zigarren rauchen wollte, die er vorsorglich weggeschlossen hat. Er sieht es nicht gerne, wenn Paulette die dicken Dinger raucht, er findet es ›ästhetisch nicht ansprechend‹, wie er immer sagt. An die Zigarren im Auto hat er nicht gedacht.«

Nachdem Gung die Koffer eingeladen hatte, fuhren sie los. Paulette saß schweigend auf dem Beifahrersitz, umwölkt von dem Qualm, den sie ausstieß, und reagierte nur mit einem kurzen Knurren auf Elsas Begrüßung. Iolana versuchte ihr Bestes, dennoch wurde es eine bedrückende Fahrt, weil auch Elsa recht einsilbig war. Ihre Nervosität nahm sichtlich zu – und hörbar, als sie die Fingerknöchel bis zum Knacken bog.

»Ist dir immer noch flau im Magen?«, fragte Iolana. »Paulette wird gerne ihre Zigarre ausmachen, nicht wahr, meine Liebe?«

»Sicher«, antwortete die Französin. »Sobald ich sie ausgeraucht habe.«

Iolana warf ihr einen finsteren Blick zu, der aber nichts brachte, weil ihre finsteren Blicke nicht viel taugten.

»Willst du einen Magenbitter?«, bot sie Elsa an und öffnete die Minibar.

»Der Wagen ist ja wahrlich mit allem ausgestattet«, sagte Elsa. »Durch und durch luxuriös.«

Da drehte sich Paulette zum ersten Mal zu ihr um. »Titus behandelt seine Autos ebenso liebevoll wie seine Konkubinen und seine Konkubinen wie seine Autos: Sie müssen funktionieren, sonst kommen sie auf den Schrottplatz.«

Elsa begann stark zu schwitzen, woraufhin Iolana ein Seitenfenster und einen Magenbitter öffnete. »Hier, trink.«

»Mir tut das alles sehr leid«, sagte Elsa und leerte das Fläschchen in einem Zug. »Ich meine, dass ich euer Zusammensein in der Villa störe. Ich lade mich hier einfach ein … Was habe ich mir nur dabei gedacht? Wirbele alles durcheinander …«

»Nein, überhaupt nicht«, antwortete Paulette, bevor Iolana etwas Nettes sagen konnte. »Zumindest was mich betrifft, stellt sich da eine gewisse Gewöhnung ein. Alle paar Monate zieht eine neue Frau ins Haus. Wenn das so weitergeht, müssen wir bald anbauen. Mir schwebt da so ein kasernenartiges Gebäude vor …«

»Paulette, bitte«, mahnte Iolana.

Elsa sagte: »Ich hätte nicht gewusst, wohin ich sonst gehen könnte. Wisst ihr … ich bin … ich bin schwanger.«

Daraufhin goss sich Iolana, die sonst kaum Alkohol trank, einen Sherry ein.

Paulette warf ihre Zigarre aus dem Fenster und wandte sich Elsa zu. »Wie ist das denn … oder besser gesagt:

wann? Ist dein Exmann der Vater? Und hat er dich deswegen zurück…«

»Henning ist nicht der Vater«, widersprach Elsa aufgeregt. »Es war jemand, den ich auf der Fahrt nach Deutschland kennengelernt habe … Ein Mann.«

»Ein Mann, so, so«, sagte Paulette. »Alles andere wäre auch ziemlich seltsam, Schätzchen.«

»Ja, er … Er hieß … Es war etwas mit D.«

»Geht es noch ein bisschen allgemeiner?«, fragte Paulette.

»Ich glaube, Derek. Oder Donald …?«

»Dirk, Dieter, Donovan, Dracula«, bot die Französin an.

»Jedenfalls mache ich mir jetzt Sorgen, wie Mister Warwick … ich meine, wie Titus darauf reagieren wird.«

Paulette schnalzte ein genüssliches »Tjaaaa …«.

Iolana, die sich inzwischen wieder gefangen hatte, fiel ihr jedoch ins Wort, bevor sie erneut eine Gemeinheit von sich geben konnte. »Wie ich ihn kenne, wird er nichts dagegen haben, dass du dein Kind bei uns zur Welt bringst. Und falls doch, werde ich ihn schon umstimmen. Das Kind wird in uns eine Familie haben, einen Onkel und zwei Tanten …«

»Oder drei oder vier oder fünf«, giftete Paulette.

»Wir alle werden für das Kleine da sein«, bekräftigte Iolana. »Ich freue mich wirklich sehr, dass du bei uns einziehst.«

Iolana umarmte Elsa aus ehrlicher Zuneigung, denn sie war – wegen des Kindes – so glücklich wie lange nicht. Auch bisher hatte sie sich gut in das Arrangement des Hauses Warwick eingefügt und inzwischen sogar ihr Auskommen mit Paulette gefunden. Paulette drohte und stichelte gerne, sie war so etwas wie eine sarkastische Schwester für Iolana, die aber, wenn es darauf ankam, ihre Hilfe nicht verweigerte. Das Leben hatte Paulette nun mal so geformt, und Iolana hatte sich darauf eingestellt. Titus war natürlich der Mittelpunkt des Hauses, ein Patriarch, ein Häuptling, der für mehrere Frauen da war, die wiederum für ihn da waren. Iolana sah darin nichts Besonderes, die Polygamie war in Polynesien durchaus noch verbreitet, wenngleich von den Kolonialherren gesetzlich verboten und von den Missionaren als Institution der Hölle verurteilt. Derlei scherte sie nicht.

Im Gegensatz zu Paulette empfand Iolana »die Neue« nicht als Konkurrentin. In Elsa steckte eine lebensfrohe Frau, die zweifellos nur noch geweckt werden musste – alle Samoanerinnen waren lebensfroh. Damit wäre sie eine Bereicherung für das Leben in der Villa, denn Paulette war zu dornig und Iolana selbst zu ruhig, um großen Schwung mitzubringen. Dafür war bisher allein Titus verantwortlich gewesen.

Am meisten aber freute Iolana sich auf das Kind, das Elsa zur Welt bringen würde.

Endlich, dachte sie. Endlich kann ich ein Kind lieben.

Denn ihr eigenes konnte Iolana nicht lieben.

Eine Stunde später fühlte Elsa sich bereits wieder wohl. Gleich nach ihrer Ankunft hatte Gung sie in ihr Zimmer begleitet, wo einige Präsente sie erwarteten: ein riesiger Strauß Blumen mit einigen Zweigen des Flammenbaums, ein Schrank voller neuer Kleider, vorzugsweise in Blau und Weiß, eine wunderschöne Kamee mit ihrem Profil sowie ein Geschenkkarton, in dem etliche Baumwollsäckchen mit Opium lagen. Sie bediente sich sofort und gierig, und als sie auf Titus Warwick traf, war sie so zuversichtlich und beschwingt wie in den Wochen auf dem Ozeandampfer.

Sie schwebte dem Engländer mit offenen Armen entgegen, und ihre Begrüßung fiel aus, als wäre sie seit vielen Jahren mit diesem Mann vertraut.

»Ich hatte eine wunderbare Überfahrt, Titus.«

»Davon habe ich schon gehört, meine Liebe. Iolana hat mir alles erzählt. Du bist schwanger von D. Wir besorgen dir eine Nurse. Aber sag, geht es dir besser?«

»Hm? Oh, nur eine vorübergehende Unpässlichkeit.«

Er lächelte. »Wie schön. Nun, da du hier bist und bleibst, werden die Unpässlichkeiten ein Ende haben, dafür werde ich schon sorgen. Die Geschenke gefallen dir, nehme ich an?«

»Ich bin überwältigt.«

»Treffend formuliert, Liebste. Genau das war meine Absicht. Dann ist ja alles geregelt. Iolana hat eine kleine Feier anlässlich deines Einzugs in unsere »Ménage à quatre« vorbereitet: ein Tortenbüfett, Champagner, Musik …«

Das Opium hatte inzwischen seine volle Wirkung entfaltet, und Elsa bekam nur noch die Hälfte von allem mit. Sie freute sich auf das Büfett, alles andere war ihr im Moment egal.

»Genau das brauche ich jetzt, Champagner und Tanz. Auf dem Schiff habe ich fast nichts anderes gemacht. Zu dumm, dass man ab und zu auch schlafen muss.«

»Gott hat das ursprünglich so eingerichtet, damit wir unsere Sünden nur im Traum begehen, liebste Elsa. Welche Ironie! Inzwischen ist es die einzige Zeit des Tages, in der wir nicht sündigen. Gott ist eben auch nur ein Mensch. Komm jetzt, mit moussierendem Alkohol im Magen redet es sich leichter.«

Er bot Elsa den Arm dar. »Übrigens, sollte ich meine Anwälte anweisen, die Schulden einzutreiben, die Henning als Prokurist der Reederei Matthes bei mir hat, dann hättest du doch wohl nichts dagegen, oder?«

Sie lächelte ihn an. »Was hast du gesagt? Ich habe dich nicht verstanden.«

Er nickte schmunzelnd. »Aber ich habe dich verstanden.«

Dritter Teil

»Champagnerwitwe«

Marionetten des Teufels

Elsa streifte oft durch den intensiv duftenden Garten, den sie von allen Dingen des Hauses am liebsten mochte. Sie hatte zwischen Bougainvilleen, Flammenbüsche, Goldtrompeten, Malven, Jasmin und Hibiskus einige Sträucher Kamelien gepflanzt, die der blaue Schmetterling besonders gern anflog, und die ersten Erfolge waren bereits zu sehen. Hin und wieder erblickte sie tatsächlich ein Exemplar, dem sie folgte, solange es möglich war. Wenn der azurne Horizont des Meeres das Tier unsichtbar machte oder es einfach hügelabwärts verschwand, entstand ein Moment der Traurigkeit, den sie nicht kontrollieren konnte. Dann wünschte sie, der Schmetterling wäre nie erschienen.

Die meiste Zeit über schwebte Elsa jedoch unbeschwert durch die Tage, als wäre sie selbst ein blauer Falter, immer auf der Suche nach belebendem Nektar, der sie erfrischte. Sie organisierte Picknicks an ungewöhnlichen Orten und ließ sich von Gung zu diesem Zweck herumfahren, sie mietete große Yachten samt Crew für eine gemeinsame Fahrt um die Insel, nahm mit dem Einverständnis von Titus einige Veränderungen bei der Einrichtung vor, plante einen Anbau, bestellte neue, extravagante Kleider für sie alle, kochte traditionelle Gerichte und aß für zwei, für sich und das Baby. Jeden Tag fuhr sie nach Port Rabaul, um auf dem Markt einen Vogel zu kaufen, den sie dann vom Garten der Villa aus in die Freiheit entließ. Wegen der Schwangerschaft tanzte sie nicht, sah aber amüsiert dabei zu, wie Paulette Iolana nach und nach Charleston, Swing, Tango und Fox beibrachte.

Erstaunlicherweise mochte sie beide Frauen, wenn auch auf ganz unterschiedliche Art. Iolana hatte das Potenzial, zu dem zu werden, was Elsa nie gehabt hatte – eine Vertraute, eine beste Freundin. Noch kannten sie sich nicht lange genug dafür, aber Elsa schaffte es immer häufiger, Iolana vor der Melancholie zu bewahren, an deren Rand sie balancierte wie am Schlund eines Vulkans. Iolana kümmerte sich im Gegenzug wie eine überbesorgte Krankenschwester um Elsa. Was Paulette anging, so war ihre herbe Direktheit weit erfrischender als ernüchternd. Es machte Elsa Spaß, die Französin zu einer Unternehmung zu überreden, zu der sie eine halbe Stunde vorher nicht die geringste Lust gehabt hatte. Umgekehrt war es ein stilles und verrücktes Vergnügen, Ziel ihrer verbalen Attacken zu sein, weil Elsa wusste, dass sie es eigentlich nicht so meinte. Langsam und stetig – beinahe ohne dass sie selbst es bemerkten – entwickelten Elsa, Paulette und Iolana einen Umgang miteinander, der einer Geheimsprache glich.

Die Rolle von Titus in dem Ganzen war in Elsas Augen eine sehr einfache: Ohne ihn gäbe es das alles nicht. Die Villa, der Garten, die Schmetterlinge, die Ausflüge, die Picknicks, die Sorglosigkeit – all das war sein Werk. Außerdem hatte er Elsa mit Iolana und Paulette zusammengebracht, sie gewissermaßen erschaffen.

In den ersten Wochen nach dem Einzug in die Villa

spürte sie noch eine gewisse Scham. Immerhin lebte sie in einer Art Harem, was allem widersprach, das Religion, Gesellschaft und Anstand diktierten. Ebenso beschämt war sie beim ersten Nacktporträt, das Titus von ihr, der Schwangeren, anfertigte.

Mit der Zeit verlor diese Scham ihren Schrecken, weil sie unbedeutend war gegen den riesigen schwarzen Schatten, der da draußen drohte. Vor den Toren der Villa, außerhalb von Titus' Welt, wartete ein Ungeheuer namens Ungewissheit auf Elsa. Es bestand aus dem Ausgeliefertsein, der Konfrontation mit einer übermächtigen Vergangenheit und dem Räderwerk einer moralisierenden Welt, die jener von Titus diametral gegenüberstand. Die Scham glich dagegen dem Schatten einer Distel. Bald spürte Elsa sie nur noch gelegentlich, etwa wenn sie Myrtle Maloy oder einer der Frauen aus dem Gefolge der Witwe begegnete, die sie mit vorwurfsvollen Blicken verstießen. Dagegen half ein weiterer Tag oben auf dem Hügel mit göttlichem Blick auf die Stadt und das Meer, und alles war wieder gut. Das Einzige, was das Leben in der Villa von dem Leben auf dem Ozeandampfer im negativen Sinne unterschied, war der eng begrenzte Personenkreis, in dem es sich abspielte. Titus lud zu Elsas großem Bedauern niemals Gäste ein und gab auch keine Partys. Max war der einzige Besucher.

Max ... Er war ein Kapitel für sich.

Der Arzt kam alle zwei Wochen in die Villa, um Elsa zu untersuchen, und sie sorgte anfangs immer dafür, dass sie nicht allein mit ihm war. Die erste Untersuchung fand drei Wochen nach ihrer Rückkehr im Beisein aller Bewohner der Villa statt. Nur so war gewährleistet, dass es nicht zu einer vertraulichen Unterredung kommen konnte, die Elsa mehr fürchtete als irgendetwas sonst. Trotz dieser Vorsichtsmaßnahme schlug ihr das Herz vor Freude bis zum Hals, als sie mit ihm zusammenkam. Ihre Gefühle waren verwirrend, was natürlich an der speziellen Bedeutung lag, die Max in Elsas Leben einnahm.

Einerseits war Max das personifizierte schlechte Gewissen, er war die zweite Tür, die ausgeschlagene Alternative zu dem Leben mit Titus und den Frauen. Elsa hatte sich nicht nur ein-, sondern gleich zweimal gegen ihn entschieden, zuerst wegen Henning und dann erneut, als sie auf der Rückfahrt von Deutschland hatte entscheiden müssen, wie es mit ihr und dem Kind weitergehen sollte. Es hatte damals auf Messers Schneide gestanden. Was hatte letztendlich den Ausschlag gegeben? Elsa wusste es nicht mehr, vielmehr wollte sie es nicht wissen, und genau das machte ihr die Begegnung mit Max so schwer. Sie hatte Angst, dass er etwas sagen oder tun könnte, das ihre damalige Entscheidung erschütterte, mit allen sich daraus ergebenden Konsequenzen.

Andererseits fand sie Max ungeheuer anziehend. Er war ein starker, gefestigter Charakter und zugleich verletzlich, er konnte resolut sein, aber auch butterweich, er hatte Sinn für Humor und dennoch eine große Tiefe. Seine Liebe zum Leben, zur Freiheit und zur Südsee bewiesen ihr, dass er zu großen Gefühlen fähig war. Wenn sie auf die Wochen mit Max zurückblickte, fragte sie sich, wie sie ihm hatte widerstehen können. Dies jedoch brachte sie wiederum zu der unerwünschten – und absichtlich unbeantworteten – Frage, wieso sie ihm noch immer widerstand.

Max machte ihr die erste Begegnung leicht. Er untersuchte sie wie jede x-beliebige Patientin und vermied längere Blickkontakte. Seine Kommentare gab er ausschließlich in einem durch und durch professionellen Tonfall ab.

»Trinken Sie ab und zu Alkohol?«

»Ja … Champagner … gelegentlich.«

»Mehr als nur gelegentlich«, korrigierte Iolana. »Und den Gin Pahit nicht zu vergessen.«

»Es wäre besser«, sagte Max, »Sie würden während der Schwangerschaft ganz auf Alkohol verzichten. Der Champagner könnte dem ungeborenen Kind schaden.«

»Das wusste ich nicht.«

»Natürlich nicht, woher auch? Die Forschungsergebnisse hierzu sind brandneu.«

»Danke, M… Herr Doktor.«

»Dafür bin ich da. Ansonsten scheint alles bestens zu sein.«

»Sagen Sie, darf man rauchen?« Sie hatte natürlich keine Zigaretten im Sinn, als sie die Frage stellte, aber das wusste außer ihr selbst nur Titus.

»Ich wusste gar nicht, dass Sie rauchen«, antwortete der Mediziner, und als sie nicht reagierte, fügte er hinzu: »Darüber gibt es keine Untersuchungen. Wenn Sie es nicht übertreiben, sehe ich darin kein Problem. Haben Sie sonst noch Fragen? Gut, dann komme ich übernächste Woche wieder vorbei.«

Weil er sich die ganze Zeit über anstrengte, an Elsa vorbeizuschauen, wäre einem aufmerksamen Beobachter nicht entgangen, dass er, was sie betraf, etwas mit sich herumtrug. Nun waren alle Bewohner der Villa auf dem Hügel aufmerksame Beobachter, das brachte die ungewöhnliche Lebenssituation mit sich. Demnach war es nur eine Frage der Zeit, bis sich jemand durchrang, Elsa auf Max anzusprechen. Nicht zufällig war es Iolana. Immerhin interessierte sie sich am meisten für ihre Mitbewohner.

»Sag mal«, fragte sie, »was hat dich davon abgehalten, zu Max Richter zurückzukehren? War es der Stolz? Die Samoaner sind für ihren überbordenden Stolz berühmt.«

»Ich habe bei Max gewohnt, nicht mit ihm gelebt«, erwiderte Elsa. »Das ist ein Unterschied.«

»Ich kenne den Unterschied, und trotzdem hat sich etwas zwischen euch abgespielt. Er ist zu reserviert, und du bist zu ängstlich, um diese Erinnerung heraufzubeschwören. Dennoch schwebt sie jedes Mal über euch, sobald er den Raum betritt. Ich kann sie förmlich mit Händen greifen.«

»Er hat mir abgeraten, Henning nachzureisen, und er hat recht behalten.«

»Also doch der Stolz.«

»Nein, das ist es nicht. Es ist … viel komplizierter. Ich erwarte ein Kind von einem anderen Mann, dazu seine kärgliche Lebenssituation … Es würde nicht gutgehen.«

»Wenn ich es nicht besser wüsste, würde ich dich für berechnend halten, weil du dich für Titus und gegen Max entschieden hast. Und ein Teil von dir ist tatsächlich so, stolz und berechnend. Du bist ohne materielle Sorgen aufgewachsen, daher ist es nur normal, dass du die größtmögliche Sicherheit für dich und dein Kind suchst. Du bist die Samoanerin, der man ins Gesicht geschlagen hat, und die Deutsche, deren Selbstverständnis gebrochen wurde. Aber in dir steckt noch eine andere Frau. Als du mir neulich von deiner Kindheit erzählt hast, ist mir klar geworden, dass es deine größte Angst sein muss, nicht geliebt zu werden. Darum verstehe ich dich nicht, Elsa. Warum suchst du die Liebe an einem Ort wie diesem, wo sie nur ein krankes, zerfressenes Pflänzchen ist? Titus wird dich nie lieben.«

Darüber war Elsa sich im Klaren. Doch genau wie die anderen Frauen war auch sie nicht der Liebe wegen in dieses Haus gekommen. Was Paulette hier suchte, war offensichtlich, und was Iolana suchte, ein großes Geheimnis. Elsas Motivation lag genau zwischen diesen Extremen, hatte sie doch einen offensichtlichen und einen geheimen Teil. Die Sehnsucht nach Geborgenheit hatte durchaus etwas damit zu tun, und tatsächlich fand Elsa nicht nur Gefallen an der materiellen Freizügigkeit, die in der Warwick'schen Villa an der Tagesordnung war, sondern auch an dem Zusammenleben in einem familienartigen Konstrukt. Man war so gut wie immer in Gesellschaft, unternahm etwas zusammen ... Wer wollte, fand darin Vergessen. Wenn man, umgeben von Licht und Wind, von dem Hügel auf die Stadt und ihre Menschen blickte, war man in einer anderen Welt. Es war eine beinahe göttliche Perspektive.

Umso profaner war der heimliche Grund von Elsas Hiersein. Sie verdrängte ihn während dreiundzwanzig Stunden des Tages. Aber wie ein Korken immer wieder an die Oberfläche ploppt, so oft man ihn auch untertaucht, so wurde Elsa jeden Abend vor dem Schlafengehen daran erinnert, wenn sie zur Opiumpfeife griff.

Eines Tages, sie war im siebten Monat, und eine weitere Untersuchung stand an, zogen Titus und Paulette sich nach dem Champagnerfrühstück zurück, um sich miteinander zu vergnügen. Titus hatte plötzlich Lust verspürt, vielleicht hatten die Austern etwas damit zu tun. So kam es, dass nur Iolana während der Untersuchung als Anstandsdame diente.

Mittendrin sagte sie unvermittelt: »Entschuldigung, ich bin schrecklich durstig und muss auf der Stelle etwas trinken. In ein paar Minuten bin ich zurück.«

»Gung kann dir doch etwas bringen«, schlug Elsa überrascht vor, aber da war Iolana schon halb zur Tür hinaus.

Zum ersten Mal seit dem Abschied am Quai war Elsa wieder mit Max allein. Er zögerte nicht einen Augenblick, um die Gelegenheit zu ergreifen, so als hätte er sich mit Iolana verschworen.

»Ich hätte dich abgeholt, wenn du mir telegrafiert hättest. Warum, Elsa? Warum hast du dich an Warwick gewandt und nicht an mich?«

Die über Wochen und Monate sorgfältig errichtete Distanz brach binnen einer Sekunde zusammen. Max stellte ihr Fragen, er duzte sie …

»Genau das wollte ich nicht«, entschlüpfte es ihr.

»Was wolltest du nicht?«

Sie errötete. »Mich rechtfertigen.«

»Ich glaube, ich habe eine Antwort verdient.«

»Natürlich, das ist ja das Schlimme«, sagte sie. »Deswegen wäre es besser gewesen, du hättest die Frage nie gestellt.« Sie rang die Hände. »Ich … ich … Oh Max, wieso zwingst du mich zu Äußerungen, die ich gar nicht machen will!«

»Ich höre«, sagte er. »Warum Warwick?«

»Kannst du dir denn nicht denken, weshalb ich, eine ledige, sitzen gelassene Schwangere, die Gesellschaft eines unmoralischen Exoten vorziehe?«

»Ich bin auch nicht gerade das, was man eine bürgerliche Existenz nennt.«

»Aber du hast eine völlig andere Vorstellung vom Leben als ich. Du hast es mir damals selbst gesagt: ein Palmstrohdach, das Meer als Badewanne, ein Busch als Klo … Dir genügt so wenig. Ich würde dir das alles nur kaputtmachen. Du müsstest dich um eine berührte, gescheiterte Frau kümmern und um ein Kind, das nicht deines ist.«

»Das würde ich tun!«, rief er. »Ich würde dir und deinem Kind etwas bieten.«

»Ja, und würdest dabei deine Träume verlieren.«

»Das weißt du doch gar nicht.«

»Doch, außerdem … Ich fühle mich hier wohl. Es fehlt mir an nichts. Mir geht es gut. Du hast kein Recht, mir das nehmen zu wollen. Ich bin nicht wie du. Ich brauche einen gewissen Wohlstand.«

Sie benötigte alle Kraft dafür, aber sie verkaufte ihm die Lüge voller Überzeugung, sodass sie vor Erschöpfung selbst daran zu glauben begann.

»Das meinst du nicht im Ernst, oder? Als du bei mir gelebt hast …«

»Gewohnt.«

Zärtlich und geduldig griff er ihre Hände. »Meinetwegen gewohnt, da haben dir diese Dinge nichts bedeutet. Es stimmt, Elsa, ich war unsagbar enttäuscht, als du dich ein weiteres Mal für Henning entschieden hast, aber zugleich … Ich war auch voller Bewunderung und Respekt für die Frau, die verzweifelt um ihren Mann gekämpft …«

»… und den Kampf verloren hat.«

»Dir steht noch immer die Welt offen, Elsa.«

Sie entzog sich seiner Berührung. »Das sind alte Träume, Max. Wie hast du sie damals genannt? Sterne, die noch leuchten, obwohl sie tot sind. Ich halte mich lieber an die Wirklichkeit, und die sieht so aus, dass niemand mehr für mein Kind tun kann als Titus Warwick.«

»Das ist nicht wahr.«

»Ich hätte es beinahe umgebracht, weißt du? Ich hätte es umgebracht, indem ich mich umgebracht hätte. Aber ich habe mich für das Leben entschieden, und nun muss ich meinem Kind das bestmögliche Leben bieten. In diesem Haus wird es nicht angefeindet werden, hier lehnt es keiner wegen seiner unehelichen Geburt oder weil es ein Mischling ist ab. Dank dem unerschöpflichen Reichtum von Titus werden ihm die besten Schulen offenstehen, und ich …«

»Liebst du mich?«

Die Frage traf sie völlig unvorbereitet, obwohl sie ihr seit langem, vielleicht schon seit der ersten Begegnung mit Max, wie ein Schatten folgte. Wie schon ein halbes Jahr zuvor am Quai wollte sie Max umarmen und sich von ihm umarmen lassen, ihn küssen und von ihm geküsst werden. Sie wollte sich alles von der Seele reden, was sie bedrückte, allen Stolz vergessen, alle Zurückhaltung fahren lassen und die Ketten sprengen, die sie fesselten.

Sie öffnete den Mund und wollte etwas sagen, doch die Worte steckten in ihrer Kehle fest. Sie versuchte, einen Schritt auf Max zuzugehen, doch ihre Beine waren wie festgenagelt.

Was hielt sie zurück? Noch immer Henning? Oder Titus? Tatsächlich der Luxus, die künftigen Chancen für ihr noch ungeborenes Kind?

Es war viel simpler.

»Elsa, sag es!«, forderte Max sie noch einmal auf.

In diesem Moment kamen Titus und Paulette herein, gefolgt von der zerknirscht dreinblickenden Iolana, die nicht hatte verhindern können, dass Elsa und Max gestört wurden.

»Ah, lieber Herr Doktor, da sind Sie ja wieder«, sagte Titus überschwänglich. »Entschuldigung, dass ich Sie so spät begrüße, aber ich musste erst einem plötzlichen Verlangen nachgeben, verursacht durch eine lose Strähne in Paulettes strenger Stirn. Manchmal sind es die kleinsten Dinge, die in uns Männer den Urmenschen wecken, nicht wahr? Ich musste es mit Paulette treiben, sofort, im nächstbesten Bett. Mit ihr kann ich es nur in Betten treiben, nirgendwo sonst. Bei Iolana ist das ganz anders, eine Frau wie sie liebt man im Sand. Und was Elsa angeht ... derzeit verbietet ihr Zustand, auch nur an so etwas zu denken, das wäre ja obszön, nicht wahr? Dennoch ... ich könnte mir vorstellen, Elsa in einer Hütte zu lieben, einer wie Ihre, lieber Herr Doktor. Vielleicht sollten wir eine Hütte im Garten bauen, was sagt ihr dazu, meine Nymphen? Und der Herr Doktor macht uns eine Zeichnung seiner Behausung, damit wir einen Anhaltspunkt haben. Das tun Sie doch, nicht wahr, mein lieber Herr Doktor?«

Titus Warwick redete nicht freizügiger – oder ordinärer, je nach Standpunkt –, als er es sonst tat. Natürlich wollte er eine in Konventionen erstarrte Gesellschaft damit reizen, aber die Provokationen waren für ihn schon so sehr Routine, dass er sich kaum noch daran erfreute. An diesem Tag jedoch, Max gegenüberstehend, blitzte ihm der Schalk förmlich aus den Augen. Nicht nur der Spaß an der Provokation, sondern auch am Spiel. Er hatte seine drei Frauen eindeutig als Huren klassifiziert, die er sich nehmen konnte, wie, wann und wo er wollte. Sie waren die Nymphen und er der Satyr.

Was würde nun passieren? Würden sie ihn zurechtweisen, gar verlassen? Würde Max ihn mit einem einzigen Kinnhaken niederschlagen?

Elsa begriff, dass Titus spielte, dass er etwas wagte. Sein siegessicheres Lächeln sprach Bände. Er und Max musterten sich einige Sekunden lang.

Dann wandte der Mediziner sich ihr zu. Sein Blick fragte nach ihr. Elsa, fragte er. Elsa, sag etwas.

Es hing von ihr ab, wie er reagieren würde. Er ließ ihr die Wahl, und sie erschrak, weil sie zum ersten Mal begriff, dass sie nicht mehr Herrin über ihren Körper und ihre Gedanken war – und ihre Wahlmöglichkeiten auf eine zusammenschrumpften. Damals in Samoa hatte sie noch die Wahl gehabt und sich falsch entschieden. Später, bei ihrer Rückkehr aus Deutschland, hatte sie sich fallen lassen wollen, hatte jemanden gebraucht, der ihr ein weiches Bett zur Verfügung stellte und ihr alle Entscheidungen abnahm oder sie vielmehr überflüssig machte. Über ihren Körper jedoch wollte sie die Souveränität behalten, gerade weil ein neues Leben darin heranwuchs, und ihr Geist sollte wach und stolz werden, um sie in Zukunft vor weiteren Hennings zu bewahren.

Was passierte stattdessen? Max forderte sie auf, ihn zu lieben, mit ihm zu gehen – und sie ließ sich von einem kleinen Gegenstand, der sich in ihrem Zimmer befand, daran hindern. Elsas Gedanken waren Sklaven ihres Körpers, und ihr Körper unterstand den Tränen der Mohnblüte.

Max atmete tief durch, seine Augen glänzten. »Hoheit, Sie sind gesund, soweit ich das beurteilen kann. Sie sollten etwas mehr essen, Sie sind zu mager. Ich werde in zwei Wochen zur nächsten Untersuchung vorbeikommen, wie üblich. Guten Tag.«

Wieder versuchte Elsa, etwas zu sagen, und wieder scheiterte sie.

An jenem Abend ließ sie das Opium weg, doch sie konnte nicht einschlafen und wälzte sich bis fünf Uhr morgens im Bett hin und her, gequält von Selbstvorwürfen. Dann öffnete sie die bewusste Schublade …

In den zwei Monaten, die bis zur Geburt vergingen, wechselten Max und Elsa nicht ein einziges privates Wort. Trotzdem – oder gerade deswegen – bereitete sie sich auf jedes Zusammentreffen mit ihm vor, indem sie eine morgendliche Extrapfeife rauchte, die ihre Aufgeregtheit stark milderte. Es war eine bittere Ironie, dass ausgerechnet derjenige, der ihr als Einziger auf der Welt vielleicht hätte helfen können, die Abhängigkeit zu überwinden, diese unwissentlich verstärkte.

Die Geburt verlief ohne Komplikationen. Elsas kleiner Sohn war kerngesund. Drei Frauen und zwei Männer hielten den strammen Jungen abwechselnd im Arm. Iolana hatte heimlich ein Kind abgetrieben und war Mutter eines Kindes, das sie verleugnete, Paulette war aufopferungsvolle Mutter zweier Kinder, wovon die anderen jedoch nichts ahnten, Elsa hatte gerade das Kind zur Welt gebracht, dessen Vater sie verlassen hatte und am anderen Ende der Welt lebte, und der Arzt, der die Geburt überwachte, liebte die junge Mutter. Damit nicht genug, spielte sich diese Szene im Haus des Mannes ab, der alle drei Frauen zu seinen Geliebten gemacht hatte. Es war grotesk. Und bei aller Freude zugleich beklemmend für jeden, der noch einen Rest an Sensibilität besaß. Somit war Titus der Einzige, der sich dabei rundherum wohlfühlte.

Paulette kannte sich in den Wochen und Monaten danach manchmal selbst nicht mehr. Woran lag es, dass sie anfing, Elsa zu mögen, so wie sie zuvor schon für Iolana freundschaftliche Gefühle entwickelt hatte? Vielleicht wegen des kleinen Keanu, der jede von ihnen mit der gleichen Inbrunst anlächelte, so als hätte er drei Mütter? Irgendwie war es tatsächlich so. Elsa teilte den Jungen mit Iolana und Paulette. Bei Iolana hatte sich sogar Muttermilch gebildet, und Elsa hatte ihr ohne mit der Wimper zu zucken vorgeschlagen, dass sie sich beim Stillen abwechseln könnten. Paulette erwies sich als ausgezeichnete Windelwechslerin. Sie verbrachten so viel Zeit mit dem Baby, dass Titus eifersüchtig wurde und eine Nurse einstellte. Trotzdem schweißte der kleine Keanu die drei Frauen immer enger zusammen, er erinnerte sie an das Gemeinsame, wodurch das Trennende in den Hintergrund trat und kleiner und kleiner wurde. Saßen sie nicht alle in einem Boot? Hatte nicht jede von ihnen eine traurige Geschichte, die sie an dieses Gestade gespült, in dieses Haus getrieben hatte? Keine von ihnen war bei Titus, weil er ein großzügiger Mensch war, auch Iolana nicht, wenngleich sie das immer behauptete. Sie waren alle drei auf der Flucht, jede vor etwas anderem, entweder vor etwas Konkretem oder vor einer abstrakten Angst, und sie gaben ihren Stolz für ein bisschen Frieden her, für eine Atempause.

Nichts anderes war dieses Asyl auf dem Hügel über Port Rabaul. Noch geilte es Titus auf, mit einer Nutte, einem typischen Gauguin-Mädchen und einer Mischblut-Prinzessin zusammenzuleben. Über kurz oder lang würde er jedoch ihrer überdrüssig werden. Der Beweis dafür stand in seinem Gemäldearsenal. Er hielt den Raum zwar verschlossen, doch war es Paulette vor einiger Zeit gelungen, das Schloss zu knacken und in den Raum einzudringen, der voll war von seinen Schöpfungen. Titus verkaufte nur selten ein Bild, so wie einst van Gogh, wie er in der ihm eigenen Bescheidenheit sagte. Auf fast allen Gemälden waren nackte Frauen dargestellt, und auf der Rückseite standen ihre Vornamen: eine Elvira, eine Alexandra, eine Jane, Moira, Greta, Leilani, Marguerite, Zoe, Keiko … Offensichtlich vögelte er sich durch den gesamten Völkerbund so wie andere Männer durch ihre Bürohilfen. Was war wohl aus den Schönheiten geworden? Gewiss hatte er sie irgendwann einfach wieder ausgespuckt, verarmt, drogenabhängig, schwanger, fern von zu Hause. Sie würde es nie erfahren. Titus wechselte alle paar Jahre seinen Wohnsitz, blieb allerdings immer in der Südsee oder den Kolonien Asiens, ein Gebiet, das den halben Globus umspannte, fern des prüden britischen Mutterlandes.

Bald war es sicher wieder so weit. Paulette waren die Briefe von Häusermaklern in der Post aufgefallen.

Würde er alle seine Frauen mitnehmen? Oder eine von ihnen fallenlassen? Und wenn ja, wen? Paulette empfand es als zutiefst erniedrigend, darauf zu hoffen, dass er Iolana oder Elsa verbannte, und sie verweigerte sich dieser Erniedrigung von Tag zu Tag ein bisschen mehr. Sie begann, in eine andere Richtung zu denken. Sie überlegte nicht mehr, was sie gegen Iolana oder Elsa unternehmen könnte, sondern gegen Titus.

Bald wusste Paulette alles, was sie wissen musste. Unbemerkt von ihm war sie in sein Arbeitszimmer eingebrochen und hatte von ihrem Versteck aus beobachtet, wie er seinen Safe öffnete. Nun, da sie die Kombination kannte, brauchte sie nur noch einen Tag abzuwarten, an dem Titus das Haus für eine Weile verließ, und als es so weit war, wurde sie nicht enttäuscht. Seine Skrupellosigkeit war noch größer, als sie je für möglich gehalten hatte.

»Elsa, ich muss mit dir sprechen«, sagte Paulette, die plötzlich zwischen zwei Kameliensträuchern hervortrat. »Mit dir und Iolana.«

Iolana folgte ihr, und sie gingen zu einem runden Gartentisch, auf dem ein gut gefüllter Cocktailshaker in einem Eiskübel ruhte. Der kluge Gung kannte die Lieblingsplätze der Frauen sowie deren Lieblingsgetränke, und so standen an drei, vier Orten von mittags bis abends fertige Fruchtsäfte, Eistees, Gin Pahits und gekühlte Champagnerflaschen sowie ein ganzes Regiment von Gläsern bereit.

Sofort schenkte sich Elsa Champagner ein. Nach den Monaten der Abstinenz griff sie begierig zu.

»Was ist denn so dringend? Wollen wir nicht warten, bis Titus vom Hafen zurück ist? In spätestens einer Stunde wird er …«

»Er kontrolliert uns alle«, unterbrach Paulette sie. »Er hat die ganze Zeit über Katz und Maus mit uns gespielt.«

Elsa verdrehte die Augen. »Paulette, wir wissen, wie du über Titus denkst. Und du hast ja nicht unrecht. Aber …«

»Aber ihr wisst nicht, was er alles über uns weiß.« Sie hielt einen kleinen Stapel von Papieren in der Hand. »Das sind die Berichte eines Privatdetektivs, den Titus auf nicht wenige Missionen geschickt hat. Ich gehe jede Wette ein, dass es sich um den kleinen, dicken Mann handelt, mit dem Titus sich alle paar Wochen in sein Arbeitszimmer zurückzieht. Dieser Kerl hat, nur einen Tag nachdem Titus mich in Kimbe aufgelesen hat, für ihn ausspioniert, dass ich zwei Kinder habe. Der große Meister wusste ganz genau, wie dringend ich ihn brauche.«

»Du hast zwei Kinder?«, fragte Elsa und nippte am Champagnerkelch. »Das ist ja großartig. Wieso hast du sie nicht hergebracht?«

»In dieses Haus? Bist du wahnsinnig? Damit sie sehen, wofür sich ihre Mutter hergibt?«

»Du betrachtest das alles aus einem sehr negativen Blickwinkel«, sagte Elsa und trank einen kräftigeren Schluck als zuvor.

»Und du durch eine rosarote Brille«, erwiderte Paulette bissig, milderte dann aber ihren Tonfall. »Zu meiner Schande muss ich gestehen, dass ich von uns dreien am wenigsten manipuliert worden bin … und trotzdem habe ich alles mitgemacht. Titus hat mich bei meiner Gier gepackt, bei meinem Ehrgeiz … Bei euch ist er noch direkter vorgegangen.«

»Nein, darauf habe ich jetzt keine Lust«, sagte Elsa und wollte aufstehen.

Paulette drückte sie jedoch auf den Stuhl zurück. »Hier geht es nicht um eine Partie Backgammon, sondern um unser Leben, verdammt. Wusstest du, Elsa, dass Titus ab Mai zweiunddreißig angefangen hat, große Flächen von

Kokosplantagen in deiner Heimat Samoa aufzukaufen? Ihm gehören fast die Hälfte der Kopraproduktion und ein Drittel aller Immobilien in der Hauptstadt Apia. Du kannst dir denken, wie groß sein Einfluss dort seither ist, und seltsamerweise hat er seinen Bluthund just zu der Zeit nach Samoa geschickt, als dein damaliger Mann dich hat sitzen lassen … unter anderem wegen der enormen Schulden, die Henning bei Titus hatte. Die ablehnende Haltung deiner Familie gegenüber einer möglichen Rückkehr nach Samoa geht auf ihn zurück. Sie haben dich seinetwegen im Stich gelassen.«

»Das … das glaube ich jetzt nicht«, stammelte Elsa.

»Weil du nur das glaubst, was du glauben willst. Womit wir wieder bei der rosaroten Brille wären. Siehst du denn nicht, wie dieser Mann sein Netz um dich gesponnen hat?«

»Aber all das viele Geld«, wandte Iolana ein. »Nur um sich eine Frau zu angeln?«

»Er könnte auf diese Weise tausend Frauen an sich binden und hätte immer noch die Hälfte seines Vermögens übrig. Außerdem hat er keinen Penny zum Fenster rausgeworfen, sondern investiert. Mit Kopra kann man ordentlich verdienen.«

Elsa stellte den Champagnerkelch mit zittrigen Händen auf dem Gartentisch ab. »Ich halte das … Ich bin … Du hast keine Beweise. Und selbst wenn es stimmt. Titus hat mir die Passage nach Deutschland bezahlt. Er gibt mir und meinem Sohn ein Zuhause.«

»Ja, und vergiss bei der Aufzählung seiner Wohltaten nicht, dass er dich mit Opium versorgt«, sagte Paulette. Sie schlug mit der flachen Hand auf den Tisch und rief heftig: »Deswegen nimmst du ihn die ganze Zeit über in Schutz. Das ist deine rosarote Brille. Er ist dein Drogendealer. Ich habe mich mal in deinem Zimmer umgesehen …«

»Was fällt dir ein! Das ist unerhört!«

»Oh ja, ich bin ganz schrecklich, weil ich eine Kommodenschublade aufgezogen habe. Hass mich ruhig dafür, aber erkenne, dass Titus ein Meister des Marionettenspiels ist, und wir sind seine Puppen. Im Übrigen nicht die ersten. In seinem Atelier stapeln sich mehr Aktporträts als im Louvre.«

Iolana mischte sich ein. »Ich gebe dir recht, was das Opium angeht«, sagte sie mild. »Aber ich stimme Elsa zu, wenn du aufgrund einiger wirrer Indizien die wildesten Beschuldigungen gegen Titus erhebst. Er hat mir einen unschätzbaren Dienst erwiesen, auch wenn es vielleicht nicht ganz uneigennützig war.«

Paulette wandte sich Iolana zu. »Oh ja, Schätzchen, ich weiß von seinem Dienst. Es steht alles in den Berichten. Nun ja, fast alles. Ein Mann aus deiner Heimat hat dich verfolgt … von den Marquesas-Inseln, nicht Tahiti, wie du immer behauptest. Dieser ominöse Kerl hat dich offenbar in der ganzen Südsee gesucht, und plötzlich ist er in Port Rabaul aufgetaucht. Titus hat ihn für dich bestochen, damit er vergaß, dich gefunden zu haben. Nicht in dem Bericht steht allerdings, wieso der Mann dich verfolgt hat und wer er ist.«

Die Polynesierin schwieg.

»Hm, wie du meinst, Chérie. Es wird dich aber vielleicht interessieren, dass der Detektiv den Mann überhaupt erst nach Port Rabaul gebracht hat.«

Iolana glaubte ihr nicht. Paulette konnte ihr jedoch die entsprechende Passage zeigen.

Indes hatte Elsa das Gefühl, eine Schlinge lege sich um ihren Hals. Sie hörte Paulette und Iolana wie aus großer Entfernung miteinander reden. Irgendwann stand sie auf, womit sie Paulettes Aufmerksamkeit wieder auf sich lenkte.

Die Französin ergriff Elsas Hände. »Du musst von dem Zeug loskommen, Chérie.«

»Es tut mir gut.«

»Es bringt dich um.«

»Was verstehst du schon davon?«

»Ich habe in Kimbe Dutzende Menschen daran zugrunde gehen sehen. Und mit Titus verhält es sich wie mit dem Opium: Er lächelt dich an, während er dich auslutscht.«

Mit zittriger Hand führte Elsa ihr Glas zum Mund und leerte es bis auf den letzten Tropfen. Sie war dabei, sich nachzuschenken, als Paulette ihr erst den Kelch aus der Hand und gleich danach den ganzen Kübel vom Tisch fegte.

»Mein Gott, sieh dich doch mal an«, rief Paulette. »Du kommst mir seit deiner Ankunft vor wie eine Putte, die auf einer Wolke schwebt und auf die Erde herablächelt … eine Putte mit Champagnerkelch statt Trompete. Nicht nur deine Sichtweise ist rosa, auch deine Wangen sind es, genau wie deine Kamelien und deine beschissenen Gin Pahits. Manchmal bist du so … so verdammt gelassen, dass man sogar eine Kanone neben dir abfeuern könnte, ohne dass du zusammenzucken würdest. Das ist nicht mehr normal.«

»Wer bist du, dass du mir vorzuschreiben wagst, wie ich mein Leben zu führen habe?«

»Es ist nicht dein Leben!«, schrie Paulette und packte sie an den Schultern. »Es ist das Leben von diesem Teufel, der dir Tag für Tag sein Gift injiziert.«

Elsa hielt sich die Ohren zu.

Paulette riss ihr die Hände herunter. »Wir müssen zusammenhalten. Nur wenn wir …«

Mehr hörte Elsa nicht. Sie rannte ins Haus und holte die Opiumpfeife hervor.

Elsa hatte geglaubt, solche Tage lägen hinter ihr – Tage zitternder Hände, Tage des Selbstzweifels, Tage des Zweifels an den Männern, an die sie sich anhängte. Monatelang hatte sie sich in einer Blase des Wohlgefühls aufgehalten, gut versorgt, abseits irdischer Schwierigkeiten, fern der Vergangenheit. Sie hatte Henning wegen seiner Schönheit und Jugend geliebt, aber auch wegen des Versprechens, sie in ihre zweite Heimat zu bringen, und in gewisser Weise hatte sie sich auch Titus als Gegenleistung für ein Versprechen verschrieben, anheimgegeben. Er sollte ihr und ihrem Sohn Schutz geben. Dafür war sie bereit gewesen, ihren Stolz aufzugeben und die gesellschaftlichen Konventionen zu verlassen. Dass Titus sie nahm, wann und wie es ihm beliebte, hatte sie nur am Anfang gestört, später nicht mehr. Außerdem war er kein Ekelpaket. Die meiste Zeit war er durchaus unterhaltsam. Und er behandelte Keanu gut, ihren lieben kleinen braunen Knaben, der als mittelloser Mischling nichts zu lachen, aber als Patenkind eines Multimillionärs alle Möglichkeiten hatte. Es war alles eine Frage der Sichtweise, und Elsa hatte sich entschieden, Titus als Schutzherrn und nicht als Haremshalter zu betrachten. Sie hatte zu ihm und ihrer Rolle gestanden, hatte Myrtle Maloys Blicken standgehalten, war mit der größten Selbstverständlichkeit in den Läden von Rabaul einkaufen gegangen und hatte dem Geflüster hinter ihr zunehmend weniger Beachtung geschenkt, und wenn doch, dann mit einem gewissen Trotz.

Nur eine einzige Sache hatte sie nicht wieder fertiggebracht: Max in die Augen zu blicken, ihm zu begegnen. Vor Keanus Geburt war das noch möglich gewesen, weil sie da noch nicht mit Titus geschlafen hatte. Inzwischen war das unvorstellbar, es jagte ihr Schauer der Scham durch den Körper, daher bat sie stets Iolana oder Paulette, den kleinen Keanu zur ärztlichen Untersuchung zu bringen.

Ihre Hinwendung zu Titus war die an einen allmächtigen, wohlmeinenden, sich um alles kümmernden Patron. War sie nach allem, was sie von Paulette erfahren hatte, enttäuscht worden, so wie damals von Henning? Erneut fiel es ihr schwer, das Bild zu verwerfen, das sie von ihrem Beschützer hatte, und ein anderes Bild an seine Stelle zu setzen. Sie verdankte Titus viele Monate, in denen sie sich von den Monaten davor hatte erholen können. Henning war sie nachgereist, hatte an ihm festgehalten, bis es nicht mehr anders ging. Sie war nicht bereit, noch einmal die Demütigung, die völlige Nacktheit der Seele zu erdulden. Außerdem machte Titus es ihr wesentlich leichter als Henning, über sein Verhalten hinwegzusehen. Er war bei ihr, und er sprach von der Zukunft.

»Ich habe ein hübsches Anwesen in Palau ausfindig gemacht. Eine Inselgruppe. Alles viel flacher als hier, keine

Vulkane, und weil es mal deutsch war, gibt es dort Menschen, die deine zweite Heimatsprache sprechen. Überwiegend Pflanzer und ein paar Krämer, aber immerhin. Wir brauchen nicht viele Leute. Ich kaufe die ganze Insel, dann haben wir sie fast für uns, wären König und Königin eines eigenen Reiches, oder besser Prinz Titus und Prinzessin Fa'alua. Willst du mich heiraten?«

Zum zweiten Mal kniete ein Mann vor ihr nieder und küsste reichlich theatralisch ihre Hand. Von allen Heiratsanträgen gefiel Elsa jedoch jener am besten, der ihr nie gemacht worden war. Max hatte sie um ihre Liebe gebeten, nicht um ihre Hand. Trotzdem unterdrückte Elsa gerade diese schönste Erinnerung, weil sie unwiederbringlich war. Sie selbst hatte sie verraten. Liebe ließ sich ebenso wenig wie Vertrauen und wie Chinaporzellan nach einem Bruch wiederherstellen. Sie wünschte sich zu lieben, doch war es ihr nicht mehr möglich. Es war einfach zu riskant, zu anstrengend auch.

Eine Nacht dachte Elsa über den Antrag von Titus nach – eine Nacht, die ausgefüllt war mit weißem Rauch, der die schwarzen Gedanken fernhielt. Eine Nacht ohne Ängste, ohne große Hoffnungen, verbracht auf einer träge dahinziehenden Wolke.

Dann sagte sie Ja.

Bluthochzeit

Die Hochzeit fand noch am selben Tag statt, sofern man die spontane Eheschließung auf einer Jacht vor der Küste überhaupt eine Hochzeit nennen konnte. Ein Pastor wurde erst gar nicht geholt. Elsa unterschrieb einen Ehevertrag, die Formalitäten erledigten und beglaubigten ein Notar und der Vertreter des australischen Gouverneurs, Gung und die Nurse fungierten als Trauzeugen, Paulette und Iolana waren die einzigen Gäste, und nach zehn Minuten war alles vorüber.

Während des anschließenden Umtrunks verteilte Titus stolz seine neuen Visitenkarten, auf denen stand: Prince Titus of Savaii. Savaii war eine der Hauptinseln des Samoa-Archipels.

»Ich bin nicht Prinzessin von Savaii«, wandte Elsa ein. »Ich bin einfach nur Prinzessin.«

»Na und? Der Graf von Monte Christo war weder Graf noch von Monte Christo, das hat auch niemanden interessiert. Wenn man genug Geld hat, drücken die Leute immer ein Auge zu. Wenn ich schon Prinz bin, will ich auch Prinz von irgendwas sein und nicht einfach ein schnöder Prinz. Ich habe auch bereits Ausstellungskataloge mit meinem neuen Namen drucken lassen. Meine Bilder werden in Palau, Samoa, Tahiti, Hawaii und Singapur gezeigt. Ein malender samoanischer Prinz, das hat die Welt noch nie gesehen. Vielleicht wird Hollywood mein Leben verfilmen. Apropos Hollywood. Natasha wird Augen machen.«

»Natasha?«

»Natasha Zimanova, eine dieser russischen Emigrantinnen, die in den Zwanzigern in Hollywood Karriere gemacht haben. Im Stummfilm, selbstverständlich, denn ihr Englisch ist erbärmlich. Als der Tonfilm erfunden wurde, haben sich die Leute im Kino über ihren Dialekt kaputtgelacht, daraufhin hat man sie ausrangiert. Inzwischen bekommt sogar King-Kong höhere Gagen, die Ärmste ist ziemlich blank. Eine miserable Schauspielerin, aber du solltest mal ihren Mund sehen, einfach göttlich, ich wollte ihn immer schon mal malen. Ich habe Natasha bereits telegrafiert und ein hübsches Sümmchen angewiesen. Sie wird in Palau zu uns stoßen.«

»Wird sie bleiben?«

»Natürlich wird sie bleiben. Arbeitslose Russinnen sind völlig vernarrt in Männer mit Adelstiteln. Das wärst du auch, wenn du aus dem einzigen Land der Welt ohne Aristokratie kommen würdest. Das wäre so wie ein Land ohne Alkohol. Eine grauenhafte Vorstellung. Ich weiß, die Vereinigten Staaten haben auch keine Aristokratie, aber ich spreche von richtigen Ländern. Man kann Amerika kein richtiges Land nennen, es ist …«

»Dann sind wir demnächst also zu fünft?«, unterbrach Elsa den Redefluss ihres Gatten.

»Ab einer gewissen Zahl kommt es auf die genaue Menge nicht mehr an. Wenn man zum Beispiel vierzehn Gläser Champagner getrunken hat …« Diesmal unterbrach er sich selbst, als er Elsas Blick bemerkte. »Die Zeit bis Palau werden wir ganz für uns haben, Elsa. Das sind ungefähr sechs, sieben Tage. Und um deine Frage korrekt zu beantworten: Nein, wir werden nicht zu fünft sein, sondern zu dritt, jedenfalls vorläufig. Iolana und Paulette ... Weißt du, es würde nicht gutgehen mit ihnen. Sie sind einfach zu ...«

Elsa glaubte, er würde gleich »verbraucht« sagen. Stattdessen sagte er »verstrickt«. Dennoch meinte er »verbraucht«.

»Sieh mal, du bist als Letzte dazugekommen, und jetzt bist du meine Frau, das würde nur Ärger geben. Wir brauchen jemand Neues.«

Elsa brauchte keineswegs jemand Neues, doch es wäre müßig, darüber mit Titus zu diskutieren.

»Was passiert mit den beiden?«, fragte sie.

Er zuckte mit den Schultern. »Ich bin kein Hellseher. Was Iolana angeht: Es gibt mehrere tausend Inseln im weiten Pazifik, auf denen sie leben, und Millionen Kokospalmen, unter denen sie schlafen kann, da wird sich schon etwas für sie finden. Sie bekommt ein bisschen Geld von mir. Frauen wie sie sind schon mit einer Kokosnuss und einer Hängematte zufrieden. Paulette dagegen ... Es gibt Menschen, die sich einfach nicht lange auf einem höheren Niveau halten können. Paulette ist nun mal, was sie ist, du weißt selbst, wo ich sie damals aufgegabelt habe. Ich werde ihr eine Passage nach Frankreich zahlen, aber wie ich sie kenne, wird sie dort bald in alte Gewohnheiten zurückfallen. Du wirst neue Freundinnen finden. Natasha ist sehr aufgeweckt. Wir werden viel Spaß haben.«

Die Hochzeitsnacht begann um halb elf und war Punkt zwanzig vor elf beendet. Danach las Elsa den Ehevertrag, woraufhin sie Opium rauchte, begleitet von Titus' Schnarchen. Eine Stunde später klopfte sie an die Türen von Iolana und Paulette, und um Mitternacht saßen die Freundinnen bei gedrückter Stimmung am Tresen der Jachtbar, vor sich drei Gläser Gin Pahit. Elsa hatte den beiden anderen alles berichtet.

»Du hattest recht«, sagte sie zu Paulette. »Er ist der Teufel. Und ich bin seine Frau.«

»Dass du seine Frau bist, finde ich nicht weiter schlimm. Im Gegenteil, ich habe nur darauf gewartet, dass das passiert. Nun bist du abgesichert.«

»So würde ich das nicht nennen. Im Falle einer Scheidung erhalte ich dreitausend Pfund. Die Zinsen reichen vermutlich gerade so aus, damit Keanu und ich nicht verhungern.«

»Und wie viel erhältst du im Falle seines Todes?«

»Seines …? Nun, alles. Er hat weder Kinder noch Geschwister.«

»Titus geht auf die sechzig zu. Und er lebt nicht gerade wie Queen Victoria. Jeder Schlag seines Herzens kann der letzte sein. Er schnarcht sehr stark, es sollen deshalb schon Leute im Schlaf erstickt sein. Außerdem kann man sich in den Tropen alles Mögliche zuziehen. Auch die vielen Tiere sind nicht ungefährlich.«

Elsa seufzte ins Glas. »Im Moment kann ich nicht erkennen, dass Titus Gefahr läuft, von einem Waran aufgefressen zu werden. Ich werde mich natürlich für euch einsetzen, so gut ich kann. Vielleicht, wenn ich ihm mit der Scheidung drohe …«

»Es ging ihm um den Titel, und den hat er auf Lebenszeit«, sagte Paulette. »Über die dreitausend Pfund Abfindung lacht er nur. Warum soll es dir und deinem Sohn ebenso schlecht ergehen wie Iolana und mir? Nein, das kommt nicht infrage.«

Iolana pflichtete Paulette bei. »Du musst an Keanu denken. Als dein Kind wird er mit allen Vorurteilen dieser Welt aufwachsen, man wird ihn einen Mulatten nennen, einen Bastard, einen Hurensohn. Der beste Schutz dagegen ist, viel Geld zu haben … oder jemanden zum Mann, der viel Geld hat.«

»Ich weiß, aber ich kann doch nicht einfach zusehen, wie Titus euch in die Wüste schickt. Wir kennen uns inzwischen so gut … Wir sind Freundinnen.« Sie fiel erst Iolana um den Hals, dann Paulette. »Dieser Mistbock. Ich könnte ihn umbringen.«

Sie verabschiedeten sich, und Elsa blieb mit Iolana allein. Beim zweiten Drink gestand sie: »Er hat mich in der Hand, Iolana. Nicht nur wegen des Geldes, sondern … Ich komme nicht mehr von dem Zeug los. Ich habe es versucht, aber … ich habe schon Angst, wenn ich nur daran denke, damit aufzuhören. Einmal habe ich es aus dem Fenster geworfen und bin dann mitten in der Nacht nach draußen geschlichen, um es zurückzuholen. Sobald ich es rauche, fühle ich mich sicher, geborgen, mutig, kreativ. Es fühlt sich an, als würde es mir meine wahre Persönlichkeit geben, während ich ansonsten unvollständig bin.«

»Paulette hat dir kürzlich gesagt, was das Zeug mit dir anstellen wird, wenn du nicht davon loskommst.«

»Vermutlich hat sie recht. Sie hat viel öfter richtig als falsch gelegen.«

»Dein Leben war zerbrochen, dein Selbstverständnis erschüttert. Man hat dich eine Äffin genannt, fortgejagt, aller Sicherheiten beraubt. Andere wären daran zerbrochen, aber du lebst noch. Das ist eine nicht zu unterschätzende Leistung. Deine trüben Gedanken nützen keinem und treiben dich nur noch weiter in die Arme der Kreatur, vor der du fliehen solltest.«

Elsa hatte Tränen in den Augen, zum ersten Mal seit langer Zeit. »Ich will nicht, dass du fortgehst. Ich will, dass wir zusammenbleiben, du und ich und Paulette und ihre Kinder und Keanu … und eines Tages auch die Kinder, die du noch bekommen wirst. Das Leben ist grausam, wenn es dir zeigt, wie es sein könnte, dir aber nicht die Mittel gibt, es zu erreichen.«

Da legte Iolana eine Hand auf Elsas Schulter und küsste sie auf die Wange. »Ich gehe jetzt schlafen. Bleib du ruhig noch eine Weile hier. Wenn es je einen guten Zeitpunkt gab, sich allein zu betrinken, dann ist es heute Nacht.«

Am nächsten Morgen litt Titus unter starken Unterleibskrämpfen, zu denen außerdem Schweißausbrüche und Schüttelfrost kamen. Weil es zu riskant gewesen wäre, den Kranken zu transportieren, schickte Elsa jemanden los, um Max von Port Rabaul auf die Jacht zu holen. Bis er eintraf, dauerte es einen halben Tag, und in der Zwischenzeit verschlimmerte sich der Zustand des Kranken.

Diesmal konnte Elsa einer Begegnung mit Max nicht aus dem Weg gehen, und plötzlich wollte sie es auch gar nicht mehr. Als er die Kajüte betrat, machte ihr Herz einen Sprung, und für einen Moment vergaß sie den Anlass seines Kommens.

Seine erste Frage galt nicht der Gesundheit von Titus. »Wie geht es Ihnen, Mistress Warwick? Und Ihrem Sohn? Haben Sie ähnliche Symptome?«

»Nein«, sagte sie. »Wie ich es sehe, ist Titus als Einziger von der Krankheit befallen.«

Max setzte sich auf das Krankenbett und führte einige Untersuchungen durch, während Iolana, Paulette und Gung nacheinander in den Raum tröpfelten. Sie umringten den Siechen, wie man es auf unzähligen Gemälden aus den unterschiedlichsten Epochen sehen kann.

»Hat er erbrochen?«, fragte Max.

»Er hat es versucht«, antwortete Elsa. »Aber es kam nur Schleim. Außerdem kann er nicht mehr sprechen.«

Wie um es unter Beweis zu stellen, presste Titus einige Laute hervor, die man eher einem Tier als einem Menschen zugeordnet hätte. Seine Kehle schien wie zugeschnürt.

»Hat er etwas gegessen, das die anderen nicht zu sich genommen haben?«, fragte Max.

»Tja, ich weiß nicht …«, begann Elsa.

Paulette fiel ihr ins Wort.

»Ja, ich bin ziemlich sicher, dass er Wildkräutersalat gegessen hat«, sagte sie, woraufhin Titus sich im Bett aufbäumte und aufgeregt etwas Unverständliches krächzte.

Der Mediziner beruhigte ihn. »Nicht aufregen, Mister Warwick. Legen Sie sich wieder hin.«

Bevor Titus der Anweisung folgen konnte, wurde er von einem neuerlichen Krampf geschüttelt. Er spuckte Blut.

Max stand auf und sah den drei Frauen in die Gesichter. »Wenn ich es nicht besser wüsste, würde ich denken …«, begann er, führte den Satz jedoch nicht zu Ende. »Ich halte eine Nahrungsmittelvergiftung für möglich, aber unwahrscheinlich, da Warwick ausschließlich Blut erbricht, aber keinen Mageninhalt. Vielmehr habe ich den Verdacht …«

Sein Zögern war für Elsa – und nicht nur für sie – unerträglich. Alle waren derart auf den Arzt konzentriert, dass niemand die Stille bemerkte, die plötzlich eintrat. Erst als Max sich wieder dem Bett zuwandte, fiel ihnen auf, dass Titus keinen Laut mehr von sich gab. In unnatürlicher Haltung und mit weit geöffneten Augen lag er auf den zerwühlten, blutigen Laken.

Max fühlte ihm den Puls, warf einen langen Blick auf seine schäbige Taschenuhr und sagte schließlich: »Drei Uhr sechzehn nachmittags. Er ist tot.«

Die drei Freundinnen saßen im Salon der Jacht. Keine sagte etwas. Dumpf schlugen kleine Wellen gegen den Bootsrumpf, leise waren menschliche Stimmen zu hören: Max, der an Deck mit einem herbeigeeilten Vertreter der australischen Polizeibehörde sprach. Paulette rauchte eine von Titus' Zigarren, Elsa hielt sich an einem Gin Pahit fest, und Iolana zupfte den Tischblumen die Blütenblätter ab. Gelegentlich warfen sie sich stumme Blicke zu. Die Frage, was als Nächstes passieren würde, stand wie eine vierte Person im Raum, der man Aufmerksamkeit schenkte, ohne sie anzusprechen. Die Vergangenheit hingegen ignorierten sie vollständig. Zumindest eine der Freundinnen wusste, was passiert war, und die beiden anderen ahnten es, ohne die Details erfahren zu wollen.

Als das Gespräch auf dem Oberdeck verstummte und das Motorgeräusch eines sich entfernenden Beibootes zu hören war, kam Bewegung in den Salon. Paulette drückte die Zigarre aus, Elsa leerte den Drink, und Iolana ordnete die Blütenblätter auf dem Tisch in aller Eile zu einer polynesischen Göttin an. Es war, als erwarteten sie alle, den Raum noch in derselben Minute verlassen zu müssen.

Tatsächlich ging kurz darauf die Tür auf, und Max trat mit einer finsteren Miene ein, die Elsa so nicht von ihm kannte, nicht mal von jener Nacht, als sie ihm zum ersten Mal begegnet war und er eine Patientin verloren hatte.

Er musterte die Freundinnen eine nach der anderen, zuletzt Elsa, auf der sein Blick besonders lange haften blieb.

»Du hast Fieber«, sagte er, wobei er sie zum ersten Mal seit langer Zeit wieder duzte. »Ihr alle habt Fieber.«

Seine klaren Worte drückten eine Behauptung aus, die seine Augen zeitgleich der Lüge überführten.

»Und zwar dasselbe tückische Grippefieber, das Titus Warwick getötet hat. Solche neuen Krankheiten treten in der Südsee immer mal wieder auf. Dieses Schiff steht ab sofort und auf Anordnung des Gouverneurs für eine Woche unter Quarantäne, keiner darf es verlassen oder betreten, auch nicht die Polizei. Warwick wird noch in dieser Stunde auf hoher See bestattet.«

Bevor er ging, wandte er sich noch einmal um und sah die drei Freundinnen nacheinander an. Wieder blieb sein Blick auf Elsa haften. Sie wusste, dass das, was er tat – oder, besser gesagt, nicht tat –, allein ihr zuliebe geschah. Er beschützte die Mörderin, die er liebte, und dass er mit seiner Annahme falsch lag, änderte nichts an der Romantik und Ritterlichkeit seines Verhaltens.

Elsa schenkte ihm ein Lächeln, das er jedoch nicht erwiderte.

»Es wäre übrigens hilfreich«, sagte er, »wenn Gung ebenfalls krank würde. Das sähe irgendwie besser aus.«

Schöne neue Welt

Was in jener Nacht auf dem Boot geschehen war, behandelten die drei Frauen wie ein Familiengeheimnis, das so vertraulich war, dass sie sogar untereinander nicht davon sprachen, so als existiere es dann nicht mehr. Es gab genug Ablenkungen, auch in der Zeit der »Quarantäne«. Als Elsa von der Höhe ihrer Erbschaft erfuhr, konnte sie tagelang nicht klar denken. Da es kein Testament gab, war sie Alleinerbin von neunundfünfzig Millionen Pfund Sterling, außerdem etlicher Aktien und Ländereien sowie der Villa in Port Rabaul. Im wahrsten Sinne über Nacht, nach knapp vierundzwanzigstündiger Ehe, war sie damit zur reichsten Frau der Südsee geworden.

Statt zu schlafen, lag sie hellwach im Bett. Der Gedanke, unermesslich viel Geld zu haben und plötzlich Herrin über das eigene Leben zu sein, war so schwer zu greifen wie ein Geist und ebenso schwer zu glauben. Mehrmals stand Elsa auf, um die Kassette zu öffnen, die ihr der Notar übergeben hatte. Darin befanden sich alle Dokumente, die sie unzweifelhaft als Erbin auswiesen, und Elsa nahm sie immer wieder aufs Neue in die Hand und las sie Seite für Seite, Wort für Wort durch. Noch im Morgengrauen wiederholte sie die Prozedur ein weiteres Mal, legte die Kassette schließlich zu sich ins Bett und konnte erst danach für eine Weile schlafen. Kaum erwacht, fiel ihr ein, dass sie ganz vergessen hatte, Opium zu rauchen, dennoch hatte sie kein Verlangen danach. Von der Kassette ging eine stabilisierende Wirkung aus, vergleichbar mit der Geborgenheit, die das Rauschmittel erzeugte.

Sämtliche Probleme der letzten zwei Jahre hatten sich in nichts aufgelöst. Elsa konnte sich überall eine Heimat schaffen, wo sie wollte. Sie war niemandem Rechenschaft schuldig und von niemandem abhängig. Keanu würde eines Tages auf die besten Schulen gehen, wo seine Herkunft kaum eine Rolle spielen würde.

Dennoch stand ihr der Sinn nicht nach großen Veränderungen. Weder zog sie eine Rückkehr ins Mutterland noch eine zweite Reise ins Vaterland in Betracht. Die Villa hoch über Port Rabaul war genau der richtige Ort, um ein neues Leben zu beginnen oder zumindest einen neuen Lebensabschnitt. Ihre Unabhängigkeit wollte sie keinesfalls mit Einsamkeit bezahlen. Ihr unverhoffter Reichtum war nicht nur für sie bestimmt.

Noch auf der Yacht bat sie Iolana und Paulette, mit ihr in der Villa wohnen zu bleiben. Die beiden waren für sie inzwischen wie die Schwestern, die sie nie gehabt hatte. Mehr noch – sie kamen ihr wie Seelenverwandte vor. Iolana stand für das Milde, Gutherzige, Versöhnliche, Geduldige und Traurige. Sie wünschte keinem etwas Schlechtes, zu einem Verrat oder gar einem Verbrechen wäre sie niemals fähig. Eher litt sie selbst, als dass sie andere leiden ließ. Ein bisschen war sie wie die Heldinnen in den Romanen von Hedwig Courths-Mahler und verkörperte somit jene gefühlvolle Frau, die Elsa als Kind immer hatte werden wollen.

Paulette hingegen war durchsetzungsfähig, kantig, sarkastisch. Sie nahm kein Blatt vor den Mund, war stets darauf bedacht, ja keine Schwäche zu zeigen, und hielt ihre emotionale Seite verborgen. Für Elsa stand fest, dass Paulette Titus umgebracht hatte, aber sie konnte es ihr nicht übelnehmen, auch wenn ihr Gewissen es befahl. Wie auch immer man das nannte, was Paulette getan hatte – Mord, Rache, Notwehr –, dadurch hatte sie letztendlich bewirkt, dass sie zusammenblieben. Die Französin verkörperte die starke, polarisierende und zu allem entschlossene Frau, die Elsa manchmal wie eine wohlwollende Lehrerin respektierte und manchmal wie eine strenge Gouvernante fürchtete, aber immer bewunderte.

Obwohl Iolanas und Paulettes Charaktere wie magnetische Pole waren, kamen die beiden Frauen seit einiger Zeit erstaunlich gut miteinander aus. Vielleicht weil Elsa als Mittlerin fungierte, die beide Freundinnen zu nehmen und mit der anderen zusammenzuführen wusste. Dies wiederum war nur möglich, da Elsa sich der einen wie der anderen freundschaftlich verbunden fühlte. Sie wünschte sich Iolanas Geduld und Paulettes Mut, die Gelassenheit der einen und die zupackende Art der anderen. Denn sowohl Iolana als auch Paulette waren – eine jede auf ihre Weise – charakterlich gefestigt.

Elsa war es nicht, und das spürte sie. Sie war seltsam unruhig, und das nicht nur wegen der Umstände von Titus' Tod und der sogenannten Quarantäne. Das Gefühl hielt auch nach der Rückkehr in die Villa an, es verstärkte sich sogar noch. Der unverhoffte Reichtum gab Elsa zwar einerseits Sicherheit, wie es wohl fast jeder empfunden hätte, der sämtliche materiellen Sorgen mit einem Schlag los gewesen wäre. Andererseits kam er ihr wie ein riesiger Raum vor, der gefüllt werden wollte. Nur leider wusste sie nicht, womit. Erst die Abhängigkeit von ihrer Familie, später die Ehe mit Henning, deren Auflösung, die Schwangerschaft und gewisse andere Nöte hatten ihr die meisten Entscheidungen abgenommen, vorgegeben oder zumindest nahegelegt. Wenn sie doch einmal selbst entschieden hatte, dann war sie ihrem Stolz und schlimmen Fehleinschätzungen erlegen.

Gerne hätte sie mit Max darüber gesprochen, mit ihm Zeit verbracht, sich ihm wieder angenähert … Aber er hatte Port Rabaul vorübergehend verlassen, um irgendwo an der Nordküste zu wirken. Elsa vermisste ihn mit jedem Tag mehr. Dachte er schlecht von ihr? Ging er ihr aus dem Weg? Die Fragen bohrten in ihr.

Der erste Vogel, dem Elsa nach der Rückkehr in die Villa die Käfigtür öffnete, wollte die angebotene Freiheit nicht annehmen. Der Singstar begab sich nur auf die Schwelle seines Gefängnisses, beäugte den nahen Buschwald skeptisch und zog sich dann wieder in die vertrauten Gefilde zurück. Er war in Gefangenschaft geboren, eigentlich war er eine sie. Elsa gab ihr den Namen Emma, siedelte sie in eine große Voliere um und verschaffte ihr einen männlichen Partner. Emma wurde begattet, legte Eier, brütete sie aus und zog die Jungvögel auf, bis der Vater den Küken zu gegebener Zeit Flugstunden unter freiem Himmel erteilte. Eines Nachmittags flogen er und die Jungschar in den Wald – und kehrten nicht mehr in die Voliere zurück. Emma blieb, wo sie war. Von da an hatte der fröhliche Gesang des Vogels in Elsas Ohren immer auch einen traurigen Beiklang, was ihr im Herzen wehtat. Sie kümmerte sich umso zärtlicher um ihn.

Kurzentschlossen übertrug Elsa Paulette die Verwaltung der Finanzen.

»Ich habe nicht die Absicht, sparsam zu leben, daher ist es deine Aufgabe, unser Vermögen auf gleichem Niveau zu halten und vielleicht sogar zu vermehren.«

Paulette war vor Freude ganz aus dem Häuschen und konnte ausnahmsweise ihre Rührung nicht verbergen, was wiederum Elsa glücklich machte. Sie war sich zwar über das kaufmännische Talent der Französin nicht im Klaren, und es beinhaltete ein gewisses Risiko, ihr neunundfünfzig Millionen Pfund anzuvertrauen. Aber es war immer Paulettes größter Wunsch gewesen, Geschäfte zu machen und Geld zu verdienen.

»Was ist dein größter Wunsch, Iolana?«, fragte Elsa.

Die Polynesierin musste erst nachdenken. Aufgrund ihrer Herkunft hatte sie immer schon kaum Wünsche gehabt. Die Frauen und Männer der kleinen, meist isolierten Inseln kamen ohne Zahlungsmittel aus und lebten fast ausschließlich von dem, was das Meer und der Wald hergaben. Nahezu alles, was sie brauchten, fertigten sie selbst.

Nach drei Tagen wünschte Iolana sich ein Baugrundstück am Strand. Noch machte sie ein Geheimnis daraus, was sie damit vorhatte, und reagierte auf Fragen mit jenem stoischen Lächeln, das Elsa seit je imponiert hatte.

Elsa hätte sich am liebsten eine Scheibe von Iolanas innerer Gelassenheit abgeschnitten, genauso wie von Paulettes zur Schau gestellter Stärke. Aber sie merkte, dass ein Charakter sich nicht auf Kommando ausbilden ließ. Solange Max wie vom Erdboden verschluckt war – auch

Gung hatte nichts in Erfahrung bringen können –, nahmen Elsas Unruhe und Unentschlossenheit weiter zu. Außer sich um Keanu zu kümmern, wusste sie nichts mit sich anzufangen. Es waren Iolana und Paulette, die irgendwann einen Umbau der Villa ins Spiel brachten, und nach anfänglichem Zögern willigte Elsa ein.

Die Idee war gut und lenkte sie obendrein von trüben Gedanken ab. Alle drei Freundinnen brachten Vorschläge zum Umbau ein. Iolana wünschte sich weniger Türen und Fenster, stattdessen eine offenere, der Natur zugewandte Konstruktion, wohingegen Paulette alles recht war, Hauptsache, die griechischen Statuen würden beseitigt. Elsa ließ zudem ein Baumhaus errichten, das vom Obergeschoss der Villa aus über eine stabile Brücke zu erreichen war. Es war rundherum offen, wie ein samoanisches *fale,* jedoch wie eine Lounge eingerichtet.

Auch auf Iolanas Strandgrundstück begannen die Bauarbeiten, und bald kamen Elsa und Paulette dahinter, dass dort ein polynesisches Café entstand. Es war nicht schwer, sich vorzustellen, wie Iolana in ihrem eigenen kleinen Reich aufgehen und es mit ruhiger Hand führen würde. Sie war wie geboren für eine solche Aufgabe, und Port Rabaul hatte ein bisschen exotisches Flair dringend nötig.

Das Glück der Freundinnen und das Lachen Keanus waren wie Sonnenstrahlen für Elsa, und es ging ihr bald deutlich besser. Dennoch fühlte sie sich noch immer seltsam leer. Erst als sie hörte, dass Max zurückgekehrt war, begann sich diese Leere zu füllen – mit Hoffnungen.

Sofort ließ sie einen Brief zur Hüttenpraxis bringen, worin sie Max bat, baldmöglichst in die Villa zu kommen.

Als Grund nannte sie eine Untersuchung Keanus. Dabei hatte sie etwas ganz anderes vor.

Am Tag von Max' Besuch verbrachte Elsa eine geschlagene Stunde vor dem Kleiderschrank und eine weitere vor dem Spiegel. Da die Umbauarbeiten noch nicht abgeschlossen waren, ließ sie das neue Baumhaus putzen und dekorierte es mit frisch gepflückten Gartenblumen, vor allem Orchideen und Oleanderzweigen. Max hatte sich für drei Uhr am Nachmittag angekündigt, aber schon um eins wusste Elsa nichts weiter zu tun und lief nervös durchs Haus. Iolana war zum Strand gegangen, um den Bau des Cafés zu überwachen, und Paulette war nach Kimbe gefahren, um endlich ihre Kinder abzuholen, die fortan in der Villa leben und ein Teil der Familie werden sollten.

Der Stundenzeiger der Uhr schien sich viel zu langsam zu bewegen. Elsa nahm ein Buch zur Hand und legte es wieder zur Seite. Sie dekorierte noch einmal um, sortierte die kleine Bar, beschäftigte sich liebevoll mit Emma, dem Singstarweibchen, ließ sich Keanu bringen, stillte ihn und redete mit ihm. Natürlich verstand er kein Wort, aber er lächelte viel.

Dann war es endlich drei. Viertel nach, zwanzig nach, halb vier … Max blieb aus. Die Nurse nahm Keanu wieder mit ins Kinderzimmer, das von den Umbauten ausgenommen worden war. Elsa machte sich einen Gin Pahit, und Gung brachte um Punkt vier Uhr frische Waffeln und Tee, den Elsa jedoch nicht genießen konnte.

Hatte Max die Untersuchung vergessen? War etwas passiert? Sie erwog, Gung loszuschicken, und läutete nach ihm, überlegte es sich jedoch anders.

Als der Arzt gegen halb fünf endlich eintraf, war sie so glücklich, als hinge ihr ganzes weiteres Leben von seinem Besuch ab.

Gung führte ihn zu Elsa ins Baumhaus, das er zum ersten Mal betrat.

»Da bist du ja!«, sagte sie. »Ich war schon in Sorge.«

»Die Praxis war voll. Es gab einen Aufruhr, weil die Weißen vorgezogen werden wollten, was ich natürlich abgelehnt habe. Einige von ihnen sind beleidigt abgezogen, sonst wäre ich jetzt noch nicht hier.«

Elsa lächelte. Alles, was sie seit Stunden, ja, seit Tagen nervös umgetrieben hatte, war wie weggewischt.

»Diese Probleme wirst du künftig nicht mehr haben«, sagte sie spitzbübisch, ging zu einer Anrichte und öffnete eine Kassette.

»Ich habe hier ...«

Weiter kam sie nicht. Die Nurse brachte Keanu, und Elsa verschob ihr Vorhaben um einige Minuten.

Während Max den Herzschlag des Kleinen maß und weitere Untersuchungen durchführte, beobachtete sie ihn. Wenn er Keanu streichelte, mit ihm redete, ihn vorsichtig drehte oder seine Hände liebkoste, dann kam es ihr vor, als würde er auch Elsa solche Zärtlichkeit entgegenbringen, ja, als würde er über Keanu zu ihr sprechen.

»Es geht ihm bestens«, sagte er. »Kein Wunder bei der liebevollen Betreuung durch euch. Sag, stillt ihr noch, Iolana und du?«

Elsa bejahte. »Ich würde es gerne langsam ausklingen lassen, aber Iolana hat solche Freude daran ... Sie ist noch versessener auf Keanu als ich.«

»Erstaunlich, wie sehr sie ihn liebt. Sie hat ein übervolles Herz.«

»Da ist sie nicht die Einzige«, sagte Elsa, nahm Keanu in die Arme, küsste ihn und übergab ihn der Nurse, die mit ihm im Haus verschwand.

Elsa läutete nach Gung. »Seien Sie so nett und öffnen Sie uns eine Flasche Champagner aus der Bar«, bat sie.

»Ich habe leider nur wenig Zeit«, sagte Max. »Muss gleich noch ins nächste Dorf, wegen einer Zahnbehandlung.«

»Gung wird dich hinfahren. Nicht wahr, Gung, das machen Sie?«

Der chinesische Diener, der gerade die Flasche öffnete, verbeugte sich leicht. »Es wäre mir ein Vergnügen.«

»Na schön«, seufzte Max. »Sie haben etwas gut bei mir, Gung. Elsa, du hast gewonnen. Ein Schluck Champagner vor einer unappetitlichen Zahnbehandlung kann nicht schaden.«

Gung überreichte ihnen zwei gefüllte Gläser und entfernte sich.

»Worauf trinken wir?«, fragte Max. »Haben wir denn etwas zu feiern?«

»Auf Keanus Gesundheit. Auf das Baumhaus. Meinen neuen Familienstand. Meine Erbschaft …«

»Wenn es dir recht ist, trinke ich nur auf Keanu.«

Sie stießen an, nippten am Glas, dann fragte Elsa: »Gefällt dir das Baumhaus denn nicht?«

»Im Prinzip eine originelle Idee, in einem *fale* in den Baumkronen zu leben.«

»Aber das Drumherum ist nicht dein Stil, habe ich recht? Die Bar, die Lounge-Sessel, der Champagner …«

Er nickte. »Du hast also nicht vergessen, wie ich denke und fühle. Ich war mir da nicht mehr sicher.«

Elsa leerte ihr Glas und lachte. »Ich weiß noch genau, wie du mir bei unserer ersten Begegnung vorgekommen bist. »Es war im ›Kronprinz‹, Henning lag zwischen uns auf dem Boden. Du hast einen verbeulten, nicht ganz sauberen Anzug getragen, einen wie der, den du jetzt trägst. Du warst müde und abgekämpft, und obwohl du in meinen Augen nur das Zerrbild eines Arztes warst und ich schrecklich wütend auf dich war, hast du mich zutiefst beeindruckt. Deine Augen … Deine Statur … Ich war eine frisch verheiratete Frau, sittsam erzogen, und der erstbeste Mann löste gleich solche Gefühle in mir aus. Das hat mich anfangs gegen dich eingenommen.«

»Eine völlig natürliche Gegenreaktion.«

Sie ging einen Schritt auf ihn zu. »Diese Phase hat lange angehalten, viel länger, als du glaubst. Sie hat sogar noch bis in die jüngste Vergangenheit gewirkt. Zuerst wollte ich nicht wahrhaben, dass du recht hattest, dann habe ich mich dir gegenüber schuldig gefühlt und bin vor diesem Gefühl davongelaufen …«

»Du bist mir keine Rechenschaft schuldig, warst es nie.«

Sie lächelte. »Ich wusste, dass du das sagen würdest. Ein gutes Gefühl für mich, dich zu kennen.«

Sie ging zur Anrichte, öffnete die Kassette und kam mit einem Scheck zurück, den sie Max überreichte.

Ungläubig starrte er auf den eingesetzten Betrag, eine Eins mit sechs Nullen.

»Mir ist klar«, sagte Elsa, »dass du dir davon keinen neuen Anzug kaufen wirst, keine Schuhe, kein Pferd, keine Zigarren und keinen Herrenring. Auch kein Baumhaus.

Ich gebe dir das Geld, damit du eine Klinik bauen kannst, ein richtiges Krankenhaus mit allem Drum und Dran. Na, was sagst du?«

Sie füllte das Glas auf und streckte es Max freudestrahlend für einen weiteren Trinkspruch entgegen.

»Auf das Max-Richter-Hospital, in dem alle Menschen mit der gleichen Fürsorge behandelt werden.«

Max blickte zu Boden und sagte: »Ich kann das Geld nicht annehmen, Elsa.«

»Was sagst du da? Wieso denn nicht? Es ist als Spende gedacht.«

»Hundert Pfund oder meinetwegen tausend sind eine Spende. Eine Million Pfund sind … Korruption.«

Elsa fiel aus allen Wolken. »Aber ich möchte dir doch bloß deinen Traum erfüllen.«

»Ich lebe meinen Traum bereits, und der sieht keine Million vor. Ich dachte, ich hätte dir das bereits erklärt.«

»Deine Patienten würden von einem Krankenhaus profitieren.«

»Geht es dir wirklich um meine Patienten?«

Sein Widerstand ärgerte Elsa. Sie fühlte sich missverstanden. »Es kann dir völlig egal sein, warum dir jemand den Bau eines Krankenhauses ermöglicht. Deine Patienten fragen auch nicht danach, sie wollen gut versorgt sein.«

»Sie werden bereits gut versorgt. Es stimmt, dass ich das eine oder andere gebrauchen könnte, aber dafür ist keine Million nötig. Streiche drei Nullen, dann können wir darüber reden.«

»Hast du keine Phantasie? Man kann überschüssiges Geld für tausend Dinge verwenden.«

Max versuchte, ihr den Scheck zurückzugeben, doch sie weigerte sich, ihn anzunehmen.

»Du hast behauptet, dass du mich kennst«, sagte er. »Und dann willst du mich dafür bezahlen, dass ich einen Mord decke.«

Elsa erstarrte. Sie hatte sich daran gewöhnt, dass niemand die Geschehnisse um den Tod von Titus erwähnte, und nun platzten sie in das idyllische Baumhaus, das neue Leben, die Zweisamkeit mit dem Mann, den sie liebte.

»Sag das nicht«, bat sie. Zu mehr war sie vorerst nicht in der Lage.

»Bist du es gewesen?«, fragte er.

Sie wandte sich ab.

Er wiederholte seine Frage. Als sie weiter schwieg, ging er um sie herum und suchte ihre Augen. »Nun?«

»Was meinst du?«

»Elsa, ich bitte dich. Du weißt, wovon ich spreche.«

Sie blickte zu Boden. »Das gehört nicht hierher. Es hat nichts damit zu tun, dass ich dir ein Krankenhaus schenken will. Wieso denkst du mit einem Mal so schlecht von mir? Man sollte meinen, dass du mich ein bisschen einschätzen kannst.«

Er dachte über ihre Worte nach, und sie glaubte schon, ihn überzeugt zu haben. Da machte er zwei Schritte auf sie zu. Elsas ganzer Körper spannte sich in der Hoffnung, von Max berührt zu werden. Das Baumhaus, die Villa und sogar die neunundfünfzig Millionen Pfund wogen plötzlich leicht gegen seine Gegenwart.

»Diese Zeit ist vorbei«, sagte er kopfschüttelnd. »Du hast dich verändert. Warwick hat dich verändert. Und sein Geld.«

»Du wolltest, dass ich eine freie Frau werde«, sagte sie verzweifelt.

»Wenn du glaubst, dass ich *das hier«,* er hielt ihr den Scheck direkt vor die Augen, »unter den Taten einer freien Frau verstehe, dann hast du mich nie wirklich verstanden.«

Er zerriss den Scheck und warf die Schnipsel wie Konfetti in die Luft.

»Du hast dich für ein Leben als Mätresse in Saus und Braus entschieden. Und nun versuchst du, mich auf dieses Niveau zu ziehen. Tu das nie wieder.«

Nachdem er gegangen war, holte Elsa zum ersten Mal seit Wochen das Opium wieder hervor, nur um es sich anzusehen, und kehrte in ihr Baumhaus zurück. Die Betrachtung der schwarzen Kügelchen auf dem Glastisch ließ ihr Verlangen aufflackern. Sie entzündete ein Streichholz, hielt es dicht an eine der Tränen der Mohnblüte und atmete den feinen Rauchfaden ein, der einige Sekunden lang aufstieg. Sogleich ebbte die Erregung ab, entspannt lehnte sie sich zurück. Während sie dem Wind zuhörte, der durch die Palmblätter rauschte, zählte sie ihre Atemzüge, die sich erst verlangsamten und dann wieder beschleunigten. Die Wirkung des Mohnschleiers war nur flüchtig gewesen, eine richtig gestopfte Opiumpfeife musste her, um sie zu erneuern und für einige Stunden zu erhalten.

Vorsichtig las Elsa drei weitere schwarze Kügelchen von der Glasplatte auf, stopfte die Pfeife und entzündete sie mit fahriger Ungeduld, als Paulette überraschend das Baumhaus betrat, neben sich ihre beiden Kinder.

Hastig verbarg Elsa die Attribute ihrer Abhängigkeit.

»Geht wieder nach unten zu Mister Gung«, sagte Paulette zu den Zwillingen und wartete, bis sie sich entfernt hatten. Dann machte sie einen Schritt auf Elsa zu, riss ihr die Pfeife aus der Hand und stürzte den Tisch um.

»Bist du verrückt geworden?«, brauste Elsa auf.

»Als ich Max davongehen sah, wusste ich, was passiert war – und was als Nächstes passieren würde. Du liebe Zeit, Elsa, du kannst nicht jedes Mal, wenn ein Kerl dich enttäuscht, in eine duftende Scheinwelt fliehen. Dann würdest du dort deine ganze Zeit verbringen.«

»Erstens geht dich das nichts an, und zweitens trifft Max keine Schuld.«

»Titus hat dich absichtlich in die Anhängigkeit getrieben, und Max scheucht dich unabsichtlich dorthin zurück.«

»Ohne Max wären wir jetzt nicht hier.«

»Ja, ich weiß, ich würde keine Zigarren paffen können, sondern säße von einem Mannweib bewacht in einem Untersuchungsgefängnis. Ich gebe ja zu, dass ich Max nicht ganz so schlimm finde wie die meisten anderen Kerle.«

»Dieses Kompliment wird er sicher gerne hören.«

»Aber auch er ist ein Blender und Heuchler. Er kehrt den Moralapostel heraus, dabei hat er selbst Dreck am Stecken, und nicht zu knapp. Deinem holden Arzt hat man nämlich vor einigen Jahren die Approbation entzogen, und zwar wegen eklatanter Verstöße gegen die Berufsethik. Deshalb zieht er es wohl auch vor, weiterhin wie Diogenes in der Tonne zu leben, anstatt mit deinem Geld eine hübsche Tropenklinik zu eröffnen. Dann käme nämlich alles ans Licht.«

»Woher … weißt du das?«

»Aus dem Giftschrank von Titus. Er hat über jeden auf der Halbinsel, der ihm wichtig genug erschien, ein Dossier anlegen lassen. Das war Teil seiner Geschäftsmethoden, wie wir aus eigener leidvoller Erfahrung wissen. Sieh also der Wahrheit ins Gesicht: Die Männer bringen dir Unglück.«

Elsa reagierte auf die Neuigkeit über Max, die sie als persönlichen Angriff empfand, mit einem Gegenangriff.

»Na und, es ist immer noch mein Unglück, oder etwa nicht? Ich kümmere mich auch nicht um deines, nämlich dass du eine verbiesterte, verbitterte, vertrocknete, abgenutzte …« Erschrocken presste Elsa beide Hände vor den Mund. Als sie sie wieder senkte, sagte sie: »Entschuldige, es tut mir leid, ich … Ich wollte das nicht sagen. Ich denke auch gar nicht so. Ich weiß nicht, wie ich solche Gemeinheiten überhaupt … Bitte verzeih mir. Wie konnte ich bloß?«

»Immer mit der Ruhe, Chérie«, unterbrach Paulette sie. »Du hast mich nicht erdolcht und stehst auch nicht an meinem Grab. Also alles halb so wild.«

Elsa fiel ihr um den Hals. »Ich wünschte, ich wäre so wie du. Du bist so stark, so selbstsicher, du weißt immer, wo es langgeht.«

Paulette lächelte, was selten vorkam. »Lieb von dir, das zu sagen. Aber denk noch einmal über deinen Wunsch nach. Mit jemandem wie mir könnte ich nämlich nicht zusammenleben.«

Sie lagen sich eine Weile in den Armen, bevor sie mit dem Aufräumen des von Paulette angerichteten Chaos begannen.

»Ich freue mich schon, deine Kinder kennenzulernen«, sagte Elsa.

Ohne darauf einzugehen, sagte Paulette: »Das ist mein voller Ernst. Du musst endlich und endgültig davon wegkommen.«

Elsa wusste genau, was Paulette meinte. Am Abend, nach Sonnenuntergang, fuhr sie zum Meer, um die Herkulesaufgabe zu erledigen. Sie hatte alles Opium, was sie besaß, in einen Beutel gestopft, der nun prall gefüllt war wie ein Geldsack. Der Pazifik sollte ihn verschlucken. Er toste. Die Wellen schlugen die stahlgrauen Klippen hinauf, als griffen sie nach der Droge und wollten sie in ein tiefes Grab zerren.

Natürlich konnte Elsa sich jederzeit neues Opium besorgen. Dazu brauchte es nicht mehr als einen Geldschein und einen Chinesen. Aber den Vorrat hier und jetzt zu versenken wäre ein Symbol der Befreiung. Sie wollte ihr altes Leben gänzlich hinter sich lassen: ihre Kindheit, in der sie nur eine Nebensache gewesen war, das tief verwurzelte Gefühl des Verlassenseins, die immer wiederkehrende Tragödie des Verlassenwerdens, die vielen kleinen und großen Demütigungen, das Jahr mit Henning, das Jahr mit Titus. Vielleicht sogar Max.

Seine Lüge, was die Approbation betraf, schmerzte sie weniger als sein Vorwurf, sie sei käuflich, zumal er nicht unzutreffend war. Ja, sie hatte sich von Titus gewissermaßen bestechen lassen. Die Gründe dafür waren in eben jenem alten Leben zu suchen, das sie abzustreifen gedachte, ebenso in der Sucht nach Anerkennung und Heimat, die in die Sucht nach Opium gemündet hatte.

Paulette hatte ihr einen klugen, vernünftigen Rat gegeben, Elsa hatte jedoch noch nie rational denken können. Vielleicht war das Außenseiterdasein in der Kindheit daran schuld, angefüllt mit Sehnsüchten, oder die Bücher von Hedwig Courths-Mahler, oder es lag ihr einfach im Blut, war ererbt von der irrationalen Mutter, die sich mit einem weißen Seemann eingelassen hatte, und dem Vater, der wie der Erste Offizier der »Bounty« eine Südseeprinzessin geheiratet hatte. Elsas bedingungslose Liebe zu Henning, ihre verzweifelte Fahrt nach Bremen, der Einzug in Warwicks Haus, das alles war unvernünftig gewesen. Sie war immer schon verführbar gewesen – die ewige Sünde der Träumer – und stolz – die ewige Sünde der Narren. In dem steten Schwanken zwischen diesen Schwächen entglitt ihr das Leben immer wieder. So jedenfalls empfand sie es an jenem Abend.

An den Klippen der Matupi Bay, eingerahmt von Schaumkronen, kämpfte Elsa ein schweres Gefecht. Sie hielt den Beutel am Schopf und suchte nach der Kraft, ihn loszulassen.

Just in diesem Moment saß Iolana nur zweihundert Schritte entfernt auf einem breiten Holzsteg, der in die Bucht hineinragte. Ihr gegenüber schwebte das große Mondauge in der Mitte des Nachthimmels, ein nicht ganz vollkommenes Rund, getrübt von leichtem Dunst, der das Licht dimmte und zerstreute. Der Steg, das Wasser, die Palmen und die Vulkane, alles war mit einem weißlichen Film überzogen, gerade hell genug, um die Konturen hervorzuheben, ohne ihre ganze Gestalt sichtbar zu machen. Der Wind fegte ihr durch die langen Haare.

Auf der bald zehnjährigen Flucht vor ihrer Vergangenheit hatte Iolana schon viele Buchten kennengelernt, der Pazifische Ozean war voll davon. Doch für jeden Menschen, so glaubte sie, gab es auf der Welt nur einen einzigen Ort, an dem das, was er für schön und erstrebenswert erachtete, in vollendeter Weise seinen Ausdruck fand. Wo ihm die Natur den Kopf ein wenig verdrehte und die Illusion vermittelte, rundum glücklich werden zu können. Das mochte an einem speziellen Wind liegen, an der Farbe des Wassers, der Form der Bucht, an den Bäumen, dem Sand, dem fröhlichen Charakter der Menschen, einem bestimmten Geräusch oder einem Geruch, an den Vögeln, der Lage des Hauses, den Tönungen der Wolken am Abend – oder an allem zusammen. In der Matupi Bay waren das Gewaltige und das Liebliche, das Erschreckende und das Verführerische eine Verbindung eingegangen. Iolana war dieser Mischung verfallen, und sie war sicher, dass es Paulette und Elsa ebenso erging.

Iolana wandte ihr Gesicht der Landseite zu, wo sich zwischen Strand und Himmel die Lichter von Port Rabaul den Hügel hinauf zogen. Ganz oben, inmitten der Nacht, ging von der Villa der schwache Schimmer eines weit entfernten Sterns aus. Das war ihr Zuhause, das erste richtige Heim, das sie je gehabt hatte, und Paulette, Elsa und Keanu waren ihre Familie. Elsa hätte mit ihrem Reichtum überall hingehen, sie hätte wie eine Königin in Samoa oder wie eine mysteriöse Exotin in Europa leben können. Doch sie hatte sich für die Matupi Bay entschieden, genau wie Iolana, die ihre Götter darum bat, diesen Ort nie wieder verlassen zu müssen.

Die milde Stimme Iolanas übertönte kaum den Wind

und das Meer dieses Abends, weshalb nur der Passat das Gesagte vernahm. Aus ihrem Mund hörte sich alles ähnlich an, es klang wie eine Mischung aus Traurigkeit, Abgeklärtheit, fatalistischer Schicksalsergebenheit und dem Mut der Verzweiflung. In Iolanas Vorstellung verwirbelte der Wind ihre Worte und trug sie zerstückelt mit sich quer über den Pazifik, wo sich einst die Tragödie ihres Lebens ereignet hatte. Am Ende des leisen Gebets bat sie noch um Verzeihung, aber nicht die Götter …

Als sie Schritte auf dem Steg näher kommen hörte, schwieg sie. Ihr angespannter Blick löste sich, noch bevor sie erkannte, wer aus dem Dunkel auf sie zutrat. Sie hatte so eine Ahnung – das kam öfters vor –, und sie bestätigte sich.

»Hallo. Störe ich Sie?«

»Überhaupt nicht«, sagte Iolana.

»Ich habe Sie sprechen hören.«

»Ein kleines Nachtgebet. Es ist beendet.«

Max Richter blieb einige Schritte von ihr entfernt unentschlossen stehen. »Ich habe Sie in den letzten Wochen immer mal wieder abends hier sitzen sehen … die einsame Frau auf dem Steg, umrahmt vom Meer und vom Mondlicht. Ein Motiv wie von einer Postkarte.«

Sie lachte. »Käme ein Fotograf vorbei, würde ich nicht Nein sagen. Ich kann künftig jede Werbung für mein Café gebrauchen.«

Gemeinsam warfen sie einen Blick auf das halb fertige Holzgebäude am anderen Ende des Steges.

Max sagte: »Ich sehe es schon vor mir, das ›Café Pacifico‹.«

»Pacifico?«

»Entschuldigung, ich habe es nur für mich so genannt. Der Name ist mir einfach so zugeflogen.«

Iolana lächelte. »Möchten Sie sich zu mir setzen?«

Er zögerte kurz, aber nur so lange, dass sie es zur Kenntnis nehmen konnte. Dann ging er gerne auf ihr Angebot ein.

Verstohlen beobachtete Iolana ihn dabei, wie er seine Schuhe auszog und die Hose bis zu den Knien aufkrempelte. Nicht zum ersten Mal bemerkte sie seine besondere Wirkung. Obwohl er sehr groß und ansatzweise athletisch war, ging etwas Sanftes von ihm aus, und gerade diese Gutmütigkeit und Milde seines Wesens machten ihn wiederum stark. Er war ein Ausgestoßener, genau wie sie, Paulette und Elsa. Der eigenen Kultur hatte er den Rücken gekehrt, inzwischen aber wohl auch eingesehen, dass ihn die Einheimischen der Südsee trotz aller Bemühungen niemals als einen der Ihren anerkennen würden. Sie schätzten ihn sehr, einige verehrten ihn sogar als Heilsbringer, aber er würde für sie immer ein Paradiesvogel bleiben, der sich einem Schwarm von Staren anzuschließen versuchte.

»Sie sehen müde aus«, sagte sie.

»So fühle ich mich auch. Ich war vorhin bei Elsa, und ich fürchte, ich war härter zu ihr, als sie es verdient. Sie hat mir einen Scheck über eine Million Pfund angeboten, den ich zurückgewiesen habe. Ich weiß, sie hat es nur gut gemeint, trotzdem hat sie mich schwer enttäuscht.«

Iolana geriet in einen Konflikt, immerhin war Elsa ihre beste Freundin. Allerdings konnte sie auch Max verstehen. Als Elsa ihr das Grundstück und das Geld für die Bebauung gegeben hatte, war auch ihr erster Impuls gewesen, beides zurückzuweisen. Wie die meisten Bewohner der Südsee hatte Iolana weder jemals nennenswertes Eigentum besessen noch es vermisst. Eigentum verpflichtete, es nahm einem ein Stück Freiheit. Bekam man es geschenkt, zwang es einen zudem zu Dankbarkeit und Loyalität, alles andere wäre unmoralisch. Auf Dauer war ein solches Geschenk meist eher Belastung als Morgengabe einer Beziehung, und Iolana konnte nicht umhin, Max weise zu finden. Dennoch versuchte sie, ihm Elsas wahre Motive nahezubringen.

»Das Geld war ihre Art, Ihnen zu sagen, dass sie Sie liebt.«

»Das ist ja das Problem. Es gäbe tausend bessere Arten.«

»Und Sie? Lieben Sie Elsa?«

Im Grunde kannte sie Max nicht besonders gut, außer von den Untersuchungen des kleinen Keanu. Trotzdem kam ihr die Frage wie von selbst über die Lippen.

In seinem Schweigen von einigen Sekunden Dauer schwang der Appell mit, es nicht zu stören, und sie hielt sich daran.

Dann sagte er: »Es gab eine Zeit, da hätte ich alles für Elsa getan.«

»Als sie bei Ihnen in der Hütte gewohnt hat.«

Er nickte. »Auch später noch. Wenn sie bei ihrer Rückkehr zu mir gekommen wäre ...«

»Das wäre ihr vermutlich ebenso schwergefallen, wie es Ihnen schwergefallen ist, den Scheck über eine Million anzunehmen.«

Max sah sie an. Eine der Wellen schaffte es, ihnen über die Zehen zu lecken, daher zogen sie sie hoch und schmunzelten.

»Vielleicht«, räumte er ein. »Trotzdem ist da noch etwas anderes. Eine seltsame Distanz … Ich kann es nicht erklären.«

»Titus Warwick?«

Er blickte eine Weile nachdenklich ins Wasser. »Nein … Ja … Also gut, auch. Von allen Männern dieser Erde musste es ausgerechnet Warwick sein. Das mit Henning Matthes verstehe ich ja noch, der hat ihr etwas vorgemacht. Bei Warwick dagegen wusste sie doch ganz genau, worauf sie sich einlässt.«

»Ich war auch mit ihm zusammen. Er konnte sehr überzeugend sein.«

Ein Windstoß blies ihnen kräftig ins Gesicht und ließ auch seine Haare flattern.

»Ich bin kein Moralist«, sagte Max. »Sie werden Ihre Gründe gehabt haben, mit Warwick zu leben, und dasselbe gilt für Paulette. Aber Elsa … Es ist doch so: Entweder hat sie mich geliebt, dann verstehe ich nicht, wieso sie nicht wenigstens erst einmal mit mir gesprochen hat, bevor sie sich Warwick in die Arme geworfen hat. Oder sie hat mich nicht geliebt, dann verstehe ich nicht, wieso sie jetzt auf einmal … Das alles passt nicht richtig zusammen. Ich kann es nicht erklären. Es ist nur ein Gefühl …«

Iolana wusste um das Rätsel, das er zu lösen versuchte: Opium. Sucht. Eine künstlich veränderte, auf die Droge fixierte Persönlichkeit. Iolana lebte, anders als Max, in der Villa und bekam Elsas Sprunghaftigkeit unmittelbar mit. An manchen Tagen war sie völlig antriebslos, an anderen geradezu hyperaktiv. Ihre Launen wechselten bisweilen binnen Minuten, wobei sie jedoch nie unangenehm wurde. Nur unberechenbar.

»Niemand würde das, was Elsa in den letzten zwei Jahren durchgemacht hat, so einfach wegstecken«, sagte Iolana. »Natürlich hat sie sich verändert. Und dann noch das viele Geld … Das muss man erst einmal verdauen.«

Max zuckte mit den Schultern. »Mag sein«, seufzte er. »Aber auch ich kann die letzten zwei Jahre, vor allem das letzte Jahr, nicht vergessen. Wie habe ich mich wohl gefühlt, als sie mich damals am Quai hat stehen lassen? Wie habe ich mich wohl gefühlt, als sie fort war und ich damit rechnen musste, sie nie wieder zu sehen? Wie habe ich mich wohl gefühlt, als sie Warwick mir vorgezogen hat? So etwas hinterlässt Spuren. Elsa kann mir nicht einfach einen Scheck in die Hand drücken und erwarten, dass sie damit zwei Jahre aus meinem Gedächtnis und meinem Herzen tilgt. Von Warwicks dubiosem Tod mal ganz zu schweigen.«

Dieses Thema wollte Iolana nicht aufgreifen. Es galt unter den drei Freundinnen als ausgemacht, dass Paulette die Tat begangen hatte, und Iolana und Elsa erklärten sich mit ihr solidarisch wie Komplizinnen, obwohl sie unschuldig waren.

Iolana berührte Max an der Schulter, an der Stelle, wo sein Sakko ein fingerdickes Loch aufwies.

»Etwas mehr Geld würde Ihnen nicht schaden. Es muss ja keine Million sein.«

»Sie spielen auf meinen Aufzug an, oder?«

»Wie haben Sie das bloß erraten?«

Er lachte. »Sie haben recht, ich sehe aus wie ein stadtbekannter Trinker. Das Dumme ist nur, dass die meisten meiner Patienten in einer Welt leben, die kein Geld kennt. An und für sich ist mir das sehr sympathisch. Den Tolai ist die herkömmliche Honorierung unbekannt, was ich von meinen Lieferanten leider nicht behaupten kann, die Hühner und Schildkröteneier als Bezahlung ablehnen. Die Filipinos und Malaii wiederum verdienen fast nichts, die Chinesen bevorzugen es, sich selbst zu heilen, und die Weißen habe ich zum größten Teil verärgert, weil ich auch die Tolai behandle. So, nun sind Sie wieder dran, aber bieten Sie mir bloß keinen Scheck an.«

»Wie wäre es stattdessen mit einem Job?«

»Als was?«

»Als Barkeeper.«

Der Vorschlag schien ihn zu amüsieren. »Jetzt gehen die Pferde mit Ihnen durch.«

»Welche Pferde?«

»Eine europäische Redewendung, die höflich umschreibt, dass man sich mal den Kopf untersuchen lassen sollte. Nichts für ungut. Ich habe vom Spirituosenausschank so viel Ahnung wie vom Bombenbauen. Womöglich würde ich jemanden in die Luft sprengen.«

Der Sturm nahm zu, zerrte an ihren Haaren und Kleidern, und ein leichter, warmer Regen setzte ein.

»Ich gehe jetzt besser«, sagte Iolana. »Es ist ein weiter Weg den Hügel hinauf.«

Als hätte ein Zauber ihre Zungen gelähmt, schwiegen sie beide eine Minute lang, bis sie die Uferstraße erreicht hatten. Der Regen tropfte ihnen von den Haaren.

»Überlegen Sie es sich«, sagte sie zum Abschied und wandte sich nach diesen Worten, plötzlicher als es hätte sein müssen, von Max ab und schritt davon.

Indes hatte Elsa ihren Kampf verloren. Sie fuhr nach Hause und las unterwegs Iolana auf.

»Was hattest du so spät noch in Rabaul zu erledigen?«, fragte Iolana.

»Oh, ich habe nur einen kleinen Spaziergang am Meer gemacht, nichts weiter. Und wie ist es bei dir gelaufen?«

»Alles bestens.«

Das Haus der blauen Schmetterlinge

Wenige Wochen später war der Umbau der Villa abgeschlossen. Das Erdgeschoss war nun eine beinahe offene, nur von Stützpfeilern und wenigen Stellwänden unterbrochene Fläche, in der drei Salons und ein Speisezimmer ineinander übergingen. Die Küche und die Speisekammern waren in einem Anbau untergebracht. Jede der Frauen hatte einen Salon nach eigenem Geschmack eingerichtet, aber erstaunlicherweise passten die Stile gut zueinander. Britische und französische Kolonialmöbel aus Palisander und Weidengeflecht ergänzten sich mit schlichten, spärlich bemalten Bodenmatten, ein paar antiken Truhen, die wie Aufbewahrungsorte von Piratenschätzen wirkten, und riesigen Bodenvasen, die sie jeden Tag mit hochwachsenden Blumen und blühenden Zweigen aus dem Garten bestückten.

Da es keine Außenwände mehr gab und man die angebrachten Palmstrohmatten lediglich zum Schutz vor Sturm und Regen herunterließ, floss das Licht von allen Seiten ins Innere des Hauses und tauchte die Wände in warme, samtene Farben. Dadurch konnten auch Kamelien, Bougainvilleen, Hibiskus, Azaleen und sogar eine Magnolie in den Salons gedeihen. Schmetterlinge flogen ein und aus, besonders die blauen, deren Larven Elsa regelmäßig einkaufte und eigenhändig im Garten aussetzte.

Bald schon sprachen die Einheimischen von Port Rabaul vom »Haus der blauen Schmetterlinge«, wenn sie die Villa auf dem Hügel meinten.

Aus dem Bestand von Titus hatten sie so gut wie nichts übernommen. Die Freundinnen entrümpelten reichlich. Iolana behielt einige Gemälde, der Rest ging in Rauch auf. Das sichtbarste Überbleibsel von Titus Warwicks einstiger Regentschaft war Gung, der fleißige Diener, der sich neben einer kräftigen Gehaltsaufbesserung auch über zwei Maori-Hilfsdiener und weibliches chinesisches Küchenpersonal freuen durfte.

Nahezu unverändert geblieben war die Terrasse mit ihrem atemberaubenden Blick auf das endlose Feld des Pazifiks, lediglich ergänzt durch einen Schatten spendenden Flammenbaum, sowie das Obergeschoss, wo die Schlafräume lagen. Das Atelier hatten sie zu zwei Gästezimmern umbauen lassen.

Die Krönung der neuen Villa war Elsas Haus in den Bäumen. Sie verbrachte viel Zeit zwischen den Wipfeln, oft allein. Als einzige der drei Frauen hatte sie keinen geregelten Tagesablauf. Iolana war mit dem Bau des Cafés beschäftigt, Paulette ging in der Inventur des vorhandenen Vermögens auf. Es war vielschichtig investiert und unterlag, wie Paulette sagte, keinem Ordnungsprinzip. Kurz: Paulette wollte System ins Chaos bringen. Sie reiste für einige Tage nach Singapur, dann nach Sydney, Hongkong, Tokio … Mit Elsas Billigung, die sie stets schnell und freizügig erteilte, wenn es ums Geld ging, entwickelte sie eine Geschäftsstrategie, die einerseits auf den Ankauf von Plantagen in der Südsee setzte, andererseits auf die Weiterverarbeitung und Verschiffung der Rohstoffe. Zu diesem Zweck kaufte sie auch eine Koprafabrik in Port Rabaul und die Hafenanlagen von Simpson Harbour, wo die Anbauerzeugnisse verfrachtet wurden.

Eines Tages beim gemeinsamen Frühstück, während sie eine Zigarre im Mundwinkel paffte und mit beiden Händen ein Ei köpfte, sagte Paulette: »Übrigens, ich habe Vandervalt ruiniert.«

Elsa sah die Freundin fragend an. Dieser Name schien ihr fremd und weit weg zu sein, obwohl sie sich natürlich an ihn erinnerte.

»Paul Vandervalt«, sagte Paulette. »Von dem du Iolana und mir erzählt hast. Der Sadist und Menschenschinder, der seine Plantage wie ein Zuchthaus geführt hat.«

»Gewiss, ja. Was ist mit ihm?«

»Unsere Fabrik hat sein Kopra nicht mehr zur Verarbeitung angenommen. Damit war er gezwungen, es unverarbeitet zu verschiffen, was zu seinem Nachteil war. Außerdem habe ich ihm die Verladegebühren verdreifacht. Er war gezwungen, unter hohem Verlust an uns zu verkaufen, und hat Matupi inzwischen verlassen. Ich dachte, das würde dich freuen.«

»Oh ja«, sagte Elsa. »Sehr.«

Es fiel ihr schwer, sich über etwas zu freuen. Wenn, dann zwischen zwölf und drei Uhr am Nachmittag und danach noch einmal zwischen acht und zehn am Abend. Um zwölf öffnete sie in der Regel im Baumhaus die erste Flasche Champagner, unmittelbar nach einem leichten Mittagessen. Spätestens mit dem zweiten Glas löste sich der schwere Klumpen in ihrer Brust auf wie eine Tablette im Wasser. Nichts schien ihr in den Stunden danach unlösbar. Morgen, gleich morgen würde sie sich mit Max aussprechen. Sie würde ihm ihr Herz ausschütten, und er würde sie erhören. Hier, im Baumhaus, würden sie sich versöhnen. Außerdem würde sie Paulette auf ihren Geschäftsreisen begleiten. Und mehr Zeit mit Keanu verbringen. Und Iolana ihre Hilfe beim Einrichten des Cafés anbieten. Nachdem sie diese Probleme im Geiste gelöst hatte, vertrieb sie sich die Zeit mit dem Lesen von Liebesromanen oder beschäftigte sich mit Emma, dem traurigen Vogel. Nebenher liefen Schallplatten mit französischer, deutscher und amerikanischer Musik.

Gegen drei, wenn die erste Flasche leer war, wurde sie müde und schlief eine Stunde. Nach dem Aufwachen war sie leicht benommen. Oft spielte sie zu dieser Uhrzeit mit Keanu, der sich besonders an den Schildkröten freute, die sie ihm zuliebe im Garten ausgesetzt hatte, auch wenn die Tiere ihre schönen Pflanzen anknabberten. Sie genoss das Zusammensein mit ihrem Sohn, zugleich erinnerte er Elsa aber auch an ihre Fehler und Versäumnisse. Anschließend saß sie einfach im Garten und sah den Schmetterlingen zu. Manchmal ließ sie sich von Gung ein bisschen herumfahren, doch auch das immer seltener. Das Haus zu verlassen war ihr mehr und mehr zuwider. Am Abend, wenn die Sonne unterging, ließ sie einen Vogel frei, den ihr Gung auf ihren Wunsch täglich von Port Rabaul mitbrachte. Ihr Lächeln, wenn sie das Tier davonfliegen sah, dauerte nur Sekunden.

Um acht endlich trafen sich die Freundinnen zum gemeinsamen Dinner. Davor und danach gab es Gin Pahit. Die Gesellschaft und der Cocktail brachten Elsa wieder auf Touren. Sie war geradezu euphorisch, legte Platten auf, tanzte wie zu Titus' Zeiten, tauschte Klatsch aus, breitete ihre hehren Vorhaben vor den Freundinnen aus und war enttäuscht, wenn Paulette und Iolana sich ins Bett verabschiedeten.

Doch die Euphorie ließ sich nicht so einfach abstellen, sie wirkte selbst dann noch nach, wenn Elsa wieder allein war. Um einschlafen zu können, brauchte sie Opium.

Am nächsten Morgen war sie kraftlos und unglücklich. Nie wieder, sagte sie sich – und konnte doch den Zwölfuhrschlag der Glocke nicht abwarten.

Katastrophe

Der Tag, der wie ein Blitz in Elsas Leben einschlagen sollte, begann fröhlich und endete in einem Fanal.

Die Eröffnung des Cafés fiel auf den 9. Mai, Elsas Hochzeitstag mit Henning, der sie – wie sie beteuerte – völlig kalt ließ, weil sie mit jener Zeit abgeschlossen hatte. Als Iolana ihren Fauxpas bemerkte und die Eröffnung um einen Tag verschieben wollte, widersprach Elsa nachdrücklich.

»Mach dich nicht lächerlich, Liebste. Ich bin so gespannt auf dein Café, dass ich es keinen Tag länger aushalte.«

Paulette, die eine Zigarre paffte, fügte in ihrer typisch sarkastischen Schnoddrigkeit hinzu: »Ist auch besser so. Wenn wir einen Eröffnungstag finden wollten, an dem in den letzten Jahren in eurem oder meinem Leben nicht irgendein Mist passiert ist, müssten wir wohl oder übel bis zum Sankt Nimmerleinstag warten.«

Elsa warf ihr einen mürrischen Seitenblick zu. »Heute wollen wir wohl lustig sein. Sag mal, Iolana, wie heißt das Café eigentlich?«

Die Polynesierin zuckte mit den Schultern. »Ich dachte einfach ›Café‹.«

»Das ist … knapp«, sagte Elsa.

»Knapp ist noch eine Untertreibung«, ergänzte Paulette.

»Im Hinblick auf die Absatzförderung ist der Name schlecht gewählt.«

»In meiner Heimat ist es nicht üblich, den Versammlungsorten Namen zu geben.«

»Liebes, ich will dir ja nicht zu nahe treten«, sagte Paulette. »Aber in deiner Heimat gibt es überhaupt keine Cafés, sondern bloß Feuerstellen. Wir sprechen hier nicht vom dritten Baum links, wo die Leute ihr Geschäftchen verrichten, sondern von einem besonderen Ort.«

»Max hat seiner Praxis auch keinen Namen gegeben, obwohl sie ein besonderer Ort ist.«

Elsa erwiderte: »In seiner Praxis wird Wundbrand behandelt und Penicillin verabreicht. Keiner geht gerne zum Arzt. In deinem Café sollen die Leute ein paar schöne Stunden verbringen.«

»Das habe ich doch gerade gesagt, oder nicht?«, wandte Paulette ein. »Absatzförderung.«

Iolana gab nach. »Dann nenne ich es eben ›Café Pacifico‹.«

Sie beschlossen, vorzeitig hinzufahren, um es zu besichtigen und vor Ort einen passenden Namen zu finden. Außer den Freundinnen waren auch der kleine Keanu und die Nurse dabei, eine reizende pausbäckige Tolai. Sie gab ihnen allen Unterricht in Kuanua, der Sprache der Einheimischen, wie auch in Unserdeutsch, einer seltsamen, bisweilen lächerlichen Mischung aus dem heimischen Idiom und der Sprache der einstigen Kolonialherren. Keanu liebte sie, womit er quasi mit vier Müttern aufwuchs. Elsa war schon seit einiger Zeit der Meinung, dass ihrem Sohn ein bisschen mehr Umgang mit Männern guttäte, die als Vaterfiguren fungieren könnten. Sie nahm sich für diesen

Tag vor, Max zu fragen, ob er nicht häufiger zu ihnen in die Villa kommen wolle, denn sie erwarteten ihn zur Eröffnung. Natürlich war dies auch als erster Schritt in Richtung einer Versöhnung, einer Wiederannäherung gedacht. Die Gelegenheit war günstig: Feierlaune, Cocktails, Musik, die komplette Familie versammelt. Die Familie, das waren für Elsa nicht länger ihre Verwandten in der Heimat, die nie wirklich für sie da gewesen waren, sondern jene Menschen, die sie liebte, sowie deren Liebste.

Zur Familie gehörten neuerdings auch Lucas und Lucille, Paulettes dreizehnjährige Zwillinge, die vor einigen Wochen endgültig das Internat in Kimbe verlassen hatten und nun in der Villa lebten. Beide sahen wie pubertierende goldblonde Engel aus. Lucille hatte einen ungeheuren Bewegungsdrang und eine Vorliebe für Leibesübungen. Damit sie nicht länger vom Boden aus auf Elsas Baumhaus kletterte, hatten sie einige Turngeräte im Garten aufgestellt. Vielleicht wirkte sie auch wegen ihrer Sportlichkeit älter, als sie war, hauptsächlich aber wegen ihrer bereits deutlich ausgeprägten Brüste, die sie hervorragend in Szene zu setzen wusste. Lucas hingegen war eher ruhig, er las viel, vor allem Kriminalromane, aber auch schwere Kost wie eine Geschichte über die karthagischen Kriege oder die Theaterstücke eines gewissen Jean-Paul Sartre. Er mochte es, sich adrett zu kleiden. Ein Dandy war er jedoch nicht, dafür war er viel zu zurückhaltend.

Die Zwillinge machten das Haus lebendiger, wenigstens war es tagsüber nicht mehr so still, und Elsa hatte mehr als nur die Schmetterlinge zur Gesellschaft, wenn sie am Spätnachmittag im Garten saß, bis das kristallene Licht sich zurückzog.

Das Café verschlug Elsa fast den Atem. Vollständig auf Stelzen gebaut, wirkte es im Wechsel der Gezeiten mal wie eine riesige, zur Bucht hin offene Terrasse und mal wie eine Arche, unter der das Meer gluckste. Bei Tage war es in ein vom Pazifik geschicktes bläuliches Licht getaucht, mit umhertanzenden Reflexionen, die sich bei Sonnenuntergang oder Mondlicht entsprechend verfärbten. Dann knipsten sie die roten und gelben Lampions an, und auf den Tischen standen in Seidenpapier gehüllte kleine Lampen, die zusammen gerade genug Helligkeit schafften, um den magischen Zauber des Interieurs zu betonen. Jede der Säulen, die das Café stützten, war handgeschnitzt und stellte eine andere polynesische Gottheit dar. Die Decke war mit Palmwedeln verkleidet, wie bei einem echten *fale,* und einige der Mangrovenholzsessel waren den imposanten Thronen von Häuptlingen nachempfunden. Die sichelförmige Bar wirkte auf den ersten Blick sehr europäisch, bevor auffiel, dass es sich um eine riesige Darstellung der Mondgöttin Hina handelte. Überhaupt hatte Iolana es geschafft, die Einflüsse anderer Kulturen in das polynesische Flair zu integrieren: chinesische Lampions, französisches Geschirr, japanische Blumensteckkunst … Sogar die deutsche Kuckucksuhr auf dem Klosett passte irgendwie dazu. Die drei Gemälde, die am Eingang des Cafés hingen, waren gewissermaßen englisch – aus der Hand und dem Pinsel von Titus Warwick. Es waren die Aktporträts von Iolana, Elsa und Paulette.

»Ihr habt doch nichts dagegen?«, fragte Iolana. »Sonst nehme ich eure beiden wieder ab.«

»Nein, ich finde die Idee lustig«, sagte Elsa. »Provokant und lustig.«

Paulette hatte ebenfalls keine Einwände. »Wir sind so schlecht getroffen, dass ohnehin niemand die Ähnlichkeit mit uns bemerken wird.«

»Das nennt man Impressionismus«, äffte Elsa Warwicks selbstgefälligen Tonfall nach.

»Man nennt es wohl eher Dilettantismus«, entgegnete Paulette. Ihr Blick wandte sich wieder dem schönen Raum zu. »Wirklich superb. Ein äußerst gelungenes Ensemble. Dieses öde Nest Port Rabaul verdient es, endlich wachgeküsst zu werden. Iolanas schickes Café soll nur der Anfang sein. Und da nicht nur Cafés einen Namen brauchen, sondern auch Anfänge, habe ich mir überlegt, Port Rabaul den Beinamen ›Tor zum Pazifik‹ zu geben. Denn genau das ist es. Seht nur, wie viele Schiffe die Wasserstraße zwischen Neuguinea, Neubritannien und Bougainville in den Pazifik passieren.«

Allen gefiel die Idee, und Lucille und Lucas machten sich sogleich an die Herstellung und Bemalung von zwei Schildern, eines für den Eingang des Cafés und eines, das sie irgendwo am Hafen anbringen wollten.

Max traf etwas verspätet ein. »Entschuldigt, ich musste noch einen Ringfinger amputieren.«

»Hat sie ihn nicht mehr abbekommen?«, fragte Paulette trocken.

Elsa prustete vor Lachen. Sie hatte bereits drei Gläser Champagner getrunken und war in jener Hochstimmung, in der die Welt einem Spielplatz glich.

»Ab jetzt will ich nichts mehr von abgeschnittenen Gliedmaßen und anderen medizinischen Grausamkeiten hören«, sagte sie, hakte sich bei Max unter und zog ihn mit sich. »Komm, ich muss mit dir sprechen.«

Sie führte ihn ins Freie, auf den Steg und die Plattform, die etwa zwanzig Meter vom Strand entfernt vom Meer umspült wurde. Bei Sturm würde sie gewiss unter Wasser gesetzt, aber sie war massiv gebaut und würde manches aushalten. Dort zu sitzen war eine Wonne. Man sah die Stadt und die bewaldeten Berge, über denen Scharen von Vögeln kreisten, die Villa hoch oben wie ein Spielzeug aus Holz, ein Stück von den Hafenquais, die gemächlich vorüberziehenden Schiffe, die Korallen und die bunten Fische im zartblauen, fast ein bisschen grünlichen Wasser. Nicht zu vergessen das Café, das vom Steg in der prallen Sonne aus angenehm kühl wirkte, sowie die Balkone im Obergeschoss, auf denen schon bald zahlende Übernachtungsgäste staunen sollten. Das »Pacifico« würde in direkter Konkurrenz zum angestaubten »Hotel Kronprinz« stehen, das den Vergleich durchaus fürchten musste.

»Was gibt es denn?«, fragte Max.

»Ich … ich möchte dich fragen, ob du … vielleicht ab und zu Keanu besuchen möchtest. Er kommt langsam in ein Alter, in dem er seine Umgebung aufmerksam wahrnimmt, und vier Frauen sind vielleicht doch ein bisschen viel Weiblichkeit. Gung ist zu beschäftigt, außerdem … na ja, ich hätte lieber dich als Keanus Paten. Irgendwie bist du das ja sowieso schon, oder?«

Er lächelte. »Das mache ich gern. Der Kleine ist mir sehr ans Herz gewachsen.«

»Oh, das freut mich, Max. Du weißt gar nicht, wie sehr.«

Sie war froh, sich endlich mit ihm aussprechen zu können. Das hätte sie schon längst machen sollen, aber sie hatte es immer wieder aufgeschoben, sei es aus Angst oder Stolz. Vielleicht auch einfach nur aus Lethargie.

Doch damit wäre es ab jetzt vorbei. Keine Umwege mehr, keine Müdigkeit. Sie wollte leben, leben, leben, wollte lieben und geliebt werden. Die Einsamkeit war nichts für sie. Ohne Liebe fühlte sie sich leer und unnütz wie eine eingemottete Blumenvase, und es gab nur einen Mann, den sie liebte.

»Vermutlich fällt es den meisten Menschen schwer, einen großen Fehler zuzugeben«, sagte sie. »Mir aber ganz besonders. Es liegt wohl am Stolz, der eine schlechte Verbindung mit dem ständigen Gefühl der Unzulänglichkeit eingegangen ist. Als Kind war ich immer das Aschenputtel der Familie, das hat seine Spuren hinterlassen, und der Stolz hilft mir bis heute dabei, dagegen anzukämpfen. Dabei kommt nur selten etwas Gutes heraus. Als ich plötzlich dieses viele Geld hatte, habe ich es als Trumpf benutzt. Ich wollte es mir leicht machen, wollte eine Abkürzung zu dir nehmen. Du hattest recht, den Scheck abzulehnen.«

Elsa war von ihrer eigenen Ehrlichkeit wie berauscht. Es war, als höre sie sich selbst zu. Sie sah hinaus aufs Meer, wo die phosphoreszierenden Schuppen eines Schwarms fliegender Fische ihre Lichtfunken in die Bucht warfen, und beim seltenen Anblick dieser Schönheit verstärkte sich ihre Zuversicht. Ein Tag wie dieser war wie geschaffen für einen Neubeginn.

»Im Rückblick erkenne ich, dass ich die schönsten Stunden meines Lebens mit dir verbracht habe, umso erschütternder ist die Erkenntnis, dass das, was Titus Warwick mir angeboten hat, dennoch mächtiger war.«

»Du sprichst vom Opium?«, fragte er.

Sie zuckte zusammen. Zum ersten Mal während dieses

Gesprächs fühlte sie sich unwohl. Die Dinge waren bisher sehr gut gelaufen, besser, als sie sie sich vorgestellt hatte. Die Worte waren ihr nur so aus dem Mund gesprudelt, und Max hatte ihr aufmerksam und wohlwollend zugehört.

Mit einem Mal schien ihr sein Blick ernst und gespannt.

Woher wusste er davon? Hatte Paulette oder Iolana ihm etwas verraten? Das konnte Elsa sich nicht vorstellen. Vielleicht war er selbst darauf gekommen, immerhin hatte er ein medizinisch geschultes Auge.

»Opium hat auch eine Rolle gespielt«, gab sie zu.

Anders als die anderen Geständnisse wirkte dieses auf sie nicht befreiend, sondern einengend. Binnen einer Sekunde führte sie die Unterhaltung im Geiste bis zum Ende fort. Max würde sie auffordern, von der Schlafdroge zu lassen, sie würde antworten, sie wisse nicht, ob sie das schaffe, daraufhin würde er ihr seine Hilfe anbieten. Von diesem Punkt an konnte sie nur verlieren. Würde sie ablehnen, zöge Max sich wieder von ihr zurück. Falls sie jedoch annehmen würde … Allein der Gedanke ließ die Panik in ihr wachsen. Sie wollte zwar von dem Zeug wegkommen, aber irgendwie auch wieder nicht.

»Ich bin davon weg«, ergänzte sie.

»Wirklich?«

»Ja. Schon seit einer Weile. Weißt du, ich habe meinen Champagner. Hast du gehört, welchen Spottnamen mir Myrtle Maloy und ihr Klüngel gegeben haben? Champagnerwitwe. Oder Veuve Fa'alua. Ich habe gekontert und nenne sie jetzt nur noch die ›heilige Myrtle‹.«

Sie lächelte, seufzte und zuckte mit den Schultern. »Wir haben alle unsere Süchte. Bei der Maloy ist es Gott, bei

Paulette das Geschäftemachen, bei dir die Hilfsbereitschaft. Jede dieser Süchte hat das Potenzial, einen Menschen zugrunde zu richten, oder?«

Er nickte. »Trotzdem bin ich froh, dass du vom Opium weg bist. Und über deine Ehrlichkeit.«

Sie schlug die Augen nieder. Das Herz klopfte ihr bis zum Hals.

»Woher wusstest du davon?«

»Ist das jetzt noch wichtig?«

Sie machte einen Schritt auf ihn zu, wie um ihm etwas ins Ohr zu flüstern, hatte jedoch die Absicht, ihre Wange an seine zu legen. Bevor ihr das gelingen konnte, sah sie über seine Schulter hinweg Myrtle Maloy das Café betreten.

»Oh Gott, wenn man vom Teufel spricht«, sagte sie. »Was will die Heilige denn hier?«

»Sei nett zu ihr. Heute ist Iolanas Tag, den wollen wir ihr nicht verderben.«

»Hoffentlich sieht die Maloy das genauso.«

Sie eilten ins Café zurück und kamen gerade rechtzeitig, um mitzuerleben, wie Myrtle Maloy die Blumengirlande, die Iolana ihr zur Begrüßung um den Hals gelegt hatte, mit spitzen Fingern abnahm und auf den Boden fallen ließ, als handele es sich um Unkraut. Sie und sieben Damen ihres methodistischen Gefolges, darunter die Jungfer Bleulich, umringten einen großen, steifen Mann wie ein heiliges Banner.

»Was für eine Überraschung, Mrs. Maloy«, sagte Elsa und ging auf sie zu. »Nett, dass Sie zu unserer Feier kommen. Sie sind die Erste.«

»Das wundert mich nicht«, erwiderte die Witwe höhnisch. »Aber bevor ich zum Eigentlichen komme, mein Name ist nicht länger Maloy. Ich habe erneut geheiratet. Dies ist mein Mann, Pastor Ethelbert Malone. Ethelbert, das ist die besagte Person, Elsa Fa'alua Jensen-Matthes-Warwick.«

»In der Tat. Ich hätte sie auch ohne deinen Hinweis erkannt, liebe Myrtle. Sie ist genau so, wie du sie mir beschrieben hast und wie man sich eine solche Person vorzustellen hat.«

Er mustere Elsa, wie Johannes der Täufer einst die Herodias angeblickt haben mochte.

Aus Maloy war also Malone geworden, und so wenig wie der Name hatte sich ihr Gebaren geändert. Doch Elsa, die sich nach der Ermahnung von Max vorgenommen hatte, sich nicht provozieren zu lassen, erwiderte mit lieblicher Stimme: »Herzlichen Glückwunsch zur Hochzeit, Mrs. Malone … und zu Ihrer enormen Beschreibungsgabe.«

Iolana kam mit einem Tablett auf sie zu.

»Wir bleiben nicht lange«, lehnte der Pastor die angebotenen Getränke mit nachdrücklicher Geste ab, so als hätte der Leibhaftige selbst den Kokos-Papaya-Saft gemixt.

»Ganz recht«, stimmte ihm seine Gemahlin lebhaft zu. »Wir sind nur hier, um Ihnen mitzuteilen, dass Sie das Café gleich wieder schließen können. Uns war schon im Vorfeld klar, dass hier nichts Gutes entsteht, da wir wussten, wer dahintersteckt. Aber ich muss sagen, dass meine schlimmsten Befürchtungen übertroffen worden sind.«

Die heilige Myrtle ging im Raum umher, und überall entdeckte sie die Sünde.

»Darstellungen heidnischer Gottheiten«, begann sie aufzuzählen. »Die Bedienungen in unzivilisierter Kleidung, halb nackt. Hula-Musik und französische Chansons, die von der freien Liebe schwärmen. Nicht zu vergessen die drei schweinischen Bilder am Eingang.«

»Es ist nur ein polynesisches Café«, versuchte Iolana zu beschwichtigen.

»Es ist und bleibt ein polynesisches Bordell«, widersprach Myrtle Malone. »Egal wie Sie es nennen. Aber Sie haben sich verrechnet. Wir Methodisten sind zwar friedliebende Menschen, doch wir sind nicht wehrlos. Kaum jemand wird Ihr sogenanntes Café betreten, heute nicht und nicht in Zukunft. Erstarren vor Untätigkeit werden Sie in Ihrer Sünde, wie einst Lots Frau.«

Der Vergleich gefiel dem Pastor. »So wird es sein. Ich bedauere nur die armen Kinder, die von drei Huren erzogen werden.«

So viel Mitleid wollte bei der heiligen Myrtle nicht aufkommen. »Gott wird ihnen den rechten Weg weisen, allerdings fürchte ich, sie werden wie ihre Mütter werden … und wie ihre Väter, die gewiss auch nicht besser waren.«

An dem Punkt mischte Max sich ein. »Wenn Ihnen dieser Ort nicht zusagt, zwingt Sie niemand, ihn zu betreten. Aber lassen Sie bitte jene in Ruhe, die sich hier wohlfühlen wollen.«

Myrtle Malone seufzte verächtlich auf. »Doktor Richter. Wie wenig erstaunlich, Sie hier vorzufinden.«

»Ja«, rief Fräulein Bleulich, als wäre dies eine wichtige Ergänzung.

Elsa dachte vor allem an die Kinder, die jedes Wort hörten, das gesprochen wurde. Sie sagte: »In einem hatten Sie recht, Mrs. Malone, meine Damen, Herr Pastor. Sie bleiben wirklich nicht lange. Guten Tag.«

Demonstrativ wandte die Angesprochene sich um und verließ das Café, wobei sie ihren Gatten und das weibliche Gefolge wie einen Schweif hinter sich her zog.

Paulette, eine Zigarre im Mundwinkel, meinte nur trocken: »So was Dummes. Sie hat so viel Gift versprüht, dass alles noch mal durchgeputzt werden muss.«

Und Elsa gab die Parole aus: »Von einer Spinne lassen wir uns nicht die Party verderben.«

Doch die Aufrufe blieben oberflächlich. Zwar ließ sich keiner von Myrtle Maloy-Malone beleidigen – dafür nahmen sie sie nicht wichtig genug –, dennoch drückte ihr bösartiger Angriff auf die Stimmung. Es war, wie wenn die Nachricht vom Tod eines entfernten Bekannten mitten in eine Geburtstagsfeier platzt: Man war zwar nicht direkt betroffen, trotzdem hatte die Laune einen heftigen Dämpfer erhalten. Zumal sich Myrtle Malones Drohungen als wahr erwiesen.

Eine Stunde nach dem offiziellen Beginn der Eröffnungsfeier war noch kein einziger Gast erschienen. Die Lichter strahlten bunt, die Musik spielte auf. Drei Männer mit Ukulelen und Trommeln sowie eine tanzende Frau schickten den Zauber Polynesiens über halb Rabaul, aber ihr fröhlicher Gesang wirkte auf die Familie im Café wie blanker Hohn angesichts der leeren Stühle und Tische.

Endlich fanden einige Filipinos herein, die am Hafen arbeiteten, sowie zwei amerikanische Dandys, die mit Zigarettenspitze rauchten und nur auf der Durchreise waren. Dabei blieb es. Mehr Gäste kamen nicht, und schließlich mussten sie sich der Realität stellen.

»Die Leute haben Angst«, sagte Max.

»Pah, Angst vor der Malone?«, rief Elsa spöttisch.

»Ich hätte auch nicht gedacht, dass es mal so weit kommt«, gab Max zu. »Ich schätze, die europäischen und australischen Einwohner von Port Rabaul wollen keinen Ärger mit den Methodisten. Einige fürchten wohl um ihre Geschäfte oder eventuelle Boykottaufrufe. Die allermeisten sind sowieso mit dem zufrieden, was sie hier haben – den Herrenclub, das ›Kronprinz‹ und die Teekränzchen der Damen. Und was die Asiaten betrifft, die verdienen nicht genug Geld, um es in einem gehobenen Café liegenzulassen.«

»Dann erhöhe ich eben die Löhne der Hafenarbeiter«, bot Paulette an.

Max nickte zweifelnd. »Tu das, gute Idee. Aber ob ein paar Hafenarbeiter die Bar füllen werden? Das ist nur ein gutes Dutzend, und die gehen lieber in eine Pinte in Simpson Harbour, die viel günstiger ist. Wir müssen irgendwie die Europäer hier reinlocken.«

Während Max und Paulette sich den Kopf zerbrachen, was man gegen den Boykott tun könnte, blieb eine ganz still: Iolana. Sie blickte auf ihr Wunderwerk, den polynesischen Palast auf Stelzen, der in zartes Licht und die Musik der Heimat getaucht war. Elsa versuchte in ihrem Gesicht zu lesen, doch das stellte sich wie immer als nicht möglich heraus. Was mochte sie empfinden? War sie betrübt oder gelassen?

»Nun kommt schon, Leute!«, rief Elsa plötzlich. »Diskutieren können wir morgen.« Sie stürzte das siebte Glas Champagner des Abends in einem Zug hinunter und lachte. »Heute wird gefeiert. Hey, Musik, spielt etwas

Flottes. Gibt es einen polynesischen Swing? So etwas in dieser Art.«

Zum einen wollte Elsa die ernste Stimmung des Abends durchbrechen, um Iolana aufzuheitern. Aber sie machte es auch – vielleicht sogar vor allem – für sich selbst. Sie befand sich gerade auf dem Gipfel der Hochstimmung, allen Widernissen zum Trotz. Die Maloy oder Malone oder wie auch immer sie sich nannte, konnte ihr gestohlen bleiben. Die Nacht war lau und klar, das Meer ein glatter Spiegel, das Leben schön. Niemand konnte Elsa etwas anhaben. In der Villa auf dem Hügel thronte sie wie eine Prinzessin, mehr noch, eine Kaiserin. Paulettes Plantagenankäufe gingen zügig voran, Elsa besaß inzwischen mehr Land in der Südsee als alle englischen Lords und deutschen Freiherren in ihren Ländern zusammen. Das Wichtigste war jedoch: Sie hatte sich mit Max ausgesprochen. Seit langer Zeit hatte er sie wieder mal angelächelt. Alles war gut.

Sie ergriff seine Hand. »Lass uns tanzen, das Leben feiern.« Sie schlang ihm die Arme um den Hals, nicht nur als zärtliche Geste, sondern auch, um sich an ihm zu stützen. Der Champagner, der süß und gehaltvoll in ihrer Brust explodiert war, stieg ihr nun zu Kopfe.

Auf einmal war sie Max so nah, wie sie es sich seit … Sie wusste gar nicht genau, seit wann sie sich das wünschte. Er war da, schließlich und endlich waren sie vereint. Keanu war nur wenige Schritte von ihnen entfernt. Zum ersten Mal sah er seine Eltern als Paar.

»Elsa …« Max zögerte. Immer wieder warf er besorgte Seitenblicke zur Bar.

Warum auch immer, es interessierte Elsa nicht. Sie wollte voll und ganz in dieser Minute aufgehen. Es war ihr egal, dass sie den Swing nicht durchhielt und beinahe strauchelte. Sie hielt sich an Max fest, und immer wieder lachte sie. Sie konnte nicht mehr damit aufhören. Es war, als hätte sich das Lachen über Monate in ihr gesammelt wie in einem Ballon, den Max nun mit einer Nadel angestochen hatte.

»Oh Max, das ist wunderbar. Einfach herrlich.«

Max zog sie mit sich und setzte sie auf einen Barhocker. Als er sich abwenden wollte, hielt sie ihn zurück.

»Geh nicht, bitte bleib bei mir. Es ist so schön, dich bei mir zu haben. Barkeeper, einen Gin Pahit bitte.«

Sie schlang ihm erneut die Arme um den Nacken, doch diesmal löste er sich von ihr.

»Du denkst, ich bin betrunken«, sagte sie. »Aber ich bin nicht betrunken. Ich habe nur unglaublich viel Spaß.«

»Iolana leider nicht. Wir sollten sie ein bisschen aufmuntern.«

Er setzte seine Forderung sogleich in die Tat um, ging zu Iolana und tröstete sie, indem er ihr Kinn anstupste, sie anlächelte und ihr eine Haarsträhne aus der Stirn strich.

Irgendwie missfiel Elsa die körperliche Nähe zwischen den beiden. Obendrein bekam sie auch noch ein Gespräch zwischen dem Barkeeper und einer Kellnerin mit, aus dem hervorging, dass Max zeitweise im »Café Pacifico« arbeiten würde. Das war für sie wie ein Schlag in die Magengrube.

»Iolana soll sich keine Sorgen um das Café machen!«, rief sie so laut, dass es jeder im Raum hören konnte. »Zum Teufel mit der Malone. Ich habe so viel Geld, dass hundert Jahre lang kein einziger Gast kommen muss. Was sage ich, tausend Jahre. Wir halten das Café um jeden Preis.«

Max kehrte zu ihr zurück. »Mit Geld kann man nicht alles kaufen«, zischte er ihr zu. »Zum Beispiel Selbstwertgefühl. Iolana hat sehr viel Mühe und Hoffnung in dieses Café gesteckt, und es macht einen großen Unterschied, ob diese Anstrengungen anerkannt werden oder nicht.«

»Ich erkenne sie doch an«, erwiderte Elsa lachend. »Ich habe gesagt, dass ich das Café unterstützen werde, egal was …«

»Verdammt, Elsa«, unterbrach Max sie. Nach diesem Ausbruch milderte er zwar seine Lautstärke, nicht jedoch die Schärfe seiner Worte. »Versetz dich mal in Iolanas Lage. Ihr Café ist fast gähnend leer, und das an dem Tag, der ihr Triumph werden sollte. Das Personal, die Band, die paar Gäste, die gekommen sind, sie alle schauen auf Iolana und erleben ihre Niederlage mit. Und das könnte sich an jedem einzelnen Tag in den nächsten Wochen und Monaten wiederholen.«

»Also schön, dann kaufe ich eben das ›Kronprinz‹ und schließe es.«

Nun geriet Max vollends aus der Fassung. »Es geht nicht um das Geld«, brüllte er, wobei er jedes einzelne Wort betonte. »Man gewinnt keine innere Stärke und Zufriedenheit, indem man mit Geld um sich wirft.«

Sein Tonfall begann sie zu ärgern. »So habe ich es doch überhaupt nicht gemeint! Wieso drehst du mir immer die Worte im Mund herum? Tust du das absichtlich?«

»Willst du oder kannst du es nicht verstehen? Es geht hier nicht um dich. Kannst du eigentlich nur an dich selbst und das Geld denken?«

Ihre Hochstimmung kippte wie ein vollgelaufenes, kenterndes Schiff von einem Augenblick zum anderen.

»Ich denke nur an mich? Ich denke nur an mich?«, wiederholte sie. »Als ich für Iolana das Grundstück gekauft habe, da habe ich also nur an mich gedacht? Als ich dir eine Klinik bauen wollte, da habe ich also nur an mich gedacht? Als ich meinem Sohn ein Zuhause gegeben habe, ein richtiges Zuhause und nicht eine Strohhütte am Strand, da habe ich auch nur an mich gedacht?«

Elsa verstand ihre eigene Aufregung nicht, ebenso wenig wie die von Max. Worum ging es hier eigentlich? Warum war alles so kompliziert? Wieso hatte Iolana ausgerechnet ein Café eröffnet? Dadurch mussten sie sich nun mit der Malone auseinandersetzen, von der Elsa gehofft und geglaubt hatte, nie wieder etwas mit ihr zu tun zu haben. Warum hatte ihr Max verschwiegen, dass er in Iolanas Café arbeiten wollte? Und warum bekam Iolana den Mund nicht auf, obwohl es bei diesem Streit um sie ging?

Aber Elsa wollte den gleichen Fehler nicht zweimal machen. Trotz des Durcheinanders in ihrem Kopf bemerkte sie, wo sie sich gerade befand, nämlich in einer Spirale der Aggressivität. Sie wollte nicht streiten, schon gar nicht mit Max.

Beruhige dich, sagte sie sich. Entschuldige dich.

Die Begegnung mit Myrtle Malone, die unangenehme Erinnerungen geweckt hatte, und das Auf und Ab mit Max hatten sie jedoch so sehr aufgewühlt, dass sie spürte, sie würde sich nicht von allein wieder fangen können. Dafür brauchte sie die Hilfe der Tränen der Mohnblüte.

»Bitte entschuldige mich«, sagte sie. »Das war alles ein bisschen viel heute. Ich gehe mich kurz frischmachen, danach reden wir in Ruhe weiter, ja?«

Sie glaubte, die Kurve zur Versöhnung nach ihrer Rückkehr schnell wieder zu kriegen, zumal auch auf Max' Gesicht ein gewisses Bedauern über den Streit zu lesen war.

Als sie mit zittrigen Fingern nach ihrer Handtasche auf dem Tresen griff, fiel diese herunter, und der Inhalt verteilte sich auf dem Boden.

Elsa kniete nieder, sie warf sich geradezu auf das verstreute Gut. Als sie zu Max aufsah, erkannte sie jedoch, dass es zu spät war. Es war für sie nicht schwer zu erraten, auf welchem Gegenstand sein ernster Blick ruhte. In einem ersten Impuls wollte sie ihm irgendeine Geschichte auftischen und der Lüge von zuvor eine zweite hinzufügen.

Die Absicht war schon mit dem ersten Wort dahin.

Ich muss mich nicht rechtfertigen, vor niemandem, schoss es ihr durch den Kopf. Die Zeiten waren ein für alle Mal vorbei.

Wilder Trotz, der ihr in dieser Intensität unvertraut war, erfasste Elsa. Ein Moment der Enthemmung genügte, um etwas zu sagen, das sie sofort bereute: »Was siehst du mich so an? Ja, gut, ich habe dich angelogen. Na und? Du hast nicht nur mich, sondern alle Menschen getäuscht. Du bist schon lange kein Arzt mehr. Man hat dir die Approbation entzogen.«

Erst in dieser Sekunde wurde Elsa wieder bewusst, dass auch noch andere Gäste im Raum waren. Minutenlang war sie wie in einer Blase mit Max gewesen, es hatte nur sie und ihn gegeben. Irritiert blickte sie sich um.

Während Iolana am Tresen saß und das Gesicht in den Händen verbarg, kaute Paulette nervös auf den Lippen. Die Kinder, die Nurse, die Band, das Personal und Gung sahen verlegen zu Boden oder beschäftigten sich mit irgendetwas, nur um jeden Blickkontakt mit ihr zu vermeiden. Jedenfalls kam es Elsa so vor. Während sich die beiden amerikanischen Gäste von dem großen Theater, das ihnen geboten wurde, offenbar bestens unterhalten fühlten, tuschelten die Filipinos miteinander in einer Weise, die Geringschätzung verriet.

Ermattet setzte Elsa sich auf den Boden, als würde sie ausbluten. Unfähig, irgendetwas zu sagen oder zu tun, sah sie dabei zu, wie Iolana erst die Gäste aufforderte zu gehen, dann das Personal und die Band verabschiedete und das Café schloss.

Paulette beugte sich zu Elsa. »Komm, Chérie, wir fahren nach Hause und halten deinen Kopf unter kaltes Wasser.«

»Ich will nicht«, sagte Elsa.

»Gut, dann lassen wir das mit dem Wasser und nehmen stattdessen Honig.«

»Ich will nicht«, wiederholte Elsa, für jede Form von Humor unempfänglich. Sie blieb regungslos sitzen, obwohl Paulette ihr unter die Arme griff.

»Du kannst nicht die ganze Nacht hierbleiben, Chérie.« Paulette seufzte. »Also schön, ich bleibe bei dir.«

»Geh bitte«, sagte Elsa, und die Französin respektierte ihren Wunsch ohne weitere Diskussion.

Iolana verabschiedete einen nach dem anderen, Max zuletzt. Elsa hörte, wie die beiden am Eingang miteinander flüsterten.

Langsam konnte sie wieder klar denken. Sie begriff nach und nach, was sie angerichtet hatte. Die durch den Boykott ohnehin schon schwierige Situation des Cafés hatte sie durch ihr Verhalten noch weiter verschlimmert.

Wort für Wort würden die Filipinos und die Band ihren Auftritt weitererzählen, und bald würde ganz Port Rabaul Bescheid wissen. Sie hatte Max bloßgestellt. In einer einzigen Sekunde hatte sie zunichtegemacht, was sie neu hatte beleben wollen. All diese bitteren Erkenntnisse gingen mit der Angst einher, nun auch noch Iolana verloren zu haben.

Furchtsam beobachtete Elsa jede Bewegung ihrer Freundin – wie sie das Café abschloss, die Schirme auf der Seeterrasse einklappte, die Windlichter ausblies, die Lampen löschte. Elsa sehnte sich nach einem Wort Iolanas, und zugleich war ihr davor bange.

»Du kannst in einem der acht Gästezimmer im Obergeschoss schlafen. Ich bin in der Zwei. Gute Nacht.«

»Gute Nacht.«

Elsa wäre es lieber gewesen, wenn Iolana sie angeschrien statt freundlich behandelt hätte. Fast hätte sie die Freundin um eine Ohrfeige gebeten.

Nun war sie allein mit tausend unausgesprochenen, aufgeschobenen Konflikten. Sie saß noch immer auf dem Boden, obwohl das Café längst dunkel war, und brauchte eine Weile, um aufzustehen.

Am Fuß der Treppe ins Obergeschoss zögerte sie. Nein, sie konnte jetzt nicht schlafen. Ihr Blick wanderte zum Steg und der Plattform, die sich im Mondlicht silbrig glänzend von der Finsternis abhoben.

Die Natur lockte sie nach draußen. Wie oft hatte sie als Kind in ihr Zuflucht gesucht, sich vom Requiem der Brandung trösten, vom Wind die trüben Gedanken wegfegen lassen. Was mache ich falsch, dass sie mich nicht mögen?, hatte sie sich damals oft gefragt. Sie hatte mit den blauen Schmetterlingen darüber gesprochen und des Nachts mit einem besonders hellen Stern.

In dieser Nacht ging der Stern nicht auf. Das Meer schwieg, der Passat stand still, die Schmetterlinge schliefen im Blattwerk. Elsa blieb in der Dunkelheit ohne Freund.

Nur das Opium bot sich an.

Elsas Herz machte einen Sprung. Die Vorfreude auf das warme Bad des Vergessens war bereits eine Droge für sich.

Sie öffnete ihre Handtasche. Es war zu dunkel, die feine Mondsichel war von einer langen Wolkenkarawane verdeckt. Mit zittrigen Fingern suchte Elsa nach der Erlösung, bekam sie jedoch nicht zu fassen.

»Das gibt es doch nicht!«, schrie sie sich selbst an. Immer hastiger durchwühlte sie ihre Handtasche nach dem Tütchen. Schon hatte die Angst, vermischt mit Zorn gegen sich selbst und die ganze Welt, die Vorfreude überdeckt.

Da, endlich, ertasteten ihre Finger das ersehnte Objekt. Aber dann, in derselben Sekunde, geschah etwas Unerwartetes.

Elsa sah Max vor sich. Er war nicht wirklich da, doch sie hatte ihn ganz klar vor dem inneren Auge und spürte ihn so deutlich in ihrem Herzen, als läge er bei ihr.

Mit einer einzigen entschlossenen Bewegung kippte sie den gesamten Inhalt ihrer Handtasche ins Meer. Die Tasche warf sie gleich hinterher.

Eine Woge der Erleichterung erfasste sie. Sie war stolz auf sich selbst, was ihr aber nur wenig bedeutete, da sie sich nicht für sich, sondern für Max überwunden hatte. *Er* sollte stolz auf sie sein. Morgen würde sie vor ihn treten und sagen: »Das wird nie wieder passieren. Bitte verzeih mir.«

Binnen Sekunden flutete die Woge positiver Gefühle wieder zurück, und eine Woge der Angst erfasste Elsa. Sie dachte: Ich muss zur Villa, ich will zu meinem Opium. Der Gedanke, nachts durch den Wald den Hügel hinaufzulaufen, war völlig verrückt, trotzdem glaubte sie, keine andere Wahl zu haben.

Sie hielt das Geländer fest umklammert, so als könne allein die Holzplanke sie vor dem Untergang bewahren, und sie weinte, als hätte sie körperliche Schmerzen. Minutenlang verharrte sie so, vornübergebeugt. Die Tränen fielen in den Ozean. Als ihre Hände bleich und verkrampft und ihre Wangen getrocknet waren, war sie so müde, dass sie im Stehen hätte einschlafen können. Ausgerechnet ihre Erschöpfung verhinderte, dass sie noch an das Opium dachte. Sie hatte es geschafft – für diese eine Nacht.

»Zuerst wollte ich nichts sagen. Aber ich halte es nicht aus. Diesmal muss ich den Mund aufmachen.«

Ohne dass Elsa es bemerkt hätte, hatte Iolana die Plattform betreten. Sie trug eine Petroleumlampe mit sich, die sie auf dem Geländer abstellte, sodass die beiden Frauen wie in eine Arena in einen engen Kreis von Licht eingeschlossen waren.

Waren es die zuckenden Schatten, die dem sonst so lieblichen Gesicht der Polynesierin etwas Finsteres, Bedrohliches gaben?

»Es tut mir leid, Iolana«, sagte Elsa.

»So kommst du mir diesmal nicht davon. Ist dir eigentlich klar, was du Max da angetan hast?«

»Ich weiß, ich hätte das nicht sagen dürfen. Es war nur … Ich wollte ihm einen Augenblick lang wehtun.«

»Solche Augenblicke hast du ziemlich oft.«

»Das ist unfair, Iolana. So kannst du das nicht sagen.«

»Vor genau vier Jahren hast du damit angefangen, als du Max schon einmal angefeindet hast. Erinnerst du dich? Ich stand dabei, als du ihm im Hotel ›Kronprinz‹ unterstellt hast, ein schlechter Arzt zu sein. Und jetzt hast du seinen Ruf endgültig ruiniert.«

»Wie schon gesagt, ich bedaure das alles sehr, und wenn ich es ungeschehen machen könnte … Trotzdem darfst du das, was damals passiert ist, nicht mit heute vergleichen. Vor vier Jahren habe ich falschgelegen, Unsinn geredet. Heute habe ich im Grunde nichts Falsches gesagt …«

»Ja, es stimmt, er hat seine Approbation verloren. Aber weißt du auch, warum? Weil er einem Todkranken zum würdigen Sterben verholfen hat. Das ist seine ganze Schuld.«

»Das wusste ich nicht«, sagte Elsa betroffen.

»Seither hat er mehrere tausend Menschen behandelt, die sich normalerweise einen Arzt nicht hätten leisten können. Nachdem er dich bei sich aufgenommen hatte, war es noch schwieriger für ihn, weil die Methodisten und einige andere Weiße ihn boykottierten. Sie warfen ihm Unmoral vor.«

»Ich hatte ja keine Ahnung«, rief Elsa. »Woher weißt du das alles?«

Iolana schlug die Augen nieder. In diesem Moment ahnte Elsa, was sie gleich zu hören bekommen würde, und verkrampfte.

»Max und ich … wir haben uns seit einigen Wochen …

wir haben uns langsam angenähert. Wir sind deswegen noch kein Paar, weil ich ... Ihr habt so etwas wie eine gemeinsame Vergangenheit, und ich habe gespürt, dass ich dir wehtun würde, wenn ich mit Max zusammenkomme.«

Der Kloß in Elsas Kehle war so groß, dass sie kein Wort herausbekam.

Eine Weile standen die beiden Frauen sich gegenüber, ohne zu sprechen, bis Iolana schließlich die Petroleumlampe nahm und über den Steg langsam zum Café zurückging.

Elsa ließ sie nicht aus den Augen. Nach dem ersten Schock war ein furchtbares Rumoren in ihr, ein gärendes Gemisch aus Übelkeit, Ohnmacht und Wut. Wieder einmal wurde sie weggestoßen und für etwas bestraft, das sie nicht verstand: ihre Familie, der sie nie gut genug gewesen war, Henning, der sie zurückgelassen hatte wie eine Pflanze, als hätte es keine Trauung und kein gemeinsam verbrachtes Jahr gegeben, seine Eltern, für die sie ein Äffchen gewesen war, die Weißen von Port Rabaul, die in ihr eine Hure sahen, Max, der ihr Geld brüsk abgelehnt hatte, und nun auch noch Iolana, die sich Max nahm. Iolana und Max – darauf wäre sie nie gekommen.

Sie konnte machen, was sie wollte, irgendjemand bestrafte sie immer. Dabei wollte sie doch bloß ein Zuhause, ein bisschen Liebe und ihre Ruhe.

Sie holte Iolana im Café ein und stellte sich ihr in den Weg.

»Und wie soll das weitergehen?«, fragte sie.

»Wieso? Was meinst du?«

»Mit dir und Max.«

»Ich weiß es nicht. Wir werden sehen.«

»Du stiehlst mir den Mann, den ich liebe, du stehst in dem Café, das ich bezahlt habe … Wir werden das verdammt noch mal klären.«

Iolana seufzte, stellte die Petroleumlampe auf dem Tresen ab und sagte: »Nicht ich bin dein Problem, auch nicht wie es mit Max und mir weitergeht. Dein eigentliches Problem hast du noch nicht erkannt, dass du nämlich viel zu viel Geld hast, mit dem du nicht umgehen kannst.«

Elsa lachte auf. »Das sagt ausgerechnet die Frau, die bisher am meisten von meinem Geld profitiert hat.«

»Ich kritisiere keineswegs deine Freigiebigkeit. Doch du gibst nicht, um anderen eine Freude zu machen, sondern um dir Dankbarkeit, Liebe und Freundschaft zu kaufen oder zu sichern, und das wird auf Daucr nicht gutgehen. Geld kann die entsetzlichen Lücken in deinem Leben nicht füllen, da hatte Max ganz recht.«

Entsetzliche Lücken, das war für Elsa wie eine Ohrfeige. Aber dass Iolana offenbar mit Max über sie sprach – und wie sie vermutlich über sie sprach –, das war ein harter Schlag.

»Weißt du, was ich glaube«, erwiderte sie inbrünstig, »dass du neidisch auf mich bist. Nicht nur weil ich ein Kind geboren habe, sondern auch weil Titus mich zur Frau genommen hat und nicht dich. Von uns dreien hast du ihm am nächsten gestanden, du hast diesen Schurken sogar ein bisschen geliebt, nicht wahr? Aber geheiratet hat er die Prinzessin. Und sein Geld hat er allein ihr hinterlassen. Du tust immer so, als würdest du dir aus Geld nichts machen, aber du hast es mit vollen Händen genommen, um dir dieses irrsinnige polynesische Tempel-Café zu bauen.«

Der Trotz, der Stolz, der Champagner, die Verzweiflung und das im Ozean versunkene Opium verschworen sich, und Elsa rief: »Aber weißt du, was? Wenn du dich weiterhin an Max ranmachst, dann ist das Café schneller weg, als du denkst. Ohne die Millionen, *meine* Millionen, kannst du den Laden kein halbes Jahr halten.«

Betroffen schüttelte Iolana den Kopf. »Oh, Elsa, Elsa.« Mehr sagte sie nicht, griff nach der Petroleumlampe und wollte sich an ihrem Gegenüber vorbeidrängen.

Elsa gab jedoch nicht nach. Sie wusste selbst nicht, was sie damit bezweckte und wohin das alles führen sollte. Ihr war danach, wild um sich zu schlagen – eigentlich nur im verbalen Sinn. Aber als es zum Körperkontakt mit Iolana kam, stieß sie die Freundin zurück, holte mit dem Arm weit aus und schlug ihr dabei die Petroleumlampe aus der Hand.

Die Lampe prallte gegen eine Wand, das Glas zerbrach, und das auslaufende Petroleum setzte einen japanischen Paravent in Brand.

Einige Sekunden lang blickten Elsa und Iolana ungläubig in die hochschlagenden Flammen, als wäre das, was sie da sahen, nicht real. Dann reagierte Elsa.

»Wasser, schnell.«

Iolana lief zu den Mineralwasserflaschen, während Elsa das Feuer mit einer Tuchserviette auszuschlagen versuchte. Als Iolana mit dem Wasser kam, hatten die Flammen bereits auf eine der Säulen übergegriffen, und ätzender Rauch breitete sich aus.

»Wir müssen sofort hier raus!«, rief Iolana.

»Nein!«, schrie Elsa. »Nein. Das darf nicht sein!«

Die Tuchserviette vor den Mund gepresst, leerte sie eine

Flasche nach der anderen über dem Feuer aus. Schließlich schleuderte sie einige Flaschen gegen die Wand, wo sie zerbarsten und die Flammen an einigen Stellen tatsächlich löschten.

Längst brannte ein Teil der Decke, das Palmstroh loderte auf und fiel zu Boden, wo es Stuhlpolster, Tischtücher und Servietten in Brand setzte, die die Flammen sofort weitertrugen.

»Iolana? Iolana?«

Der Rauch brannte Elsa in den Augen. Ohnehin sah sie gut wie nichts mehr.

Es war vorbei. Das Feuer war nicht mehr aufzuhalten.

Sie torkelte in Richtung Ausgang und stieß dabei auf Iolanas reglosen Körper.

»Wach auf! Wach auf!«

Elsa glaubte zu ersticken. Nach einem letzten tiefen, verzweifelten Atemzug hielt sie Mund und Nase geschlossen. In ihrer Kehle brannte die heiße, verdorbene Luft.

Mit aller Kraft zog sie Iolanas grazilen Körper von der Stelle. Doch nach wenigen Metern schwanden auch Elsa die Sinne.

»Ich schaffe es nicht allein! Ich schaffe es nicht! Iolana, hilf mir! Du musst mir helfen. Wach auf.« Dann wiederholte sie flehentlich und immer schwächer: »Bitte, Iolana. Bitte wach auf.«

Inzwischen war aus dem Brand ein Inferno geworden. Das gesamte Palmstroh an der Decke sprühte Funken, versengte, fiel glühend zu Boden, legte sich heiß auf Elsas Haut, ließ sie aufschreien …

Elsa musste sich entscheiden. Noch war sie bei Bewusstsein, und bis ins Freie waren es nur drei, vier Meter. Aber das hieße, Iolana zurückzulassen. Und für immer mit der Schuld zu leben.

Nein!

Obwohl Elsa müde, kraftlos und gebrochen war, blieb sie da. Sie legte sich neben Iolana, das Gesicht zur Erde gerichtet, die Hand auf Iolanas Hinterkopf, auf den langen, schwarzen, glänzenden Haaren, die ihr immer wie ein lackierter Rahmen für den Inbegriff von weiblicher Schönheit und Sinnlichkeit vorgekommen waren.

Iolana hustete. Dann noch einmal.

Mit letzter Kraft rappelte Elsa sich auf.

»Iolana.«

Mehr bewusstlos als bei Sinnen zog sie ihre Freundin unter deren schwacher Mithilfe ins Freie, wo einige Einheimische sie empfingen und in Sicherheit brachten.

Allein

Am Morgen nach dem Feuer erwachten Elsa und Iolana nebeneinander in der Hüttenpraxis von Max, wo der Mediziner sie über ihren Zustand aufklärte. Abgesehen von einigen leichten Verbrennungen waren sie äußerlich unversehrt, hatten allerdings eine Rauchvergiftung davongetragen, die nicht behandelt, sondern nur ausgestanden werden konnte. Er gab ihnen etwas, um die damit einhergehenden Krämpfe und das Erbrechen zu lindern. Außerdem legte er ihnen ein striktes Sprechverbot auf, da ihre Kehlen hochgradig gereizt waren. Das führte dazu, dass jede von ihnen mit ihren Gedanken allein war.

Max verhielt sich absolut professionell, er behandelte beide Frauen als gleichwertige Patientinnen. Für Iolana hatte er jedoch Berührungen übrig, die Elsa nicht zuteilwurden, und seine Stimme hatte ein zärtliches Timbre, wenn er mit der Polynesierin sprach, wohingegen sie Elsa gegenüber reserviert, beinahe metallisch klang. Er konnte nicht wissen, was zwischen den beiden im Café vorgefallen war und dass Elsa durch ihren Zorn den Brand verursacht hatte. Doch brauchte er nur in ihre Augen zu sehen – und in Iolanas –, um es zu erahnen.

Iolana verweigerte Elsa jeden Blickkontakt, weshalb die Samoanerin Höllenqualen litt. Sie hatte es wirklich geschafft, alles zu zerstören, woran ihr Herz gehangen hatte, und nach und nach wurde ihr die ganze Dimension des Schadens bewusst. Nichts würde mehr wie vorher sein. Max war für immer verloren, und die Familie aus Freunden, die Elsa in der Villa um sich geschart hatte, stand vor dem Auseinanderbrechen.

Auf eine Formel gebracht: Sie war wieder allein. Nichts weniger als das war passiert, und nichts weniger als das hatte sie gefürchtet.

Es war wie ein Fluch. Immer wieder verließ oder verstieß sie das, was das Beste für sie war. Immer wieder war sie selbst ihr größter Feind und dachte sich neue Strafen für sich aus.

Nicht zum ersten Mal ging ihr der Gedanke durch den Kopf, sich das Leben zu nehmen. Schon als Kind hatte sie derartige Phantasien gehabt, allerdings waren sie flüchtig wie wandernde Wolkenschatten gewesen, und bei der Abreise aus Deutschland war die dunkle Wolke sehr viel schwerfälliger über ihr hinweggezogen als damals. Diesmal blieb die Wolke sogar über ihr hängen. Keanu wäre bei Iolana in besten Händen. Paulette käme sehr gut ohne sie aus, im Grunde kämen alle gut ohne sie aus. Sie würde ihnen das ganze Geld hinterlassen, das es nicht geschafft hatte, sie glücklich zu machen, im Gegenteil …

Zwei Tage lang blieben Elsa und Iolana schweigend in der Praxis. Die einzige Abwechslung waren die Besuche von Paulette. Ihr trockener Humor fiel wie Kerzenlicht in die Finsternis.

»Ihr habt es bis in den Sonntagsgottesdienst geschafft«, sagte sie. »Der Pastor hat euch nicht nur erwähnt, sondern zum Hauptgegenstand seiner Predigt gemacht und Schimpf und Schande über euch ausgekippt. Euch ist gelungen, wovon ich immer geträumt habe. Was habe ich nicht alles dafür getan! Ich war wollüstig, ehrgeizig, gierig, eitel … Und ihr zündet ein Streichholz an, und schwupps. Eigentlich wart ihr es ja gar nicht, meint Pastor Malone. Wusstet ihr schon, dass Gott das Café niedergebrannt hat? Er hat ganze Arbeit geleistet, es ist fast nichts übrig. Außer …«

Sie schmunzelte.

»Weil die Leute, die beim Löschen geholfen haben, die Eimer mit Wasser fast ausnahmslos gegen die Eingangspforte gekippt haben, steht sie noch. Dadurch sind auch unsere Aktporträts erhalten geblieben. Sie haben kaum etwas abbekommen. Gott scheint Geschmack zu haben. Was meint ihr, soll ich Pastor Malone ein entsprechendes Brieflein schreiben?«

Bei ihrem zweiten Besuch sagte sie: »Hört mal, ihr müsst eure Differenzen beilegen, egal wie. Ich lasse nicht zu, dass wir uns wegen eines Mannes zerstreiten, das ist der dümmste Grund, den es gibt. Tragt einen Ringkampf aus, wenn es sein muss. Oder veranstaltet ein Wettsaufen … Ach nein, das geht nicht, da bist du ja im Vorteil, Elsa. Wie auch immer, rauft euch gefälligst zusammen. Wir haben zu viel durchgemacht, und wir haben noch zu viel vor, um uns wegen dem Schwanz von einem Doktor zu trennen.«

Als die beiden Frauen sie befremdet bis empört ansahen, musste Paulette lachen.

»Endlich bekomme ich mal eine Reaktion von euch. Ich habe schon geglaubt, ihr wärt mumifiziert, so steif wie ihr daliegt. Wenn ich morgen wiederkomme, will ich, dass ihr euch die Hand gebt, kapiert?«

Bevor Paulette den dritten Besuch absolvieren konnte, erklärte Max Elsa und Iolana für weitgehend geheilt, sodass sie die Praxis verlassen durften.

Ihr erster Weg führte sie zu dem eingestürzten, verkohlten Café, wo sie wie vor einem Grab standen, stumm. Nach einer Weile reichte Iolana Elsa die Hand.

Elsa sprach die ersten Worte seit Tagen. Noch immer heiser, sagte sie: »Nein, Iolana, das ist mir zu einfach. So billig darf ich nicht davonkommen. Ich muss dafür büßen.«

Iolana, deren Stimme noch nicht wiederhergestellt war, verneinte stumm und mit Tränen in den Augen.

»Es muss sein«, beharrte Elsa. »Für dich ist das vielleicht nicht wichtig, aber für mich. Ich habe nur eine Bitte: Hilf mir dabei.«

Eine Stunde später trafen sie, für Paulette überraschend, in der Villa ein.

»Oh, Max hat euch entlassen, wie schön. Wohin wollt ihr denn? Und warum habt ihr ein gutes Dutzend Leute im Gefolge?«

Elsa und Iolana gingen in den Garten, wo das gute Dutzend Einheimischer und Filipinos eine wichtige Aufgabe zu erledigen hatte. Sie besprengten das Dach der Villa mit Wasser und postierten sich an allen Fenstern des Obergeschosses, die an der Seite zu Elsas Baumhaus lagen.

»Was um alles in der Welt habt ihr vor?«, fragte Paulette, erhielt jedoch keine Antwort.

Schließlich war alles vorbereitet.

Elsa nickte Iolana zu. »Tu es für mich«, sagte sie.

Die Polynesierin entzündete eine Fackel und warf sie von unten in Elsas geliebtes Baumhaus. Binnen Sekunden wurde das Palmwedeldach vom Feuer erfasst; die Helfer sorgten dafür, dass die Villa verschont blieb.

Fassungslos sah Paulette mit an, wie weitere zehntausend Pfund in Flammen aufgingen.

Elsa und Iolana jedoch lachten, dann umarmten sie sich.

Damit war der Friede im Haus der blauen Schmetterlinge wiederhergestellt. Trotzdem begann für Elsa nun die schwierigste Zeit. Sie war sich darüber im Klaren, dass es so wie bisher nicht mit ihr weitergehen konnte. Schon vier Tage nach dem Baumhausbrand verließ sie die Villa und Port Rabaul, um sich in einem indischen Sanatorium von ihrer Opiumsucht kurieren zu lassen.

Paulette hatte es für sie ausgesucht. »Die haben viel Erfahrung mit Süchten«, sagte sie Elsa am Hafen, bevor sie das Schiff bestieg. »Die halbe britische Kolonialarmee erholt sich dort von ihrem kollektiven Leberschaden. Du bist also in guten Händen. Soll ich nicht doch lieber mitkommen?«

Elsa schüttelte den Kopf. »Ich muss das allein durchstehen, brauche Abstand … Außerdem musst du dich um unsere Finanzen kümmern. Ich habe dir Generalvollmacht übertragen, ab jetzt brauchst du meine Unterschrift nicht mehr.«

»Oh, schön, dann kann ich ja Ecuador kaufen und mich zur Königin krönen lassen.«

Diesen Vertrauensbeweis gegenüber Paulette ergänzte Elsa um einen weiteren gegenüber Iolana.

»Dir, Liebes, übertrage ich die Vollmacht für Keanus Wohlergehen. Er wird mich weniger vermissen, solange du bei ihm bist.«

»Oh nein, er wird dich sehr vermissen … wie wir alle«, widersprach Iolana, dann weinte sie wieder und steckte damit Elsa an. Paulette musste sich schwer zusammennehmen, um nicht selbst loszuheulen.

»Lasst bitte jeden Tag einen Vogel für mich frei und kümmert euch um Emma«, bat Elsa. »Und lasst den Garten nicht verkommen. Kauft ab und zu Larven von dem blauen Schmetterling …«

»Lass mich raten«, unterbrach Paulette sie. »Da ist eine Blattlaus auf der Kletterrose, der wir ein Hustenmittel verbreichen sollen. Ab mit dir, sonst schwatzt du die vier Monate bis zu deiner Rückkehr in einer Tour durch.«

Sie umarmten sich, dann ging Elsa an Bord.

Das letzte Mal, als sie auf einem Dampfer aus Simpson Harbour gefahren war, hatte sie Max verlassen, und er hatte an den Quais gestanden, bis Elsa sie aus dem Blick verloren hatte. Sie ertappte sich dabei, nach ihm zu suchen, als das Schiff ablegte. Und tatsächlich, für einen kurzen Augenblick meinte sie ihn zu sehen, hinter einem Fenster der Hafenstation.

War er es wirklich gewesen? Oder nur eine Illusion?

Vierter Teil

»Kaiserin«

Das zweite Leben

Eine weiß gestrichene Hölle, von sattgrünem englischem Rasen und pinkfarbenen Rosen umgeben – so empfand Elsa das Sanatorium. Die akkurate Scheinheiligkeit der Anlage war unerträglich. Sie hasste die Ärzte für ihre blütenweiße Sauberkeit, die im eklatanten Gegensatz zu ihrem eigenen Elend stand.

Kein Tag war wie der vorherige. Manchmal glaubte sie zu ersticken, sie wand sich im Bett oder brach auf dem Rasen zusammen. Weinkrämpfe schüttelten sie. Als sie ein Radio zerschlug, in dem eine Sendung über die Olympischen Spiele von Berlin lief, band man sie drei Tage fest. Einer Pflegerin bot sie eine Million Pfund, wenn sie ihr Opium besorge. Wie ein geschundenes Tier kauerte sie in einer Ecke, ungewaschen und zerzaust, nur um sich am nächsten Tag zurechtzumachen wie eine Kaiserin und mit größter Selbstverständlichkeit ihre Entlassung zu verlangen. Natürlich hatte sie bei der Selbsteinweisung verfügt, sie erst drei Monate später zu entlassen.

Von außen betrachtet war ihr Verhalten mal kindisch, mal lächerlich komisch und mal furchterregend, aber immer tragisch. Sie verlor jedes Zeitgefühl und behauptete irgendwann, dass sie bereits über ein Jahr im Sanatorium festgehalten werde. Sie erreichte sogar, dass ein britischer Vizekonsul vorbeikam und sich ihre Beschwerde anhörte. Zeitweise verlor sie völlig den Verstand und beschuldigte Paulette, mit dem Leiter des Sanatoriums unter einer Decke zu stecken. Dann waren Iolana und Max dran. Schließlich ihre samoanische Familie. Alle Ängste, Zurückweisungen und Enttäuschungen, die sie jemals erlebt hatte und die das Opium nur gemildert oder überdeckt hatte, brachen nun mit aller Macht hervor. Das Lächeln einer Pflegerin konnte bei ihr zu Hassausbrüchen führen.

Etwa sechs Wochen nach der Selbsteinweisung schwächten sich die Entzugserscheinungen stark ab. Dafür machte sich eine unglaubliche Leere in ihr breit, sodass sie von morgens bis abends auf einem Stuhl saß und vor sich hinstarrte, wie ein altes Mütterchen, das vom plötzlichen Tod seines Gatten und all seiner Kinder erfahren hat und dem Leben keinen Sinn mehr abgewinnen kann.

Das Opium war als Tröster weggefallen, aber das, was sie zu der Droge hatte greifen lassen, war immer noch da. Ihr Leben und die Menschen, die es geprägt hatten, zogen an ihr vorüber: die Mutter, die ihretwegen schlecht angesehen gewesen war und sie das in den ersten Lebensjahren hatte spüren lassen, der Vater, der fern von ihr zur See gefahren war, die Onkel und Tanten, die sie geringschätzten, ihr vermeintlicher Retter Henning … Auch Titus hatte es nicht gut mit ihr gemeint, als er sie dem Opium zuführte. Rückblickend waren die wenigen Tage mit Max die besten gewesen. Sie erinnerte sich an das tiefe Gefühl von Befriedigung, als sie in seiner Praxis gearbeitet und ihn bei seinen guten Werken unterstützt hatte, und an Glücksgefühle an den Abenden mit ihm am Meer.

Es hatte auch andere, zumindest halbwegs gute Zeiten gegeben. Sah man einmal vom Opium ab, waren die Monate in Warwicks Villa nicht die schlechtesten gewesen, was vor allem der Gesellschaft von Iolana und Paulette zu verdanken war. Den beiden Frauen hatte sie sich gleich verbunden gefühlt, ihre Gegenwart verlieh Elsa Sicherheit. Auch Keanus Geburt und die Stillzeit fielen in dieses eine, von seltsamer Schwerelosigkeit geprägte Jahr, als sie sich einbilden konnte, auf dem Olymp zu leben und ihn nie wieder verlassen zu müssen.

Eine andere, im Grunde ähnliche Zeit drängte sich mit aller Macht in Elsas Erinnerung: die Wochen auf dem Ozeandampfer bei der Rückfahrt von Deutschland in die Südsee. Wie die Villa auf dem Berg, war auch das Schiff im Grunde eine Götterburg gewesen, ein Palast voller gut gelaunter, tanzender, scheinbar unsterblicher Menschen, umgeben von Lichtern, Luxus und Musik. Eines Nachts im Klinikbett meinte Elsa die beschwingten Melodien des Ballsaales aus der Ferne zu hören, und zum ersten Mal seit ihrem Eintreffen in Indien lächelte sie.

Je mehr Elsa im Laufe der Wochen zu körperlicher Ruhe und geistiger Klarheit zurückfand, desto bewusster wurde ihr, was bisher falschgelaufen war. Wenn sie auf ihr bisheriges Leben zurückblickte, kam es ihr vor, als hätte es in einem Käfig stattgefunden. Ihre Gedanken, ihre Hoffnungen waren eng fokussiert gewesen, entweder auf einen bestimmten Menschen oder auf ein bestimmtes Gefühl. Sie hatte unbedingt lieben und geliebt werden wollen, viel anderes hatte es im Grunde nicht gegeben. Hatte sie die Enttäuschungen dadurch nicht geradezu provoziert? Hatte ihr nicht zwangsläufig jedes Ereignis, egal ob Hindernis oder Bestätigung, überlebensgroß erscheinen müssen, wie unter einem Lupenglas?

Sie brauchte eine Idee, eine neue Vision für ihr Leben.

Viereinhalb Monate nach ihrer Abreise fuhr Elsa in die Matupi Bay ein. Sie kam sich wie ein neuer Mensch vor, der in seine gewohnte Umgebung zurückkehrt und allem begegnet, was er vorher mit anderen Augen gesehen, mit anderem Herzen gefühlt hatte. Denn auch das war eine schreckliche Begleiterscheinung der Abhängigkeit wie auch des Entzugs gewesen, dass das Verlangen ihres Körpers alles andere, zeitweise sogar die Mutterliebe, wie unter einem schweren Schleier verborgen hatte. Doch nicht nur das hatte sich verändert. Schon als kleines Kind hatte sie geliebt werden wollen und war bereit gewesen, alles dafür zu tun. Ihre eigenen Gefühle für andere waren dabei in den Hintergrund getreten, und sie hatte sich sogar Menschen angebiedert, die sie nicht leiden konnte.

Sie fragte sich: Habe ich mich vielleicht nur deswegen so bedingungslos an Henning gehängt, weil er mich anfangs beachtet hat? Hatte ich mich nicht hauptsächlich deswegen auf Titus eingelassen, weil er mich über den Klee gelobt und mich verwöhnt hat, während Max härter – und ehrlicher – mit mir war, der Anstrengung und schwierige Entscheidungen von mir verlangt hat?

Als Elsa beim Betreten festen Bodens im Hafen nach den ersten Schritten kurz schwankte, stand dies auch für die Unsicherheit, mit der sie in ihr neues Leben trat. Als sie den kleinen Keanu auf dem Quai erblickte und neben ihm Iolana und Paulette, spürte sie zum ersten Mal in ihrem Leben dessen ganzen Reichtum. Die Zukunft entrollte sich wie ein roter Teppich vor ihr.

Paulette und Iolana hatten sich während ihrer Abwesenheit so sehr ins Zeug gelegt, dass sowohl das Baumhaus als auch das »Café Pacifico« kurz vor der erneuten Fertigstellung standen. Außer dass Keanu um einen Zentimeter gewachsen war, schien sich kaum etwas verändert zu haben. Eine Woche lang beschäftigte Elsa sich nur mit ihrem Sohn, weshalb die Nurse fast nichts mehr zu tun hatte und häufiger ihre weitschweifige Tolai-Verwandtschaft in der Umgebung besuchen konnte.

Als Max, der im Süden der Halbinsel zu tun gehabt hatte, in die Villa kam, verspürte Elsa einen Nadelstich in ihrer Brust, den sie mit einem Lächeln überspielte. Sein Blick, wenn er sie ansah, war irgendwie verändert. Oder bildete sie sich das nur ein? Sein Äußeres war es jedenfalls: Er hatte den alten Anzug gegen Khakishorts und ein sauberes Hemd getauscht, und nur der Dreitagebart und die ungekämmten Haare erinnerten noch an den alten, leicht schmuddeligen Max.

Sobald Iolana hinzukam, schien er regelrecht zu verkrampfen und verabschiedete sich schnell. Waren die beiden sich nähergekommen? Waren sie ein Paar geworden? Waren sie vielleicht schon wieder getrennt? Elsa stellte keine Fragen. Sie verbot sich jegliche Erwartungen oder Befürchtungen. Es war nicht an ihr, den ersten Schritt zu tun, sei es auf Max zu oder von ihm weg.

Bei einem Umtrunk im »Pacifico« am Abend vor der Eröffnung mehrten sich die Zeichen, dass Elsa Max verloren hatte. Er war sehr charmant zu ihr, lobte ihr gutes

Aussehen und ihren Erfolg bei der Überwindung der Sucht, aber er vermied es, mit ihr allein zu sein, obwohl es einige Gelegenheiten gegeben hätte. Elsa beobachtete ihn aufmerksam. Er und Iolana gingen höflich und korrekt miteinander um, es gab keine Berührungen, keine langen Blicke, kein Wort zu viel. Doch gerade das fiel Elsa auf. Im Laufe des vergnüglichen Abends kam ihr der Verdacht, dass sie Zuschauerin einer Inszenierung war, bei der auch Paulette mitspielte.

Schließlich passierte es. Max, der mit Iolana hinter dem Tresen Erfrischungsgetränke mixte, berührte den Rücken der Polynesierin im Vorbeigehen. Die Geste war flüchtig wie ein Arom, und er selbst war sich ihrer augenscheinlich gar nicht bewusst. Das sagte Elsa alles.

Am nächsten Morgen im Baumhaus holte Elsa Emma, die einsame Vogeldame, aus dem Käfig. »Ob du willst oder nicht, meine Süße, ab sofort bist du frei. Glaub mir, es muss sein.«

Sie streichelte das Vögelchen ein letztes Mal, bevor sie die Hand öffnete und ihm die Rückkehr in den Käfig verweigerte.

Paulette wurde zufällig Zeugin der Szene. Sie wechselte mit Elsa einen Blick, der ihr alles verriet, und meinte dann: »Ich habe den beiden gleich gesagt, dass es so nicht funktionieren wird.«

»Sie wollten es mir leicht machen«, seufzte Elsa.

»Iolana und Max haben lange gezögert. Sie wussten, dass sie entweder dir oder einander wehtun würden.«

»Sie haben sich letztendlich für mich entschieden«, sagte Elsa ohne Bitterkeit oder Vorwurf. »Ich hatte meine

Chancen, zwei oder drei an der Zahl, und ich habe sie alle vertan. Keinem von beiden kann ich böse sein.«

»Gut«, sagte Paulette und nahm Elsa in den Arm. »Ich sage dir jetzt mal was, Chérie … Heute lasse ich das Geldverdienen ruhen, und wir machen irgendwas Lustiges zusammen.«

»Nein, heute nicht, Paulette. Ich will lieber allein sein. Trotzdem danke.«

»Sicher?«

»Ganz sicher.«

Nachdem Paulette gegangen war, stieß Elsa den kleinen Vogel, der beharrlich neben dem geschlossenen Käfig sitzen blieb, mit sachten Handbewegungen immer wieder fort.

»Nun flieg endlich los, dumme, kleine Emma. Flieg, flieg.«

Elsa weinte, doch waren es andere Tränen als früher. Tränen, die nicht Ausdruck von Schwäche waren, sondern eines Aufbruchs, der eben auch mit einem Abschied verbunden war.

Stundenlang blieb Emma neben dem geschlossenen Käfig sitzen, der ihr so vertraut geworden war. Schließlich flog sie in den Garten, wo sich ihre Artgenossen an einer Schale voller Früchte labten. Obwohl sie das Terrain um die Villa niemals verließ und oftmals sogar im Haus herumflog, war ihr Lebensradius von da an erheblich größer als zuvor.

Kamelienmänner

Es war für Elsa an der Zeit, einige der im Sanatorium entwickelten Ideen in die Tat umzusetzen. Sie sprach mit Paulette darüber.

»Ich habe nicht vergessen, was du gesagt hast, Paulette. Du möchtest Port Rabaul zu einer Perle machen.«

»Du meinst das ›Tor zum Pazifik‹? Das wird viel Zeit brauchen. Die Leute hier sind konservativ … oder verschlafen, wie du ja weißt.«

»Selbstverständlich müssen wir neue Leute anlocken. Die gehen dann auch ins Café.«

»Das ist leichter gesagt als getan.«

»Wenn nichts geboten ist, dann kommt auch keiner. Als der Sonnenkönig einen Hof wollte, der ganz Europa in seinen Bann zieht, baute er Versailles und richtete so pompöse Feste aus, dass das Schloss bald aus allen Nähten platzte. Die Interessenten trugen sogar Duelle um eine winzige Wohnung aus.«

»So etwas! Eine Deutsch-Samoanerin belehrt mich über französische Geschichte. Aber du hast recht … im Prinzip. Was hast du vor? Willst du ein Kasino bauen? Oder ein zweites Moulin Rouge?«

»Nicht schlecht. Vielleicht fangen wir am besten mit einem Hotel an, ich dachte da an zwei Dutzend Bungalows am Hügel mit Traumblick auf die Bucht.«

»Das wird ein Vermögen kosten.«

»Schon vergessen? Wir haben ein Vermögen.«

Das luxuriöse Resort, das unter Palmen entstand, war nur ein Teil der Strategie, die Elsa entwickelt hatte. Dabei kam ihr zugute, dass inzwischen die halbe Südsee mit Paulette Geschäfte machte. Sie hatte zahlreiche Plantagen in Polynesien, Mikronesien, Melanesien und Indochina aufgekauft. Vor allem Kautschuk war heiß begehrt, in Europa und den Vereinigten Staaten war der Bedarf enorm, die Preise stiegen in den Himmel. Der Ausbau von Simpson Harbour erwies sich ebenfalls als genialer Schachzug, konnte der neue Hafen dadurch bald als Umschlagplatz für Waren aus dem ganzen Bismarck-Archipel genutzt sowie von größeren Passagierschiffen angelaufen werden. Paulettes Investitionen in australische Fabriken und amerikanische Reedereien in Hawaii taten ein Übriges. Das Haus der blauen Schmetterlinge war das idyllische Zentrum eines kommerziellen Netzes, und genau das machte Elsa sich zunutze.

Von nun an mussten die Leute sich nach Port Rabaul bemühen, wenn sie mit Paulette ins Geschäft kommen wollten. Den Anfang machten Direktoren, Reeder und Großgrundbesitzer, denen bald Zwischenhändler, Handelsagenten und Attachés folgten, die dankbar waren, dort auf Kollegen zu treffen und sich mit ihnen in komfortablem Ambiente auszutauschen. Sie waren entweder in der Villa, in den Gästezimmern des »Pacifico« oder im fertiggestellten Resort untergebracht, meist auf Elsas Rechnung, und nicht nur deswegen waren es monatlich mehr. Wenn sie zum zweiten Mal kamen, brachten sie ihre Frauen mit, ihre Söhne und Töchter …

Elsa richtete für die illustre Gästeschar Partys, Teegesellschaften, Lunches und ausgiebige Frühstücke aus, die immer größer wurden, mal in der Villa, mal im Café stattfanden und bald für ihre zwanglose, halb europäische und halb pazifische Atmosphäre bekannt waren. Sie selbst stand dabei im Mittelpunkt, weil Paulette die Geschäfte lieber abschloss, als sie zu feiern. Iolana wiederum hatte mit dem Café schon bald alle Hände voll zu tun, da immer mehr Passagiere auf der Durchreise ein- oder zweitägige Zwischenstopps in Port Rabaul einlegten. Die Feuerwerke, die Elsa gelegentlich über der Bucht und den einfahrenden Passagierdampfern hochgehen ließ, waren im Nu im ganzen pazifischen Raum bekannt.

Auf ihren Festen und Empfängen setzte Elsa sich geschickt in Szene, wenn auch nur ein klein wenig. Die Fröhlichkeit und Ungezwungenheit waren ihr eigentliches Naturell, ergänzt und eingerahmt von ihrem durchaus europäischen Auftreten. Wäre ihr eindeutig ozeanisches Aussehen nicht gewesen, hätte man ihr auch abgenommen, dass sie eine lebenshungrige Marquise aus einem Roman Balzacs war oder eine lebenslustige österreichische Witwe. Sie genoss es gleichermaßen, ihre Gäste mit ihrem Allgemeinwissen zu verblüffen wie sie mit ihrem Südseecharme zu bezaubern.

Dass sie ein Mischling war, wandelte sich vom jahrzehntelang erlebten Manko zum plötzlichen Nutzen. Es machte sie exotisch, interessant, verbunden mit ihrem Reichtum und ihrer Lebensart beinahe magisch. Sie selbst sorgte dafür, dass einige Details aus ihrem Leben bekannt wurden, gerade so viel, um den Reiz noch zu steigern. Eine weiße Britin, Holländerin oder Deutsche hätte bei Weitem nicht das gleiche Aufsehen erregt, zugleich hätte man dieser Weißen eine Vorgeschichte wie die von Elsa übel genommen. Eine halbe Samoanerin durfte ruhig ein bisschen verrucht sein, und Elsa trumpfte mit jener Vergangenheit auf, die wenige Jahre zuvor noch ein Makel gewesen war.

Elsa genoss es sehr, Partys zu geben und sie vorzubereiten, ebenso gerne betrachtete sie die kleinen Erfolge auf dem Weg zum Ziel, Port Rabaul zum »Tor zum Pazifik« zu machen. Nach wie vor interessierte sie sich jedoch nicht für das Geschäftemachen an sich – dafür war Paulette zuständig – und hatte deshalb viel Zeit übrig. Einen Großteil davon verbrachte sie mit Keanu sowie mit Paulettes Kindern, dennoch füllte sie das nicht völlig aus. Elsa war noch immer eine junge Frau …

Die körperliche Liebe, die Elsa damals auf dem Ozeandampfer facettenreich erfahren hatte, war zwar kein Ersatz für die dauerhafte Liebe zu einem einzigen Mann. Aber sie erinnerte sich, dass sie sich in jenen Wochen begehrenswert gefühlt hatte, und das war immerhin etwas. Die körperliche Liebe verlangte nichts anderes als Hingabe und war deshalb viel unkomplizierter. Man konnte kaum etwas falsch machen. Wann immer es um große Gefühle gegangen war, hatte Elsa andere enttäuscht oder war enttäuscht worden.

Elsa war durchaus nicht wahllos, mit wem sie sich einließ, aber auch nicht sehr wählerisch. Der Mann musste zwischen Mitte und Ende zwanzig sein, nicht übermäßig erfahren in Liebesdingen, nicht hochintellektuell, aber auch nicht dumm. Wenn möglich sollte er sie zum

Lachen bringen können. Sie mochte jedoch auch die romantischen Männer, die in jeder Frau die Marlene Dietrich suchten, die sie anbeten, der sie unterlegen sein wollten. Letzteres waren sie immer, gleich welchen Rang sie bekleideten. Manchmal waren es attraktive, ledige Geschäftsmänner oder Firmenerben, dann wieder Nachwuchsschauspieler, Modefotografen oder arme Schlucker auf der Suche nach der »Reinheit der wahren Südsee«, Nichtstuer mit einigem Vermögen ... Den größten Anteil machten jedoch junge Botschaftsangehörige aus. Nicht umsonst war die Pazifikregion als »Kindergarten der Diplomatie« bekannt.

Von Keanu hielt sie ihre Liebhaber stets fern. Sie wohnten im unlängst fertiggestellten Hotel am Hügel und zogen nach ein paar Wochen, im Einzelfall auch schon mal Monaten, wieder aus, letztlich immer dann, wenn das Beisammensein zu selbstverständlich geworden war, wie die Morgenzeitung, der Obstsalat oder eine Platte von Josephine Baker. Selten erfolgte die Trennung im gegenseitigen Einvernehmen, zu süß waren die Verlockungen der Circe, das leichte Luxusleben, als dass man es nicht hätte ins Endlose verlängern wollen. Zwar sorgte Elsa immer für ein Abschiedsgeschenk, indem sie ihren abgelegten Liebhabern einen lang gehegten Wunsch erfüllte, trotzdem kam es gelegentlich zu rührenden Szenen.

Iolana nannte sie »Kamelienmänner«, wegen der Eigenart der Kamelie, die Blüten bei voller Schönheit im Ganzen abzuwerfen. Für Paulette hießen sie hingegen »Hommes de Crêpe«, Crêpe-Männer, weil sie in ihren Augen allesamt weich, süß und schnell gegessen waren.

Natürlich sprach sich Elsas bewegtes Liebesleben herum, was ihre Prominenz in der Gesellschaft der Südsee jedoch nur steigerte. Es dauerte nicht lange, bis auch die ersten Künstler den Weg nach Port Rabaul zu Elsas Gesellschaften fanden. Eines Tages wollte der britische Schriftsteller Somerset Maugham Elsa kennenlernen. Im Baumhaus tranken sie ihrer beider Lieblingsdrink, den Gin Pahit, einen vor und einen nach dem Essen. Die berühmte Romanautorin Pearl S. Buck schaute ebenfalls auf einer Südseereise kurz vorbei, und Clark Gable wohnte einige Wochen im »Pacifico«, um nach Korallen zu tauchen.

Sogar hochrangige Diplomaten scheuten den Weg nicht mehr, vor allem um selbst in Augenschein zu nehmen, wovon ihre jungen Attachés schwärmten. Ein steifer britischer Konsul prägte, ohne es zu wollen, einen Begriff, den die Menschen im ganzen pazifischen Raum übernahmen. Er sagte zu einem Kollegen: »Oh my goodness, ihre Ländereien, ihre Feste und Auftritte, ihr Bergpalast, die Feuerwerke, das Geld, die Affären, die dezenten Hinweise auf die halb aristokratische, halb deutsche Herkunft … Für wen hält diese Person sich eigentlich? Für die Kaiserin der Südsee?«

Kaiserin Elsa … Sie schmunzelte darüber, als dieses geflügelte Wort Monate später zu seinem Ausgangspunkt nach Port Rabaul zurückfand.

»Von der Kurtisane zur Kaiserin … das passiert nicht alle Tage«, kommentierte sie auf einer Party bescheiden.

Iolanas Alptraum

Mit dem Aufstieg Elsas zur Kaiserin ging der Aufstieg des »Café Pacifico« einher. Seine in die Bucht hineinragende Terrasse und das einmalige Ambiente machten es zunächst zum Geheimtipp, aber es dauerte nicht lange, bis sich die wohlhabenden Amerikaner, die von einer Südseereise nach Los Angeles oder Hawaii zurückkehrten, in der Heimat fragen lassen mussten: »Na, warst du im ›Pacifico‹?« Iolana organisierte polynesische Folkloreabende, baute riesige Büfetts auf, engagierte bekannte Sänger, bot Picknicks auf dem Wasser an, erweiterte das Café um zwei Nebengebäude … Im Jahr 1939 war Port Rabaul ein Synonym für Elsas Hofhaltung, Paulettes Plantagenimperium und Iolanas »Pacifico«.

Mit der Zeit wurde Elsas Auftreten zunehmend selbstsicherer und zugleich natürlicher, weshalb alle, die sie erst in dieser Phase ihres Lebens kennenlernten, der Meinung sein mussten, sie sei schon immer so gewesen. Als eines Tages eine ihrer Kusinen von Samoa zu Besuch kam, hätte sich Elsa die Gelegenheit geboten, Rache zu nehmen für all die kleinen Gemeinheiten, denen sie als Kind ausgesetzt gewesen war. Doch sie tat nichts dergleichen, sondern bewirtete die ungeliebte Kusine königlich und gab ihr zum Abschied noch Geschenke für die Verwandtschaft mit. Ihr Echo auf die Jahre, in denen sie unter Geringschätzung und Gehässigkeit gelitten hatte, war Großzügigkeit. Dass sie ihre Kusine damit beschämte, war ein durchaus gewollter Nebeneffekt.

»Ich erkenne dich nicht wieder«, hatte die Kusine im Laufe ihres Besuchs immer wieder gesagt, und Elsa erging es mit sich selbst genauso. Sie entdeckte Seiten an sich, von deren Existenz sie bis dahin nichts geahnt hatte. Als Südseekaiserin und Femme fatale spielte sie in gewisser Weise eine ihr auferlegte Rolle – die ihr jedoch auf den Leib geschneidert war. Dasselbe galt für Paulette, die knallharte, aber immer faire Geschäftsfrau, und Iolana, die bildschöne und sanfte Cafébesitzerin, die für jeden ein Lächeln und einen freundlichen, mit einem Schuss Geheimnis und Traurigkeit gemischten Blick übrig hatte.

Natürlich konnten die Freundinnen diese ihnen bald in Fleisch und Blut übergehenden Rollen nicht einfach an der Garderobe ablegen, wenn sie in der Villa unter sich waren, und sie gewährten sich gegenseitig nur eingeschränkte Einblicke in ihre Köpfe und vor allem Herzen. Doch obwohl jede von ihnen etwas vor den anderen verbarg, waren sie fest verbunden, wie drei Seiten eines Dreiecks.

Elsas Geheimnis war Max. Iolana gegenüber tat sie, als gehöre ihre Liebe zu dem Arzt der Vergangenheit an, und um es allen zu beweisen, ermunterte sie die Polynesierin, Max öfter in die Villa mitzubringen. Obwohl er zur Familie gehörte, also zum Kreis der Bewohner des Hauses der blauen Schmetterlinge, lebte er weiter in seiner Hüttenpraxis, in der er allerdings kaum noch Patienten versorgte, da sich inzwischen zwei andere Ärzte in Rabaul niedergelassen hatten. Oft schlief er auch in einem Gästezimmer des Cafés, niemals jedoch in der Villa. Er kam häufig zum Essen vorbei und verbrachte mehrere Vormittage in der Woche sowie alle Sonntage mit den drei Frauen. Immer wieder luden sie ihn ein, über Nacht zu bleiben, nicht nur Elsa, sondern auch Paulette, die trotz ihrer schlechten Meinung über Männer jedes Mal froh war, wenn ihr pubertärer Sohn Lucas nicht der einzige Mann im Haus war.

Nichtsdestotrotz verließ Max spätestens nach dem Dinner die Villa, und sooft Elsa ihm suggerierte, er sei immer und ganztägig willkommen, war sie insgeheim doch froh, dass er das Angebot kaum nutzte. Jedes Mal, wenn Iolana und er Zärtlichkeiten austauschten, hielt Elsa für eine halbe Sekunde den Atem an und wandte den Blick ab. So sehr sie sich auch anstrengte, oder vielmehr gerade weil sie sich anstrengte, es gelang ihr nicht, einen natürlichen Umgang mit Max zu etablieren. Er war der Einzige, dem gegenüber sie noch immer befangen war. War sie mit ihm allein, was sie tunlichst zu umgehen versuchte, auch wenn es manchmal unvermeidlich war, verhielt sie sich wie eine chaotische Mischung aus der »neuen Elsa«, der leichtlebigen und neugierigen Partykönigin, und der »alten Elsa«, die unsicher, bemüht und nachdenklich war. Sie setzte alles daran, dass er sie mit keinem der Kamelienmänner zusammen sah. Aber natürlich hörte er von ihren Eskapaden, und Elsa konnte auch nicht verhindern, dass ab und zu einer ihrer Liebhaber im »Pacifico« abstieg.

Iolanas Geheimnis lag in ferner Vergangenheit, und der Tag, an dem es in die Gegenwart einbrach, war auch noch in anderer Hinsicht besonders.

»Mister September ist in eines unserer Gästezimmer eingezogen«, sagte Max eines Nachmittags im Café zu Iolana, während sie Gläser putzten und dabei hawaiianische Musik im Radio hörten.

»Mister September?«

»Elsas Neuer für diesen Monat. Ein Milchbubi, Traum aller Schwiegermütter. Er sieht aus, als hätte er gestern noch im Sandkasten gespielt. Ich frage mich, was sie an dem Typen findet.«

»Sie ist eine junge Frau, noch keine dreißig.«

»Kein Grund, sich kleine Jungen als Liebhaber auszusuchen, die noch grün hinter den Ohren sind.«

»Du übertreibst.«

»Aber nur wenig.«

»Die Kamelienmänner sind harmlos. Ich verstehe nicht, warum du ihretwegen auf Elsa herumhackst. Besser tausend Laffen als einen King Kong. Ich finde, du solltest …«

»Hör mal«, unterbrach Max sie und drehte das Radio lauter.

»Was ist denn?«, fragte Iolana.

In Europa war wieder Krieg. Frankreich und Großbritannien gegen Deutschland und Italien.

Iolana zuckte mit den Schultern. »Traurig. Aber weit weg.«

Auf den ersten Blick mochte es so scheinen. Was hatte dieser neuerliche Krieg mit ihnen zu tun? Weiter weg als auf der anderen Seite des Erdenrunds konnte ein Konflikt nicht sein. Auch wenn sie sich in einem australischen Protektorat befanden und Australien als ehemaliger Teil des Britischen Empire theoretisch in den Krieg eintreten konnte, dürfte sich wohl kaum ein deutsches Kriegsschiff bis in die Matupi Bay verirren, von einem italienischen gar nicht zu reden.

Trotzdem … Deutschlands Verbündeter war Japan, das seit seinem Krieg gegen China als unberechenbar galt. Max hatte kein gutes Gefühl. Aber er hatte nicht lange Zeit, um darüber nachzudenken. Der Zufall wollte es, dass noch am selben Abend etwas geschah, wovor sich Iolana all die Jahre gefürchtet hatte.

Max erkannte gleich, dass der Fremde, der sich an den Tresen setzte, kein typischer Gast war. Er war Polynesier und sah nicht aus, als hielte er sich gern in europäischen Erfindungen wie Cafés und Bars auf. Sein geringschätziger Blick aus den dunklen Augen glitt gleichermaßen über die Einrichtung wie auch die Gäste, fand jedoch sein endgültiges Ziel in dem Arzt.

»Max, richtig?«, fragte der Mann in jenem gebrochenen Französisch, das in den abgelegeneren Territorien Polynesiens und nur dann gesprochen wurde, wenn es unbedingt nötig war. Zwar trug er Hemd und Hose, schien sich darin aber nicht wohlzufühlen, wie auch alles andere an seiner Haltung darauf hindeutete, dass er nur widerwillig nach Port Rabaul gekommen war.

»Bin ich so berühmt?«

»Habe mich heute erkundigt, gleich nachdem ich angekommen bin. Wollte wissen, ob ich hier richtig bin. Habe alles erfahren, was ich wissen muss.«

»Und, bist du richtig?«

»Ja.«

»Na dann … willkommen.«

Man musste kein besonderes Gespür haben, um vorauszusehen, dass dies kein angenehmes Gespräch werden würde. Der Mann verzog den Mund nicht zum allergeringsten Lächeln.

»Was willst du trinken?«, fragte Max kumpelhaft, während er den Tresen abwischte.

»Dieses ganze Zeug da, alles, was da in den Flaschen schwimmt, das trinke ich nicht.«

»Dann bist du hier vielleicht doch nicht richtig?«

»Die Frau des Pastors hat gesagt, ich bin richtig.«

»Die heilige Myrtle«, seufzte Max und war sogar ein bisschen erleichtert, dass der seltsame Fremde nur ein Abgesandter der Methodisten war.

Allerdings sah er nicht aus wie ein selbsternannter Glaubenshüter, dafür war sein Auftreten zu hemdsärmelig, waren seine Augen zu wild und ursprünglich. War er etwa die neueste Geheimwaffe der Malone? Was hatte sie vor? Seit Port Rabaul an Glanz gewann, hatte sie das Nachsehen. Die Kaufleute profitierten von Paulettes Hafenausbau und brauchten sie für ihren internationalen Warenhandel, es gab mehr Arbeit, die besser bezahlt war, und die Hausbesitzer freuten sich über einen kleinen Nebenverdienst, wenn sie ein Zimmer an einen der zahlreicher werdenden Gäste vermieten konnten. Wider alle Kassandrarufe hatte sich das »Pacifico« nicht als Bordell erwiesen. Und was Elsa betraf: Nicht jeder hatte eine Kaiserin in der Nähe wohnen. Kurz: Mit Ausnahme des harten religiösen Kerns hatte die Malone ihren Rückhalt in der Bevölkerung verloren, da konnte sie auf ihren Teekränzchen und ihr Gatte von der Kanzel herunter wettern, so viel sie wollten.

»Was will sie denn nun schon wieder?«, fragte Max genervt, aber seine Hoffnung, es bei dem Fremden nur mit einem kleinen Problem zu tun zu haben, wurde enttäuscht.

»Ich bin keiner von denen«, sagte der Fremde. »Den Methodisten und allen anderen Missionaren sollte man den Schädel einschlagen.«

»So weit würde ich nicht gehen.«

»Ich schon«, erwiderte der Fremde, und er sah aus, als wäre er just in diesem Moment dazu bereit.

Max wischte erneut über den Tresen, obwohl dieser es nicht nötig hatte.

»Du gehst nicht gern in Bars, und du bist kein Moralwächter. Also, was willst du?«

»Für den Anfang … Kava.«

Kava war das Kultgetränk der einheimischen Südseebewohner, ein pfeffriger, aber erfrischender vergorener Pflanzensaft mit leicht berauschender Wirkung.

»Das gibt es nicht in Flaschen«, sagte Max. »Ich habe zwar immer die nötigen Zutaten hier, aber ich bereite den Drink nur für besondere Gäste zu.«

»Glaub mir«, sagte der Fremde und griff in seine Hosentasche. »Ich bin ein besonderer Gast.« Er holte ein Foto hervor, das Iolana vor einer kleinen Hütte zeigte, bekümmert und schwanger, umringt von drei Männern. Einer davon konnte dem Alter nach ihr Vater sein, den zweiten vermochte Max nicht zuzuordnen, und der dritte Mann war der Fremde.

»Ich will zu dieser Frau hier«, sagte er. »Meiner Frau.«

Sie kamen am nächsten Tag im Garten der Villa zusammen. Elsa hatte dem Treffpunkt zugestimmt, nachdem Max sie darum gebeten hatte. So aufgeregt hatte sie ihn noch nie erlebt.

»Iolana will ihn nicht im Café treffen, das ist ihr zu

intim, und damit hat sie recht. Ich habe meine Hütte vorgeschlagen, aber da wären wir zu abgeschieden. Die Villa hat den Vorteil, dass Gung und die anderen Diener eingreifen können, sollte der Kerl zudringlich werden. Ich bin mir nämlich nicht sicher, ob ich mit ihm allein fertigwerden würde, er ist ziemlich groß und muskulös und …«

Ein bisschen genoss Elsa es, den sonst so beherrschten Max einmal kopflos zu erleben, und sein Redeschwall war eine wohltuende Unterbrechung der einsilbigen, verklemmten Gespräche, die sie seit einiger Zeit führten.

»Er ist also Iolanas Ehemann?«, fragte Elsa nach.

Max nickte. »Seit ich ihr gestern sagte, dass Akamu, so heißt er, mit ihr sprechen will, sieht sie aus wie eine Überlebende der Hindenburg-Katastrophe. Ihr Blick ist starr, sie hat sämtliche Nägel abgekaut und ein Loch in ihre linke Augenbraue gezupft. Wir haben letzte Nacht kein Auge zugetan. Das Café bleibt heute geschlossen.«

Elsa konnte die Aufregung um das Erscheinen dieses Mannes besser verstehen, als sie Akamu wenige Stunden später begegnete. In dem Moment, als Gung ihn in den von Schmetterlingen, Blüten und Vogelgezwitscher erfüllten Garten führte, schien die Temperatur um zehn Grad zu fallen. Wie eine dunkle Naturgewalt kam er daher, ungezähmt und urtümlich, mit schwerfälligem, voranpreschendem Schritt, ein Krieger alter Schule. Elsa war diesem Typus einmal als Kind begegnet, einem samoanischen Widerstandskämpfer gegen die neuseeländischen Kolonialherren, den man hingerichtet hatte. Als Mitglied der Königsfamilie war sie bei der Exekution zugegen gewesen, und sie hatte nie die ungebändigten

Gesichtszüge dieses Mannes vergessen – es waren auch die Züge Akamus.

Iolana wirkte ängstlich und ausgehöhlt, sie blickte zu Boden, und selbst der Arm, den Max ihr demonstrativ um die Schultern gelegt hatte, schien ihr kaum Halt zu geben. Sogar Paulette, die kein Mann so schnell beeindruckte, straffte instinktiv das Rückgrat, um einen Zentimeter zu wachsen, und stellte sich schützend neben Lucas und Lucille, die dem Treffen aus Neugier beiwohnten.

Tatsächlich war diese kalte Dusche mal eine Abwechslung zu dem lauwarmen Bad der Partys und intelligenten Gesprächen, und Elsa spürte ihr Herz schlagen.

Akamu zog so viel Aufmerksamkeit auf sich, dass Elsa erst spät die beiden Begleiterinnen bemerkte, die ihm mit einigen Schritten Abstand folgten. Elsa hätte nicht verwunderter sein können – ein kleines Mädchen, etwa zehn Jahre alt, wunderhübsch und etwas scheu, das seine Hand in die von Myrtle Malone gesteckt hatte.

»Was tun Sie denn hier?«, fragte Elsa, noch bevor sie Iolanas Mann begrüßte.

»Mister Akamu hat mich gebeten, ihn zu begleiten«, erwiderte die Missionarin süffisant. »Er hält mich für geeignet, um Ihnen ein paar Dinge zu verdeutlichen, und ich muss sagen, er hat recht.«

Unter normalen Umständen hätte Elsa die heilige Myrtle und ihren angewiderten Blick, mit dem sie das Haus musterte, keine zwei Minuten auf ihrem Grundstück geduldet. Sie wäre in hohem Bogen hinausgeflogen, und Paulette hätte ihr vermutlich noch einen Tritt in den Hintern verpasst. Die Umstände waren allerdings alles andere als normal, daher hielt Elsa es für besser, die ohnehin hochkomplizierte Begegnung zwischen Iolana und ihrem Mann nicht mit einem Eklat zu beginnen.

Als Akamu einen Schritt auf Iolana zuging, stellte Max sich vor sie. Die beiden Männer im direkten Vergleich zu sehen hätte amüsant sein können, wäre die Situation nicht so ernst gewesen. Der Polynesier war gut einen Kopf größer als Max, der keineswegs kleinwüchsig war, und in den Brustkorb des Fremden hätte der seines Rivalen zweimal hineingepasst. Als Max gesagt hatte, er sei sich nicht sicher, ob er allein mit Akamu fertigwürde, hatte er wohl gescherzt. Elsa zumindest war froh, dass Gung und zwei weitere Diener, recht sportliche Maori, anwesend waren.

»Sie kommt nicht mit dir«, sagte Max, wobei er zu Akamu aufblickte. »Iolana hat mit dir vor langer Zeit abgeschlossen, und nichts, was du sagst oder tust, wird ihre Meinung ändern.«

Akamu entgegnete nichts. Mit einer für seine Statur recht sanften Geste, die Elsa überraschte, winkte er das Mädchen zu sich heran, das offensichtlich seine Tochter war.

»Mele, das ist deine Mutter.«

Sacht schob er Mele auf Iolana zu. Max ließ die Kleine passieren, doch Iolana trat einen Schritt zurück. Verunsichert blieb die Kleine stehen. Mit ihren Kulleraugen, die herzerweichend waren, sah sie abwechselnd ihren Vater und ihre Mutter an und entschloss sich schließlich zu einem zweiten Versuch. Erneut näherte sie sich Iolana, streckte die Hand aus …

Iolana rief: »Geh weg!«

Ihre Reaktion fuhr wie ein Blitz in das Mädchen – und auch in Elsa. Sie erinnerte sich noch an ihre eigenen Kindertage, als man sie zwar nicht mit Worten, dafür jedoch mit Blicken ähnlich gescholten hatte. Wie eine Aussätzige hatten ihre Verwandten sie gemustert, und in derselben Weise verhielt sich Iolana. Sofort erklärte Elsa sich mit diesem kleinen, traurigen unschuldigen Wesen solidarisch, wohingegen sie Iolana gegenüber Unverständnis und Ärger empfand.

Kinderlachen drang zu ihnen herüber. In einem anderen Teil des Gartens spielte Keanu mit der Nurse. Elsa und Akamu sahen sich an und hatten offenbar den gleichen Gedanken.

»Mein Sohn«, erklärte Elsa. »Darf Mele mit ihm spielen?«

»Das ist sehr großzügig von Ihnen«, antwortete Akamu mit einer Höflichkeit, die Elsa ihm gar nicht zugetraut hätte. Vielleicht hatte sie vorschnell über ihn geurteilt?

Gung brachte Mele fort, und kaum war das Mädchen außer Sichtweite, preschte Paulette vor. »Was wollen Sie?«, fauchte sie Akamu an, eine qualmende Zigarre im Mundwinkel.

»Ich bin hier, um Mele an ihre Mutter zu übergeben«, sagte Akamu.

Die Pastorengattin trat vor: »Und ich versuche, Mister Akamu dieses Vorhaben auszureden und Mele stattdessen in unsere christliche Gemeinschaft aufzunehmen. Es ist unzumutbar, dass ein unschuldiges Kind von einer Sippschaft wie der Ihren aufgezogen wird, die aus einer französischen Prostituierten, einer nymphomanen Kaiserin, einem medizinischen Hochstapler und einer Rabenmutter besteht, die ihr eigenes Kind verlassen hat.«

Paulette baute sich vor Akamu auf und blies ihm Zigarrenrauch ins Gesicht. »Was haben Sie ihr angetan, Sie ungeschlachter Muskelprotz? Haben Sie sie vergewaltigt?«

Ohne eine Miene zu verziehen, antwortete er: »Sie würden mir ja doch nicht glauben, egal was ich sage. Fragen Sie sie selbst, und wenn sie die Wahrheit sagt, habe ich nichts zu befürchten.«

Paulette ging zu Iolana, umarmte sie und fragte: »Hat er dir Gewalt angetan, Chérie? Ein Wort von dir, und er fliegt im hohen Bogen hier raus, das verspreche ich dir. Sag, hat er dich mit Gewalt genommen?«

Iolana brachte kein Wort über die Lippen. Sie sah Max an, dann Paulette und Elsa, schließlich schüttelte sie den Kopf.

»Hat er dich geschlagen?«, fragte Paulette.

Wieder schüttelte Iolana den Kopf.

»Hat er dich betrogen?«

Hatte er nicht.

»Und Mele ist tatsächlich deine Tochter?«

Iolana nickte.

»Du hast ihn aber nicht freiwillig geheiratet, oder?«, wollte Paulette wissen, worauf Iolana mit einer Geste antwortete, die alles bedeuten konnte: ja, nein oder vielleicht.

»Chérie, ist das der springende Punkt? Hat man dich gezwungen, den Mistkerl zu heiraten?«

Nun rührte Iolana sich überhaupt nicht mehr, und nach einer Weile trompetete die Malone: »Wie gesagt, sie hatte nicht den geringsten Grund, wegzulaufen und ihr Kind im Stich zu lassen.«

»Halten Sie sich gefälligst da raus«, wies Paulette sie scharf zurecht. »Was haben Sie eigentlich mit dem zu tun, was hier besprochen wird?«

»Ich verbitte mir diesen Tonfall. Aber wenn Sie es unbedingt wissen wollen: Ich bin dafür verantwortlich, dass Mister Akamu seine Frau gefunden hat«, eröffnete die Missionarin zum Erstaunen aller. »Vor einiger Zeit hat mich der Detektiv aufgesucht, der früher für Mister Warwick gearbeitet hat. Zugegeben, ein unangenehmer Mensch, der mir jedoch eine höchst interessante Information über Miss Iolana verraten hat, nämlich dass ein Mann sie vor einigen Jahren dringend gesucht hat. Außerdem habe ich so erfahren, dass sie nicht von Tahiti, sondern von den Marquesas-Inseln stammt. Alles andere war ein Kinderspiel für meinen Gatten.«

Letzteres konnte Elsa sich gut ausmalen. Jede Kirche, auch die methodistische, war unter vielem anderen auch eine große Spionageorganisation. Pastoren und Priester konnten über Ländergrenzen hinweg Dinge in Erfahrung bringen, für die man sonst einen Geheimdienst oder eine große Detektei gebraucht hätte.

»Ich habe wieder geheiratet«, sagte Akamu. »Mele ist meiner neuen Frau und mir im Weg. Es ist mir egal, wer sie nimmt. Wenn Iolana sie nicht will, gebe ich sie Mrs. Malone.«

»Ich werde sie aufziehen wie ein eigenes Kind«, sagte die Pastorengattin.

Elsa ging zu Iolana und nahm sie in den Arm. »Wie stehst du dazu?«

Doch die Polynesierin äußerte sich nicht. Warum, fragte sich Elsa, hat sie ihre Tochter verlassen? Vor einem Mann zu fliehen war eine Sache, das eigene Kind zurückzulassen eine ganz andere. Vor allem Letzteres lag Elsa schwer im Magen.

»Wir sollten das Mädchen bei uns aufnehmen«, sagte Elsa, woraufhin Iolana heftig den Kopf schüttelte. »Aber Iolana, überleg doch mal, dann kommt Mele zu Mrs. Malone. Ins Camp der Methodisten. Das kannst du unmöglich wollen.«

Iolana verharrte reglos. Auf ein Zeichen von Elsa holte einer der Diener die kleine Mele herbei. Sie sagte: »Ich will noch ein bisschen mit Keanu spielen. Darf ich?«

Elsa stimmte lächelnd zu. »Natürlich, meine Kleine. Keanu freut sich sicher darüber. Du wirst ab jetzt bei uns bleiben, bei deiner Mutter …«

Wie ein Blitz fuhr Iolanas Stimme dazwischen: »Nein!«, rief sie und brachte damit ihre Tochter den Tränen nahe.

Myrtle Malone ergriff Meles Hand. »Du hast es gehört, mein Kind. Deine Mutter will dich nicht. Und dein Vater auch nicht. Ab jetzt wirst du bei der besten Familie der Welt wohnen, der Familie der Methodisten.«

Akamu sagte: »Damit ist es entschieden. Leb wohl, Iolana.« Er ging fort.

Myrtle Malone zog das widerstrebende Kind mit sich, dessen andere Hand sich Iolana entgegenstreckte. Mele warf einen letzten verzweifelten Blick zurück, der nicht nur ihrer Mutter, sondern auch Elsa galt. Deren Herz krampfte sich zusammen.

»Also wirklich, was war denn das!«, schrie sie Iolana an. Es kochte in ihr. »Du hast während des ganzen Treffens nur zweimal den Mund aufgemacht, und zwar um deine Tochter traurig zu machen. Wärst du stattdessen mal deinen Mann hart angegangen! Was hat er überhaupt verbrochen, außer dass er aussieht, als könnte er Kokosnüsse mit der bloßen Hand zerdrücken und hätte dabei jede Menge

Spaß? Seine Tochter jedenfalls, eure Tochter, scheint er anständig zu behandeln.«

Iolana öffnete den Mund. Endlose Sekunden lang bewegte sie die Lippen, als würde sie sprechen, brachte jedoch kein Wort hervor. Wie eine Taubstumme presste sie schließlich einige unverständliche Laute aus sich heraus, bis Max einschritt.

»Du siehst müde aus, Iolana. Ich bringe dich in dein Zimmer.«

Willenlos ließ sich die Polynesierin von Max führen, der Elsa im Vorbeigehen einen Blick zuwarf, der ihr zu sagen schien: Wir reden später.

Als auch Lucas und Lucille auf ein Zeichen ihrer Mutter hin ins Haus gingen, waren Paulette und Elsa unter sich.

»Im Gegensatz zu dir brauche ich keine Erklärung von Iolana«, sagte Paulette. »Dass sie sich zehn Jahre lang vor ihrem Mann versteckt hat, genügt mir als Beweis, dass er ein Schweinehund ist.«

»Ich bitte dich, für dich ist ein Mann ja schon ein Schweinehund, wenn er mal einen Furz im Bett lässt.«

»Nein, dann ist er ein Schwein.«

»Schön, zu erfahren, dass du die Männer immerhin in zwei Kategorien einteilst.«

»In drei. Vergiss deine Crêpe-Männer nicht, die so süß sind, dass ich schon bei ihrem Anblick Sodbrennen bekomme.«

Sie wechselten ein subtiles Lächeln, und damit war alles gut. Mit Paulette konnte Elsa frei von der Leber weg disputieren, rustikal und feinsinnig zugleich. Sie musste ihre Worte nicht abwägen, musste nie fürchten, Paulette zu beleidigen, und wusste zugleich, dass alles, was die Französin sagte, nie beleidigend gemeint war. Der Sarkasmus ihrer Freundin hatte Elsa bereits beim ersten Kennenlernen angesprochen, auch wenn die beiden recht unterschiedlichen Frauen Iolana gebraucht hatten, um miteinander zurechtzukommen. Es war schon seltsam, Iolana war damals ihre Schlichterin und Vermittlerin gewesen. Und heute? Heute versuchte Paulette zwischen Elsa und Iolana zu vermitteln.

Es war nicht so, dass sie sich stritten. Seit der großen Versöhnung nach Elsas Entzug hatte es kein einziges böses Wort mehr zwischen ihnen gegeben. Iolanas sanfte Freundlichkeit, ihre Bereitschaft zu verzeihen und nicht zuletzt die Liebe, die sie Keanu und auch Elsa entgegenbrachte, sicherten ihr einen Platz in Elsas Herz. Trotzdem … Es gelang Elsa nicht, ein leichtes, unbefangenes Gespräch mit Iolana zu führen oder einfach nur gedankenlos mit ihr zusammen zu sein wie mit Paulette. Ein Aufpasser in Elsa, eine innere Stimme, riet ihr dauernd dazu, ihre Worte abzuwägen, ihre Gesten zu wählen. Jedes Lächeln, jede Berührung war kontrolliert und manchmal auch gezielt platziert.

Heute hatte Elsa den Aufpasser in ihr zum ersten Mal seit drei Jahren überstimmt.

»Was auch immer Akamu ihr angetan hat, sie hat kein Recht, Mele dafür verantwortlich zu machen«, sagte Elsa. »Dieses arme Kind der Malone und ihren Getreuen zu überlassen ist unverantwortlich.«

»Du denkst wirklich, dass dies der wahre Grund für deine Empörung ist?«

Elsa sah Paulette verblüfft an. »Ja, natürlich.«

»Wenn du meinst … Mir gefällt es ja auch nicht. Trotzdem haben wir kein Recht, Iolana zu bedrängen.«

»Mele muss noch ein Säugling gewesen sein, als Iolana sie verlassen hat. Was immer der Grund war, das Mädchen kann nichts dafür. Wenn sie eine Weile bei uns leben würde …«

»Nicht gegen Iolanas Willen. Wir müssen jetzt für sie da sein und Verständnis zeigen.«

»Wie sollen wir sie verstehen, wenn sie nicht mit uns redet?«

»Auch das ist allein ihre Entscheidung. Elsa, ich rate dir, dich nicht einzumischen. Betrachte meine Worte, was Iolana angeht, als Dauerempfehlung.«

In der folgenden Nacht machte Elsa lange kein Auge zu. Zum einen sah sie immer Mele vor sich, die Kinderhand, die sich nach der Mutter streckte, die verschreckten Augen nach der Zurückweisung, der unsichere Schritt, die Sehnsucht nach einer Liebesbezeugung, die Dankbarkeit für jede erwiesene Freundlichkeit … Die Vergangenheit ergriff wieder Besitz von ihr, und die beunruhigte Elsa seit jeher.

Aber noch etwas anderes hielt Elsa in jener Nacht wach. Nur wenige Meter von ihr entfernt, auf der anderen Seite des Flurs, übernachtete Max erstmals in der Villa, in Iolanas Zimmer. Hundertmal hatte sie ihn ganz beiläufig eingeladen, er könne gerne bei ihnen im Haus schlafen, und hundertmal hatte er abgelehnt. In aller Heimlichkeit war sie ihm stets dankbar dafür gewesen. Heute hatte er jedoch die Regel gebrochen – und dafür noch nicht einmal eine Einladung von Elsa benötig. Er war einfach geblieben. Iolana brauchte ihn.

Elsa wusste nicht, welche dieser beiden endlosen Gedankenschleifen sie schließlich mitten in der Nacht aufstehen ließ, um den Anblick ihres schlafenden Sohnes zu suchen. Keanu hatte es besser als sie in seinem Alter, vielleicht wollte sie sich dessen noch einmal vergewissern. Er lebte in einem Haus mit Erwachsenen und Kindern, die ihn beachteten und niemals kränkten. Er war umsorgt, er schlief immer sehr ruhig, und es war Elsa oft eine Wohltat, ihn leise schnaufen zu sehen wie eine glückliche Katze, die von den Abenteuern des zurückliegenden Tages träumt.

Ihre Entscheidung stand fest. Sie würde Mele zu sich holen, ins Haus der blauen Schmetterlinge.

Elsa ging nur selten ins »Pacifico«. Da sie inzwischen zu einer gewissen Bekanntheit gelangt war, kam sie sich dort wie eine Sehenswürdigkeit vor, die von allen Seiten begafft wurde. Außerdem fühlte sie sich im Weg. Entweder Max oder Iolana wäre verpflichtet gewesen, sich mit ihr zu beschäftigen, und die beiden hatten wahrlich genug um die Ohren. Nicht zuletzt hätte sie dort aufgrund ihrer schlechten Erfahrungen jedes ihrer Worte besonders sorgfältig abgewogen. Kurz: Es wäre kein entspannter Aufenthalt gewesen, daher kam sie, wenn sie doch einmal vorbeischaute, nur in Begleitung Paulettes.

An jenem Abend, zwei Tage nach Akamus Auftritt in der Villa, war alles anders. Iolana hatte sich seither in ihrem Zimmer in der Villa eingeschlossen und ließ niemanden zu sich, außer Gung, der ihr zweimal täglich etwas zu essen brachte. Sowohl Elsa als auch Paulette hatten ein paarmal an ihre Tür geklopft, waren jedoch immer abgewiesen worden. Max hatte es erst gar nicht probiert, und Elsa fragte sich wieso.

Deswegen suchte sie ihn allerdings nicht auf.

Es herrschte reger Betrieb in der Cafébar. Die meisten Gäste saßen draußen auf dem Steg und der Plattform, wo Fackeln im stetigen warmen Passatwind zuckten und hübsche Lichtflecke auf das pechschwarze Meer zeichneten. Die Bedienungen, grazile Polynesierinnen und stattliche Maoris, eilten hin und her, rein und raus, um den Andrang zu bewältigen. Hinter der Bar kümmerte sich Max um den Wein- und Bierausschank, während eine indische Aushilfe die Cocktails mixte. Der Innenraum war schummrig, die chinesischen Lampions streuten ihr Licht nur mit halber Kraft über das Interieur, das Palmwedeldach, die polynesischen Götter und die aus Bananenblättern geflochtenen philippinischen Schalen.

Elsa setzte sich an die Mondsichelbar, genau dorthin, wo Max gerade ein Tablett mit Gläsern und einer Flasche australischen Weißweins im Eiskübel bestückte. Sie merkte ihm an, dass er sich über ihr Erscheinen wunderte, sogar kurz erschrak. Doch ihre Augen gaben ihm zu verstehen, dass er sich nicht zu beunruhigen brauchte.

»Gibt es etwas Neues?«, fragte er, während er seine Arbeit wieder aufnahm und eine Tuchserviette um den Flaschenhals drapierte.

Sie fand, er machte seine Sache gut, es wirkte authentisch, so als wäre er nie etwas anderes gewesen als Barkeeper. Er strahlte genau die richtige Mischung zwischen Lockerheit und Souveränität aus, die der Chef eines exotischen Cafés haben musste. Dass zwei Hemdknöpfe zu viel offen standen, nahm ihm im »Pacifico« gewiss keiner übel.

»Nein, sie hat sich noch immer eingeschlossen. Weder Paulette noch ich dringen zu ihr vor. Kommst du hier zurecht?«

Er machte eine Kopfbewegung in Richtung des Inders. »Ich habe mir Hilfe geholt. Die Bar läuft.«

»Iolana weiß, dass du alles im Griff hast, sonst würde sie sich nicht den Luxus tagelangen Eremitendaseins erlauben.«

»Von Luxus kann man in diesem Zusammenhang wohl kaum sprechen«, korrigierte er Elsa und gab ihr damit zu verstehen, dass er keinerlei Kritik an Iolanas Verhalten zulassen würde. Mit einer kraftvollen Handbewegung betätigte er die Glocke, das Zeichen, dass das Tablett fertig war.

Elsa wartete, bis der Maori-Kellner es abgeholt hatte. Dann sagte sie: »Iolana hat gewiss ihre Gründe. Es ist völlig klar, dass dieser Akamu ihr irgendetwas angetan hat, und ich bin wirklich die Letzte, die einer verzweifelten Frau taugliche Verhaltensratschläge geben könnte.«

Sie hatte offensichtlich die richtigen Worte gefunden, denn Max entspannte sich von einem Moment auf den anderen. Er seufzte, öffnete sich.

»Sie hat nie mit mir darüber gesprochen«, sagte er auf eine Weise, die Elsa auf den Gedanken brachte, dass ihm Iolanas Schweigen mindestens so viel zu schaffen machte wie ihr derzeitiger Zustand. »Nicht ein Wort über ihre Ehe … und dass sie eine Tochter hat.«

»Zu Paulette und mir hat sie auch nichts gesagt.«

»Auch wenn ihr drei euch sehr nahe steht, ist das nicht dasselbe.«

Elsa hielt es für besser, sich nicht dazu zu äußern, gab ihm aber insgeheim recht.

»Ich weiß nur eines«, sagte sie. »Dass es nichts bringt, vor der Vergangenheit davonzulaufen. Sie holt einen sowieso irgendwann ein, auf die eine oder andere Weise. Man muss sich ihr stellen …«

»Worauf willst du hinaus?«

»Auf Mele.« Elsa nippte an dem Champagner, den Max ihr serviert hatte. Mit der anderen Hand fächelte sie sich mit einem Wedel aus Bast Luft zu. »Akamu ist fort, heute mit einem Dampfer für immer abgefahren, und Iolanas Tochter steht unter der Fuchtel der Malone und ihres Pastorengatten. Der Mann hat den Charme eines Totengräbers.«

»Ja, schon, aber … bevor du Iolana dazu bringst, ihre Tochter zu sich zu holen, musst du sie erst einmal dazu bringen, ihr Zimmer zu verlassen.«

Elsa lächelte. »Wenn der Prophet nicht zum Berge kommt, dann muss der Berg eben zum Propheten gehen.«

»Seit wann hast du ein Faible für biblische Vergleiche?«

»Seit ich beschlossen habe, die kleine Mele den Klauen dieser selbsternannten Dolmetscher Gottes zu entreißen.«

»Sie werden das Mädchen nicht so einfach hergeben.«

»Besser, man fragt sie erst gar nicht.«

Max sah sie eine Weile an, während er ein Bier zapfte. Plötzlich hielt er inne, beugte sich über den Tresen und fragte mit verschwörerisch leiser Stimme: »Sehe ich das richtig? Du sitzt hier seelenruhig, süffelst Champagner, fächelst dir Luft zu und sprichst im Plauderton über eine Kindesentführung?«

Elsa ahmte den Tonfall der rauen Kerle mit den schlechten Hüten nach, die in Hollywood-Streifen ihr

Unwesen trieben. »Das Ding soll noch heute Nacht steigen. Und du bist dabei.«

Er wusste nicht, ob er lachen sollte. »Du bist verrückt. Ver-rückt.«

»Ja, aber für einen guten Zweck.«

»Wir können doch nicht einfach … Meles Vater hat das Mädchen der Malone übergeben.«

»Mele ist kein Kaninchen. Man kann ein Kind nicht einfach irgendwohin geben. Ihre Mutter lebt in unserem Haus, damit gehört Mele zur Familie.«

»Schon, aber …«

»Ich habe das Methodistencamp ausgespäht, ich weiß, wo Mele schläft, worauf ich achten muss … Ich mache es auf jeden Fall, mit dir oder ohne dich. Die Sache ist nur«, sie trank einen Schluck Champagner, »wenn ich es ohne dich mache, weiß ich nicht, wie ich den breitschultrigen Polizisten ausknocken soll, der das Camp bewacht.«

Die Polizei von Port Rabaul bestand aus einer Handvoll träger Einheimischer, die ein ebenso träger Australier anführte und die allesamt nicht gut auf Elsa zu sprechen waren. Bis vor einigen Jahren hatten sie nicht viel zu tun gehabt, schlimmere Verbrechen als ein betrunkener Matrose, der jemandem über den Schuh kotzte, Zechprellerei oder die eine oder andere Schlägerei hatte es nicht gegeben. Mit dem größeren Hafen, den größeren Passagierschiffen, dem Hotel, dem Café, dem Lichtspielhaus, dem Kasino und den immer zahlreicher werdenden Gästen hatten auch Zahl und Qualität der Verbrechen zugenommen. Zimmer wurden aufgebrochen, Geldbörsen entwendet. Jüngst war sogar ein Automobil gestohlen gemeldet worden. Seither gab es viel zu tun. Die Aufklärungsquote ging gegen null Prozent, während der Anteil von Methodisten in den Reihen der Polizei gegen einhundert Prozent ging.

Aus diesem Grund konnte Elsa den Wächter vor dem Camp nicht einfach bestechen. Wenn Elsa den Methodisten von Port Rabaul etwas zugutehielt, dann dass sie ihren Glauben wichtiger nahmen als Geld und dass sie zusammenhielten wie eine große Familie, deren Matriarchin die heilige Myrtle war. Die Chancen, dass der Polizist Elsa mit Mele gegen Geld hätte davonziehen lassen, standen fünfzig-fünfzig. Daher musste eine andere Lösung her.

Während sie sich im Schutz der Dunkelheit dem von einer Palisade umgebenen Camp von hinten näherte, verwickelte Max den Wächter in ein unverfängliches Gespräch. Die beiden kannten sich, Max hatte einst die Rückenprobleme des gewichtigen Tolai kuriert, ferner einige unappetitliche Leiden, die nur zwei Männer im Vieraugengespräch erwähnen konnten. Als Elsa die Spitze der Palisade überwand, unterhielten sich die beiden gerade über den Wanderweg eines Gallensteins. Als sie auf der anderen Seite der Palisade herunterplumpste und dabei einen krächzenden Laut von sich gab, zückte Max einen Flachmann und lenkte den Wächter so von dem ungewohnten Geräusch ab. Whisky rieselte dem Methodisten, der offiziell Abstinenzler war, nur selten die Kehle hinunter, dafür jedoch mit umso größerer Dankbarkeit – und Wirkung. Nach einer Viertelstunde, exakt der Zeit, die Elsa benötigte, um Mele aus ihrem Bett zu holen, hing der gute Mann schläfrig wie ein Flughund über einem niedrigen Ast. Elsa und Mele konnten unentdeckt aus dem

Camp fliehen und erreichten das bereitstehende Auto, in dem Max sie schon erwartete. Elsa setzte sich ans Steuer, Max nahm neben ihr Platz und Mele auf dem Rücksitz. Das Mädchen sagte keinen Ton. Wie ein Kätzchen, das sich über etwas wundert, sah sie die beiden Befreier abwechselnd an. Vielleicht hatte zum ersten Mal in ihrem Leben jemand etwas für sie riskiert, für sie gekämpft.

Als sie die Villa erreichten, beendete die Natur eine Nacht wie so viele: mild, vom Konzert der Zikaden, des Passats und der Nachttiere des Waldes begleitet. Zwischen den Vulkanen, die sich wie Monumente aus der allmählich weichenden Dunkelheit schälten, leuchtete ein schmales, helles Band am Horizont hinter der Matupi Bay. Es dauerte nur wenige Augenblicke, bis die Farben erwachten. Zaghaft zunächst das blasse Blau des Himmels, in das von unsichtbarer Hand mehr und mehr Leuchtkraft gegossen wurde. Gefolgt von der kupfernen Glut des Gesteins in der aufgehenden Sonne. Dann orangerote Wolkenberge. Danach ein dunkelgrüner Teppich aus Baumwipfeln, getüpfelt von vierfarbigen Bougainvilleen. Und schließlich die Explosion des Blaus in der Bucht, gepaart mit dem Perlenweiß der Wellenschläge.

Elsa brachte Mele in eines der Gästezimmer, deckte sie zu und gab ihr einen Stirnkuss, bevor sie wieder nach unten in den Salon ging. In die Morgensonne gehüllt, stand Max auf der Terrasse.

So verbunden wie in diesem Moment hatte Elsa sich ihm noch nie gefühlt, auch nicht damals, als sie bei ihm in der Hüttenpraxis gewohnt hatte. Die Rettung eines Kindes, die Verschwörung war wie eine Blase, in der es nur sie beide gab, und es war, als wäre Mele ihr gemeinsames Kind. Ging Max Ähnliches im Kopf herum? Ihr war danach zumute, seine Hand zu ergreifen, aber im letzten Moment versagte sie sich diese Geste.

»Mele schläft, sie ist in Sicherheit, und ich fühle mich gut«, sagte sie.

»Ich mich auch.«

»Zum ersten Mal habe ich das Gefühl, jemandem unmittelbar und ohne eigenen Nutzen geholfen zu haben. Als Arzt hattest du diese Empfindung sicher schon oft, aber mir ist sie neu. Auch wenn ich Keanu oft Gutes tue, tue ich es zugleich irgendwie auch für mich selbst. Mele dagegen ist mir fremd.«

»Eigentlich nicht. Sie ist das Kind, das du einmal warst.«

Elsa lächelte. Wie gut Max sie verstand. »Ein beruhigender, faszinierender Gedanke. Ich könnte ihr all das ersparen, was ich erlebt habe.«

»Einen Teil davon hast du ihr bereits erspart. Gut, dass wir das Mädchen da herausgeholt haben. Du hattest recht.«

»Ein Zufallstreffer«, sagte sie.

»Mach dich nicht verrückt. Du hast weit mehr richtig als falsch gemacht.«

»Nur waren meine falschen Entscheidungen leider die Backsteine auf der Waage und die richtigen Entscheidungen die Kiesel.«

Er wandte seinen Blick zum Mount Tavurvur, aus dessen Gipfelkrater ein träger Rauchfaden in den Morgenhimmel stieg. »Heute hast du jedenfalls einen Backstein fabriziert, der auf der richtigen Seite liegt.«

Max war sichtlich müde, und Elsa hatte ihn immer

gerade dann am attraktivsten gefunden, wenn er ein wenig betreuungsbedürftig wirkte. »Ich könnte Gung bitten, dich zum ›Pacifico‹ zu fahren, aber ich habe eine bessere Idee. Nachher brauche ich dich, um Iolana die neue Lage zu erklären, du solltest daher hier in der Villa schlafen. Mele hat zwar das letzte freie Zimmer bekommen, aber du könntest meines nehmen.«

»Das Sofa tut es auch.«

Letztendlich ging keiner von ihnen ins Bett. Beide wachten an Meles Seite, Max auf der einen, Elsa auf der anderen, während sie schweigend den Atemzügen des Mädchens lauschten. Nach einer Stunde nickte Max in seinem Sessel ein, und Elsa betrachtete ihn lange Zeit, bevor sie aufstand, ihn sanft auf die Lippen küsste und das Zimmer verließ.

In der Küche ging sie den Dienern beim Zubereiten des Frühstücks zur Hand.

Wie aus einer anderen Zeit

Elsa beschloss, zu einem Trick zu greifen, um zu Iolana vorzudringen. Zuvor hatte Max vergeblich versucht, sie dazu zu überreden, die Tür aufzuschließen. Auch auf die Information, dass sie Mele ins Haus der blauen Schmetterlinge geholt hatten, reagierte ihre Mutter in keiner Weise. Daher wartete Elsa den Moment ab, in dem Gung Iolana das Frühstück brachte. Als sich die Tür für wenige Sekunden öffnete, schoss sie wie eine Spinne hervor und drängte sich ins Zimmer, wobei das Tablett mit dem Frühstück zu Boden fiel. Max und Paulette waren wenige Sekunden später zur Stelle. Es gab ein Riesengezeter, alle brüllten durcheinander, und je angestrengter sie Iolana zu beruhigen versuchten, desto turbulenter wurde die Situation. Die Polynesierin verweigerte sich jeder Diskussion. Nicht einmal Max kam an sie heran, im Gegenteil, sobald er sie berührte, stieß sie ihn von sich.

Da erschien die kleine Mele im Türrahmen. Iolana hielt inne, starrte das Mädchen an.

»Schafft sie weg!«, rief sie. »Weg mit ihr. Hörst du nicht? Geh weg, hau ab!«

Ehe man sichs versah, hatte Iolana eine Tasse vom Boden aufgehoben und warf sie nach Mele. Das Mädchen konnte gerade noch ausweichen, die Tasse zerbarst an der Wand, und Mele rannte davon.

Nun steigerte Iolana sich völlig in die Sache hinein, erhob schwere Vorwürfe gegen Max und Elsa und wurde geradezu hysterisch, bis Paulette ihr zwei Ohrfeigen verpasste. Augenblicklich war Ruhe.

Keiner außer Paulette hätte das tun können. Max unmöglich, ein Mann durfte keine Frau schlagen, schon gar nicht die, mit der er zusammenlebte. Elsa hatte sich schon einmal mit Iolana im wahrsten Wortsinne in den Haaren gelegen, mit katastrophalem Ausgang. Damals hatte sie sich geschworen, nie wieder die Hand gegen jemanden zu erheben. Es war seltsam und kaum erklärbar, aber wenn Paulette eine Ohrfeige austeilte, nahm man das irgendwie nicht persönlich.

Paulette sagte: »Chérie, ich war lange Zeit auf deiner Seite. Aber ein Kind mit Gegenständen zu bewerfen, das geht einfach nicht. Du wirst jetzt vernünftig mit uns reden, hast du verstanden? Wenn du vorher einen Whisky brauchst, bitte sehr. Wenn du vorher noch zwei Backpfeifen brauchst, jederzeit gerne. Einen Tritt gegen das Schienbein, auch gut. Aber rede endlich mit uns. Rede … mit … uns!«

Zu viert saßen sie im Baumhaus um einen niedrigen Korbtisch herum, auf dem einige Getränke zur Auswahl standen. Es hätte ein angenehmer Vormittag sein können. Der Wind blähte die Segelvorhänge, das Blattwerk rauschte, und die Vögel waren Zaungäste, als Iolana Max und den beiden Freundinnen ihre schaurige Geschichte erzählte.

»Er hieß Kimo. Wir waren beide fünfzehn Jahre alt und liebten uns. An einem Neumondabend lernten wir uns kennen, es war auf einem Fest, wir tanzten um eine Akazie herum. Von da an schenkte er mir an jedem Neumondabend eine aus Akazienholz geschnitzte Figur, mal einen Einbaum, in dem zwei Menschen saßen, mal ein tanzendes Paar, mal einen Mann auf der Jagd oder eine Frau mit einer Orchidee.«

Iolana legte sieben Schnitzereien auf den Korbtisch.

»Kimo wollte mich heiraten, aber er hatte vor zu warten, bis er einen eigenen Hausstand gründen konnte, und das war erst nach seiner Prüfung zum Jungmann möglich. Eines Tages kam ihm ein anderer Mann zuvor: Akamu. Wir kannten uns kaum, er lebte in einem anderen Dorf, aber er war auf der Suche nach einer Frau, und ich gefiel ihm. Also wandte er sich der Sitte gemäß an meinen Vater und warb um mich. Als Kimo davon hörte, ging auch er zu meinem Vater.«

Iolana machte eine Pause, in der sie ein ganzes Glas Wasser austrank. Keiner wagte sie zu unterbrechen.

»Mein Vater war ein sehr«, sie suchte nach einem Wort, »traditioneller Mann und damals schon recht alt. Er war in einer Zeit geboren worden, als die Franzosen alles daransetzten, die Riten und Gebräuche auf den Marquesas-Inseln abzuschaffen und ihre eigenen Vorstellungen von Zivilisation durchzusetzen. Zum großen Bedauern und Missfallen meines Vaters hatten sie damit allmählich Erfolg. Die Götter, die Tänze, die Medizin, ein Bestandteil unserer Kultur nach dem anderen geriet in Vergessenheit. Akamu stammte wie mein Vater aus einer den Traditionen verhafteten Familie, Kimo aus einer fortschrittlichen, daher wollte er mich mit Akamu verheiraten. Immerhin bot er Kimo eine letzte Möglichkeit, mich doch noch zur

Frau zu bekommen: Er sollte ein uraltes Ritual praktizieren und mit Akamu … um mich kämpfen.«

Mit den Händen fuhr Iolana sich zitternd durch die langen schwarzen Haare, und man sah ihr an, dass die Erlebnisse aus der Vergangenheit wie ein Film vor ihr abliefen.

»Ich wollte nicht, dass Kimo um mich kämpft. Lass uns fortgehen, sagte ich zu ihm, was kümmern uns die scheußlichen Rituale von vorgestern. Aber er … er wollte mich nicht auf diese Weise gewinnen. Er fand sie unaufrichtig.«

Iolana senkte den Kopf und fügte mit trauriger Stimme hinzu: »Er hatte keine Chance gegen Akamu. Nach zwanzig, dreißig Herzschlägen war der Kampf vorüber. Akamu hätte Kimo verschonen können, aber er tat es nicht.«

Die Betroffenheit, die im Baumhaus herrschte, wich nach und nach ungläubigem Entsetzen, als Iolana mit ihrer Geschichte fortfuhr.

»Wie schon gesagt, Akamu stammt aus einer sehr traditionsverhafteten Familie, und wenn ich Tradition sage, dann meine ich auch jene Gebräuche, die ihr alle vermutlich für längst ausgestorben haltet.«

Elsa, Max und Paulette sahen sich an.

»Du meinst doch nicht etwa …? Nein, das …«, stammelte Elsa.

Iolana nickte. »Akamu hat …« Iolana beugte sich vornüber, verbarg die Hände zwischen den Schenkeln und begann von Neuem. »Akamu hat den Leichnam zerlegt, und mein Vater hat ihm dabei geholfen. Sie haben Kimos Glieder und Eingeweide auf dem Feuer gebraten, und ich … ich … habe dabei zugesehen. Ich hätte mich weigern können … sollen … müssen. Aber von dem Moment an, als Kimo tot war, hatte ich keinen eigenen Willen mehr. Ich war wie eine Puppe. Sie hätten mich in ein Gewässer stürzen können, und ich wäre untergegangen, ohne mich zu bewegen. Reglos saß ich da, während der Mann, den ich geliebt hatte, den ich noch immer liebte, von meinem Vater und meinem künftigen Ehemann …«

Iolana krümmte sich wie unter einem Magenkrampf, und alle waren ratlos, was sie Tröstendes sagen oder tun könnten.

Auf Elsa wirkte die Geschichte wie ein Schauerroman, der in einer unheimlichen Welt in ferner Vergangenheit spielte, dennoch hatte das Geschehen vor nicht einmal einer Dekade stattgefunden. Abstrakt hatte Elsa zwar von diesen grausamen Ritualen gewusst, ebenso wie Paulette wusste, dass sich einst guillotinierte Leichname auf Pariser Marktplätzen gestapelt hatten, oder wie ein Katholik wusste, dass seine Glaubensbrüder einst freudig der Verbrennung von vermeintlichen Ketzern beigewohnt hatten. Dies hier jedoch war gegenwärtig, hautnah, eine Berührung.

Wäre jemand angekommen und hätte behauptet, in Port Rabaul würden Säuglinge als Blutopfer auf den Stufen des Heiligtums dargebracht, wäre Elsa nicht schockierter gewesen wie über Iolanas unglaubliches Erlebnis. Es war der Einbruch des Barbarischen in die Zivilisation, und dieser Einbruch – das war das eigentlich Erschreckende – kam von innen. Die Barbarei, von der Iolana ihnen berichtete, war genauso Teil der Südsee wie die atemberaubende Schönheit der Atolle, die freizügige Anmut der Frauen, das einfache, paradiesische Leben fernab vom

Geld und all die anderen Dinge, die die Europäer an der pazifischen Inselwelt anzogen.

Obwohl Elsa nicht von den Marquesas-Inseln stammte, verspürte sie plötzlich eine unsagbare Fremdheit gegenüber ihrer samoanischen Herkunft und Heimat, die sich nur graduell von Iolanas unterschied. Den Nachrichten aus Europa war zu entnehmen, dass die Barbarei auch dort wieder Einzug hielt – die Deutschen bombardierten Warschau.

Elsa fühlte sich verloren. Sie, die immer nach einer Identität für sich gesucht hatte, stellte fest, dass diese nicht im Nationalen, nicht im Kulturellen zu finden war.

Iolanas Geschichte ging noch weiter, und wie sich herausstellen sollte, war ihr schauriger Höhepunkt noch nicht erreicht, auch wenn das kaum zu glauben war.

Nachdem sie sich wieder ein wenig gefasst hatte, sagte die Polynesierin: »Sie haben mich noch am selben Tag mit Akamu verheiratet. Ich habe so gut wie keine Erinnerung daran, es kommt mir eher vor wie ein Alptraum, den ich vor langer Zeit einmal hatte. Die Zeremonie war althergebracht, ich sehe noch die männlichen Tänzer um mich herumschwirren, wild bemalt, mit Tierhäuten und Federn geschmückt, und einen Greis mit kalten, grausamen Augen. Das ist alles. Das nächste Bild bin ich in Akamus Hütte. Er ist nicht böse zu mir. Er sagt liebe Worte, streichelt meinen Arm. Er gibt mir zu trinken, und ich trinke. Dann gibt er mir zu essen, und ich esse, mechanisch wie ein Apparat. Er ist zufrieden mit mir. Er lächelt mich an und sagt: ›So ist es Sitte. Die Frau isst den Krieger, der im Kampf um sie unterlegen war.‹ Im ersten Moment verstehe ich nicht, was er meint. Ich sehe Akamu an.

Einen Atemzug später kommt die Erkenntnis. Ich würge. Ich versuche alles, um das Fleisch aus mir herauszubekommen, ich stecke mir den Finger in den Rachen, schlage mir auf den Bauch, ich bin völlig außer mir, aber ... ich schaffe es nicht, ich bekomme Kimo nicht mehr aus meinem Magen. Er bleibt dort drin, und ich bin bereit zu sterben, nur um den geliebten Toten nicht ... und dann anderntags ... Nein, nein, nur das nicht. Aber Akamu hält mich fest. Mit seinen starken Armen, die Kimo getötet haben, umklammert er mich, bis ich wieder in den teilnahmslosen Zustand verfalle, der mich schützt und zugleich verdammt.«

Iolana erhob sich müde und ging einige Schritte auf und ab, wobei sie die Hände rang. In ihrem knappen azurblauen Kleid sah sie vor dem Hintergrund des Pazifiks aus, als wäre sie aus ihm hervorgegangen und als wolle sie eines nicht allzu fernen Tages wieder in ihm verschwinden.

»Daraufhin hat Akamu mich ins Bett gebracht und sich auf mich gelegt. Mein Körper hat den seinen kaum gespürt, aber ich wusste die ganze Zeit über, dass er da war, was er tat und was in meinem Körper passierte. In dieser Nacht wurde Mele gezeugt.«

»Woher weißt du das so genau?«, fragte Elsa, als wolle sie das Mädchen gegen eine ungeheuerliche Anschuldigung in Schutz nehmen. Ihre Frage kam ihr zwar selbst sofort deplatziert vor, aber sie stand im Raum, und Iolana antwortete knapp darauf.

»Weil Akamu mich danach wochenlang nicht angerührt hat.« Iolana schüttelte heftig den Kopf, als wollte sie dieses Detail abschütteln und zum Wesentlichen zurückkehren. »Das Kind, das in jener Nacht in mir entstanden ist, stammte vom Mörder meines Geliebten, und … und … es ernährte sich am ersten Tag seiner Existenz gewissermaßen von Kimos Fleisch. Es war wie eine Made in mir. Es ist unerheblich, dass das aus biologischer Sicht falsch ist. So kam es mir vor, und daran hat sich bis heute nichts geändert.«

Iolana sah Elsa an, als könne sie ihre Gedanken lesen. »Ich weiß, dass das ungerecht ist, dass dieses Kind nichts dafür kann. Aber ich kann … ich *kann* Mele einfach nicht ansehen. Ich kann nicht einmal an sie denken, geschweige denn sie berühren, ohne sie als Parasiten zu empfinden.« Diesmal wanderte ihr Blick zu Max. »Und ich werde nie, niemals wieder ein Kind bekommen.«

Niemand wagte ihr zu widersprechen, weil niemand vollständig nachfühlen konnte, was seit diesem furchtbaren Erlebnis in ihr vorging. Allein diese Geschichte zu hören war so aufwühlend, dass Elsa es wie eine Geschmacklosigkeit der Natur empfand, dass weiterhin die Vögel ihre Lieder sangen und die Schmetterlinge umeinanderflatterten.

Iolana selbst befreite die Menschen, die sie liebte, aus der beklemmenden Verlegenheit, ihre grausigen Erlebnisse zu kommentieren. Sie verlagerte die Diskussion ins Sachliche.

»Ich bin wenige Tage nach Meles Geburt von den Marquesas geflohen. Sowohl Akamu als auch mein Bruder, der andere Mann auf dem Foto, das Akamu Max gezeigt hat, suchten mich überall, und es dauerte nur ein knappes Jahr, bis mein Bruder mich in Port Rabaul aufgespürt hatte. Doch ich hatte doppelt Glück. Zum einen, weil Titus mir versprach, mich zu beschützen. Zum anderen, weil mein Bruder während seiner Suche, die ihn viel herumkommen ließ, sehr empfänglich für Geld geworden war und sich von Titus bestechen ließ. Mir war jedoch klar, dass Akamu niemals Geld annehmen und weiter nach mir suchen würde, entweder um mich zu sich zu holen oder um mir das Kind zu bringen. Ich würde lieber sterben, als mit ihm zu gehen. Glücklicherweise hat er inzwischen eine neue Frau gefunden. Was das Kind angeht, ich kann nicht … ich *kann* es einfach nicht lieben und auch nicht in meiner Nähe ertragen.«

Das waren harte Worte. Elsa wechselte mit Max einen langen Blick. Sie waren beide in einer grässlichen Situation, denn sie liebten Iolana, hatten sich mittlerweile aber auch mit Meles Schicksal identifiziert. Unvorstellbar, das Mädchen, das gerade bei Gung in der Küche saß und weinte, wieder Myrtle Malone zu überlassen. Mele in ein Internat abzuschieben war kaum besser. Sie verdiente es, in einer Familie aufzuwachsen, die sie akzeptierte und liebte.

»Was wäre …«, begann Max, hatte jedoch Mühe, seinen Vorschlag zu formulieren. »Iolana, ich weiß, es ist viel verlangt, aber … was wäre, wenn Mele wirklich hier einziehen würde und du ganz ins ›Pacifico‹ übersiedelst?«

So wie Paulette Iolana als Einzige hatte ohrfeigen dürfen, so durfte Max als Einziger einen solchen Vorschlag machen, ohne Iolana zu verprellen. Sie war Teil dieses Hauses, und ihre Berechtigung, darin zu leben war größer als die ihrer Tochter. Elsa wäre sich schäbig vorgekommen, ihre Freundin quasi hinauszudrängen. Aus dem Mund von Max hörte sich der Vorschlag jedoch völlig anders an. Er sagte gewissermaßen: Bitte komm ganz zu mir.

Bevor Iolana etwas erwidern konnte, führte Gung den australischen Polizeichef von Port Rabaul ins Baumhaus. Myrtle Malone hatte den Braten gerochen und Anzeige wegen Kindesentführung erstattet. Sie berief sich auf Akamus schriftliche Bestätigung, mit der er Mele den Methodisten überantwortete, da Iolana die Erziehung abgelehnt hatte.

»Ich frage Sie ohne Umschweife«, sagte der Polizeichef, ein knorriger, vollbärtiger, wenig umgänglicher Mann aus dem Outback. »Befindet das Mädchen sich in Ihrem Haus?«

Elsa erhob sich. »Nein«, sagte sie.

Iolana erhob sich fast im selben Moment. »Ja«, sagte sie.

Elsa war entsetzt, und der Polizeichef fuhr sich über den Bart. »Aha«, meinte er. »In dem Fall, Mrs. Warwick, muss ich Sie bitten, mir das Mädchen auf der Stelle zu übergeben. Sie selbst müssen sich darauf einstellen, belangt zu werden. Ich …«

»Ich habe Mele aus dem Camp geholt«, sagte Iolana überraschend. »Ich bin die Mutter, und niemand anders als ich wird mein Kind großziehen.«

Damit blieb dem Polizeichef nichts anderes übrig als der Rückzug.

Nachdem er gegangen war, sagte Iolana: »Also gut, ich ziehe ins ›Pacifico‹.«

Noch in derselben Stunde setzte sie ihre Ankündigung in die Tat um, packte ein paar Kleider und persönliche Sachen ein. Bei ihrem Abschied war sie wortkarg, wenn auch nicht böse oder verbittert, und als sie mit Max in das Auto stieg, wusste Elsa nicht, wie sie sich fühlen sollte. Einerseits freute sie sich, weil Mele eine Heimat im Haus der blauen Schmetterlinge gefunden hatte, andererseits trauerte sie, weil Iolana fortan nicht mehr Teil dieses Hauses sein würde. Und da war noch ein drittes Gefühl. Fortan würden Iolana und Max mehr denn je ein Paar sein. Auch wenn Elsa sich Mühe gab, dies zu akzeptieren, sich für ihre Freundin zu freuen und jedes verbotene Gefühl im Keim zu ersticken, blieb dennoch ein kleiner Aschehaufen aus grausamer Hoffnung übrig.

Fünfter Teil

»Mörderin«

Dunkle Wolken über Matupia

Die heilige Myrtle hatte ein weiteres Mal das Nachsehen gehabt. In ihrer Verbitterung setzte sie Gerüchte in die Welt – das »Pacifico« sei ein Bordell, Elsa des Teufels, in der Villa fänden heidnische Feste statt und so weiter –, die man in puritanischen Kreisen gerne glaubte. Die Fronten waren verhärtet, aber die Gegner der wirtschaftlichen und sozialen Entwicklung Port Rabauls gerieten mehr und mehr in die Defensive. Die immer zahlreicher werdenden Tages- und Wochengäste brachten weitere Geschäftseröffnungen mit sich, Hotels, Restaurants, eine Schaubühne. Der Herrenclub verkam zu einem verstaubten Relikt und schloss im Sommer 1940 für immer seine Tore. Kaum zu glauben, dass er noch acht Jahre zuvor der gesellschaftliche Mittelpunkt Rabauls gewesen war, eines Städtchens, von dessen Existenz nur ausgewiesene Kenner der Südsee wussten. Bald verlegte sogar die australische Administration ihren Sitz dorthin. Der verwitwete Gouverneur machte Elsa Avancen, sprach sogar von Liebe, aber sie ließ sich weiterhin nur auf Männergeschichten ein, die als Short Storys taugten.

Die Partys und Empfänge im Haus der blauen Schmetterlinge gingen ebenfalls weiter, allerdings erlitten sie dasselbe Schicksal wie die einst so herrlich unbeschwerten Abende im »Café Pacifico«, nämlich dass die Anwesenden die meiste Zeit über den europäischen Krieg sprachen. Versenkte Flugzeugträger, die Luftschlacht über England, Bomben auf London, die deutsche Besetzung der Niederlande, Dänemarks, Norwegens, Belgiens und Luxemburgs, der Vormarsch nach Frankreich – solche Themen bestimmten in zunehmendem Maß die Unterhaltungen, und Elsa hatte alle Mühe, die Festgäste auf andere Gedanken zu bringen.

Gelegentlich stichelte jemand gegen Elsa, sobald er erfuhr, wer ihr Vater gewesen war.

»Wie ich höre, sind Sie Deutsche, Madame«, sagte eines Abends mit tadelndem Unterton ein französischer Hersteller von Dosenfrüchten.

»Wie ich höre«, entgegnete sie lächelnd, »stammen Sie aus Lothringen. Vor einigen Jahrzehnten wären Sie ebenfalls noch Deutscher gewesen.«

Nicht nur um unqualifizierten Kommentaren zu entgehen, sondern weil sie tatsächlich so empfand, beantwortete sie immer häufiger Fragen nach ihrer Herkunft mit dem Satz: »Ich bin aus Matupia.« Elsas Seele, Geist und Körper hatten ihr Zentrum in der paradiesischen, von höllischen Vulkanen umgebenen Bucht gefunden.

Für Max war es weit schwieriger als für sie, sich öffentlich von seiner Herkunft zu distanzieren. Dass er, wie die gesamte übrige Familie, neben Deutsch auch noch perfekt Französisch und Englisch sowie recht gut Polynesisch und Melanesisch sprach, hatte ihn lange Zeit geschützt. Jene, die nur seinen Vornamen kannten, kamen gar nicht erst auf die Idee, er könnte Deutscher sein. Nun aber sprach es sich herum, woran – wie könnte es anders sein – die heilige Myrtle ihren Anteil hatte. Für ihn war das besonders schlimm, da er zum einen schon vor langer Zeit mit Deutschland, ja, mit ganz Europa abgeschlossen hatte, und weil er zum anderen der Meinung war, dass Nationalitäten überbewertet waren und in einer Bar keine Rolle spielen sollten. Einige Briten, Franzosen, Holländer, Australier und Amerikaner mieden von da an jedoch das »Pacifico«. Um das Café nicht zu schädigen, wollte Max sich aus dem Betrieb zurückziehen, aber Iolana stand fest zu ihm und nahm die Verluste in Kauf.

Als Myrtle Malone dank ihrer Kontakte erreichte, dass Max in ein Internierungslager auf dem australischen Kontinent gebracht werden sollte, schlug Elsas große Stunde. Endlich konnte sie einmal etwas Bedeutendes für Max tun. Sie hatte ebenfalls Kontakte, setzte alle Hebel in Bewegung, ließ Gelder fließen – und erreichte ihr Ziel. Einen Tag vor der zwangsweisen Verschiffung wurde die Verfügung zurückgenommen.

Kurz darauf besuchte Max Elsa in ihrem Baumhaus. Sie waren dort nicht mehr unter sich gewesen, seit er vor einigen Jahren den Millionenscheck abgelehnt hatte.

Ihm war diese Begegnung ebenso gut in Erinnerung wie ihr, denn er sagte: »Es gab Zeiten, da ich dich für deinen Umgang mit Geld kritisiert habe. Heute hast du mich mittels Geld gerettet. Ich danke dir dafür.«

»Dir habe ich es zu verdanken, dass ich heute mit Geld besser umgehe als früher. Du hast mir damals vor Augen geführt, wie viel man damit kaputtmachen kann. Endlich war es mal für etwas wirklich Wichtiges gut. Aber reden wir nicht mehr davon. Du gehörst zur Familie, die Hilfe war selbstverständlich.«

Eine Verlegenheitspause entstand, die Max beendete, indem er auf den Vogelbauer zuging, in dem ein Seidenlaubenvogel unruhig herumhüpfte.

»Lässt du ihn frei?«, fragte er.

»Ja, ich hatte es gerade vor, als du gekommen bist.« Wie jeden Nachmittag öffnete sie einem Vogel, den Gung vom Markt geholt hatte, die Käfigtür. Meistens holte sie dafür Keanu und Mele herbei, damit jeder von ihnen mal das Türchen öffnete. Die Freude war dann immer groß, und der besondere Moment verband sie.

Gemeinsam sahen Max und Elsa zu, wie der Singstar davonflog und im Wald verschwand.

»Eine schöne Tradition«, lobte Max. »Noch aus der Zeit deiner ersten Ehe, richtig?«

»Das Einzige, was ich aus dieser Ehe behalten habe.«

Elsa sah ihm an, dass er sie etwas fragen wollte, aber nicht wusste, wie er es anstellen sollte. Trotzdem war sie ihm nicht behilflich.

»Wenn jemand über so lange Zeit einen Ritus fortführt, tut er es nicht einfach nur aus Gewohnheit«, sagte Max. »Da steckt mehr dahinter.«

»Falls du denkst, dass ich Henning nachtrauere …«

»Nein, das meine ich nicht«, stellte er richtig, ließ aber offen, was er dachte.

Um eine weitere Verlegenheitspause zu vermeiden, bot Elsa Max etwas zu trinken an. Er ging jedoch nicht darauf ein.

»Ich wollte dir schon lange sagen, dass du großartig bist, Elsa.«

»Oh.« Sie wusste nicht, was sie sonst erwidern sollte.

»Ja, du … du hast unsere Familie zusammengebracht.

Nach Warwicks Tod hättest du Iolana und Paulette fortschicken können, aber du hast es nicht getan. Als Lucille und Lucas kamen, hast du auch sie mit offenen Armen aufgenommen. Schließlich Mele … Darum bist du irgendwie der Mittelpunkt unserer Familie. Ich weiß, so würdest du dich nie bezeichnen, aber ohne dich gäbe es unsere Gemeinschaft nicht. Du hast einen ganz wundervollen Charakter.«

Elsa schnürte es beinahe die Luft ab, so dick war der Kloß in ihrem Hals. Wann hatte jemand je auf diese Weise mit ihr gesprochen! Paulette drückte ihre Dankbarkeit in Vermögensberichten aus, deren Bilanz stets die des Vormonats übertraf. Sie ging völlig in ihren Geschäften auf und war stolz auf die stete Geldvermehrung, benötigte aber für sich selbst nur wenig zum Leben. Wenn Elsa sie brauchte, war sie unaufgefordert zur Stelle. Sentimentale Dankesbezeugungen waren ihr sowohl als Empfängerin wie auch als Geberin zuwider. Iolanas Dank wiederum erfolgte in aller Stille mittels Gesten, Blicken und kleinen Aufmerksamkeiten …

Dass ausgerechnet Max solche Worte für Elsa fand, berührte sie besonders.

»Wir hatten es nicht immer leicht«, sagte sie und gab sich große Mühe, damit ihre Stimme nicht zitterte.

»Das kann man wohl sagen. Aber irgendetwas müssen wir auch richtig gemacht haben«, ergänzte er, »sonst hätten sich unsere Wege getrennt.«

Für einen Augenblick sahen sie sich innig an, und plötzlich waren acht Jahre gelöscht. Auf einmal hatte Elsa jenen Max vor sich, mit dem sie vor der Hütte gesessen, der ihr am Hafen seine Liebe gestanden hatte. Sie musste sich mit aller Gewalt dazu zwingen, in die Gegenwart zurückzukehren.

»Bist du glücklich?«, stellte er ihr die intimste Frage, die es gab. Umso mehr schmerzte es sie zu lügen.

»Ja.«

Er lächelte. »Gut.«

»Und du?«

»Sicher.«

Sie glaubte ihm nicht. In seiner Stimme lag ein seltsamer Unterton ... Vielleicht glaubte sie ihm auch nicht, weil sie es nicht wirklich wollte. Oder weil sie selbst gelogen hatte.

Dann fasste Elsa den Mut zu sagen: »Entweder machst du dir etwas vor oder mir.«

Er zögerte. Die Verlegenheit, die sein Gesicht und seinen ganzen Körper erfasste, war ungewöhnlich und stand ihm nicht.

»Na ja, da gibt es tatsächlich etwas ... Es geht um Iolana. Seit Akamu da war, ist sie ... Ich weiß nicht, wie ich es ausdrücken soll. Sie hat sich ... verändert. Ist reserviert, wortkarg.«

Elsa seufzte. »Das hat mit Mele zu tun, ganz sicher.«

Die schwierige Beziehung – oder besser gesagt Nicht-Beziehung – von Iolana und Mele machte das Zusammenleben im Haus der blauen Schmetterlinge erheblich komplizierter. So gut wie möglich sorgte Elsa dafür, dass Mutter und Tochter sich nicht begegneten, was eine echte Meisterleistung war. Die Polynesierin besuchte die Villa nur dann, wenn Mele in der Schule war, und Mele durfte nie auch nur in die Nähe des »Pacifico« gelangen. Das Mädchen war nicht auf den Kopf gefallen, natürlich merkte es, was vor sich ging. Elsa verwöhnte das neue Familienmitglied mit Zeit, Aufmerksamkeit und Geschenken, und jedes Lächeln des sichtlich aufblühenden Kindes war wie ein Sonnenstrahl für ihr Herz. Trotzdem war es anstrengend und auf Dauer ermüdend, Meles Tagesablauf gewissermaßen in einem weiten Bogen um Iolana herum zu organisieren. Das war für keine der drei Betroffenen ein befriedigender Zustand.

Auch Max schien darunter zu leiden.

»Es hat nur zum Teil mit Mele zu tun«, sagte er. »Akamu hat da etwas aufgewühlt, was Iolana hinter sich gelassen zu haben glaubte. Sie ist … empfindlich geworden, gegen Zärtlichkeiten jeder Art. Ich habe schon hundertmal versucht, mit ihr darüber zu sprechen, aber sie unterbindet jeden Ansatz sofort und sehr strikt. Ich komme einfach nicht mehr … ich komme nicht an sie heran, in keinerlei Beziehung.«

Zwar hatte auch Elsa bemerkt, dass Iolana in letzter Zeit stark in sich gekehrt war, doch dass es so schlimm war …

»Nun möchtest du, dass ich mit ihr spreche?«

»Paulette kann ich nicht darum bitten. Sie würde sie vielleicht sogar noch in ihrem Verhalten bestärken, weil sowieso alle Männer Schweinehunde sind.«

»Das würde sie nicht«, widersprach Elsa. »Allerdings wäre sie für ein solches Gespräch tatsächlich nicht die richtige Wahl. Ich will sehen, was ich tun kann.«

Eigentlich war es verrückt: Sie half Max und Iolana bei ihren Beziehungsproblemen. Wenn man ihr das vor ein paar Jahren gesagt hätte …

Zum Abschied umarmte er sie und gab ihr einen Kuss

auf die Wange, woraufhin sie die Augen schloss, um eine Illusion entstehen zu lassen, die nur wenige Sekunden lebte und sogleich wieder verging. Sie träumte davon, ihm eines Tages die Wahrheit sagen zu können, und wusste zugleich, dass es Wahrheiten gab, von denen er nie erfahren durfte. Etwa die Tatsache, dass sie nicht nur Geld und Beziehungen eingesetzt hatte, um ihn vor der Internierung zu bewahren, sondern auch dem Drängen des aufdringlichen australischen Gouverneurs nachgegeben hatte. Sie war seine Geliebte geworden.

Allmählich verdüsterte sich die Stimmung im Haus der blauen Schmetterlinge, und zwar im wahrsten Sinne des Wortes. Schon vor Jahren hatte Elsa die ebenso charmante wie originelle Idee gehabt, dass jeder, der hier wohnte, allmorgendlich auf einer Wandtafel im Salon angab, welcher Laune er an diesem Tag war. Dazu gab es eigens ein Symbol für jede Stimmungslage. Ein blauer Schmetterling bedeutete »Mir geht's prächtig«, ein Cabriolet »Ich will etwas unternehmen«, ein Mond »Ich bin schläfrig«, eine dunkle Wolke »Ich fühle mich mies« und so weiter. Insgesamt gab es zehn Symbole. Dadurch wusste ein jeder, woran er mit den anderen war, und konnte sich entsprechend darauf einstellen. Das System hatte sich bewährt.

Ab Herbst 1940 nahm die Zahl der dunklen Wolken auf der Tafel deutlich und kontinuierlich zu. Paulette, Lucas und Lucille waren wegen der Besetzung Frankreichs durch die Deutschen aufgewühlt, und vor allem Paulette machte von einer schier unendlichen Fülle an Kraftausdrücken Gebrauch. Zwar hatte die Französin schon vor vielen Jahren die Brücken in ihr Geburtsland hinter sich abgebrochen und bezeichnete sich ebenso wie Elsa als »Bürgerin von Matupia«. Die Ungewissheit, was aus ihren Eltern und Geschwistern geworden war, nagte dennoch an ihr. Zudem wurde das geschäftliche Umfeld rauer und schwieriger. Wegen des europäischen Krieges brach das Handelsvolumen ein. Die einzigen Plantagen, die noch Gewinn erwirtschafteten, waren jene, die Kautschuk produzierten, das für die Bereifung von Militärfahrzeugen und Flugzeugen für die Armee benötigt wurde. So sehr Paulette sich auch anstrengte, das Familienvermögen wuchs nicht mehr, es schrumpfte sogar, wenngleich von einem so hohen Niveau aus, dass keine ernstzunehmende Gefahr bestand. Für Paulette war dennoch jedes Minus unerträglich.

Was ihre beiden Kinder anging, so waren sie weder mit ihrem Heimatland, das sie nie betreten hatten, noch mit dem Handelsgeschäft eng verbunden. Allerdings hatten sie vorgehabt, an die Pariser Sorbonne zu gehen. Lucille wollte Rechtswissenschaften studieren, um die erste weibliche Anwältin der Südsee zu werden, und Lucas interessierte sich für Literatur und Philosophie. Sein Vorbild war ein gewisser Jean-Paul Sartre, und er wollte eines Tages Bücher und Stücke schreiben. Aufgrund der deutschen Besatzung rückte das Studium in Frankreich jedoch in weite Ferne.

Im Juni 1941 erreichte die Stimmung einen neuen Tiefpunkt, als sich mit dem deutschen Überfall auf die Sowjetunion jede Hoffnung auf einen baldigen Frieden zerschlug. Reisende aus Europa kamen kaum noch nach Port Rabaul, und am »Tor zum Pazifik« kehrte wieder Stille ein.

Elsa schob *das Gespräch* mit Iolana mehrfach auf. Sie wollte nicht, dass Paulette oder irgendjemand sonst dabei war. Zudem ließ sich Iolana immer seltener im Haus der blauen Schmetterlinge blicken. Nicht zuletzt war vorauszusehen, dass das Gespräch kein angenehmes würde. Waren das gute Gründe für einen Aufschub oder nur Beruhigungspillen für Elsas Gewissen? Wenn sie es wirklich gewollt hätte, hätte sie ziemlich schnell ein intimes Gespräch mit ihrer Freundin in die Wege leiten können. Die Frage war nur, ob diese höchst private Unterredung die Lage verbessern würde – oder gar verschlechtern? Und wie Elsa überhaupt zu diesem Gespräch stand.

Eines Nachmittags ergab sich die beste aller Möglichkeiten. Zufällig begegneten die Freundinnen sich bei einem Spaziergang am Rand der Lavafelder. Aus verschiedenen Richtungen kommend, trafen sie an einer markanten Stelle aufeinander. Auf der einen Seite des Weges wucherte üppiges Grün, durchsetzt mit blühenden Büschen in allen Farben des Spektrums. Dazu die Geräusche des Waldes, das Vogelkonzert, das pralle Leben. Auf der anderen Seite das fahle Grau alter, erstarrter Lava sowie Totenstille. Vereinzelt schwarze Vögel, die schwarze Käfer aufpickten. Ein paar Steinwürfe entfernt begann der Anstieg auf einen mächtigen Vulkan, dessen Hänge hier und da ein großer Gesteinsbrocken herabrollte, ein eher zarter Hinweis auf die tödliche Macht des Feuerberges.

Als die beiden Frauen sich zur Begrüßung umarmten und küssten, spürte Elsa, dass Iolana gerade viele Dinge im Kopf herumgingen und ihr Herz schwer war, auch wenn sie es zu verbergen versuchte.

»Wie seltsam, dass wir uns ausgerechnet an diesem Ort treffen«, sagte Elsa. »Bist du oft hier?«

»Ja, sehr oft sogar. Dieser Weg hat etwas Magisches.« Sie blickte abwechselnd auf die Lavawüste und in den Buschwald, und als ein mit Brandgeruch gemischter Windstoß vom Vulkan herunterfegte, verdeckten ihre Haare einen Moment lang ihr Gesicht, bevor sie sich die Strähnen hinter die Ohren strich.

Wieder einmal bewunderte Elsa die Schönheit ihrer Freundin, die so selbstverständlich mit einer unterschwelligen Melancholie einherging.

»Wir sehen uns viel zu selten«, sagte Elsa. »Besuch uns doch mal wieder.«

»Komm du doch in die Bar. In letzter Zeit ist nur wenig Betrieb. Gibt es in deinem Leben gerade einen Kamelienmann, der dir auf unserem Steg am Meer versprechen würde, dir die Sterne vom Himmel zu holen?«

Elsa rang sich ein gequältes Lächeln ab. Sie hatte die harmlosen, romantischen Kamelienmänner schon seit einiger Zeit über, sie war ihnen irgendwie entwachsen. Trotzdem wünschte sie, es gäbe sie noch in ihrem Leben. Doch der Gouverneur, der sie zwang, seine heimliche Konkubine zu sein, verbot ihr den Umgang mit anderen Männern.

»Im Moment nicht. Wie du schon sagst, es ist still geworden in Port Rabaul. Der Krieg in Europa wirft seine dunklen Schatten auch über unseren geliebten Pazifik. Mir kommt es manchmal so vor, als dräue ein Gewitter.«

Gedankenverloren nickte Iolana. »Die Welt kann noch so groß sein, eng kann sie trotzdem werden.« Als hätte etwas sie gestochen, erwachte sie plötzlich aus ihrer Nachdenklichkeit. »Entschuldige, ich muss mich beeilen, im Café wartet Arbeit.«

Die Polynesierin verabschiedete sich so rasch, dass Elsa kaum reagieren konnte. Sie rief ihrer Freundin etwas hinterher, als diese sich schon einige Meter entfernt hatte.

»Iolana, warte …« Sie erinnerte sich an das Versprechen, das sie Max gegeben hatte, und wagte einen Vorstoß. »Ist denn alles in Ordnung … ich meine zwischen dir und Max? Ich mache mir Sorgen.«

Die Befragte lächelte wie über einen Witz mit langem Bart. »War er bei dir?«

Mit einem Mal fürchtete Elsa die Wahrheit, da eine Wahrheit oft die nächste nach sich zieht.

»Nein. Es ist offensichtlich, dass ihr ein wenig … distanziert miteinander umgeht, seit Akamu und Mele …«

»Ich möchte nicht darüber sprechen.«

»Das solltest du aber, Iolana. Wenn nicht mit mir, dann mit Paulette.«

»Vielleicht habe ich das längst getan, Elsa. Vielleicht hat das alles nichts gebracht. Vielleicht bin ich in einer Sackgasse.«

»Iolana …«

»Ich weiß nur zweierlei.« Sie sah Elsa mit ihren fein geschwungenen, dunklen Mandelaugen an und sagte mit einer Stimme, die einem Schluchzen glich. »Er *war* bei dir. Und das nehme ich weder ihm noch dir übel.«

Unerwartetes Wiedersehen

Die nächsten Tage kam es Elsa so vor, als müsste sie durch Sirup waten. Das Gespräch mit Iolana war wie ein weiterer Eimer von dem klebrigen Zeug. Alles stand still, nichts ging voran, so als wartete das Leben auf einen Schubs. Paulette, Lucas und Lucille waren genau wie Iolana und Max deprimiert. Sogar Gung, dessen Heimatland die Japaner traktierten, zeigte so etwas Ähnliches wie Niedergeschlagenheit. Natürlich wirkte sich die schlechte Stimmung auch auf Mele und Keanu aus. Und Elsa wurde das Verhältnis mit dem australischen Gouverneur unerträglich. Arthur McNamee, ihr widerstrebend erduldeter Liebhaber, der eher ein Sklavenhalter war, war für seine verbalen und körperlichen Zudringlichkeiten gegenüber Frauen bekannt, zudem berauschte er sich gerne am Whisky und an seinem Ego. Er war sich der Macht bewusst, die er über Elsa hatte. Ein Fingerschnippen von ihm, und Max würde interniert, solange dieser scheußliche Krieg in Europa andauerte. Nicht einmal Paulette war vor ihm sicher, da sie aus jenem Teil von Frankreich stammte, der inzwischen mit Nazi-Deutschland kollaborierte.

Kaum etwas ängstigte Elsa so sehr, wie dass die Familie auseinanderbrechen könnte. Nur eines lähmte sie noch mehr: die Furcht. Sie erinnerte sie an die Tage, als das Opium ihr Zuflucht gewährt hatte. Wie ein trockener Alkoholiker die Schnapspraline mied, mied Elsa die Gedankenspirale nach unten.

»So geht das nicht weiter«, sagte Elsa eines Tages zu Paulette. »Wir haben fast keinen Spaß mehr im Haus, und im Café ist auch kaum etwas los. Sogar meine Partys sind langweilig geworden. Immer kommen dieselben Leute und reden über das Gleiche wie beim letzten Mal. Wir brauchen mal wieder ein großes Fest, ein Stadtfest für alle, mit Musik, Feuerwerk, Büfetts …«

»Bist du wahnsinnig?«, rief Paulette. »Weißt du, was das kostet?«

Elsa verdrehte die Augen. »Du wirst es mir bestimmt gleich sagen.«

»Einhunderttausend, mindestens.«

»Ehrlich, Paulette, wüsste ich es nicht besser, würde ich denken, du wärst Schottin oder Preußin. Eigentlich sind die Franzosen dafür berühmt, das Leben zu zelebrieren, du dagegen …«

»Ich sehe es nun mal nicht gern, wenn die Ergebnisse meiner Mühen in Törtchen und Krabbensalaten angelegt werden und in gierigen Mäulern verschwinden, um am nächsten Tag ausgeschissen zu werden.«

Doch Paulette wurde überstimmt, weil auch Iolana die Idee gut fand. Das Café lief wirklich schlecht.

»Die Leute würden endlich mal über etwas anderes reden als den europäischen Krieg und die Frage, ob Amerika in ihn eintreten wird. Alle werden sich wochenlang auf das Ereignis freuen und sich anschließend wochenlang daran erinnern.«

»Genau mein Gedanke«, sagte Elsa. »Wie wäre es mit Ende August? Ein Erntedankfest.«

»Erntedank ist im Oktober«, wandte Paulette ein.

»Ja, in Europa. Wir hier ernten zu jeder Jahreszeit.« Elsa überlegte. »Das ist überhaupt *die* Idee: am Ende einer jeden Jahreszeit veranstalten wir ein großes Fest.«

»Viermal Erntedank?«, rief Paulette entsetzt.

»Ja, das ist doch lustig.«

»Und wie soll ich eure Lustigkeit bezahlen? Der Großteil unseres Geldes steckt in Plantagen, Anlagen …«

»Verkauf irgendwas, meinetwegen eins von den Frachtschiffen. Aber vorher lassen wir es noch mal mitten in der Bucht ankern und ein Feuerwerk abbrennen.«

Das Fest wurde ein voller Erfolg. Die ganze Stadt war auf den Beinen, Einheimische, Filipinos, Chinesen, Europäer, Australier, sie aßen und tranken an den unterschiedlichsten Büfetts, die in Zelten, auf dem Schiff, im »Café Pacifico«, unter freiem Himmel und in der Villa standen. Kleine Busse, Rikschas und Boote brachten die Leute von hier nach da, Musikgruppen spielten allerorten. Nach Einbruch der Dunkelheit erhellten hunderte von Fackeln die Stadt. Der mitten in der Bucht ankernde, hell erleuchtete Dampfer war ein besonderer Blickfang, vor allem als sie das chinesische Feuerwerk zünden ließen, das über eine Stunde dauerte.

Von der Villa aus war der Blick auf das Spektakel überwältigend, und die fernen Geräusche der feiernden, lachenden, grölenden Stadt verstärkten die Champagnerlaune auf dem Hügel noch. Elsa hatte die Tore öffnen lassen, jeder durfte ihr Zuhause betreten. Allerdings machten nur wenige Einheimische, Arbeiter und Angestellte von dem Angebot Gebrauch. Elsa hatte sich nicht nur den Namen, sondern auch den Nimbus einer Kaiserin erworben, daher zollten ihr die kleinen Leute trotz ihrer Jovialität und Großzügigkeit großen Respekt und hielten Distanz. Ein bisschen waren sie von Elsas Lebensweise auch befremdet, daher genossen am Ende doch nur wieder die Kaufleute und Künstler, Karrieristen, Kamelienmänner und Kinder reicher Leute Elsas Gastfreundschaft. Trotzdem stand ausnahmsweise mal nicht die Kaiserin im Mittelpunkt, sondern Spencer Tracy und Katherine Hepburn, die erst kürzlich auf Elsas Einladung das neueste Lichtspielhaus in Port Rabaul eröffnet hatten und nun Ehrengäste auf ihrem Fest waren. Die beiden waren ein Paar, obwohl Tracy verheiratet war, und Elsa ließ sich von der Hepburn Anekdoten aus Hollywood erzählen, die zum Schreien komisch waren.

»Sie würden gut zu uns passen«, sagte Elsa schließlich. »Wenn Sie jetzt noch Gin Pahit mögen würden …«

»Ist das etwa der Drink, bei dem sich einem die Fußnägel aufrollen? Nichts wie ran.«

Die beschwingte Stimmung wurde lediglich von drei Menschen getrübt. Der erste war die Jungfer Bleulich, die einst dem Gefolge der heiligen Myrtle angehört hatte, aber wegen ihrer deutschen Herkunft verstoßen worden war. Nun, da ihr weder Teekränzchen noch Gott die Zeit vertrieben, wusste sie nichts mehr mit sich anzufangen. Wie eine Klette hängte sie sich an jeden, der sie zufällig streifte, um ihm die Ohren vollzujammern und zu nörgeln.

»Ein so großes Fest, während auf der anderen Seite der

Erde ein fürchterlicher Krieg tobt, ist das nicht ein wenig geschmacklos, Mrs. Warwick?«, fragte sie, während sie sich am Büfett eine Pyramide aus Meeresfrüchten, Taro, Seegurken, Pak Choi, gebratenen Papayas und Sojanudeln auf den Teller häufte.

»Man kann sich nicht das Elend der Welt aufladen, ohne daran zugrunde zu gehen, Fräulein Bleulich«, antwortete Elsa. »Irgendwo wird immer gekämpft, gehungert oder geknebelt. Selbstverständlich tun mir die vielen Toten leid, und könnte ich den Krieg beenden, würde ich es tun. Das können Sie mir glauben. Aber wir müssen weiterleben, und wir müssen uns ab und zu auch einmal freuen. Sonst verkümmern wir irgendwann, und damit ist niemandem geholfen.«

Nach dem zweiten Glas Champagner, den sie vorher noch nie gekostet hatte, gab sich die Bleulich mit dieser Erklärung zufrieden. Eine Auswahl an Süßspeisen tat das Übrige, und als das betagte Fräulein einige Sekunden lang unaufmerksam war, setzte Elsa sich ab.

Der zweite Spielverderber war weniger leicht loszuwerden. Es war ihr »Zuhälter«, wie sie ihn im Stillen nannte. Sie hatte ihn natürlich einladen müssen, schließlich war er der Gouverneur. Er war aber auch ein miserabler Liebhaber und ein noch schlechterer Tänzer. Zwei Meter groß, schlaksig, ungelenk und betrunken wie er war, harmonierten seine Schritte überhaupt nicht mit Elsas. Zudem fasste er ihr viel zu tief um die Taille, die dort, wo seine Hand lag, schon keine Taille mehr war. Seine Zudringlichkeit fiel allgemein auf, was weniger ihm, sondern eher Elsa peinlich war.

Nur gut, dass Max heute im Café arbeitet, dachte sie.

McNamee wollte sie gar nicht mehr loslassen und unterbrach das Tanzen nur, um rasch einen weiteren Whisky zu kippen. Spencer Tracy klatschte, auf ein Zeichen der Hepburn, einmal bei ihm ab. Dem Hollywood-Star konnte der Inselgouverneur den Wunsch schlecht abschlagen, und so war Elsa den zudringlichen Trunkenbold wenigstens für zwei Tänze los. Doch kaum versuchte sie sich abzusetzen, hielt McNamee sie wieder auf, und keiner der Gäste wagte es, ihm in die Quere zu kommen. Als Paulettes Sohn Lucas es versuchte und um einen Tanz mit Elsa bat, wimmelte er den Siebzehnjährigen barsch ab.

Schließlich traute sich doch jemand. Ein Mann trat von hinten an den Gouverneur heran, klopfte ihm auf die Schulter, schob ihn beiseite und sagte: »Verzeihen Sie, Sir, Sie tanzen mit meiner Frau.«

Es war Henning.

Schockierende Enthüllung

Elsa war viel zu überrascht, um sich zu wehren, als Henning ihre Hand und Taille ergriff und den Foxtrott mit ihr tanzte. Nachdem sich ihre Überraschung etwas gelegt hatte, entstand ein altbekannter Moment der Vertrautheit, ja, der Freude. Sie hatte auch schöne Stunden mit Henning verbracht, vor langer Zeit zwar, wenngleich es nicht allzu viele waren. Trotzdem kamen seltsamerweise die guten Erinnerungen zuerst auf: ihre erste Begegnung, die gemeinsame Einfahrt in die Matupi Bay, die Kontorwohnung am Hafen, die ersten Liebesnächte ihres Lebens, die Geschenke …

Henning war noch immer sehr attraktiv, wenn auch nicht mehr ganz so jungenhaft wie früher. Sein keckes Lächeln jedoch war zeitlos und weckte in Elsa eine Intimität, die sie nicht mehr für möglich gehalten hätte.

»Du sagst ja gar nichts«, flüsterte er ihr ins Ohr.

»Ich überlege noch, ob ich dich sofort hinauswerfen lassen soll oder erst nach diesem Tanz.«

»Vergiss nicht, ich habe dich vor dem Gouverneur gerettet. Damit hast du die Wahl zwischen einem whiskyseligen Tattergreis mit armseligen Manieren und einem gutaussehenden Typen wie mir.«

»Gib mir eine Minute, um mich zu entscheiden.«

Er lachte. »Früher warst du bei Weitem charmanter.«

»Früher war ich bei Weitem dümmer. Was willst du, Henning?«

»Zunächst nur diesen Tanz.«

»Mehr wirst du auch nicht bekommen. Ich nehme an, du hast irgendwo gehört, dass es mir finanziell ... sagen wir ... nicht schlecht geht, und nun möchtest du daraus einen Vorteil schlagen. Soll ich deine jüngsten Spielschulden begleichen? Oder möchtest du vielleicht um Hafenrechte für deine Reederei ersuchen?«

Sein Gesicht gewann an Ernsthaftigkeit. »Die Reederei Matthes gibt es nicht mehr. Warwick hat uns schon vor Jahren ruiniert, wir mussten verkaufen.«

Sie hatte sich so etwas schon gedacht, sich aber nie wieder dafür interessiert. Das Schicksal der Familie Matthes war ihr seit langem gleichgültig.

»Du darfst kein Mitleid von mir erwarten, so wie du und deine Eltern mich behandelt habt.«

»Ich bin nicht deines Mitleides wegen um die halbe Welt gereist«, sagte er barsch, womit seine arrogante, aggressive Seite wieder zum Vorschein kam. Zwei Minuten lang hatte die Hoffnung, er habe sich vielleicht geändert, um die Ecke gewartet. Nun gewannen die anderen Erinnerungen die Oberhand: wie er sie getadelt und belogen hatte, dass er sie Vandervalts Demütigungen ausgesetzt hatte, dass er sie feige verlassen und sich ebenso feige verdrückt hatte, als sie ihm nach Deutschland nachgereist war.

»Der Tanz ist vorbei«, sagte sie, obwohl die Musik noch spielte. »Du kannst dich meinetwegen an den Meeresfrüchten schadlos halten. Ab morgen ist mein Haus für dich tabu, hast du mich verstanden?«

»Ich möchte irgendwo mit dir reden, wo wir ungestört sind. Nur du und ich.«

»Du hast mich wohl nicht verstanden. Falls es dir lieber ist, kann ich dich auch auf der Stelle von zwei schwergewichtigen Maori vor die Tür setzen lassen. Du hast also die Wahl zwischen einem Krabbensalat und einem Schwitzkasten.«

Sie wandte sich ab, doch er folgte ihr bis zu Katherine Hepburn und Paulette, die sich angeregt unterhielten, packte Elsas Handgelenk und zischte: »Du solltest dir anhören, was ich dir zu sagen habe. Glaub mir, du wirst es sonst bereuen.«

Es gelang Elsa, Paulette und der Hepburn mit vereinten Kräften, ihr Handgelenk seinem Griff zu entwinden. Hennings Augen funkelten weiterhin bedrohlich.

»Ich rufe die Diener«, sagte Paulette.

Henning versperrte ihr den Weg. »Du bist Paulette, nicht wahr? Es heißt, dass du schlau und vernünftig bist. Darum solltest du deiner Freundin dringend zu einem Rendezvous mit mir raten.«

»Ich würde ihr eher zu einem Rendezvous mit einer Python raten als mit dir, du Scheißkerl. Wenn du mir nicht sofort aus dem Weg gehst, trete ich dir in die Eier, dass die Glocken klingeln. Geht das vielleicht in dein Spatzenhirn?«

Es ging hinein. Auch darin war Henning ganz der Alte: Sobald er auf Widerstand stieß, zog er den Schwanz ein. Brav trat er einen Schritt zur Seite.

»In Ordnung«, sagte er. »Ab jetzt benehme ich mich. Ich will euch ein Angebot machen. Du, Paulette, darfst dabei sein, wenn ich mit Elsa rede, und wenn ihr in einer Viertelstunde immer noch wollt, dass ich verschwinde, dann werde ich euch den Gefallen tun.«

Eines musste man ihm lassen, er schaffte es, die Neugier der beiden Frauen zu wecken. Henning war zwar nicht der Klügste, trotzdem wäre er nicht so töricht gewesen, eine Riesenszene zu machen, wenn er nicht irgendetwas Großes anzubieten hätte – oder anzudrohen.

Sie gingen ins Baumhaus. Aus Sicherheitsgründen hatte Elsa diesen Bereich für die Festgäste gesperrt, denn allzu viele Besucher hätten die Statik der Konstruktion gefährdet. Nur wenige Meter unter ihnen im Garten tanzten und lachten die Leute, übergossen Lampions die Anwesenden mit warmem Licht, die Blumen und Sträucher mit Farben. Einzig der Dampfer stach wie ein heller Stern aus der dunklen Bucht hervor, und die Fackeln an den Stränden bildeten eine kilometerlange Lichterkette.

»Sehr schön«, sagte Henning, und ein mit ihm weniger vertrauter Mensch hätte glatt glauben können, er meine es als Lob. Elsa jedoch hörte den Neid sofort heraus. »Wirklich schön.«

»Zur Sache, bitte.«

»Willst du mir nichts zu trinken anbieten?«

»Möchtest du Arsen oder lieber einen Fliegenpilztee?«, ging Paulette dazwischen.

Er bediente sich selbst an der Bar, mixte einen Martini. »Zunächst einmal bin ich hier, weil es sich in der Südsee momentan viel besser aushalten lässt als in Europa. Der Krieg ist wirklich scheußlich, müsst ihr wissen. Wer ihn nicht miterlebt, kann sich kein Bild davon machen.«

»Haben sie dich eingezogen?«, fragte Elsa in versöhnlichem Tonfall.

»Soll das ein Witz sein? Jeder wird eingezogen, sofern er nicht absolut unentbehrlich auf seinem zivilen Posten ist. Übrigens, Paulette, ich war beim Frankreichfeldzug dabei.«

Paulette erwiderte: »Falls du mit dieser Bemerkung sympathischer wirken willst, hast du eine sehr seltsame Vorstellung davon, wie man Menschen auf seine Seite zieht. Kein Wunder, dass du als Kaufmann eine absolute Null warst.«

Sie provozierte ihn damit immerhin so weit, dass er einen Teil des Martinis verschüttete. Doch er fing sich schnell wieder.

»Mir ging es gar nicht mal so schlecht in der Normandie. Aber dann sollte ich an die Ostfront.«

»Bist du desertiert?«, fragte Elsa aus einer Ahnung heraus.

Er lachte bitter. »Gut geraten, du kennst mich. Ja, ich habe mich mal wieder verdrückt. Das kann ich halt am besten. Die Resistance unterstützt jeden Deserteur. Ein Trawler hat mich in den nicht besetzten Teil von Frankreich gebracht, von da bin ich über die Pyrenäen nach Spanien, dann weiter nach Portugal bis Angola … ach, egal. Nun bin ich hier, weit entfernt von deutschen Kriegsgerichten, und brauche deine Hilfe. Wenn die mich erwischen, machen sie kurzen Prozess mit mir.«

Elsa seufzte. »Sie werden dich nicht erwischen. Ich will mich um eine Aufenthaltsgenehmigung bemühen, da lässt sich sicherlich etwas machen, nicht wahr, Paulette?«

»Wenn es nach mir ginge«, sagte Paulette, »würde ich

ihn mit einer Sondermaschine direkt nach Berlin-Tempelhof fliegen und die Gangway persönlich hinunterstoßen.«

»Paulette, bitte ...«

»Ist ja schon gut.«

Eigentlich hatte Elsa keinen Grund, Henning zu helfen. Er hatte sie einst sehr enttäuscht, und sie fühlte überhaupt nichts, nicht das Allergeringste für ihn. Mehr noch, sie erkannte, dass sie ihn nie geliebt, sondern dass ihre Zuneigung auf einer übersteigerten Dankbarkeit für seine gnädige Aufmerksamkeit beruht hatte. Seine physischen Vorzüge waren ebenso gewöhnlich wie seine charakterlichen Mängel. Er hatte nichts an sich, was sie emotional erregt hätte, weder in die eine noch in die andere Richtung. Zu viel lag zwischen dem Tag, an dem er sie verstoßen hatte, und dem heutigen: Warwick, Keanu, das Opium, das neue Leben, Mele und natürlich Max.

Trotzdem konnte Elsa, wenn jemand sie in einer Frage von Leben und Tod um Hilfe bat, schwerlich ablehnen.

»Jetzt muss ich euch nur noch erzählen«, sagte Henning, »was der konkrete Anlass für meine Desertion war. Ich hatte die Flucht zwar sowieso geplant, wollte aber eigentlich nur nach Lissabon, Casablanca oder so. Einige Wochen vorher habe ich zufällig einen Artikel in einem französischen Journal gelesen.«

Er zog den zusammengefalteten Zeitungsausschnitt aus seinem Jackett hervor, und Elsa fiel auf, dass er noch ein zweites Papier bei sich trug, welches er jedoch zurückhielt.

Unter dem Titel »Die französische Tochter des Krösus« ging es auf ziemlich pompöse Weise um Paulette, die ein wahres »Südsee-Imperium« geschaffen hätte. Der Artikel war typisch überdreht, wie es nicht anders zu erwarten war von einem Medium, das einerseits die Aufgabe hatte, den unter der Besatzung lebenden Franzosen Stolz einzuhauchen, und andererseits von der deutschen Zensur geknebelt wurde. Da kam den Journalisten eine resolute, erfolgreiche Tochter der Nation, die am anderen Ende der Welt zur Wirtschaftsgröße avancierte, sehr recht. Paulette wurde entsprechend stilisiert. Ein großes Foto von ihr prangte in der Mitte des Artikels, gleich darunter war ein kleines Foto von Elsa abgedruckt, untertitelt mit »Kaiserin Fa'alua«. Über sie verlor der Journalist ebenfalls ein paar Sätze, wobei er ihre halb deutsche Herkunft geflissentlich verschwieg.

»Als ich das gelesen habe, hat es mich fast umgehauen«, sagte Henning. »Meine kleine Elsa ist eine Millionärin. Von der Prinzessin zur Kaiserin. Eigentlich selbstverständlich, wenn man es sich mal genauer überlegt.«

Ihr Blick war kalt, als sie ihn berichtigte: »Es war alles andere als selbstverständlich.«

Er lachte. »Für den alten Warwick die Beine breit zu machen war bestimmt kein Vergnügen. Aber es hat sich gelohnt. Wie ist das eigentlich abgelaufen? Ich meine, haben du und Paulette auch … miteinander … Ihr wisst schon. Es interessiert mich einfach.«

Als Paulette auf ihn zutrat, wich er zurück. »Schon gut, schon gut, ich spare mir weitere Fragen. Wir sind sowieso fast am Ende des Gesprächs angelangt. Da wäre nur noch eine Kleinigkeit, die du dir ansehen solltest, Elsa.«

Er zeigte ihr die Durchschrift eines Dokuments. Sie hatte es schon einmal gesehen, vor vielen Jahren in Deutschland, und es hatte sich ihr ins Gedächtnis eingebrannt. Es war von einer australischen Behörde ausgestellt und behandelte die Annullierung ihrer Ehe mit Henning.

Sie wollte es in die Hand nehmen, aber er zog es zurück.

»Nein, nicht berühren. Es ist sehr kostbar, weißt du? Dieses Dokument, musst du wissen, hat mein Vater damals kunstvoll anfertigen lassen. Er wollte dich auf elegante Weise loswerden, ohne dass du eine Abfindung verlangen konntest, da hat er zu einem kleinen Kniff gegriffen. Und prompt bist du darauf hereingefallen.«

»Du lügst«, rief Elsa.

»Wie du meinst. Aber die Fälschung ist so schlecht gemacht, dass die Behörde sich schieflachen wird, wenn du damit ankommst. Wir beide, mein Schatz, sind noch immer verheiratet.«

Es war vier Uhr, stockfinstere Nacht. Die Fackeln waren erloschen, die Gäste hatten sich schlafen gelegt, und der Mond war hinter den Bergen verschwunden. Durch Port Rabaul torkelten nur noch einige Betrunkene, deren Rufe wie schwache Seufzer durch die Nacht drangen. Nicht weit entfernt spielte jemand Ukulele, vielleicht ein Romeo, der seine Geliebte anschmachtete, aber auch sein Gesang wurde vom Grollen der Brandung weitgehend überlagert. Die Luft war noch immer sehr warm und trug das Parfüm des Waldes und der nachtblühenden Blumen in sich.

Elsa und Paulette waren zum »Café Pacifico« gefahren, ursprünglich, um Max und Iolana einzuweihen. Im letzten Moment hatten sie es sich anders überlegt, vielleicht, weil die beiden zu sehr mit Aufräumen beschäftigt waren, vielleicht aber auch, weil sie irgendwie schon ahnten, dass das, was sie zu bereden hatten, besser für vier als für acht Ohren geeignet war.

Sie saßen auf dem Steg, ließen die Beine knapp über dem Stillen Ozean baumeln. Ein einziges Windlicht brannte und flackerte noch, warf unruhige Schatten, die das widerspiegelten, was in den Herzen von Elsa und Paulette vorging.

Sie hatten schon einige Krisen erlebt und gemeistert, aber diese war existenzbedrohend.

»Wenn die Ehe von dir und Henning nicht annulliert wurde«, erklärte Paulette, »dann war deine Ehe mit Titus niemals rechtsgültig. Damit ist auch das Testament hinfällig, denn es basierte auf einer falschen Annahme. Wir verlieren alles, wenn das herauskommt.«

Elsa schwieg.

»Dieser versoffene, feige Zocker ist das Schmierigste, was mir je begegnet ist«, fluchte Paulette. »Ich sag es nicht gern, aber ich wünschte, er hätte damals in eurer Hochzeitsnacht noch sieben oder acht Schnäpse mehr getrunken. Dann wäre uns allen viel erspart geblieben.«

Auch dazu äußerte Elsa sich nicht.

»Scheißkerl«, sagte Paulette. »Seine Leber ist größer als sein Gehirn und hat weit mehr zu tun. Aber mit dem bisschen Verstand, das er besitzt, kann er es leider sehr weit bringen. Mit den zehntausend Pfund im Monat und dem Zimmer im ›Pacifico‹, die er für den Anfang verlangt hat, könnte man sich ja noch arrangieren, aber wir wissen beide, dass ihm das auf Dauer nicht genügen wird. Bald will er fünfhunderttausend, dann eine Million, dann ein Zimmer in der Villa und irgendwann die ganze Villa.«

Noch immer schwieg Elsa.

»Er wird wieder zocken«, sagte Paulette. »Es gibt zwei Umstände im Leben, die Menschen dazu bringen, in schlechte Gewohnheiten zurückzufallen: große Erfolge und große Krisen.«

Elsa fing einen Blick Paulettes auf, den sie richtig zu deuten wusste. Sie war bei ihrem vierten Gin Pahit angelangt, entgegen dem selbstauferlegten Reglement der letzten Jahre, nie mehr als zwei davon zu trinken.

»Und wenn wir ihn internieren lassen?«, schlug Elsa vor und brach widerwillig ihr Schweigen. Am liebsten hätte sie gar nichts gesagt. »Er käme dann in ein Lager auf dem australischen Kontinent, weit genug weg, um keinen Ärger zu machen.«

»Ja, dein Gouverneur könnte das ohne Weiteres arrangieren«, bestätigte Paulette.

Elsa blickte von ihrem Drink auf. Sie hatte Paulette in ihre Beziehung mit Arthur McNamee nicht eingeweiht, trotzdem hatte sie es irgendwie erfahren.

Nach all den Jahren und Erlebnissen verspürte Elsa immer noch das Bedürfnis, sich zu rechtfertigen. Das kleine Mädchen in ihr rang beständig mit der stolzen Frau. Sie wollte gefallen, wollte sie selbst sein, doch das passte nicht immer zusammen. Es machte ihr nichts aus, was die Leute in Rabaul über sie tuschelten und was sie über ihre kleinen Affären dachten – die Kamelienmänner waren harmlos und hübsch. Arthur McNamee dagegen war in jeder Hinsicht unter Elsas Würde. Es störte sie, dass Paulette denken könnte, sie fühle sich zu ihm hingezogen. Aber sie wollte auch nicht aufdecken, dass sie es nur für Max tat. Für Max, der vielleicht ebenfalls schon von diesem Gerücht gehört hatte und maßlos enttäuscht von Elsas Männergeschmack war.

»Du weißt es?«, fragte Elsa.

»Ja, Chérie, ich weiß es. Und ich finde es großartig, auch wenn du das Opfer mit einem Mann für einen anderen Mann erbringst. Trotzdem, McNamee könnte nicht verhindern, dass Henning singt.«

»Geht es uns wirklich so sehr ums Geld?«, fragte Elsa. »Ich kann jederzeit darauf verzichten. Wir haben schließlich uns. Wir vier und die Kinder halten zusammen und stehen das gemeinsam durch. Port Rabaul ist eine aufstrebende Stadt, wir haben uns hier einen Namen gemacht. Irgendwo werden wir schon eine Anstellung finden und …«

»Ich unterbreche deine Blut-, Schweiß- und Tränenrede nur ungern, Chérie«, sagte Paulette. »Aber es gibt da etwas, das du noch nicht weißt. Unser momentanes Vermögen ist geringer als zum Zeitpunkt der Testamentsvollstreckung. Der europäische Krieg, der Preisverfall, das Café, die Feste … Würde man uns das Erbe jetzt entziehen, hätten wir ungefähr drei Millionen Pfund Schulden.«

So viele Teller könnten sie überhaupt nicht spülen, um das jemals zurückzuzahlen. Vielleicht würde Elsa sogar wegen Erbschleicherei vor Gericht gestellt, sollte Henning behaupten, dass sie schon viel früher im Bilde gewesen war. Henning war unberechenbar. Er hatte nicht viel zu verlieren, die Erpressung war sein letzter Trumpf. Sollte er das Spiel verlieren, würde er wild um sich schlagen und so viele wie möglich mit in den Untergang reißen. Gäben sie ihm jedoch nach, wäre er ein ewiges Damoklesschwert. Auf Gedeih und Verderb wären sie ihm zeit ihres Lebens ausgeliefert.

»Noch etwas«, ergänzte Paulette mit dunkler Stimme. »Ohne Geld verlierst du auch deinen Einfluss auf die wichtigen Leute. Für Max würde das in jedem Fall Internierung bedeuten. All die Opfer, die du bisher für ihn gebracht hast, wären damit vergeblich gewesen. Nicht zuletzt musst du auch an Keanu denken. Ohne unser Geld wird er es schwer haben im Leben.«

Elsa überlegte und seufzte schließlich: »Dann weiß ich keinen anderen Ausweg, als Henning nachzugeben und das Beste für uns zu hoffen.«

Paulettes Gesicht bekam im schwachen Licht auf einmal etwas Sanftes, und ihre Stimme klang ungewöhnlich mild, als sie sagte: »Du siehst den anderen Weg nicht, weil du ihn nicht sehen willst. Aber du weißt, dass er da ist.«

Das Damoklesschwert

Elsa zahlte Henning die geforderten zehntausend Pfund, auf seinen Wunsch zweitausendfünfhundert an vier aufeinanderfolgenden Montagen, wie einem Dienstboten. Der Unterschied war nur, dass Elsa sich wie *seine* Untergebene vorkam. Wenn er blank war, sagte er lapidar: »Leg noch tausend drauf, ich brauche neue Anzüge und Hüte.« Wenn er zum Zahltag erschien, erwartete Henning, dass Gung ihm ohne Aufforderung eine Flasche Champagner brachte. Er brauchte eine Stunde, um sie zu leeren, und diese Stunde bestand er auf Elsas Gegenwart.

»Ich mag es, ein Schwätzchen mit dir zu halten.«

»Ich wünschte, ich könnte dasselbe sagen.«

Er ließ sich von ihrer abweisenden Haltung nicht irritieren, im Gegenteil, sie schien ihn sogar anzuspornen. Mit jedem Besuch wurde er ein bisschen intimer, zunächst nur eine flüchtige Berührung, dann legte er den Arm um ihre Schulter, küsste sie auf die Wange, knabberte an ihrem Ohrläppchen. Selbstverständlich entzog sie sich ihm jedes Mal, und ebenso selbstverständlich wollte er nicht ernsthaft etwas von ihr. Sie brauchte ihn nur anzusehen und wusste, dass er sich wie der Kater vorkam, der ein wenig mit einer Maus spielte. Als sie darauf bestand, ihm das Geld künftig per Boten zu überbringen, lächelte er nur müde und sagte, er werde nächsten Montag pünktlich um siebzehn Uhr erscheinen, und sollte ihm die Tür versperrt sein, werde er zum Postamt gehen. Der Brief sei sogar schon geschrieben, er müsse ihn nur noch aufgeben.

Paulettes Prophezeiung erfüllte sich annähernd. Zwar verlangte Henning kein Zimmer im Haus der blauen Schmetterlinge, aber er ging dort bald ein und aus, wie es ihm gefiel, und machte sich Elsas Welt untertan. Selbst ihr Baumhaus war nicht vor ihm sicher. Wenn ihm langweilig war, kam er einfach vorbei, ließ sich von Gung Martinis mixen und genoss die Aussicht.

Bald konnten sie gegenüber Max und Iolana nicht mehr verheimlichen, was es mit Hennings plötzlichem Auftauchen und seinem arroganten Benehmen auf sich hatte, und Elsa erzählte ihnen notgedrungen von der Erpressung. Natürlich machte Max ihr sofort den Vorschlag, den sie selbst bereits in Erwägung gezogen hatte, nämlich den Verlust des Geldes in Kauf zu nehmen. Allerdings ahnte er nichts von den Konsequenzen, die das für ihn selbst gehabt hätte. Wieder einmal nahm Elsa in Kauf, dass er eine schlechte Meinung von ihr haben und sie als geldgierig ansehen könnte.

Es wurde immer schlimmer mit Henning. Eines Tages, als er wieder mal sein Geld abholte, sagte er: »Weißt du, wem ich heute begegnet bin? Mrs. Maloy, pardon, Malone. Ich habe sie zunächst kaum erkannt. Die Ehe mit dem Pastor hat sie verändert. Sie trägt die Haare neuerdings zum Heiligenschein geflochten. Selbstredend war sie sehr verwundert, mich zu sehen, und natürlich unglaublich neugierig, was ich in Port Rabaul zu suchen habe. Da habe ich ihr die Wahrheit angedeutet.«

Elsa erschrak. »Bist du verrückt?«

»Nein, mein Schatz, ich werde ganz sicher nicht das

Huhn schlachten, das goldene Eier legt. Das mache ich nur, falls das Huhn irgendwann garstig werden sollte. Ich habe ihr gesagt, dass ich desertiert bin und hier meine Ruhe suche.« Er ergriff Elsas Kinn. »Wo sollte ich mehr Ruhe finden als bei meiner Frau Matthes?«

Sie riss sich von ihm los. »Hör auf, mich so zu nennen.«

»Ach ja, daraufhin hat sie mir von deinem … unserem … Sohn erzählt. Den Jungen hast du bisher vor mir geheim gehalten. Darf ich ihn sehen?«

»Nein.«

»Keine Sorge, das Letzte, was ich in meinem Leben gebrauchen kann, ist ein Mischlingskind.«

»Du bist widerlich.«

»So weit würde ich nicht gehen. Ich bin zum Beispiel so kulant, dich für heute von meiner Gegenwart zu befreien. Aber wenn ich nächste Woche komme, will ich den kleinen Bastard sehen. Ansonsten könnte ich in Versuchung kommen, die Einladung der Malone zum Tee anzunehmen. Ihr Zitronenkuchen soll angeblich sogar Stumme zum Sprechen bringen. Bye, bye, Frau Matthes.«

Nicht nur Henning selbst legte sich wie ein Schatten über Elsas Leben, es war vor allem das Gefühl der Ohnmacht, des Ausgeliefertseins, das mit seiner Anwesenheit einherging. Sie glaubte, diese Zeit weit hinter sich gelassen und sich etwas aufgebaut zu haben, eine gewisse Selbstständigkeit. Nun musste sie feststellen, dass es lediglich des bösen Willens eines einzigen, noch nicht einmal sonderlich intelligenten Mannes bedurfte, um sie im Handumdrehen zehn Jahre zurückzuwerfen. Die Geldzahlungen waren dabei das geringste Problem. Auch Hennings schwer erträgliche Besuche und die Spielchen, die er mit ihr trieb, waren nicht das Schlimmste. Wirklich an die Substanz ging Elsa, dass sie, um Henning vor dem Zugriff durch die australischen Behörden zu schützen, den Gouverneur mehr als je zuvor verwöhnen musste. Für Max hatte sie dieses Opfer aus Überzeugung gebracht. Es für Henning zu bringen, und zwar bis zu vier-, fünf- oder gar sechsmal im Monat, war die eigentliche Demütigung, und sie war schlimmer als alle Demütigungen zuvor.

Es war die Degradierung auf eine Sklavenexistenz.

Von der Kaiserin war im Herbst 1941 nicht mehr viel übrig. Das Haus der blauen Schmetterlinge war nicht länger ein Refugium für sie. Jederzeit konnte Henning dort erscheinen, um sie zu quälen, oder der Gouverneur, der nachmittags spontan Lust auf Sex verspürte. Immer öfter verließ Elsa daher die Villa, streifte ziellos umher. Entweder fuhr sie nach Norden in das beschauliche Örtchen Kokopo mit seinen urigen Klippen oder an den menschenleeren aprikosenfarbenen Strand der Talili Bay. Dort sann sie über die Irrwege ihres Lebens nach.

Das ererbte Geld kam ihr mehr und mehr vor wie ein Fluch. Was war ihr schon widerfahren, seit sie reich war? Gut, sie lebte in einem großen Haus, stand im Mittelpunkt eines breiten Interesses, sie war umschwärmt, wurde beneidet und mit Aufmerksamkeit überhäuft – und wie oft hatte sie sich vor allem das gewünscht. Letztendlich hatte aber ihr Reichtum die Journalisten dazu gebracht, jenen Artikel über Paulette und sie zu schreiben, den Henning gelesen und der ihn hierher geführt hatte. Außerdem – hatte das Geld sie nicht auch von Max getrennt, damals, irgendwie?

Unterjocht von zwei Abhängigkeiten – der von Henning und der von McNamee –, suchte sie im Spätherbst Zuflucht in einer dritten. Elsa trank wieder zu viel. Hätte sie nicht getrunken, wäre sie erneut dem Opium verfallen. Sie begriff genau, was da passierte, auch die Folgen konnte sie absehen, und sie wusste, dass der Alkohol den Trost nur vortäuschte. Trotzdem: Nach einigen Gin Pahit verloren Henning und der Gouverneur an Schrecken, und nur das zählte. Auf diese Weise entwickelte sich der leichte Rausch, in den sie sich begab, auch zum Zufluchtsort vor einer weiteren Bedrohung – dem, was Paulette den »dritten Weg« nannte.

Der dritte Weg

Aus verschiedenen Gründen hatte Elsa dem »Café Pacifico« bis zum November 1941 nur selten einen Besuch abgestattet, meist zu geschlossenen Veranstaltungen. Sie hatte sich mit der selbsterklärten Begründung zufriedengegeben, dass sie in der Öffentlichkeit ja doch nur auf dem Präsentierteller säße und sich allerlei Anbiederungen erwehren müsste. Auch das war ein Nachteil von Reichtum, dass plötzlich alle etwas von einem wollten. Die einen waren so plump, Elsa direkt um Geld zu bitten, die anderen stellten es geschickter an und bauten zunächst eine Beziehung zu ihr auf, bis sie nach einigen Begegnungen darauf zu sprechen kamen. Es gab auch noch eine dritte Gruppe, die keinerlei Hintergedanken hatte, nur war sie von der zweiten Gruppe zunächst nicht zu unterscheiden und geriet deswegen sofort in Verdacht. Elsa hatte es deshalb als Kaiserin stets vorgezogen, die Gästeliste für ihre Feste weitgehend selbst zu bestimmen, was im »Pacifico« nicht möglich war.

Am Abend des 19. November 1941 machte sie eine Ausnahme. Paulette war geschäftlich nach Singapur gefahren und hatte Mele mitgenommen. Keanu schlief bereits, und Elsa fiel zu Hause die Decke auf den Kopf. Kurzentschlossen ließ sie sich von Gung zum »Pacifico« fahren.

Im Café herrschte normaler Betrieb. Das Publikum war gemischt: Chinesen, die es zu etwas gebracht hatten, betuchte amerikanische Touristen, australische Beamte, einige Marineoffiziere, französische Gigolos im Exil, zwei weniger bedeutende Schauspieler und auffällig viele Japaner, vermutlich Geschäftsleute. Bei aller Verschiedenheit war ihnen ein gewisses Niveau gemeinsam, das sie jedoch mit ihrer Kleidung nicht überbetonten. Kurz: Im »Pacifico« mochte man es leger.

Max und Iolana freuten sich über ihr Kommen, aber Elsa wusste, dass die beiden sich insgeheim sorgten, sie könnte zu viele Gin Pahit trinken. Weil sie direkt an der Bar saß, bekam Elsa mit, dass Max ihre Drinks heimlich verwässerte. Sie ließ ihn in dem Glauben, nichts bemerkt zu haben, lächelte in sich hinein und nahm sich vor, im Laufe des Abends einfach einen Drink mehr zu bestellen, um den Verlust an Gin auszugleichen.

Irgendwann setzte sich ein junger holländischer Reeder namens Johan neben sie. Er war vor einigen Jahren einige Male zu ihren Partys gekommen und hatte durchaus das Potenzial zum Kamelienmann, denn er war ansehnlich, liebenswürdig, nicht zu dumm und nicht zu tiefsinnig … Es war nicht dazu gekommen, und nun wollte er vorsichtig ausloten, ob es noch dazu kommen könnte.

»Du scheinst dich zu langweilen«, mischte sich eine andere Stimme in den Flirt des Holländers.

Elsa blickte auf. »Was willst du, Henning?« Obwohl er über dem Café wohnte, war sie überrascht, ihn zu sehen. Im »Pacifico« war Glücksspiel verboten.

»Geh mal spazieren, Jüngelchen«, sagte Henning, schubste den Holländer vom Barhocker und nahm seinen Platz ein. Natürlich ließ der Vertriebene sich dieses Gebaren nicht gefallen, und es kam zu einer Rangelei.

»Bitte, Johan«, sagte Elsa. »Ich weiß, ich kann es nicht von Ihnen verlangen, aber tun Sie mir bitte den Gefallen und setzen Sie sich woandershin, ja? Es ist besser so.«

»Ja, tu, was die Kaiserin sagt«, höhnte Henning. »Sonst gibt es Ärger.«

Der Holländer gab Elsas inständigem Drängen nach, woraufhin sie Max ein Zeichen gab, dass er nicht einzugreifen brauche, um sie von Hennings Anwesenheit zu befreien.

»Bitte mach es kurz«, sagte sie. »Ich möchte einen schönen Abend verbringen. Brauchst du Geld?«

»Ob du es glaubst oder nicht, ich habe gestern und vorgestern gewonnen. Wenn das so weitergeht, bin ich bald ein vermögender Mann.«

»Ja, aber erstens geht es nicht so weiter, und zweitens wärst du längst ein vermögender Mann, wenn du nicht spielen würdest.«

»Spar dir dein kaiserliches Gehabe für Jüngelchen wie Johan auf, ja?«

Elsa seufzte. »Sagst du mir jetzt endlich, was du willst?«

Er holte eine Liste hervor. »Ich habe ein paar neue Freunde, die ich gerne mal in die Villa einladen würde. Nächste Woche habe ich Geburtstag, und du hast schon länger keine Party mehr gegeben, mein Schatz. Hier sind ihre Namen. Einladungskarten mit Goldrand wären angemessen.«

»Mir ist nicht nach Feiern zumute, schon gar nicht mit Menschen, die dich als ihren Freund betrachten.«

»Ich möchte es aber.«

»Die Antwort lautet Nein.«

»Du vergisst wohl, dass wir eine kleine Übereinkunft haben, Frau Matthes.«

»Meine Meinung von dir ist zwar nicht hoch. Aber so debil, dass du alles aufs Spiel setzt, nur weil Mama dir keine Geburtstagsfeier ausrichtet, wirst du ja wohl kaum sein. Ich bleibe dabei: keine Party.«

Henning rutschte auf seinem Stuhl herum. Die Niederlage tat ihm sichtlich weh. Trotzig rief er: »Richter, he, Richter, wo bleibt der Martini? Das ist der mieseste Service, den ich je erlebt habe.« Dann wandte er sich wieder Elsa zu. »Sag mal, hattet ihr was miteinander?«

Elsa verdrehte die Augen und beschloss, den Abend im »Pacifico« an diesem Punkt zu beenden.

Als sie gehen wollte, umklammerte Henning ihr Handgelenk. Er legte die Lippen an ihr Ohr und zischte: »Ich muss dir unbedingt noch danken, mein Schatz. Ich habe mich nämlich ein bisschen umgehört und dabei erfahren, dass du alle Hebel in Bewegung gesetzt hast, um mich vor der Internierung zu bewahren. Der größte Hebel ist wohl der des Gouverneurs, wie? Erstaunt hat mich nur, dass du seinen Hebel angeblich schon vor meiner Ankunft bedient hast. Etwa für Max Richter? Das finde ich wirklich anständig von dir. Er und seine kleine polynesische Nutte müssen dir mächtig dankbar sein. Oder wissen sie etwa gar nichts davon? Ich finde, sie sollten es erfahren. Ehre, wem Ehre gebührt, Elsa. Wenn du deinen zauberhaften Körper schon vor die Schlachtbank dieses alten …«

Max ging dazwischen. Er umklammerte Hennings Hand und bog sie nach hinten, bis sie sich von Elsas Handgelenk löste. Der Deutsche ächzte unter dem Schmerz, krümmte sich …

»Hören Sie auf … ah … aufhören.«

»Wenn Sie Elsa noch einmal anrühren, drücke ich Ihnen was anderes zusammen als die Hand. Wir verstehen uns?«, sagte Max.

Henning kapitulierte, und Max ließ ihn los.

Doch kaum hatte der Schmerz nachgelassen, lächelte Henning Elsa triumphierend an und leerte ihren Drink. »Dieses Scharmützel hast du gewonnen, aber das ändert nichts am Kriegsausgang. Die Liste hast du. Und denk bitte dran, Karten mit Goldrand.«

Als sein Drink kam, nahm Henning ihn mit an einen Tisch auf der Meeresplattform.

Max fragte: »Worum ging es?«

Elsa wäre ihm am liebsten um den Hals gefallen und hätte ihm alles gestanden. Aber das hätte das weitere Zusammenleben erschwert, wenn nicht gar unmöglich gemacht. Weder er noch Iolana durfte je erfahren, was sie wirklich für ihn tat und empfand.

»Er will eine Geburtstagsparty in der Villa geben.«

»Du hast es ihm erlaubt? Elsa, du bist viel zu nachgiebig.«

»Ach ja?«, erwiderte sie leicht verärgert. Der Druck, dem sie seit Monaten ausgesetzt war, machte ihr zu schaffen. »Was soll ich denn deiner Meinung nach tun?«

»Ihm Grenzen aufzeigen, so wie ich gerade.«

»Verzeih bitte, aber meine Tage als Jahrmarktringerin liegen weit zurück.«

»Wegen einer Party wird er dich nicht gleich hochgehen lassen.«

»Und wegen einer Party werde ich das nicht riskieren.«

»Ich finde es falsch. Wir sollten ihm einige Bedingungen stellen und zum Beispiel verlangen, dass er nach Kimbe zieht.«

»Du hast leicht reden«, murmelte sie mit wachsendem Ärger.

Eigentlich hatte sie keinen Grund, Max böse zu sein. Letztlich wiederholte er nur das, was sie selbst wenige Minuten zuvor zu Henning gesagt hatte, und er war über einige entscheidende Dinge nicht im Bilde. Doch gerade seine Ahnungslosigkeit warf sie ihm insgeheim vor – und wünschte zugleich, dass er ahnungslos bliebe. *Er* fragte nicht die Leute aus, *er* hörte keinem Klatsch zu, *er* spionierte niemandem nach. Sah man von seiner Lüge wegen der Approbation ab, war er stets aufrichtig zu ihr gewesen, wohingegen sie sich die meiste Zeit verstellt hatte, in den verschiedensten Lebenslagen und aus den unterschiedlichsten Gründen. Sie hatte wirklich kein Recht, ihm Vorhaltungen zu machen. Und doch: Manchmal wünschte sie sich, er würde ihr Dilemma erkennen, er hätte die Gabe, in ihr Herz zu sehen, er würde von sich aus hinter einige der Geheimnisse kommen, die sie vor ihm verbarg.

»Machst du mir bitte noch einen Gin Pahit?«

»Ungern.«

Ich tue auch ein paar Dinge ungern, dachte sie. »Hauptsache, du machst ihn.«

Gedankenverloren sah sie ihm zu, wie er Gin und Angostura verrührte, Eiswasser dazugab und den Drink in einen Kelch abseihte. Plötzlich ließ er alles stehen und liegen und rannte hinaus auf den Steg. Da erst hörte Elsa laute Rufe. Sie folgte Max und sah, dass Henning sich an Paulettes Tochter Lucille vergriff, die ebenso wie Lucas ab und zu als Bedienung im »Pacifico« aushalf. Lucas lag am

Boden, offenbar hatte Henning ihn niedergeschlagen, als er versucht hatte, seiner Schwester zu Hilfe zu kommen. Die sportliche Lucille wehrte sich nach Kräften. Gegen Hennings Übermut, der von seinem Sieg über Elsa herrührte, verbunden mit der Entschlossenheit eines Angetrunkenen, konnten jedoch weder Lucille noch Lucas etwas ausrichten.

Max stürzte sich von hinten auf Henning. Er riss ihn mit solchem Schwung von dem Mädchen los, dass sie beide das Gleichgewicht verloren, das Geländer durchbrachen und ins Wasser fielen.

Henning rang nach Luft. Zuerst glaubte Elsa, Max hätte ihn untergetaucht. Dann bemerkte sie, dass Henning auch ohne fremdes Zutun Mühe hatte, sich über Wasser zu halten.

»Ich kann … ich kann nicht … schwimmen!«, rief Henning.

Elsa war überrascht. Da erst fiel ihr auf, dass sie Henning tatsächlich nie hatte schwimmen sehen, obwohl sie in Samoa mehrere Monate zusammen verbracht hatten.

Max rettete den Deutschen und schleppte ihn an Land. Niemandem war etwas passiert.

Hennings Worte wollten Elsa nicht mehr aus dem Kopf gehen: Ich kann nicht schwimmen.

»Wir müssen endlich etwas gegen diesen Schweinehund unternehmen«, sagte Paulette, als sie von ihrer Geschäftsreise nach Singapur zurückkehrte und von dem Vorfall im »Pacifico« erfuhr.

Natürlich wusste Elsa, was ihre Freundin meinte, brachte aber keine Erwiderung zustande.

»Für mich stellt sich die Sache so dar«, fuhr Paulette fort, »dass Henning dabei ist, uns alles zu nehmen, was wir haben: unsere Sicherheit, unser Selbstbewusstsein, unsere Würde. Daher haben wir das Recht, ihm alles zu nehmen, was *er* hat, und er hat nichts weiter als sein Leben.«

Elsa rang mit sich. Was die Analyse betraf, hatte Paulette vollkommen recht. Henning war dabei, Elsas Leben systematisch zu zerstören, ganz egal ob er seinen Trumpf eines Tages ausspielen würde oder nicht. Er nahm ihr die Hoheit über ihr Zuhause, raubte ihr den Schlaf und verhielt sich wie ein Räuberhauptmann, der keine Obrigkeit zu fürchten braucht. Seine Tyrannei betraf zunehmend auch die anderen Familienmitglieder. Was, wenn er morgen Lucille vergewaltigte? Sie könnten das Verbrechen nicht zur Anzeige bringen.

Gegen Paulettes Schlussfolgerung hingegen wehrte sich alles in Elsa. Mit Henning teilte sie Erinnerungen, und auch wenn viele davon eher unerfreulich waren, so war er doch einmal ein Teil ihres Lebens gewesen. Sie hatten sich geküsst, Hochzeit gefeiert, miteinander geschlafen, ein Kind gezeugt, sie waren Hand in Hand an den Stränden von Samoa spazieren gegangen … Gewiss, jedwedes positive Gefühl für ihn war verglommen, wohingegen ihr Abscheu vor ihm wild aufloderte. Trotzdem tat sie sich schwer, das Herz eines Mannes, für den einst ihr Herz geschlagen hatte, zum Stehen zu bringen. Das war zwar nichts weiter als Nostalgie, aber Nostalgie war stets ein mächtiges Gegengewicht zur Realität.

»Ich bin nicht wie du«, sagte Elsa. »Ich kann das nicht.«

Paulette straffte ihren Körper. »Nicht wie ich? Was willst du damit sagen?«

Elsa zögerte, obwohl sie genau wusste, was sie sagen wollte. Seit sechs Jahren schwiegen sie alle zu diesem Thema. Es nun hervorzuholen war, als würde man auf Knochenreste stoßen.

»Gar nichts.«

»Raus damit.«

»Titus meine ich. Titus!«

Im Lauf der letzten Jahre war Elsa zu der Gewissheit gelangt, dass Paulette Titus damals vergiftet hatte. Letztlich war es die Art, wie die Französin ihre Geschäfte führte: entschlossen, zielstrebig, konsequent. Während Iolana einen Monat brauchte, um sich zu entscheiden, ob sie eine Wand im Café nun blau oder gelb streichen solle, wickelte Paulette zehn Händel am Tag ab. Sie war mit allen Wassern gewaschen, beschäftigte eine ganze Kompanie von Schnüfflern, die ihr entscheidende Informationen lieferten, und pokerte bei Verhandlungen in einer Weise, dass selbst große Konzerne oft das Nachsehen hatten.

Wie sich zeigte, hatte Elsa der Instinkt nicht im Stich gelassen. Paulette reagierte sofort.

»Ich spiele nicht falsch, sondern handele immer im Rahmen der Regeln«, sagte sie. »Wenn jemand die Regeln verändert, dann gilt das auch für mich. Titus war ein Betrüger. Er war zwar manchmal amüsant, aber immer hinterhältig und egoistisch, kalt bis ins Herz. Er wollte uns abservieren. Ich habe mich lediglich seiner Spielweise angepasst, und er hat verloren.«

Mit großen Augen sah Elsa ihre Freundin an. »Aus deinem Mund hört es sich an, als ginge es um Monopoly.«

Paulette zuckte mit den Achseln. »Es ist wie überall im Leben, es gibt Gewinner und Verlierer. Ich kann nicht jeden Kaufmann beweinen, den ich erfolgreich ausgestochen habe, sonst würde ich mich nach wenigen Monaten erhängen … oder pleitegehen. Ein Olympionike kann sich auch nicht Gedanken darüber machen, wie enttäuscht seine Konkurrenten sein werden, wenn er ganz oben auf dem Treppchen steht.«

»Du findest, das ist dasselbe wie … wie … du weißt schon?«, fragte Elsa entsetzt.

»Na ja, vielleicht hinkt der Vergleich ein wenig.«

»Ich würde sagen, er sitzt im Rollstuhl.«

»Tu nicht so, als hättest du nicht selbst schon mal daran gedacht.«

Es kam Elsa skurril und ungeheuerlich vor, dass sie bei einer Tasse Tee und Gebäck über *Mord* sprachen, auch wenn sie das Wort wie einen Strudel umschifften.

»Daran denken und es tun ist zweierlei.«

»Das ist völlig richtig. Wenn man nur daran denkt, ändert sich gar nichts. Wenn ich eine Sache gelernt habe, dann, dass man, wenn man in der Scheiße sitzt, verdammt noch mal da wieder raus muss. Und wir sitzen ganz schön tief in der Scheiße.«

Neun Jahre war es erst her, neun kurze Jahre, dass Elsa nach Port Rabaul gekommen war. Sie war eine junge, leicht naive Frau gewesen, und wenn ihr damals jemand gesagt hätte, dass sie in ein paar Jahren ernsthaft in Erwägung ziehen würde, einen Mord zu begehen, hätte sie wohl geantwortet: Was noch? Zum Mond fliegen vielleicht? Einen Pygmäenkönig heiraten? Dreihundert Pfund wiegen?

Es war ihr über viele Jahre hinweg zur Natur geworden,

stets nur zu reagieren und nicht zu agieren, das Leben nicht aktiv zu gestalten. Prinzessin war sie von Geburt an gewesen, Kurtisane aus Abhängigkeit geworden. Die Millionen waren ihr gewissermaßen in den Schoß gefallen, an ihrer Verwendung hatte Paulette maßgeblichen Anteil, Keanu wurde von alleine groß, und was die Entziehungskur anging, so sah sie den Klinikaufenthalt lediglich als Korrektur ihres eigenen Versagens an. Durch Ungeschicklichkeit und Passivität hatte sie Max verloren. Das Einzige, was sie jemals aus eigener Kraft erobert hatte, war Mele.

Elsa liebte Mele nicht weniger als Keanu. Dem Mädchen gegenüber war sie sogar von einer noch größeren Fürsorge, weil es in seinem Leben schon so viel Liebe und Aufmerksamkeit hatte entbehren müssen und auch jetzt noch unter Iolanas Ablehnung litt. Trotzdem ging es mit jedem Tag ein wenig mehr aus sich heraus, fasste Zutrauen zu Elsa und vermisste seinen Vater und die Heimat schon bald nicht mehr. Das Lachen dieses Kindes oder wenn es seine Hand in Elsas schob, gab Elsa jedes Mal das gute Gefühl, richtig gehandelt zu haben. Sie hatte ein Kind entführt und damit ein Verbrechen begangen, doch der Erfolg heiligte im Nachhinein das Mittel.

Paulette hatte die Sache auf ihre herrlich derbe Art auf den Punkt gebracht. Irgendetwas musste geschehen. Was, wenn sie Henning entführten und irgendwo gefangen hielten? Für wie lange? Zehn Jahre, dreißig, vierzig, bis sein Herz von allein aufhörte zu schlagen? Wäre das wirklich humaner? Bestünde dann nicht ewig die Gefahr, dass er entkommen und sich rächen würde?

Die einzige moralisch vertretbare Lösung wäre, alles aufzudecken und die Folgen anzunehmen. Sie würden alles verlieren, auch das Café, sie würden getrennt werden, interniert, verhaftet, von Gläubigern verfolgt, von den Weißen verachtet. Und das alles, um Hennings Leben zu schonen, das Leben eines Spielers, Feiglings, Erpressers, Schmarotzers, Schwerenöters … Trotzdem: Elsa konnte sich nicht dazu durchringen zu handeln.

Bis …

Am Tag nach dem Gespräch mit Paulette und einer schlaflosen Nacht kam Mele in die Villa gerannt. Atemlos berichtete sie Elsa, dass auf dem Heimweg von der Schule ein motorisiertes Zweirad neben ihnen angehalten und ein ihr unbekannter Mann Keanu in den Beiwagen gezerrt hatte. Elsas Herz stand still. Sofort alarmierte sie die Polizei, ließ dic Diener ausschwärmen, setzte sich selbst ans Steuer und fuhr planlos in der Gegend herum. In Simpson Harbour rammte sie eine Mauer und rief von der Hafenbehörde aus im »Pacifico« an, stammelte jedoch nur wirres Zeug.

Max kam sofort mit einem Lieferwagen vorbei.

»Bist du verletzt?«

»Nein«, sagte sie zerstreut. Die Prellung, die sie sich auf der Brust zugezogen hatte, als sie gegen das Lenkrad geprallt war, hatte sie längst vergessen.

»Was ist denn passiert?«

»Keanu ist entführt worden.« Umständlich und chaotisch berichtete sie, was vorgefallen war.

»Das war Henning«, sagte Max sofort.

»Henning? Nein … wieso? Warum sollte er …? Das glaube ich nicht.«

Max fuhr mit ihr in der Gegend herum. Es gab nur sehr wenige motorisierte Zweiräder auf der Insel, und selbst nach einer Stunde Fahrt waren sie keinem einzigen begegnet. Schließlich überhitzte der Motor, und der Wagen blieb keuchend stehen. In diesem Moment brach auch Elsa auf dem Beifahrersitz ohnmächtig zusammen.

Als sie erwachte, schwebte Max' Gesicht über ihr, ihr Kopf ruhte auf seinem Schoß, und eine Sekunde lang war sie unendlich glücklich. Sie hatte alles vergessen, es gab nichts anderes als diese Sekunde, den Blick in seine Augen. Dann fiel ihr wieder ein, was geschehen war. Erschreckt fuhr sie hoch, aber Max hinderte sie daran, sich aufzurichten, und bettete ihren Kopf wieder auf seine Beine.

»Wo …?«

»Ganz ruhig. Wir sind auf dem Rückweg zur Villa. Ein Herr hat uns aufgelesen, ein Handelsvertreter.«

»Simon Sikorski, Stoffe und Spitzen«, stellte sich der Mann über den Rückspiegel vor. »Wenn ich Ihnen irgendwann einmal, vielleicht morgen, einige meiner Waren zeigen dürfte, gnädige Frau?«

Elsa kam sich vor wie in einem Kafka-Roman.

»Keine Sorge, wir werden Keanu finden«, sagte Max in ihre Verzweiflung hinein, und sie glaubte es ihm. Ihm so nahe zu sein wie nie verlieh ihr eine irrationale Zuversicht.

Als sie in die Zufahrt zum Haus der blauen Schmetterlinge einbogen, sahen sie ein Motorrad mit Beiwagen in der Auffahrt stehen. Eilig und ohne sich von dem Handelsvertreter zu verabschieden, rannten sie in die Villa, wo Henning sich gerade einen Martini gemixt hatte.

»Keanu ist in seinem Zimmer«, sagte er. »Mein Sohn ist eine echte Heulsuse. Ich wollte eigentlich ein paar Stunden mit ihm am Strand verbringen, aber als er nicht aufgehört hat zu flennen, habe ich …«

Max schlug ihm den Martinikelch aus der Hand, packte ihn am Kragen und warf ihn aus dem Haus.

Elsa fand ihren siebenjährigen Sohn in Tränen aufgelöst auf seinem Bett. Ein in seinen Augen Wildfremder hatte ihn unsanft in den Beiwagen seines Motorrads gezerrt und war in einem Höllentempo mit ihm über die halbe Insel gerast. Als er seine Mutter sah, klammerte er sich an sie, als wolle er sie nie wieder loslassen.

Von der Auffahrt her hörte Elsa Henning zuerst lachen und dann brüllen: »Vergiss die Party nicht, mein Schatz.«

»Du willst eine Party?«, flüsterte sie vor sich hin. »Die kannst du haben.«

Opferfest

Von Austern aus der Lagune über Kaviar vom Stör bis Zungen von Muränen wurde an Hennings Geburtstagsfeier alles aufgefahren, was das Meer hergab. Der Champagner floss in Strömen – buchstäblich, denn er kam aus einem Champagnerbrunnen.

»Das ist nun wirklich dekadent«, sagte Elsa im Flüsterton, als sie mit Paulette vor dem riesigen Ding stand. »War das deine Idee? Ganz untypisch für dich.«

»Ich finde, Henning sollte an seinem letzten Abend etwas geboten bekommen. Man könnte es eine Henkersparty nennen. Die Geburtstagsfeier für das ewige Leben.«

Hennings neue Freunde waren ungefähr vom gleichen Schlag wie seine früheren: Sie nutzten ihn aus. Solange er ihnen sein Geld in Form von Kaviar, Drinks und Pech im Spiel in den Rachen warf, würden sie ihm treu bleiben. Allerdings kamen sie aus anderen Ländern als damals im Jahr 1932. Es gab keine jungen Deutschen mehr in Port Rabaul, und die Holländer, Briten und Australier mieden den Umgang mit dem Bürger eines verfeindeten Staates. An ihre Stelle waren Chinesen, Filipinos und Inder getreten, außerdem einige Iren, die es ganz toll fanden, dass die Deutschen London bombardierten. Sie alle waren in Begleitung exotischer Frauen, die sonst im Hafenviertel anzutreffen waren. Auch ein Japaner war unter den Gästen, der sich allerdings die meiste Zeit im Garten der Villa herumtrieb und irgendetwas in ein Notizbuch kritzelte.

»Ich bin begeistert«, lobte Henning die Feier. »Paulette, ich habe gehört, dass du die Organisatorin warst. Da muss ich dir wohl danken.«

»Es hat mir großes Vergnügen bereitet.«

»Übrigens hast du eine schnuckelige Tochter.«

»Schnuckelige siebzehn«, sagte sie mit ernster Miene, und zündete sich eine Zigarre an.

»Jungfrau, wie?«, fragte er.

»Nein, Waage.«

Henning lachte. »Der war gut. Ehrlich, sehr gut. Du hast doch nichts dagegen, wenn ich sie mal ausführe? Dachte ich mir. Und sie muss auch nicht um zehn im Bett liegen, oder? Jedenfalls nicht allein.« Er lachte erneut, diesmal über seinen eigenen Witz.

»Ich habe keine Einwände«, sagte Paulette, immer noch mit ernster Miene. »Ich werde sie sogar persönlich bitten, deiner Einladung nachzukommen.«

»So mag ich das. Mit dir kann man wenigstens reden, Paulette. Hurenmütter sind eben die umgänglichsten.«

Er wandte sich wieder seinen Freunden zu, die den Champagnerbrunnen umlagerten wie einen Ofen in eiskalter Nacht. Die Asiaten unter ihnen vertrugen den Alkohol schlechter als Henning und waren schneller betrunken. Nur eine Stunde später stand er ihnen in nichts mehr nach und musste von zwei Iren gestützt werden. Gegen Mitternacht löste sich die Party auf.

Elsa hatte für die Gäste zahlreiche von Inselponys gezogene Rikschas zur Villa beordert. Nur um Henning kümmerte sie sich selbst, zusammen mit Paulette. Sie fuhren ihn zum »Café Pacifico«. Das Haus schlief bereits, auch im Zimmer von Max und Iolana brannte kein Licht mehr. Die beiden waren nicht eingeweiht, und so sollte es auch bleiben.

Elsa und Paulette brachten den Betrunkenen in sein Zimmer im Obergeschoss. Er musste zwar von ihnen geführt werden, konnte aber noch alleine laufen. Alles in allem verhielt er sich still, brabbelte nur einige Zeilen aus einem Lied von Lale Andersen vor sich hin, irgendetwas von einer Frau und einer Laterne.

Sie legten ihn aufs Bett, zogen ihn jedoch nicht aus. Während Elsa seine Taschen durchsuchte, löste Paulette vier Schlaftabletten in einem Wasserglas auf.

»Er trägt es nicht bei sich«, sagte Elsa.

»Das habe ich auch nicht erwartet«, erwiderte Paulette. »Wer läuft schon mit der Garantie für eine Apanage von zehntausend Pfund in der Tasche herum? Er wird es irgendwo versteckt haben. Wenn wir es nicht finden, müssen wir unser Vorhaben abbrechen.«

»Vorhaben …«, murmelte Elsa. Sie fand, das war ein viel zu nüchternes Wort für einen so ungeheuerlichen Plan, und wurde prompt wieder von Zweifeln erfasst.

Waren Hennings Erpressung und sein bösartiges Verhalten wirklich die einzigen Gründe für das, was sie zu tun im Begriff war? Oder hatte nicht auch eine maßlose Enttäuschung ihre Finger im Spiel, ebenso eine Verbitterung über die Männer, die ihr auf die eine oder andere Weise wehgetan hatten? Oder die Enttäuschung über ihren Vater, der lieber in den Krieg gezogen war, statt bei ihr zu bleiben, über ihre Onkel, die sie verachtet, über Henning, der sie verlassen, über ihren Schwiegervater, der sie gedemütigt, über Titus, der sie süchtig gemacht und benutzt hatte? Vielleicht sogar über Max, der sich einer anderen Frau zugewandt hatte?

»Schlaf nicht ein«, sagte Paulette. »Such weiter.«

»Was, wenn er es einem seiner Freunde gegeben hat?«, fragte sie.

»Dadurch würde er sich selbst erpressbar machen. Der ›Freund‹ könnte mächtig abkassieren.«

»Vielleicht hat er es auf einer Bank deponiert?«

»Leider nicht. Ich habe mich bei allen Banken diskret erkundigt.«

»Sie dürfen dir gar keine Auskunft geben.«

»Dennoch haben sie es getan. Das hängt wohl mit den zig Millionen Pfund zusammen, die wir bei ihnen angelegt haben.«

»Vielleicht hat er das Dokument irgendwo vergraben.«

»Ich habe ihn von dem Abend an beschatten lassen, als er uns den Wisch gezeigt hat.«

»Noch bevor wir irgendetwas beschlossen haben?«

»Chérie, ich konnte den Parlamentsbeschluss nicht abwarten. Tatsache ist, er hat nichts vergraben. Er war auch bei keinem Rechtsanwalt oder Notar. Er muss es in seiner unmittelbaren Nähe versteckt haben.«

Das Gespräch hatten sie sehr leise geführt, damit Henning, der noch halb bei Bewusstsein war, es nicht mit anhören konnte.

Die Schlaftabletten hatten sich inzwischen vollständig aufgelöst. Paulette öffnete sehr leise eine Flasche Champagner, die sie von der Feier mitgebracht hatte, und mischte etwas von ihrem Inhalt in das Wasserglas, ehe sie es an Hennings Lippen führte.

»Hier, trink, mein Lieber.«

Er weigerte sich zunächst, aber als er den Champagnergeschmack wahrnahm, trank er das Glas im Nu aus.

»In ein paar Minuten könnte ihn auch Glenn Millers Big Band nicht mehr wach bekommen«, sagte Paulette und begann Elsa bei der Suche nach dem Dokument zu helfen. »Wo hast du schon überall nachgesehen?«

»In allen Schubladen.«

»Schätzchen, ich habe wirklich eine hohe Meinung von dir. Aber als Komplizin taugst du wenig. In den Schubladen nachzusehen ist so, als würdest du auf der Suche nach einem Piratenschatz die Strände ablaufen.«

Elsa rieb sich die Schläfen. »Es tut mir leid, ich bin … ich bin …«

»Nicht wie ich, schon gut.« Paulette warf einen Rundumblick in das Zimmer. »Hast du schon im Radio nachgesehen?«

»*Im* Radio?«, fragte Elsa. »Nein. Das ist doch völlig absurd.«

Paulette öffnete das Radio – und zog das Dokument hervor. »Zum Glück führe ich unsere Geschäfte«, sagte sie trocken. »Nun denn, gehen wir über zu Teil zwei.«

Teil zwei – das war der eigentliche Mord.

Elsa hatte später Mühe, ihre Handlungen zu rekonstruieren. In ihrer Erinnerung dauerte das Geschehen nur wenige Minuten, tatsächlich waren es etwas mehr als drei Stunden. Zunächst trugen sie den tief und fest schlafenden Henning die Treppe hinunter ins Café und von dort in die Bootsgarage. Die war ursprünglich für Lieferungen von der Seeseite gebaut worden. Sie war nur vom Meer aus einsehbar, was es den beiden Frauen ermöglichte, Hennings Körper in einem kleinen Boot zu verstauen, ohne bemerkt zu werden. Eine Viertelstunde lang erholten sie sich von der Strapaze, denn auch wenn Henning für einen Mann schlank und leicht war, Elsa und Paulette waren es ebenfalls.

In der Bootsgarage trennten sich die Wege der Freundinnen. Paulette war keine gute Schwimmerin, was jedoch für das Gelingen des Plans unabdingbar war. Während die Französin in Hennings Zimmer alle Spuren ihrer Anwesenheit beseitigte, ruderte Elsa in die Matupi Bay hinaus. Erst als sie ein gutes Stück von der Küste entfernt war, warf sie den Außenbordmotor an. Sie fuhr fast bis zur Einmündung der Bucht, stoppte den Motor und – tat erst einmal gar nichts.

Der Plan sah vor, Henning über Bord zu werfen. Binnen Sekunden würde er ertrinken und, da er betäubt war, nichts davon mitbekommen. Elsa würde an Land schwimmen, eine Strecke von ungefähr einem Kilometer. Das war auch schon alles. Die Strömung würde Hennings Leiche nach unten ziehen und in einigen Tagen irgendwo am Strand von Port Rabaul anschwemmen, wohingegen das herrenlose Boot sehr viel früher auffallen würde. Man würde eine leere Champagnerflasche darin finden.

Alles würde auf einen Unfall hindeuten: Der stark angetrunkene Henning Matthes hatte in der Nacht seines Geburtstages noch keine Lust gehabt, ins Bett zu gehen. Er hatte sich das Boot des »Pacifico« genommen, war in die Bucht hinausgefahren, hatte dort eine weitere Flasche geleert, war gestolpert und ins Meer gefallen. Als Nichtschwimmer und noch dazu benommen war er binnen Sekunden ertrunken.

So weit die Theorie.

Als Elsa neben dem Schlafenden im Boot saß, fiel fahles Mondlicht in sein helles, seltsam unschuldig wirkendes Gesicht. Da war er wieder, der kleine Junge, der nie jemandem etwas hatte recht machen können. Der junge Mann, der um sie geworben hatte. Der Erste seit ihrem Vater, für den sie mehr gewesen war als nur ein lästiges Anhängsel.

Seltsamerweise musste sie plötzlich an Keanu denken. Henning war nicht nur Elsas früherer Ehemann, er war auch jemandes Sohn, und die Vorstellung, einer Mutter den Sohn zu nehmen, war so ungeheuerlich, dass sie auf einmal wie gelähmt war.

Sie verlor jegliches Zeitgefühl. Das kleine Boot schaukelte für eine ganze Weile auf den Wassern der Matupi Bay, ohne dass etwas geschah. Henning schnarchte leise, und dieses Geräusch war so menschlich, dass Elsa es einfach nicht fertigbrachte, ihn für immer zum Schweigen zu bringen.

»Nein, ich darf das nicht tun«, flüsterte sie mit dem Wind, der in die Bucht strömte.

Noch konnte sie zurück. Nichts einfacher als das. Sie bräuchte nur in die Bootsgarage zu fahren und auszusteigen. Morgen früh würde Henning erwachen oder von jemandem aus dem Café entdeckt werden und sich an nichts erinnern.

»Nein«, sagte sie noch einmal, wie um sich selbst Trost zu spenden. »Nein, nein.«

In diesem Moment schlug Henning die Augen auf.

Möglicherweise hatte Elsas Stimme ihn aufgeweckt. Vielleicht war es aber auch ein Ruf gewesen, jener Warnruf aus den Tiefen des Unterbewusstseins, der stärker war als der Alkohol und das Schlafmittel und ihm die tödliche Gefahr signalisierte.

Henning war stark benommen und trotzdem unruhig. Seine Augen flatterten, sein Atem ging schnell.

»Wo bin ich?«, fragte er und richtete den Oberkörper auf. Angestrengt versuchte er sich zu orientieren. »Was …? Wie …?« Der Instinkt des Opfers zeigte ihm die Bedrohung auf, anders war das, was dann passierte, nicht zu erklären.

»Du Miststück!«, rief er plötzlich und sprang Elsa an.

»Henning, nicht!« Elsa wehrte sich nach Kräften. Sie fiel auf den Rücken und schaffte es zunächst, Henning auf Distanz zu halten. Seine Bewegungen waren unkoordiniert, und er wurde von Schwindel gepackt.

»Beruhige dich«, sagte sie. »Es ist anders, als du denkst. Alles ist gut.«

Kaum waren die Worte ausgesprochen, stürzte er sich erneut auf sie, und diesmal legte er beide Hände um ihre Kehle und drückte zu. Elsa bekam keine Luft mehr, und so sehr sie auch strampelte, konnte sie sich nicht aus seinem Würgegriff befreien.

Das Boot schwankte stark.

So als hätte Gott oder der Teufel die Finger im Spiel, rollte Elsa mit einem Mal die Champagnerflasche direkt in die hilflos tastende Hand. Intuitiv ergriff sie den Flaschenhals – und schlug zu.

Am Hinterkopf getroffen, wankte Henning. Elsa nutzte den Moment und stieß ihn so kräftig an den Schultern von sich, dass er hintenüber ins Meer fiel.

Nicht anders, als würde ein Stein auf Wasser treffen, wurde Hennings Körper vom Pazifik verschluckt. Drei, vier Sekunden vergingen, entsetzlich stille, atemlose Sekunden inmitten der Dunkelheit. Sieben, acht. Das Meer war eine nahezu glatte Fläche, auf die das von Wolken gefilterte Mondlicht einzelne verzerrte Punkte malte. Zwölf, dreizehn.

Eine Hand erschien am Bootsheck, klammerte sich an der Planke fest. Hektische Atemgeräusche. Gurgeln.

Elsa kroch auf allen vieren zum Heck und versuchte, Hennings Hand von der Planke zu lösen. Vergeblich – die Todesangst verlieh dem Benommenen, Betrunkenen, Angeschlagenen ungeahnte Kräfte. Elsa wusste sich keinen anderen Ausweg mehr. Mit einem Schrei, der aus tiefster Lunge kam, holte sie aus und schmetterte die Champagnerflasche auf Hennings Hand.

Sein Griff löste sich. Das war das Letzte, was sie von Henning sah. Zitternd und unter Tränen zählte sie bis hundert. Auch danach rührte sie sich eine ganze Weile nicht von der Stelle.

Sie wusste, sie musste nun zurück an Land schwimmen, doch sie wusste auch, dass irgendwo unter ihr Hennings Leichnam trieb. Dieser Gedanke hielt sie minutenlang davon ab, sich ins Wasser gleiten zu lassen. Irgendwann überwand sie sich doch.

Das Schwimmen bereitete ihr keinerlei Probleme. Sie spürte weder ihren Körper noch die Anstrengung. Ziemlich weit entfernt von der ursprünglich dafür vorgesehenen Stelle erreichte sie das Land. Ohne sich zu erholen, ohne in der Dunkelheit nach dem bestmöglichen Weg zu forschen, ging sie kilometerweit bis zum vereinbarten Treffpunkt, wo Paulette mit dem Auto auf sie wartete.

»Warum hat es so lange gedauert?«, fragte sie. »Chérie, ist alles in Ordnung? Wie ist es gelaufen? Gab es Probleme? So sag doch!«

»Bitte«, antwortete Elsa mit unendlicher Müdigkeit, die nicht von ihrer Erschöpfung herrührte, »fahr mich einfach nur nach Hause.«

Schwerer Verdacht

Im Halbschlaf wälzte Elsa sich schweißüberströmt im Bett. Sie sah Hennings jungenhaftes Gesicht, die vom Bootsrumpf abrutschende Hand, hörte seinen Schrei, dann sein Röcheln. Sie war eine Mörderin. Als sie erwachte, versuchte sie alles, um das Bild des Sterbenden loszuwerden. Sie sagte sich, sie habe nicht Florence Nightingale ermordet, sondern ihren Erpresser und Peiniger.

Die Identität der Mörderin war die erste, gegen die Elsa sich wehrte. Sie war Prinzessin, Kurtisane, lustige Witwe, Millionärin und Kaiserin gewesen, und alle diese Identitäten waren noch immer ein Teil von ihr – das nach Zuwendung hungernde Kind, die nach Bestätigung suchende Frau, die Lebenslustige, die Liebende … Niemals hatte sie andere Menschen absichtlich verletzt, allenfalls aus einer Lebenskrise heraus. Andere waren auf ihren Gefühlen herumgetrampelt, von Kindheit an, trotzdem hatte sie die Schuld immer zunächst und für lange Zeit bei sich selbst gesucht. Daran wäre sie beinahe zugrunde gegangen.

Zum ersten Mal war sie nicht das Opfer, sondern die Täterin.

Sie schlief wieder ein, fieberte.

Gegen zwölf Uhr mittags rüttelte Paulette sie wach.

»Elsa, es ist etwas Schreckliches passiert«, sagte sie.

»Eben war ein Leutnant von der Polizei hier. Sie haben Hennings Leichnam gefunden … jetzt schon! Ein Fischerjunge hat ihn im Morgengrauen entdeckt.«

»So?«, fragte Elsa. Sie hatte Kopfschmerzen und fühlte sich krank. Obwohl sie am Abend zuvor keinen Tropfen Alkohol getrunken hatte, hatte sie einen Filmriss. Sie erinnerte sich an alles bis zu dem Punkt, als sie die Bootsgarage verlassen hatte, und dann erst wieder an den Schlag mit der Flasche auf Hennings Hand.

Die Rückkehr in die Villa war ihr ebenfalls nur bruchstückhaft in Erinnerung. »Ich will noch ein wenig schlafen«, sagte sie.

»Elsa, du scheinst den Ernst der Lage nicht zu erfassen.« Paulette packte sie an der Schulter. »Sieh mich an. Du musst wieder einen klaren Kopf bekommen. Dieser Leutnant will dir Fragen stellen. Ich habe ihn auf später vertröstet mit der Ausrede, dass du von der gestrigen Party einen Kater hast. Das hat er widerstrebend geschluckt. Ich sage dir, das ist ein ganz harter Hund. Wir müssen dich vorbereiten.«

»Vorbereiten?«, fragte sie verwirrt.

Paulette kippte die halb gefüllte Waschschüssel über Elsas Gesicht aus.

Elsa sprang auf. »Paulette! Bist du nicht mehr ganz richtig im Kopf?«

»Das fragst ausgerechnet du? Ich bin mir vorgekommen, als würde ich mit einer geistig Umnachteten diskutieren. Elsa, laut unserem Plan sollte Hennings Leiche erst in einigen Tagen auftauchen. Die Strömung hätte ihn … Ich verstehe nicht, wie das passieren konnte und warum der Körper an einer ganz anderen Stelle als der von mir berechneten angeschwemmt worden ist, nämlich auf der Vulkaninsel.«

Inmitten der Matupi Bay ragte eine kleine Insel aus Vulkangestein aus dem Meer.

Paulette fragte: »Hast du Henning … hast du ihn … du weißt schon, an der vereinbarten Stelle … ins Meer geworfen?«

»Ich glaube schon.« Sowohl die vergebliche Suche nach der Wahrheit als auch das Gespräch mit Paulette verlangten ihr einiges an Anstrengung ab. »Ich weiß es nicht mehr genau. Es verging eine Weile, bis ich …«

»Wie lange war die Weile? Fünf Minuten? Zehn? Elsa, du bist mehr als eine Stunde später als geplant am Auto angekommen. Wenn du das Boot so lange auf dem Meer hast treiben lassen, bevor du … du weißt schon … dann warst du an einer Stelle, wo die Tiefenströmung ganz anders ist.«

»Entschuldige bitte«, sagte Elsa verärgert. »Das war alles nicht so leicht, wie dein Plan es vorgesehen hat. Ich verstehe nicht, warum das so wichtig ist.«

»Zunächst einmal kann die Polizei den Tatzeitraum nun stark einengen. Außerdem sind Untersuchungen an der Leiche möglich, die …«

Jemand klopfte an die Tür.

»Herein!«, rief Elsa.

Gung trat ein. Elsa und der Diener kannten sich inzwischen so gut, dass sie im Gesicht des anderen lesen konnten und ein Gespür für die jeweilige Atmosphäre entwickelt hatten. Gung begriff binnen einer Sekunde, dass eine erregte Diskussion zwischen Paulette und Elsa im Gange war. Es musste sich demnach um eine wichtige

Sache handeln, die nicht zufällig zeitlich mit dem Auffinden von Hennings Leichnam zusammenfiel. Von diesem Augenblick an ahnte er vielleicht, was passiert war. Dennoch verlor keiner auch nur ein Wort darüber.

»Entschuldigen Sie die Störung«, sagte er. »Dieser Polizist ist schon wieder da. Er wartet im Salon und besteht darauf, Mrs. Warwick zu sprechen.«

Leutnant John Carmel war noch nicht lange in der Stadt und erst seit wenigen Wochen Leiter der Dienststelle. Er stand kurz vor der Pensionierung, war stockkonservativ, erzprotestantisch, klein, schmallippig und ohne einen Funken Charme. Seine Höflichkeit war die eines Diplomaten, der eine Kriegserklärung überbringt.

»Mrs. Warwick, ich will gleich zur Sache kommen«, sagte er und bedachte Paulette, die Elsa nicht von der Seite wich, mit einem ärgerlichen Blick. »Ihr früherer Ehemann ist tot, wie Sie vermutlich bereits wissen.« Er ließ die Worte einen Moment wirken, bevor er fortfuhr: »Wie ich soeben erfahren habe, hat man in seinem Blut erhebliche Spuren eines starken Schlafmittels gefunden. Wieso sollte er einen Bootsausflug machen, nachdem er ein Sedativum eingenommen hatte? Wieso sollte er überhaupt ein Sedativum einnehmen? Er war stark angetrunken, da kann man auch ohne Hilfsmittel gut einschlafen.«

Elsas Kopf dröhnte. »Ich verstehe Ihre Fragen nicht, Leutnant Carmel. Bitten Sie mich um Rat?«

»Das nun nicht. Aber nach allem, was wir wissen, haben Sie ihn als Letzte lebend gesehen. Sie haben ihn doch von der Party in Ihrem Haus zu dem Café gefahren, wo er gewohnt hat, oder irre ich mich?«

»Sie irren sich nicht.«

»Gut, Sie wurden nämlich kurz nach Mitternacht gesehen, und zwar von einem Paar, das sich … nun ja, in den Büschen tummelte. Ihr Automobil hielt vor dem ›Pacifico‹. Sie saßen am Steuer.«

»So ist es.«

»Waren Sie in Begleitung?«

Elsa zögerte. »Nein«, sagte sie. »Nur Henning war bei mir. Ich habe ihm geholfen, aus dem Wagen zu steigen.«

»Sind Sie sich sicher?«

»Dass ich ihm geholfen habe?«

»Dass Sie allein waren.«

»Ich werde ja wohl noch wissen, ob ich allein war oder nicht.«

Carmel blätterte in einem Notizblock. »Ich wollte in diesem Punkt ganz sichergehen.« Er sah sie erwartungsvoll an.

Elsa pokerte. »Wie ich schon sagte, ich war allein. Hat das Paar in diesem Punkt Zweifel?«

Er zeigte so etwas wie ein Lächeln, das in seinem Fall jedoch nur eine anatomische Verschiebung seiner Mundwinkel war. »Darüber kann ich Ihnen keine Auskunft geben, Mrs. Warwick. Beschränken Sie sich bitte darauf, meine Fragen zu beantworten. Haben Sie Mister Matthes in sein Zimmer begleitet?«

»Nein, nur bis zum Eingang des Cafés.«

»Wie lange hat das gedauert?«

»Wie lange?«

»Gibt es etwas an meiner Frage, das Sie nicht verstehen?«

Elsa atmete tief ein. »Zwei, drei Minuten vielleicht.«

»Mir liegt eine Aussage des Paares vor, wonach Ihr Automobil noch eine ganze Weile vor dem Café stand. Mindestens eine halbe Stunde.«

Elsa hatte das Gefühl, jeden Moment vom Stuhl zu kippen.

»Wir haben noch geredet.«

»Wo?«

»Am Eingang des Cafés.«

»Sie haben am Eingang des Cafés mit einem Betrunkenen geredet?«

»Gibt es etwas an ihrer Antwort, das Sie nicht verstehen?«, ging Paulette dazwischen, um die Aufmerksamkeit des Leutnants von Elsa abzulenken.

Leutnant Carmels Lippen verschwanden für einige Sekunden. »Miss, Sie befrage ich später.« Er wandte sich wieder an Elsa. »Worüber haben Sie geredet?«

»Herrje, über alles Mögliche. Über die Party, seinen Geburtstag, seine Angst, nach Deutschland zurückzumüssen …«

»Er war Ihr Exmann, Mrs. Warwick. Sie haben sich trotzdem gut mit ihm verstanden?«

Elsa kreuzte im Geiste die Finger. »Ja, alles in allem.«

»Obwohl er Sie vor acht Jahren verlassen hat?«

»Damals war ich sehr enttäuscht. Da ich jedoch in meiner zweiten Ehe sehr glücklich war …«

»Sie hat genau einen Tag gedauert, nicht wahr?«

»Und eine Nacht«, fügte Paulette provokant hinzu.

»Die Ihr Mann nicht überlebt hat. Mrs. Warwick, Ihre Ehemänner nehmen kein gutes Ende.«

Paulette sagte: »Wer nimmt schon ein gutes Ende?«

Erneut verschoben sich seine Mundwinkel. »Würden Sie sich bitte zurückhalten?«

»Würden Sie sich bitte kurzfassen?«

Sein Tonfall wurde aggressiver. »Um noch mal auf Ihren ersten Gatten zurückzukommen, mit dem Sie sich ja so gut verstanden haben, Mrs. Warwick … Es gab da einen Vorfall«, er blätterte in seinem Notizblock, »vergangene Woche im ›Pacifico‹.«

Eines musste Elsa diesem Unsympathen lassen – er hatte innerhalb weniger Stunden sehr viele Informationen zusammengetragen. Dabei kam ihm zugute, dass Port Rabaul, so sehr es sich in den vergangenen Jahren auch entwickelt hatte und gewachsen war, im Grunde immer noch ein Dorf war.

»Henning hatte zu viel getrunken und sich im Ton vergriffen«, sagte Elsa.

»Meines Wissens weniger im Ton als an Miss Lucille Dereux, die in Ihrem Haus lebt.«

»Wir haben uns ausgesprochen, und er hat sich entschuldigt, damit war die Sache für mich, für uns alle erledigt.«

Leutnant Carmel blätterte noch einmal sämtliche Notizen durch, was einige Zeit in Anspruch nahm.

Schließlich erhob sich Elsa. »Wenn das alles war, Leutnant Carmel? Ich begleite Sie gerne hinaus.« Sie ertrug diesen Mann keine Minute länger.

Als Paulette die Haustür öffnete, stand sie vor zwei einheimischen Polizisten. Einer von ihnen nickte Leutnant Carmel zu, der sich daraufhin noch einmal Elsa zuwandte.

»Mrs. Warwick, ich nehme Sie wegen des dringenden

Tatverdachts fest, dass Sie Mister Henning Matthes ermordet haben.«

Leutnant Carmels Theorie sah folgendermaßen aus: Elsa hatte die Gelegenheit zum Mord gehabt, weil sie Henning nach Hause begleitete, es spät in der Nacht war und sie sich unbeobachtet glaubte. Sie hatte auch deshalb die Möglichkeit zum Mord gehabt, da Henning stark angetrunken gewesen war und ihn die zusätzliche Betäubung mit einem Schlafmittel praktisch wehrlos gemacht hatte. Zudem war sie, da sie ihre Kindheit und Jugend in Samoa verbracht hatte, eine exzellente Ruderin und Schwimmerin, so wie alle ihre Landsleute. Ihr Motiv schließlich war Rache gewesen – Rache an dem Mann, der sie gedemütigt hatte. Carmel ging sogar davon aus, dass Elsa ihr späteres Mordopfer nach Port Rabaul gelockt hatte, allerdings konnte er trotz intensiver Suche keine Indizien dafür finden.

Seine Theorie wies einige Schwachpunkte auf, die eine geschickt geführte Anklage jedoch überdecken konnte, wenn sie die vorhandenen Lücken kreativ auffüllte. Das schwächste Glied in seiner Argumentationskette war der Transport des Betäubten in das Ruderboot. Es war nur schwer vorstellbar, dass Elsa ihr Opfer allein getragen hatte. Sicherlich hätte sie ihn mühsam an den Armen oder Beinen über den Flur und die Treppenstufen hinunter ziehen können, doch hätte das zahlreiche Blessuren an Hennings Körper hinterlassen, und außer einer Beule am Hinterkopf und einer Schwellung an der Hand wies der Leichnam keine Verletzungen auf. Carmel ging daher von einem Komplizen aus, wofür ihm jedoch die Beweise fehlten. Das Paar, das Elsa und Henning gesehen hatte, war sich nämlich über die Anwesenheit einer dritten Person uneins – die beiden waren hauptsächlich mit anderen Dingen beschäftigt gewesen.

Von dem Moment von Elsas Verhaftung an war Paulette auf nichts anderes fokussiert, als die Freundin wieder freizubekommen. Sie machte sich Vorwürfe, weil der Plan und die Idee von ihr stammten und offenbar nicht gut genug gewesen waren, und sie hätte sich sofort gestellt, wenn das Elsas Lage verbessert hätte. Aber was sollte sie sagen? Dass sie die gesuchte Komplizin war? Damit wäre Elsas Schuld nur zementiert worden, niemandem wäre damit geholfen gewesen.

Noch in der Stunde von Elsas Verhaftung nahm Paulette Kontakt zu einem der besten Strafverteidiger Südostasiens auf, einem in Singapur lebenden Briten, der so unbritisch hemdsärmelig auftrat, dass er die Sympathie der zweifellos australisch besetzten Jury gewinnen konnte. Er war so gut, dass man ihm nachsagte, er hätte sogar Maria Stuart vor dem Schafott bewahren können.

Erst als sie laute Geräusche aus der Eingangshalle hörte, fiel ihr ein, dass sie versäumt hatte, die Familie zu informieren. Binnen wenigen Sekunden musste sie sich entscheiden, was und wie viel sie Max und Iolana enthüllen sollte. Wäre es besser, ihnen die Wahrheit zu sagen? Oder sollte sie lügen? Was wäre Elsa lieber? Immerhin ging es um Max, und Paulette wusste um Elsas spezielles Verhältnis zu ihm. In der Familie hielt man zwar manchmal mit der Wahrheit zurück, log sich jedoch nie an. In diesem besonderen, existenziellen Fall jedoch … Elsa sollte selbst entscheiden.

»Was ist hier los?«, rief Max und stieß die Tür in Cowboymanier auf, was ihm überhaupt nicht ähnlich sah. »Man hat Elsa verhaftet und Henning tot aus dem Meer gefischt. Was weißt du darüber, Paulette?«

»Nicht viel mehr als du. Ich …«

»Die Wahrheit!«, forderte er und schlug mit der flachen Hand auf Paulettes Schreibtisch.

Vergeblich versuchte Iolana, ihn zu beschwichtigen.

»Hat sie es getan?«, schrie er, wobei sich seine Stimme fast überschlug.

Sein Gefühlsausbruch überraschte Paulette. Er wirkte, als wäre er bereit, die Gefängnismauern zu sprengen.

»Mon cher«, sagte sie ruhig. »Natürlich nicht.« Sie versuchte souverän zu wirken und wollte sich eine Zigarre anzünden, die Max ihr jedoch aus dem Mund schlug.

»Ich lasse mich nicht mit Plattitüden abspeisen, Paulette. Ich glaube, ich habe … Iolana und ich haben eine etwas ausführlichere Antwort verdient.«

»Dann müsst ihr Elsa schon selbst fragen.«

»Würde ich ja, aber sie darf keinen Besuch empfangen.«

»Dann musst du dich eben gedulden.«

Er wandte sich abrupt zum Fenster und blickte in den Garten. Paulette folgte seinem Blick. Alles dort draußen erinnerte an Elsa – die blauen Schmetterlinge, der Hibiskus, die Brotfruchtbäume, die Rufe des kleinen Keanu, der im Garten mit Mele spielte und ahnungslos war, was gerade mit seiner Mutter geschah.

»Also doch«, sagte Max leise. »Sie hat es getan.«

Paulette biss sich auf die Lippe und wechselte einen Blick mit Iolana. Eine Minute lang schwiegen sie, bis Max sich ihnen wieder zuwandte.

»Und du, Paulette, hast sie dazu getrieben«, ergänzte er. »Du bist ihr böser Geist. Du und Warwick, ihr habt sie verändert, sie zu etwas gemacht, was sie nicht ist. Elsa ist eigentlich keine Mörderin. Du schon, Paulette. Du bist rücksichtslos. Wer sich dir in den Weg stellt, den räumst du weg. Wann bin ich dran? Morgen schon? Ziehst du Gift in Betracht oder eher einen Cricketschläger? Damals, am Tag von Warwicks Tod, da hätte ich dich hochgehen lassen sollen. Aber ich war mir nicht sicher, ob Elsa ...oder Iolana ... Längst weiß ich, dass nur du zu so etwas fähig bist. Und jetzt hast du es geschafft, Elsa zu deinesgleichen zu machen.«

Sie standen sich gegenüber, nur wenige Schritte voneinander entfernt, und sahen sich in die Augen. Man hätte eine Stecknadel fallen hören können.

Paulette hob die Hände und – applaudierte. Mit aller Kraft, immer lauter. Sie klatschte, bis Max sich abwandte und den Raum verlassen wollte.

»Du machst es dir ja so leicht«, sagte sie, und er hielt inne. »Die hohe Moral, die du predigst, ist derart verlogen, dass sie zum Himmel stinkt. Was wärst du denn ohne mich?«

»Besser dran.«

»Ach ja?«, rief sie und redete sich in Rage. »Du würdest gewiss nicht in einem schicken Café arbeiten, sondern noch immer in deinem schludrigen Anzug herumlaufen und von der Hand in den Mund leben. Vermutlich wärst du auch nie mit Iolana zusammengekommen. Ohne mich und Elsa würdest du in diesem Moment nicht vor mir stehen und uns Vorträge über Moral halten, sondern seit einem Jahr in einem Internierungslager im australischen

Outback dahinvegetieren. Meine Bestechungsgelder und Elsas Verhältnis mit dem widerlichen Gouverneur haben dafür gesorgt, dass du …«

Erst am entsetzten Gesichtsausdruck des Mediziners merkte Paulette, welches Geheimnis sie in ihrer Aufregung preisgegeben hatte. Max sah aus, als hätte er einen Geist gesehen. Er wandte sich an Iolana.

»Du … hast davon gewusst?«

Iolana seufzte. »Nein. Aber wenn ich es recht bedenke, überrascht es mich nicht.«

Max stürmte davon. Iolana wollte ihm zunächst folgen, überlegte es sich dann jedoch anders und kehrte zu Paulette zurück. Die beiden Frauen standen eine Weile schweigend beieinander, und sie begriffen, dass nach diesem Tag nichts mehr so sein würde wie zuvor.

Besuch vom Teufel

Alle Umstände schienen sich gegen Elsa verschworen zu haben. Die Vertretung der Anklage übernahm Edward Bannockburn, der erst wenige Wochen zuvor in Port Rabaul eingetroffen war, und zwar widerwillig, wie es hieß. Angeblich hatte man den Fünfunddreißigjährigen bei einer Postenvergabe in Darwin übergangen, ihn quasi ins Exil geschickt, und nun war er wild entschlossen, sich in diesem Exil einen Namen zu machen. Der Strafverteidiger Richardson beschrieb ihn nach zwei, drei Treffen als einen »hungrigen Dingo«.

Auf der Geschworenenbank waren auch keine freundlichen Gesichter zu erwarten. Richardson tat, was ihm möglich war, um eine ausgewogene Jury zu erreichen, konnte aber nicht verhindern, dass drei Methodisten und weitere vier alteingesessene Bürger, die den guten alten Zeiten nachtrauerten, zu Geschworenen ernannt wurden. Damit waren also sieben von zwölf von vornherein gegen Elsa eingenommen.

Selbstredend, dass Gouverneur McNamee sich im Augenblick ihrer Verhaftung von Elsa abwandte. Er war noch nicht einmal bereit, sich dafür einzusetzen, dass Elsa Besuch empfangen durfte. Erst als Paulette ihm per Brief andeutete, das eine oder andere pikante Detail seiner Beziehung zu Elsa publik zu machen, gab er nach.

Allerdings kam er nicht mehr dazu, sein Versprechen einzulösen – er wurde abberufen, wenn auch nicht Elsas wegen.

Zur selben Zeit geschah einige tausend Kilometer von Port Rabaul entfernt etwas Ungeheuerliches, das Wellen über den gesamten Pazifik hinwegschlug. Am 7. Dezember 1941 überfielen die Japaner den amerikanischen Flottenstützpunkt auf Hawaii. Damit wurde der europäische Krieg endgültig zu einem pazifischen, und das mit den Vereinigten Staaten verbündete Australien entsendete einen Militärgouverneur nach Port Rabaul, zusammen mit eintausendvierhundert Soldaten. Man hielt Rabaul nicht für besonders gefährdet, wollte aber die Seewege für die Alliierten sichern.

Da sich Australien von da an mit Japan im Krieg befand, wurden alle Japaner in den Mandatsgebieten interniert und viele von ihnen wegen Spionage vor Gericht gestellt. Dadurch verzögerte sich der Beginn von Elsas Prozess, der erst vom 9. auf den 16., dann auf den 30. Dezember und schließlich auf den 20. Januar verschoben wurde.

Elsa hatte also beinahe acht Wochen Gefängnis hinter sich, als sie am 19. Januar 1942 ihren ersten privaten Besuch empfing.

Es war die heilige Myrtle.

Für Elsa hatten sich diese acht Wochen ins Endlose gezogen. Richardsons Arbeitsbesuche waren ihre einzige Ablenkung, ansonsten war sie ganz auf sich selbst zurückgeworfen. Sie durfte nicht lesen, und es gab niemanden, der sich mit ihr unterhielt. Sie vermisste Keanu, Mele, ihre Freundinnen und Max ebenso wie den Blick auf die Matupi Bay, die Schmetterlinge und den Westwind … Im Gefängnis hatte sie nur leere Wände und wenige Möbel. Ihre Einsamkeit war größer als damals während der Entziehungskur, und der Pfad, den sie zu gehen hatte, war um einiges dunkler. In der indischen Heilanstalt war die Hoffnung auf eine bessere Zukunft das Licht am Ende des Tunnels gewesen. Der jetzige Weg führte sie weg von der Hoffnung, immer tiefer in die Finsternis. Sie glaubte nicht mehr daran, dass das Leben je wieder etwas Gutes für sie bereithalten würde.

Sie hatte es sich mit der Zukunft verdorben. Entweder hätte sie Henning entschlossen und ohne zu zögern aus ihrem Leben entfernen oder sich mit ihm abfinden oder gar den harten Weg der Armut gehen müssen. Leider hatte sie im entscheidenden Moment gezaudert, gewartet, gehadert – nun war alles verloren. Sie hatte versagt.

Ihr war bewusst, dass Paulette, Iolana, Max und der Rest der Familie erwarteten, dass sie vor Gericht auf ihrer Unschuld bestand. In den ersten Wochen ihrer Untersuchungshaft war sie auch dazu entschlossen. Sie beharrte Richardson gegenüber auf jener Version, die sie der Polizei erzählt hatte, sie verstellte sich, sie log. Tief in ihrem Innern jedoch war Elsa überzeugt, dass ihr Geheimnis ans Licht kommen würde.

Wenige Tage vor Verhandlungsbeginn reifte in ihr der Gedanke, diesmal nicht die Getriebene zu sein, sondern erhobenen Hauptes zu dem zu stehen, was sie war und was sie getan hatte. Einzig wegen Keanu zögerte sie noch. Der Sohn einer verurteilten Mörderin zu sein wäre für ihn ein weiterer, der allerschlimmste Makel. Wenn sie kämpfen würde, dann für ihn. Nur gut möglich, dass sie keine Kraft mehr dazu hatte.

Elsa wusste noch nicht, wie sie sich entscheiden sollte, als der Wärter ihr sagte, sie habe Besuch.

Mit allen Insignien ihres Glaubens betrat Myrtle Malone den Besucherraum. Sie trug ein knöchellanges schwarzes Kleid mit weißem Kragen und weißen Manschetten, mit der linken Hand hielt sie eine Bibel umklammert, die rechte berührte das schlichte Kreuz auf ihrer Brust. Jedes einzelne Haar war gebändigt und an seinem Platz, der Gesichtsausdruck ernst. Sie sah aus wie eine Matrone, die einem Maler Porträt sitzt und sich im Anschluss den Nachmittag als Zuschauerin einer Hinrichtung vertreiben möchte. Wie sie sich setzte und das Wort Gottes mit aller Sorgfalt genau rechtwinklig zu dem Gitter ausrichtete, hinter dem Elsa saß, wirkte wie ein oft und gern praktizierter Ritus.

»Nun denn«, sagte sie, ließ eine Sekunde verstreichen und fügte hinzu: »Da wären wir also.«

Elsa erinnerte sich, dass sie denselben Satz aus demselben Mund schon einmal gehört hatte, und zwar damals, als Henning sie verlassen hatte und sie Hilfe suchte. Mit dieser Floskel umging die heilige Myrtle Sätze wie »Das hätte ich Ihnen gleich sagen können« und »Gott entkommt man nicht«, meinte aber im Grunde genau dies.

»Sie hätte ich als Allerletztes erwartet«, sagte Elsa. »Sie sind doch nicht etwa gekommen, um eine verlorene Seele dem wahren Glauben zuzuführen?«

»Mitnichten. Gott möchte nicht, dass der Mensch seine Zeit vergeudet.«

»Sehr praktisch, wenn man für einen blinden und gelähmten Taubstummen spricht«, entgegnete Elsa.

»Ihre Blasphemie ist wie das Ausrufungszeichen hinter Ihrem verpfuschten Leben, mein armes Kind. Schon als ich Ihnen das erste Mal begegnete, ahnte ich Schlimmes. Aber dass es so schlimm gekommen ist, überrascht mich nun doch.«

»Wir haben uns nichts zu sagen, Mrs. Malone.«

»Schenken Sie mir nur eine Minute Ihrer kostbaren Zeit«, bat die Pastorengattin ironisch. »Sie werden nicht enttäuscht sein.«

Damit tauchte sie die Hände in die Mitte der Heiligen Schrift und zog einen Brief hervor, den sie so genussvoll entfaltete, als handle es sich um einen von Moses verfassten Anhang des Alten Testaments. Während ihr Blick ein weiteres Mal über die Zeilen flog, schien sie ihr Glück kaum fassen zu können. Dann hielt sie das Schreiben vor das Gitter.

»Erkennen Sie, wer das geschrieben hat, meine Liebe?«

»Henning«, flüsterte Elsa verstört.

»Sehr gut. Ja, das hier stammt von Ihrem Ehemann, Ihrem früheren Ehemann, vielmehr Ihrem verstorbenen früheren Ehemann oder wie immer Sie ihn nennen wollen.«

»Wie … wie kommen Sie an diesen Brief?«

»Oh, ganz legal. Er ist an mich adressiert.«

»Henning hat … er hat *Ihnen* vor seinem Tod geschrieben?«

»So könnte man sagen. Bevor er vor einigen Monaten nach Port Rabaul kam, hat er wohl einen Anwalt in Kimbe aufgesucht, bei dem er diesen Brief sowie die Abschrift eines Dokuments hinterlegte. Zunächst hatte er keine weiteren Anweisungen gegeben, wie damit verfahren werden sollte. Vor einigen Wochen jedoch instruierte er den Anwalt fernmündlich, den Brief und das Dokument im Falle seines Todes oder spurlosen Verschwindens an mich zu schicken. Der Anwalt befand sich in den letzten Monaten in Australien und hat daher erst jetzt von Mister Matthes' Tod erfahren.« Myrtle Malone lehnte sich zurück und lächelte. »Tja«, sagte sie und ließ ihre Worte wirken. »Ich nehme an, Sie ahnen, worum es sich bei dem Dokument handelt.«

Nun war tatsächlich alles verloren! Erst in diesem Moment war Elsa sich vollauf bewusst, dass Henning der Fluch ihres Lebens war, sogar über seinen Tod hinaus. Sie selbst hatte ihn einst eingelassen, seither war er der dunkle Schatten, der nicht mehr wich. Eine zweite Ehe, ein Kind, ein riesiges Vermögen und die halbe Welt zwischen ihr und ihm hatten ihn nicht abschütteln können, auch wenn es für eine gewisse Zeit so ausgesehen hatte. Ihr finaler Befreiungsschlag führte genau zum Gegenteil: Mehr denn je war sie eine Gefangene dieses Mannes. Ihre Rache an ihm war zu seiner Rache an ihr geworden.

Henning war nicht der einzige Fluch ihres Lebens. Elsa hatte Myrtle Malone nie wirklich ernst genommen, nie gefürchtet, sondern allenfalls als ein lästiges Ärgernis angesehen. Tatsächlich war sie jedoch die Schlange im Paradies. Jahrelang hatte sie auf ihre Chance gewartet, und nun war sie gekommen.

»Warum hassen Sie mich?«, fragte Elsa resigniert. »Gewiss, wir sind sehr verschieden. Aber was habe ich Ihnen getan, dass Ihnen meine Vernichtung eine solche Genugtuung bereitet?«

Myrtle Malone schien sich mit einem Mal unwohl zu fühlen. Dass eine andere Frau ihr die eigenen negativen Gefühle offenbarte, noch dazu eine Gegnerin, musste für eine Heuchlerin wie sie eine verstörende Erfahrung sein. Die folgerichtige mimische Reaktion ihrerseits war daher Empörung über die Behauptung, dass sie so etwas Ungeheuerliches wie Lust empfinden könnte, noch dazu am Schmerz eines Gotteskindes. Aber irgendetwas machte sie in dieser Stunde zu einem ehrlichen Menschen, auch sich selbst gegenüber. Vielleicht war das Triumphgefühl stärker als ihr frommes Selbstbild, vielleicht war es auch nur die Tatsache, dass sie in Freiheit war und demnach alles richtig gemacht hatte, wohingegen ihr Gegenüber in Haft saß.

»Das fragen Sie noch?«, zischte sie. »Seit je verhöhnen Sie alles, woran ich glaube. Meine Stadt haben Sie in einen Zirkus verwandelt, meine Kirche in eine Randerscheinung. Sie sind eine verkommene, eitle, gierige Person, eine Verführte, die zur Verführerin geworden ist. Sie sind das Böse und wundern sich, dass ich das Böse verabscheue. Jawohl, ich verabscheue und hasse Sie.«

Sie stand auf. »Wenn ich mich morgen, sobald die Verhandlung eröffnet ist, erhebe und dem Gericht dieses Beweismittel übergebe, dann geht es mit Ihnen zu Ende. Das wird mir eine ganz persönliche Freude sein.«

Elsa fand es bezeichnend, dass die heilige Myrtle bei der Aufzählung ihrer Sünden den Mord unerwähnt gelassen hatte. Offenbar waren in ihren methodistischen Augen wechselnde Männerbekanntschaften sowie die Eröffnung eines Cafés weit schlimmere Vergehen – möglicherweise weil die irdische Gesetzgebung so etwas nicht bestrafte.

»Das war nicht die Wahrheit«, erwiderte Elsa. »Jedenfalls nicht die ganze. In Wirklichkeit hassen Sie mich, weil ich Ihnen entkommen bin. Sie lieben es, Macht über Ihre Gläubigen zu haben, und Sie lassen nur jene Gesetze gelten, die Sie selbst geschrieben haben. Beidem habe ich mich entzogen, und ich muss Ihnen sagen: Dafür lohnt es sich, zugrunde zu gehen.«

Myrtle Malone presste die Lippen zusammen. Ohne ein weiteres Wort ging sie hinaus.

Kurzer Prozess

Der Morgen des 20. Januar 1942 war diesig. In der Nacht hatte es geregnet, und nun dampfte der Wald. Die verschleierte rote Sonne ließ die feuchte Luft pfirsichfarben leuchten, und die den Himmel durchquerenden Fregattvögel kamen wie aus dem Nichts, in das sie Sekunden später wieder verschwanden. Ihre hellen Schreie und die klagenden Laute der Schiffshörner wirkten durch den Dunst gespenstisch, was aber auch daran lag, dass es an diesem Morgen stiller war als an anderen Tagen im sonst so betriebsamen Port Rabaul.

Die Leute drängten ins Gericht. Bis in die Flure standen die Schaulustigen, um den ersten Mordprozess mitzuerleben, der je in Port Rabaul verhandelt wurde. Die Hafenstadt war erst seit wenigen Jahren Gouverneurssitz, die Verhandlungen hatten bisher in anderen Städten stattgefunden. Morde waren ohnehin selten, und wenn es doch welche gab, handelte es sich meistens um Stammesfehden von Einheimischen, die bei den Weißen kaum auf Interesse stießen.

Ein Raunen ging durch den Saal, als man Elsa hereinführte. Es war ihr schwerster Gang, schwerer als der Einzug in das Methodistendorf, der Auszug aus dem Haus ihrer Schwiegereltern in Bremen, der Umzug zu Warwick als seine Konkubine, die Fahrt in die Entziehungsklinik.

Immer war sie die Gedemütigte, Besiegte, und dennoch war keine dieser Niederlagen so vernichtend gewesen wie jene, die ihr nun bevorstand.

Sie suchte und fand die Augen von Max, Paulette und Iolana, und was sie darin sah, tröstete und schmerzte sie zugleich.

Um exakt zehn Uhr ließ der Richter den Hammer niedersausen und König Georg VI. hochleben, bevor er die Sitzung eröffnete. Seine Perücke, der Talar, die kräftige Stimme und sein fortgeschrittenes Alter verliehen ihm eine hohe Autorität, die er mit seinem Adlerblick noch zu erhöhen vermochte. Es bestand nicht der geringste Zweifel, dass eine Verhandlung unter seiner Führung nicht weniger geordnet ablaufen würde als eine Karfreitagsmesse in der Kathedralc von Sydney.

Trotzdem kam es ganz anders.

Nachdem der Richter die Anwesenheit der Vertreter der Anklage und der Verteidigung festgestellt hatte, forderte er Elsa auf, sich zu erheben und ihren vollen Namen zu nennen.

Elsa atmete tief durch. Der schlimmste Augenblick ihres Lebens stand ihr bevor. »Elsa Fa'alua Warwick, Prinzessin von Samoa.«

Von diesem Moment an lief die Sache nicht mehr so, wie Elsa und all die anderen es erwarteten – sie lief nämlich aus dem Ruder.

Myrtle Malone, die in der ersten Reihe der Zuschauerränge saß, stand auf und rief: »Euer Ehren, dies ist eine Lüge.«

Instinktiv ergriff der Richter den Hammer und schwang ihn, als habe er vor, ihn zu werfen.

»Ma'am, setzen Sie sich und verhalten Sie sich ruhig.«

»Ich habe dem Gericht Entscheidendes mitzuteilen.«

»Später, Ma'am. In meinem Gerichtssaal haben sich selbst Pastorengattinnen an die Regeln zu halten.«

Elsa rief dazwischen: »Euer Ehren, ich möchte eine Aussage machen.«

Der Richter sah sie mit aller Schärfe an. »Auch Sie, Angeklagte, sprechen gefälligst nur, wenn Sie gefragt werden. Wir waren dabei, Ihren Namen festzustellen, und nur dazu haben Sie …«

»Im Grunde geht es ja um meinen Namen. Ich …«

»Euer Ehren«, mischte sich eine weitere Stimme in den Chor der Unterbrecher. »Die Angeklagte ist unschuldig. Ich habe den Mord begangen. Ich allein.«

Der Richter verlor für einen Moment die Fassung und vergaß darüber sogar, den Hammer zu schwingen.

»Wie bitte? Was sagen Sie da? Wer sind Sie überhaupt?«

»Mein Name ist Max Richter. Ich habe Henning Matthes betäubt, in das Boot getragen und über Bord geworfen.«

Elsa wurde von Emotionen überwältigt, wie sie es noch nie erlebt hatte. Zum ersten Mal in ihrem Leben opferte sich jemand für sie. Henning hatte sie eine Zeit lang verwöhnt und Titus ebenfalls, aber beiden Männern war es in erster Linie um ihren eigenen Vorteil gegangen. Paulette und Iolana waren ihr in tiefer Freundschaft verbunden, hatten ihr oft in schwierigen Situationen beigestanden, sie ermuntert oder beruhigt, ihr verziehen, geraten … Was Max da für sie tat, war etwas völlig anderes. Er warf sein Leben für sie weg.

Ein anderer Mensch stellte ihr Wohl über das seine. Diese Erfahrung war wie ein Balsam, der sich im Nu in ihrem Körper verteilte und sie von ihrem Leiden kurierte. So nah hatte sie sich Max noch nie gefühlt – oder so eins mit ihm. Sie konnte nicht anders, sie musste lächeln, Max anlächeln, obgleich sie sich des Ernstes seiner Aussage bewusst war. Elsa würde seine Geste nicht annehmen, sie würde auf ihrer Schuld beharren. Trotzdem war sie plötzlich im Reinen mit ihrem Schicksal.

»Dieser Mann lügt!«, rief Myrtle Malone. »Er versucht das Gericht zu verwirren.«

»Darin, Ma'am, stehen Sie ihm in nichts nach«, erwiderte der Richter und besann sich seines Hammers, der gleich mehrmals niedersauste. »Ich bitte mir Ruhe aus!«

»Euer Ehren«, sagte Elsa und ignorierte die Mahnung. »Ich bitte Sie, mich anzuhören.«

Myrtle Malone trat vor. »Ich habe Euer Ehren ein Dokument zu übergeben, welches …«

»Nicht jetzt!« Die Stimme des Richters überschlug sich, und der Hammer krachte derart laut nieder, dass es in den Ohren schmerzte. »Ich dulde keine weiteren Einwürfe, sonst vertage ich die Verhandlung auf der Stelle. Den Nächsten, der ungefragt spricht, lasse ich für drei Tage ins Gefängnis werfen.«

Daraufhin kehrte Ruhe ein. Allerdings waren die Unterbrechungen, mit denen der Richter bis dahin zu kämpfen hatte, nichts gegen das, was folgte.

Eine leichte Erschütterung erfasste die Anwesenden, dann eine zweite, die mit einem fernen Grollen einherging. Kleinere Eruptionen waren nicht ungewöhnlich in einem von Vulkanen eingerahmten Ort. Fünf- bis sechsmal im Jahr bebte die Erde oder die See, wenn auch so schwach, dass allenfalls eine Tasse zu Bruch ging. Es war nicht mehr als ein leichtes Zittern der Welt.

Diesmal war es anders. Die Erschütterungen waren ungewöhnlich kurz, dafür aber zahlreich, und sie wurden immer stärker. Das Grollen kam näher.

Plötzlich, als hätte die Faust eines Riesen zugeschlagen, gab es einen lauten Knall. Das Gerichtsgebäude schwankte, Putz fiel von der Decke, Fensterscheiben zerbarsten.

Im Saal brach Panik aus. Einige warfen sich zu Boden, andere stolperten übereinander nach draußen. Männer stießen Frauen zur Seite, die Jungen die Alten.

»Max!«, rief Elsa.

Einer der Wachmänner riss die Angeklagte in letzter Sekunde unter einen Tisch, ehe es eine gewaltige Explosion gab und ein Teil der Decke einstürzte.

»Das ist kein Vulkanausbruch!«, schrie jemand.

Es war tatsächlich kein Vulkanausbruch. Die japanische Invasion hatte begonnen.

Sechster Teil

»Verräterin«

Die Welt steht Kopf

Im Bombenhagel der Invasion starben mehr als zweihundert Zivilisten, darunter der Richter, der Staatsanwalt, der Strafverteidiger sowie etliche Wachleute … Elsa blieb wie durch ein Wunder unverletzt, Paulette und Max erlitten nur leichte Schnittwunden. Von der Familie traf es Iolana am schlimmsten. Ein Gesteinsbrocken traf sie an der Schläfe, und sie verlor das Bewusstsein. Sobald die erste Angriffswelle vorüber war, trug Max sie die gesamte Strecke bis zur Villa auf Händen, begleitet von Paulette – und von Elsa. Die Ordnung brach vollständig zusammen, keiner nahm die Angeklagte in Gewahrsam.

Eine zweite Angriffswelle aus der Luft und der Granatenbeschuss durch die japanischen Kriegsschiffe zerstörten binnen einer Stunde die Gouverneursresidenz, die Polizeistation, eine Kaserne, das Flugfeld, die Hafenanlagen und Dutzende Häuser. Ein vor Anker liegendes australisches Torpedoboot sank in der Bucht. Überall schrien Verletzte um Hilfe, auf den Straßen lagen entsetzlich entstellte Leichen, Gliedmaßen ragten aus Trümmern, beißender Rauch erfüllte die Luft … Es war, als würde die Welt untergehen.

Im Haus der blauen Schmetterlinge war die Familie einigermaßen sicher. Während Port Rabaul vom einen Ende zum anderen unter schwerem Beschuss lag, war auf dem

Hügel lediglich eine einzige Granate eingeschlagen, und zwar im Schmetterlingsgarten.

Zu ihrer aller Erleichterung stellte sich heraus, dass Iolana nicht lebensgefährlich verletzt war. Nachdem Max sie verbunden hatte, gab er ihnen Instruktionen, wie sie die Patientin zu pflegen hätten. Er selbst wollte zurück nach Rabaul, um dort zu helfen, so gut er konnte – was angesichts des anhaltenden Bombardements höchst riskant war. Elsa wollte ihn begleiten, was er jedoch nicht erlaubte.

Da sie beide einen Dickkopf hatten, kam es zu einem Disput, und vielleicht hätten sie noch einen ganzen Tag gestritten, wenn der Beschuss nicht schlagartig aufgehört hätte.

Das ehemalige Hotel »Kronprinz« wurde in ein Lazarett umgewandelt. Während die Kämpfe auf der anderen Inselseite andauerten und die Angreifer die Verteidiger in den Buschwald zurückdrängten, kehrte in Rabaul gespenstische Ruhe ein. Niemand wusste, ob mit einem erneuten Beschuss zu rechnen und wo man davor sicher wäre. Auch das etwas außerhalb liegende methodistische Camp und die angrenzende Kirche waren schwer getroffen worden. Elsa bot den Bewohnern die Villa als Unterschlupf an und schickte Gung eine Nachricht, dass er allen um Obdach Bittenden die Tür öffnen sollte. Sie selbst blieb bei Max.

Es folgten grauenhafte Tage voller Elend und Tod. Die vielen verstümmelten Menschen, die ein Auge oder eine Hand verloren hatten, sowie der Gestank forderten Elsa alles ab. Tage- und nächtelang – ob es vier, fünf oder sechs waren, konnte sie nicht sagen, da ihr jegliches Zeitgefühl verloren ging – war sie mit Max zusammen, nur mit ein paar weiteren Helfern. Sie und er pflegten Menschen gesund und entließen sie gemeinsam in eine feindliche Welt. Sie und er standen beieinander, als Menschen ihren letzten Atemzug taten, als Mütter um ihre Kinder, Männer um ihre Frauen bangten, als die Säle überladen wurden mit Hoffnungen, Ängsten, Tränen und Gebeten. Die Patienten kamen und gingen, auch die Helfer wechselten, nur Max und Elsa blieben. Erschöpft schliefen sie für einige wenige Stunden ein, oft Seite an Seite, das Stöhnen der Siechen im Ohr, und setzten bald ihre Arbeit fort. Das provisorische Hospital war wie eine Blase, in der die Zeit nicht zu vergehen schien, und hätte man ihnen nicht ab und zu ein beruhigendes Wort über Iolanas Genesung aus der Villa geschickt, die Zweisamkeit inmitten einer zerbrechenden Welt hätte sie vollständig absorbiert.

Am letzten Tag, an dem das Behelfshospital bestand, wachte Elsa nach einem kurzen Schlaf auf. Verrückt: Ihr Körper war müde, ihr Geist hatte manch schlimmes Bild zu verarbeiten, und trotzdem fühlte sie sich so gut wie lange nicht mehr. Von der Decke aus, auf der sie lag, fiel ihr Blick auf Max, der gerade einen Verband wechselte. Da erst fiel ihr auf, wie unbefangen sie die letzten Tage mit ihm verbracht hatte, ohne die geringste innere Anspannung und viel zu ermattet, um sich zu verstellen. Dann kam der Moment, in dem sie sich wünschte, er würde sich ihr zuwenden. Es war ein wenig albern, aber sie sagte sich, dass er sie, wenn er ihren Blick auf sich ruhen fühlte und ihm begegnete, noch immer liebte und dass es sich lohnte, wenn nötig ein Leben lang auf ihn zu warten. Und so saß sie regungslos auf ihrer Decke und starrte seinen Nacken an, als suche sie nach der Kraft, um ihn zu bewegen. Irgendwann begann sie die Sekunden zu zählen, während Max den Patienten behandelte. Er war so gut wie fertig, als er plötzlich innehielt. Er drehte sich, sein Gesicht war nun schon im Profil zu sehen, es brauchte nur noch eine kleine Bewegung seines Kopfes …

Doch Max setzte seine Arbeit fort, und bei hundert hörte Elsa auf zu zählen. Sie stieß einen kurzen Seufzer aus, der wie das Echo auf einen dumpfen Schlag klang, legte das Gesicht in die Hände und verharrte eine ganze Weile so, ehe sie aufstand und auf Max zuging.

Als sie ihn fast erreicht hatte, fiel ein Schuss.

Max wankte, sank auf die Knie und kippte nach vorne. Elsa rannte zu ihm.

»Max!«, rief sie. »Max, Max!«

Jemand zerrte sie von ihm weg. Es war ein japanischer Offizier, und als sie sich aus seinem Griff zu winden versuchte, schlug er sie mit der Pistole ins Gesicht, woraufhin sie zu Boden fiel. Einige Sekunden lang war ihr schwarz vor Augen, sie spürte ihren Körper nicht mehr, bis auf die pochende Wange, und wartete auf den zweiten Schuss, der das Letzte wäre, was sie hören würde.

Stattdessen vernahm sie ihren Namen, eine Hand umfasste ihren Hinterkopf, stützte ihn. Nicht langsam, sondern als hätte jemand den Lichtschalter betätigt, gewann sie ihre Sehfähigkeit zurück. Es war Max, der sich über sie beugte.

»Du lebst«, murmelte sie. Ihr Blick fiel auf einen leblosen Körper am Boden. Es war der Patient, den Max eben noch versorgt hatte und den er versucht hatte aufzufangen.

»Bist du in Ordnung?«, fragte er sie auf Deutsch. Sie hatten sich in der Familie schon vor Jahren angewöhnt, Englisch oder Französisch miteinander zu sprechen, auch Max und Elsa, selbst wenn sie unter sich waren.

»Als ich sah, wie du auf den Boden gefallen bist, da dachte ich … Ja, es geht mir wieder gut«, beantwortete sie seine Frage und ließ sich von ihm auf die Füße helfen.

»Du Deutsch?«, fragte der Offizier, der geschossen hatte.

Nach der ersten Überraschung, dass der Japaner offensichtlich ein paar Brocken Deutsch beherrschte, fuhr Max ihn an: »Sie haben diesen Mann grundlos erschossen.«

»Er Soldat.«

»Er war Zivilist, sehen Sie das denn nicht!«

Der Japaner griff dem Toten in den Kragen und zog eine Erkennungsmarke hervor.

»Er Soldat.«

»Sie haben wohl noch nie etwas von der Genfer Konvention gehört? Sie dürfen nicht …«

Elsa legte ihm eine Hand auf den Arm, um ihn daran zu erinnern, dass er mit einem Offizier sprach, der keine Hemmungen hatte, Unbewaffnete niederzustrecken.

»Du Deutsch«, sagte der Offizier. »Du verbündet, dürfen gehen. Lazarett geschlossen. Ab sofort Hotel sein Quartier für japanische Offiziere. Lazarett irgendwo anders. Gehen. Sofort gehen. Nehmen Frau mit.«

Jeder Widerspruch wäre sinnlos gewesen gegenüber einem Mann, der seine Pistole als Argument verstand, daher verließen Elsa und Max das Hotel. Das Licht des frühen Morgens blendete sie, als sie auf die Straße traten. Von der See strömten Wolkenberge auf Port Rabaul zu.

»Was werden die Japaner mit den Patienten tun?«, fragte Elsa besorgt.

»Es sind hauptsächlich Frauen, Kinder und Greise, die haben wohl nichts zu befürchten.«

»Wusstest du, dass der Mann, den der Japaner erschossen hat, australischer Soldat war?«

Max nickte. »Er war desertiert. Du weißt, ich würde jeden medizinisch versorgen, sogar diesen widerlichen japanischen Hauptmann. Ich werde mal nach dem Café sehen. Hoffentlich steht es noch, dann kann ich dort ein Notlazarett einrichten. Und du legst dich schlafen. Eine ärztliche Anordnung, verstanden?«

»Der ich mich bereitwillig füge«, sagte Elsa, die im Stehen hätte einschlafen können. Nun, da sie aus dem Lazarett vertrieben worden war, fiel alle Verantwortung von ihr ab, und sie fühlte sich wie eine leere Hülle.

»Danke«, sagte Max, bevor sie sich trennten. »Ohne dich hätte ich die letzten Tage nicht durchgestanden.«

Sie lächelte, sein Lob belebte sie noch einmal. Sie dachte an die vergangenen Tage zurück, die ihr wie ein Monat vorgekommen waren, und suchte nach Worten, um das seltsame Glück zu beschreiben, das sie trotz der Erschöpfung und Verzweiflung empfunden hatte. In ihrem Herzen waren die Worte längst vorhanden, aber ihr müder Verstand vermochte sie nicht hervorzuholen.

Max verabschiedete sich, und Elsa wollte nur noch nach Hause.

Es regnete. Schwere Tropfen fielen auf die Trümmer einer Stadt. Port Rabaul war nicht wiederzuerkennen, ein menschenleeres Schlachtfeld, beklemmend still. Die Menschen hatten sich in ihre Häuser verkrochen, die Toten waren beerdigt, die Brände hatte der Monsun gelöscht. Bisweilen schien es, als hätten die Tiere Besitz von der Stadt ergriffen. Ein Schwarm Singstare putzte sich auf den in die Höhe ragenden Reifen eines Automobils, ein Waran labte sich an einem Hundekadaver, und ein Rudel neugieriger, nimmersatter Affen plünderte die Müllsäcke. Doch nicht das Chaos stellte Port Rabaul auf den Kopf, es würde sich in wenigen Tagen beseitigen lassen. Der radikale Wandel manifestierte sich nicht in der Unordnung, sondern in der *neuen Ordnung.* Über dem Eingang zum Herrenclub wehte die japanische Flagge. Dort, wo Henning vor zehn Jahren seine Spielschulden aufgehäuft hatte, wo die Briten, Deutschen, Holländer und Australier beim Whisky ihre Geschäfte gemacht und weiß livrierte Filipinos den Tee und die *Times* auf Silbertabletts serviert hatten, residierte nun der japanische Generalstab. Von hier koordinierte er die Offensiven seiner See- und Luftstreitkräfte, die den gesamten Archipel überrollten.

Elsas Fußmarsch den Hügel hinauf war anstrengend, zudem fing es auf halber Strecke stark zu regnen an, und trotzdem genoss sie diese Stunde. Wohltuende Stille, frische Luft und vor allem die warme Dusche des Monsuns, der ihre Haut reinigte, ließen sie die schlimmen Erlebnisse der vergangenen Tage wie auch die Sorgen um die zukünftigen vergessen. Der Wald dampfte, und die beständige, tröstliche Melodie des Monsuns begleitete sie auf ihrem Weg zum Haus der blauen Schmetterlinge.

Als Elsa in der Villa ankam, begrüßten Paulette, Iolana, Lucille und Lucas sowie Keanu sie herzlich und bestürmten sie sogleich mit Fragen, aber sie wollte nichts als schlafen und erzählte daher nur das Wichtigste. Eine Viertelstunde später, sie lag gerade im Bett, kam Mele herein. Das Mädchen war in seinem Zimmer geblieben, um Iolana nicht zu begegnen. Elsa fand gerade noch die Kraft, Mele zu umarmen und ihr ein paar beruhigende Worte zuzuflüstern, bevor der Schlaf sie übermannte.

Als Elsa erwachte, war es früher Morgen. Zwanzig Stunden lang hatte sie geschlafen, und sie war so hungrig, als wären es ebenso viele Tage gewesen. Sie zwang sich, nicht an die zurückliegenden schrecklichen Ereignisse zu denken, und freute sich auf ein ausgiebiges Gespräch mit Keanu und Mele bei einem nicht minder ausgiebigen Frühstück. Mit Schwung stand sie auf. Mit Vergnügen wählte sie ein Kleid aus, und entgegen ihrer Gewohnheit summte sie sogar dabei.

Dann streifte sie doch ein banger Gedanke. Unruhig öffnete sie ein Fenster und lauschte auf Geräusche, vor allem auf Schüsse. Gab es weitere Kämpfe? War die Familie, war Max in Gefahr?

Alles war friedlich, nur das Flüstern des Monsuns war zu hören, und wäre nicht gerade ein japanischer Zerstörer mit großer Gelassenheit in die Matupi Bay eingelaufen, hätte Elsa das Erlebte für einen bösen Traum halten können.

In wenigen Tagen war so viel passiert, dass sie darüber fast vergaß, vor nicht einmal einer Woche noch wegen Mordes vor Gericht gestanden zu haben. Die Verhandlung war seltsam weit weg.

Nachdem sie sich angekleidet und notdürftig frisiert hatte, ging sie nach unten. Dass im Haus der blauen Schmetterlinge Ruhe herrschte, war nicht ungewöhnlich, aber an diesem Morgen kam es Elsa besonders still vor. Niemand von der Familie begegnete ihr, auch die Diener nicht, und sie war froh, in der Küche auf Paulette zu treffen, die Kaffee kochte.

»Oh, wie schön, du bist wach, Chérie. Wie fühlst du dich? Du ahnst nicht, was hier los war.«

Elsa erschrak. »Ist etwas mit Keanu? Mit Iolana? Mit …?«

»Nein, denen geht es gut, keine Sorge. Aber ein Trupp übel gelaunter Japaner war gestern Nachmittag hier, angeführt von einem grässlichen Hauptmann, der seine Pistole anscheinend für die Verlängerung seines Schwanzes hält.«

»Ich glaube, den kenne ich … den Hauptmann meine ich.«

»Er hat unser Automobil konfisziert und unser Radio. Er wollte sogar die ganze Villa als Residenz für seinen Kommandeur beschlagnahmen, wenn ich ihm nicht gesagt hätte, dass du Halbdeutsche bist. Natürlich hat er mir nicht geglaubt, da bin ich in dein Schlafzimmer gegangen, habe deinen deutschen Pass gesucht …«

»Gott, den hatte ich seit Jahren nicht in Händen. Hast du ihn gefunden?«

Paulette deutete auf ein Buch neben der dampfenden Kaffeetasse. »Als Lesezeichen in einem Gedichtband von Schiller. Der Hauptmann war schwer beeindruckt … vom Ausweis. Schiller hat ihm gar nichts gesagt. Er will die Sache seinem Kommandanten vorlegen, einem gewissen General Eo. Das Bentley-Cabrio hat er allerdings sofort requiriert.«

»Es ist bloß ein luxuriöser Haufen Blech, Paulette.«

»Außerdem hat er Gung und die anderen Diener verhaftet, weil sie verfeindeten Nationen angehören. Nur Keanus Nurse ist uns geblieben, weil sie Tolai ist.«

»Das sagst du mir jetzt erst!«, rief Elsa. »Paulette, was ist nur mit dir los? Gung war uns immer treu ergeben. Was kümmert mich der Bentley, wenn Menschen in Gefahr sind, die uns nahestehen.«

»Entschuldige, so war es nicht gemeint.«

»Schon gut. Was sollen wir denn jetzt machen? Wir können sie doch nicht einfach im Stich lassen!«

Paulette schüttelte den Kopf. »Die Japaner haben die komplette Insel unter Kontrolle, es gibt keinen australischen Widerstand mehr. Sie rücken auch auf Singapur vor, Bangkok, Rangoon, den Philippinen … Die sitzen hier fest im Sattel und regieren mit Kriegsrecht. Ich wüsste nicht, was wir für Gung tun könnten, außer den Kommandanten zu bestechen. Nicht ganz ungefährlich.«

Die Lage schien hoffnungslos. Der Versuch, einen japanischen General zu bestechen, konnte nach hinten losgehen und die ganze Familie vor das Standgericht und die Wand bringen.

»Ich muss nachdenken«, seufzte Elsa.

»Dazu hast du viel Zeit, Chérie. Die Familie ist schon seit gestern Nachmittag im Café, um Max mit dem Notlazarett zu helfen. Iolana geht es wieder gut, sie war nicht zu bremsen, und Keanu wollte auch unbedingt mit. Nur Mele ist noch hier. Ich selbst werde in der nächsten Stunde aufbrechen. Das ist dir doch recht?«

»Ich komme mit.«

»Das halte ich für keine gute Idee. Jemand muss bei

Mele bleiben. Du weißt doch, Iolana möchte sie nicht in ihrer unmittelbaren Nähe haben.«

»Du könntest hierbleiben.«

»Elsa!«

Sie fing Paulettes eindringlichen Blick auf und verstand, was er bedeutete.

Nach der intensiven Zeit mit Max im Lazarett und seiner Geste im Gericht hieß es nun wieder, auf Abstand zu ihm zu gehen. Ab jetzt würde Iolana Max beistehen, sie würde den Anspruch erheben, seine oberste Unterstützerin zu sein. Damit musste Elsa an die Außenlinie zurückkehren, und das schmerzte natürlich. Trotzdem: Paulette hatte recht. Für den Familienfrieden war es besser, wenn sie sich lieber heute als morgen daran gewöhnte, sich zurückzunehmen.

Elsa verbrachte den Tag mit Mele. Da es draußen unentwegt regnete, spielten sie stundenlang Karten und Backgammon. Elsa spürte, dass Mele jetzt lieber bei der Familie im »Café Pacifico« wäre, ebenso wie sie, und die Ironie dabei war, dass sie sich alle beide diesen Wunsch wegen derselben Person versagen mussten.

»Eines Tages«, sagte Elsa beiläufig, während sie die Karten mischte, »wirst du ein ganz normaler Teil unserer Familie sein und von *allen* geliebt werden.«

Mele seufzte. »Hoffentlich nicht erst, wenn ich so alt bin wie du. Wie alt bist du eigentlich?«

»Deinen Charme hast du dir wohl bei Paulette abgeschaut? Es gibt bessere Lehrmeisterinnen, was das angeht.«

»Entschuldige.«

»Ich bin fast dreiunddreißig, mein Schatz. Wenn man so alt ist wie du, muss einem das steinalt vorkommen.«

»Ich hab dich trotzdem lieb.«

»Ich dich auch.«

Als jemand martialisch an die Haustür klopfte, zuckte Elsa zusammen. Unter dem Kriegsrecht einer Besatzungsmacht zu leben hieß unter anderem, dass man jederzeit verhaftet werden konnte, und sei es nur, weil jemandem das Haus gefiel, in dem man lebte.

»Versteck dich in der Küche«, befahl sie Mele und öffnete die Tür.

Ein blutjunger japanischer Soldat, der ein Gesicht machte, als wollte er Elsa am liebsten auf der Stelle im Türrahmen aufknüpfen, drückte ihr eine in japanischer Schrift bedruckte Visitenkarte in die Hand und bellte in schlechtem Englisch: »Da stehen: ›Hitoshi Eo, General, Kommandant der Festung Port Rabaul‹. Um sechzehn Uhr. Sein vorbereitet.«

Zackig wie auf einem Paradeplatz drehte er sich um und schritt davon.

Ungläubig blickte Elsa auf die Hinterlassenschaft des Soldaten und flüsterte: »Diese Kerle haben sich erst vor ein paar Tagen ins Land gebombt und drucken Visitenkarten, als wären sie seit der Völkerwanderung hier. Haben die nichts anderes zu tun?«

Wie auch immer, der Herr Kommandant würde in ungefähr einer Stunde und damit zur besten Teezeit eintreffen. Zu welchem Zweck? Entschied er darüber, ob ihm das Haus als Residenz behagte? Erwartete er, bewirtet zu werden? Elsa hatte ein Treffen vor Augen, bei dem sie einem Zeremonienmeister in Uniform und mit harten

Gesichtszügen gegenübersaß, dem ihr grüner Tee nicht schmeckte und der ihr in knappen Worten mitteilte, wo er überall Papierwände einzuziehen gedachte, bevor er sie und die übrige Familie aus dem Haus warf. Das war die milde Variante. Sie könnte es im schlimmsten Fall auch mit einem Sadisten zu tun bekommen, der schon immer mal eine Prinzessin besteigen wollte.

Sie versuchte sich damit zu beruhigen, dass Vergewaltiger sich wohl kaum – auch in Japan nicht – mit einer Visitenkarte ankündigen. Vielleicht bot ihr der hohe Besuch sogar die Chance, ein gutes Wort für Gung und die Maori einzulegen.

Alles Grübeln half nichts. Sie musste es abwarten.

»Nun gut«, seufzte Elsa. »Ich habe dereinst Tee mit der heiligen Myrtle getrunken. Schlimmer kann es mit dem General kaum werden.«

Tee mit dem Teufel

Um drei Uhr schickte Elsa Mele in ihr Zimmer und ging nach oben, um sich angemessen zu kleiden. Aus Paulettes Kleiderschrank lieh sie sich einen weißen, mit blauen Schmetterlingen bedruckten Kimono, steckte ihre Haare exotisch in die Höhe, parfümierte sich kräftig und – machte alles wieder rückgängig. Der Kimono flog in die Ecke, die Haare wurden aufgeschüttelt, das Parfüm abgewaschen. Jedes Anbiedern an die japanische Kultur würde der Kommandant mit Sicherheit entweder als dilettantisch, verführerisch oder unterwürfig betrachten. Es war gar nicht so einfach, etwas Passendes auszuwählen. Schon für eine gewöhnliche Party stand Elsa entschlusslos im Ankleidezimmer, aber hier ging es um einen Mann, der die absolute Macht hatte. Als sie ein Motorengeräusch hörte, blieben ihr nur noch wenige Minuten.

»Nimm das da«, sagte Mele, die sich in Elsas Zimmer geschlichen hatte.

»Das Rosafarbene? Sehe ich darin nicht … wie soll ich sagen … zu aufreizend aus?«

»In Unterwäsche siehst du noch aufreizender aus, und im Moment trägst du nichts anderes.«

»Da ist was dran.« Elsa warf sich das schlichte rosafarbene Kleid über, hängte sich eine Perlenkette um den

Hals, nahm die Kette wieder ab, um nicht zu aufgedonnert zu erscheinen, und eilte die Treppe hinunter.

Sollte sie die Tür dienstbar öffnen oder lieber souverän abwarten, bis der Herr General sich bequemt hatte, den Türklopfer zu betätigen?

Sie öffnete just in dem Moment, als der schwarze Bentley vorfuhr, der gestern noch ihr gehört hatte. Dem Wagen folgte ein Jeep mit geschlossenem Verdeck, dessen Insassen heraussprangen und mit dem Gewehr im Anschlag auf Elsa zurannten.

Ihr blieb fast das Herz stehen. Die Soldaten schoben sie rüde beiseite und durchkämmten minutenlang das ganze Haus, dann erst gaben sie dem Fahrer des Bentleys ein Zeichen, dass keine Gefahr im Haus drohte.

Zwei Offiziere stiegen aus, ein alter und ein junger. Unbeeindruckt vom strömenden Regen wechselten sie ein paar Worte, wobei sie immer wieder auf das Haus zeigten, und Elsa fürchtete, dass sie in diesem Moment bereits über das Schicksal ihres Eigentums entschieden – und vielleicht noch weit mehr.

Sie war längst ein Nervenbündel, als der jüngere Offizier näher kam.

»Was ist?«, fragte sie ihn händeringend und ohne Begrüßung auf Englisch. »Möchte General Eo nicht hereinkommen?«

Der junge Mann verbeugte sich und sagte lächelnd in fließendem Deutsch: »Gestatten, Hoheit. Ich bin General Eo.«

Hitoshi Eo war mit seinen dreißig Jahren der jüngste General der japanischen Armee. Von seinem Aussehen her hätte er durchaus ein Kamelienmann sein können: wunderschöne schwarze Mandelaugen, ein ansteckendes Lächeln, ein markantes Kinn, gut gebaut … Seine Bewegungen und Manieren hatten die Eleganz eines in europäischen Salons heimischen Mannes. Elsa hatte sofort das Gefühl, dass er ein Mensch war, mit dem man reden konnte, und sie verlor ein gutes Stück ihrer Angst.

Dennoch unterschied Eo sich erheblich von den sogenannten Kamelienmännern, denen sie in gewisser Weise stets überlegen gewesen war. Zunächst einmal und für jeden erkennbar aufgrund seiner Uniform, die behängt war mit drei bedeutsam aussehenden Orden. Die hatte er gewiss nicht für smartes Parlieren in Salons erhalten oder weil er den Fox oder das Zubereiten von Cocktails beherrschte – obwohl Elsa sich nach nur wenigen gewechselten Sätzen sicher war, dass all das zu seinen Fähigkeiten gehörte. Weniger augenfällig, aber für Elsa deutlich spürbar waren sein fester Wille, sein Ehrgeiz und seine Intelligenz hinter der hübschen Fassade. Diese Eigenschaften leuchteten ihm geradezu aus den Augen, waren Teil seiner Aura.

Während Elsa in der Küche grünen Tee für ihren Gast zubereitete, musste sie immerzu an einen Satz denken, den sie in einem Buch gelesen hatte: »Wenn der Teufel auf die Erde kommt, dann nicht als Monster, sondern in der Gestalt eines jungen Gottes.«

Bei allem, was sie sagte und tat, musste sie sich stets vor Augen halten, dass dieser Mann ihr Feind war – und dass sie ihm zugleich einige Zugeständnisse abringen wollte.

»Sie kochen selbst?«, fragte er an der Schwelle zur Küche, noch immer in fließendem Deutsch. »Eine große Ehre für mich.«

»Sie verkleinert sich leider dadurch, dass Ihre Untergebenen meine Dienerschaft, die übrigens sehr geübt im Zubereiten von grünem Tee ist, unlängst verhaftet haben, General. Ihr Vergehen besteht offenbar darin, Chinesen und Neuseeländer zu sein.«

»Darf ich eintreten?«

»Eintreten dürfen? Sie könnten die Villa in die Luft sprengen, und ich könnte nichts dagegen tun. Ob Sie hereinkommen oder nicht, liegt ganz bei Ihnen.«

Er schien über ihre Worte nachzudenken. »Sie haben recht«, gestand er schließlich ein. »Ich werde Ihnen eine Minute lang den Rücken zukehren, und in dieser Zeit haben Sie die Gelegenheit, mich mit einer Bratpfanne oder etwas Ähnlichen zu erschlagen.«

Sie lachte, als er ihr tatsächlich den Rücken zukehrte.

»Wozu soll das gut sein?«, fragte sie.

»Ich versuche, Waffengleichheit zwischen uns herzustellen.«

»Man würde mich an die Wand stellen, falls ich auch nur einen Teelöffel gegen Sie erhebe. Sollten Sie hingegen mein Haus sprengen, widerfährt Ihnen gar nichts außer dem Fluch der Südsee-Prinzessin. Bitte drehen Sie sich wieder um, kommen Sie in die Küche und sehen Sie sich das Elend an.«

Der grüne Tee hatte eine Farbe, für die noch kein Name erfunden worden war, und er schmeckte, als hätte jemand einen Klumpen Erde in heißem Wasser aufgelöst.

Sie seufzte. »Das kommt dabei heraus, wenn eine Samoanerin japanischen Tee kocht.«

»Sie glauben nicht, wie gerne ich Ihnen widersprechen

würde. Dafür ist Ihr Teegeschirr sehr hübsch. Japan, spätes neunzehntes Jahrhundert, Meiji-Ära.«

»Tatsächlich? Ich hatte keine Ahnung.«

Seine Augen funkelten. »Oh doch«, behauptete er und traf damit ins Schwarze.

Elsa hatte vorgehabt, sich ein wenig trivial zu geben, um möglichst harmlos zu erscheinen. Wenn man nichts davon war, fiel es einem jedoch ungeheuer schwer, so zu tun, ähnlich wie es einen professionellen Pianisten anstrengt, absichtlich falsch zu spielen. Sie wusste sehr gut, wie man grünen Tee zubereitet, und auch über das Teegeschirr war sie genau im Bilde.

»Drei Dinge haben Sie verraten«, sagte er lächelnd. »Erstens Ihre Schlagfertigkeit. Zweitens die Art Ihres Auftretens. Beides passt nicht zu dem naiven Prinzesschen, das Sie glaubten mir vorspielen zu müssen.«

»Und drittens?«

»Drittens, Hoheit, weiß ich alles über Sie.«

Bei starkem Tropenregen und gleichzeitiger Windstille im trockenen Baumhaus zu sitzen war ein Erlebnis, das die meisten Gäste nie vergaßen. Auch Elsa liebte diese Stunden sehr, vor allem wenn sie ein gutes Buch las oder ein anregendes Gespräch führte. Das sonore Rauschen des Monsuns, das von allen Seiten zu hören war, hatte eine beruhigende, untermalende Wirkung, ähnlich sanfter Barmusik. Sein natürlicher Ursprung wirkte zusätzlich harmonisierend. Man sprach unweigerlich langsamer, weicher. Las man ein Buch, ließ man es von Zeit zu Zeit auf den Schoß sinken und betrachtete das vor Nässe glänzende Blattwerk und den Vorhang aus Milliarden von Tropfen, der einen einhüllte, ohne einen zu berühren. In diesem Kokon bekam jedes Wort, jede Geste eine besondere Intimität.

Vielleicht war das einer der Gründe, weshalb Elsa sich mit aller Macht zwingen musste, in Hitoshi Eo weiterhin den Angreifer zu sehen und nicht den Kavalier. Er hatte eine angenehme Stimme, und alles, was er sagte, sogar die banalsten Dinge klangen aus seinem Mund exquisit, wie ausgesucht, das Ergebnis reiflicher Überlegung.

»Dort drüben steht ja ein Grammophon«, sagte er. »Wie lange habe ich Debussy schon nicht mehr gehört. Haben Sie eine Platte mit seiner Klaviermusik da? Sie erheitert mich.«

»Debussy? Ich dachte immer, Selbstmörder würden das hören, bevor sie sich einen Stein an den Fuß binden.«

Er lachte. Elsa fand tatsächlich eine entsprechende Platte. Debussy passte gut als Begleitung des Monsuns und Untermalung eines seltsamen Treffens wie diesem.

Über die mit neuem Tee gefüllten, dampfenden Tassen hinweg überreichte Eo ihr einen kleinen Flechtkorb mit süßen Reiskuchen.

»Meine Mutter hat sie mir geschickt, wie immer viel zu viele. Würde ich sie alle essen, hätte ich in einem Jahr keine Zähne mehr.«

»Ich liebe Süßigkeiten, aber das wissen Sie sicher schon, da Sie ja alles über mich wissen.«

Sie probierte einen Reiskuchen, lehnte sich mit dem Tee in der Hand im Sessel zurück und betrachtete ihren Besucher über den Rand der Tasse hinweg. Der General war humorvoll, gebildet, das Gegenteil von allem, was sie erwartet hatte, und das irritierte sie.

»Ihr Deutsch ist hervorragend«, lobte Elsa. »Sie sind bereits der zweite japanische Offizier, der mit mir in der Sprache meines Vaterlandes spricht. Der andere war ein Hauptmann …«

»Zuzaki. Er war mein Adjutant, als ich drei Jahre lang als Militärattaché in Berlin stationiert war. Allerdings habe ich die Sprache wesentlich eifriger gelernt als er.«

»Zweifellos. Hauptmann Zuzaki ist jedoch außerordentlich eifrig, wenn es um das geht, was er vermutlich die Herstellung von Ordnung nennen würde. Er hat meine Diener verhaftet.«

Eo ging nicht weiter darauf ein. »Ist es wahr, Hoheit, dass Sie und Ihre Freundinnen sich in drei Sprachen fließend miteinander verständigen?«

»In vier. Jede von uns hat die Heimatsprachen der anderen gelernt. Die meiste Zeit sprechen wir Französisch und Englisch, aber wir könnten uns auch auf Polynesisch oder Deutsch verständigen. Paulette spricht außerdem ein wenig Japanisch … Ich bin neugierig, General. Woher wissen Sie so viel über uns?«

»Vermutlich sind Sie sich darüber im Unklaren, dass in der japanischen Presse schon vor Jahren eine ganze Reihe von Berichten über die *Kaiserin Elsa* erschienen sind. Sie besitzen zahllose Plantagen, ein enormer Wirtschaftsfaktor. In meiner Heimat interessiert man sich seit geraumer Zeit für Südostasien sowie den gesamten pazifischen Raum.«

»Das brennende Interesse Japans ist mir vor einer Woche deutlich geworden, als mir die Bomben nur so um die Ohren geflogen sind«, erwiderte Elsa sarkastisch.

Auch darauf ließ der General sich nicht ein. Stattdessen sagte er: »Ferner haben unsere Geheimagenten seit nunmehr zwei Jahren über Port Rabaul und alles, was hier vorgeht, Bericht erstattet. Ohne es zu ahnen, hatten Sie mehrmals Spione auf Ihren Partys. Ich muss sagen, Sie führen ein bewegtes Leben, und ich war gespannt, Sie kennenzulernen.«

»Um mich kennenzulernen, General Eo, hätte es andere Wege gegeben als eine Invasion der Insel.«

Er lachte, obwohl sie das nicht als Scherz gemeint hatte, und das ärgerte sie.

»Ich habe die Invasion weder angeführt, noch habe ich daran teilgenommen«, stellte er richtig. »Man hat mich lediglich als Kommandant eines neuen Teils des japanischen Kaiserreiches eingesetzt.«

»Ich habe in den paar Tagen, seit Sie Ihr Kaiserreich nach Rabaul ausgedehnt haben, mehr Leichen gesehen als in meinem ganzen Leben.«

Er nickte. »Ich gebe Ihnen recht, Krieg ist etwas Scheußliches.«

»Niemand hat Japan zu dieser Scheußlichkeit gezwungen.«

Er trank einen Schluck Tee. »Die Amerikaner haben uns mit einem Öl-Embargo belegt.«

»Nachdem Japan China überfallen und annektiert hatte.«

»Was haben die Amerikaner im Laufe ihrer Geschichte nicht schon alles annektiert. Den Mexikanern haben sie Texas genommen, den Indianern die Stammesgebiete, den Hawaiianern ihre Inseln ... Glauben Sie, dass Puerto Rico und Guam natürliche Bestandteile der Vereinigten Staaten sind, Hoheit?«

Darauf wusste sie nichts zu erwidern, und gerade das wühlte sie noch mehr auf. Eos Relativierungen, seine Gelassenheit und seine Manieren standen in heftigem Gegensatz zu den Bomben, den Verbrechen des Hauptmanns, dem willkürlich erschossenen Australier, der Verhaftung Gungs … Elsa kam sich plötzlich schäbig dabei vor, mit dem Feind zu plauschen und Debussy zu hören, obwohl die Tränen der Hinterbliebenen der Opfer noch nicht getrocknet waren.

»Tun Sie mir den Gefallen und reden mich nicht mehr mit Hoheit an«, bat sie energisch, um sich wenigstens symbolisch mit den Betroffenen auf eine Stufe zu stellen. »Unter fremdem Kriegsrecht gibt es keinen Adel mehr. Ich komme mir ein bisschen wie die von Jakobinern gefangen gehaltene Marie Antoinette vor, die zwar noch ihren Titel, aber sonst nichts mehr hat.«

Er übernahm das Nachschenken des Tees. »Sie brauchen sich um Ihren Kopf nicht zu sorgen, Madame.«

»Nur um meine Diener, ja? Um meine Familie? Meinen Besitz? Werden Sie mir mein Baumhaus nehmen, weil es Ihnen so gut gefällt? Was ist mit meinen Bediensteten? Werden Sie sie freilassen? Haben Sie sie von Hauptmann Zuzaki bereits erschießen lassen? Oder werden Sie sich dieses Vergnügen selbst vorbehalten?«

Während der General im Verlauf des Disputs völlig gelassen geblieben war, hatte sich Elsas Stimme zuletzt fast überschlagen. Erst jetzt begriff sie, dass sie ihr Schicksal herausgefordert hatte. War das Eos Plan gewesen? Hatte er sie absichtlich provoziert, getestet, ins offene Messer laufen lassen? Ihr entlockt, was sie wirklich dachte?

Plötzlich hatte sie Angst vor dem Funkeln in seinen Augen, vor den ruhigen Händen, die die Teetasse hielten, vor den Orden auf seiner Brust.

»Das alles muss sehr verwirrend für Sie sein«, sagte er. »Gestern Morgen noch waren Sie Zeugin entsetzlicher Gewalt, und heute trinken Sie Tee mit dem Teufel.«

Tee mit dem Teufel – Hitoshi Eo hatte es auf den Punkt gebracht, als könnte er ihre Gedanken lesen. Er stand langsam auf, ging zum Grammophon und stellte die Musik aus. Und dann wischte er all ihre Befürchtungen mit wenigen Worten wieder weg.

»Es hat aufgehört zu regnen. Zeigen Sie mir freundlicherweise Ihren Garten?«

Nach dem langen Regen brachen die Blütenknospen der tropischen Blumen auf, und die Düfte von Flieder, Flamboyant, Trompetenbaum, Kamelien, damaszenischen Rosen und vielem mehr stiegen die Hügel empor. Das leise Knistern der von den Bäumen perlenden Regentropfen bildete den Hintergrund für den langsam anschwellenden Vogelgesang, der sich zu einem Orchester verdichtete.

Hitoshi Eo berührte fast jede Pflanze, an der sie vorbeikamen, vor einer Kamelie blieb er gar minutenlang stehen und betrachtete sie wie andere Männer eine bezaubernde Hure.

»Ich hatte nie einen Garten«, sagte er. »Meine Eltern waren sehr arm, ich bin in einer Arbeitersiedlung aufgewachsen. Sechs Menschen, drei Generationen, in einer Zweizimmerwohnung.«

»In Tokio?«, fragte Elsa.

»In Nagasaki.«

»Nie gehört.«

»Eine Hafenstadt im Süden. Meine Mutter und meine Geschwister leben heute noch dort. So seltsam es klingt, sie lieben diese trostlose, schäbige, enge Straße mit den kleinen Garküchen und den üblen Gerüchen. Ich habe mich dort nie wohlgefühlt, hatte keine Freunde. Den etwas klügeren Kindern war ich zu arm und den armen Kindern zu strebsam. Dort herauszukommen und Freunde zu finden waren wohl die Hauptgründe, weshalb ich früh zum Militär gegangen bin. Allerdings … einen Garten habe ich immer noch nicht.«

Elsa sah den kleinen Jungen vor sich, der einsam ist in einer vor Menschen wimmelnden Stadt. Der sich keinem, außer vielleicht der Mutter, nahe fühlt. Den keiner versteht. Sie hatte damals auf einen Ritter gewartet, der sie mitnahm. Hitoshi Eo hatte selbst zum Ritter werden wollen.

»Sie glauben doch wohl nicht«, sagte er und wandte sich ihr zu, »dass ich jemandem einen solchen Garten wegnehmen würde, nur um selbst einen zu haben. Dass ich *Sie* bestehlen würde?«

Sie sah ihn an. Das Funkeln in seinen Augen, vor dem sie sich eine Viertelstunde zuvor noch gefürchtet hatte, flößte ihr nun Vertrauen ein. Was für ein merkwürdiger Nachmittag!

»Nein«, antwortete sie. »Jetzt nicht mehr.« Doch kaum fing sie Eos Lächeln auf, wurde ihr die Situation zu intim.

Elsa setzte den Spaziergang fort und sagte in sachlichem Tonfall: »Trotzdem müssen Sie irgendwo wohnen. Die meisten großen Häuser sind bei Ihrem … sind bei dem Angriff zerstört worden. Ich besitze eine Hotelanlage …«

»Sie meinen die Bungalows auf halber Höhe des Hügels?«

»Ja. Sie sind kaum beschädigt worden. Wenn Sie wollen, können Sie die Anlage benutzen.«

»Das ist sehr großzügig von Ihnen.«

»Kaum, General. Offen gestanden erwarte ich, dass der Tourismus in nächster Zeit deutlich zurückgeht.«

Sie lächelten sich an. Elsa sagte sich, dass ihr Angebot die Chancen erhöhte, Gung und die Maori freizubekommen und in Zukunft vielleicht weitere Gefallen erbitten zu können. Was gab sie dafür schon auf? Im Grunde nichts. Sie kam lediglich einer Requirierung zuvor.

Ein Krater versperrte ihnen den Weg. Die einzige Granate, die dem Haus der blauen Schmetterlinge während der Invasion gefährlich geworden war, hatte ein drei Meter tiefes Loch in den Garten geschlagen und einige Sträucher zerfetzt. Dcr anhaltende Regen hatte ein Übriges getan, eine Erosion in Gang gesetzt und das Loch noch vergrößert. Ein Teil des leicht abfallenden Hangs war dadurch abgerutscht.

»Der Schaden wird umgehend behoben«, sagte der General und wandte sich plötzlich und sehr zackig ihr zu. »Ich danke Ihnen für den schönen Nachmittag, Madame.«

Am nächsten Morgen kam tatsächlich ein Trupp Soldaten vorbei, der den Krater mit Zement ausgoss. Dieser diente als Fundament für einen japanischen Teepavillon, den sie in den Folgetagen errichten ließen.

»Ein Geschenk General Eos«, meldeten sie Elsa. Doch das war nicht das einzige Präsent. Zusammen mit dem Bautrupp kehrten Gung und die Maori-Diener zurück – im Bentley.

Die Liebe von Venus und Mars

Nach einer Woche war das Notlazarett im »Café Pacifico« überflüssig. Die Verletzten waren weitgehend versorgt, und die Ärzte von Port Rabaul kümmerten sich um die wenigen Patienten, die weiter behandelt werden mussten. Alle Trümmer waren beseitigt. An einigen Stellen, etwa an der Kirche, begannen die Einwohner sogar schon mit dem Wiederaufbau. Schneller als gedacht, kehrte eine ganz besondere Form des Alltags in Port Rabaul ein – der Alltag unter einer Besatzungsmacht.

Selbst die größten Patrioten und Optimisten gingen davon aus, dass die Japaner sich auf unabsehbare Zeit nicht von der Insel würden vertreiben lassen. Im Pazifik errangen sie einen Erfolg nach dem anderen, und Port Rabaul bauten sie – so wie es auf General Eos Visitenkarte stand – zu einer Festung aus. Die Hügel bestückten sie mit schwerer Artillerie und Flugabwehr, vielerorts errichteten sie Kasernen und bauten das Flugfeld jenseits der Berge aus, damit dort ebenfalls Bomber starten und landen konnten. In der Matupi Bay ankerten keine Schoner und Passagierdampfer mehr, sondern Zerstörer, U-Boote und Flugzeugträger.

Entgegen ersten Befürchtungen gingen die Japaner nicht mit Gewalt gegen die Bevölkerung vor. Sie ließen zwar keinen Zweifel daran, dass sie die neuen Herren waren, übten aber keine Tyrannei aus. Beispielsweise verboten sie den Besitz von Radios, doch wenn sie eines entdeckten, zerstörten sie es nur und verschonten den Besitzer. Übergriffe japanischer Soldaten waren die Ausnahme, fanden meist im Alkoholrausch statt und wurden disziplinarisch geahndet. Es schien, als wolle General Eo einen Konsens, mehr noch, einen Frieden zwischen Besatzern und Besetzten erreichen.

So erleichtert die Familie über Gungs unversehrte Rückkehr und das milde Regime des Kommandeurs war, den meisten waren die Aufmerksamkeiten Eos suspekt. Vor allem an dem neuen Teepavillon im Garten entzündete sich eine heftige Diskussion, als Elsa, Max, Iolana, Paulette, Lucas und Lucille zum ersten Mal seit Monaten vereint beim Abendessen saßen. Einzig Mele und Keanu fehlten. Bunte Teelichter auf dem Tisch und das weiche Licht der untergehenden Sonne suggerierten eine Harmonie, die im Gegensatz zu den unterschwellig siedenden Emotionen stand, welche das Geschenk des Generals auslöste.

Sie warteten, bis Gung serviert und den Salon verlassen hatte.

»Ein *japanischer* Pavillon«, eröffnete Paulette den Disput. »Bist du dir darüber im Klaren, wie das bei den Leuten ankommen wird, Elsa?«

»Seit wann kümmert dich das Getratsche der Leute?«, entgegnete Elsa. »Oder wäre es dir etwa lieber, wir hätten eine Kanone im Garten?«

»Allerdings. Die könnte man wenigstens nicht als Zusammenarbeit deuten.«

»Zur Zusammenarbeit gehört ja wohl, dass auch ich etwas liefere.«

»Wirst du denn?«

»Ich hoffe in deinem Sinne, dass du damit etwas anderes meinst, als ich heraushöre.«

»Nein, ich meine genau das, was du heraushörst. Du trinkst Tee mit ihm, flanierst im Garten, er beschenkt dich …«

»Mit einem aus der Haft entlassenen Diener.«

»Ich freue mich über Gungs Freilassung genauso wie du. Aber der Pavillon …«

»Eo hat ihn bauen lassen, ohne mich zu fragen. Hätte ich mit dem Gewehr auf den Bautrupp schießen sollen?«

Ganz gegen seine Gewohnheit mischte sich Lucas in die Diskussion ein. Er war ansonsten sehr zurückhaltend.

»Hüte dich vor Geschenken von Feinden«, sagte er. »Der Pavillon ist ein trojanisches Pferd, das wir einfach abbrennen sollten.«

»Ich kann nicht erkennen«, erwiderte Elsa, »dass sich Samuraikrieger im Fundament versteckt haben, die nachts hervorkriechen und uns niederstrecken werden.«

»Das war bildlich gemeint.«

»Das Bild stimmt hinten und vorne nicht, Lucas. General Eo ist nicht unser Feind. Gut, er ist es in einem abstrakten, nicht aber im konkreten Sinn. Er ist anders, als ich es von einem japanischen General erwartet habe. Ihr könnt das nicht wissen, weil ihr ihn nicht kennt.«

»Wir kennen ihn«, widersprach Iolana. »Er kam gestern ins Café, als wir das Lazarett aufgelöst haben, und hat Max und mich gebeten, das ›Pacifico‹ wiederzueröffnen, und zwar, wie er sagte, im Sinne einer lebenswerten Stadt. Wir haben mit einer Ausrede abgelehnt. In Wahrheit wäre es uns zuwider, die Besatzer zu bedienen.

Max und Iolana wechselten einen Blick, der Elsa stutzig machte. Eine Art von Absprache, von geheimem Einverständnis lag darin.

»Am Ende haben wir uns anders entschieden«, orakelte Iolana. »Es gibt mehr Gründe, die für eine Wiederaufnahme des Barbetriebs sprechen als dagegen.«

»Dasselbe gilt für den Pavillon«, wandte Elsa ein. »Ihn abzureißen birgt mehr Gefahren als Nutzen, es käme einer Kriegserklärung an General Eo gleich … mit unabsehbaren Folgen.«

»Dieser Eo ist tatsächlich anders, als zu befürchten war«, stimmte Max ihr zu, wofür Elsa ihm hätte dankbar sein sollen. Trotzdem wäre es ihr lieber gewesen, er hätte gegen den General gesprochen. Sein Urteil wog viel.

»Und natürlich«, fügte er hinzu, »lässt sich ein gewisser Umgang mit den Besatzern nicht verhindern, so ist das nun mal.«

»Meinetwegen«, stimmte ihm Paulette widerwillig zu. »Freundschaften mit den Japanern sollten wir jedoch unbedingt vermeiden, geschweige denn«, sie sah Elsa eindringlich an, »mehr. Wir befinden uns wegen dieses Pavillons und dem zur Verfügung gestellten Hotel hart an der Grenze zur Kollaboration. Noch haben wir sie nicht überschritten, und ich bin regelrecht froh, dass die Japaner zahlreiche unserer Plantagen auf von ihnen besetzten Inseln beschlagnahmt haben. Sind wir uns also einig«, wieder sah sie Elsa an, »dass wir auf weitere Gunstbezeugungen des Regimes und für das Regime zukünftig verzichten?«

Alle nickten. Nach kurzem Zögern nickte auch Elsa.

Einige ruhige Wochen vergingen – äußerlich ruhig. Max, Iolana und Paulettes Kinder arbeiteten im Café, das sich nach und nach füllte wie ehedem. Die Einwohner von Port Rabaul fanden langsam wieder Gefallen am Ausgehen, und an die Stelle der fehlenden Touristen traten die japanischen Offiziere. Alles in allem kamen die Eroberer und die Eroberten leidlich miteinander aus. Paulette verwaltete die Überreste des Plantagenimperiums, was angesichts der chaotischen Situation im Pazifik eine echte Herausforderung war. Die Kommunikation zu anderen Inseln brach fast völlig zusammen, das Versenden von Dokumenten war ein Roulettespiel, weil man nie sicher sein konnte, dass der Postfrachter nicht versenkt wurde. So manche Telegrafenstation antwortete plötzlich nicht mehr, und am Funkgerät meldete sich ein Japaner, wo gestern noch ein Brite, Amerikaner oder Franzose gesessen hatte. Paulette verschickte alles doppelt und dreifach, wobei ihr nicht nur eine professionelle Hilfskraft, sondern auch Mele zur Hand ging, die sich mit zwei Fingern an der Schreibmaschine bewährte. Am meisten machte ihr jedoch zu schaffen, dass ihr die Zigarren ausgingen, daher fluchte sie allein deshalb auf die Japaner.

Auch Elsa half ihr von Zeit zu Zeit, war aber für Büroarbeiten nicht gut zu gebrauchen. Wenn es um den Garten ging, machte ihr hingegen keiner etwas vor. Sie jätete Unkraut, schnitt die Sträucher, legte neue Wege an, machte Brotaufstriche aus selbst geernteten Acerolakirschen und kultivierte Feigenbäume, weil die Paradiesvögel, die Keanu so sehr mochte, die Bäume besonders gern aufsuchten … Sie war von morgens bis abends mit angenehmer Arbeit beschäftigt, und man hätte meinen können, sie wäre ausgeglichen.

Das Gegenteil war der Fall. Äußerlich gelassen, fast stoisch, tobten in ihr die Emotionen. Hitoshi Eo spukte wie ein Geist in ihrem Kopf, in ihrer Brust. Er war ständig anwesend. Er lächelte. Er sah sie an. Aber warum? Wieso gerade er? Auf der Suche nach der Antwort beschäftigte sie sich noch mehr mit ihm als ohnehin.

Der Pavillon lieferte ihr immerhin zum Teil eine Erklärung. Als jugendliche Frau hatte sie sich eine Zeit lang der Vorstellung hingegeben, den ersten Kuss in einem Pavillon von einem leidenschaftlichen Draufgänger zu erhalten. Wochenlang vermied sie, das Gebilde auch nur anzusehen, und wenn es doch mal passierte, blickte sie rasch woanders hin, wie eine Nonne, die nach einem unzüchtigen Gedanken beim Rosenkranz Zuflucht sucht.

Nach einiger Zeit aber betrachtete Elsa den Pavillon immer öfter. Schließlich, als sie einmal ganz allein im Haus war, betrat sie ihn.

Eigentlich war es keine große Sache – drei Stufen, und sie stand darin. Die Aussicht war nicht besser als von zahlreichen anderen Plätzen im Haus und Garten. Viel mehr als in ihm herumstehen konnte man ohnehin nicht tun, weil er nicht möbliert war. Überragend war allein die Symbolik des Betretens, stand der Pavillon doch für das Verbotene. Wie hatte Lucas es ausgedrückt? Ein Geschenk des Feindes.

Elsa war den Dämonen stets erlegen, sie spazierten in ihrem Leben ein und aus wie Diebe in einem Store, und sie hatte ihnen auch noch die Tür aufgehalten. Elsa hatte sich Henning genommen – und war von ihm abhängig geworden. Elsa hatte sich Titus verschrieben – und konnte nicht mehr von ihm ablassen. Dem Opium, dem Alkohol – so viele Feinde hatte sie schon geliebt.

Dort, im Pavillon, durchdachte sie beim Blick über die Bay ihr Leben. Was erhoffte sie sich? Max war verloren, damit musste sie sich endlich abfinden, und die Kamelienmänner hatten die Lücke, die offene Flanke, nie schließen können. In den Armen vieler hatte sie ein Vergessen gefunden, das einige Stunden anhielt, oft auch eine Nacht. Nie war es von Dauer gewesen. Wie hätte es auch anders sein können? Hundert Schlucke Wasser vermochten den Durst zu stillen, nicht jedoch den Hunger.

Hitoshi war charmant und hatte zugleich eine Tiefe, die Elsa geradezu magisch anzog.

Mehrmals machte sie den Versuch, den Geist mit guten Argumenten loszuwerden, von denen es mehrere gab. Er war der Feind. Sie wusste nahezu nichts über ihn – dass er grünen Tee, Debussy und Gärten mochte, war schon das meiste. Sie hatte erst eine einzige Stunde mit ihm verbracht.

Doch es war von jeher die Eigenart der Geister, gegen die Vernunft immun zu sein. Ebenso hätte man versuchen können, Wahnsinn mit Witzen zu heilen.

»Ich habe Sie nicht erwartet«, sagte Hitoshi.

»Oh doch, das haben Sie«, erwiderte Elsa, was eine Replik war auf die Bemerkung, die er einige Wochen zuvor in ihrer Küche gemacht hatte. »Ich weiß alles über Sie.«

Er lächelte. Elsa sah ihn gerne lächeln.

»Kommen Sie herein.«

Es war nicht leicht gewesen, zu ihm vorzudringen. Die

Bungalowanlage war mit Zäunen und Stacheldraht gesichert, und es war fast unmöglich, ohne Passierschein und Japanischkenntnisse an den Wachtposten vorbeizukommen. Es hatte Elsa mehrere Stunden Geduld und Beharrlichkeit abverlangt, bis man ihr – lange nach Sonnenuntergang – bescheinigte, weder eine Spionin noch eine Attentäterin zu sein. Dennoch hatten sie auf dem Weg zum Bungalow des Generals zwei schwer bewaffnete Infanteristen begleitet, die Hitoshi nun mit einer Handbewegung fortschickte.

Er schloss die Tür. »Ihr Gegenbesuch ist das einzige Vergnügen am Ende dieses langen, arbeitsreichen Tages. Was darf ich Ihnen anbieten?«

»Einen Eistee, eine Ballade von Chopin und ein Geheimnis.«

»Mit wenig geben Sie sich wohl nicht zufrieden?«

»Was erwarten Sie von einer Prinzessin, einer Kaiserin, einer lustigen Witwe ...?«

»Da Sie gerade die lustige Witwe erwähnen, Eistee habe ich leider nicht hier. Ich mache uns einen Gin Pahit, wenn es Ihnen recht ist.«

»Sie kennen Gin Pahit?«

»Als ich kürzlich in einem dieser kleinen, widerlichen Agentenberichte las, dass Sie diesen Drink zum Kultgetränk der Südsee gemacht haben ...«

»Der britische Schriftsteller Somerset Maugham und ich«, korrigierte sie.

»... habe ich mir die Rezeptur und die Zutaten besorgt, nur für alle Fälle. Ich habe ihn sogleich probiert. Er war ... ein wenig stark. Vielleicht mein Fehler.«

»Wenn sich Ihnen die Fußnägel aufgerollt haben ...«

»Ja genau, jetzt, da Sie es sagen. Es kam dem sehr nahe.«

»Gratuliere, dann haben Sie alles richtig gemacht. Ich könnte ihn blind zubereiten. Gin ist der einzige Alkohol, den ich überhaupt noch trinke. Einen vor und einen nach dem Abendessen.«

»*Diesen* Dämon haben Sie also unter Kontrolle.«

Sowohl Hitoshis Wortwahl als auch die Betonung ließen Elsa aufmerken.

»Von einem Dämon spricht nur derjenige, der selbst einen hat«, sagte sie.

Hitoshi überreichte ihr den Glaskelch. »Gin ist es in meinem Fall jedenfalls nicht.« Er verzog den Mund beim Trinken. »Einen vor und einen nach dem Dinner, haben Sie gesagt? Wieso Sie noch leben, ist mir ein Rätsel.«

Elsa lachte, und Hitoshi stellte sein Glas neben einem riesigen neunarmigen Kandelaber auf dem Klavier ab, das Elsa bisher entgangen war. Es stand in einer dunklen Ecke, die der General nun mit Kerzenlicht erhellte. Eine Minute später fing er an zu spielen.

Als Elsa sich eine Ballade gewünscht hatte, hatte sie an ein Grammophon gedacht. Es war absurd, dass ein japanischer General in der Südsee Chopin spielte, aber es passierte vor Elsas Augen, die den Blick nicht von diesem Mann abwenden konnte. Hitoshis feine Gesichtszüge wirkten im Kerzenlicht noch weicher, und seine schönen schlanken Hände glitten elegant über die Tasten.

Dieser Mann ist nicht das Regime, dachte Elsa. Er war kein Schlächter, kein gewissenloser Aggressor. Seine Politik war wie sein Klavierspiel auf Harmonie bedacht. Das Leben in der Stadt hatte sich unter seiner Ägide normalisiert. Wem tat er weh? Niemandem.

Nichtsdestotrotz war er der verlängerte Arm der japanischen Armeeführung. Er war das Gesicht des Krieges, der Besatzung.

Plötzlich hielt Elsa die Ungleichheit dessen, was sie sah, was sie fühlte und was ihr Kopf ihr befahl, nicht mehr aus. Sie wandte sich ab und ging auf die Terrasse, wohin ihr Chopins Musik folgte. Obwohl sie früher schon ein paarmal die Bungalowanlage besucht hatte – um einen Kamelienmann zu treffen –, war sie doch immer wieder von dem Zauber dieses Ortes überrascht. Dort, auf halber Höhe des Hügels, war man hoch genug, um die eindrucksvolle Schönheit der Matupi Bay und der sie umgebenden Berge zu erfassen. Im Gegensatz zum Haus der blauen Schmetterlinge jedoch war man nahe genug am Meer, um das Rauschen der Brandung hören und die vom Mondlicht erhellte weiße Gischt sehen zu können. Jetzt am Abend verströmte der vor der Terrasse gepflanzte Jasmin sein Parfüm. Jeder Bungalow war von anderen Pflanzen umgeben – Bougainvillea, Kamelie, Goldtrompete, Teestrauch, Flamboyant, Benzoe –, demnach war die Wahl Hitoshis wohl nicht zufällig auf dieses Haus gefallen.

Er hatte die Ballade beendet. Eine Minute lang war es ruhig, dann hörte Elsa Schritte.

»Bitte, für Sie«, sagte Hitoshi und überreichte ihr einen Stapel Papiere. »Das sind die Original-Gerichtsakten Ihres Prozesses, den unsere kleine Invasion gerade noch rechtzeitig unterbrochen hat. Kopien gibt es nicht. Machen Sie damit, was Sie wollen.«

Elsa war sprachlos. Ohne diese Akten war eine spätere Wiederaufnahme des Prozesses so gut wie ausgeschlossen. Mehr noch, ganz oben auf dem Stapel lag das Dokument, das bewies, dass Elsas Ehe mit Henning nicht annulliert worden war.

»Eine Hausdurchsuchung bei Ihrer guten Freundin Mrs. Malone hat es zutage gefördert«, erklärte Hitoshi.

»Ich … ich weiß nicht, was ich sagen soll. Ich bin hergekommen, um Ihnen für Ihre Gefälligkeiten zu danken, und nun beschenken Sie mich ein weiteres Mal.«

»Nein, das ist nicht der wahre Grund, wieso du zu mir gekommen bist«, sagte er und sah sie innig an.

Abwechselnd hatte Elsa gehofft und befürchtet, worauf dieser Abend hinauszulaufen drohte. Jeder Schritt, jeder Augenblick, der sie der Begegnung mit Hitoshi näher gebracht hatte, war zugleich von freudiger wie ängstlicher Spannung beherrscht gewesen.

»Wir sollten das lieber nicht tun«, sagte sie.

»Was?«

»Uns näherkommen.«

»Zu spät. Gefühle haben keinen Pass, Elsa. Hätten wir uns vor einem halben Jahr getroffen …«

»Wäre es heute auch nicht leichter.«

Er ging in den Bungalow und kam sogleich mit dem Kandelaber zurück, auf dem neun Kerzen brannten.

»Ich war nie verheiratet«, sagte er, weil ich nie die Richtige gefunden habe. Zum Vergnügen hier und da eine Geisha, mehr nicht. Manchmal musste ich ein ganzes Jahr sparen, um sie mir leisten zu können, nur weil ich nicht zu einer gewöhnlichen Prostituierten gehen wollte. Verliebt war ich nie. Bis ich dich traf. Versteh mich bitte nicht falsch. Ich verlange keine Gegenleistung, keine Belohnung von dir. Aber ich müsste mich schon sehr täuschen, wenn du nicht dasselbe fühlst wie ich.«

»Für dich ist es leichter«, sagte sie. »Sich als Sieger mit den Besiegten einzulassen ist etwas ganz anderes als umgekehrt.«

»Deswegen habe ich ja auch gewartet, dass *du* zu *mir* kommst. Im Grunde hattest du dich längst für mich entschieden, und nun hast du Angst vor deiner eigenen Courage.«

Hitoshi nahm ihr die Gerichtsakten wieder aus den Händen und hielt sie über die Kerzen, woraufhin das Papier sofort Feuer fing. Er warf es zwischen sich und Elsa auf den Boden, wo es vollständig verbrannte. Sein Blick vertiefte sich in die rauchende Asche.

»Yukio«, sagte er.

»Was heißt das?«

»Die Frage müsste lauten: Wer war das? Yukio Taganaka war mein Klassenkamerad und der Sohn unserer Nachbarn. Er hat sich über mich lustig gemacht, wo er nur konnte. Damals war ich schmächtig und klein, er hingegen war kräftig und stark für sein Alter. Ich habe seine Erniedrigungen zehn Jahre lang ertragen, bis ich fünfzehn war. Yukio hatte ein neues Fahrrad bekommen, mit dem er gerne in voller Fahrt einen steilen Hang hinunterfuhr und erst kurz vor einem eisernen Fabriktor zum Stehen kam. Ich manipulierte seine Bremsen, er fuhr frontal gegen das Tor und war auf der Stelle tot. Von diesem Tag an blühte ich auf. Yukio ist mein Geheimnis.«

Noch vor ein paar Monaten wäre sie entsetzt gewesen über diese Tat eines jungen Mannes. Doch im Lichte ihres eigenen Verbrechens verblasste das Ungeheuerliche.

Hitoshi sah sie an. »Du kannst mich für verrückt halten, aber ich habe dich schon geliebt, bevor ich dich kennenlernte.«

Mit den Lippen und Händen streichelte er ihren Körper, den sie trotz aller Anstrengung nicht mehr beherrschte. Ihr Blick wanderte über Hitoshis Schulter zum Ausgang, ihre Beine bewegten sich jedoch nicht, und ihre Arme hielten sich – zögerlich zunächst, dann mit Kraft – an dem Japaner fest. Ruppig entkleidete er sie, ehe er sie auf das Klavier hievte, zu Boden warf und schließlich auf das Bett … Auf die Hast folgte Langsamkeit. Hitoshi ölte erst ihren Körper ein, dann sie den seinen, und als er zum zweiten Mal an diesem Abend in sie eindrang, war es die Langsamkeit seiner Bewegungen, die sie schreien ließ. Stunden des Schlafs folgten.

Als Elsa mitten in der Nacht erwachte, spielte sie für einen Moment mit dem Gedanken, sich fortzuschleichen, ohne eine Nachricht zu hinterlassen. Sie beide könnten dann am nächsten Morgen ihr altes Leben wieder aufnehmen.

Die Kerzen waren fast heruntergebrannt, nur zwei von neun waren übrig. Hitoshis glatte, ölige Haut schimmerte wie mit Bronze übergossen, sein Mund war leicht geöffnet, er hatte die Beine gespreizt. In dem Moment, als Elsa den Kopf auf seine Brust legte, hatte sie letzte Gewissheit, dass sie Hitoshi liebte und dass sie ohne ihn nicht sein konnte.

Bittere Wahrheiten

Monate vergingen. Elsa sagte niemandem etwas von ihrer Liaison, das hätte nur Ärger gegeben, aber oftmals war ihr danach, von ihrem Glück zu erzählen. Nie zuvor war ihr so jemand begegnet. Weder die Kamelienmänner noch Henning hatten je Hitoshis Tiefgründigkeit, Stil und Bildung besessen, und auch wenn sie gelegentlich ihre Fantasien mit Elsa ausgelebt hatten, so waren sie doch insgesamt eher harmlos gewesen. Warwicks Reiz war seiner zügellosen Lebensart und einer gewissen diabolischen Ausstrahlung entsprungen, doch er war auch eitel und selbstsüchtig gewesen, zwei niedrige Wesenszüge, die Elsa verachtete. Max schließlich ... Er verkörperte das Gute, hatte selbst keine wirklich dunklen Seiten und mochte sie auch bei anderen nicht. Er war zärtlich, treu, verständnisvoll, geduldig, alles in allem hochanständig. Elsa hatte ihn viele Jahre lang dafür geliebt und hätte ihn auch nicht anders haben wollen. Aber – wieso hatte? Nein, sie liebte ihn noch immer. Es war ihr nur nie bewusst gewesen, bis sie Hitoshi getroffen hatte, wie sehr sie auch die dunkle Seite eines Mannes erotisch anzog.

Die Liebesnächte mit Hitoshi – und nicht nur die – waren anders als alles, was Elsa kannte. Das ganze Zusammensein mit ihm war wie die Entdeckung einer neuen Dimension.

Bis Ende 1942 konnte Elsa ihre Beziehung zu dem japanischen General geheim halten. Sie trafen sich ausschließlich nachts, wie Musangs, Schleichkatzen, und blieben stets in seinem Quartier in der Bungalowanlage. Sie schliefen miteinander, aber sie hörten auch gemeinsam Musik oder lasen sich gegenseitig aus Büchern vor. Hitoshi brachte Elsa die Kunst der Haiku-Dichtung bei, ebenso das traditionelle japanische Theater. Sie wiederum führte ihn in die Welt der Richard-Wagner-Opern ein.

Natürlich fiel der Familie auf, dass Elsa häufig beim Abendessen oder dem anschließenden Schlummertrunk fehlte. Der Einfachheit halber schob sie einen Kamelienmann vor, den es gar nicht gab. Er hatte den seltsamen Namen Bartholomew P. Killigrew, war Ire und lebte auf der anderen Seite der Halbinsel Matupi das Leben eines Eremiten. Letzteres war auch der Grund, weshalb er es vorzog, niemals das Haus der blauen Schmetterlinge zu betreten und Elsas Familie kennenzulernen. Erstaunlich, dass die anderen ihr die an den Haaren herbeigezogene Geschichte viele Monate lang glaubten. Aber Elsa war mit so unterschiedlichen Kamelienmännern liiert gewesen, dass sich ein teils toleranter, teils gelangweilter Umgang der Familie damit etabliert hatte. Elsa hatte keine Fragen zu befürchten.

Eines Tages jedoch stellte Paulette sie unter vier Augen zur Rede.

»Du triffst dich mit Eo, leugne es nicht, ich habe meine Quellen. Im Übrigen habe ich es die ganze Zeit geahnt. Ich kenne dich inzwischen so gut, dass ich dir ansehe, wenn du lügst. Erkläre es mir.«

»Lass gut sein, Paulette, du würdest sowieso nicht verstehen, was Hitoshi und mich verbindet.«

»Doch, *das* verstehe ich. Du hast dich immer schon zu Männern hingezogen gefühlt, die dir anfangs das Gefühl gaben, eine Prinzessin zu sein, die dich süß lächelnd an der Hand genommen und wenig später in den Abgrund gestoßen haben. Was ich nicht verstehe, ist, wie du diesmal, selbst für deine Verhältnisse, so blind sein kannst.«

»Hitoshi wird mir niemals wehtun.«

»Dass du das glaubst, habe ich befürchtet. Darum war ich so frei, ein wenig über ihn in Erfahrung zu bringen, und zwar über meine verzweigten Geschäftsbeziehungen. Weil die Hälfte aller Nachrichten auf den Grund des Pazifischen Ozeans torpediert wird, hat es etwas länger gedauert. Aber nun ist sein Leben ein offenes Buch für mich.«

»Behalte das Buch. Ich muss nur eins wissen: Ist er in einem Arbeiterviertel von Nagasaki geboren worden, und war er als Junge eher klein und schmächtig?«

Paulette stutzte. »Ja, schon, aber ich verstehe nicht, was …«

»Der Rest ist ohne Belang.«

»Da bin ich allerdings anderer Meinung. Wenn du dir seiner so sicher bist, können meine Ausgrabungen ihm nichts anhaben. Dann kannst du sie dir ebenso gut anhören. Vielleicht beginne ich damit, dass er seit einigen Jahren führendes Mitglied der *Taisei Yokusankai* ist.«

»Ist das ein Sportclub?«

»Bleib bitte ernst.«

»Du bist ernst genug für uns beide. Was also sind diese Taiwan Dingsda?«

»Die *Taisei Yokusankai* ist die Einheitspartei, die das Mehrparteiensystem in Japan abgelöst, man könnte auch sagen beseitigt hat. Der Name bedeutet so viel wie ›Unterstützungsgesellschaft für die Kaiserliche Herrschaft‹. Verstehst du? Dein Hitoshi ist ein glühender Monarchist.«

»Und wenn schon. Das sind neunzig Prozent der Engländer auch.«

»Aber in Japan ist der Kaiser ein Gott.«

»In Frankreich ist jeder Koch ein Gott. Worauf willst du hinaus? Dass Hitoshi der jüngste General der japanischen Armee wurde, weil er Parteimitglied ist?«

»Schön, wenn es so wäre. Er hat an mehreren Schlachten in China teilgenommen und sich dort sehr bewährt. Unter anderem in der Schlacht von Changsha, im Herbst neununddreißig. Damals war er Oberst und kommandierte eine Division. In dieser Schlacht haben die Japaner im großen Stil Giftgas eingesetzt, obwohl das völkerrechtlich geächtet ist.«

»Hast du Beweise, dass er den Einsatz von Giftgas befohlen oder durchgeführt hat?«

»Leider können meine Quellen das weder bestätigen noch verneinen. Aber ...«

»Kein ›aber‹, Paulette. Ich finde es ungeheuerlich, mit welcher Leichtigkeit du Menschen zu Kriegsverbrechern stempelst, ohne handfeste Belege.«

»Ich bitte dich, Elsa, mach die Augen auf. Bekommst du denn nicht mit, was um uns herum passiert?«

»Hier ist alles ruhig, niemand wird gequält.«

»Nur scheinbar. Auf der ganzen Halbinsel werden riesige unterirdische Bunker und Tunnelsysteme angelegt, außerdem vier zusätzliche Flugfelder. Was glaubst du wohl, wer das alles baut?«

»Japanische Soldaten.«

»Kriegsgefangene«, sagte Paulette. »Zehntausende. Man sieht sie nicht, weil sie hauptsächlich unterirdisch arbeiten. Sie sind in Lagern zusammengepfercht …«

»Die sicherlich einem anderen Kommandeur unterstehen. Hitoshi ist lediglich Kommandeur von Rabaul, nicht von der ganzen Insel.«

»Ja, aber er profitiert von der Zwangsarbeit.«

»Du versuchst da etwas zu konstruieren, Paulette.«

»Hitoshi ist der Feind, das kannst du nicht wegdiskutieren, und du würdest dich niemals mit ihm einlassen, wenn du nicht wegen Max …«

Bei der Erwähnung dieses Namens ging Elsa hoch wie eine Granate.

»Max wird Iolana niemals verlassen!«, rief sie laut. »Und wenn er es täte, dann wäre ich von ihm enttäuscht. Er ist für mich verloren, Paulette. Was erwartest du? Dass ich ihm ewig nachhänge? Wäre, hätte, würde, wenn, dann, so argumentieren die Stehengebliebenen. Ich aber will leben.«

»Wir sind hier nicht in einem Ballsaal, Elsa. Du tanzt auf dem Vulkan.«

»Na und?«, entgegnete sie erregt. »Irgendwo muss ich nun mal tanzen. Schließlich kann ich nichts anderes. Ich habe alles Mögliche versucht. Sag selbst, ist irgendetwas Brauchbares dabei herausgekommen außer einem Sohn und einem ansehnlichen Garten? Ich bin nicht wie du, Paulette. Ich kann nicht rechnen, bin eine schlechte Schachspielerin, und die meisten Arbeiten interessieren mich nicht. Ich war immer schon dafür gemacht zu lieben, und sieh, was daraus geworden ist. Zu oft hat jemand oder etwas meine Pläne durchkreuzt. Es ist besser, zu leben und Fehler zu machen, als aus Furcht vor einem Fehler zu erstarren. Lieber verbrennen als verrosten.«

Elsa hatte die Worte geschrien, nun beruhigte sie sich etwas. »Die letzten Monate mit Hitoshi waren wundervoll, und ich bitte dich nur um eins: Sag niemandem etwas. Es würde alles vergiften und letztlich nichts ändern. Meine Entscheidung steht fest, ich werde bei Hitoshi bleiben.«

Paulette respektierte Elsas Wunsch, sie konnte ihr so gut wie nichts abschlagen, denn sie liebte sie nicht weniger als ihre eigenen Kinder.

»Wie du willst«, sagte sie. »Aber das wird kein gutes Ende nehmen.«

Ende einer Liebe

Am 7. Dezember 1943, fast zwei Jahre nach der Invasion der Japaner, flog die amerikanische Luftwaffe einen Bombenangriff auf Port Rabaul, und obwohl bei diesem Ereignis kein Mitglied der Familie zu Schaden kam, hatte dieses Ereignis weitreichende Folgen.

Elsa erlebte den Angriff in der Villa. Die Bomber kamen wie aus dem Nichts und flogen so dicht über dem Hügel, dass sie fast die Baumkronen berührten. Im Haus gingen ein paar Flaschen und Gläser durch die Vibrationen zu Bruch. Der ohrenbetäubende Lärm der Rotoren mischte sich mit dem Abwehrfeuer der japanischen Geschütze. Keanu, der gerade im Garten spielte, streckte die Hände nach den Flugzeugen aus, und Mele kam herein und rief: »Das sind keine Japaner. Das sind unsere Freunde.«

Doch die Freunde luden ihre tödliche Last über den Menschen aus, die Elsa liebte. Ein Bombenregen ging über dem Hafen nieder, wo Paulette sich gerade aufhielt, und auch die Stadt wurde schwer getroffen, unter anderem das höher gelegene Areal, in dem Hitoshi wohnte.

Elsa griff zum Fernglas und stellte zu ihrer Erleichterung fest, dass das Café offensichtlich unbeschädigt war. Dafür stieg von der ehemaligen Hotelanlage, in der jetzt die Japaner residierten, schwarzer Rauch auf.

Die Telefonverbindungen waren unterbrochen. Elsa überlegte, den Wagen zu nehmen und sich vor Ort davon zu überzeugen, dass es Hitoshi gutging, und dann sofort nach Paulette zu suchen. Aber sie fürchtete eine zweite Angriffswelle und wollte Keanu und Mele nicht allein lassen. Erst als etliche japanische Jagdflugzeuge über der Bucht und den Hügeln kreisten, konnte sie davon ausgehen, dass der Angriff vorbei war.

Sie fuhr los, gelangte jedoch nur bis zur Ausfahrt. Dort kam ihr Max in seinem Lieferwagen entgegen. Er sprang sofort heraus und lief zu Elsa.

»Geht es dir gut?«, fragte er.

»Mir ist nichts passiert.«

»Was ist mit Keanu und Mele?«

»Alles in Ordnung. Und bei euch?«

»Ich weiß es nicht. Ich war gerade unterwegs, um Früchte einzukaufen, als die Bomben fielen.«

»Du warst noch nicht im Café?«, fragte Elsa verwundert.

Erst durch den Tonfall ihrer Frage schien ihm bewusst zu werden, dass er eine Entscheidung getroffen hatte, als er hügelauf zur Villa gefahren war und nicht ins Café.

»Ist ja jetzt egal«, sagte Elsa. »Ich muss weiter.«

»Wohin?«

»Zu … zum Hafen. Paulette ist dort.«

»Du kannst nirgendwohin. Die Japaner haben eine Ausgangssperre verhängt, ich bin gerade noch so durchgekommen.«

Damit blieb Elsa nichts anderes übrig, als zu Hause abzuwarten. Es kam nicht oft vor, dass sie mit Max allein war, und sie hätte sich ein bisschen mit ihm unterhalten, oder sie hätten Zeit mit Keanu verbringen können. Stattdessen zog sie sich allein auf die Terrasse zurück. Elsas Gedanken jedoch kreisten um Paulette, vor allem aber um Hitoshi.

Nach zwei Stunden waren ihre Fingernägel abgekaut und sämtliche Rauchschwaden über Port Rabaul abgezogen. In der Bucht sank ein kleines Kriegsschiff, das den Qualm und wer weiß wie viele Seeleute mit in die Tiefe zog. Sogleich siegte die Idylle über das Grauen, und das Blau des Himmels und des Meeres war vollkommen.

»Das Telefon funktioniert wieder«, meldete Gung, was es nur Sekunden später mit einem lauten Klingeln unter Beweis stellte.

Elsa nahm selbst ab.

»Bist du unversehrt?«, fragte Hitoshi.

Eine Zentnerlast ficl ihr vom Herzen.

»Du auch?«

»Ja. Aber viele meiner Kameraden sind tot.«

Der Verlust seiner Landsleute interessierte Elsa nur insofern, als er Hitoshi traurig und wütend machte.

»Die Bomber haben genau gewusst, worauf sie zielen müssen«, fügte er hinzu. »Da waren Spione am Werk.«

»Ich bin in einer Stunde bei dir.«

»Nein, Elsa, heute nicht.«

»Aber …«

»Abgesehen davon, dass ich angesichts der beträchtlichen Schäden viel zu tun habe, wäre es unangemessen, mich in der heutigen Nacht, in der wir Japaner unsere Wunden lecken, mit einer Geliebten zu amüsieren.«

Seine Wortwahl gefiel ihr nicht, auch wenn er im Grunde nichts Falsches gesagt hatte.

»Ich könnte mit dir trauern.«

»Nein, Elsa, das kannst du nicht«, sagte er hellsichtig und ohne Groll, dann holte er neuen Atem: »Ich lasse dir einen Passierschein zukommen, damit du trotz der Ausgangssperre deine Freunde besuchen kannst, wenn du willst. Ich liebe dich. Bis bald.«

»Ich liebe dich auch«, sagte sie, aber da knackte es auch schon in der Leitung.

Als sie den Hörer auflegte und sich umdrehte, stand Max in der Tür, nur wenige Schritte entfernt.

Iolana saß allein im Schankraum des Cafés, ohne ein einziges Licht. Das »Pacifico« war an jenem Abend wegen der Ausgangssperre und der vorgeschriebenen Verdunkelung geschlossen, aber das wäre es auch ohne die japanischen Gebote gewesen. Aus dem Obergeschoss drang dann und wann Gelächter, ansonsten untermalte nur leiser Wellenschlag die Stille.

Als Max hereinkam, entdeckte er Iolana nicht sofort. Daher sagte sie: »Ich bin hier.«

Er kam zu ihr und küsste sie, doch sie fühlte dabei nicht mehr dasselbe wie früher, eigentlich schon seit einer ganzen Weile nicht mehr.

»Elsa hat vorhin angerufen und gesagt, dass es euch allen gutgeht, und Paulette hat sich ebenfalls vor einer halben Stunde telefonisch gemeldet. Sie sitzt am Hafen fest, aber ihr ist nichts passiert.«

»Wir haben alle Glück gehabt.«

»Glück? Ja.« Dieses Wort kam Iolana seltsam fremd vor, vor allem aus dem Mund von Max.

Einen Moment lang wusste keiner von ihnen etwas zu sagen.

Dann, vielleicht um die Sprachlosigkeit zu überbrücken, vielleicht auch aus Interesse, fragte Max: »Was ist denn das für ein Gelächter da oben? Hört sich wie eine kleine Feier an.«

Iolana hatte an diesem Abend keine Lust mehr, die Wahrheit noch länger zurückzuhalten, und zwar nicht nur im Hinblick auf das, was eine Etage höher vor sich ging.

»Es *ist* eine Feier«, antwortete sie. »Lucas und einige seiner Freunde begießen den amerikanischen Angriff. Sie sind allesamt im Widerstand und haben ihren Anteil an dem Erfolg. Seit Monaten spionieren sie die japanischen Verteidigungsanlagen aus, melden weiter, welche Schiffe in der Bucht liegen …«

Max fiel die Kinnlade herunter. »Lucas ist im Widerstand? Und seine Freunde, die seit einiger Zeit bei uns wohnen, sind es auch? Das ›Pacifico‹ ist ein Partisanennest?«

Iolana nickte. »Charmant, nicht wahr? Unten zechen die Japaner, oben bereiten die Partisanen die Aktionen gegen sie vor.«

»Das ist überhaupt nicht charmant.«

»Ich wusste, dass du dich darüber aufregst, deswegen habe ich dir auch bisher nichts davon gesagt.«

»Allerdings rege ich mich auf. Spionieren ist nicht das Einzige, was die Partisanen tun. Erst vor einem Monat sind sechs Japaner bei einem Brandanschlag auf ihre Wachstation elendiglich gestorben.«

»Ich weiß, wie du als Arzt und als Anhänger von Gandhi über Gewalt denkst, auch über Gegengewalt. In meinen Augen ist sie jedoch gerechtfertigt. Die Japaner begehen schreckliche Gräuel, vielleicht nicht in Rabaul, aber man hört es aus anderen besetzten Gebieten.«

»Wie denkt seine Mutter darüber?«

»Paulette weiß nichts davon … auf den ausdrücklichen Wunsch von Lucas hin. Er ist noch nicht volljährig, und Paulette würde ihn lieber einsperren, als ihm diese lebensgefährlichen Aktionen zu erlauben. In meinen Augen ist er jedoch reif genug, solche Entscheidungen zu treffen.«

»Mir behagt der Gedanke nicht, dass im Raum neben meinem Schlafzimmer Brandsätze gebastelt und Pistolen geladen werden, die zahlreiche Menschen töten.«

»Das Café gehört immer noch *mir«,* stellte Iolana mit einer gereizten Deutlichkeit klar, die sie selbst überraschte. »Ich habe Verständnis für deine Haltung, aber letzten Endes ist meine Haltung in dieser Sache ausschlaggebend.«

Max, der während des bisherigen Gesprächs gestanden hatte, setzte sich nun zu Iolana an den Tisch und ergriff ihre Hand.

»Was ist eigentlich los?«, fragte er.

Er hatte damit – vielleicht ohne sich der Tragweite bewusst zu sein – den Finger in die Wunde gelegt. Denn natürlich hätte Iolana weder in diesem Ton mit ihm gesprochen noch ihm eine so bedeutende Sache wie das Partisanennest im Haus über Monate verschwiegen, wenn in ihrer Beziehung noch alles zum Besten stünde. Seit einer Weile war das nicht mehr der Fall, was teils an ihr lag, teils an ihm.

Max hatte bisher sehr viel Geduld mit ihr bewiesen, was sie ihm hoch anrechnete. Iolana hatte, wie schon zu Beginn ihrer Beziehung, nach wie vor längere Phasen, in denen sie auf jede Zärtlichkeit ablehnend reagierte, geschweige denn, dass sie dann mit Max hätte schlafen können. Die einfachsten Berührungen riefen ihr oft alle

Scheußlichkeiten Akamus wieder ins Bewusstsein. Sie war sogar schon einmal mitten in der Nacht aufgewacht und hatte in blinder Raserei auf Max eingeschlagen, in dem Glauben, er wäre Kimos Mörder. Mit stoischer Ruhe und unendlichem Verständnis versuchte Max, es ihr so leicht wie möglich zu machen und ihr die Schuldgefühle auszureden, die sie wegen ihrer Frigidität und der Abneigung gegen ihre Tochter Mele hatte.

Sie wusste, dass Max sehr an ihr hing. Sie fühlte aber auch, dass Max eine andere Frau mehr liebte, was sie traurig und hilflos zugleich zurückließ. Ihr hatte lange Zeit der Mut gefehlt, es zur Sprache zu bringen, denn Max verhielt sich ihr gegenüber stets tadellos. Die Umstände, in denen sie lebten – der Krieg, das Café –, waren zusätzlicher Kitt. So war ihre Lebensgemeinschaft zwar nie von schweren Schlägen beschädigt, aber langsam und stetig von innen heraus zersetzt worden.

Hatte er das nie bemerkt?

Sie stand auf und ging ins Dunkel der Nacht, den Steg entlang bis zur Plattform, in dem Wissen, dass Max ihr folgte.

Hier am Meer, unter dem himmlischen Kreuz des Südens, hatte ihre Beziehung begonnen, und hier würde sie enden.

»Du liebst Elsa mehr als mich«, sagte sie, das Gesicht der Bucht zugewandt. »Zu wem bist du gefahren, als die Bomben fielen? Dein Weg hat dich nicht zuerst zu mir, sondern zu ihr geführt. Um sie zu retten, wärst du, als sie vor Gericht stand, unschuldig ins Gefängnis gegangen … und hättest mich dabei zurückgelassen. Und was war damals, als Titus unter mysteriösen Umständen auf der

Jacht gestorben ist? Du hast den Totenschein gefälscht, weil du befürchtet hast, dass Elsa des Giftmordes angeklagt werden könnte. Deine Liebe zu ihr ist so alt und tief, dass die zu mir nicht mithalten kann. All die Jahre unseres Zusammenseins warst du nicht ehrlich zu mir, wenn auch nur, weil du nicht ehrlich zu dir selbst warst. Darum will ich dir auch keinen Vorwurf machen.«

Max hatte die ganze Zeit über hinter ihr gestanden und sie ausreden lassen. Ein kleiner Teil von ihr wünschte sich, dass er ihr widersprach, der andere, größere Teil hätte ihm selbst dann nicht geglaubt.

»Ich möchte, dass du gehst, Max. Jetzt gleich.«

Er legte ihr eine Hand auf die Schulter, und Iolana berührte sie, ohne sich zu ihm umzuwenden. Eine Weile standen sie so da, dann nahm er die Hand weg, und seine Schritte wurden leiser und leiser.

Eigentlich hätte Iolana sich einsam fühlen müssen. Wen hatte sie denn jetzt noch? Aber an diesem denkwürdigen Tag, der so vieles veränderte, war etwas passiert, womit sie nie gerechnet hätte. Als die Bomben gefallen waren, war sie als Erstes nach draußen gestürmt und hatte den Hügel hinauf zum Haus der blauen Schmetterlinge geblickt.

Zum ersten Mal seit Meles Geburt hatte Iolana sich um ihre Tochter gesorgt. Sie hatte das Mädchen geliebt.

Ende einer Illusion

Es war ihr erster gemeinsamer Ausflug. Sie fuhren in Elsas Bentley, Hitoshi am Steuer. Der Japaner trug Zivil, einen schwarzen Anzug, in dem er ihr viel besser gefiel als in seiner Uniform. In letzter Zeit hatte sie ihn des Öfteren dazu angehalten, auch im Bungalow Zivil zu tragen, wenn sie bei ihm war. Nur dann konnte sie für eine Weile völlig vergessen, dass er Soldat war.

Bisher hatten sie sich immer in seinem Quartier getroffen, bei Nacht, womit sie ihrer Beziehung den Stempel des Verbotenen selbst aufgedrückt hatten. Das Quartier war ein intimer Illusionsraum gewesen, von der übrigen Welt abgesondert, der dennoch die übrige Welt nicht für immer verleugnen konnte. Gelegentlich störte ein aufgeregter Melder ihre Zweisamkeit, oder die Flakgeschütze auf den Hügeln begannen zu feuern. Die Bombardements nahmen zu, so als kämen ihre Urheber näher und näher. Bisweilen blickten Elsa und Hitoshi von der Terrasse aus – wie einst Nero – auf eine brennende Stadt, was Elsa die Lust an Zärtlichkeiten verdarb.

Auf den Bungalow beschränkt zu sein war ihr zunehmend auf die Nerven gegangen, daher hatte sie immer öfter einen Ausflug ins Umland angeregt. Allein Hitoshis Fleiß und Pflichtbewusstsein hatten ihn lange davon abgehalten, mal einen ganzen Tag freizunehmen, und nun, da er endlich eingewilligt hatte, wäre Elsa am liebsten zu Hause geblieben.

Iolanas überraschende Trennung von Max war für Elsa ein Schock gewesen. Sie hatte sich diese Situation lange Zeit ausgemalt, ohne sie sich – Iolanas wegen – wirklich zu wünschen. Sie war beständig hin- und hergerissen gewesen zwischen der Liebe zu einem Mann und der zu einer Freundin. Und nun, da sich diese Spannung unerwartet gelöst hatte, geriet sie in einen anderen Zwiespalt.

»Sag mir bitte, wo du warst, wenn du wieder auf der Erde gelandet bist«, sagte Hitoshi.

»Wie bitte?«

»Du warst mit deinen Gedanken weit weg.«

»Entschuldige.«

Als sie aus der Stadt herausfuhren, wurden sie von ein paar Leuten bemerkt, die die Köpfe nach ihnen umdrehten, und Elsa war über sich selbst überrascht, wie unangenehm es ihr war, mit Hitoshi in der Öffentlichkeit gesehen zu werden. Waren das die Reste des schlechten Gewissens, einen Japaner zum Liebhaber zu haben? Sie hatte deswegen schon so manche Feindseligkeit hinnehmen müssen … Seit ihre Beziehung zu Hitoshi bekannt geworden war, bekam Elsa Iolana so gut wie gar nicht mehr zu Gesicht. Es kam zwar zu keinem Streit, aber Iolanas Schweigen war beredt genug, und Elsa machte ihrerseits keinen Versuch, sich zu rechtfertigen. Sie hatten zusammen eine Menge erlebt, und Elsa war der Meinung, dass sie ein bisschen Verständnis verdient hatte – und es sich nicht auf Knien erbetteln musste.

Das einzig Gute an Iolanas Rückzug war, dass Mele auf den Wunsch ihrer Mutter ins »Café Pacifico« umzog.

Es war Elsa egal, ob ihre Liebschaft mit einem Japaner der Grund für Iolanas veränderte Haltung war oder ob es plötzlich entdeckte mütterliche Gefühle waren – sie freute sich für Mele, wenngleich oder vielmehr gerade weil sie dieses Kind, das fast schon eine junge Frau war, wie eine eigene Tochter liebte. Überhaupt schien sich das Familienleben immer mehr von der Villa ins »Pacifico« zu verlagern, da auch Lucille und Lucas inzwischen gänzlich dort arbeiteten und wohnten.

Die Familie schien zu zerfallen. Paulette war, außer Keanu, die Einzige, die noch zu Elsa stand, wenngleich sie keine Gelegenheit ausließ, über Hitoshi herzuziehen. Sie verdächtigte ihn, Elsas Besitztümer mittels seiner Protektion vor der Beschlagnahmung zu schützen. Ihr Verhalten hatte etwas von Selbstgeißelung. Da ihre Landsleute in Frankreich unter der deutschen Okkupation litten, wollte auch sie leiden – und eines der schlimmsten Leiden, die man Paulette zufügen konnte, waren schwere Vermögensverluste.

»Du bist heute ungewöhnlich schweigsam«, sagte Hitoshi, der den Bentley leicht nervös steuerte.

»Tut mir leid, heute ist irgendwie nicht mein Tag.«

»Liegt es daran, dass die Leute dich mit einem Besatzer ausfahren sehen?«

»Nein, nein.«

Eigentlich verstand sie Hitoshi – ja, die Japaner schlechthin – nicht länger als Besatzer. Im Grunde genommen war Elsa nur noch am Leben, weil die japanische Invasion sie höchstwahrscheinlich vor einem Schuldspruch und damit vor dem Tod gerettet hatte. Davon abgesehen brachten die amerikanischen Bomben, die nicht selten ihr militärisches Ziel verfehlten, größeres Leid über die Einwohner von Rabaul als die Japaner. Außerdem, ob die Insel zu Großbritannien, Deutschland, Australien – wie in der Vergangenheit – oder zu Japan gehörte, war Elsa ziemlich egal. Das war Politik, und dafür hatte sie sich nie interessiert. Trotzdem war sie froh, als sie die Stadtgrenze passiert hatten.

Sie fuhren auf einer kaum befahrenen Straße quer über das Hochland und kamen dabei auf andere Gedanken. Ab und zu stiegen sie aus, um die Fernsicht zu genießen oder eine schnurgerade Akazienallee zu bewundern, die einst die Deutschen angelegt hatten. Elsa betätigte sich als wandelnder Baedeker, als sie Hitoshi ein typisches Eingeborenendorf zeigte, dessen wellenförmige Hütten so dicht beieinander standen, dass sie wie ein Stroh gewordenes Meer aussahen.

Als sie an eine Kreuzung kamen, sagte sie: »Fahr bitte dort entlang.«

»Nein, ich werde lieber den anderen Weg nehmen.«

»Aber das ist ein Umweg und auch weniger schön.«

»Ich weiß. Trotzdem.«

Mit einiger Verzögerung erreichten sie die Talili Bay, die eigentlich nicht wie eine Bucht wirkte, sondern aus einem mehrere Kilometer langen, geraden Sandstrand bestand, der sich erst in großer Entfernung krümmte. Dort waren sie völlig für sich. Die Palmen und Mangroven wuchsen bis nahe ans Wasser, sodass das Gelände unübersichtlich und von allerlei abgestorbenem Pflanzenmaterial und angeschwemmten Algen bedeckt war. Hitoshi machte sich daran, ein Plätzchen für sie freizuräumen.

Sie zogen sich aus und legten sich nebeneinander in

den warmen Sand, das azurblaue, glitzernde Meer vor Augen.

Gemeinsam ersannen sie Haikus, dreizeilige Gedichte, die die Natur anbeteten, bauten sich einen Schatten spendenden Baldachin aus Palmenstroh, unter dem sie sich liebten. Später liebten sie sich noch einmal im Meer, ließen sich von ihm dabei überspülen … Hitoshi las ihr aus einem erotischen Roman vor, über dessen schlüpfrige, oft übertriebene Beschreibungen sie sich amüsierten. Nachdem sie ein Picknick gemacht hatten, wurden sie müde und dösten eine Stunde lang dicht aneinandergeschmiegt. Als sie erwachten, zeigte ihnen das milde Nachmittagslicht die ungefähre Stunde an, und sie wussten, dass der Tag sich bereits wieder dem Ende zuneigte.

Sie wurden beide ein wenig traurig. Hitoshi zündete sich eine Zigarette an, was er Elsas Beobachtung nach nur tat, wenn ihn etwas bedrückte. Elsa wiederum spürte, dass sie nicht im Reinen mit sich war. Sie war nicht ganz bei Hitoshi, mehr noch, oft war die Sehnsucht nach Max stärker als die Präsenz des Japaners. Wie eine Verräterin an Hitoshi kam sie sich dann vor – und in der übrigen Zeit wie eine Verräterin an Max.

Der Mediziner war wieder in seine alte Hüttenpraxis gezogen, die er nach Jahren des Verfalls auf Vordermann gebracht und erweitert hatte. Auch ihn sah Elsa so gut wie nie. Er hatte alle Hände voll zu tun, da die Bombardements an Häufigkeit und Intensität zunahmen. Allerdings behandelte er nur die Leichtverletzten, wobei ihm einige Einwohner von Rabaul assistierten. Die Japaner stellten ihm Verbandszeug und andere kleine medizinische Güter zur Verfügung, mit Medikamenten dagegen sah es schlecht aus, weshalb er auf Naturheilverfahren zurückgriff.

Keanu war mit seinen elf Jahren genau in dem Alter, in dem Söhne beginnen, mehr Zeit mit ihren Vätern und weniger mit den Müttern zu verbringen, daher ließ Elsa ihn an fünf von sieben Tagen bei Max wohnen, seinem Ersatzvater. Die beiden gingen zusammen in den Wald und sammelten dort jene Pflanzen, die Max für seine Patienten benötigte. Keanu lernte von ihm, Verbände anzulegen. Weder der Anblick von Blut noch die hässlichen Verletzungen machten ihm etwas aus, und er war begierig darauf zu helfen. Mit seiner Geduld, dem ausgeglichenen Wesen und der Neigung zur Medizin passte er gut zu Max. Elsa war stolz auf ihren Jungen.

Ein paarmal war sie kurz davor gewesen, zu Max zu fahren und ihm ihre Hilfe anzubieten. Die Vorstellung, dass sie beide gemeinsam mit Keanu leicht verletzte Patienten versorgten, Essen austeilten, Pflanzen sammelten und abends müde nebeneinander einschliefen, fand sie äußerst befriedigend. Trotzdem scheute sie letztendlich davor zurück. Einmal war sie sogar schon fast an der Hüttenpraxis angekommen, kehrte im letzten Moment aber wieder um.

Natürlich war Hitoshi der Grund.

»Ich muss dir etwas gestehen«, sagte er zwischen zwei Zigarettenzügen. »Es ist kein Zufall, dass wir ausgerechnet heute den Tagesausflug gemacht haben. Ich ... Es ...«

»Es sieht dir nicht ähnlich zu stammeln.«

Ihr Einwurf spornte ihn sofort zu Festigkeit an. »Heute finden zahlreiche Verhaftungen in Port Rabaul statt, und ich wollte nicht, dass du das miterlebst.«

»Zahlreiche Verhaftungen?«

»Ich möchte nicht, dass du schlecht von mir denkst. Die Verhaftungen waren überfällig. Unsere Stellungen werden ausspioniert, da bin ich mir ganz sicher, denn die Amerikaner wissen ganz genau, wo und wann sie ihre Bomben abwerfen müssen. Der Generalstab in Tokio macht mir Druck. Ich musste handeln.«

»Wenn du Verhaftungen sagst …«

»… meine ich auch Verhöre … und das eine oder andere Todesurteil.«

»Wie viele?«

»Ein, vielleicht zwei Dutzend.«

Elsa stöhnte auf. »Wie schrecklich!«

»Wir haben auch die Malones verhaftet.«

»Die heilige Myrtle und ihren Prediger? Die leben seit Kriegsausbruch völlig zurückgezogen. Ich kann mir nicht vorstellen, dass die beiden euch ausspioniert haben.«

»Haben sie auch nicht. Aber ich dachte, weil du ihretwegen so viel leiden musstest …«

Elsa erschrak, nicht nur wegen Hitoshis düsterem Angebot, sondern weil sie einige Sekunden lang drauf und dran war, es gut zu finden. Myrtle Malone hatte sie erst manipuliert, dann im Stich gelassen, verunglimpft, bekämpft und schließlich aufs Schafott stoßen wollen. Grund genug, ihr die Pest an den Hals zu wünschen.

Nichtsdestotrotz wollte Elsa nicht schuld am Tod eines weiteren Menschen sein. Die Macht zu haben, mittels Hitoshi Schicksal spielen zu können, machte ihr Angst. Und auch Hitoshis fast allmächtige Stellung flößte ihr zum ersten Mal seit langer Zeit wieder Furcht ein.

»Tu ihnen bitte nichts«, sagte sie.

»Ich muss sie ja nicht hinrichten lassen. Ich dachte, wenn sie eine Weile in derselben Zelle sitzen, in der du in Haft …«

»Nein, Hitoshi, das will ich nicht. Sie sollen nur für das büßen, was sie getan haben, nicht für etwas, das sie nicht getan haben.«

»Ich wollte dir einen Gefallen tun.«

»Dann lass sie noch heute frei.«

»Bist du verärgert?«

»Ich bin nicht verärgert«, log sie.

»Der Krieg ist an allem schuld«, rechtfertigte er sich. »Aber er wird erst beendet sein, wenn die Amerikaner auf die japanischen Bedingungen eingehen. In letzter Zeit haben wir eine Reihe von Niederlagen einstecken müssen. Um mein Land zu besiegen, müsste man es jedoch erobern. Das würde ein unglaubliches Blutbad für die Amerikaner bedeuten, denn jeder einzelne Japaner wird bis zum letzten Blutstropfen kämpfen.«

Elsa erschauderte. Wenn Hitoshi vom Krieg sprach, blitzte ein Mann in ihm auf, den sie nicht kennen wollte. Daher versuchte sie, mit ihm möglichst nicht darüber zu sprechen.

Es hatte eine Zeit gegeben, als ihr Hitoshis innere Stärke imponierte. Er hatte einen klaren Kompass, das Nachdenkliche lag ihm nicht, er war sich immer gewiss – ganz anders als sie selbst und anders auch als Max. Wenn Hitoshi etwas wollte, dann sagte er es und griff danach. Elsa hatte sich von so viel Selbstbewusstsein angezogen gefühlt. Inzwischen löste es jedoch immer öfter Unbehagen in ihr aus.

»Ich möchte nach Hause«, sagte sie.

»Bist du verärgert?«, fragte er noch einmal.

»Ich bin nicht verärgert«, log sie noch einmal.

Auf der Rückfahrt nach Rabaul saß Elsa am Steuer. Je länger sie darüber nachdachte, desto entsetzter war sie, dass Hitoshi geglaubt hatte, ihr mit der Verhaftung zweier Menschen eine Freude machen zu können. Hatte sie durch ihr Verhalten etwa dazu Anlass gegeben, dass er eine so ungeheuerliche Vorstellung von ihrem Charakter hatte? Beide waren wortkarg. Hitoshi hatte einen Fehler gemacht, und er wusste es.

Als sie am Haus der blauen Schmetterlinge ankamen, wartete dort schon der Adjutant des Japaners. Während Elsa ins Haus ging und sich einen Gin Pahit mixte, besprachen sich die beiden Soldaten vor der Tür. Elsa begab sich ins Baumhaus. Der Tag neigte sich bereits seinem Ende entgegen, doch noch schien die milde, leicht verschleierte Sonne, die zwischen zwei Vulkanen gemächlich die Hänge hinabrollte. Aus dem Garten drang das Summen von Bienen.

»Es hat da einen Vorfall gegeben«, sagte Hitoshi, als er einige Minuten später das Baumhaus betrat. Er schenkte sich einen Reisschnaps ein und setzte sich neben Elsa auf das Sofa. »Pastor Malone hat die Verhaftung leider nicht überlebt.«

Elsa erschrak über den geschäftsmäßigen Tonfall noch mehr als über die Nachricht an sich.

»Nicht überlebt? Heißt das … sie haben ihn erschossen?«

»Nein. Einer der Wachleute hat beim Verhör übertrieben. Natürlich wird er gemaßregelt, aber …«

»Hör auf!«, unterbrach ihn Elsa. Sie war außer sich. Auch wenn sie den alten Malone nicht gemocht hatte, ihretwegen war ein Mensch getötet worden. »Wie kannst du nur so ruhig dasitzen, als würdest du mir gerade den Tagesumsatz unseres Krämerladens mitteilen?« Sie nahm ihm das Schnapsglas aus der Hand, kippte den Inhalt in den Garten und gab Hitoshi das leere Glas zurück. »Das war ein völlig unsinniger, überflüssiger, durch nichts zu rechtfertigender Mord. Hast du auch nur im Entferntesten eine Ahnung, wie ich mich jetzt fühle?«

»Deine Geste eben gibt mir einen Eindruck. Hör zu, es mag unangenehm für dich sein …«

»Unangenehm?«

»Es war ein bedauerliches …«

»Sag nichts mehr«, wehrte sie ab und machte eine entschiedene Handbewegung. »Du behauptest, dass du mich liebst, und servierst mir abgeschnittene Köpfe wie einer Salome. Für wen hältst du mich eigentlich?«

Er wartete einige Sekunden und sagte: »Darf ich jetzt sprechen?«

»Nur wenn du Wörter wie ›unangenehm‹ und ›bedauerlich‹ vermeidest.«

»Weder hast du noch habe ich den alten Mann getötet.«

»Das sehe ich völlig anders«, entgegnete sie zornig. »Vermutlich meinst du auch, dass vor zwanzig Jahren nicht du deinen Nachbarsjungen umgebracht hast, sondern die Mauer, gegen die er geprallt ist. Ich dagegen bin mir meiner Verantwortung bewusst. Wenn ich dich damals nicht …«

Sie unterbrach sich selbst, führte den Satz jedoch im Stillen fort – und er wohl auch.

Hitoshi sagte traurig: »Wenn du diese Nachricht schon

mit solchem Verdruss aufnimmst, wie wirst du dann erst auf die andere reagieren.«

Elsa fuhr herum, schluckte. In ihrer Stimme lag Angst. »Welche andere?«

»Die Verhöre der Verhafteten haben meine Leute zu einem Partisanennest geführt. Es befand sich im ›Pacifico‹, wir haben es selbstverständlich hochgenommen.«

Elsa hasste diese Sprache – unangenehm, bedauerlich, Verdruss, hochgenommen –, und dieses Gefühl spiegelte sich wohl auch in ihrem Gesicht wider.

»Es scheint«, seufzte Hitoshi, »dass dir nichts von dem passt, was ich heute sage.«

Sie ging nicht darauf ein. »Was ist mit Iolana?«, fragte sie. »Deine Leute haben sie doch nicht etwa … Sag jetzt bitte nicht, dass …«

»Ihr ist nichts geschehen … und das wird auch so bleiben. Ich habe bereits ihre Freilassung angeordnet.«

Elsa stieß einen Seufzer der Erleichterung aus. Nachdem sie durchgeatmet hatte, kam ihr ein leiser Dank über die Lippen. In Hitoshis Augen sah sie jedoch, dass das noch nicht alles war.

»Wer wurde alles verhaftet?«

»Der Sohn deiner Freundin Paulette gehört der Partisanengruppe an.«

»Lucas? Das ist ja furchtbar. Er ist noch ein Kind.«

»Dieses Kind ist ein Mörder.«

»Das sind wir auch, du und ich!«, schrie Elsa.

Hitoshis Antwort klang gequält. »Er wird milder behandelt als die anderen, aber ich kann ihn nicht völlig verschonen. Es tut mir leid, Elsa. Er wird nicht hingerichtet. Jedoch … wir müssen ihn verhören.«

»Verhören wie Pastor Malone, ja?«

»Bitte versteh, dass ich mein Gesicht vor der Truppe verliere, wenn ich nicht wenigstens versuche, so viele Informationen wie möglich aus den gefangenen Widerstandskämpfern herauszuholen. Wenn Lucas etwas verrät, kann ich ihn begnadigen, tut er es nicht, habe ich einen Grund, ihn noch länger festzuhalten. Ich verspreche dir, dass ihm kein körperliches Leid zugefügt wird, das sein Leben bedrohen könnte. Das tue ich nur für dich, Elsa.«

Mit wem hatte sie sich da nur eingelassen! Wie hatte sie Hitoshi Eo verfallen können, der zynischer war als Warwick, zerstörerischer als das Opium, gefährlicher als Henning? Die dunkle Seite, die sie einst an dem Japaner fasziniert hatte, war nur so lange anziehend gewesen, wie sie abstrakt blieb. Ihre konkreten Merkmale hingegen stießen Elsa ab: Menschenverachtung, Rücksichtslosigkeit, Egoismus.

Dieser Tag hatte ihr die Augen geöffnet. Doch was nutzte das? Gerade jetzt konnte sie sich unmöglich von Hitoshi lossagen, sonst riskierte sie das Leben von Lucas. Auch der Rest der Familie war komplett von Hitoshis Gunst abhängig, wenngleich sie das nicht wahrhaben wollten. Elsa war in derselben Situation wie einst mit dem widerlichen australischen Gouverneur, nur dass sie sich dem Teufel diesmal selbst in die Arme geworfen hatte und dass die Folgen eines Rückzugs weit schlimmer wären.

Nein, es gab kein Zurück.

Isolation

»Keine Sorge«, beruhigte Elsa die aufgeregte Paulette, die von den Ereignissen völlig überrumpelt worden war. Lucas – ein Partisan. Und Iolana hatte ihr nichts davon gesagt! »Ich habe Hitoshis Zusicherung, dass die Japaner ihn verhältnismäßig mild behandeln werden.«

»Verhältnismäßig? Was bedeutet das?«, rief Paulette.

»Jedenfalls bleibt er am Leben.«

»Als Krüppel oder was?«

»Hitoshi hat mir versprochen …«

»Zum Teufel mit deinem Hitoshi. Seinetwegen ist Lucas überhaupt erst in diese Lage gekommen, und nun soll ich ihm auch noch dankbar sein. Wenn seine Mörderbande nicht über unsere Insel hereingefallen wäre … Und du legst dich auch noch mit ihm ins Bett!«

Paulette brach in Tränen aus. Elsa hatte sie noch nie weinen sehen und war erschüttert von den lauten, ungehemmten Schluchzern ihrer sonst so gefassten Freundin. Sie fühlte sich schäbig, ohnmächtig und verlassen, nun da sich auch die Französin von ihr abwandte.

Da das »Pacifico« beschlagnahmt worden war, zogen Iolana, Mele und Lucille wieder in die Villa ein, was die Luft dort noch dicker werden ließ. Paulette nahm Iolana übel, dass sie ihr nichts vom Treiben ihres Jungen erzählt hatte, und Elsa, dass sie sich weiterhin mit Hitoshi traf, dem »Kerkermeister« ihres Sohnes. Iolanas Verhältnis zu Elsa war weiterhin gestört, und auch Lucille blieb auf Distanz zu ihr. Schlechter war das Verhältnis der Freundinnen zueinander nie gewesen.

Max ließ sich nach dem Schlag der Japaner gegen das »Pacifico« kaum noch blicken, und sogar Keanu bemerkte, dass eine Front gegen seine Mutter entstanden war. Er fragte sich, warum, nahm Hitoshi erstmals als Feind wahr und fing an, an Elsa zu zweifeln, was sie besonders schmerzte. Von der Familie stand nur noch Mele zu ihr.

Und außerhalb des Hauses der blauen Schmetterlinge? Die Weißen von Rabaul begafften sie wie eine lila Kuh, wenn sie sich in der Stadt blicken ließ. Als Elsa der Witwe Malone ihre Aufwartung machte, um zu kondolieren – und auch um Frieden mit ihr zu schließen –, spie die Methodistin sie an: »Japanerflittchen.«

Wegen der zahlreichen Bombenangriffe und der für die Japaner immer schwieriger werdenden militärischen Lage hatte Hitoshi kaum noch freie Zeit, sie sah ihn nur noch selten, und das war ihr sehr lieb. Elsa zog sich wieder öfter in ihr Baumhaus zurück, wie zu den Zeiten, als sie dem Opium und dem Alkohol verfallen war. Sie trank jedoch so gut wie nichts mehr, außerdem aß sie wie ein Spatz und magerte ab. Zwar weinte sie nicht, aber sie fühlte sich, als wäre sie von einer unheilbaren Krankheit befallen. Stundenlang las sie Romane, die in den Dreißigern geschrieben worden waren. Sie kam einfach mit der Zeit, in der sie lebte, nicht mehr zurecht.

Ihre Kindheit und Jugend in Samoa war voll von persönlichen Kämpfen, aber fern aller staatlichen Konflikte gewesen. Dreißig Jahre lang hatte sie in einer Welt gelebt, deren Rhythmus vom langsamen Schlag der Wellen geprägt war, vom Kommen und Gehen des Monsuns, dem Zug der Wale, nicht von den Detonationen irgendwelcher Fliegerbomben. Der Duft von im Lagerfeuer brennender Kokosschalen, das Wispern der durchwehten Baumwipfel, das Blau des Himmels und des Meeres, welches bis in die Träume schimmerte, Katamarane am Horizont, Körbe von Mangos und Papayas, das Auswerfen und Einholen der Netze, die Rufe der Fregattvögel über einem friedlichen Meer – von diesen Dingen waren die Tage, die Jahre erfüllt gewesen. Elsa hatte Partys gefeiert und mit Künstlern Gin Pahit getrunken.

Eine Ewigkeit schien das alles her zu sein – und nie wiederzukehren.

Eines Tages hielt sie das Alleinsein und das ewige Vergraben in Selbstvorwürfen nicht mehr aus. Sie war immer schon verführbar gewesen und hatte sich auch von Hitoshi verführen lassen. Daran konnte sie im Nachhinein nichts mehr ändern. Innerlich hatte sie sich von dem Japaner getrennt, doch durfte sie den offiziellen Bruch nicht vollziehen, und er durfte nicht merken, dass sie ihn gerne vollziehen würde. Nicht zum ersten Mal befand sie sich in einer schwierigen, ja, ausweglos scheinenden Lage. Im Gegenteil, wann hatte sie sich je *nicht* in einer solchen befunden? Ihre Kindheit und Jugend, ihre erste Ehe, die Sucht, die unerfüllte Liebe zu Max, die Affäre mit dem Gouverneur, Hennings Rückkehr, der Prozess und nun Hitoshi – ihr Leben war eine Kette von kleinen und großen Katastrophen. Und hatte sie nicht alles irgendwie überstanden?

Kurzentschlossen wanderte sie nach dem Frühstück zur Hüttenpraxis, wo auch Keanu wieder einmal ein paar Tage verbrachte. Der Tag war feucht und warm, in der Nacht hatte es geregnet, und nun dampfte der Wald. Elsa pflückte einige Blumen und stark duftende Benzoezweige, an denen sie immer wieder roch. Das kleine Glück, das in diesem Spaziergang lag, wurde allerdings durch Bombenkrater, vereinzelt herumliegende Blindgänger und verwüstete Stellen im Urwald getrübt. Wie Streichhölzer waren selbst mächtige Bäume umgeknickt. Die kriegerische Gewalt, der die Insel ausgesetzt war, war überall präsent, und jedes Rotorengeräusch am Himmel konnte ein Vorbote des nächsten Infernos sein.

Hundert Schritte von der Praxis entfernt entdeckte sie Max, der Pflanzen sammelte. Er trug nur Shorts und Schuhe, sein Oberkörper war mit Ausnahme der Hosenträger frei. Elsas erste Reaktion war, stehen zu bleiben, sich nicht bemerkbar zu machen und ihn eine Weile zu beobachten. Er hatte einen maskulinen, gebräunten, leicht behaarten Brustkorb, den sie schon sehr lange – seit sie 1934 einige Wochen in seiner Praxis gewohnt hatte – nicht mehr gesehen hatte. Obwohl zehn Jahre vergangen waren, hatte sich sein Äußeres kaum verändert. Er war immer noch athletisch, ein Arzt wie aus einem Courts-Mahler-Roman.

Elsa lächelte. Als ihr der Blumenstrauß aus den Händen glitt und zu Boden fiel, bemerkte Max ihre Anwesenheit. Er wirkte überrascht, ob er erfreut war, sah sie ihm nicht an.

Sie hob die Blumen auf und ging auf ihn zu. »Hallo. Ich dachte, ich besuche dich und deinen jungen Assistenten mal. Wie macht Keanu sich denn so?«

»Dein Sohn hat schon angefangen, der Nurse Befehle zu geben. Er wird sicher mal Chefarzt.«

Elsa lachte. »Bei Gung traut er sich das nicht. Ich wusste gar nicht, dass du eine Nurse hast.«

»Nur zweimal in der Woche. Öfter kann ich sie mir nicht leisten.«

Max war wieder in seinem Element, in der Medizin, der Hilfeleistung, der Improvisation. Dort gehörte er hin.

»Ich habe viel Zeit«, sagte sie. »Ich könnte dir dann und wann helfen.«

»Ehrlich gesagt, habe ich schon ein paarmal darüber nachgedacht, dich zu fragen.«

»Warum hast du es nicht getan?«

»Man überlegt es sich gut, bevor man eine Kaiserin einlädt, Krankenschwester zu werden.«

Durch ein Augenzwinkern gab er ihr zu verstehen, dass er es nicht ernst gemeint hatte. Obwohl auch sie lächelte, fiel ihr auf, dass er ihre Frage nicht beantwortet hatte, möglicherweise aus Höflichkeit. Vielleicht gab es Patienten, die eine Behandlung durch sie ablehnen würden. Oder Max hatte ein persönliches Problem damit, dass Elsa nach wie vor mit Hitoshi liiert war.

»Ich habe alle Pflanzen, die ich brauche«, sagte er. »Begleitest du mich?«

»Gerne.«

Sie schwiegen, bis sie in der Hütte angekommen waren. Es hatte sich nichts darin verändert. Es war fast unheimlich, die Zeit schien stehengeblieben zu sein.

Keanu war gerade dabei, Pflanzen mit einem Stößel zu zermahlen. Als er seine Mutter erblickte, lief er in ihre Arme und ließ sich den Kopf streicheln. Auch danach war er fröhlich, er schien es zu genießen, mit Elsa und Max zusammen zu sein, und verhielt sich ganz anders, als wenn er mit Elsa allein war, geschweige denn, wenn Hitoshi in seiner Nähe war. Max lobte ihn und erteilte ihm weitere Aufgaben. Obwohl Keanus Gesichtszüge denen von Henning ähnelten, behandelte Max ihn wie einen Sohn.

Elsa sorgte für etwas mehr Ordnung in der Hütte, und während der Arbeit redete sie mit Max und Keanu über ganz normale, eher belanglose Dinge wie das Wetter und die Schulaufgaben. Zum ersten Mal seit langer Zeit fühlte sie sich wieder unbeschwert.

»Ich bekomme langsam Hunger, ihr Männer doch auch, oder? Keanu, magst du uns ein paar Fische fangen?«

Von der Aussicht, die Erwachsenen mit Essen zu versorgen, war der kleine Mann ganz angetan. Er ließ sich nicht lange bitten, ergriff zwei Angelruten und den Eimer und machte sich auf den Weg zu den Klippen.

»Danke, dass du ihn ein paar Tage in der Woche bei mir wohnen lässt«, sagte Max.

»Bei dir fühlt er sich wohler als bei mir.« Es fiel ihr nicht leicht, das zu sagen, aber es war die Wahrheit.

»Er liebt dich«, sagte Max.

»Oh ja, aber er hasst, was ich tue. Ich kann es ihm nicht einmal verdenken. *Niemandem* kann ich das verdenken.«

Max legte seine Arbeit zur Seite und ging ein paar Schritte auf sie zu. Sie dachte: Wenn ich vor zehn Jahren am Quai von Simpson Harbour gewusst hätte, was ich heute weiß, dann würden wir uns jetzt unter ganz anderen Voraussetzungen gegenüberstehen, dann wäre ich seine Frau und er mein Mann, dann hätten wir gemeinsame Kinder.

»Elsa …«, begann er, doch sie unterbrach ihn.

»Wenn ich vor zehn Jahren …«

In diesem Moment kam ein Verletzter zur Tür herein, ein Fischer, der mit seinem Boot auf eine Mine gelaufen und sich eine Fleischwunde am Bein zugezogen hatte. Max tat für ihn, was er konnte. Er zog die Splitter heraus und umwickelte die Wunde mit Blättern, die entzündungshemmend wirkten, bevor er dem Mann einen Verband anlegte. Elsa half ihm dabei. Dann bereitete sie einen schmerzlindernden und stark beruhigenden Tee zu, den sie dem Fischer in kleinen Schlucken einflößte. Im Nebenzimmer schlief der Verletzte schließlich ein.

Max wusch die benutzten Gerätschaften mit einer Alkohol-Essig-Lösung ab, während Elsa die Operationsliege reinigte. Das ganze Verfahren war äußerst behelfsmäßig. Max hatte kein einziges reguläres Medikament mehr vorrätig. Seine Medizin gewann er ausschließlich aus der Natur, was zwar oft, bei schweren Verletzungen jedoch viel zu selten genügte. Gut möglich, dass der Fischer an einer Blutvergiftung starb.

»Du hast noch nicht einmal Jod?«, fragte sie mit einem Blick auf das nahezu leere Regal.

Max lachte auf. »Ich bin inzwischen weit mehr ein Medizinmann als ein Arzt. Mit etwas Bemalung und Federschmuck könnte man mich wirklich für einen halten.« Er hatte die Stimmung auflockern wollen. Da Elsa ihn jedoch ernst ansah, fuhr er ernst fort: »Von Jod zu träumen habe ich längst aufgegeben. Nur die Japaner haben noch welches, und damit ist es für mich so unerreichbar, als würde es in der Hölle wachsen.«

Sie zögerte, ihm einen Vorschlag zu machen, entschied

sich aber schließlich dafür. Es musste doch einmal ein Ende damit haben, die Dinge totzuschweigen.

»Ich könnte versuchen, dir Jod zu besorgen … und vielleicht noch das eine oder andere mehr.«

Er sah sie an. Auch er zögerte, bevor er auf den Vorschlag einging. »Kommt nicht in Frage, Elsa. Du hast schon einmal … damals mit McNamee, dem Gouverneur … ich will nicht, dass du solche Dinge für mich tust.«

»Ich würde es nicht für dich tun, sondern für deine Patienten.«

»Wir wissen beide, dass das nur zum Teil stimmt.«

Elsa schluckte. War das *der* Moment, auf den sie viele Jahre lang mehr oder weniger insgeheim gehofft hatte? Der Stern, den sie immer im Blick gehabt hatte, den Iolana und Hitoshi jedoch in weite Ferne gerückt hatten? Und nun stürzte er mit einem Mal auf die Erde und direkt in ihre Hände?

»Max, ich …«

Er blockte entschieden ab, wenn auch äußerlich gelassen, und wechselte schnell das Thema. Über sie beide wollte er nicht sprechen, zumindest vorläufig nicht.

»Ist es eigentlich anders als damals mit McNamee?«, wollte er wissen. »Ich meine, tust du das, was du tust, für die Familie? Für Gung, für Lucas … Oder …?«

Max nahm seine Arbeit wieder auf und reinigte die Gerätschaften, deshalb fuhr auch Elsa damit fort, obwohl es ihr seltsam vorkam, über diesen Wust einstiger und bestehender Gefühle zu sprechen, während sie mit dem Putztuch hantierte.

Sie dachte darüber nach, wie sie das Komplizierteste

ihres Lebens, nämlich die Leidenschaft, auf eine einfache Formel bringen konnte.

»Es ist verrückt«, antwortete sie schließlich. »Anfangs habe ich mir vorgemacht, ich würde mich im Interesse der Familie mit Hitoshi einlassen, dabei waren es schnell andere Gründe, die mich zu ihm hingezogen haben. Inzwischen ist es genau umgekehrt.«

Mehr wollte sie dazu nicht sagen, und kurz darauf kehrte ohnehin Keanu mit drei Fischen im Eimer zurück. Sie hatte Max etwas zum Nachdenken gegeben, und offensichtlich tat er genau das. Zumindest blieb er während des gemeinsamen Kochens und Essens wortkarg.

Als sie sich verabschiedeten, sagte er: »Wenn du mir gelegentlich in der Praxis helfen könntest, würde mich das sehr freuen, Schwester Elsa.«

Keanu strahlte bis über beide Ohren, als sie zusagte. Das Lächeln von Elsa und Max war hingegen wesentlich feiner.

Verhängnis

Anfangs arbeitete Elsa zweimal wöchentlich in der Praxis. Als die Nurse mitbekam, dass das »Japanerflittchen« für Max arbeitete, drohte sie ihm jedoch mit Kündigung. Dazu kam es nicht, weil er sie von sich aus feuerte. Von da an war Elsa jeden zweiten Tag da. Obwohl ziemlich schnell eine positive erotische Spannung zwischen ihnen entstand – zumindest meinte Elsa, eine solche auch bei ihm zu spüren –, hielt er eine vertrauliche Distanz ein, die sie nicht zu durchbrechen wagte. Vertraulich deswegen, weil es durchaus gewisse Blicke gab, vereinzelte Gesten, ein bestimmtes Lachen, einen Unterton in der Stimme … Distanz, weil Max immer dafür sorgte, dass diese Gelegenheiten nicht zu zahlreich wurden und nicht allzu lange dauerten. Es war, als wolle er sich Zeit lassen, die neue Elsa besser kennenzulernen.

Gelegentlich brachte sie Jod, Medikamente oder Verbandsstoffe mit, die Hitoshi ihr verschafft hatte, und Max setzte sie sofort ein. Allerdings bat er Elsa nie um etwas, sicherlich nicht aus Stolz, sondern weil es ihm wahrscheinlich wie Zuhälterei vorgekommen wäre.

In gewisser Weise war es tatsächlich Prostitution, was Elsa mit Hitoshi betrieb. Er hatte so gut wie keine Zeit mehr für sie, und wenn er sich doch einmal für eine Stunde freimachte, dann, um mit Elsa zu schlafen. Damit ging auch der letzte Reiz verloren, den sie an dieser Liebschaft noch gefunden hatte. Denn sie war von Anfang an der Tiefe, dem Geheimnis, der Kultur und der speziellen Verführungskraft des Japaners erlegen gewesen und zuallerletzt dem reinen körperlichen Akt. Etwas anderes als das war jedoch kaum geblieben. Da ihre Treffen selten und kurz waren, gelang es ihr, Hitoshi etwas vorzumachen, und manchmal hatte sie sogar das Gefühl, dass er alle möglichen Anzeichen der Entfremdung bewusst ignorierte.

Im Mai 1945 endete der Krieg in Europa, und fast jedem Nicht-Japaner war klar, dass auch der Pazifische Krieg nicht mehr endlos dauern würde. Hitoshis Kameraden mussten eine Niederlage nach der anderen einstecken, verteidigten sich jedoch mit furchteinflößender Verbissenheit. Fast täglich starteten blutjunge Kamikazeflieger von den Flugfeldern im Inselinneren und kehrten nicht wieder zurück. Nachdem die Okinawa-Inseln verloren waren, erwarteten alle eine großangelegte Invasion des japanischen Festlands, ähnlich wie die Landung der Alliierten in der Normandie ein Jahr zuvor, die das Ende des Dritten Reiches eingeleitet hatte.

Elsa hoffte im Stillen darauf. Nichts ängstigte sie mehr, als dass alliierte Truppen versuchen könnten, Port Rabaul einzunehmen. Für diesen Fall hatte Hitoshi angekündigt, er werde bis zur letzten Patrone kämpfen.

Paulettes Sohn saß noch immer im Gefängnis, doch immerhin durften seine Mutter und Schwester ihn besuchen und sich davon überzeugen, dass er gut behandelt wurde. Den anderen Häftlingen erging es schlechter, und Lucas beschwerte sich über die Sonderbehandlung. Als eine amerikanische Fliegerbombe das Gefängnis traf, gelang ihm mit einigen anderen Insassen die Flucht in die Wälder, und die Japaner waren viel zu sehr mit dem Ausbau der »Festung Rabaul« beschäftigt, als dass sie sonderlich viel Mühe auf die Ergreifung der jugendlichen Partisanen verwandt hätten.

Damit entfiel für Elsa der letzte unmittelbare Grund, die Liaison mit Hitoshi fortzusetzen, von den gelegentlichen Medikamentengaben einmal abgesehen. Natürlich bestand noch immer eine abstrakte Gefahr. Gung und Paulette sowie Lucille gehörten Nationen an, die mit Japan verfeindet waren, und das Haus der blauen Schmetterlinge war durch seine einmalige Lage davon bedroht, zu einem Flakstandort zu werden. Elsa jedoch glaubte fest daran, vernünftig mit Hitoshi reden und mögliche Racheakte vermeiden zu können. Bisher hatte er sich jedenfalls nie aufbrausend oder unberechenbar verhalten, und sie meinte ihn gut genug zu kennen, um ein offenes Gespräch zu wagen.

Als sie Hitoshi Anfang August 1945 aufsuchte – er war zuletzt fünf Wochen vorher bei ihr gewesen –, erschrak sie über seinen Zustand. Jemand, der ihn nicht so gut kannte wie sie, hätte die Veränderung vermutlich kaum wahrgenommen. Seine Wangen waren leicht eingefallen, die Augen etwas unruhig, die Gesten fahrig, ruckartig, die Stimme war belegt. Seine Haltung jedoch war dieselbe.

»Lieb, dass du vorbeikommst. Du hast es also gehört? Gerüchte sind manchmal schneller als Telegramme.«

»Gehört? Nein, was denn?«

Er zog die Augenbrauen zusammen. »Wirklich nicht?«

»Ich habe keine Ahnung.«

Er übergab ihr ein militärisches Fernschreiben, das

sie nicht verstand, weil es in japanischer Sprache verfasst war. Er bemerkte das Versehen und lieferte ihr in knappen Worten einen Bericht ab. Die japanische Hafenstadt Hiroshima war vollständig ausgelöscht worden, durch eine einzige Bombe. Es war die Rede von einhunderttausend Toten innerhalb einer Minute.

»Schrecklich«, sagte Elsa und meinte es auch so. »Das alles tut mir sehr leid.«

»Wir werden es ihnen doppelt und dreifach heimzahlen«, schwor er, und zum ersten Mal klangen die Worte aus seinem Mund hohl, wirkte seine Haltung irrwitzig. Es war, als hätte man ein festes Astholz durch rohe Gewalt angebrochen, doch noch hielten ein paar Fasern es zusammen, und der Bruch war kaum sichtbar.

Vermutlich sah sie ihn ein wenig mitleidig an, was er sofort bemerkte. »Warum, wenn nicht wegen der Katastrophe, bist du hergekommen?«, fragte er mit fester Stimme.

Sie war sich darüber im Klaren, dass sie den schlechtesten aller Momente gewählt hatte, um mit ihm das Ende ihrer Beziehung zu besprechen. Daher zögerte sie.

»Ah«, sagte er. »Deswegen.«

»Ich hatte immer schon ein furchtbares Talent, was den richtigen Zeitpunkt angeht. Aber Hitoshi, sieh mal, wir ...«

»Du bist mir keine Erklärung schuldig.«

»Ich finde schon. Auch du hast sicher gespürt, dass es nicht mehr wie früher zwischen uns war. Als du damals zu mir gekommen bist, warst du irgendwie ... gar kein Soldat, sondern ein geheimnisvoller Fremder, charmant, wortgewandt, verführerisch. Seit einem Jahr bist du fast ausschließlich Soldat. Wenn du ehrlich bist, bin ich für dich auch nicht mehr das, was ich vor drei Jahren war: die

Südseekaiserin, die Frau, von der du schon so viel gehört hattest. Das Verlangen hat uns verbunden, die Faszination zusammengehalten, und nun ist …«

»Ich denke, ich habe dich verstanden«, unterbrach er sie. »Du brauchst dich nicht zu sorgen, dass dir oder deinen Freunden irgendein Leid geschieht, sofern ihr euch nach Recht und Gesetz verhaltet. Bitte entschuldige mich jetzt, ich habe wirklich sehr viel zu tun.«

Damit schlug er einige Akten auf, in deren Inhalt er sich vertiefte, und sie war sich unsicher, ob er gekränkt war oder nicht. Sie erkannte ihn fast nicht mehr wieder. Aber sie vertraute seiner Zusage. Er würde ihr und den Ihren nichts tun.

Seltsam, dachte sie, wie viel Mühe und Zeit die meisten Paare investieren, um zusammenzukommen, und wie wenig, um sich zu trennen.

Elsa erzählte der ganzen Familie, dass sie sich von Hitoshi getrennt hatte, und wer sie kannte, der wusste, dass sie nicht einfach das sinkende Schiff verlassen, sondern aus voller Überzeugung gehandelt hatte. Vorläufig lockerte sich die seit Jahren angespannte Atmosphäre im Haus der blauen Schmetterlinge allerdings kaum. Einzig Paulette gab ihr zu verstehen, wie froh sie über diese Entscheidung war, und auch Max ließ durchblicken, dass er lieber auf das Jod verzichtete, als Elsa mit General Eo liiert zu sehen.

Wenige Tage nach der Schreckensnachricht von Hiroshima, die tragischerweise zugleich die Hoffnung auf Frieden nährte, saß Elsa im Baumhaus und las ein Buch von Somerset Maugham, in dem er die gute alte Südseezeit heraufbeschwor. Keanu war bei ihr und machte Hausaufgaben. Plötzlich hörten sie, wie ein kollektiver Aufschrei den Hügel hinauf bis zur Villa drang, wo er leise wie eine Welle verebbte. Eine Glocke läutete, in der Bucht hupten die Fischtrawler. Der ferne Aufschrei fand sein lautes Echo in Jubel, der durch das ganze Haus schallte.

Elsa hörte Paulette irgendwo rufen: »Der Krieg ist zu Ende. Lucas ist in Sicherheit, ihm kann nichts mehr passieren. Der japanische Kaiser hat im Radio seine Truppen aufgerufen, sich zu ergeben. Wir haben Frieden! Frieden!«

Zu ihr ins Baumhaus kam niemand. Elsa zögerte, es zu verlassen, zögerte, ihr eigenes Haus zu betreten. Bezeichnenderweise suchte ausgerechnet Gung sie nach einer Weile auf.

»Möchten Sie und Keanu nicht zu uns kommen, Ma'am?«

»Keanu ganz sicher. Ich glaube aber, den anderen wäre es lieber, wenn ich hierbliebe.«

»Nicht, was mich angeht. Ich bin hier zwar nur Diener, Ma'am, und habe nicht viel zu sagen, aber wenn Sie nicht gewesen wären, würde ich jetzt nicht hier stehen, sondern in einem Massengrab liegen.«

Er, der Diener, nahm sie an der Hand, was er vorher nie getan hatte, und zog sie und Keanu mit sanfter Entschlossenheit mit sich.

Die Villa stand Kopf. Iolana, Paulette, Lucille und Mele waren vom »Pacifico« heraufgekommen, um hier zu feiern, und die Maori-Diener hatten sich zu ihnen gesellt. Als Elsa eintrat, reduzierte sich der Geräuschpegel für einige Sekunden, doch dann überreichte Mele ihr ein mit Maracujasaft und einem Schuss Champagner gefülltes Glas, und sie stießen alle gemeinsam auf den Frieden an. Dennoch meinte Elsa eine gewisse Verlegenheit ihr gegenüber zu spüren, so als gehöre sie nicht ganz dazu. Natürlich freute sie sich ebenfalls, dass der Krieg vorüber war, dass die Bombenangriffe nun der Vergangenheit angehörten, dass Lucas unversehrt ins Haus zurückkehren und Iolana das »Pacifico« wiedereröffnen konnte. Trotzdem mischte sich ein gehöriger Schuss Wermut in den Wein dieses Sieges. Zwei, drei Jahre lang war sie kein richtiger Teil der Familie mehr gewesen, und nun fühlte sie sich wie die ungeliebte Tante, die man nur des festlichen Anlasses wegen duldete.

»Wo ist Max?«, fragte sie, auf der Suche nach einem Verbündeten. »Habt ihr ihn nicht abgeholt?«

Gung bot sich sofort an, und obwohl Elsa ihm sagte, er solle sich beim Feiern nicht stören lassen, fuhr er noch in derselben Minute los.

Nach einer halben Stunde waren bereits zwei Flaschen Champagner geleert, und Mele hatte den ersten Alkohol ihres Lebens getrunken. Ihre Wangen glühten.

»Lasst uns nach Rabaul fahren und mit den Leuten auf den Straßen tanzen«, schlug Iolana vor, und sogar Paulette, die solchen Veranstaltungen normalerweise lieber fernblieb, stimmte begeistert zu.

Elsa begleitete die Familie nicht, sie wollte gemeinsam mit Keanu auf Max warten und später nachkommen.

Eine Minute später wurde es im Haus der blauen Schmetterlinge still.

»Was meinst du, soll ich uns Papayas und Ananas braten, dein Lieblingsgericht?«, bot sie Keanu an. »Schlägst du solange die Sahne?«

Er nickte eifrig. Während sie die Früchte in der Pfanne

wendete, spürte sie, dass eine Frage in der Luft lag, die Keanu sich in den letzten Jahren verkniffen hatte. Nun, da die Besatzung Geschichte war, wagte ihr Sohn sie endlich zu stellen.

»Alle feiern, und du bist traurig, oder?«, fragte er ein wenig provokant und zugleich forschend.

»Nein, das stimmt so nicht ganz«, antwortete sie.

»Ist es seinetwegen. Du weißt schon … *seinet*wegen.«

»Keineswegs.«

»Warum war er dein Freund, ausgerechnet ein Japaner?«

Mit seinen elf Jahren war Keanu eigentlich zu jung für solche Fragen. Doch der Krieg und die Besatzung und die verrückte Familiengemeinschaft, in der sie alle lebten, hatten ihn schneller reifen lassen, als Elsa das hatte wahrhaben wollen. Seinen Fragen auszuweichen wäre daher ein Fehler gewesen.

»So etwas sucht man sich nicht aus, Keanu.«

»Ein Japaner könnte nie mein Freund sein«, erwiderte er trotzig.

Sie wendete die bratenden Obstspalten sorgfältig mit der Gabel, während sie sich ihre Antwort überlegte. Sollte sie ihrem Sohn erklären, dass die Regeln der Leidenschaft andere waren als die Regeln der Freundschaft? War das nicht ein bisschen zu einfach?

»Wenn ein Mädchen dir einen großen Gefallen tut, bist du dann undankbar, nur weil es Japanerin ist?«

Ihre eigenen Worte überzeugten sie nicht. Nicht die Dankbarkeit hatte Elsa in Hitoshis Arme getrieben, sie diente allenfalls als Feigenblatt, aber eigentlich nicht einmal das. Es war so simpel: Die Anziehung war stärker gewesen als die Vernunft. Immer schon hatte Elsas Herz letztendlich über den Verstand triumphiert. Manche hielten sie für eine starke, beneidenswerte Frau, doch sie hatte Ängsten nachgegeben, Verlockungen und Irritationen, Bequemlichkeiten und vagen Hoffnungen. Die meisten Fehler, die sie begangen hatte, waren nicht aus einer Überzeugung heraus entstanden, sondern weil sie vor den Alternativen davongelaufen war.

»Man könnte mich mit Fug und Recht als eine Frau voller Fehler bezeichnen«, sagte sie zu ihrem Sohn. »Sofern man Leidenschaften als Fehler ansieht.«

Er dachte darüber nach. Als sie sich zu Tisch setzten, sagte er: »Mama, ich hab dich lieb.«

Tränen stiegen Elsa in die Augen. So etwas hatte Keanu seit zwei Jahren nicht mehr zu ihr gesagt. Wie ein Schmetterling flatterte ihr Herz hin und her, und sie war so gerührt, dass sie die Türklingel und das aufgeregte Pochen überhörte.

»Willst du nicht aufmachen, Mama?«

»Wie bitte?«

»Die Tür.«

Keanu war schneller dort als Elsa.

Es war Hitoshi.

Vor dreieinhalb Jahren hatte er zum ersten Mal in der Pforte der Villa gestanden, ein gelassen humorvoller Mann mit einem ironischen Schmunzeln, einigermaßen zwanglos und trotzdem verbindlich im Auftreten, jungenhaft attraktiv, sinnlich, gebildet, vital … Der Mann, der nun das Haus der blauen Schmetterlinge betrat, hatte davon so gut wie nichts mehr, bis auf die korrekt getragene

Uniform und das Bild, das in Elsas Erinnerung lebte. Er war bleich, seine Hände zitterten, und er war unfähig, den Blick auf etwas zu konzentrieren. Tiefe Falten zerfurchten seine Stirn. Er trug eine Aktentasche bei sich.

»Im Radio«, sagte er, mehr nicht.

»Ja, ich habe davon gehört. Dein Kaiser hat gesprochen, nicht wahr?«

»Er hat ... Seine Majestät hat erklärt, er sei kein Gott.«

»Nun, das ... das ist sicherlich ein Schock für dich.« Es gab keinen Grund für sie, ihn zu demütigen. Auch er hatte sich wenige Tage zuvor anständig verhalten, als sie sich von ihm getrennt hatte. »Möchtest du dich setzen? Ich hole dir etwas zu trinken.«

»Aber er ist ein Gott!«, schrie Hitoshi, und Elsa zuckte unter dem Zorn seiner Stimme zusammen.

Sie wandte sich ihrem Sohn zu und sagte mit dringlicher Stimme: »Geh bitte in dein Zimmer, Keanu.«

Er ging tatsächlich, aber nur bis zur Treppe, von der aus er das weitere Gespräch verfolgte.

»Ich kann so nicht leben, mit dieser Schande ... Ich bin gekommen, um mich zu verabschieden.«

Elsas Blick fiel auf die große Tasche, die er bei sich hatte.

»Hitoshi! Das ist ja wohl nicht dein Ernst? Überlege doch mal, es gibt so viele Möglichkeiten für einen Mann wie dich, die ganze Welt steht dir offen. Zuerst besuchst du deine Familie, die hast du lange nicht gesehen, das wird dich auf andere Gedanken bringen.«

Hitoshis Augen röteten sich. »Meine Familie«, sagte er, »hat in Nagasaki gelebt.«

»Ich weiß, aber ... wieso ...? Hat gelebt, was soll das heißen?«

»Nagasaki ist ausgelöscht worden, wie Hiroshima.«

»Mein Gott, das … habe ich nicht gewusst.«

»Meine Mutter und meine drei Schwestern sind tot, zu Asche zerfallen, und mein kleiner Bruder hat schwere Verbrennungen erlitten, seine Augen sind geschmolzen … Er ist zwölf, ungefähr so alt wie dein Sohn.«

Hitoshis Blick ging zur Treppe, und erst jetzt bemerkte Elsa, dass Keanu nicht in sein Zimmer gegangen war.

Bevor sie ihn zurechtweisen und wegschicken konnte, rief er: »Das geschieht euch ganz recht, weil ihr nämlich böse Menschen seid!«

»Keanu!«, wies Elsa ihn zurecht. »In dein Zimmer, sofort!«

»Die ganze Welt sagt das«, entgegnete er wütend. »Die Japaner sind Bestien, und ihr Kaiser ist nicht Gott, sondern der Teufel, und der da ist der Hund des Teufels.«

Hitoshi ging auf Keanu zu. Der rannte blitzschnell weg, aber der Japaner setzte ihm nach.

»Hitoshi! Nicht!«, rief Elsa und versuchte die beiden einzuholen, die sich eine Verfolgungsjagd quer durch das Haus lieferten. Im Garten, auf den Stufen des Teehauses, bekam Hitoshi den Jungen schließlich zu fassen. Keanu wehrte sich vergeblich mit Händen und Füßen.

»Lass ihn los«, sagte Elsa, als sie dazukam. »Er ist noch ein Kind. Du kannst ihm nicht verübeln, dass er das nachspricht, was die Leute in der Schule und überall so reden. Hitoshi, hörst du nicht? Du sollst ihn loslassen. Welchen Sinn ergibt dein verfluchter Stolz denn jetzt noch? Hitoshi!«

»Erst soll er sich entschuldigen.«

Elsa versuchte, ihren Sohn aus Hitoshis festem Griff zu

lösen. Als es ihr fast gelungen war, stieß er sie weg, und sie fiel auf den Rasen, wobei sie sich den Fuß verstauchte und aufschrie.

Für einen Moment war Hitoshi unkonzentriert, und Keanu konnte sich befreien.

»Ich werde mich niemals entschuldigen!«, rief er und spuckte auf den Boden. »Du bist ein Höllenhund, und deine Mutter und Geschwister haben es nicht anders verdient.«

Hitoshi jagte erneut hinter Keanu her, mit noch größerer Verbissenheit als zuvor.

Elsa rappelte sich auf. Ihr Fußgelenk brannte wie Feuer, aber sie ignorierte allen Schmerz. Unaufhörlich rief sie abwechselnd den Namen ihres ehemaligen Liebhabers, als hoffe sie, ihn damit aus seiner Raserei zu holen, und den Namen ihres Kindes, als hoffe sie, es damit zu beschützen.

Keanu lief durch die Gartentür ins Haus und auf der Vorderseite wieder hinaus. Hitoshi war nur wenige Schritte hinter ihm, hielt jedoch vor der mitgebrachten Tasche unvermittelt an, griff hinein und zog sein Ritualschwert hervor.

Als Elsa um die Ecke humpelte, sah sie ihn mit der Waffe ins Freie laufen, und erst jetzt wurde ihr das ganze Ausmaß der Gefahr bewusst.

»Keanu, lauf!«, schrie sie mit aller Kraft. »Lauf, so schnell du kannst!«

Elsa war ungefähr zwanzig Meter hinter Hitoshi, Keanu zwanzig Meter vor ihm auf der Kiesauffahrt. Der Japaner holte schnell auf. Im Laufen zog er die Klinge aus der Scheide.

Keanu kletterte auf einen Baum.

Hitoshi erreichte den Jungen, bevor er hoch genug geklettert war. Er packte ihn am Bein und zog. Keanu konnte sich mit letzter Kraft festhalten.

Elsa war nach wie vor ein gutes Stück entfernt. Ihr Fuß tat so weh, dass sie kaum noch laufen konnte. Tränen flossen ihr übers Gesicht. Wieder und wieder flehte sie Hitoshi an, zu sich zu kommen.

Da sah sie den Bentley in einiger Entfernung die Auffahrt hochkommen. Nicht Gung saß am Steuer, sondern Max.

»Max! Max!«, rief sie und winkte mit den Armen um Hilfe.

Der Mediziner stieg sofort aus und rannte auf Hitoshi zu, der noch immer versuchte, Keanu vom Baum zu ziehen. Schließlich gelang es ihm. Bevor der Japaner zum Hieb mit dem Schwert ausholen konnte, warf Max sich ihm entgegen und stieß ihn zu Boden. Ein wildes Gerangel entstand.

Inzwischen war Elsa bei Keanu angekommen und schützte ihn mit ihren Armen. Als Max von einem Faustschlag getroffen zur Seite fiel, riss Keanu sich los, und bevor Elsa etwas dagegen tun konnte, stürzte er sich auf Hitoshi.

Der schwer atmende Japaner war einige Sekunden lang mit Keanu beschäftigt, der sich von hinten wie ein Affe an ihm festklammerte. Das machte Max sich zunutze. Er schlug Hitoshi nieder, entwand ihm das Schwert – und stieß zu.

Ein schwerer Gang

Zwei Wochen später stand Elsa wieder einmal am Quai von Simpson Harbour, um Matupi zu verlassen. Von diesem Ort war sie nach Deutschland abgefahren, das inzwischen, etwas mehr als zehn Jahre später, in Trümmern lag, dort hatte sie sich vor sechs Jahren zur Entziehungskur nach Indien eingeschifft, um ihr Leben neu zu ordnen und die Folgen eines schweren Fehlers zu korrigieren. Gewissermaßen war es nun wieder so, auch wenn der Gang diesmal nicht freiwillig war.

Lucas und Lucille standen am Quai und sahen sie versöhnlich und voller Mitleid an. Iolana, Mele und sogar Paulette weinten, während Gung und die Maori versteinert zusahen, wie sie näher kam, um sich zu verabschieden. Ein paar weitere Leute waren gekommen, um dem Schauspiel beizuwohnen, wie Elsa und einige weitere Frauen, von Militärpolizisten eskortiert, für unbestimmte Zeit in ein Straflager für Kollaborateurinnen irgendwo in Australien verschifft wurden. Die heilige Myrtle, ebenso verbittert wie voller Genugtuung, begleitete den Akt mit Schmährufen.

Langsam ging Elsa für einen letzten Gruß auf die Familie zu. Sie trug ein elegantes Kopftuch, das sie nun vom Haupt zog, und darunter kam nackte, glattrasierte Haut zum Vorschein. Keiner hatte sie dazu gezwungen, sich die Haare scheren zu lassen. Elsa hatte gelesen, dass man in Frankreich die Kollaborateurinnen, die sich mit deutschen Soldaten eingelassen hatten, derart vorführte und demütigte, aber die Australier hatten diese Praxis nicht übernommen. Trotzdem hatte Elsa sich für diese Maßnahme entschieden, die sich gegen sie selbst richtete.

Die Familie war ebenso schockiert wie die neugierigen Zuschauer, ein Raunen ging durch die Reihen. Sogar Lucille und Lucas schluckten, als sie die Frau, deren Verrat sie einst missbilligt hatten, so bloßgestellt und selbstverstümmelt sahen. Mele weinte noch bitterlicher, und die Diener senkten den Blick.

»Lebt wohl«, sagte Elsa.

Sie wusste nicht, wann sie zurückkehren würde. Ihr gesamter Besitz war wegen der Kollaboration beschlagnahmt worden, darunter auch das Haus der blauen Schmetterlinge, das sie so liebte. Nur das »Café Pacifico«, das schon seit Jahren Iolana gehörte, war ihnen geblieben.

Als Paulette etwas zu erwidern versuchte, gebot Elsa ihr Einhalt: »Nein, sag nichts. Ihr werdet immer in meinem Herzen leben, und ich weiß, dass ich trotz allem in euren leben werde … auf irgendeine Weise.«

Elsa kam auf ihrem Weg auch an Myrtle Malone vorbei. »Nun haben Sie doch noch gewonnen«, sagte sie leise. »Ich bin tief gefallen, so wie Sie es sich immer gewünscht haben. Die Ironie dabei ist, dass ich das ganz allein geschafft habe, ohne Ihr Zutun. All die vielen Kämpfe waren umsonst. Kommt es Ihnen nicht auch so vor, als wäre es hundert Jahre her, dass wir gestritten haben? Mein Gott, was ist seither nicht alles geschehen! Wir haben beide schreckliche Verluste erlitten, und ich wünschte …«

»Zur Hölle mit Ihnen.«

Myrtles Spucke traf Elsa mitten ins Gesicht.

An der Rampe, die auf das Schiff führte, standen Max und Keanu.

»Du passt auf ihn auf, ja?«, bat sie Max.

»Verlass dich drauf.«

»Und du, mein Großer, machst Max diese Aufgabe nicht unnötig schwer.«

Keanu warf sich in Elsas Arme, und sie hielt ihren Sohn so fest, wie sie nur konnte. Sie wurde von ihren Gefühlen übermannt, allen Vorsätzen zum Trotz, Haltung zu zeigen.

»Es tut mir leid, Keanu, schrecklich leid.«

»Nein, Mama, sag das nicht. Du bist die beste Mama. Ich hab dich lieb.«

»Ich dich auch. Vergiss nie, wie sehr.«

Ein Militärpolizist zog sie von ihrem Sohn fort. Für eine richtige Verabschiedung von Max blieb damit keine Zeit, aber er unternahm auch keinen Versuch, sie in die Arme zu schließen. Dieser Stich traf sie nicht weniger hart als der Moment, in dem man sie von Keanu trennte. Der Blick des Arztes folgte ihr auf das Schiff, doch sie vermochte nicht darin zu lesen.

Elsa durchlebte eine harte Zeit mitten im australischen Outback. Die Arbeit in dem Straflager war zwar leicht – es gab nun wirklich Schlimmeres, als Kinderspielzeug zu bauen. Außerdem war sie nicht allein, denn mit ihr lebten und arbeiteten mehr als fünfzig andere Frauen, die wie sie selbst kollaboriert hatten, zumeist aus Liebe zu einem Japaner. Aber die Trennung von der Familie, die Abwesenheit alles Gewohnten und die ungewisse Dauer ihres Aufenthaltes waren zermürbend.

Gelegentlich kam ein kurzer Brief. Mehr als ein beschriebenes Blatt Papier pro Monat durfte sie nicht empfangen, und niemals durfte sie selbst schreiben. Die wenigen Zeilen, jeweils von Paulette, Iolana, Mele und Keanu geschrieben, versuchten ihr positive Nachrichten und größtmögliche Normalität zu vermitteln.

Der Schutt in Rabaul war weggeräumt worden, und der Krieg war auch in den Köpfen vorbei. Viele Europäer und Australier waren in ihre Ursprungsländer zurückgegangen, darunter auch Myrtle Malone. Mehr und mehr Tolai prägten das Stadtbild, und bald entstand eine Mittelschicht aus Einheimischen, Filipinos und Chinesen. Auf einigen Transparenten, die an Häuserwänden hingen, forderten die Menschen bereits einen unabhängigen Staat, der aus Neuguinea und dem Bismarck-Archipel bestehen sollte. Der Krieg hatte die Gesellschaftsstrukturen aufgebrochen und verändert. Prinzessin Elsa, Kaiserin Elsa, Verräterin Elsa – all das war offenbar Geschichte.

Der Großteil der Familie lebte, nachdem das Haus der blauen Schmetterlinge an Fremde verkauft worden war, im »Pacifico«. Paulette war die Managerin des Cafés und ließ als solche gerade ein Restaurant anbauen. Die Geschäfte liefen gut. Gung fungierte als Oberkellner. Iolana hatte einen Mann kennengelernt, einen Tahitianer, der sogar bei Paulette Gnade fand – und sei es nur, weil er für wenig Geld hervorragende Arbeit hinter dem Tresen leistete. Mele entwickelte sich offensichtlich zu einem selbstbewussten Teenager und nahm sich Freiheiten heraus wie Elsa zu ihren besten Zeiten als Kaiserin. Keanu dagegen schrieb mit der fürchterlichsten Klaue die schönsten Zeilen. Ein einfaches »Ich vermisse dich« gab Elsa die mütterliche Herzensnahrung für einen ganzen Monat.

Lucas und Lucille gingen nach Paris, wo sie an der Sorbonne studierten. Paulette teilte Elsa mit, dass Lucas inzwischen selbst Bekanntschaft mit einer »verbotenen Leidenschaft« gemacht hatte – der zu einem Mann. Nun konnte er Elsa besser verstehen. Lucille schloss sich der Meinung ihres Bruders an, und im Frühjahr 1947, nachdem die Bedingungen im Straflager gelockert worden waren, erhielt Elsa einen Brief der beiden Geschwister. Das Schreiben war humorvoll und beinahe geschwätzig, weshalb kein Zweifel daran bestand, dass alle Differenzen zwischen ihnen beigelegt waren.

Auf einen Brief von Max wartete Elsa vergeblich. Ab und zu erwähnte ihn Keanu immerhin. Der Arzt lernte mit ihm, angelte mit ihm, feuerte ihn beim Kricket an … Sie lebten in seiner Hütte, in einfachen Verhältnissen, und zum Abendessen gingen sie ins »Pacifico«.

Im Herbst 1947, nach etwas mehr als zwei Jahren Lagerhaft, wurden Elsa und die anderen Frauen ohne jegliche Vorwarnung entlassen. Sie hatten eine halbe Stunde Zeit, um sich reisefertig zu machen. Ein klappriger Bus brachte sie zur Küste, wo Elsa schnell noch ein Telegramm ans »Pacifico« abschickte, bevor man sie auf einen alten Kohledampfer verfrachtete.

Mit dem ersten fahlen Licht des Tages lief der alte Kahn in die Matupi Bay ein. Das Geräusch, das er dabei machte, stand in heftigem Gegensatz zu der atemberaubenden Schönheit ihrer Heimat. Einige Delphine begleiteten den Dampfer, und beinahe schien es Elsa, als wären sie eigens für sie gekommen. Sie stand am Bug, um keinen einzigen Augenblick des Wiedersehens zu verpassen. Da waren die herrlichen kleinen Inseln mit den Bäumen, die sich an den steilen Felsen festkrallten, da waren die mächtigen grauen Vulkane, die Fischer, die ihre Netze auswarfen, die erntenden Austernfarmer, halbwüchsige Perlentaucher, der aus dem Morgendunst sich schälende Wald, die weiße Stadt, die Elsa einst mitgestaltet hatte ... In der Ferne konnte sie sogar das »Pacifico« erkennen.

Wie oft hatte sie inmitten des trostlosen Lagers in der trockenen Halbwüste Australiens an das Café gedacht, es sich wieder und wieder in Erinnerung gerufen: schummrig, die chinesischen Lampions leuchteten mit halber Kraft, das Palmwedeldach, polynesische Götter als Säulen, aus Bananenblättern geflochtene philippinische Schalen, die Mondsichelbar, der Steg, die von Fackeln erhellte Plattform im Meer ... Seltsam, dass sie, die einst alles gehabt hatte, die Feste gefeiert, Champagner und Cocktails getrunken und sich von riesigen Büfetts ernährt hatte, sich in der Lagerhaft eigentlich nur nach einem Tisch im »Pacifico« im Kreis ihrer Familie, einem Glas Guavensaft und einer Schale mit Macadamianüssen gesehnt hatte.

So groß ihre Vorfreude war, so groß war auch ihre Furcht. Wie würden die Leute von Rabaul sie aufnehmen? Wie würde sie sich in die »Pacifico«-Familie einfügen, die nicht mehr ganz die alte war? Wie würden sich die zwei Jahre, die sie weg gewesen war, auf die Beziehung zu Keanu auswirken? Schließlich: Was war mit Max? Hatte er eine neue Frau gefunden? Plante er, Rabaul zu verlassen?

Die Quais von Simpson Harbour kamen in Sicht. Wie

turbulent es dort zuging! Schiffe, Güter, Pferde, Menschen unterschiedlicher Hautfarben, wie in alten Zeiten, nur noch quirliger.

Elsa strengte sich an, in dem Durcheinander bekannte Gesichter zu finden, und endlich entdeckte sie sie: Paulette, Iolana, Mele, Keanu, Gung. Sie waren alle da, das Telegramm hatte sie also erreicht. Sie winkten. Es war ein Bild größter Befriedigung, und Elsa reckte und streckte sich, wedelte mit beiden Armen, sprang auf und ab.

Doch mitten in dieser Woge von Glück stach es sie ins Herz.

Max war nicht da.

Einen Moment lang hielt Elsa inne. Freudentränen mischten sich mit denen unendlicher Traurigkeit. Erinnerungen blitzten auf, vergingen: als sie ihm im »Kronprinz« zum ersten Mal begegnete, als er sie halb entkleidet im Buschwald überrascht hatte, als er sie vor Vandervalts Saufkumpanen beschützt hatte, als sie in seiner Hütte aus der Ohnmacht erwacht war, als sie abends am Strand beisammensaßen und redeten, als er ihr am Quai seine Liebe gestand …

Dort war der Ausgangspunkt für die Verirrungen ihres Lebens gewesen, und der Zufall wollte es, dass sie nun, etwa dreizehn Jahre später, am selben Pier anlegte.

Vor Tränen konnte sie nicht mehr klar sehen. Mit Mühe fand sie zu dem Steg, über den die Passagiere das Schiff verließen. Sie ließ allen den Vortritt und ging als Letzte von Bord.

Erst als sie mitten auf dem Steg stand, erblickte sie, nur wenige Meter entfernt – Max. Er stand abseits der anderen, ganz vorne am Pier, um Elsa in Empfang zu nehmen.

Er lächelte, und ein Blick in seine Augen genügte ihr, um seine Liebe zu spüren.

Henning, Titus, Hitoshi – Elsa hatte sich immerzu Männern verschrieben, die es nicht gut mit ihr gemeint hatten, und sie hatte teils durch eigene Schuld und teils durch Wechselfälle des Schicksals stets jenen Mann verpasst, der sie glücklich machen wollte. Sie hatte lange gebraucht, viele Umwege genommen, Irrtümer begangen und Schläge eingesteckt, um an diesen Punkt ihres Lebens zu gelangen.

Nun endlich war sie angekommen.